日下　力監修　鈴木　彰・三澤裕子編

いくさと物語の中世

汲古書院

巻頭言

「戦後何十年、というのを論文で書いたのは、先生が初めてですよね」とは、鈴木彰氏が本書の企画を拙宅で打ち明けた時の最初の一言であった。

二〇一三年の十二月のことで、三月に私は退職し、その記念パーティーを鈴木氏と三澤裕子氏が中心になって開いてくれていたから、お二人から話したいことがあるのでと打診を受けた時、てっきりパーティーの最終報告と思っていた。

用意されていたペーパーには、「戦後七十年論集・企画案」とあり、刊行の趣旨、世紀ごとに割り当てた章立て、依頼する論文の内容まで記されていて、編者はもちろんお二人、そして私には、巻頭言だけでも書いてほしいというのであった。

よくある古稀記念論文集については、もし話題となってもお断りするつもりでいた。「これ、私の年と同じじゃない」と言うと、「運命ですよ、先生」という即答が、三澤さんから返ってきた。依頼論文の題目には、私の書きたいものも含まれている。結局、巻頭言の件を了承し、それに伴って、私の執筆計画は一年、早まることとなってしまった。

私がいつから戦後何十年という言い方を始めたのか、さかのぼってみると、一九九七年の「月刊国語教育」に書いた一文かららしい（拙著『平家物語の誕生』所収）。時に五十二歳。翌年、ＮＨＫラジオ第二放送の古典講読の時間で『平治物語』を一年間担当、その中で、ご自身のつらい戦時体験を二十年後に初めて言葉にしえた宗左近の詩集『炎える母』を紹介しつつ、戦後五十年余を過ぎた「今」を語った記憶はある。ディレクターの方から、今日の話はよかったと言われ、視聴者の方からもよい反応があった。

私の戦後体験は、父が竹藪で竹を切りながら「死にゃいい、死にゃいい」と繰り返していた言葉に凝縮されているように思う。五、六歳のころ、死というものがよく分からないながら、現実感をもって心に刻み込まれた。それは、決して気持ち良いものではなかった。そのことを、父の死後、九歳年上の姉に話したところ、「そりゃー、戦後に言い出したこと。戦地に教え子を送り込んで死なせたからよ」と、事実を知らされた。父の悔い悩む言葉だったのである。

今回、鈴木・三澤両氏の呼びかけに、多くの方々が応えて下さった。師という立場にめぐり合わせた者として、改めて心より感謝申し上げる。今後、諸氏のますますのご活躍を祈念し、本書に何がしか社会に寄与するものがあればと願って、巻頭言にかえさせていただく。

二〇一五年五月

日　下　力

刊行の趣旨

いわゆる一の谷の戦いにおいて、小宰相は愛する平通盛を失った。『平家物語』は、その知らせを聞いた小宰相に悲痛な後悔を口にさせているが、そのなかに、

軍ハイツモノ事ナレバ、ソレヲカギリ最後トハ思ワズ。

という言葉がみえる。前夜、通盛は小宰相に対して今までにない弱気な言葉をもらしていた。そこには、永遠の別れ（すなわち討死すること）がほのめかされていたのであった。討死・戦死は、戦場に臨む者が誰しも直面せざるをえない確かな現実のひとつである。決戦のときを前にして通盛はそれを予感したのだが、小宰相にはそのことへの実感が欠けていた。通盛はしばしばいくさに赴いたが、そのたびに自分のもとへ帰ってきたという小宰相のこのときまでの経験と記憶が、この言葉をとおしておのずとうかびあがってくる。「軍ハイツモノ事ナレバ」とは、いくさという非日常をもいつしか日常とみなしてしまう、人間の感覚をあざやかに映し出した一節といえるだろう。

『徒然草』第百三十七段は、その冒頭で「花は盛りに、月はくまなきをのみ、見るものかは」という新しい美意識を表明している段としてよく知られている。兼好法師は、この長大な一段の最後に無常迅速ということに言及し、次のようにそれをしめくくっている。

兵の軍に出づるは、死に近きことを知りて、家をも忘れ、身をも忘る。世を背ける草の庵には、閑かに水石を翫びて、これをよそに聞くと思へるは、いとはかなし。閑かなる山の奥、無常のかたき、競ひ来らざらんや。その

死に臨めること、軍の陣に進めるに同じ。

戦場に立つ兵が死と隣り合わせであることへの確かな実感が読者との間で共有されていればこその言葉といえよう。無常を説き、人々を仏道へと誘う教化の語りもまた、戦場の現実と深く関わっていた。そのことに自覚的だったのは、兼好だけではあるまい。すべての人に迫り来る死は、「かたき」と表現されるものでもあった。

日本中世の社会において、いくさは今の自分自身から遠く離れた時空で起きた過去の出来事というだけではなかった。これからも、身近なところでも起こりうるものとみなされ続けていた。それゆえに、比喩としての力を持っていた。また、いくさは、たとえば国や地域や家などの自己認識や歴史意識と幾重にも絡みあうのが常であり、そうした意味でも一人一人の現在と未来に深く関わっていた。そして、中世のあらゆる文学は、そうした歴史的環境のなかではぐくまれ、長く読みつがれたり、作りかえられたり、忘れ去られたりしてきたのである。

二〇一五年の日本社会で生きている私たちは今、戦争・戦場にかかわる直接的な体験と記憶の喪失と欠如という避けがたい現状と向きあい、それを過去への洞察力と批評眼、想像力などによって埋め合わせながら未来を模索しようとしている。いくさ・戦争が日常化した社会とは、また、そうした社会のなかで生きることとは、いかなるものであったのか。中世の文学を読み解くにあたって、これは忘れてはならない問いのひとつであろう。と同時に、それは、中世文学の研究とこの社会の現在や未来とのかかわりかたの要諦を照らし出すことにもなるにちがいない。

◇　◇　◇

本論集では、十三世紀から十七世紀にかけての社会的動向を見すえながら、いくさと物語と人間の関わりかたの歴史を見つめ直すことを中心課題としている。中世社会は、たび重なる戦乱とともに推移していった。創作、改作、享受、保管、書写、抄出、註釈、劇化、絵画化など、中世文学にかかわるあらゆる行為や現象は、いくさや〈武〉にかかわる価値観とどこかで結びついていたと考えられる。そして、こうした問題を掘りさげようとするとき、戦場や乱世のありさま、武士の生態そのものを描くことを主旋律とする物語（軍記物語や武士説話など）やその言説を分析するだけでは不十分である。あらゆる中世文学をこうした観点から読み直す試みが求められる。

人間はいくさ・戦争とどのように関わってきたのか。これから先もこう問い続けていくためのささやかな一歩として、本論集では、いくさにかかわる諸文芸をめぐる特記すべき諸相と向き合い、中世という時代の実態を通時的に把握するための道筋を例示してみたい。長期的な目でみれば、中世の人々に限らず、過去の人々はみな、戦後ではなく、つねに戦間期を生きてきたこと、そして、そうした状況に中世文学も少なからず関与してきたことに今少し自覚的になって、中世のさまざまな物語を読み返してみよう。こうした趣旨のもとで本論集は企画されたのであった。

◇　◇　◇

各論文の要点を順に紹介しながら、本論集の構成を示しておく。

第一章「十三世紀――歴史・宗教・権力との交差――」には、鎮魂なるものの内実（佐伯真一論文）、歴史の簒奪（野中哲照論文）、和歌といくさ（平田英夫論文）、仏教と戦争（松本真輔論文）、乱世と唱導（牧野淳司論文）、異国合戦への視座（鈴木彰論文）をそれぞれに論じた計六編を収めた。

第二章は「十四世紀――受容と観念化の道程――」と題し、いくさと女性（大津雄一論文）、『平家物語』の流動性（櫻井陽子論文）、守護大名の軍記観（和田琢磨論文）、中国故事といくさの物語（田中尚子論文）というテーマを扱う計四編からなる。

第三章「十五世紀――芸能・学問・武家故実をめぐる動態――」には、戦いの劇化をめぐる比較文学的研究（日下力論文）を冒頭に、琵琶法師の芸能（清水眞澄論文）、禅僧のいくさがたり（源健一郎論文）、日本式の漢学リテラシー

（佐倉由泰論文）、乱世と武士の教養のかたち（小助川元太論文）、乱世の知識人とその文学的営為（齋藤真麻理論文）、武家の礼法と女性の政治参画（榊原千鶴論文）について論じた計七編を配した。

続く第四章は「十六世紀――記憶と文物の編成――」で、『太平記』の書写活動（森田貴之論文）、『吾妻鏡』の出版をめぐる動向（小秋元段論文）、近世都市にまつわる記憶（樋口大祐論文）、幸若舞曲にとってのいくさ（三澤裕子論文）、島原一揆の「使者」と記録（武田昌憲論文）を取りあげた計五編からなる。

第五章「十七世紀――再解釈と定着の諸相――」には、軍記物語版本の挿絵の解読（出口久徳論文）、阿弥陀寺当座歌会をめぐる戦国期認識の再編成（田口寛論文）、多田院と源氏一門をめぐる物語と歴史解釈（橋本正俊論文）、浄瑠璃にみる源氏再興譚の様相（岩城賢太郎論文）、仮名草子と軍書の文学史（倉員正江論文）についての計五編を収めた。

世紀ごとに章をたてるという構成をとっているが、各論文で論じられる問題は必ずしも当該期のみに限定されているわけではなく、またたとえば第四章の小秋元論文や武田論文のように、後の時代への連続性を見据えるべくあえてそこに排列したという場合もある。こうした構成をとることで、中世という時代の様相をできるだけ通観することをめざした。中世の始まりと終わりについてはさまざまな議論があるが、今回はその終わり、とくに十七世紀までを視野に入れることを優先した。

本論集は、いくさと物語のさまざまな関係を掘り起こし、中世なる時代をとらえ返していく試みの第一歩である。

二〇一五年六月

鈴木　彰

三澤裕子

いくさと物語の中世　目次

第五章　十七世紀――再解釈と定着の諸相――

いくさと物語の中世

第一章　十三世紀

——歴史・宗教・権力との交差——

『平家物語』と鎮魂

佐伯真一

一　はじめに

『平家物語』が鎮魂の物語であるという認識は、現在、広く受け入れられているだろう。筆者自身、それを肯定する立場にある。だが、『平家物語』が「鎮魂」の物語であるとはどういうことなのか、従来、明確な共通理解が存在したとは言いにくいように思われる。さらに言えば、「鎮魂」という言葉自体、よく使われるものではあるが、概念としては揺れを抱えている印象もある。ここで改めて問題を整理してみたい。

そもそも「鎮魂」とは何だろうか。「鎮魂」は日本では古くから用いられている言葉だが、古い用例として知られる『令義解』巻一・職員令の神祇官条をはじめとして、古典籍・古記録や古文書などに見える「鎮魂」は、ほとんど鎮魂祭に関わる用例である。鎮魂祭とは、新嘗祭に伴って行われる宮廷祭祀であり、この「鎮魂」とは、「身体から遊離した、あるいは遊離しようとする霊魂を体内に呼び戻し、鎮めて、生命力を活発にすることで寿命の永続をはかる意[1]」などと説明されるものである。折口信夫の論ずる「鎮魂」（たまふり）も、この祭祀の問題を中心とする[2]。しかし、現在、私達が用いる「鎮魂」の語は、生きている人物の魂を活発化するという意ではなく、『日本国語大辞典』「鎮魂」項では三番目に掲げられる「死者の霊を慰め鎮めること」の意であることが多い。「慰霊」や「供養」に近い用法である。こうした用法はいつ頃広まったのか。

「鎮魂」の語を精査した坂本要は、[3]前近代の「鎮魂」は宮中の鎮魂祭の意味に限定され、「死者を鎮魂する」といった用法は新しいものであると指摘する。即ち、日清戦争の頃から戦死者に対する「鎮魂」の用法が見られるようになり、一九七〇年代以降には死者を悼む意味の「鎮魂」が急に増え、「平家物語や軍記物語を鎮魂の文学といったり、能を鎮魂の劇といったりする」ことも、同時期に増加したというのである。従うべき見解と思われる。つまり、「死者の鎮魂」「怨霊鎮魂」といった用法が広まったのは、最近のことなのである。だとすれば、そうした意味での「鎮魂」には、本来的な正しい用法などあるわけもない。「鎮魂」の用法に幅があるのはやむを得ないことであろう。

しかしながら、「鎮魂」が『平家物語』研究史において重要な役割を果たしてきた概念であることは確かだろう。ここでは、「鎮魂」に関わる研究史を整理した上で、現存する『平家物語』という作品と「鎮魂」の関わりについて考えてみたい。

二　『平家物語』における「鎮魂」の研究史

『平家物語』研究に「鎮魂」概念を導入したのは筑土鈴寛であるというのは、衆目の一致するところであろう。もっとも、筑土の用語は必ずしも一定せず、「平家物語についての覚書」[4]では「怨霊回向」、『慈円――国家と歴史及文学』[5]では「死者鎮魂」、「中世芸能とくに平家語りをめぐりて」[6]では「怨霊追福」「怨霊鎮魂」などの語を用いている（いずれもほぼ同時期の執筆か）。だが、これらは、ほぼ同様の概念であると見てよかろう。これらの論に示された筑土の説は、私意に要約すれば次のようになろうか。

慈円は、保元の乱以降の死者が怨霊となって国家に禍をなすことを防ごうとして、大懺法院を建立するなどの活動をした。『平家物語』はその慈円の傘下において、世の泰平を祈る怨霊回向（鎮魂）の物語として作られたのであり、もともと「道のちまたの鎮めと死者鎮魂を業とした盲僧」は、その能力を生かして『平家物語』を語った。

慈円の大懺法院建立に注目しつつ、慈円に扶持された信濃前司行長が生仏と協力して『平家物語』を作ったという『徒然草』二百二十六段所載の伝承に関連させ、さらには盲僧・琵琶法師や『平家物語』の唱導的側面に対する民俗学的知見をも生かした筑土の洞察は、戦後の研究に大きな影響を与えた。同時に、物語の成立に関わる右の問題とはややずれるが、延慶本などに「聖の階級に属する人」の説話、仏教・唱導との関連が深いことの指摘も、「鎮魂」に関わるものとして受け止められたといえよう。

また、戦後では、筑土と異なるアプローチとして、五来重『高野聖』が挙げられよう。[7] 五来は、柳田国男の有王論[8]を継承しつつ、聖による「滅罪即鎮魂」の語りが『平家物語』の基盤となり、「盲僧が『平家物語』をかたる宗教的目的」は、平家の亡魂の滅罪と共に、「これに結縁する人々の近親の、亡魂の滅罪を勧進する」ことにあったとした。この論も、その後の『平家物語』研究に大きな影響を与えた。

さて、一九六〇年代における筑土説の肯定的継承として、まず渥美かをるが[9]、大懺法院における「天台宗の民衆教化事業」の一環として、行長が『平家物語』を作成したと見た。しかし、渥美は「鎮魂」の語を用いてはいない。桜井好朗[10]も、大懺法院における『平家物語』の成立を論じたが、作品そのものの作成目的を「鎮魂」と捉えてはいない（但し、「鎮魂」に関わる「いくさ語り」への言及がある）。一方、福田晃は、『平家物語』が「慈円の大懺法院建立の意図、つまり亡魂回向のそれと同じ目途をもって成ったものとすれば」、その精神の底流には、怨霊鎮撫の語りである「民間語り物群」と通ずるものがあったと論ずると同時に、有王に代表される鎮魂の「個々の語り」が『平家物語』に採り入れられたと想定した[11]。鎮魂論の一つの原型を作ったものといえよう。

鎮魂論は一九七〇年代に活発化した。まず、渡辺貞麿[12]は、『平家物語』と琵琶法師の関わりの由来を、盲人が社会的職能として鎮魂に携わっていたことに求め、『平家物語』も「鎮魂歌」であったとした。こうした方向には、龍神を鎮めることが盲僧の職能の一つであり、それが平家を鎮魂することに関わると説いた生形貴重[13]の論もある。また、鎮魂論は延慶本古態説とも連動した。小林美和[14]は、延慶本に怨霊の描写や平家の死者を哀悼する記述が多く、慈円の思想との共通性、信西一門や安居院流唱導との関わりも認められるなどとして、延慶本こそ、大懺法院において成立した物語に近い形をとどめていると見た。また、砂川博[15]は、延慶本の横田河原合戦記事の背後に、怨霊慰撫の語りとして発生した原話、巫覡の鎮魂の語りを想定した。

一九八〇年代以降、鎮魂論は多様化してゆく。まず、兵藤裕己[16]は、筑土鈴寛の「怨霊回向」などといった把握に対し、語り手に即した把握を見せる。即ち、霊をヨリマシに憑依させた上で祭却する構図を考えた場合、物語の語り手とはそのヨリマシであると捉え、霊が憑依して語る「モノ語り」に物語の発生を見る。大懺法院などの寺院は、そのように発生した「原モノ語り」を吸い上げ管理する場であり、そこで作られたテキストとは、語りを「ヨミのテキストに転位」させたものだと見るわけである。

一方、五味文彦は、「大懺法院條々起請事」（『門葉記』巻九十一）の記す供僧の中に、平教盛の子である忠快がいることに注目し、忠快が鎌倉幕府にも厚遇されていることにより、京と東国をつなぐ情報源ともなり得たことを指摘して、「大懺法院に集まった一芸ある者の力を結集して、平家の怨霊を鎮めるための物語は作られた」と想定した[17]。五味はさらに、安徳天皇の鎮魂を期した長門の阿弥陀寺建立に、九条家や徳大寺家と関係の深い観性が関わっていたことを指摘、鎌倉に建てられた永福寺にも類似の性格があるとして、『平家物語』の成立背景には、この時期の鎮魂の営みがあるという(18)。

また、福田晃は、『平家物語』成立について再論した(19)。そこでは、「大懺法院條々起請事」の発願文に挙げられるのは「崇徳院聖霊・知足院怨霊」であって、安徳天皇や平家一門の霊ではないことを指摘し、「むしろ、崇徳院の御霊・知足院の悪霊、また悪左府頼長の怨霊を鎮める『保元物語』こそ、まずは作文させるべきではなかったのか」と問題提起する。そして、現存『保元物語』以前に「『崇徳院物語』とでも称すべきもの」を想定、『平家物語』の原型たる『治承物語』も、「清盛を代表とする平家一門の人々の無念を説く」ことを眼目とする『清盛物語』に基づくと考え、さらにそれ以前に「平家の鎮魂を志した憲耀作文の三巻本平家」が、「平家一門の側の私的な立場」で作られたと想定した。

そこまでの大懺法院に関わる成立論の研究史をまとめつつ、新たな論を展開したのが武久堅(20)である。武久は、『平家物語』成立の〈時〉と〈場〉を考える上で大懺法院はふさわしいか、治承・寿永期に為政者を脅かした怨霊とは何者か、平家一門の滅亡を語るとは誰の怨霊を鎮めることになるのか、などの疑問を提示した。最後の点に関連して、

> 真に平家一門の鎮魂の物語の発想であったなら、これを導く冒頭の唱導句としては「奢れる者、久しからず」はちょっと置き得なかったのではないのか、本当に清盛は鎮魂の対象として語られているのか

という問いを発しているのは、本稿にとって重要な問題提起である（後述）。武久は、後白河院などが真に恐れていた怨霊は崇徳院であると見て、清盛を悪者に仕立てるのは、保元の乱の勝者である後白河院の「立場保全」につながるものとする。そして、大懺法院における「平家物語の成立」以前の、「建久年間（一一九〇年代）の後白河院近習による六条殿長講堂を場とする平家物語の発生」（傍点原文ママ）を想定するに至る。

鎮魂に関わる近年の論は多く、すべては紹介しきれないが、作品読解に関わる鎮魂論をもう少し見ておこう。美濃部重克は、[21]「祇園精舎の鐘の声、諸行無常の響きあり」の句を、物語の登場人物（霊）に向けて発信された言葉と読む。『平家物語』は「言葉をもって作り上げる無常院」であり、登場人物に「四句の偈を伝える鐘の響きが救済をもたらす」と宣言しているというのである。これは、文学作品が鎮魂の書であるとはどういうことかという問いに対する、明快な答えの一つであろう。

今一つ、いわゆる「鎮魂＝《ガス抜き》論」にふれておきたい。大津雄一は、軍記物語に登場する反逆者、悲劇の英雄は、共同体に異者が出現して排除されることにより共同体の不可侵性を示し（教育）、共同体の成員のストレスを発散させ（ガス抜き＝減圧）、しかもそうした制度を守る物語の本質を覆い隠す（隠蔽）などの機能を持つという、独特の理論を展開した。[22]それに対して山下宏明は、鎮魂も共同体の《ガス抜き》と捉え得るのか、単なる《ガス抜き》であってはならないと述べた。[23]それに対して大津は、怨霊が出現して鎮魂されるという過程も、反逆者が排除されるのと同様の機能を持つと述べ、それは創作意図の問題ではなく、物語が社会にそうした位置を占めるのだとしている。[24]

以上、遺漏は多いはずだが、『平家物語』と鎮魂に関わる多くの論のうち、主要なものを見てきたつもりである。鎮魂論は、成立論的な領域では大懺法院仮説を軸としてきた。筆者自身は、『平家物語』という多面的な作品を生み出すに足る多様な条件を備えた場の想定として、大懺法院仮説に魅力を感じている。しかし、作品外の史料と理論によって組み立てられた成立論は、現存する作品本文の分析とかみ合う視点を確保しない限り、論者各々が仮想する「原平家物語」を提示して終わる袋小路に入り込みやすい。ここでは、「鎮魂」とは何かという問題を、現存する作品の分析に関わる形で考え直してみたい。

三　鎮魂の物語とは何か

右のように『平家物語』研究史を見てきただけでも、「鎮魂」概念、とりわけ、鎮魂の物語とはどういうことなのか、何をどう語ることが鎮魂になるのか——といった論点に、揺れがあることがわかる。『平家物語』が鎮魂の場から生まれた鎮魂の物語なのだとすれば、そのことは、現存するこの作品にどのような影響をもたらしているのか。ここで改めて、鎮魂の物語とはどういうものなのか、『平家物語』そのものや、それに比較的近い位置にある文献などに具体例を求めつつ、考えてみたい。

まず、死者の生前の姿、特に戦死者の最期の様子などを語ることそのものが鎮魂の性格を持つことは理解しやすい。たとえば、『吾妻鏡』建久五年（一一九四）閏八月八日条は、志水（清水）冠者追福の供養が行われたことを記し、「仏経讃嘆之後、述二幽霊往事等一。聴衆皆随喜、嗚咽拭二悲涙一」と記す。経典などが読まれた後、清水冠者の生前のさまが語られ、参列した人々が涙を流す。大姫の婿がねとして人々に愛されていた清水冠者だけに想像しやすいことであり、この語りと涙に慰霊・鎮魂という性格があることは、容易に認められよう。また、大原の庵を訪ねた後白河院に、建礼門院が語るのは、『平家物語』では六道語りなど多岐にわたるが、『閑居友』下・八話では安徳天皇の最期の様子である。これは法会ではないが、類似の文脈で捉えることが可能だろう。

戦死者の最期を語ることが供養につながると見られる例は、『平家物語』諸本の中だけでも枚挙にいとまが無い。たとえば、源平盛衰記巻三十五で、義仲は巴を戦場から去らせるにあたって、「後ノ世ヲ弔バヤト思ヘバ、最後ノ伴ヨリモ可レ然ト存也。疾々忍落テ信濃ヘ下、此有様ヲ人々ニ語レ」と命ずる。類似の命令ないし依頼は、延慶本・長門本・盛衰記の佐奈多与一や八坂系諸本の河原兄弟などにも見られる。水原一は、佐奈多与一や河原兄弟の例が武功談と弔意談の双方の側面を持つと指摘し、戦場そのものから発した戦場談が『平家物語』に採り入れられたと想定している。[25]従うべきであろう。さらに、そうした「語り」が芸能化されていったものとして、継信最期のさまをその遺族に語る、能「摂待」や幸若舞曲「八島」などのいわゆる八島語りを考えることもできよう。

だが、『平家物語』の合戦叙述には、むしろ勝者の視点から語られているもの（たとえば一ノ谷合戦の越中前司最期など）や、芸能的ともいえる妙技の魅力を中心とするもの（たとえば橋合戦における悪僧の活躍）など、多様なものが抱込まれていて、「弔意談」の単純な総和ではない。しかも、合戦譚は、歴史を語る『平家物語』の一部分に過ぎない。五味文彦（前掲注（17）「説話の場、語りの場」）は、『保暦間記』が末尾で読者に対し、「此記ノ内ノ亡霊并法界衆生ノ為ニ、光明真言、阿弥陀ノ名号唱テ廻向セシメ給へ」と記すことを引いて、「「史」とはまさにこのように、見・聞く人々に怨霊や死者の廻向をなさしめる」ことであったとする。確かに、戦乱の時代には歴史を語ることそのものが時に「鎮魂」という性格を帯びただろうが、『保暦間記』の場合、怨霊や滅びていった武士達の亡魂への強い関心を持つという個性があることには注意すべきだろう。[26]「史」が常に「鎮魂」として語られるわけではあるまい。

では、何をどのように語れば鎮魂の物語といえるのか。従来の想定には、二つの方向があったように思われる。一つは死者の立場に立った語りの想定であり、もう一つは死者に対する生者からの語りの想定である。右の「弔意談」という想定は、死者に対する生者の立場からの慰めだろうが、死者の立場の語りを重視する見解も少なくない。悪霊への対処は一般的に、ヨリマシ（巫覡）に死者の霊を憑依させ、霊に語らせた上でそれを鎮めるという形で考えられているだろう。合戦譚についても、たとえば福田晃（前掲注（11））や砂川博（前掲注（15））の想定は、巫覡の口頭に上った語りを考えるものである。兵藤裕己（前掲注（16））のように霊が憑依して語ることこそが物語の原質であると見るならば、鎮魂の語りとは、死者の思いをそのままに語らせることを中核とすることになろう。

しかしながら、そのように考えた場合、最大の問題は、現存する『平家物語』が、鎮魂対象であるはずの平家の思いを語っているのかどうかということであろう。福田晃（前掲注（19））は、「清盛を代表とする平家一門の人々の無念を説く」ことを眼目とする『清盛物語』を想定するのだが、現存する『平家物語』が清盛の無念を語っているとは言いにくい。「法印問答」に清盛の怨念の語りを見る論もあるが(27)、これも清盛の怒りを受け止める静憲の賞賛に回収される物語であり、仮にこれを清盛の怨念の語りと認めたところで、物語全体としては、清盛の無念を語るような場面が少ないことに変わりはない。かつて存在したかもしれない物語の想定はともかく、現存する『平家物語』の原型としては、平家側の立場で清盛の無念を語る物語を措定することは困難といわざるを得まい。

一方、生者が死霊に語りかける「鎮魂」の物語を考える立場もある。美濃部重克（前掲注（21））は、序章を作中人物に対して無常を説くものと読んだが、物語がそうした語りかけであるか否かは別として、物語の内容に死者の美化、あるいは慰め、同情などを盛り込むことを以て鎮魂と見ることは一般的だろう。たとえば、小林美和（前掲注（14））は、延慶本に平家の死者に敬意を表し、哀悼する記述が多いことを鎮魂的性格と捉えた。

実際、怨霊への対処として、死者への敬意を表すことがあるのはよく知られている。たとえば、怨霊に対して追号や贈官贈位が行われたことは著名であり、『平家物語』諸本でも、崇徳院への追号や頼長への贈官贈位が記されている。延慶本・長門本・盛衰記・源平闘諍録では、崇徳院の流罪から死に至る悲しみを詳しく述べ、西行の墓所訪問と詠歌を記す。これが鎮魂的な性格を有する記事であるといっても、異論は少ないだろう。また、頼長の贈官贈位について、延慶本は、「勅使少納言惟基、彼ノ御墓所ヘ詣テ、宣命ヲ捧テ、大政大臣正一位ヲ贈ラル、由読上ラル」（第一末・一一三ウ）と記す。墓前で贈官贈位の宣命を読み上げるのは、もちろん、死者の名誉を回復することにより、怨霊を鎮める効果を期待した行為である。さらに、怨霊と化した死者の生涯を賛美して神と祭り上げ、鎮魂を期したと見られるテキストが、藤原広嗣を祀る『松浦廟宮先祖次第并本縁起』や、菅原道真を祀る『北野天神縁起』等々、多々存在することは言うまでもない。

しかしながら、そうした死霊への敬意や賛美、慰めなどの表現が「鎮魂」であると考えた場合、『平家物語』が平家鎮魂の書にふさわしいかどうか、やはり問題が残るのではないか。この物語に顕著な平家批判、清盛批判をどう読むか、ということである。前述のように、武久堅（前掲注（20））は、冒頭に「奢れる者、久しからず」の批判を置く『平家物語』は、ほんとうに平家を鎮魂する作品と言えるのか、という疑問を呈した。これは非常に重要な問題提起であろう。だが、筆者はこの問題提起には強く共感するものの、その答えについては、武久とは別の方途を模索してみたいと考えるのである。

四　言葉による鎮魂・怨霊との戦い

怨霊に対する対処のあり方として、従来の研究史で比較的軽視されてきたように見える例を挙げてみたい。建礼門院の御産に際して多くの怨霊が出現した。祈禱をした後白河法皇は、怨霊に向かって次のように述べた。

いかなる物気なり共、この老法師がかくて候はんには、争かちかづき奉るべき。就レ中にいまあらはるゝ処の怨霊共は、みなわが朝恩によ（ッ）て人とな（ッ）し物共ぞかし。たとひ報謝の心をこそ存ぜず共、豈障碍をなすべきや。速にまかり退き候へ。（覚一本巻三「御産」）

法皇がこう言って千手経を唱え、数珠を押しもんで祈禱すると、無事御産が成ったという場面である。怨霊を撃退したのは法皇の験力であったと読むのが一般的だろうが、法皇は怨霊達に対して、まず言葉で立ち向かっているのである。

この点、よく似た記述が延慶本の福原遷都場面にある。覚一本巻五「物怪之沙汰」では、巨大な髑髏を清盛がにらみつけると消えてしまうのだが、延慶本では、怪異が三度現れる。最初に現れた変化の者は、清盛に「己レ等ハ何ニ物ゾ。アタゴ・平野ノ天狗メ等《ラ》ゴサンメレ。ナニト浄海ヲタブラカスゾ。罷退キ候へ」（第二中・一一五ウ）と言われると、東へ飛び去って行く。これは旧都の荒神の所行であったという。次に、血の付いた大きな頭や、四五十ほどの髑髏が集まって、清盛に処刑された恨みを述べる。すると清盛は、

汝等官位ト云俸禄ト云、随分入道ガ口入ニテ人トナリシ者共ニ非乎。無故一君ヲ奉勧一メ、入道ガ一門ヲ失ハムトスル科、諸天善神之擁護ヲ背クニ非乎。自科ヲ不顧一ミ、入道ヲ浦見ン事、スベテ道理ニ非ズ。速カニ罷出ヨ（同前・一一七オ）

と言って、はたと睨むと頭や髑髏は消える。しかし、またも六つの目を持つ巨大な首が清盛をにらみ、今度は清盛が、「何ニ己等ハ一度ナラズ二度ナラズ、浄海ヲバタメミルゾ。一度モ汝等ニハナブラルマジキ物ヲ」（同前・一一七ウ）と言って太刀を抜きかけると、次第に消え失せたというのである。

二番目に現れた怪異の者は、「怨霊」という言葉こそ使われていないが、清盛に恨みを持った死霊であることが明確である。その悪霊に対して、清盛は、後白河法皇とよく似た内容の言葉で立ち向かったわけである。法皇も清盛も、言葉の力だけで悪霊を撃退したわけではないだろうが、悪霊に対して、まず言葉で立ち向かうという方法があり得ること、そして、その言葉には、賛美によって敬して遠ざけるという態度以外に、説得あるいは叱責・威圧とでも呼び得る態度の言葉があり得ることに注意しておきたいのである。

『今昔物語集』巻十一第六話「玄昉僧正、亘唐、伝法相語」は、末尾で、広継（藤原広嗣）の霊を、吉備真備が鎮め

る話になる。広継の悪霊を恐れた天皇が、「吉備大臣ハ、広継ガ師也。速ニ彼ノ墓ニ行テ、誘《こしら》ヘ可捉《をこつるべ》キ也」と命じたので、真備は広継の墓の前に行って「誘《こしら》ヘ陳ジ」たのだが、悪霊の力は強く、真備は「殆《ほとほと》シク可被鎮《しづめらるべく》」（自分の方が危うく鎮圧されそうに）なった。しかし、真備は陰陽道を極めていたので、「我ガ身ヲ怖レ无ク固メテ、懃《ねむごろ》ニ捉《をこつり》誘《こしら》」えたので、ようやく広継の霊を鎮めることができたという。これも、真備が陰陽道の術によって身を守ったという条件はあるが、霊を鎮め得たのは、言葉で「をこつりこしらへ」ることによってであった。

　真備がどのような言葉で広継の霊を鎮めたのかはわからないが、その内容は、あるいは、『松浦廟宮先祖次第并本縁起』に見るような広継賛美であったかもしれない。だが、「をこつる」は「だましすかす。甘言に乗せて他人を自分の思う方向へ誘い込む」、「こしらふ」は「人を自分の意図する方向に導く」意とされる（いずれも『角川古語大辞典』）。言葉の上ではどのような内容が語られたとしても、それは巧言で相手をなだめすかすような説得だと意識されている点、そして、そうした言葉によって怨霊を鎮めることができると考えられている点に注意したい。

　鎮魂の言葉は、心から清水冠者を悼む女房達の温かい涙で包まれたような場でのみ語られたわけではない。死者に向けられる言葉が、素朴な哀悼よりも表面的にははるかに美しい句を連ねていたとしても、その言葉を発する者の心の奥底は死霊に対する恐怖と嫌悪に満ちているというような場合も考えられよう。むしろ、「怨霊鎮魂」というべき場面では、表面的な言葉とは裏腹に、怨霊を何とかしてなだめすかし、鎮めるための作戦、計算に基づいた言葉が連ねられたことが多かったと想像してもよいのではないだろうか。存覚『諸神本懐集』が、「実社ノ邪神」即ち「生霊・死霊等ノ神」について、「モシハ人類ニテモアレ、畜類ニテモアレ、タ、リヲナシ、ナヤマスコトアレバ、コレヲナダメンガタメニ神トアガメタルタグヒアリ」（思想大系『中世神道論』による）と述べていることは著名であろう。祟りをなす霊に対しては、心から崇拝するわけではなくとも、「ナダメ」るために敬意を表する必要があったわけである。

強大な怨霊に対してはひたすら恐懼し、死者を誉め讃える言葉が連ねられるとしても、それは状況判断の結果であり、説得できそうな相手であれば説得し、威圧すればすみそうな相手であれば威圧する。鎮魂は、そのような、いわば怨霊との駆け引き、戦いという側面を持つのだと考えておきたい。

怨霊は調伏し、撃退する対象でもあった。先にも引いた坂本要論文は、

怨霊から転じた御霊は「鎮めて、謝し、慰めて、祀る」というのが平安時代の表現であり、中世になると「鎮撫」「調伏」の語が使用されて押さえつける退治するの感が強まる。(28)

と指摘している。これは「怨霊」「御霊」に即したまとめ方であり、平安時代にも「邪気」などと表現されるモノノケが「調伏」されていたことは言うまでもない。(29)『平家物語』研究史の前掲諸論の中では、生形貴重（前掲注（13））が、龍神を鎮めることを盲僧の職能と考え、根拠として地神盲僧の『盲僧由来』に見える「悪蛇」退治の話を引いているのが注意される。強大な怨霊を祭り上げて沈静化を願う行為と、モノノケや悪霊を調伏する行為は、同一とは言わないまでも、連続した様相の中にあるのではないだろうか。

そして、そうした様相の中で、言葉による鎮魂とは、怨霊を讃えるばかりではなく、説得するという要素をも含み得るものだったのではないか。そのように考えてくると、平家批判が「鎮魂」にふさわしくないとは必ずしも言えないように思われてくるのである。

五　清盛批判と鎮魂

実は、平家に属した軍兵への鎮魂と清盛批判を両立させているかに見えるテキストがある。建久八年（一一九七）

十月四日の源親長敬白文（鎌倉遺文九三七号。但馬進美寺文書）である。この文書は、但馬国守護を務めた源（安達）親長が、頼朝による「八万四千基御塔」建立の呼びかけに応え、「但馬国分」として「五輪宝塔三百基」を造立供養するための勧進にあたって草した敬白文であり、宝塔勧進の意趣を次のように述べる。

右、宝塔勧進造立塔意趣者、去保元元年鳥羽一院早隠二耶山之雲一、当帝・新院自レ諍二一天一已来、源氏・平氏乱頻蜂起、王法仏法倶不レ静。就中、前太政大臣入道静海、忽誇二朝恩一、廻二趙高之計一、恣傾二王法一、継二守屋之跡一、頻滅二仏法一。所謂、聖武天皇之御願□□□□盧舎那仏灰燼、後白河院之玉体幽閑《ママ》之間、九重之歎、七道之愁、何事過レ之哉。爰我君前右大将源朝臣、代レ天討二王敵一、通レ神伏二逆臣一、早払二一天之陣雲一、速静二四海之逆浪一。都鄙貴賤、無レ不レ開二歓喜咲一。但行二追罰一加二刑害一間、夭亡之輩数千万矣。被レ駈二平家一趣二北陸一輩者、消二露命於篠原之草下一、被レ語二逆臣一渡二南海一族者、失二浮生於八島之浪上一。如レ此類、遺二恨於生前之衢一、含二悲於冥途之旅一歟。須下混二勝利於怨親一、頒中抜済於平等上焉。伝聞、以レ怨報レ怨者、怨世々無レ断。以レ徳報レ怨者、転レ怨為レ親。因レ茲尋二阿育之旧跡一、造二立八万四千之宝塔一（以下略）　（鎌倉遺文により、句読点・返点を私意に補った。□□□□は欠字）

清盛に対して、「前太政大臣入道静海、忽誇二朝恩一、廻二趙高之計一、恣傾二王法一、継二守屋之跡一、頻滅二仏法一」云々と、南都焼討や法皇幽閉を非難し、頼朝は天に代わって王敵を討ったのだとするこの文の趣旨は、しかし、平家批判ではなく、討たれた平家の軍兵を悼むところにある。「被レ駈二平家一趣二北陸一輩」や「被レ語二逆臣一渡二南海一族者」、即ち平家のために合戦に駆り出された者達が、篠原や屋島などの戦場で「遺二恨於生前之衢一、含二悲於冥途之旅一歟」と、恨みを残し、悲しみを含んだまま亡くなったことを悼むのである。

この文では、亡くなった軍兵らが平家側で戦ったのは、清盛及びその後を継いだ「平家」「逆臣」によって戦いに駆り出され、語らわれたためなのだとして、鎮魂の対象である戦没者を責めることはしない。しかし、それは決して、平家軍の戦いの肯定ではない。その戦いは清盛等の意志に基づく悪事だったので、頼朝に討たれたのはしかたのないことだったのだと説いてもいるわけである。そして、それをふまえた上で、「須下混二勝利於怨親一、須中抜済於平等上」と、怨親平等を祈願する。つまり、平家を否定し、頼朝体制を肯定する論理を死霊に受け入れさせる一方で、体制側も「以レ徳報レ怨」という態度で怨みの連鎖を断ち切ることにより、怨霊の発動を防ごうとしているのだといえよう。

追塩千尋は、阿育王・八万四千塔信仰は、平安期から中世を通じて、怨霊調伏・罪障消滅の機能を中核としたと指摘、この文書もその一例とする[30]。一方、山田雄司は、この場合の目的は怨親平等思想に基づく追善・追福であり、調伏ではないとする[31]。確かに、これは怨霊をねじ伏せようとする「調伏」ではないだろうが、右にも見たように、追善供養と調伏は連続した様相の中にあるのではないか。怨親平等の仏教思想は、本来は怨霊思想とは無縁であっただろうが、山田も指摘するとおり、日本では怨親平等思想に基づく供養と怨霊鎮魂とが密接にからみ合っていた。ここでも、八万四千塔造立の目的は、供養によって怨霊の発動を防ぐことにあろう。これは勧進の敬白文だが、同様の思考に基づく言葉が、死者に向けても語られたと想像して良いとすれば、怨霊を鎮めようとする「をこつりこしらへ」の言葉には、清盛批判が含まれていたことになろう。

筆者は、この敬白文と『平家物語』の間に実体的な関係を想定するつもりはないが、両者の間には共通する構造があるのではないかと考える。筆者は以前、『平家物語』の重衡が、南都焼討の罪を問われつつも周到に救済を描かれる点、清盛とは対照的であることを指摘し、関連して、たとえば「殿下乗合」で「平家の悪行の始め」のきっかけを作った資盛にせよ、愚行によって頼政を謀叛に追いやった宗盛にせよ、特にその行為の報いが云々されることはなく、堕地獄を描かれるのは清盛のみであるところに、『平家物語』の立場が見られると論じた[32]。『平家物語』は、前半で清盛の「悪行」を語り、後半で、その因果応報としての一門滅亡を語っていると言えよう。一門滅亡は清盛の悪行による必然だったのだとしながら、一人一人の公達の最期には限りない哀悼の念を見せ、その救済を語る。親長敬白文と『平家物語』は、平家政権を否定しながらも平家に属した人々を免責するという困難な論理の構成を、清盛批判によって可能にしているとも言えようか。

類似の構造は、建礼門院説話にも見ることができる。先にも見たように、『閑居友』では、法皇の来訪を受けた建礼門院は安徳天皇最期の様を語るのみであるのに対して、『平家物語』諸本は六道語りなど、多様な語りを盛り込むわけだが、[33]ここで注目したいのは、延慶本において、安徳天皇の最期を語り終えた女院が次のように語ることである。

先帝ハ神武八十代之正流ヲ受テ、十善万機ノ位ヲ践給ナガラ、齢未幼少ニマシ〳〵シカバ、天下ヲ自治ル事モナシ。何ノ罪ニ依テカ、忽ニ百皇鎮護ノ御誓ニ漏レ給ヌルニヤ。是即我等ガ一門、只官位俸禄身ニ余リ、国家ヲ煩スノミニアラズ、天子ヲ蔑如シ奉リ、神明仏陀ヲ滅シ、悪業所感之故也。　（第六末・七三オ〜ウ）

何の罪もない八歳の安徳天皇は、なぜ壇ノ浦の海に沈まねばならなかったのか。それは後白河法皇の命を受けた源氏の軍兵に攻撃されたためだったはずだが、物語はもちろんそうは語らない。平家一門の悪行がその原因だったのだと語るのである。一門の悪行を語ることによって、勝者にはもちろん、安徳天皇にも罪はなかったと改めて確認し、慰霊がなされる。その構造は、右に見た清盛批判による平家鎮魂と同様のものであるといえよう。

この説話でもう一つ注目しておくべきは、その内容が建礼門院の口から後白河法皇に向かって語られていることである。『平家物語』の場合、序章などは、美濃部重克（前掲注（21））のように、語り手が死霊（登場人物）に対して無常を語りかけていると読むことも可能だろう。だが、物語である以上、鎮魂は登場人物の言動に託して表現されるはずである。その意味では、敗者たる平家を代表する建礼門院が、勝者を代表する後白河法皇に対して、「平家の悪行」を滅亡の原因と認めて懺悔し、両者が和解するさまを語ることにこそ、平家怨霊の発動を否定する物語のあり方が現れているというべきではないだろうか。[34]

このように考えてくると、清盛を悪者に仕立てる『平家物語』の基本的な構造は、むしろ、平家一門を鎮魂するためにこそ生まれたものではなかったかとさえ考えられる。しかも、悪行の人として唯一人責任を問われ、堕地獄を描かれる清盛も、実は権者論によって救済されるのである。とりわけ延慶本では、提婆達多権者説を引いて、

サレバ清盛モ権者ナリケレバ、調達カ悪業ニタガワズ仏法ヲ滅シ王法ヲ嘲ル。其ノ悪業現身ニアラワレテ、最後ニ熱病ヲウケ、没後ニ子孫滅シ、善ヲス、メ悪ヲコラスタメシニヤトオボヘタリ。（第三本・五一オ～ウ）

と、清盛の悪行はすべて権者として、反面教師としての行いであったとするのである。[35] 平家一門の罪をすべて背負った清盛が、このようにぎりぎりのところで一転して聖化されるならば、結局、『平家物語』は、平家一門のすべてが救済されると述べていることになろう。この物語にそのような仕組みを作らせた要因を、筆者は、平家への鎮魂という広範な社会的要請であったと考えるのである。

六　おわりに

戦乱の後には、大小さまざまな「鎮魂」の場が生まれたはずである。死者の近縁者による素朴な哀悼に満ちた場から、統治者の立場で怨霊を鎮撫する必要に迫られた、緊張した対決の場まで、多様な「鎮魂」が営まれたと考えるべきだろう。同じ「鎮魂」という言葉で一括できるとしても、その性格は一様ではなかったはずである。そうした種々の「鎮魂」の基盤の上に『平家物語』は生まれたと見られる。『平家物語』は、個々人の「鎮魂」に関わる物語をいくつも吸収することによって、その哀悼の心性を物語の中に取り込みつつも、全体としては、国家として怨霊を鎮撫

する方策を練るような思考を反映させつつ、歴史を語る物語を構成したはずである。私達は、物語の背後にある「鎮魂」の多様さに思いを馳せつつ物語を読み、物語を読むことによってさまざまな「鎮魂」に思いを馳せねばならないのではないだろうか。

注

（1）『日本民俗大辞典』「鎮魂」項、長谷部八朗執筆（吉川弘文館、一九九九年十月）。

（2）折口信夫「即位御前記」（『史学』十九巻一号、一九四〇年八月。『折口信夫全集・二十』中央公論社、一九九六年十月所収）その他。

（3）坂本要「「鎮魂」語の近代――「鎮魂」語疑義考　その1――」（『比較民俗研究』二十五号、二〇一一年三月）、「「鎮魂」語――「鎮魂」語疑義考　その2――」（同前誌・二十六号、二〇一一年六月）、「怨霊・御霊と「鎮魂」語――「鎮魂」語疑義考　その3――」（同前誌・二十七号、二〇一二年六月）。

（4）筑土鈴寛『復古と叙事詩』（青磁社、一九四二年十二月）。今、『筑土鈴寛著作集・一』（せりか書房、一九七六年四月）による。

（5）筑土鈴寛『慈円――国家と歴史及文学』第二部・五「歴史と文学との救済」（三省堂、一九四二年十二月）。今、『筑土鈴寛著作集・二』（せりか書房、一九七七年一月）による。

（6）筑土鈴寛「中世芸能とくに平家語りをめぐりて」。『筑土鈴寛著作集・四』（せりか書房、一九七六年十月）による。文末に「昭和十七年三月三日」の記があるという。

（7）五来重『高野聖』（角川書店、一九六五年五月）。関連して、「盲僧琵琶」解説（『日本庶民生活史料集成・十七』三一書房、一九七二年十一月）などがある。

（8）柳田国男「有王と俊寛僧都」（『文学』八巻一号、一九四〇年一月。『物語と語り物』角川書店、一九四六年十月、『定本柳田国男集・七』筑摩書房、一九六八年十二月、『柳田国男全集・十五』筑摩書房、一九九八年九月収録)。
(9)渥美かをる『平家物語の基礎的研究』上篇一章二節(三省堂、一九六二年三月)。
(10)桜井好朗「隠者と戦記――平家物語および太平記の成立に関して――」(『文学』三十四巻十号、一九六六年十月。『中世日本人の思惟と表現』未来社、一九七〇年一月再録)。
(11)福田晃「民俗学と平家物語」(『国文学解釈と鑑賞』三十二巻九号、一九六七年八月。『軍記物語と民間伝承』岩崎美術社、一九七二年二月再録)。関連して、「平家物語の文学性――その社会性とのかかわりから――」(同書所収)がある。
(12)渡辺貞麿「『平家物語』の作者たち――盲人との関係について――」(『文芸論叢』三号、一九七四年九月)。同様の趣旨をより詳細に述べた稿として、「仏前で『平家』を語るということ」(『真宗教学研究』九号、一九八五年十一月。『平家物語の思想』法蔵館、一九八九年三月再録)がある。
(13)生形貴重「『平家物語』の始発とその基層――平氏のモノガタリとして――」(『日本文学』二十七巻十二号、一九七八年十二月。『平家物語の基層と構造――水の神と物語――』近代文芸社、一九八四年十二月再録)。
(14)小林美和「延慶本平家物語の編纂意図とその形成圏について」(『国語と国文学』五十三巻一号、一九七六年一月。『平家物語生成論』三弥井書店、一九八七年五月再録)。
(15)砂川博「横田河原合戦譚の生成――延慶本平家物語の場合――」(『兵庫国漢』二十四号、一九七八年三月。『平家物語新考』東京美術、一九八二年十二月再録)。
(16)兵藤裕己『語り物序説――「平家」語りの発生と表現――』(有精堂、一九八五年十月)、「物語りの巫俗」(『口頭伝承の比較研究4』弘文堂、一九八八年三月。『王権と物語』青弓社、一九八九年九月再録)。
(17)五味文彦「説話の場、語りの場」(『文学』五十五巻二号、一九八七年二月。『平家物語、史と説話』平凡社、一九八七年十一月再録)。関連して、『大系日本の歴史・5　鎌倉と京』(小学館、一九八八年五月)がある。
(18)五味文彦「平家物語の物語的空間――宮廷社会――」(『軍記文学研究叢書6　平家物語　主題・構想・表現』汲古書院、一九九八年十月。『中世社会史料論』校倉書房、二〇〇六年十一月再録)。

(19) 福田晃「語り本の成立――台本とテキストの間――」(『日本文学』三十九巻六号、一九九〇年六月)。
(20) 武久堅「平家物語発生の時と場(その一)(その二)――生成平家物語試論――」(関西学院大学『人文論究』四十一巻三号、一九九一年十二月、『軍記と語り物』二十八号、一九九二年三月。『平家物語発生考』おうふう、一九九九年五月再録)。
(21) 美濃部重克「「祇園精舎の鐘の声　諸行無常の響あり」論」(『南山大学日本文化学科論集』二号、二〇〇二年三月)。同様の趣旨は、『観想　平家物語』(三弥井書店、二〇一二年八月)にも述べられている。
(22) 大津雄一「軍記物語と王権の〈物語〉――イデオロギー批評のために――」(『平家物語　研究と批評』有精堂、一九九六年六月。『軍記と王権のイデオロギー』翰林書房、二〇〇五年三月再録)。
(23) 山下宏明「軍記物語研究の動向と平家物語論の行方」(『軍記物語の生成と表現』和泉書院、一九九五年三月)、「琵琶法師の平家物語」(『国文学解釈と教材の研究』四十巻五号、一九九五年四月)。
(24) 大津雄一「怨霊は恐ろしき事なれば――怨霊の機能と軍記物語の始発――」(『軍記文学の系譜と展開』汲古書院、一九九八年三月。前掲『軍記と王権のイデオロギー』再録)。
(25) 水原一「説話とその形成」(『平家物語の形成』加藤中道館、一九七一年五月)。
(26) 佐伯真一「『保暦間記』の歴史叙述」(『伝承文学研究』四十六号、一九九七年一月)及び佐伯真一・高木浩明『校本保暦間記』解題(和泉書院、一九九九年三月)参照。
(27) 生形貴重「〈研究ノート〉『愚管抄』と『平家物語』――『平家物語』の構造論への覚書――」(同志社大学国文学会院生部会『院生会報』七号、一九七五年度)。
(28) 前掲注(3)坂本論文の「その3」。
(29) たとえば、『小右記』正暦四年(九九三)六月五日条、同十四日条。
(30) 追塩千尋「古代日本における阿育王伝説の展開」(『日本歴史』三八二号、一九八〇年三月)、「中世日本における阿育王伝説の意義」(『仏教史学研究』二十四巻二号、一九八二年三月)。いずれも『日本中世の説話と仏教』(和泉書院、一九九九年十二月)再録。

（31）山田雄司「怨霊と怨親平等との間」（国学院大学研究開発推進センター編『霊魂・慰霊・顕彰——死者への記憶装置——』錦正社、二〇一〇年三月。『怨霊・怪異・伊勢神宮』思文閣出版、二〇一四年六月再録）。
（32）佐伯真一「重衡造型と『平家物語』の立場」（『国語と国文学』六十二巻九号、一九八五年九月。『平家物語遡源』若草書房、一九九六年九月再録）。
（33）佐伯真一「女院の三つの語り——建礼門院説話論——」（『古文学の流域』新典社、一九九六年四月）及び『建礼門院という悲劇』（角川学芸出版、二〇〇九年六月）参照。
（34）小林美和「『平家物語』の建礼門院説話——延慶本出家説話考——」（『伝承文学研究』二十四号、一九八〇年六月。『平家物語生成論』三弥井書店、一九八六年五月再録）。なお、関連する論として、大津雄一「後白河法皇の涙」（『日本文学』四十七巻五号、一九九八年五月。前掲注（22）書再録）がある。
（35）佐伯真一「延慶本平家物語の清盛追悼話群——「唱導性」の一断面——」（『軍記と語り物』十六号、一九八〇年三月。『日本文学研究大成・平家物語Ⅰ』国書刊行会、一九九〇年七月再録）。

［追記］
研究史で取り上げた、鎮魂に関わる諸論とは方向性のやや異なる論として、「文学作品としての『平家物語』から死者への鎮魂のメッセージ」を中心として論ずる、松尾葦江「平家物語の死生観——覚一本の構想と鎮魂——」（梅光女学院大学公開講座論集38『文学における死生観』笠間書院、一九九六年二月。『軍記物語論究』若草書房、一九九六年六月再録）がある。

歴史の簒奪
――〈清原氏の物語〉から〈源氏の物語〉へ――

野中哲照

一　はじめに

いつの時代も、政権が歴史を管理する。自らの由来を正当化し、それによって求心力を増強し、体制を安定させようとする。ことに、前政権を倒して成立した次なる政権ほど後ろめたい心情を抱いており、自らの正当性と求心力のありように敏感になるものである。そして、彼らは必ず、歴史の管理者たらんことを希求するのである。しかし、前政権の遺物たる文献や建築物をすべて探索し、破壊し、焼き尽くすことは不可能である。ゆえに現実的には、前政権が遺した歴史の枠組みを最大限利用し、換骨奪胎し、自らの正当性の魂を注ぎこむ。たとえば、古代エジプトの王・ラムセス二世がカルナック神殿の列柱に〈深い溝〉のヒエログリフ（歴史を語った文字）を彫り込ませたのは、前政権の〈浅い溝〉の文字を消し去ることと、自らの歴史のみを後世に残すこととの一石二鳥を狙った、歴史管理のための作為であった。このように、前政権を倒して王位を獲得することと、新たな歴史を捏造することは、緊密に連動している。ゆえに〝王位の簒奪〟に準えて、次なる政権が歴史を改変しようとする営為を指して〝歴史の簒奪〟と呼ぶ。

平安期最大の権力者である藤原道長の政権は、冬嗣・良房以来の藤原北家の順当な権力継承の上に成り立っている。

平清盛とて、前政権を倒したわけではない。自ら古い体制の中に潜り込み、太政大臣就任という方法を採って政権の座に就いた。一方、室町幕府や江戸幕府には、すでに〝先例〟として仰ぐべき鎌倉幕府の存在があった。一見政治体制の変革に見えるものでも、大局的に見ればそれらは〝首のすげ替え〟であって、前体制の枠組みを否定するものではなかった。〝倒幕〟の末に成った明治新政府も、一方で〝王政復古〟という大義名分を掲げることができた。こうして日本の歴史を概観してみると、鎌倉幕府の成立ほど、正当化の難しかったものはないことに気づく。源頼朝や北条時政、それに従う御家人たちは、自らの政権を正当化することに腐心し続けていたに相違ない。

二　前九年合戦認識と〈後三年トラウマ〉との連動

本稿は、平安後期から鎌倉初期にかけての、前九年合戦にたいする認識の変容を窺う論である。『陸奥話記』の形成過程に始まって、物語成立後の認識上の変革までを論じる。[1]平安後期から鎌倉初期にかけて、前九年合戦にたいする認識（合戦観）に変化がみられるというわけだが、その問題も、じつは――一連の拙稿で重要性を指摘している[2]――〈後三年トラウマ〉によるものなのである。まずは、そのことについて説明しておかねばなるまい。

後三年合戦は、第一部（真衡館合戦）・第二部（沼柵合戦）・第三部（金沢柵合戦）に分かれるのだが、その第三部において、いくさが公的な大義名分を失って泥沼化・私戦化した。[3]『後三年記』が私戦化要因として挙げたのは、後三年合戦より約二十年前の、前九年合戦における源頼義と清原武則のいずれに主たる戦功があるかをめぐる義家（頼義の子）と武衡（武則の子）の争いであった。つまり、後三年合戦の私戦化要因を語るときに、前九年合戦認識が必然的に付随してくるという関係にあった。

前九年合戦は――後三年合戦と違って――明白な公戦だと考えられている（じつは、これも怪しい）(4)。少なくとも『陸奥話記』では、源頼義・清原武則を英雄化・前景化していることから、勝者を賛美していることは疑いない。ところが、同じ勝者の側でも、源氏（源頼義）と清原氏（清原武則）のいずれが本当の功労者であるのかという点については、認識上・解釈上のすさまじいせめぎあいがあったようだ。源頼義の子が義家、清原武則の子が武衡であり、双方の子ども同士でもある義家と武衡の戦いとなったのが、後三年合戦の第三部である。〈朝廷の権威を奉じた頼義〉と、〈一万余人の軍勢を率いた武則〉は一応の協力関係にあったわけだが、その子どもたちの代になって、双方の父の軍功をめぐって認識の違いが表面化してしまった。それによって、後三年合戦の第三部が泥沼化したのだと、『後三年記』は表現している。そのことは、『後三年記』の〈23千任の罵言〉に顕著に窺える。

家衡がめのと、千任といふ者、やぐらのうへに立て、声をはなちて将軍にいふやう、「汝が父頼義、貞任・宗任をうちえずして、名簿をさゝげて、故清将軍をかたらひたてまつれり。偏にその力にて、たま／＼貞任等をうちえたり。恩をになひ、徳をいたゞきて、いづれの世にか、むくひたてまつるべき。しかるを、汝、すでに相伝の家人として、かたじけなく重恩の君をせめたてまつる。不忠不義のつみ、さだめて天道のせめをかぶらむか」といふ。おほくの兵、をの／＼くちさきらをとぎてこたえんとするを、将軍、せいしてものいはせず。将軍のいふやう、「もし千任をいけどりにしたらむものあらば（「莫大な褒賞をとらそう」の内容の脱文あるか）。かれがために命をすてん、ちりあくたよりもかろからむ」といふ。

傍線部のように、清原武衡の僕従であり家衡のメノトでもある平千任《たいらのちとう》は、清原方の認識に立って、清原武則の軍功を大とする。そればかりか、源頼義が「名簿《みょうぶ》」を捧げて――臣従の礼を取ることによって――武則が援軍を出したとする一件を引き合いに出して、〈清原氏が主君、源氏が従者〉であるとの認識まで示している。この屈辱に、源義家は、波線部のように命がけの報復を誓うほどに激昂するのである。そして、武衡を捕縛したのち、〈31武衡の処刑〉で義家は次のように反撃する。

> 将軍、武衡をめして出て、みづからせめていはく、「軍のみち、勢をかりて敵をうつは、昔も今もさだまれるならひなり。武則、かつは官符の旨にまかせて、且は将軍のかたらひによりて、御方にまいりくはゝれり。しかるを、先日、僕従千任丸おしへて名符あるよし申しは、件名符定て、汝伝たるらむ。速にとりいづべし。武則、えびすのいやしき名をもちて、かたじけなく鎮守府将軍の名をけがせり。是、将軍の申おこなはるゝによりてなり。これすでに、功労をむくふにあらずや。況や汝等は、その身にいさゝかの功労なくして、謀反を事とす。何事によりてか、いさゝかのたすけをかぶるべき。しかるを、みだりがはしく重恩の主となのり申。其心如何。たしかに弁申せ」とせむ。

義家の主張は三点ある。一点目は、父頼義が太政官符を背負ったうえで武則に援軍を依頼したからこそ武則が堂々と参戦しえたのだということ、二点目は、（父頼義が提出したはずはなかろうが）もし本当に名簿を提出したのならそれを差し出せということ、三点目は、武則が鎮守府将軍に任じられるように父頼義が取り計らったので軍功に十分報いていること、である。三点目は問題ないとして、一点目には不審な点がある。『陸奥話記』によれば、

> 朝議、紛紜せるの間、頼義朝臣、頻りに兵を光頼幷びに舎弟武則等に求む。

とあり、太政官符が下されていたとは読めない（おそらく、『後三年記』のこの文脈は、『陸奥話記』を参照することを計算して書かれている）。要するに、義家の言い分は、苦しいのである。さらに二点目の、名簿の存在を義家が信じてしまっているかのように語っているところも、義家の立場を悪くしている。表面的に読めば義家が武衡に強弁し、武衡はそれに屈伏して斬首されているように見えるが、よく読めば義家のほうが苦し紛れの対応をしていることが察せられる

ように表現されている。

さらには、〈33千任の処刑〉で義家が千任を処刑する際に、〈23千任の罵言〉で受けた屈辱を引きずっていることが表現され（「先日矢ぐらの上にていひし事、只今、申てんや」）、千任に主君武衡の首を踏ませて〝不忠不義の行為〟を演じさせたあと、「二年の愁眉、今日すでにひらけぬ」などと言うところに、前年の沼柵合戦から抱き続けた怨念の深さだけでなく、「相伝の家人として、かたじけなく重恩の君をせめたてまつる。不忠不義のつみ」と罵られたことに対する報復に拘泥してきた義家の情念の深さも表現されている。『後三年記』の義家像は、執念深く醜悪だと受け止められるように表現が仕組まれているのである。

清原氏や平泉藤原氏の立場からすれば、『後三年記』の語る前九年合戦像を好都合だ――奥羽への源氏の影響力を排除しうる――と感じていただろうし、源氏の立場からすればそれを不都合だとみていただろう。そしてそのような立場・視点の問題を、清原氏・平泉藤原氏が滅亡して源氏の時代が訪れるという通時的な流れ（平安後期から鎌倉初期へ）の中に落とし込んでみると、前九年合戦にたいする認識（合戦観）の変容として表面化する。

このように、前九年合戦にたいする認識の変容問題も、〈後三年トラウマ〉の内側で考える必要があるということである。

三　清原びいきとして始動した〈前九年の物語〉――『陸奥話記』の形成過程（1）――

この節以降、〈前九年の物語〉という呼称を用いる。『陸奥話記』、『奥州合戦記』（『扶桑略記』所載）、『今昔物語集』前九年話（巻二五―一四話）のみならず、それらの誤読を誘うべく捏造された「十二年合戦」「前九年合戦」の呼称も含めて、ここでは〈前九年の物語〉と呼ぶ。物語や合戦の呼称を含めた、前九年認識（合戦観）の変容を考察の対象とするというわけである。

いわゆる前九年合戦は九年間ではなかった。古称が「十二年合戦」であることや、黄海合戦から数えて六年間であることも、周知のことである。[5] しかし、前九年合戦は、十二年間でも六年間でもなく、じつは正味一か月強のいくさであった。行軍の期間を含めても、約二か月間である。実際にその二か月間だけの合戦記として、原『陸奥話記』が成立していた時期がある。それが、『扶桑略記』所載『奥州合戦記』である。それは〝出羽山北《せんぼく》の盟主・清原武則の戦功を称揚する二か月間の物語〟とも言いうるものであった。その物語の前の部分に、源頼義・義家父子や源氏主従の忠節譚などを接合して成立したのが、現存の『陸奥話記』である。[6]

『陸奥話記』の形成過程をそのように考える根拠は、第一に、『扶桑略記』の六年間におよぶ前九年関係記事の一部（後半部）しか『奥州合戦記』と呼ばれていないという事実がある。『扶桑略記』の前九年関係記事は、天喜五年（一〇五七）八月から康平六年（一〇六三）二月の七年間（いくさの六年間＋翌年の戦後処理）に、五か所に分散してみられるのだが、その中でも、康平五年七月から十二月の記事が不可分の記事として〝ひとまとまり〟になっており、それが『奥州合戦記』と命名されているのである。

第二に、六年間をいくさの全体像としてみたとき、問題の二か月間の部分の記述量（文字数）だけ異様に多いという事実がある。前半部（六年間）の文字数が全体の三七％であるのに対して、後半部（二か月間）は六三％である。[7] 武則登場以降の二か月ほど（参戦から一か月強）が、まさに『扶桑略記』所載『奥州合戦記』のカバーする範囲なのである。

第三に、その〝ひとまとまり〟の部分のみ、『奥州合戦記』と『陸奥話記』との表現近似率が高いという現象を指摘することができる。これ以外の部分は六割前後しか近似していないのだが、当該部分のみ九割近くに上っている。

第四に、記述量の粗密だけでなく、日時や地名や距離表現においても粗密の差が甚だしい点を指摘することができる。前半部はその年数に見合うだけの記述量（文字数）がないばかりか、叙述の正確さ、緻密さもなく、すかすかなのである。

『奥州合戦記』の記述範囲である武則登場以降の二か月間は、前九年合戦の実相を素直にそのまま受け止めて写し取ったものとさえ言えるだろう。以上のように、『陸奥話記』は、その後半部（暦時間で正味約二か月間）、すなわち『奥州合戦記』と重なる部分が先行成立し、その前半部（十一年プラス数か月の部分）は後次的に付加されたものと断定してよい。現存『陸奥話記』の原型たる『奥州合戦記』の成立は、一〇七〇年前後だとみられる(8)。

四　バランス感覚によって屈折し始めた〈前九年の物語〉――『陸奥話記』の形成過程（2）――

もともと事実として、この合戦は実質二か月間（その中でも正味一か月強）であったのだが、それをそのまま物語として写し取った『奥州合戦記』は、清原武則の戦功のみが露骨に強調されるものであった（『扶桑略記』記事や『今昔』前九年話後半部からの推測）。

『陸奥話記』や『後三年記』の形成期は荘園の収公が問題視されていた時期であり、荘園的な独立性・ワタクシ性を有しつつあった奥六郡・山北三郡がその正当性を得られるかどうかは、清原真衡政権や藤原清衡政権の歴史的正当性にかかっていた。荘園整理の際に〝〜期以前は不問〟という但し書きが付いていたように、いつも問題視されていたのは〝新立荘園〟であった(9)。逆にいえば、土地の所有権や支配権についての経緯、由緒、歴史的正当性が証明されれば問題視されないのである。すると、その当時の人々に歴史を希求する指向が芽生える。由来や歴史的正当性がなければ、我が身を危うくしかねない時代相だったのである（とくに新興勢力にとっては）。『陸奥話記』や『後三年記』は、そこに奉仕する物語であった可能性が高い。『後三年記』は、合戦が徐々に私戦化していったことと、そこに清衡が積極的には加担していないことを伝えるという手法を取ることによって、物語成立時ごろの清衡政権の正当性の主張に寄与したものと考えられる[10]。

清原氏や平泉藤原氏（奥羽側）からすれば、前九年合戦は清原武則に戦功があったと主張することになり、源氏（中央側）からすると頼義にこそ戦功があったと主張することになる。そのような合戦観（認識）のせめぎあいの中で、『陸奥話記』は形成されたのである。『奥州合戦記』のように露骨な清原武則の活躍物語は、そのままでは中央で受け入れられるものではなかった。ゆえに、巧みに前半部を付加し、そこに源頼義・義家父子の活躍や佐伯経範以下の兵士の忠節が盛り込まれたのである。〝巧みに〟というのは、その前半部においてさえ、源氏主従の奮戦が機能することのないように（つまり、空振りするように）、周到に練られて各逸話が投入されているからだ。経範とその郎等の勘違いの討死、藤原景季の斬首、和気致輔・紀為清の無益な討死、藤原茂頼の早合点の出家、平国妙の生捕り――このように、『陸奥話記』を丁寧に読めば、康平五年の黄海合戦において、源氏の手柄はほとんど描かれていないことに気づく。それほど、〝巧み〟な操作なのである。ゆえに『陸奥話記』前半部の追補は、源氏側からのバイアスがかかったための軌道修正なのではなく、清原氏自身によるバランス感覚の発動という類の自己規制であったろう。なぜならば、源氏側からのバイアスがかかって物語が変質したのならば、『陸奥話記』前半部において佐伯経範、藤原景季、藤原茂頼らに〝空振りの忠節〟を演じさせることはなかっただろうし、毒酒でないものを毒酒と言いきる頼義の愚かさを消去しただろうし、肝心の後半部（衣川や厨川の合戦）で源氏の戦功を強調したはずだからである。現存の『陸奥話記』は、けっしてそうはなっていないのである。

そのことは、『奥州合戦記』から現存『陸奥話記』に至る形成過程の中で、俘囚たる清原氏の戦功を露骨に前面に押し出さないほうが賢明だという判断が働いたことを示唆している。〈機能しない源氏主従〉を前半部に多く登場させ、戦功に関わらせないものの奮戦と忠誠の姿だけは前景化してみせるという方法を採っているのである。これほど狡猾な手法はあるまい。〈前九年の物語〉は、バランス感覚によって巧妙化したのである。

五　源氏びいきに転換させられた〈前九年の物語〉——源氏政権による歴史の簒奪——

前節までは、平安後期の状況である。この節以降は、鎌倉初期のそれについて検討する。

『後三年記』の中に、約二十年前のいわゆる前九年合戦を指す文脈が六か所ある。

①源頼義、貞任・宗任をうちし時　〈1真衡の威勢〉
②頼義、むかし貞任をうたむとて、みちの国へくだりし時　〈2成衡婚姻の宴〉
③昔、頼義、貞任をせめし時　〈3秀武登場〉
④貞任をせめし事　〈15国房の教導〉
⑤汝が父頼義、貞任・宗任をうちえずして　〈23二任の罵言〉
⑥すでに貞任・宗任にすぎたり　〈36官符下されず〉

このように、院政初期の一一二〇～二八年ごろの成立とおぼしき『後三年記』のころには、まだ「十二年」「前九年」などという熟語的な表現は存在しなかったようである。(11) これとほぼ同時代の『今昔物語集』巻二十五でも、いわゆる前九年合戦に相当する説話の題目は、「源頼義朝臣罰㆓安倍貞任等㆒語」（源頼義朝臣、安倍貞任等を罰《う》ちし語《こと》）と熟語的な表現ではない。その古称「十二年（合戦）」が文献に登場するのは、次のようなものが早い例である。

①十二年征戦（『古事談』三三二話）〈一二一二年頃成立〉

②十二年合戦（『古事談』三三四話＝『宇治拾遺物語』六十六話）

③頼義ガ貞任ヲセムル十二年ノタ、カイ（『愚管抄』巻四）〈一二二〇年頃成立〉

「十二年」の初出例は、『古事談』だとみることができる。この称は鎌倉初期に成立した用語だと判断してよいだろう（鎌倉初期に「十二年」の称が成立することは後述のように説明がつくが、平安末期にそれが成立したと仮定しても、その説明がつかない）。そして、『吾妻鏡』承元四年（一二一〇）十一月廿三日条、『古今著聞集』（一二五四年成立）三三七話・三三八話、半井本『保元物語』、延慶本『平家物語』にも「十二年」がみえることから、鎌倉期の終わりまでにある程度浸透したといえそうだ。

ところが、『陸奥話記』のどこを見ても、この合戦が十二年間だとは明示されていないのである。そもそも、合戦の期間が何年間であったかに意を払ったふしが、『陸奥話記』にはない。冒頭の鬼切部の戦いが「永承の比」と記されているのみである。それなのに『古事談』や『愚管抄』が「十二年」などと言いきるのは、『陸奥話記』冒頭の、源頼義が初めて陸奥守に任じられた次の部分による。

　是に於て朝廷議有りて追討将軍を択ぶ。衆議の帰する所、独り源朝臣頼義に在り。

頼義が追討将軍に選ばれたことは、『本朝続文粋』第六所収の「源頼義奏状」に、

　永承六年、忽ちに頼義を以て征罰せしめんと為し彼国（陸奥守）に任ぜらる。（原漢文）

と見える。

永承六年は、一〇五一年のことである（頼義の任官・赴任が何月のことかまでは不明）。この年から前九年合戦終結の康平五年（一〇六二）まで指折り数えると、たしかに足かけ十二年間になる。『本朝続文粋』のこの記事については、先行研究（『陸奥話記』の注釈書）がおしなべて指摘していることである。裏返して言うと、前九年合戦の期間が「十二年」であることは、『続文粋』のこの記事によって後付けして初めて了解しうることなのである。そう、後付けなのである。『陸奥話記』に書かれていないことを、研究者が考証し、「十二年」の称に適合するように外部資料を引きつけて理解し納得しているのである。『陸奥話記』のどこを読んでも、この戦いが十二年間だとは書いていないし、書こうともしていない。そう読むのが、物語の素直な読み方だろう。

合戦の期間をどのように認定するかということは、合戦そのものをどのように認識するかということと緊密に連動している。[12] そしてそれは、解釈主体によって振れ幅の発生する問題である。源頼義が陸奥守として着任してから合戦の終結までを十二年間だとする認識は、頼義側に視座を置けば、自然に発せられるものだろう。逆を想定すると、清原武則に視座を置けば〝ふた月のたたかひ〟などと表現されることがあってもよいのである。あるいはまた、『扶桑略記』に源頼義が登場するのが天喜五年（一〇五七）の黄海の戦いからであることに従えば、〝六年のたたかひ〟などと表現されてもよい。戦闘の実相に沿えば、二か月間か六年間かの、いずれかであったはずである。それらの多様な発想と、それぞれを表現する主体との関係を整理すると、次のようになる。

期間	上記の指し示す内容	着眼	推定視座	実例
二か月間	実質的な安倍氏追討の期間	人に注目	清原氏に視座	『奥州合戦記』
六年間	黄海合戦～厨川合戦の期間	事件に注目	中立的・客観的	『扶桑略記』前九年関係記事
十二年間	頼義の陸奥守在任期間	人に注目	源氏に視点	『古事談』以降

ところが、「十二年合戦」「十二年のいくさ」「十二年のたたかひ」などという合戦名称として定着してしまうと、それがあたかも公的な名称、客観的な認識であるかのような錯覚を起こさせる。そのことの恐ろしさを、われわれはもっと認識しておくべきではなかったか。

「十二年合戦」という呼称は、おそらく源氏方に視座を置いて発せられたものであり、それが鎌倉初期から文献に見え始めることを考え合わせれば、鎌倉幕府方で発想された用語である可能性が高い。

では、なぜこの合戦を十二年間であるなどと計測し、その延長線上に「十二年のたたかひ」などという固定名称を生むに至ったのか。いや、問題をより焦点化するならば、〝実質二か月間の合戦をなぜ十二年間にも及ぶ長期戦へと認識変更しなければならなかったのか〟ということである。ここまで煎じ詰めると、すでに答えは見えている。二か月間の戦いだと表現したなら、清原武則の功績が大であると明示することになるからである。『扶桑略記』所載『奥州合戦記』の様相が、まさにそうである。また、『後三年記』の〈23千任の罵言〉も、そのことを鋭く突いている（第二節で引用した「汝が父頼義、貞任・宗任をうちえずして、名簿をさゝげて、故清将軍をかたらひたてまつれり。偏にその力にて、たま〱貞任等をうちえたり」）。「十二年合戦」の称は、この合戦を十二年間にも及ぶものだとする認識、すなわち源頼義が陸奥守として着任してから安倍氏と長期にわたって格闘し続けたとする認識を捏造し、清原武則の戦功を希薄化するものだったのである。

そもそも、実質二か月間の合戦であったもの（＝『奥州合戦記』）に、『陸奥話記』前半部を付加することによって十二年にも及ぶものであったかのように演出したのは、抵抗感を和らげるためにむしろ清原側が発想したものであっただろう（第四節）。カモフラージュないしは保身の術だったのである。ところが、鎌倉政権によって、そのことが逆手に取られた。十二年もの長期に及ぶ合戦であることを印象づけるかのような「十二年のたたかひ」という呼称によって、清原武則の戦功は希薄化され、源頼義の〝陸奥守としての十二年間〟が焦点化されることになったのである。〝庇を貸して母屋を取られる〟という諺があるが、鎌倉政権側に主体を置いて言い換えると、〝庇を借りて母屋を取る〟ような行為を行った――それが「十二年のたたかひ」の称の発想だったのである。これこそまさに、〝歴史の簒奪〟というべき行為ではないだろうか。

いま詳細を述べる紙幅の余裕はないが、南北朝後期成立の『源威集』は、前九年合戦が「永承六年」に始まった「十二年」の戦いであったことを、異常なほど執拗に強調している。依拠テクスト（新撰日本古典文庫）で前九年合戦について十頁ほど記しているなかに、「永承六年」からいくさが始まったとする記述がじつに六回、そこを起点として合戦が「十二年」間であったとする記述が八回にも及ぶ。その異常さが、かえって心の負い目の存在を露呈している。南北朝後期には、前九年合戦の実相が二か月間であったとする風説がまだ根強く存在したこと、それを押し返そうとして、右のように異常なほどの〝十二年化〟のエネルギーを要していたのだろうということが察せられる。それは、反足利政権の主張も根強く存在し続けていたことを窺わせる。鎌倉初期に始まった〝十二年化〟の営為は、第二の源氏政権である室町期まで続けなければならなかったということである（「源」の「威」を称揚するテクストが成立すること自体、そのような時代相の存在を表している）。

六　歴史の簒奪への学者の関与

この件について重要なことは、まだある。前九年合戦のことを十二年間であるなどと誰がカウントしようとしたのか、という問題である。頼義の陸奥守任官を起点として康平五年の終結までを数えて十二年間なのであるから、それが源氏側（鎌倉幕府側）の視点によるものである可能性が高い（前節）。先述のように、『陸奥話記』をみても、いくさが十二年間だとは把握できないのであり、その起点の認定は、『本朝続文粋』によって行われているらしいのである。それ以外の資料が当時は存在していたとしても、少なくとも漢文体資料であったろう。『陸奥話記』も漢文体で、『本朝続文粋』所収「源頼義奏状」も漢文体なのである。このことは、いわゆる前九年合戦の呼称として「十二年」と言い始めたのが、鎌倉方の下層御家人――自然発生的な巷説――ではないことを示唆している。『陸奥話記』冒頭を読みながら頼義任官の記述に着目し、それと『本朝続文粋』とをつなぐという作業を行わなければ、十二年間という計算は成立しない。つまり、鎌倉初期に鎌倉幕府方で、漢文を読むことができ、歴史の考証を行うような学者がこれに関与した可能性が高い。

その時代性と立場からみて、大江広元がその第一候補となろう。広元は、久安四年（一一四八）生まれで、嘉禄元年（一二二五）六月まで生存している。中原親能や三善康信もその候補として挙げられようが、世論誘導的な政策方針が特定の個人によって決定され発信されるということはないだろうから、彼らの合議によって決定されたものとみてよいのかもしれない。それにしても、その中心人物は、大江広元だろう。

広元の事績の中でもっとも有名なのが、文治元年（一一八五）の守護地頭設置奏請の建議である（『吾妻鏡』）。鎌倉幕府体制の根幹である守護・地頭制を発案したのが、広元だということである。これについては、伝説に過ぎない（石母田正）とか、建議自体が幻想である（川合康）との見方が出されたこともある(13)。しかし上杉和彦は、「所権益を『地頭職』の名に統一して全国一律の一般的職務に位置づけ、頼朝がその任免権を掌握することが幕府により朝廷に提言され、承認を得たことは、幕府支配体制の確立に向けて重要な意味をもった」ものであり、「広元が、この時期における頼朝のブレーンとして鎌倉にいたことが明らかである限り、守護地頭制をめぐる広元の政治的関与そのものを否定することには無理があろう」と述べている。[14]首肯すべきだろう。
「十二年」の称の成立（捏造）は、一一八五年（平家追討）から一二一五年ごろ（『古事談』成立の下限）の三十年間だとみられるわけだが、その期間において、次の『吾妻鏡』建暦元年（一二一一）十二月十日条の記事は注目に値する。

　和漢の間に武将の名誉あるの分、御尋ねあるに就きて、仲章《（源）》朝臣これを注し出し献覧せしむ。今日、善信《（三善）》・広元《（大江）》等御前において読み申す。また御不審を尋ね仰せられ、再三御問答の後、すこぶる御感に及ぶと云々。

（原漢文、『全釈吾妻鏡』による）

これは、『古事談』成立の一～四年ほど前の記事である。[15]源仲章が〈和漢の武将の美談〉を記し、将軍実朝に献覧している。そしてそれを、大江広元・三善康信（善信）が――おそらく交代しながら――御前で読みあげている。仲章が〈和漢の武将の美談〉を記したわけであるが、献呈先が将軍源実朝であるところからみて、その「和」（日本）の部分の美談の中に源頼義や義家のことが含まれていないはずはないだろう。
源仲章は宇多源氏で、後鳥羽上皇の近臣でありながら鎌倉幕府とも関係を築き、御家人としての資格も得ている。その後、鎌倉に下って建永元年（一二〇六）ごろから源実朝の侍読となり、建保四年（一二一六）には政所別当に任じられ、大江広元の部下となった。一方で、相模守、大学頭、文章博士という京官も得たうえ順徳天皇の侍読を兼務して昇殿を果した人物である。他方の大江広元も、前田雅之、佐藤雄基によれば、源通親と厚誼を結んだり、二人の娘を飛鳥井雅経、中原師業に嫁がせたり、朝廷との交渉のために何度も上洛したりしており、京とのパイプは太い。[16]そのようなルートを通じて、鎌倉で発想された「十二年」が、京に持ち込まれ、『古事談』や『愚管抄』に流入したものと考えられる。かりに「十二年」の発想の地が鎌倉であったとしても、それが京にもたらされるのに、さほど時間のかかる環境ではなかったということである。

ただし、〈和漢武将美談献覧〉の一件だけでは、「十二年」の称の成立時期の幅（一一八五～一二一五）をこれ以上狭める根拠としては、弱い。しかし、時代相を読むことが補強にもなる。鎌倉幕府の侍所の設置は一一八〇年、問注所や政所の前身である公文所の設置は一一八四年、そしてそれぞれに機構改革はしばらくの間続いている。頼朝没後の幕府内紛や周辺争乱は、一一九九年の三左衛門事件、梶原の乱は一二〇〇年、越後城氏の乱は一二〇一年、阿野全成の乱や比企の乱は一二〇三年、三日平氏の乱や頼家誅殺は一二〇四年、平賀朝雅の乱は一二〇五年、泉親衡の乱や和田合戦は一二一三年と続いた。一方で、実朝が征夷大将軍に就任してから三年目の建永元年（一二〇六）正月二十七日にいわゆる御家人保護の大方針が出され、よほどの大犯でないかぎり頼朝から下された恩賞の地は召し上げないことが定められ（『吾妻鏡』）、同年十二月二十九日には高野山領備後大田荘地頭の停止を求めた鳥羽上皇の院宣に対しても〝頼朝の成敗によって決定したものは改易できない〟として突っぱねている。戦略的な頼朝の神格化が始まっているとみるべきだろう。源空（法然）が土佐に、親鸞が越後に流された〈承元の法難〉も、承元元年（一二〇七）のことである。一一八五年以降の三十年間に、幕府の直面していた課題が、〈軍事→政治体制の確立・改革→文化政策〉と確実に変化していることが看取される。頼朝の神格化とその先祖頼義像の復権とが、時代相として無関係であるはずがない。

このように、新体制づくりに奔走していた時期、頼朝没後に内紛の続いた時期があったことを思い合わせると、一二一〇年前後は、ちょうど歴史認識の確立（刷新）によって精神的求心力を強化する機運が芽生えていた時期だと推測することに無理はあるまい。

建暦元年（一二一一）七月四日から十一月二十日まで、実朝は『貞観政要』の談義を行っている。そして、〈和漢武将美談献覧〉もそれと同年の建暦元年（一二一一）のことなのである。これらの根拠をもって、「十二年」の称の成立が一二一一年だとまではさすがに限定しえないだろうが、少なくともその前後は、「十二年」の称が発想された時期として蓋然性の高い時期であるというくらいのことは言えようか。実質二か月間のいくさに「十二年」の呼称を与えて合戦像の捏造をはかるような、歴史認識の刷新を企図するころとしては、いかにもありえそうな時期だということである。大江広元の、六十歳代前半の頃のことである。

大江広元の経歴には、陸奥守であった時期がある（遥任か）。前九年合戦ゆかりの「陸奥」の守である。建保四年（一二一六）正月二十七日に補任され（『尊卑分脈』）、翌年十一月に辞任している（『吾妻鏡』）。『古事談』の成立のほうが早いということになるので、「十二年」の称の成立以降に、広元が陸奥守に任じられたということになる。前九年合戦認識の変革を成し遂げつつある過程で、それに任じられたということなのだろう。

七　おわりに

厳密な意味で、客観的な表現などというものは、この世に存在しない。表現とは、宿命的に、主観的なものである。つまり、誰がその表現を発しているのかという主体の問題をゆるがせにしては、表現の真意を窺い知ることはできない。

たとえば、狂言綺語をめぐる攻防が、古代から中世にかけて繰り広げられた。紫式部堕地獄説（『源氏一品経』）がみられる十二世紀のころは、仏法側が「狂言綺語」を口にすることによって貴顕の物語る行為や詩歌管弦を縛っていたものとみられる。ところが、覚一本『平家物語』のころになると、「敦盛最期」にみられるように、物語る側が「狂言綺語」を先に口走ることによって、あたかもそれが免罪符のように便利な言葉と化してしまうのである。また別の例だが、朝廷が奥羽の民を俘囚と呼ぶ場合は卑しめる意味を込めて使うことが多かったのだろうが、逆に俘囚の側が自らを俘囚と呼ぶと、謙抑を偽装する表現となしうる。それが、『中尊寺供養願文』にみえる藤原清衡の自称「俘囚の上頭」である。このような類が、巧みな〝表現の簒奪〟である。

本稿では「十二年」の称の成立を中心に述べたが、その後もこの問題は尾を引く。鎌倉初期に「十二年」の称が成立したあと、鎌倉中期にいわゆる後三年合戦をさす「三年」「後三年」の称が成立し（半井本『保元物語』など）、南北朝期に――「十二年」から「三年」を引き算して――「前九年」の称が生まれる（『太平記』など）。このような呼称の変容は、源頼義像の復権が急務であった時期（鎌倉初期）、その延長線上に源義家の復権も目論まれた時期（鎌倉中期）、〈父頼義の前九年〉と〈息義家の後三年〉というように認識上の分担が明瞭化し記号化した時期（南北朝期）というように、歴史認識の変容を反映したものとみてよいだろう（詳細は別稿に譲る）。

合戦のイメージを変えたいのなら、物語そのものを改変すればよいではないか、という疑問が湧くだろう。しかし、それはできない。すでに複数の転写本が生まれていたと考えられるからである。藤原定家が『古今集』や『源氏物語』の校訂をしているような時代相である。手元の一伝本を書き換えたとしても、その周囲に多くの異本が存在していれば、結局は校合され、改竄したことが露呈してしまう。そうすれば、かえって墓穴を掘る。そのような状況下で既存の物語による合戦観（合戦認識）を変えるには、その物語の〝誤読〟を誘導するぐらいのことしかできない。そのような〝仕掛け〟のひとつが「十二年」の称だったのである。そんなもので、はたして効果的であったのかと疑問も呈されよう。しかし、現に『陸奥話記』にはひと言も前九年合戦の期間を記していないのに、『国史大辞典』「前九年の役」の項で、「実際は十二年に及ぶ戦いだったので、十二年合戦とも呼ばれた」と書かれるに至っているではないか。

この事例だけではない。あの東博本『後三年合戦絵詞』も、次のような文言をもつ序文が一三〇〇年ごろに付装さ

れただけで、その後の〝誤読〟を誘導しえている。(17)

> 此間に、大将軍陸奥守の武徳、威勢、上代にもためしすくなく、漢家にも又稀なり。所謂、雪の中に人をあゝたむる仁心は、陽和の気膚にふくみ、雲の外に雁を知る智略は、天性の才胸に蓄ふ。或は士卒甲臆の座、計ごとをもて人をはげまし、或は凶徒没落の期、掌をさしてこれをしめす。仍て、寛治五年十一月十四日夜、大敵すでに滅亡して残党悉く誅に伏す。其後、解状を勒して奏聞、叡感尤太し。

とくに傍線部は効果絶大で、私戦であったはずの後三年合戦が公戦化し、東博本『後三年合戦絵詞』は徳川家康や池田輝政らに〝ありがたいもの〟として伝来されてきたのである。物語の中身に改変の手を加えることなく、このような誘導性の強い序文を付装するだけで十分に〝誤読〟を仕組みえたのである。いかに〝浅い読み〟によって物語というものが脈々と支えられてきたかということだろう。

現在の歴史の教科書にみえる「前九年合戦」「後三年合戦」の称とそれに伴う認識は、このような鎌倉期の源氏史観、そして足利・徳川という第二、第三の源氏政権による源氏史観によって糊塗されたものを受け継いでいる。われわれの目はこれまで、どれほど曇っていたことだろうか。何の疑いもなく歴史用語として平気で「前九年」を用いてきた愚かさからも、「十二年」まで遡及して満足していた甘さからも、われわれは覚醒しなければなるまい。

いつの時代も、政権が歴史を管理する。そして、いつの時代も、勝者が物語を管理してきたのである。その事実に、われわれは無自覚であってはならないということである。

注

（1）『陸奥話記』のテクストは、国立国会図書館蔵伊勢貞丈書写本を底本とする新編日本古典文学全集（小学館、二〇〇二年二月）の訓読文による。『後三年記』のテクストは、『後三年記詳注』（汲古書院、二〇一五年二月）による。
（2）野中哲照「中世の黎明と〈後三年トラウマ〉」（『軍記と語り物』四十七号、二〇一一年三月）ほか。
（3）それとても事実ではない。実際には石清水八幡宮と河内源氏の伸長策――叡山や園城寺に対抗させるため――が奏功しすぎ、それらが増長し始め、予想以上に台頭しすぎて今度は抑圧する必要に迫られていたからである。つまり合戦の内実とは関わりのない中央の事情によって、後三年合戦の結果にたいして論功行賞を下さないことは初めから決まっていた（野中「河内源氏の台頭と石清水八幡宮――『陸奥話記』『後三年記』成立前後の背景――」〈『鹿児島国際大学国際文化学部論集』十四巻三号、二〇一三年十二月〉）。
（4）安藤淑江「征夷の物語としての『陸奥話記』――頼義の「将軍」呼称をめぐって――」（『名古屋芸術大学研究紀要』三十二号、二〇一一年三月）の指摘するところ。
（5）野中哲照「解説　前九年・後三年の呼称」（『後三年記詳注』汲古書院、二〇一五年二月）で指摘した。
（6）野中哲照「『陸奥話記』の原型としての『奥州合戦記』」（『鹿児島国際大学国際文化学部論集』十五巻四号、二〇一五年三月）で述べた。
（7）前半部・後半部のアンバランスや違和感を軽減するために天喜五年（一〇五七）十二月の国解と武則参戦を関連づけて前半部・後半部の年数をほぼ半々であるかのように印象づけているが、内実の乏しい前半部は正味十一年間以上で、実質的な合戦は後半部の二か月間である。
（8）『今昔』前九年話の依拠資料（原『陸奥話記』）は、〈義家の弓勢ばなし〉が存在せず、義家の出羽守任官がないことから、義家雌伏期（一〇八八～一〇九八）の成立だと推測しうる。『扶桑略記』所載の『奥州合戦記』は文飾化されたものだが、それに先立つ素朴な表現の原『奥州合戦記』（それは『今昔』前九年話の後半部とほぼ同じもの）は、清原真衡政権期（一〇七〇年代か）の成立とみられる。
（9）『勘仲記』天喜三年（一〇五五）三月十三日条に記された天喜の荘園整理令は、〝五畿七道の諸国に寛徳二年（一〇四五）以降に新立された荘園を停止する〟というものであった。もともと寛徳二年に荘園整理令が出されていたのだが（『勘仲記』）、それを無視して構立され続けた〝ここ十年〟の新立荘園が問題視されたのである。かの有名な延久元年（一〇六九）の二月二十三日の荘園整理令も、〝寛徳二年以降の新立の荘園ならびに寛徳二年以前に立荘された荘園でも券契が不明であったり国務の妨げになったりするものは停止する〟とされた（『扶桑略記』『百練抄』など）。これが、同年閏十月の記録荘園券契所の設置につながる。そこに与えられた機能は、券契の有無や真偽、立荘の時期や由来の精査であったのだろう。少し下って康和元年（一〇九九）五月十二日にも、新立荘園を停止すべき宣旨が出されているし、同四年（一一〇二）十月十五日にも、新立荘園が問題視されている。

（10）野中哲照「『奥州後三年記』のメッセージ――後三年合戦私戦化の表現を追って――」（『鹿児島短期大学研究紀要』六十二号、一九九八年六月）で指摘した。

（11）ちなみに、後三年合戦の呼称についても、承安元年（一一七一）に制作された承安本『後三年絵』（通称）が「義家朝臣為陸奥守之時、与彼国住人武衡家衡等合戦絵」（『吉記』承安四年〈一一七四〉三月十七日条）と表現されているように、前九年・後三年ともに院政期までは熟語的な呼称は持っていなかったと考えてよい。

（12）野中哲照「〈構想〉の発生」（『国文学研究』一二二集、一九九七年六月）で述べた。

（13）石母田正「文治二年の兵糧米停止について――吾妻鏡の本文批判の試み（1）～（2）」（『法学志林』五十五巻一号、五十六巻一号、一九五七年十月～五八年七月）／「文治二年の守護地頭停止について」『石母田正著作集第九巻　中世国家成立史の研究』（岩波書店、一九八九年七月）に再録。川合康『源平合戦の虚像を剥ぐ』（講談社、一九九六年四月／文庫版二〇一〇年四月）。

（14）上杉和彦「大江広元像の再検討」（『古代中世の政治と権力』吉川弘文館、二〇〇六年二月）。

（15）源顕兼が『古事談』を編纂したのは、建暦二年（一二一二）から建保三年（一二一五）の頃のこととされている。

（16）前田雅之「大江広元年譜考」（『軍記文学の系譜と展開』汲古書院、一九九八年三月）／『古典論考：日本という視座』（新典社、二〇一四年五月）に改訂再録、佐藤雄基「大江広元と三善康信（善信）――京・鎌倉をむすぶ文士のつながり――」（中世の人物　京・鎌倉の時代編第三巻『公武権力の変容と仏教界』清文堂出版、二〇一四年七月）。

（17）　野中哲照「東博本『後三年合戦絵詞』の制作時期――序文の二層性を糸口として――」（『鹿児島国際大学国際文化学部論集』十五巻二号、二〇一四年九月）で指摘した。

後鳥羽院と和歌・いくさ

平田英夫

一　平穏な世を紡ぎ出す和歌

本稿では、合戦や動乱が頻発する不安定な時代や社会に対して後鳥羽院が、治天の君として、和歌を通していかに向き合ってきたのかを考えることを目的とする。いくさや、武的なものにまつわる事案と和歌が、後鳥羽院の中でどのように交差するのかを多少なりとも意識的に考えていければと思う。まずは『新勅撰和歌集』の仮名序から見ていきたい。藤原定家は、『新勅撰集』の仮名序にて以下の如く、治天の君のもとにおける平穏な世の有様を描写する（傍線は筆者による。以下同）。

しかるに、わがきみ、あめのしたしろしめしてよりこのかた、ととせあまりのはるあき、よものうみ、たつしきなみもこゑしづかに、ななつのみち、たみのくさ葉もなびきよろこべり、かりこものみだれりしをさめ、あきくさのおこころへしをおこさせたまひき、秋津しま又さらににぎはひ、あまつひつぎふたたびさかりなり、ただ延喜天暦のむかし、ときすなほに、たみゆたかによろこべりしまつりごとをしたふのみにあらず、又寛喜貞永のいま、世をさまり、人やすくたのしきことのはをしらしめむために、ことさらにあつめえらばるるならし、

（『新勅撰和歌集』仮名序）

承久の乱後に平安な世が到来したことを言祝ぐかたちで描写される傍線部には日本七道の民の支持も高いことが示され、そして傍線部の後も繰り返し、今の世の穏やかなること、御代の再生、治世に対する民の喜びといったことが記され、点線部にてそのことを理由として勅撰和歌集の撰集を行ったとする。後鳥羽院の治世に対する強烈な皮肉ともとれる、合戦のない世への羨望が強く意識された記述となっており、それは藤原定家の意思だけでなく宮廷社会の雰囲気、そして鎌倉幕府の意向を当然反映していよう。四方の海が穏やかで波音も閑かな世の風景は、隠岐に居た後鳥羽院が詠んだ「我こそは新島守よ隠岐の海の荒き波風心して吹け」(『遠島百首』)にて示される、穏やかではない風景と対照的になっている点、注意されよう。

『新勅撰集』には三上皇の歌が排除される一方で、以下の北条泰時の歌のように、承久の乱に参戦した武者の詠歌も入集する。

　　するがのくにに神拝し侍りけるに、ふじの宮によみてたてまつりける
　ちはやぶる神世の月のさえぬればみたらし河もにごらざりけり
　　　　　　　　　　　　　　　　　　　(『新勅撰集』・神祇・五六九・平泰時)

後鳥羽院は、『新古今和歌集』の撰集やその切継作業を通して、和歌による君臣和楽の構図を築いて理想的な帝政のあり方を提示してきたとされ、『増鏡』の「おどろのした」も、後鳥羽院の治世を和歌に象徴させて、その平穏なることを描く(1)。しかしながら実際には、承久の乱を意図するに及んで、その理想はすでに崩壊しており、院の和歌への情熱も新古今前夜に比するべくもなかった。『新勅撰集』は、乱間際になり後鳥羽院より幽閉、蟄居させられた西園寺公経といった親幕府派とされる人達も含めて、まさに公武揃っての君臣和楽の理想的なあり方を改めて示し、『新古今集』の仕切り直し的な勅撰集になっている点は注目すべきことかと思われる。

『増鏡』はいう

今年もはかなく暮れて貞永元年になりぬ。定家中納言承りて撰集の沙汰ありつるを、このほど御門おりさせ給ふべきよし聞ゆればにや、いととく十月二日奏せられけり。新勅撰と聞ゆ。「元久に新古今いできて後、程なく世の中もひきかへぬるに、また新の字うち続きたる、心よからぬこと」など、ささめく人も侍りけるとかや。

（藤衣）

後鳥羽院の治世を、その和歌をめぐる文化事業を中心に良心的に描いてきた『増鏡』は、「藤衣」にて、『新古今集』の成立以後「世の中もひきかへぬるに」（傍線部）と世の有様が一変したことをはっきりといい、再度「新」の字を勅撰集名に付したことを話題にする。この「新」の名称が問題になるということは『新勅撰集』が『新古今集』の仕切り直しであると意識されていたことの表れでもあり、またそれを「心よからぬこと」とするのは後鳥羽院の『新古今集』がその成立後に、世が乱れ、合戦が起こった不吉な集であるという認識に支えられた表現で、今度も「新」の文字を付けることで同じように世が乱れることを想起させるという意味で「よからぬ」とされたのであろう。

院政期以降、和歌は、戦乱や天災が頻発する時勢にあって、世の平穏なる様を歌に詠むことには極めて意識的になっていた。後鳥羽院自身も以下のようにそのようなモチーフを持った歌を少なからず詠んでいる（便宜上、後鳥羽院の和歌には歌頭に歌番号を付した）。和歌は、平穏な治世の物語を紡いで見せるのに実に適した文学であった。

①ちはやぶる日よしの影ものどかにて波をさまれるよものうみかな　（『後鳥羽院御集』・正治初度百首・祝・一〇〇）

②朝日さすみもすそ川の春の空のどかなるべき世のけしきかな　（同・内宮御百首・春・二〇一）

③四方の海の浪につりする海士人もをさまれる代の風はうれしや　（同・祝・二七五）

④秋の空のどけき浪に月さえて神かぜさむし伊勢のはま荻　（同・二七九）

⑤関守もせきの戸うとく成りにけりをさまれるよに逢坂のやま　（同・外宮御百首・祝・三七一）

いずれも院にとっては重要な和歌行事であり、特に建仁元年（一二〇一）三月に太神宮に奉じられた和歌には平穏な世への期待や祈念が強く見えよう。そしてそれは「外宮御百首」の⑤に「関守も関の戸うとく成りにけり」とあるように、その平穏さは当然、関東への意識と無関係ではなかった。

後鳥羽院が、和歌に強い関心を示し、臣下にも詠作を求め始めた時期に起こった大きな事案としては、源頼朝の急死があげられるであろう。頼朝は、建久九年（一一九八）、十二月末、俄に発病し、翌年一月十一日に出家、同十三日には死去してしまう。そして、その直後の正治元年（一一九九）二月には、一条能保、高能父子の遺臣が源通親襲撃を企て、京中が騒動する、所謂、三左衛門事件が起きる。鎌倉では、頼朝の死の後、御家人間の争いが起こり、正治二年（一二〇〇）には梶原景時の一族が京へのぼる途上で滅亡し、その後、京においても、建仁元年（一二〇一）正月から五月にかけて城長茂が鎌倉幕府への反乱を起こしている。所謂、建仁の乱だが、この時、城長茂は、土御門天皇に鎌倉幕府追討の宣旨を要請する事態にも発展している。それに際して後鳥羽院は、幕府側の要請を受けて長茂追討の宣旨を出すというかたちで具体的に乱へ関与している。

源平の争乱の時期ほどではないにしても、京でもいくつかの騒ぎがあり、必ずしも油断できる状況でもなかった。そして源頼朝の死去は、時代の移り変わりを予兆させ、後鳥羽院の治世への意識を変えるには十分な出来事であったかと思われる。そのような状況下において、数ある宮廷に伝わる芸能の中で和歌に託された役割は、勅撰集の撰集を通しての院を中心とする宮廷社会の融和を演出することと、特に神祇歌を利用することによって神との強い関わりを示してみせることであった。

二　君臣和楽を描出する和歌

和歌による君臣和楽の構図については、以下の『古今和歌集』仮名序において説かれるところが拠り所であったかと思われ、後鳥羽院やその側近達は、このような記述に沿ったかたちで宮廷社会における和歌文化をめぐる方策と対応を考えたはずである。

かのおほむ時におほきみつのくらゐかきのもとの人まろなむうたのひじりなりける、これはきみもひとも身をあはせたりといふなるべし、秋のゆふべ竜田河にながるるもみぢをばみかどのおほむめにはにしきと見たまひ、春のあしたよしのの山のさくらは人まろが心にはくもかとのみなむおぼえける、

（『古今集』仮名序）

帝と、臣下である柿本人麻呂が、「これはきみもひとも身をあはせたりといふなるべし」（傍線部）と和歌を通じて君臣一体になるという教えで、真名序においても「古天子、毎二良辰美景一、詔二侍臣一、預二宴莚一者献二和歌一。君臣之情、由レ斯可レ見、賢愚之性、於レ是相分。所以随二民之欲一、択二士之才也一」と説かれる。和歌文学が政権の潤滑な運営と安定に寄与するという考え方である。後鳥羽院が和歌を通じて君臣の和楽や融和の構図を意図していたことについてはすでによく指摘されることであるが、(2)それは以下の『愚管抄』の記述などから、特定の専門歌人だけでなく、政権中枢に関わる高官を含めて意図されたことであった。

サル程ニ、ツネニ院ノ御所ニハ和歌会・詩歌ナドニ、通親モ良経モ左大臣、内大臣トテ、水無瀬殿ナドニテ行アヒ〱シツツ、正治二年ノ程ハスギケルニ、

（『愚管抄』巻七）

そのような趣向をよく示す歌としては以下の『新古今集』に入る、大内の花見をめぐる良経との贈答歌や、定家の南

殿の桜をめぐる歌などが著名であろう。[3]

ひととせ、しのびて大内の花見にまかりて侍りしに、庭にちりて侍りし花を、すずりのふたにいれて、摂政のもとにつかはし侍りし

⑥けふだにも庭をさかりとうつる花きえずはありとも雪かともみよ　（春下・一三五・後鳥羽院）

返し

さそはれぬ人のためとやのこりけむあすよりさきの花の白雪　（一三六・良経）

近衛づかさにて年ひさしくなりて後、うへのをのこども、大内の花見にまかれりけるによめる

春をへてみゆきになるる花のかげふり行く身をもあはれとや思ふ　（雑上・一四五五・定家）

⑥は、君主として臣下を思いやる院と、それに応ずる臣下の姿が、散っていく桜の花をめぐって情感豊かに美的に構成され、和歌によって見事に君主と摂政との理想的な関係が演出されている。お互いを思いやる君臣の優しき情が、すぐれて美的なものとして提示される。定家の歌については『後鳥羽院御口伝』にて言及されていることでも有名で、臣下としての憐憫を君主に訴える情が桜の花と融合したかたちで美的に表現されている。

元久の『新古今集』成立前夜にも、比企能員の変から源頼家の幽閉と殺害、そして将軍家の交替、また畠山重忠の乱など鎌倉中心に大きな事変が続いているが、元久二年（一二〇五）、披講前の『新古今集』が鎌倉に運ばれ（『吾妻鏡』）、それが若き将軍、源実朝と和歌文化とを繋げる接点となるなど、後鳥羽院の和歌を通しての君臣和楽という構図は、宮中のみならず、鎌倉の将軍に対しても適用されていった。院の思惑は、以下の実朝の『金槐和歌集』の歌（詠まれた時期は建暦三年か）を見ると、ある程度は目論見通りにいったと言えよう。

太上天皇御書下預時歌

大君の勅をかしこみちちわくに心はわくとも人にいはめやも（六七九）
山はさけ海はあせなむ世なりとも君にふた心わがあらめやも（六八〇）
ひんがしの国にわがをれば朝日さすはこやの山の影となりにき（六八一）

武的なものを統括する鎌倉の将軍が、君主の臣下として働くという意思が和歌によって過剰に示されている。このような歌が詠み示されるに及んで、院の思惑はとりあえず達成されたと言ってよいのであろうと思われる。

なおこれ以前に建永二年（一二〇七）、『新古今集』の切継作業の終盤になされた「最勝四天王院障子和歌」は、最勝四天王院の建立にともなって行われたもので、院の御座所を中心に、定家や家隆といった有力歌人たちの歌を添えるかたちで日本全国の歌枕を障子絵にした構成で、久保田淳氏は、「御堂はそのまま治天の主後鳥羽院が統治する日本国全体の縮図のごとく考えられているのである。それゆえ、常の御所には王城の所在地山城国の風景が描かれ、特に院が愛してやまぬ鳥羽・水無瀬などの名所が選ばれているのである」とその特徴を指摘している。[4] 日本国の輪郭を歌枕と和歌によって表現しようとする試みで、名所和歌の配置の中に日本国の君主としての自己の姿を投影しようとする。このような企画も和歌の機能を最大限に引き出して、日本国の支配者としての自己を演出しようとした院の代表的な事例としてあげることができるであろう。院にとって和歌による自己演出やその暗示力は、君主としての自画像を確立するうえで必要不可欠なものであった。

三　後鳥羽院の和歌と太神宮

後鳥羽院が、治天の君として和歌に求めたことを確認してきたが、もう一点留意すべきことをあげるとすれば、それは平安末期より盛んになった神祇歌を利用して、治天の君としての立場や輪郭、そしてその正統性を表現するということであろう。神祇歌という概念は、日本国では、和歌が、神仏と人との媒をする重要な手段であるとの認識に基づいて成立した分野で、院は、神祇歌を通して特に伊勢神宮との関わりの深さを主張、宣揚することを意図していた。伊勢神宮に関しては、皇祖神ということもあり、院政期に流行した、浄土思想を色濃く反映した熊野信仰とはまた違った意図をもって和歌を詠じていたかと思われる。

後鳥羽院と伊勢の関係を象徴する具体的な出来事としては、壇ノ浦の海底に沈んだ宝剣の代わりを神宮に求めたことがあげられる。神器をめぐる宝剣不帯による帝徳の欠如を後鳥羽院がいかに気にし続けたか、またそれを『明月記』で指弾する定家をはじめとする周辺の態度については、谷昇氏によって改めてその重大さが確認され、詳細に考察されていて注目されている。(5) 宝剣が、君主の武のイメージを象徴する重要な神器であったことは言うまでもなく、(6) 神宮は、治天の君としての武の権威を補完する役割も期待されるようになっていく。太神宮との絆の深さを、神祇歌を繰り返し詠むことを通して、周囲に周知していこうとする意図は明確にあったかと思われる。

後鳥羽院は、『新古今集』に多くの伊勢神宮関連歌を入集させているが院自身の神宮歌も二首入っている。

　太神宮のうたの中に

⑦ながめばや神ぢの山に雲きえてゆふべの空を出でむ月かげ　（神祇・一八七五）

⑧神風やとよみてぐらになびくしでかけてあふぐといふもかしこし　（同・一八七六）

注目されるのは、内宮・外宮をそれぞれ詠んだこの二首が『新古今集』における切継期の終盤に切入れられたということである。どちらの歌も、承元二年（一二〇八）二月に詠まれている。以下、『後鳥羽院御集』より引用する。

ながめばや神ぢの山に雲きえて夕の空をいでむ月かげ　（内宮卅首御歌・雑・一三七三）

神かぜやとよみてぐらになびくしでかけて仰ぐといふもかしこし　（外宮卅首御会・雑・一四〇八）

失われた神器を神宮の宝剣で補完しようとしたのは承元四年の十二月であり、この時期は院の神宮への働きかけが強まっていた時期であった。

内宮卅首御歌では、雑部の冒頭に「ながめばや」詠があり、その後、太神宮への愁訴とも思える歌が並び、⑬の「神ぢ山あふぐこころの」詠で終わる配列になっている。

⑨けふまでは心のうちになげくよをいかでしる夜の月ぞあやしき　（『後鳥羽院御集』・内宮卅首御歌・雑・一三七四）

⑩よそにてはうらむべしとも見えじよを袖しをれつつ歎きこしかな　（同・一三七五）

⑪世中をまことにいとふ人やあるとこの夕ぐれのくもにとはばや　（同・一三七六）

⑫大空にちぎる思ひのとしもへぬ月日もうけよ行すゑの空　（同・一三七七）

⑬神ぢ山あふぐこころのふかきをもいはでおもへば色にみゆらん　（同・一三七八）

⑨⑩⑪と世を歎き、厭う傾向が顕著で、⑫では月日が経っても実現できない太神宮への祈願とそれに対する懸念が示され、今後の成就への確約を求めるような歌になっている。また、この奉納和歌の前年、建永二年（一二〇七）三月七日には、以下の上賀茂、下鴨両社の神祇歌が詠まれている。

⑭みづがきやわが世のはじめ契りおきしそのことのはを神やうけけん　（『後鳥羽院御集』・鴨社歌合・社頭述懐・一六九二）

⑮わかのうらたむくる夜半の風にみん猶この道に神はなびくや　（同・賀茂社歌合・社頭夜風・一六九五）

⑭が、傍線部「わが世のはじめ契りおきし」と、具体性を持った祈念があってそれがまだ成就していないことを暗示させる歌のつくりになっていて、[7]⑮については、傍線部を見ると、和歌を神に手向ける行為の実効性についての多少

の疑義が含まれているような詠み方になっていると見た方が自然であろう。神宮への意識が高まる一方で、院の神祇歌には愁いや切実さが増し、またその効用に対する疑義も生じているように思える。その点において、院の和歌に対する態度の変化が垣間見られようか。

建永二年は後鳥羽院の心中が、全く穏やかでない時期でもあった。院側近の女房、松虫と鈴虫が、法然の弟子である住蓮房と安楽房の二人の僧の手で唐突に出家してしまい、さらに院不在時の御所にその二人の僧侶が院の許可なく泊まり込むといった事態が起き、これに対して、院は、激怒し、建永二年二月には専修念仏の停止を決定し、二人の僧侶を処刑している。院は、自らの意思で処刑の命を出し、殺生を犯すことに躊躇しない程度に苛立ち、暴君的性格を表すようにもなっていた。このような苛立ちや行為と、和歌を詠む抒情とは相容れないものであろうし、院の猛々しさが表面化していくにつれて、和歌への姿勢やその質も変化していくことにもなるかと思われるのである。

⑦の「ながめばや」の歌については、鎌倉幕府に対する寓意を含んでいるとの見方が古くからあることには触れておかねばならないであろう。⑦は、『自讃歌』の一首に選ばれているが、例えばその古注である「自讃歌常縁注」には以下のように⑦を解釈する。

其比より王道すたれ行きしかば、逆臣を雲にたとへて、消えうせにしかば天下あきらかに神慮も王道もともに光あるべき事を御ねがひの心なるへし、

（「自讃歌常縁注」　※本文は、『自讃歌古注総覧』より引用）

「常縁注」は、雲を「逆臣」に譬え、それが消え失せれば光ある御代が取り戻せるという。神路山にかかる雲に、皇統に対する逆臣の意味を見るのであれば、それは具体的には、誰なのかが問題となろう。この時期の院は、少なくとも源実朝とは良好な関係を保っており、そこを越えて北条氏を排除する意図まで含んだ歌と解釈することは躊躇されよう。(8)ただし「常縁注」は極端な説を提示している訳ではなく、このような解釈に沿った歌はすでに『千載和歌集』

の神祇部に先例がある。

治承四年遷都の時、伊勢大神宮にかへりまゐりて、君の御いのり祈念し申し侍りけるついでに、よみ侍りける

月よみの神してらさばあだ雲のかかるうきよもはれざらめやは

そののち、よの中やうやうなほり侍りにけりとなん

（『千載集』・神祇・一二七九・大中臣為定）

この歌は伊勢の月読宮にて祈念された時の詠歌であるが、治承四年の遷都というところから「あだ雲のかかるうきよ」（傍線部）が、平清盛を暗喩していることは言ってよいかと思われる。そして左注にて「よの中やうやうなほり」（点線部）とあるように、この祈念が通じたかのように都はもとに帰り、平家は滅びたということが示されている。『千載集』の撰集が完了したのは平家の滅亡後であり、このような歌を勅撰集に入れたことについて問題とはされなかったのであろう。

伊勢に多くの神祇歌が奉納される機縁をつくった西行には、『御裳濯河歌合』に伊勢の地に「治世」というテーマを持ち込んだ歌がすでに見られる。

三十六番　右

流れたえぬ波にや世をば治むらん神かぜすずしみもすその岸（七二）

『聞書集』には、源通親が神宮へ勅使にたった時の詠として、以下のような歌も見られる。

公卿勅使にみちちかのさいしやうのたたれけるを、いすずのほとりにてみてよみける

いかばかりすずしかるらんつかへきてみもすそがはをわたる心は

（『聞書集』・二五七）

とくゆきて神かぜめぐむみとひらけあめのみかげによをてらしつつ

（同・二五八）

二首目の傍線部は、まさに天の岩戸からアマテラスが顔を出した瞬間がイメージされており、そこには日月の恩徳や、神風という風の恵みももたらされ、世が再生されていく意があろう。

伊勢という地は「治世」や「世直し」をモチーフとする場でもあり、そこにこの時期、鎌倉政権への意識がどこまで反映されているのかはよくわからないものの、後鳥羽院もこのような歌の影響下に、太神宮を背景に置き、その神徳を受け継ぐ偉大な君主としての像と、その輪郭を歌によって具現化させておく必要があったのであろう。

このような歌と比較的近い時期に詠まれたのが、次にあげる⑯で、承元二年五月（家集にある「三月」は間違い）の作品である。

⑯おく山のおどろがしたもふみわけて道有る世ぞと人にしらせん　（『後鳥羽院御集』・寄山雑・一六九八）

（承元二年三月住吉御歌合）

『新古今集』の最も新しい切入れ歌としても知られるもので、

住吉歌合に、山を

おく山のおどろがしたもふみわけてみちある代ぞと人に知らせん　（雑上・一六三五・後鳥羽院）

切継作業の最終段階でこの一首を切り入れた意図とともに、そこに秘められた寓意についていろいろと説かれてきた歌であるが、その解釈としては、例えば新日本古典文学大系『新古今集』（岩波書店）で、「現在の朝幕関係への不満、正しい政道の顕彰が祈念されている」といったような意味合いを認める見解が多いように思われる。「おどろ」についてはイバラといった棘がある灌木の総称であり、それを踏み分けて進むというのは、猛き者の行為を思わせるし、下句についても強い調べを持っているところから、治天の君による政道の復活を宣揚した歌として理解できよう。和歌による君臣調和というよりも、臣下を靡かせ先導する[9]強靱な意志と行動力をもったカリスマといった印象を全面的に打ち出した歌としてこれまでの詠歌とは明確に一線を画そう。

幕府側の意向を汲む『六代勝事記』では、『新古今集』撰定時代における後鳥羽院の治世についても、天変地異が起こらなかったのは土御門天皇の治世のゆえだとし（以下の傍線部）、後鳥羽院については以下の点線部のようにその独裁的な傲慢さに対して痛烈に批判する。

阿波院天皇は隠岐院第一子、御母承明門院〈内府通親養子〉なり。建久九年〈戊午〉三月三日、四歳にして位につき給へり。凡在位十二年のあひだ、天変変異なく、雨降時をあやまたず、国おさまり民ゆたか也。太上天皇威徳自在の楽にほこりて、万方の撫育をわすれ給ひ、又近臣寵女のいさめつよくして、四海の清濁をわかざるゆへに、今上陛下の帝運いまだきはまり給はざるをおろし奉り、

（『六代勝事記』　※本文の引用は、『新日本古典文学大系　承久記』付載の「参考資料」による）

承久の乱後の北条氏側の記録なのでその表現が辛辣になるのは当然であるが、⑯の歌から浮かんでくる君主像をイメージするに、点線部に示されるような王の像にもつながっていく面があるかと思われる。この歌は、確かに住吉社の歌合ではあるが、『新古今集』では神祇部に入っていないところからも、神の威厳をその背景に潜ませるような歌とは異なり、院自身の意志表明的な詠歌として見ておきたい。神への祈願や愁訴ではなく、自らの手によって帝徳による政道を成し遂げたいという意志を和歌によって訓示したものと思われる。『新古今集』の調和を壊す異質な一首であると言えよう。

そして、このような歌が表れてくるということは、同時に和歌表現によって支えられ紡がれてきた平穏な治世の物語が終わることも意味していよう。和歌によって提示される理想的世界の中心に座し、架空の王としての自分を夢見ることから離脱する道を歩みだしたのであろうと思われる。和歌によって演出される理想的な臣下と神々との関係や

そのヴィジョンは、現実のもとに崩れていき、孤立化し、苛つく王の像へと切り替わっていく。上横手雅敬氏は、「承久の乱に連なる動きは、『新古今』の一応の完成後、上皇の和歌への烈しい情熱がさめた後に起こってくる」と指摘するが[10]、和歌的なものの沈黙の後、武的なものが院の中から明確に立ち上がっていく。和歌は、後鳥羽院の武への思いを適切に汲み取れるだけの表現の質を持ち合わせてはいなかった。

四　『承久記』の中の後鳥羽院

建保七年（一二一九）一月二十七日、源実朝が鶴岡八幡宮で公暁に襲われ暗殺されるに及び、四代将軍をめぐる人事や、白拍子亀菊の領する摂津国長江庄をめぐる問題など、鎌倉幕府、および北条氏側との軋轢が急速に高まる中で、後鳥羽院の活動の中心は、和歌や芸能といった文化的事業から、武的なものへと移っていく。慈光寺本『承久記』は、このあたりの事情を以下のように語る。

爰ニ、太上天皇叡慮動キマシマス事アリ。源氏ハ日本国ヲ乱リシ平家ヲ打平ラゲシカバ、勲功ニ地頭職ヲモ被レ下シナリ。義時ガ出仕タル事モ無テ、日本国ヲ心ノ儘ニ執行シテ、動スレバ勅定ヲ違背スルコソ奇怪ナレト、思食ル、叡慮積リニケリ。凡、御心操コソ世間ニ傾ブキ申ケレ。伏物、越内、水練、早態、相撲、笠懸ノミナラズ、朝夕武芸ヲ事トシテ、昼夜ニ兵具ヲ整ヘテ、兵乱ヲ功マシ〳〵ケリ。御腹悪テ、少モ御気色ニ違者ヲバ、親リ乱罪ニ行ハル。

（本文の引用は、『新日本古典文学大系』による）

傍線部によると、後鳥羽院を乱に向かわせた直接的な原因として、平家を討伐した勲功により朝廷から地頭職を置くことを許可されたのは源氏であって、その源氏がすでに途絶えたにもかかわらず、北条義時が勝手に執り行っていることに対する不満や怒りであり、それを表面化、悪化させたのは、白拍子亀菊の所領である長江庄の地頭職をめぐっての軋轢であった。『承久記』では、院は、その後、点線部にて「伏物、越内、水練、早態、相撲、笠懸」と諸武芸を施し、兵具を準備するという行動にでる。『増鏡』（新島守）においてもこのあたりの事情は、

かくて世をなびかししたため行ふ事も、ほとほと古きにはこえたり。まめやかにめざましき事も多くなり行くに、院の上、忍びて思したつ事あるべし。近く仕うまつる上達部・殿上人、まいて北面の下﨟・西面などいふも、みなこの方にほのめきたるは、あけくれ弓箭・兵仗のいとなみよりほかの事なし。剣などを御覧じ知る事さへ、いかで習はせ給へるにか、道の者にもややたちまさりてかしこくおはしませば、御前にてよきあしきなど定めさせ給ふ。

と記され、特に傍線部は『承久記』の記述ともそう違わないものであり、武的なものへと接近し始めた院にとって、『古今集』仮名序にて示された「猛きもののふの心を和らぐる」という重要な規定を厳格に遵守していた和歌がもはや意味をなさなくなったことは明らかであろう。

和歌を通して形成されていた君臣和楽の構図は姿を消し、神を前にして愁訴することで自分を律することもなくなり、代わりに猛きもののふの集団を囲っていた。乱そのものについてはここで言及しないが、敗戦が決定的となった院の振る舞いについて慈光寺本『承久記』は以下のように記述している。

翔・山田二郎重貞ハ、六月十四日ノ夜半計ニ、高陽院殿ヘ参テ、胤義申ケルハ、「君ハ、早、軍ニ負サセオハシマシヌ。門ヲ開カセマシマセ。御所ニ祗候シテ、敵待請、手際軍仕テ、親リ君ノ御見参ニ入テ、討死ヲ仕ラン」トゾ奏シタル。院宣ニハ「男共御所ニ籠ラバ、鎌倉ノ武者共打囲テ、我ヲ攻ン事ノ口惜ケレバ、只今ハトクトク何クヘモ引退ケ」ト心弱仰下サレケレバ、

傍線部に象徴されるように、後鳥羽院は、敗戦が決定的となり御所にて討ち死にしたいという武者に対して退去を命じるなど、院自身が武の棟梁として戦う意思はなく、自ら弓矢を手にするということも勿論なかった。伏物、越内、水練、早態、相撲、笠懸と、いくら武芸を施しても、それが実戦の中で活かされることもなく、和歌を御するようにはいかなかった。

慈光寺本『承久記』では、院が敗北するまでの間、その序文も含めて和歌の引用はない。院の和歌がはじめて引用されるのはその敗戦後のことである。院は、出家して隠岐へと流されていくが、承久三年七月十四日、出雲国大浜浦に着いて、風を待つ間に、後鳥羽院の寵臣でもあった北面武士、藤原能茂とともに歌を詠じたという(11)。

十四日許ニゾ出雲国ノ大浜浦ニ著セ給フ。風ヲ待テ隠岐国ヘゾ著マイラスル。道スガラ御ナヤミサヘ有ケレバ、御心中イカヾ思食ツヾケケン。医師仲成、苔ノ袂ニ成テ御供シケリ。哀、都ニテハ、カヽル浪風ハ聞ザリシニ、哀ニ思食レテ、イトヾ御心細ク御袖ヲ絞テ、

⑰都ヨリ吹クル風モナキモノヲ沖ウツ波ゾ常ニ問ケル

伊王左衛門、

スヾ鴨ノ身トモ我コソ成ヌラメ波ノ上ニテ世ヲスゴス哉

御母七条院ヘ此御歌ドモヲ参ラセ給ヘバ、女院ノ御返シニハ、

神風ヤ今一度ハ吹カヘセミモスソ河ノ流タヘズハ

傍線部に示されるように、身の哀れと心細さを思い、涙して歌を詠んだとされる。そしてそれは院の母、七条院へと送られたものであった。慈光寺本『承久記』に引用される院の最初の和歌である。敗戦ですべてを失った後に、隠岐へと流される自身の境遇への悲歎と母への思いが哀れな情趣を生じさせ、歌が詠じられている。院が、その敗戦を経

て、歌人としての自分を再び取り戻した瞬間であろう。院の歌が、母という個人的な絆によって支えられた情感から立ち上がってきた点に注目したい。先に引用した『承久記』の発端となった記事には「御腹悪テ、少モ御気色ニ違者ヲバ、親リ乱罪ニ行ハル」(波線部)とあり、周囲から孤立し、独裁者的な院の姿が批判的に記述されるが、母親という身近な存在への詠歌を機に、和歌的情趣を回復していく。

五　おわりに——歌人としての後鳥羽院の復活——

和歌は、早速、悲劇の王という視点から新たな院の物語を紡ぎはじめるが、神祇歌への際だった傾倒はなく、君臣和楽の構図も、藤原家隆といった限られた近臣たちとの交流という図式へと変化していった。「我こそは新島守よ隠岐の海の荒き波風心して吹け」はやはり注目してよい詠歌であろうし、院にとってはこう詠むのはむしろ必然であったとも言えるであろう。特に平穏でもない世を、海の静けさに託して為政者として平穏に詠む必要はもうなく、そのようなヴィジョンを示してみせる必要もなかった。ただしそこには和歌による近臣達との僅かながらの交流が残った。しかしそれは院が、その和歌活動の中で獲得してきた財産であり、院は、和歌を通して再び立ち上がっていく。

注

(1)　以下に『増鏡』「おどろのした」の冒頭部をあげる。
御門ひとへに世をしろしめして、四方の海、浪静かに、吹く風も枝をならさず。世治まり、民安うして、あまねき御うつくしみの波、秋津島のほかまで流れて、繁き御恵み、筑波山のかげよりも深し。よろづの道々に明らけくおはしませば、国に才ある人多く、昔に恥ぢぬ御代にぞありける。中にも敷島の道なんすぐれさせ給ひける。

（2）和歌を通しての君臣和楽・親和の問題を具体的に考察したものに、寺島恒世「定家・後鳥羽院・家隆――和歌における〈君臣〉の構図」（和歌文学の世界第十三集『論集　藤原定家』笠間書院、一九九五年六月）、田村柳臺「後鳥羽院と和歌」（『後鳥羽院とその周辺』笠間書院、一九九八年十一月）など多数の論考がある。

（3）このあたりの歌については、久保田淳「『新古今集』の美意識――大内花見の歌三首を軸にして」（『藤原定家とその時代』岩波書店、一九九四年一月）、同「南殿の桜」（『久保田淳著作選集第三巻』岩波書店、二〇〇四年六月→初出『季刊文学』一巻一号、岩波書店、一九九〇年一月）に詳しい。

（4）久保田淳『藤原定家』（集英社、一九八四年十月　※後に、ちくま学芸文庫より一九九四年十二月に出版）参照。また最勝四天王院障子和歌については、寺島恒世「定家と後鳥羽院――『最勝四天王院障子和歌』をめぐって――」（『季刊文学』六巻四号、岩波書店、一九九五年十月）、吉野朋美「最勝四天王院障子和歌について」（『国語と国文学』七十三巻四号、一九九六年四月）など多くの考察がある。

（5）谷昇「後鳥羽天皇在位から院政期における神器政策と神器観」（『古代文化』六十巻二号、古代学協会、二〇〇八年九月）参照。谷昇氏は、「後鳥羽天皇期の神器政策に画期が訪れたのは、承元四年十二月十日、順徳天皇が伊勢奉幣使発遣のため、神祇官庁へ初行幸した時である。後鳥羽上皇は、この機を捉え、寿永二年（一一八三）六月、伊勢神宮祭主大中臣親俊が後白河法皇に奉った剣を用いることにした」と指摘する。なお『明月記』の記事としては、建保元年（一二一三）四月二十九日の条に「百王八十余代、神剣没海、三十廻于茲。事理可然。是則非人力歟」とある。

（6）山本幸司「王権とレガリア」（網野善彦ほか編『岩波講座　天皇と王権を考える六巻　表徴と芸能』岩波書店、二〇〇三年一月）では、「宝剣の象徴する武力、すなわち治承・寿永の内乱期に最終的に朝廷から失われた軍事力の統制権を回復することにあった」とする。なお注（5）論文も参照。

（7）田中喜美春氏は、「後鳥羽院の香具山」（『国語と国文学』五十四巻二号、一九七七年二月）で、先に引用した⑫と⑭の祈願について「積年の契りとは、治世の始めに託した祈願と同じものを意味している」と指摘して、それは具体的には天皇親政政権奪還祈願だとするが、伊勢と鴨社ではその位相は異なり、この時点の院にすでに承久の乱につながっていくような政権奪還の意図を認めてよいのか、その判断は難しく躊躇されるであろう。

（8）『美濃の家づと』では、「二の句より下は、そのかみ東の北条が、よこさまなるしわざに障へられ玉ひて、天の下の政、おぼしめす御心にもえまかせ給はぬことを、雲のさはりにとたへて、うれたくおぼしめす御心を、大御神にうたへ祈り玉ふなるべし」（『本居宣長全集　第三巻』）と、北条氏を名指ししている。なお本歌の諸説整理については久保田淳『新古今和歌集全注釈六』（角川学芸出版、二〇一二年三月）が詳しい。

（9）臣下を従えるというような意味合いについては、久保田淳『新古今和歌集全注釈五』（角川学芸出版、二〇一二年二月）の、「中国で九卿のことを棘路という。これを和歌では和らげて「おどろの道」といい、公卿を意味する。……後鳥羽院としても、おそらくこの句に「公卿達を従え靡かせて」の意を籠めたと見てよいであろう」とする解釈が参考になる。そのような意味で用いた例としては「春日野のおどろの道のむもれ水すゑだに神のしるしあらはせ」（『新古今集』・神祇・一八九八・藤原俊成）がある。

（10）上横手雅敬「後鳥羽上皇の政治と文学」（『古代・中世の政治と文化』思文閣出版、一九九四年七月）参照。

（11）この場面、『吾妻鏡』では、都にいる母、七条院と修明門院（順徳院母）へと二首の歌を詠み送っている。以下、本文を示す。

廿七日庚戌。上皇着二御于出雲国大浜湊一。於二此所一遷二坐御船一。御共勇士等給レ暇。大略以帰洛。付二彼便風一。被レ献二御歌於七条院并修明門院等一云々。

タラチメノ消ヤラデマツ露ノ身ヲ風ヨリサキニイカデトハマシ

シルラメヤ憂メヲミヲノ浦千鳥島々シホル袖ノケシキヲ

聖徳太子と合戦
——仏教と戦争——

松本真輔

一　はじめに

聖徳太子と言って、我々は何を思い浮かべるだろう。一般には、推古天皇の摂政として、十七条憲法や冠位十二階を制定したり遣隋使を派遣したりと、古代国家の発展に尽力した人物としてよく知られているだろう。また、黎明期の日本仏教発展に貢献し、法隆寺や四天王寺を建立したり、三経義疏の編纂をした人物としても有名である。むろん、これらについては史実か否かの論争も絶えないが、古代から現代に至るまで、その生涯に関して様々な言説が紡ぎ出されており、虚実織り交ぜ甲論乙駁が続く人物であることには間違いないだろう。

さて、本稿に与えられた課題は、「聖徳太子と合戦／仏教と戦争」であるが、ここで議論するのは「史実」を巡る問題ではない。「聖徳太子」は非在説が繰り返し提起される人物ではあるのだが[1]、問題としたいのは後代の人間がそれをどう描いてきたかである。周知のように、「聖徳太子」は、古代から現代に至るまで、文章・絵画・演劇・学問・映像など様々な形で生産・消費され続けてきた。特に日本仏教の多くの宗派は大なり小なり聖徳太子信仰を持っており[2]、彼を理想的な人物として描き続けてきた。聖徳太子信仰は何より日本における仏教信仰の一形態でもあったのだ。

その「聖徳太子」にまつわる言説を戦争という側面から考えようというのが本稿の目論見である。

ただし本稿では、この「戦争」を少し広い意味で考えている。すなわち、対立する者達が武装して集団で戦う場面のみならず、権力闘争や傷害・暗殺事件など、殺人（殺生）を伴う行為をそこに含めている。「戦争」を「仏教」とからめて問題にする以上、広く殺生を論じないわけにはいかないからだ。

そもそも、仏教は「諸の余罪の中に殺罪は最も重し。諸の功徳の中に不殺第一なり（『大智度論』[3]）」のごとく、殺生に対して非常に厳しい態度をとる宗教である。と言うよりも、一般的に宗教というものは多かれ少なかれ人を殺すことに不寛容であるという傾向を持っている。しかし、現実には、宗教信仰が戦争を抑止するどころがその原因となっていたり積極的に関わっていたケースは少なくない。信仰のよりどころとなる文献に見える戦争や殺人に関する記述の中には、後の人間が見たときその理解に困難が生ずる文言が挟まれていることもある。聖書に数多く登場する戦争・殺人の記事が信仰する者を悩ませるように[4]。宗教信仰と人を殺す行為は併存しているのが現実だ。

同じことは「聖徳太子」にもあてはまる。聖徳太子伝を紐解くと、戦争や殺人の話がしばしば現れ、中には聖徳太子が積極的に戦争を推進したという話まで登場する。十七条憲法の第一条「和を以て尊しとなす」や、仏教信仰に篤かったことなどから平和主義的なイメージを持たれることも多い聖徳太子だが、それとは異なる一面がその伝記には含まれているのである。というよりも、様々な殺生を含みこんだ形で聖徳太子伝は展開していたと言った方がいいのかもしれない。この相矛盾する問題を「聖徳太子」の語り手はどう克服していったのか、以下で詳しく見ていきたい。

二　『日本書紀』から見た聖徳太子と戦争・殺人

そもそも、聖徳太子と戦争・殺人との関わりはどこから生じたものなのか。その元を探っていくと、『日本書紀』に逢着する。そこで、聖徳太子に関する記述の分析に入る前に、『日本書紀』と戦争の問題について考えてみたい。『日本書紀』には、様々な内乱、外征、権力闘争に関する記事が登場する。天皇の歴史は殺戮の歴史でもあり、権力者に刃向かう者はしばしばその命を奪われていた。例えば、神代巻の一書には、「故、経津主神、岐神を以て郷導として、周流きつつ削平ぐ。逆命者《したがはぬもの》有るをば、即ち加斬戮《またころ》す(5)」という記事があり、従わない者は殺される運命にあったとしている。人皇の時代になっても様々な英雄が登場するが、神武東征をはじめとする勇ましい英雄譚は、裏を返せば殺戮の記録でもある。例えば神武天皇の活躍を描いた一説には、「此の三処の土蜘蛛、並に其の勇力を恃みて、来庭き肯へにす。天皇乃ち偏師を分け遣して、皆誅さしめたまふ(6)」とあり、日本武尊の伝説にしても、「然して後に、弟彦等を遣して、悉に其の党類を斬らしむ。余噍《のこるもの》無し(7)」と敵対者には容赦がない。

また、征服記録だけではなく、大和王権内の身内や豪族間の権力闘争にも殺戮に関する記事がしばしば登場する。例えば、安康天皇は「眉輪王の為に殺(8)」され、その後の王位を巡る争いの中で「(雄略)天皇、穴穂天皇の、曽、市辺押磐皇子を以て、国を伝へて遥に後事を付に嘱けむと欲ししを恨」み、「大泊瀬天皇(雄略天皇)、弓を彎ひ馬を騁せて〈中略〉市辺押磐皇子を射殺」し、その「皇子の帳内佐伯部売輪」らも「尚《みな》誅し」てしまったという。更に、武烈天皇も即位に際しては「専国政を擅《ほしきまま》に(9)」した平群真鳥臣を「殺戮」し、禍は「其の子弟さへに及《いた》」ったとされている。

それぞれに背景は異なるが、権力闘争の果てに殺されたとされる人物は各天皇の時代に断続的に登場している。むろん、これらには常に史実か否かという問題がつきまとうが、少なくとも歴代の天皇の歴史を描く際、敵対者が死地に追いやられることを『日本書紀』は例外的な事態として扱っているわけではない。そして、それは聖徳太子の時代も同様であった。「爰に迹見首赤檮有りて、大連を枝の下に射墮して、大連幷て其の子等を誅す」[10]と、物部守屋一派を葬り去る戦争に参加した聖徳太子だが、その一族もまた、「終に子弟・妃妾と一時に自ら経きて倶に死せましぬ」[11]と、権力争いを巡る惨劇の輪からは抜け出せなかったとされる。ここに挙げたのは一部に過ぎないが、様々な権力闘争が多くの天皇の時代に繰り返されており、王権を巡る戦争・殺人の記録として『日本書紀』を読むことも可能であろう。

では、ここで改めて聖徳太子の時代を見てみよう。その生涯を『日本書紀』からたどっていくと、そこには少なからぬ戦争や殺人の記事が現れる。他の時代同様に権力を巡る様々な争いがあり、更には対外戦争が繰り返し画策され実行に移されたとされているのだ。それを簡単に整理したのが次の表である。

天皇	聖徳太子	事項
敏達天皇十年	十歳	蝦夷の侵攻
敏達天皇十二年	十二歳	日羅殺害と葦北君による徳爾への報復処刑
用明天皇元年	十五歳	物部守屋、三輪逆を殺害
用明天皇二年	十六歳	迹見赤檮、中臣勝海を殺害（＊）
崇峻天皇元年	十六歳	蘇我馬子ら、穴穂部皇子を殺害（＊）
崇峻天皇元年	十六歳	蘇我馬子ら、宅部皇子を殺害（＊）
崇峻天皇元年	十六歳	守屋合戦（物部守屋を殺害）
崇峻天皇五年	二十一歳	蘇我馬子（東漢直駒）、崇峻天皇を殺害

崇峻天皇五年	二十一歳	蘇我馬子、東漢直駒を殺害
推古天皇八年	二十九歳	推古天皇軍が新羅を侵攻

便宜上、聖徳太子の年齢は『聖徳太子伝暦』（以下『伝暦』）に合わせた。（＊）は『伝暦』に記事がない。

ここに挙げた四人の天皇は全て欽明天皇の子で、王位は父から子、そしてその子へと直線的に委譲されていたわけではない。異母兄弟間の並列的な権力の移行は群臣を巻き込んで血で血を洗う抗争を生み出していた。同じく欽明天皇の子である穴穂部皇子は即位かなわず暗殺され、近しい関係にあった宅部皇子、物部守屋もその直後に殺されている。そして、その終着点が崇峻天皇弑逆である。大きな流れでみると、推古天皇即位までは暗殺と内戦が繰り返され、最終的に蘇我馬子を軸とした勢力が勝利して国内での争いに終止符がうたれたとされている。

しかし、殺戮の連鎖はここで終わりとはならなかった。火種は朝鮮半島にあった。聖徳太子の祖父欽明天皇は「汝、新羅を打ちて、任那を封し建つべし」(12)との遺言を残して永眠したとされる。たて続けに即位した欽明天皇の子供達はこの遺言を達成しようと画策し続け、内政が安定した推古天皇の時代、すなわち聖徳太子摂政の時代になって新羅侵攻が実行に移されたと『日本書紀』は伝えている。史実か否かは別にして、新羅侵攻記事はこうした流れの中から現れたものだ。

このように『日本書紀』を見てみると、外敵（蝦夷）からの侵攻、権力闘争による天皇暗殺と内乱、そして海外派兵と、様々な形での戦争が聖徳太子の生きた時代に起こっていたとされていることがわかる。そして、叙述の流れを追っていけば、聖徳太子もまた権力闘争に勝利して権力を握った側に属する人間ということになる。

こうした『日本書紀』の記述は、以後の聖徳太子伝に大きな影響を与えることになった。平安時代以降の聖徳太子伝の中心的テキストとして利用され続けてきた『伝暦』をはじめ、それをもとに中世に展開していた様々な聖徳太子伝は、必然的に戦争・殺人の記事を含みこむことになる。次節以降では、この点について更に考察を深めていくことにする。

三　聖徳太子伝における三つの大きな戦争

ここでは、聖徳太子伝における三つの大きな戦争について、それが時代を経てどのように描かれてきたかを見ておきたい。なお、これらについてはかつて論じたことがあるので(13)、ここではそれを簡単にまとめておくにとどめるが、第二節で見たように、聖徳太子伝の世界には、太子十歳条の蝦夷合戦、太子十六歳条の守屋合戦、太子二十九歳条の新羅侵攻という合戦譚が存在している。これらはそれぞれ『日本書紀』の記述を出発点としつつ、『伝暦』を経て中世聖徳太子伝に至るまで内容が増幅され語り継がれていた。

蝦夷合戦は『日本書紀』に見えるものの元々聖徳太子と関係のない話であった。しかし、『伝暦』太子十歳条で、攻め来る蝦夷に聖徳太子が懐柔策を示すことで事態を収集するという話として採用され、中世聖徳太子伝では王朝の危機とそれを救った聖徳太子の武威をクローズアップするという形に発展していた(14)。

次に現れるのが守屋合戦で、仏法排斥を主張する物部守屋との争いは聖徳太子伝のハイライトの一つである。『日本書紀』では蘇我馬子が対立の中心であり、聖徳太子（厩戸皇子）はそれに従軍する皇子の一人であったが、その太子が四天王像を刻んで戦いを勝利に導いたという話が既に『日本書紀』に取り込まれており、仏法興隆を決定づけた合戦として『伝暦』以後の聖徳太子伝に繰り返し登場することになる。聖徳太子伝の中では話の分量も他の箇所に比して長く、絵画化された場合でも他のエピソードに比して大きなスペースを割いて描かれるようになる。しかも、先の蝦夷合戦とは異なり、大規模な軍事衝突が描かれ敵将である物部守屋が弓矢に当たって殺される場面も登場する。また、射殺された守屋は首を切られ、この時の刀は守屋の怨霊伝説をともないながら法隆寺や四天王寺に伝えられていた。(15) この戦争は聖徳太子が犯した殺生として後代の聖徳太子伝編纂者にも意識され、それを肯定するロジックも生み出されていた。この点については次節で論じたい。

最後に登場するのが新羅侵攻である。これは、前の二つの戦争とは異なり、聖徳太子が摂政に就任した後の話である。『日本書紀』では聖徳太子の関与は直接的には描かれないが、その内容は、日本軍が新羅の五つの城を陥落させ新羅王が白旗をあげて降伏したというものである。これにどの程度の史実が含まれているかははっきりしないが、檀君神話から朝鮮半島の歴史を記す『三国遺事』（高麗、一然編）感通第七「融天師の彗星歌（真平王の代）」には、推古天皇の時代にあたる新羅真平王の時代に倭兵の侵攻を退けたという呪術的な説話が引かれている。(16) この大規模な対外侵攻譚も聖徳太子伝に取り込まれるようになり、『伝暦』では聖徳太子が主導したものと位置づけられるようになる。ただ、この侵攻は結局失敗に終わり、聖徳太子の弟とされる来目皇子が再度筑紫まで軍を進めるが病没して計画が頓挫したとされる。ところが、中世聖徳太子伝ではこうした失敗は隠されるようになり、ついには来目皇子が新羅に攻め込んで勝利を収めるという話まで登場するようになる。(17)

聖徳太子信仰というと、いわゆる救世観音と一体化した穏やかなイメージがあるが、聖徳太子伝を構成する際には、右に見たような武人としての聖徳太子、あるいは対外侵攻も辞さない聖徳太子の姿が登場する。むろん、内戦と対外戦争ではとらえ方が異なるのかもしれないが、新羅侵攻譚の場合、殺生の問題など意に介さず話が展開していたということになろう。

更に注意しておきたいのは、こうした場面が描かれた絵伝の問題である。文章でも軍事衝突の場面は描かれているのだが、絵画化されたときその姿はかなり生々しい描写となる。特に守屋合戦の場面では、物部守屋が射殺される姿や、切り落とされた守屋の首を運ぶ秦河勝の姿がしばしば登場する。

例えば、聖徳太子としては最古のものとなる東京国立博物館蔵法隆寺献納『聖徳太子絵伝』十幅本（秦致貞、一〇六九年）第八面上段には守屋合戦の場面が描かれ、射落とされ血を流しながら櫓から落ちる守屋や、切り落とした守屋の首を聖徳太子に差し出している秦河勝と推測される場面が登場する。(18) 東博本は落剝もあってわかりづらいが、近世になって模写した天明模本ではその様子が確認できる。(19) この守屋合戦は中世で繰り返し作られてきた聖徳太子絵伝の中心的な場面の一つで、他の場面に比しても大きなスペースを割いて描かれることが多い。蝦夷合戦や新羅侵攻では合戦場面が描かれることはあまりないが、かつて論じたように、(20) 新羅侵攻譚の別伝として中世になって登場した、来目皇子の新羅侵攻と王城陥落の場面が描かれる談山神社蔵本のような例もある。

このように、聖徳太子絵伝ではかなり早い段階から凄惨な場面が描かれているようになっていた。掛幅絵伝の場合は寺院内で絵解きとしても利用されていたと思われるが、あえてこのような殺人の場面を可視的に表現した理由は何であったのだろう。むろん、この点については正確なことは分からないが、六道の一つである修羅道に当てはまると考えていたのかもしれないし、或いは、単に絵的なインパクトを狙ってのものだったのかもしれない。いずれにせよ、聖徳太子をたたえるというだけではなく、戦争がもたらす暗い現実にも光を当てていることになるだろう。

四　崇峻天皇弑逆事件と『伝暦』

前節までは聖徳太子の関わった三つの大きな戦争について見てきたが、ここでは崇峻天皇弑逆事件について、『伝暦』に到るまでどのような評価が与えられてきたかを見ていきたい。

まず、この話の概要を把握しておこう。発端となるのはやはり『日本書紀』である。崇峻天皇が献上された猪を指して「何の時にか此の猪の頸を断るが如く、朕が嫌しとおもふ所の人を断らむ」[21]と述べ、天皇が武器を集めているとの噂を聞きつけた蘇我馬子は逆に「天皇を弑せまつらむと謀」ったという。要するに殺すか殺されるかという世界である。そして、そのほぼ一ヶ月後に蘇我馬子は東漢直駒を送り込んで暗殺を実行したという。

『日本書紀』の記述は極めて簡潔に天皇弑逆の経緯を記すだけで、そこには聖徳太子（この時は厩戸皇子）について何の言及もされていない。しかし、後代の人間が「聖徳太子」を考える際、この事件は無視できないものであったようだ。聖徳太子が蘇我馬子と近しい関係にあったのは守屋合戦で共に戦ったことからも知られるし、天皇の交代によって摂政という地位を得た受益者だったからだ。そのため近世の儒学者たちは天皇弑逆の背後に聖徳太子の存在を指摘し、盛んに非難をあびせていた。この点については先学に詳しい考察があるが[22]、林羅山をはじめ、熊沢蕃山、荻生徂徠、山方蟠桃等々、仏教に対する反発も入り交じって、激しい聖徳太子批判が繰り広げられていた。むろん、これらの聖徳太子批判には天皇弑逆以外の論点も含まれてはいるのだが、近代に入って天皇の復権がなされると、この部分に対して更に反駁が加えられることになる。近代の聖徳太子研究の嚆矢とされる久米邦武『上宮太子実録』では「此弑逆は馬子の使嗾といふよりも寧ろ駒の教唆と審判を下すべし」[23]「馬子の弑逆について、却て上宮太子の処分等閑なりとて、兎角の論をなすものあるは、返す〳〵も当らぬ吹毛なり」と、聖徳太子のみならず蘇我馬子の積極的な関与にも疑問を呈している。久米の論点はこれ以外にも多岐にわたっているのだが、近世の儒学者による聖徳太子批判を強く意識しながらそれに対して反論するという形をとっている。

こうした議論の妥当性はさておき、それ以前の時代にこの事件と聖徳太子の関係はどのように認識されていたのであろう。『日本書紀』には天武天皇が暗殺者東漢直駒の子孫東漢直等に下した詔の中で「汝等が党族」[24]は「七つの不可を犯」したとされており、その最初に「小墾田の御世」の事件があげられている。小墾田は推古天皇の王宮だが、短い文言であるためこれが果たして聖徳太子の存在まで示唆しているのかはよくわからない。

一方、中世・近世における聖徳太子伝のひな形とされてきた『伝暦』では、聖徳太子の直接の関与を示しているわけではないが、崇峻天皇の死が聖徳太子の予言として登場する。まず、崇峻天皇元年（太子十七歳）条では、崇峻天皇に「神通の意あり」[25]と評価された聖徳太子が天皇の顔相を占ったところ「過去の因」によって「非命忽に至らん」という判断を下し群臣に天皇の護衛を命じたとされている。むしろここでは、後の凶行を防ごうとした人物に設定されているわけだ。ついで崇峻天皇四年（太子二十歳）条では、聖徳太子が天皇の発案による新羅侵攻計画に反対意見を述べたのち、唐突に「況んや亦た宮庭に近く、血臭有らんをや」[26]と惨劇を予言する。更に侵攻計画の失敗を予言する聖徳太子に対して「天皇聞こしめしてこれを悪みたまふ」と関係の悪化を示す文言が組み込まれている。『日本書紀』の記事に聖徳太子は登場しないので、『伝暦』（あるいはその元になる文献）に付加されたものということになろう。

ついで、翌年の崇峻天皇弑逆記事になるわけだが、ここでもやはり『日本書紀』には登場しない崇峻天皇四年二月の記事が現れる。そこでは「蘇我の臣、内には私の欲を縦にし、外には詐り餝るに似たり」[27]と嘆く崇峻天皇に対して「陛下、口を鉗じて妄りに発動すること莫れ」と行動の自重を求める聖徳太子の姿が描かれている。形の上では、天皇の死相を見抜いた太子が繰り返しそれに警告を与えるという流れが続いているということになる。そして、続く天皇殺害場面でもこうした聖徳太子の造形は一貫している。天皇に山猪が献上されると、天皇がその猪のように刃向かう者の首を切りたいと述べたという『日本書紀』を踏まえた場面が『伝暦』にもある。しかし、『伝暦』の続く場面では、『日本書紀』には出てこない聖徳太子が登場する。天皇の言葉を聞いた聖徳太子は群臣に褒美を与え、「卿等、他人に語ること莫れ」と告げる。天皇と対立するのが蘇我馬子とされる一方、聖徳太子は天皇を守ろうとする姿で描かれているということになる。しかし、結局、天皇は東漢直駒によって殺害され、これを聞いた聖徳太子は「陛下、愚児之言を用いたまわざること、是れ過去の報なり」と語ったとされる。

これをまとめるなら、崇峻天皇弑逆事件に対して『伝暦』が描き出す聖徳太子とは、天皇に対して一貫して警告を与え、時には災いを防ごうとする行動をとった人物とされていることになる。にもかかわらず惨事は起こったわけだが、それは、天皇が聖徳太子の忠告に従わなかったためだというのが『伝暦』の説明で、更に聖徳太子は天皇の死を「過去の因」「過去の報」と嘆いたとされている。『伝暦』は権力者が殺される場合しばしば「因果」を持ち出して説明しようとする傾向があり、物部守屋に対しても「大連、因果の理を識らず(28)」と述べ、大化改新の記事でも「大臣蝦夷の臣、遂に自殺す。門、合せて誅せらる。一旦に滅びぬ。聖徳太子の平生の歎、因果の果報、此において知りぬ(29)」と蘇我蝦夷一族の滅亡を因果から説明している。また、自らの墓を築かせた際に「此処をば必ず断ち、彼の処をば必ず切れ(30)」と『徒然草』第六段でもよく知られる指示を出し、「遥に過去を憶て因果を相挍うるに、吾未だ賽《つぐの》い了ず、禍子孫に及(31)」と自らの子孫断絶を予言する場面も登場する。そして、上宮王家滅亡の場面では、窮地に立たされた山背大兄王子に「吾、三明の智に暗うして、因果の理を知らず(32)」と語らせている。『伝暦』が言う崇峻天皇の「過去の因」が何であったのか、あるいはそもそも具体的な内容が想定されていたのかは分からないが、単なる個人の思惑を越えた力がこの事件の背後にあったと説明していることになる。結局のところ、『伝暦』が、この事件に対して聖徳太子が関与したという考え方が先にあったためそれを否定するためにこのような叙述を行ったのか、あるいは単に蘇我馬子と崇峻天皇の対立に聖徳太子を挟み込んだだけなのか判断は難しい。ただ、因果を持ち出した点については、場当たり的と言ってしまえばそれまでだが、少なくとも弑逆事件と聖徳太子との間に距離を置こうとしていることにはなろう。逆に言えば、弑逆事件と聖徳太子との関係は意識されていたと思われる。

五　崇峻天皇弑逆事件と『愚管抄』

聖徳太子と崇峻天皇弑逆事件が結びつけられた議論がはっきりした形で現れるのは、慈円の『愚管抄』である(33)。同書の弑逆事件に対する叙述姿勢については、先行する『扶桑略記』『水鏡』における、崇峻天皇を「正」とし蘇我馬子を「負」とする態度から一転し、仏法興隆に合わせた形で天皇を否定的に蘇我馬子を肯定的に扱う形に変化している点が指摘されている(34)。仏法興隆という道理の前では天皇弑逆も容認されているわけである。そして、この点は聖徳太子への評価も同様である。中世初期の聖徳太子信仰を積極的に発展させた人物としても知られる慈円だが(35)、『愚管抄』では、物部守屋殺害についてもそれが殺生であるとの批判に応える形で擁護論が述べられているのである。

> 父ノ王ノシナセ給ヒタルヲヲキテ、サタモセズシテ守屋ガクビヲキリ、多ノ合戦ヲシテ人ヲコロシテ、其後御サウソウナドアルベシヤハ。仏道ヲカクフタギタレバ、ソレヲウチアケテコソヲクリマイラセメトオボシメシケン道理コソ誠ニ目出ケレ。権者ノシヲカセ給コト又ワロキ例ニナルベシヤハ(36)。

これについてはかつて触れたことがあるのだが(37)、傍線部に見るように、守屋合戦が殺生であったとの認識を示した上で、仏法を排斥しようとした守屋を討ったのは道理であるとし、更に仏・菩薩が衆生を救うために仮の姿で現れた権者である聖徳太子のすることが悪例であるわけがないとしている。

戦争と仏教の関係が真正面から論じられている部分と言っていいだろうが、この議論の前提となるのは、聖徳太子までの天皇の歴史に対する大まかなとらえ方である。『愚管抄』はそれを次のように説明する。「人代ノハジメ成務マデ、サワ〳〵ト皇子〳〵ツガセ給テ正法トミエタリ」と王位が継承されてきたのだが、仲哀天皇、神功皇后というそこから外れた状態が現れる。更に「允恭・雄略ナド王孫モツヾカズ、又子孫ヲモトメナドシテ」いたが、「其後仏法ワタリナドシテ国王バカリハ治天下相応シガタク」のように、王法だけでは国が治まらなくなり、いわゆる王法仏法相依の考え方に基づく日本のありかたが築かれていったとする。そして、これに続いて聖徳太子の話が登場する。

聖徳太子東宮ニハ立ナガラ、推古天皇女帝ニテ卅六年ヲオサメオハシマシテ、崇峻天皇コロサレ給フコトナドイデキナガラ世ヲオサメ、仏法ヲウケヨロコバザリシ守屋ノ臣ヲバ、聖徳太子十六ニテ蘇我大臣ト同心シテ、タ、カヒウシナヒテ仏法ヲオコシハジメテ、ヤガテイマニイタルマデサカリナリ。

日本への仏法伝来については、この前の箇所で「欽明天皇ノ御時ハジメテ仏法コノ国ニ渡テ」としているのだが、物部守屋との戦争に勝って仏教の定着がはかられ今まで続いているのだとしている。そして、『愚管抄』はこれに続けて崇峻天皇弑逆への擁護論を展開しているのだが、わざわざこの事件を持ち出しているということは、何かしらの理論によってこのことを説明しなければならないと考えていたのであろう。

コノ崇峻天皇ノ、馬子ノ大臣ニコロサレ給テ、大臣スコシノトガモヲコナワレズ、ヨキ事ヲシタルテイニテサテヤミタルコトハイカニトモ、昔ノ人モコレヲアヤメサタシヲクベシ。

更に、天皇弑逆の前例となる安康天皇については、父の大草香皇子を安康天皇に誅殺された眉輪ノ王の「オヤノカタキ」であるから「道理モアザヤカナリ」と理解を示す。しかし、崇峻天皇の弑逆については、

ナカニモ聖徳太子オハシマスオリニテ、太子ハイカニ、サテハ御サタモナクテヤガテ馬子トヒトツ心ニテオハシマシケルゾト、ヨニ心エヌ事ニテアルナリ。

と述べている。この箇所は、『愚管抄』の認識を考える上で非常に重要だ。聖徳太子と蘇我馬子の強い政治的結びつきを前提に、聖徳太子の態度は理解しにくいことだとしているからである。しかし、結局のところ「観音ノ化身聖徳太子ノアラハサセ給ベケレバ、カクアリケルコトサダカニ心得ラル、ナリ」と聖徳太子擁護論を展開し、天皇弑逆も道理にかなったものであったことを王法と仏法の関係から説明している。

ソレヲコロシツル事ハ、コノ馬子大臣ヨキコトヲシツルヨトコソ、世ノ人思ケメ。シラズ又推古ノ御気色モヤマジリタリケントマデ、道理ノオサル、ナリ。コノ仏法ノカタ王法ノカタノ二道ノ道理ノカクヒシトユキアヒヌレバ、太子ハサゾカシトテモノモイハデ、臣下ノ沙汰ヲ御ランジケンニ、コノ道理ニオチタチヌレバ、サゾカシニテアリケルヨトユルガズ見ユル也。

崇峻天皇殺害の背後には推古天皇の意向があったのではないかとの見方まで示しつつ、仏法と王法の理論に照らし合わせて、聖徳太子はこの事件を黙認した（傍線）というのである。これらは、天皇の歴史を詳述し王法と仏法の関係を歴史の中から解き明かそうとする文脈の中で現れた聖徳太子に関する記述だが、そこで敢えて崇峻天皇と物部守屋に対する殺生を持ち出し、更に擁護論を展開しているのである。果たしてこのような議論にどこまで整合性があるのか分からないが、文脈は異なるが慈円の説に対して批判があるように[38]、牽強付会の感が否めないのは確かだ。だが、本稿で問題にしたいのは、その擁護論がどのような筋道を持っているか、あるいは妥当なものかという点ではない。それ以前の問題として、敢えて殺生の問題に切り込まざるを得なかった点に注目したいのである。

ここを記述するにあたり、恐らく慈円は、『日本書紀』のみならず『伝暦』あるいは『扶桑略記』を参照している。それは、崇峻天皇の将来について「太子相シマイラセテ、程アラジ、兵ヤクモオハシマスベシ、御マナコシカ〴〵也ナド申サレヌ」[39]のように、第二節で見た『日本書紀』になく『伝暦』や『扶桑略記』に見えるエピソードを引いていることから分かる。したがって、聖徳太子の仏法興隆となれば他の様々な事蹟を持ち出すことも可能ではあった。しかし、敢えてこの問題に切り込んだということは、「聖徳太子は救世観音の垂迹なり。されども、守屋の大臣が頸きりたまう（『宝物集』[40]）」「太子定メテ人ヲ殺サムトニハ非ジ。遥ニ仏法ノ伝ハラムガ故ニコソハ（『今昔物語集』[41]）」といった聖徳太子の殺生という疑義を意識しての記述ではなかったかと思われる。慈円にとって聖徳太子と戦争・殺生の問題は、克服しておかねばならない課題になっていたということであろう。

六　崇峻天皇弑逆事件と中世聖徳太子伝

鎌倉時代後半から室町時代にかけて、聖徳太子伝は新たな展開を迎える。『伝暦』の注釈が数多く編纂されるほか、『伝暦』を基礎にしながら様々に増補した内容を加えた物語的太子伝が作られており、更に絵伝も多数制作されるようになるのである。

この時期の聖徳太子伝にも崇峻天皇弑逆事件は登場するのだが、やはり聖徳太子を非難する内容にはならない。物語的太子伝の場合、基本的には『伝暦』をなぞらえる形で話が進められ、天皇の死を予見した聖徳太子が行動の自重を求めるも結局は凶行に至ったという筋書きになる。むろん聖徳太子が弑逆に関与したという話にはならず、例えば物語的太子伝の一つ、輪王寺本『太子伝』では「因果の理必然なれば蘇我大臣も争か今生に此報を免れん[42]」とされ、同じく増補系と呼ばれる物語的太子伝の一つ叡山文庫本『太子伝』でも「大臣も駒も定て其の報を免れじ。因果の理は影身に随が如し。何か是翻を免るべきかと仰せ有けるが、案の如く、駒は蘇我大臣に誅せられ、大臣は又入鹿謀反の時、鎌足の大臣に責られて一門一族多く高市群豊浦の山耳樫の峯にて已にける[43]」とされ、やはり因果という観点からこの事件が説明されている。

一方、法隆寺僧訓海が編纂した『太子伝玉林抄』（十五世紀中頃の『伝暦』注釈）では、仏法流布の観点から弑逆事件を肯定する論が展開されている。

> 蘇我大臣は聖徳太子と相共に仏法を興行す。〈中略〉既に是れ吾が朝仏法流布の本主なり、尤もこれを仰ぐべし。況や朝恩に誇りて恣に殺し奉るにあらず。天皇の御造意露顕するが故に、力無くこれを殺し奉る。豈に大悲の代受苦にあらざる哉。若し天皇御存命にして大臣薨せば、思のままに仏法弘通はこれ有るべからず。天皇崩御あて大臣存するが故、太子と推古天皇と蘇我の大臣と相共に商量して、在々処々に伽藍を立て、道俗貴賤に善苗を植うるなり。これを以て一殺多生とも云うべきなり。[44]

蘇我馬子は聖徳太子とともに仏教を広めた人物であり、崇峻天皇が死に推古天皇が即位したことによって今日の仏教隆盛がもたらされたという。『伝暦』などでは積極的に仏法を受け入れていたとされる崇峻天皇を敢えて反仏法としているというよりは、蘇我馬子や聖徳太子擁護のために持ち出された結論ありきの説明であろう。そして注意したいのは、傍線部のようにこの事件を「一殺多生」としている点である。かつて触れたことがあるのだが[45]、これは守屋合戦の際の守屋殺害を合理化するために用いられたロジックで、多くの衆生を救うためには一人の悪人を殺すのもやむを得ないという考え方を指す。例えば叡山文庫本『太子伝』では、守屋を討とうとする聖徳太子の言葉として

> 一殺多生は是菩薩の行なり。一の悪を殺て数たの生命を助ことなり。〈中略〉縦児此の罪に依て奈梨に沈むとも豈仏法利生の志を退けんや。[46]

と守屋殺害の決意を語らせている。これ以外にも「高野山所司愁状案」（一二一八年）に「聖徳太子は既に守屋大臣の命を絶つ、大悲菩薩、又一殺多生之行を励す[47]」とみえ、以後も聖徳太子伝注釈のほか、幸若舞『入鹿』『満仲』、謡曲

『鵜飼』などにも用例がある[48]。『太子伝玉林抄』の説明も場当たり的と言ってしまえばそれまでだが、『伝暦』に記事がある以上、守屋を殺した問題は避けて通ることはできなかったと思われる。

ところで、第三節で見た物部守屋が死ぬ場面のように、この崇峻天皇弑逆場面にも凄惨な描写が現れる。ただしそれは、天皇殺害ではなく、実行犯の東漢直駒が蘇我馬子に射殺される場面である。『伝暦』では「大臣大に怒て剣を投げて腹を潰し、次に其の頭を斬る」[49]とあり、絵伝について見てみると、法隆寺旧蔵東博本第三面では「大臣自ら駒の胸と腹を射て頭を斬る」[50]という説明とともに東漢直駒が殺される図柄が収められている。むろん絵伝において直接天皇が殺される場面が描かれることはないが、木にくくられた東漢直駒を蘇我馬子が弓で射る様子は多くの絵伝に登場する。

一方、物語的聖徳太子伝では、例えば「人々驚き恠て天皇を見進するに、玉の床錦の茵皆悉血に染て、御門は崩御成にけり（叡山文庫本『太子伝』）」[51]とあるほか、東漢直駒射殺場面でも「大臣弥大悪念を起して弓箭を投げ捨て、大床より飛下り太刀を抜て駒が頸を刎られける（輪王寺本『太子伝』）」[52]「大臣怒深く思許す事もなく三筋の矢を射立て後腹をさきその頸を切（叡山文庫本『太子伝』）」[53]といった具体的な描写が見える。直接聖徳太子が関与している場面ではないからなのかもしれないが、先の物部守屋殺害場面と同様に、殺生の具体的な場面も避けずに描き出しているということにもなる。

七　おわりに

聖徳太子の事蹟を伝える最初期の文献は『日本書紀』であるが、そこには様々な戦争や殺人に関する記事があった。

守屋合戦のように聖徳太子が直接関与したとされているものもあるし、太子とは無関係に記されている記事もある。しかし、聖徳太子の全ての年齢に記事を持つ『伝暦』ではこうした記事が太子の事蹟の中に組み込まれ、『伝暦』をもとにして展開していた以後の聖徳太子伝もこれを踏襲することになった。そのため、聖徳太子伝は否応なしに殺生という問題を抱え込むことになる。本稿では、蝦夷合戦、守屋合戦、新羅侵攻という三つの大きな戦争に加え、崇峻天皇弑逆事件について概観してきたが、聖徳太子伝の語り手たちは、仏教興隆という名分や聖徳太子の武威をたたえるという文脈で、殺生戒を意識しつつもこれらを伝記の中に取り込んでいた。結局のところ敢えて避けずとも解消できる葛藤であったと言うことも出来るが、一方で、人間社会の避けられない暗部とも言うべき殺人という行為に切り込んだ形で聖徳太子伝は展開していたということにもなるだろう。

注

（1）聖徳太子非在説については、松本真輔「『聖徳太子伝』――聖徳太子の語られ方」（小林保治監修『中世文学の廻廊』勉誠出版、二〇〇八年三月）で簡単に触れたことがある。

（2）大屋徳城『仏教各宗に於ける聖徳太子の信仰』（法蔵館、一九二二年二月）

（3）高楠順次編『大正新脩大蔵経（二十五）』（大正一切経刊行会、一九二六年一月）一五五頁下。私に訓読した。

（4）ピーター・C・クレイギ、村田充八訳『聖書と戦争――旧約聖書における戦争の問題』（すぐ書房、一九九〇年一月）、佐々木哲夫『旧約聖書と戦争――士師の戦いは聖戦か？』（教文館、二〇〇〇年四月）など。

（5）坂本太郎校注『日本古典文学大系　日本書紀（上）』（岩波書店、一九六七年三月）一五一頁

（6）同前掲注（5）二一〇頁

（7）同前掲注（5）三〇〇頁

（8）以下、同前掲注（5）四五四～四六〇頁。（ ）は私に補った。
（9）以下、坂本太郎校注『日本古典文学大系　日本書紀（下）』（岩波書店、一九六五年七月）八～一二頁
（10）同前掲注（9）一六四頁
（11）同前掲注（9）二五二頁
（12）同前掲注（9）一三〇頁
（13）松本真輔『聖徳太子伝と合戦譚』（勉誠出版、二〇〇七年十月）
（14）渡辺信和「太子十歳の条をめぐって」（『聖徳太子説話の研究：伝と絵伝と』新典社、二〇一二年六月。初出は『説話』九、一九九一年三月）、松本真輔「聖徳太子伝における蝦夷合戦譚の展開」（同前掲注（13））
（15）松本真輔「中世聖徳太子伝における物部守屋像」（同前掲注（13））
（16）佐伯有清編『三国史記倭人伝他六篇――朝鮮正史日本伝1』（岩波書店、一九九八年三月）一〇五頁
（17）松本真輔「聖徳太子の新羅侵攻譚」（同前掲注（13））、同「古代・中世における敵国としての新羅」（青山学院大学文学部日本文学科編『日本と〈異国〉の合戦と文学　日本人にとって〈異国〉とは、合戦とは何か』笠間書院、二〇一二年十月）
（18）東京国立博物館編『法隆寺献納宝物特別調査概報26　聖徳太子絵伝4』二四～二六頁
（19）同前掲注（18）二一頁
（20）これについては前掲注（17）松本真輔（二〇一二年十月）で言及した。
（21）以下、同前掲注（9）一七〇頁
（22）新川登亀男「攻撃される「聖徳太子」」（『聖徳太子の歴史学――記憶と創造の一四〇〇年』講談社、二〇〇七年二月）
（23）以下、久米邦武『上宮太子実録』（井洌堂、一九〇五年四月）一三〇～一三一頁
（24）以下、同前掲注（9）四二八頁
（25）以下、日中文化交流史研究会編『東大寺図書館蔵文明十六年書写『聖徳太子伝暦』影印と研究』（桜楓社、一九八五年十二月）九三頁の訓読文を参照し読みやすいように改めた（以下同）。

（26）以下、同前掲注（25）九七～九九頁
（27）以下、同前掲注（25）九九～一〇五頁
（28）同前掲注（25）七五頁
（29）同前掲注（25）三六三頁
（30）同前掲注（25）二七五頁
（31）同前掲注（25）二七五頁
（32）同前掲注（25）三三九頁
（33）前掲注（23）一三一～一三二頁
（34）尾崎勇「崇峻天皇と『愚管抄』の説話」（『熊本短大論集』四十一－二、一九九〇年十二月）
（35）川岸教宏「四天王寺別当としての慈円――御手縁起信仰の展開」（『四天王寺学園女子短期大学研究紀要』六、一九六四年七月）、阿部泰郎「霊地における太子像――院政期の聖徳太子崇敬と四天王寺・太子廟」（『中世日本の宗教テクスト大系』名古屋大学出版会、二〇一三年二月）
（36）以下『愚管抄』の引用は、岡見正雄・赤松俊秀校注『日本古典文学大系　愚管抄』（岩波書店、一九六七年一月）一三五～一四〇頁に依る。
（37）松本真輔「殺生肯定理論の系譜と聖徳太子伝――一殺多生説の生成と展開」（同前掲注（13））
（38）同前掲注（23）一三一～一三二頁
（39）同前掲注（36）一三九頁
（40）小泉弘校注『新日本古典文学大系　宝物集・閑居友・比良山古人霊託』（岩波書店、一九九三年十一月）一〇五頁
（41）池上洵一校注『新日本古典文学大系　今昔物語集（三）』（岩波書店、一九九三年五月）六三頁
（42）慶應義塾大学附属研究所斯道文庫編『中世聖徳太子伝集（一）』（勉誠出版、二〇〇五年四月）二九一頁影印より翻刻し、私に訓読した。

(43) 慶應義塾大学附属研究所斯道文庫編『中世聖徳太子伝集（四）』（勉誠出版、二〇〇五年四月）三七一頁影印より翻刻し、私に訓読した。なお、本稿では詳しく述べる余裕がないが、同書を含む増補系太子伝には『伝暦』では語られなかった崇峻天皇の因果が説明されている。
(44) 法隆寺編『法隆寺蔵尊英本太子伝玉林抄（上）』（吉川弘文館、一九七八年三月）四九七〜四九八頁の影印より私に訓読した。
(45) 同前掲注（37）
(46) 同前掲注（43）三四六頁
(47) 竹内理三編『鎌倉遺文（四）』（東京堂出版、一九七三年四月、二三六一）を私に訓読した。
(48) 同前掲注（37）
(49) 同前掲注（25）一〇七頁
(50) 東京国立博物館編『法隆寺献納宝物特別調査概報29　聖徳太子絵伝2』（東京国立博物館、二〇〇九年三月）五八頁。同天明模本によって補い私に訓読した。
(51) 同前掲注（43）三七一頁
(52) 同前掲注（42）二九六頁
(53) 同前掲注（43）三七二頁

天下乱逆をめぐる唱導

——弁暁草と延慶本『平家物語』——

牧野淳司

一　はじめに

金沢文庫に保管される称名寺の唱導資料のうち、弁暁の説草（弁暁草）が、二〇一三年にまとめて紹介された[1]。「院政・鎌倉期の南都における法会唱導世界の具体像をまざまざと甦らせることのできる一次資料群としてきわめて貴重」であり、「安居院の唱導などと対比させつつ、文芸はもとより歴史学、仏教学、美術史等々、多方面から今後さらに読みを深めていくべき対象[2]」となり得るものである。欠脱や破損が多く、解読には難渋したとのことであるが、正確な翻刻が公刊されたことで研究を進めることが容易になった。一読して実に興味深い資料であり、さまざまな観点からの考究が可能かと思うが、本稿では「治承以後の天下乱逆[3]」の中で、弁暁がどのような唱導を展開したかに注目してみたい。具体的には、平重衡の焼き討ちによる南都焼失をどのように受け止めているか、またそのような事態を招いた時の治天の君である後白河法皇をどのように位置づけているかが問題となる。これらは弁暁草を考察する上でもっとも重視される課題群である[4]。そのような観点から弁暁の唱導が激動の時代をどのように描き出しているか、という問題に迫ってみたい。その際、『平家物語[5]』の叙述との類似性にも着目してみたい。これにより、弁暁草と『平家物

語』、それぞれが持つ特質をあぶり出していけるとよいと考える。(6)

二　南都焼失

「〔実ヒト、セノ寺家焼失ノ次第〕」は、小峯和明氏が、「大仏殿の棟上げにちなむ説法詞とおぼしい一節で、焼き討ちの凄惨な様子から重源の勧進による木材の集積などにもふれ、具体的な語りが展開される点、きわめて重視されよう」(7)としている一帖であるが、あらためて南都焼失の様を語った場面に着目する。該当箇所は、「実にひととせの寺家焼失の次第、是程の事どもを待ち付けむずるまでは事も愚かに候ふ。我も人もけふまで命存し、身全くして世間に立ち廻るべしとやは、かけふれ思ひ、思しめし寄る事にて候ひし」とした後、「思ひ出づれば実に只今の心地し候ふ」として語り出される。(8)文意が取りづらいところがあるが、大仏殿の柱が立ち、棟が上がった光景を眼前にして、このような日を迎えることができるとは思ってもみなかったということであろう。大仏殿再建まで漕ぎ着けた苦労と感動を分かち合う中で、寺家焼失の次第が回顧される。

軍数千万騎ひと南京の中に満ちて、西は興福寺七堂伽藍より、東は戒壇大仏殿さまへかたなでにやきまうでこし(9)次第有様、凡そ夢にも争でかさる事をば見る人候ふ。只七堂の伽藍の焼け給ひし其の煙だにも、実に大虚皆くれふたがたる事でこそ候ひしに、まして半天の雲に造り挿むで二階十七丈の大仏殿の忽ちやけ昇り給ひし煙の勢ひ、炎の武《さと》さと申しし物は、実にあの劫末火災の炎の一大千界に焼くをびただしさも限り有ればいかがは是ばかりかはとこそ覚え候ひし。されば是程の大仏みぐし已に落ち、是程の大伽藍の跡無く焼け失せぬる。

南京を焼き尽くした炎とその煙のすさまじさを回想して語っている。弁暁はこの後、「国富み民豊かなりし昔、猶権化のしわざでこそ、さは成り給ひし事であれ、まして五濁極増の今、国土衰弊の近来、是を再び修補せられ、重ねて建立せらるべきと云ふ事、夢にも覚にも人思ひ寄る事では候はざりしに」と続けている。かつて大仏殿が建立された時代とは比べものにならないくらい国土が疲弊している状況では、再建などとても不可能と考えられたというのである。そのような中で復興が進んでいくことの素晴らしさが語られていく。このような文脈で語られる南都焼失の様は、焼失の過去と再建の現在とを対比して示すことで、大仏殿再建がいかに偉大な事業であるかを際立たせる働きを担っている。焼失の様を振り返ることで、再建に漕ぎ着けた喜びがより大きなものになるのである。

一方、『平家物語』は巻五で奈良が炎上したことを語るが、そこに東大寺復興をめぐる唱導と近似する表現が含まれていることを指摘したことがある(10)。その際、『平家物語』の表現には大仏再建を願った時代の熱気を感じ取ることができるとしたが、弁暁草を見ると、まさに滅亡からの復興を推進する中で、寺家焼失の様が語られていることが確認できる。滅亡の語りは再生への力を内包している。唱導の詞を背景に想定してみると、『平家物語』の奈良炎上場面に、滅亡から力強く再生する南都の姿を透かし見ることができるかもしれない。焼失を語る表現が、同時に再建した姿をも彷彿とさせる表現になっていると言えるならば、それは唱導の詞によって可能になったのである。

もちろん『平家物語』は東大寺復興をめぐる唱導のみと関係を有するわけではない。たとえば延慶本は、「澄憲法印ノ法滅ノ記ト云文ヲカ、レタル。其ノ言ヲ聞ゾ悲シキ」として、伽藍炎上の様を詠嘆的に語っていく。これも『平家物語』が唱導を吸収しながら成り立っていることを示すものであるが、澄憲の「法滅ノ記」は奈良炎上に際して作成されたものであり、再建進行中に炎上の様を振り返った弁暁の詞とは性格を異にしよう。だが、唱導の詞としての共通性を認めることも可能であろう。澄憲の詞はたしかに南都焼失時に作成されたものであろうが、それは単に焼失を嘆くだけのものであったであろうか。そうではないであろう。おそらくは、焼失を契機として仏道へ進むことを勧めようとする志向性を持っていたはずである。否定的出来事をよい意味に解釈し、仏道へ導こうとするのが唱導の特質の一つであろう(11)。であるならば、『平家物語』の奈良炎上の叙述には、やはり仏の道へと働きかけようとする志向性が含まれていると見なすことができるのである。単に焼失を嘆くだけではなく、仏法へ誘おうとする力を内包するものとして奈良炎上場面があること、これを『平家物語』という歴史叙述の一特質とみなしてみたいのである。

続けて弁暁が南都焼失をどのような事態としてとらえていたのかが示された箇所を見てみたい(12)。

興福七堂の伽藍も之に依りて煙と昇り、我が寺十丈の霊像も是の故に焼失し給ふ。是をばなんしに人の過とは思ふべきなるぞ。偏に只自ら各が招きたるわざはいでこそあれ。

ここには、この度の事件は「人の過」ではなくて自らが招いた災いであったという認識がみえる。この直前には僧侶の振る舞いについて具体的に指摘した箇所がある。「昼夜の勤は双六博奕の態、造次の好は酒宴世会のふるまい。形は僧なれども行は在俗にも過ぎ、身は頭を剃れども心は名利に染まるぞ。只かう勤は修学を忘れ、身は行業を闕するのみかは。はてには師を罵り祖《をや》を罵り、仏を謗り法を謗る。仏種此より天下に絶え、此より乱れ候ふ。倩ら我等が有様を思ふに、実に外道闡提にも過ぎたる」と言っている。それゆえ「仏の大悲はさこそ広けれども、さのみえ御覧じ過ぐさぬ候ふとよ」ということで、今回の事態に至った。弁暁は「我等が有様」に対して反省を促す言説を展開している。

同類の趣旨の弁舌は別の箇所にも見える(13)。そこでは弁暁はこの世の動乱を大仏がどのような思いで見つめていたかを推し量って語って見せている。非常に興味深い内容なので、順を追って見ていきたい。まずこの世の有様は「治承以後の天下乱逆、三災鼻を並べ衆難国に満つ。五畿七道家毎に泣き、普天率土人毎に悲む。十悪膺に成し、三宝永く癈る」と語られる。そのような中、大仏は「つくづくと是を御覧じつづけ」ていたが、その心中は次のように語られる。「大日本国一切衆生の罪障、事も宜しかりつる程はさりともさりともと利益せしむ。悪業染りむたる事の今は、我有りても見えても何が為む」。そこで「厭はれて謗仏の失を招かしめ」、「にくまれて悪趣の業因を殖えさする」よりは、「しかじ、我を生身仏に同ぜしめ、姿を隠し形を収めてむには」と考えて、大仏は「猛火の炎に投げられ、悪逆の煙に交はり」なさったというのである。大仏は自らの意志で炎に身を投じたのであった。あるいは、人は大仏を大切に思わず蔑ろにするばかりで、「難遭の思」を懐くこともなく「厭怠の心」ばかりが深いので、「実にかからん世には有りて何が為む。しかじ、無餘に円寂の道に帰らなむには」と思い、「万徳の姿」「大悲の貌」を煙に変えたのだともある。このような大仏の思いは、仏を恋慕する気持ちを起こさせるためにあえて入滅の儀を示して見せた釈尊の思いと同じであるとされる。ゆえに、

此の条、人を恨むべきに非ず、世を謗るべきに非ず。只我等が罪障を恥じ、各々の悪を顧みるべきであるとされる。ここでも弁暁は「我等」に対して自省を促している。これらからは、南都焼失という出来事を自らの罪業が招いたものと位置づけ、それを克服していくことを訴える弁暁の姿を確認することができる。

これに対し『平家物語』は、奈良焼き討ちを仏法に対する平家の最大の悪行と位置づける叙述を展開する。これを重視すれば両者の間には大きな懸隔がある。ただし『平家物語』には奈良炎上を、南都の自滅として描く視座が確保されていることも見逃せない。それは、南都焼き討ちに至る経緯を語る中にある「凡南都ノ大衆ニモ天魔ノ付ニケルトヅミヘシ」との一文がよく示している。『平家物語』は奈良炎上を南都の自滅として描く側面を持っている(14)。これをもって弁暁の唱導との一致を言おうというわけではないが、唱導による事件の位置づけと『平家物語』の叙述との親近性は認めてもよいであろう(15)。

三　後白河法皇

次に、南都焼失という事件が起きた時代の王であった後白河法皇のために、弁暁がいかなる唱導を展開しているかを見てみたい[16]。天下の動乱の中で後白河法皇が心を傷める姿は、以下のように語られている[17]。

而るに我が大日本国、去じ治承聖暦以後、此の七八年以来、悪逆相ひ競ひ、三宝国に癈れ、悩乱連綿として、十悪人に識る、（中略）紛陽の水には四海の涇謂を定め、姑射の風に一天の治乱を決する間、此の事天聞に及ぶ毎に頻りに叡慮を傷ましめ御す。去今の年聊か無為に似たりと雖も、向後猶其の危き無きに□□〔非ずカ〕、何を以て之を未□〔然カ〕に却けむ。

後白河法皇は国の動乱に叡慮を悩ます帝王として語られる。四天王寺での仏事は国土動乱を鎮める目的を持っていたようである。これと類似する表現が「後白河院　嵯峨釈迦堂八万部御経供養」（二―13）に見えることは渡辺匡一氏が指摘する通りで、渡辺氏はこれらの詞に、治天の君として政務をこなしつつ、仏法の庇護者（法皇）として修法を執り行う帝王の姿を見ている。嵯峨釈迦堂における八万部読誦達成、四天王寺における百日参籠、千部読誦など、後白河法皇が長年にわたって積み重ねてきた作善を事細かに数え上げ、その仏道修行ぶりと一乗を護持する姿を弁暁が印象的に語っていることは、「後白河院　嵯峨釈迦堂八万部御経供養」を分析した渡辺氏の論文にまとめられるところであるが、動乱の世なればこそ必要とされるのが仏法を主宰する帝王であった。その期待通りの振る舞いをする人物として後白河法皇が君臨していることが、法会の場から弁暁の詞によって発信されていると言えよう。

だが、弁暁は末世に相応しい王として後白河法皇を讃美するのみではないようである。後白河法皇が持つ不安、怖

れに応えようとしているようにも思われる。具体的には戦乱で命を落とした人の魂が問題化されている。(18)

中にも此の兵革夭亡の輩迄は、跡にいかにもかね打ち鳴らし、後世いかにと問ひ訪ふ人、夢にも全く候はず。生老病死の国、兵革闘乱の世、昔し人死なずやは候ひし。されども跡の人残り留まり、親しき者は分に随ひ営みて、形のごとくもかね打ちならし、四十九日が間之を訪ふ習ひでこそ候ひしか、それが天下かう罷り成りたる後は、其の事ふつと聞こえず候ふ。

戦乱で命を落とした者のための供養が行われていないことが問題化されている。そのような中、「十善我后」は「忝くも施主檀那と為りて、百日大善日々に送り訪ひ御します」のであった。それにより亡魂の苦患が休まるであろうことは、

我等娑婆に在る時、如何なる天魔波旬に誑かされて君の御事を一念もいるかせにしけむ。けふ後代無遮の深恩の忝きに引かれて、已に洞燃猛火の泥梨の膚を出ぬ。此の報いには永き我后の御守りと為り、日夜に宝寿長遠と添へ奉らん。

と述べられている。亡魂が浮かばれるだけでなく、かえって「御守」になるというのであるが、そもそも戦乱で死者を多数出した罪は法皇が負うものでもあった。亡魂供養を行うこと自体、そのような罪意識から発したものと言えようが、そのことは、続く部分に引かれる故事にも示されている。唐の高祖が六十万人を虐殺し、大慈寺を建てて霊魂を供養したことを述べた箇所に、「群賊悪党むらがれて王威に随はずとて、日本国過ぎ候ぬる此の様に謀叛国に満ちて浅猿しく乱れ合ひて候ひし。それを宣旨を下し将軍に仰せて次第に追討せられ候ふ間、殺害夭亡の者都て数も無く辺りも無し。実に幾許かは候ひけむ」とある。唐の高祖のことを述べた箇所ではあるが、後白河法皇の謀叛追討が念頭におかれた表現と言ってよいであろう。つまり多数の亡魂を生み出した責は法皇に帰せられるものであった。高祖

の故事は以下のように結ばれる。

彼も合戦死亡の霊魂を恐れき。是も逆徒怨念の霊魂を鎮めんが為なり。唐土日本は所替りたり。昔と今は程隔たれども、御願の趣、事の次第、彼此自ら叶ひたるに候ふ。

唐の高祖が多数の死亡霊魂を恐れたように、後白河法皇も逆徒怨念の霊魂を恐れていた。だからこそ供養が行われたのである。この後弁暁は、「禅定法皇の百ヶ日の転経を企て御す」ことによって、「官軍にまれ賊徒にまれ」皆妄心を蕩かすであろうと述べる。後白河法皇の怖れ自体が唱導によってつくり出されたと言うこともできるかもしれないが、その怖れと不安を追善の営みにより解消していく役割を、弁暁は担っていたのである。

このような亡魂供養を主導する一方、弁暁は別の仕方で後白河法皇の罪業意識を軽減することも行っていた形跡がある。法皇の罪業については、多くの人々が口にすることであったらしい(19)。

責め一人に有り。国の中の悪業不善の人民振舞の罪障、是をば君知ろしめされねども、猶責め一人に在りとこそ申す事で候へ。まして事綸言に出でて殺生数千万人に及び候ふ。其の罪障煩悩の積り、恐らくは若し君の御罪障ともや成る方候ふらむと、是を万人傾け歎く事で候ふ。

「責めは一人」にあるばかりでなく、賊徒追討はまさに「綸言」から出ていたことが問題になっている。これに対し弁暁は、

さは候へども、全く此の条は芥子微塵かくてもふれても君の御罪障とも成り、君の傷み思しめすべき事にはあらぬ候ふ。此の事をば態とも申し上げばやと存じ思ひ給へ候ひつる。幸ひに此の御仏事に召され候ふ事、已に次いでを得。争でか申し抜き候はざるべき。誤りて是はめでたき君の利生済度、大功徳善根の基と罷り成りぬるに候ふ。殺生も殺生に依り候ふ。一切すずろに罪有る事には非ず。（中略）爰は君も臣も心を一にして能く□聞こし

めし開くべき事に候ふ。

と弁舌を展開する。常識的見解をひっくり返すようなことをこれから述べてみせようとすることを感じさせて、人々の興味関心を煽るような口吻は、まさに唱導の名手として面目躍如たるものがあるが、ここで弁暁が持ち出してくるのは「摂大乗論と申すめでたき大乗論」の「行殺生等十種作業而無有罪生無量福云々」という一節であった。これについて弁暁草には「委しく之を尺すべし」とあるのみで、詳細は不明であるが、これに続く部分には以下のような文言がある。

本国日来年来の有様と云ふ物、如何ばかりなる事でか□候ひつる。王法を犯し奉るのみかは、仏法も悉くに失せ、国土の荒廃しぬるのみかは、人民も併ら亡ぶ。五畿七道家毎に泣き、普天率土人毎に悲みて、已に死に失せぬる者は中々慶びかなとて候ふべき。残る人は皆命の長きを厭ふ事に候へば、

以下後欠になっていて、いかなる論理が展開していたのか不明であるが、殺生が「罪」ではなくかえって「福」を生み出しているということのようである。このような価値転換がすぐに受け入れられたかどうかは分からないが、このような言説を披露したのは、後白河法皇のすぐ近くに仕える者として、その罪障意識を身近に強く感じていたからであろう。弁暁はまさに後白河法皇の心中を思い量り、それに寄り添うところから唱導を展開したのであった(20)。時には罪障を否定してみせるような言説を交えることもあったが、このようにして、動乱の世に相応しい帝王像が生み出されていったであろう。世の戦乱に苦悩し、罪障意識を背負いながら亡魂供養を営む後白河法皇の姿が、弁暁の唱導を通して形作られていったのである。

四　天　魔

前節に見たのは内乱をめぐる詞の一部でしかないが、弁暁は後白河法皇に近侍する立場から乱世を眺め、詞を紡ぎ出していた。弁暁の唱導にとって後白河法皇はもっとも大きな存在であった(21)。そして、このような弁暁の唱導にもう一つ特徴的に現れてくるものが「天魔」である。「天魔」と天下の乱逆とは深く関係するものであるから、「天魔」について語る時、弁暁は日本国の統治者である後白河法皇を意識していたに違いない。以下、この点について言及を試みたい。さらに、後白河法皇を意識しつつ、乱逆と「天魔」とを結びつけて語る唱導は、『平家物語』へと吸収されていったのではないかと思われる節があることについても触れてみたい(22)。

「天魔」はいくつかの弁暁草に登場しているが、たとえば先に取りあげた「〈実ヒト、セノ寺家焼失ノ次第〉」では、ようやく大仏殿の棟上の期を迎えることができたことを喜びつつも、

猶天魔の妨げ、波旬の祟り、返す返すも恐れ慎むべき事にてある。凡そ此の魔子魔縁悪鬼邪神、善事を抑へて仏事を妨ぐ次第有様、是は不可思議の事共には候はずや。

と、「天魔」に対して注意を促している。復興が着々と進む中でも、善事・仏事を妨げる「天魔」は恐るべき存在であった。復興成就のためには、「天魔」に対処する必要があるのだが、それでは「天魔」を寄せ付けないためにはどのようにすればよいか。「国の障難」を退け、「人の夭厄」を鎮めるためには最勝王経にまさるものはないことを説いた一帖に次のようにある(23)。

大方は此の悪鬼邪神ときこへ、魔縁怨霊と顕はれて、国を乱り人を悩まし、願を妨げ善を抑へ候ふ物は、其の体

性を尋ね見候ふ時には、只我が身中の罪障煩悩が色に顕はれて形と現じけるに候ふとよ。我が罪障の煩悩を離れて別に体性有る物には候はぬぞ。

悪鬼・邪神・魔縁・怨霊などは我が身の外にあるものではなかった。自身の「罪障煩悩」が形となって現れたものであるというのである。[24]したがって、罪障煩悩がなくなれば、悪鬼などの妨げはなくなる。そして、罪障煩悩を払うためには作善を積むことが肝要となる。続けて弁暁は以下のように述べている。

さる時に人若し家に三宝を崇め、心に観行を専らにして、香をも焼き花をも散じ、仏をも迎へ経をも安置するに成りければ、其の悪鬼邪神等の体相ときこへつる罪障塵身が、忽ち弱はり薄く候ふぞ。体相弱りぬるに成りぬれば、又其の祟り妨げと云ふ者無く候ふとよ。

焼香・散花・迎仏・安置経など、仏事を行うことが悪鬼を却けることにつながる。あるいは、人がもし仏名を持つならば「魔および波旬」はその便りを得ることができず、まして「幡蓋を差し仏像を迎へ、法師を請じて経王を講ぜしむる砌には、縦ひ第六天魔王と雖も、寄り付くべくも無き事」であるとする。「師子所住の国には一切獣が皆近付かないように、「三宝流布の堺には一切魔縁皆退散する」のであった。これらから、国土を安穏に保ち、復興を無事成し遂げていくには「魔」に用心する必要があり、「魔」を却けるためには仏事を盛んにしていくことが求められるという考えを見て取ることができる。[25]

「天魔」についてこのように考えていた弁暁の唱導の中で、後白河法皇の存在がどのように位置づけられるかを考えてみた時あらためて注目されるのが、「後白川院　嵯峨釈迦堂八万部御経供養」（二―13）である。渡辺匡一氏の論を参照して、この帖の内容をまとめてみる。渡辺氏は本帖を三部構成に分けている。

Ⅰ後白河院の仏道修行の功徳

①嵯峨釈迦堂十日参籠、法華経読誦八万部達成。

②法華経読誦以外の勤行。

Ⅱ老体にもかかわらぬ激しい精進。人々の心配。

Ⅲ四天王寺での百日参籠、法華経千部御転読・千僧供養。参籠に至る経緯。

Ⅰ①では、「実に日本国は本国ちゐさう、所卑しとて、権化の人連々跡を降し、仏法奇異の念、唐土天竺にもをとらぬ所、一閻浮提第一の霊像たる我が寺東大寺を焼失の後、我が君再び大仏をも修補し奉り、仏殿をも造営御す事、我が君八万部まで此の一乗妙典を読誦し御す事、此の二つの事は実に前仏後仏の世にも共に跡猶稀に、異域他土の境にも先蹤全く聞こえぬ事」であると後白河法皇の功徳を讃えている。後白河法皇ほどの作善を積んだ王は未だ嘗てどこにも存在したことがないというように、まさに最大級の賛辞が送られている。Ⅰ②では「御自行御勤の御注文」に「先法花護摩一万三百五十五座・日数八千四百八十ヶ日・法花懺法の御読誦一万一千五百卅巻・阿弥陀経御転読十六万六千九百六十六巻・百万遍御念仏二百餘度」とあること、このほか「諸尊護摩御供養法・率都婆造立・千手経御読誦・毎月御修法・或千日講御打聞」など、「凡そ数も知らず注されて」いたとある。また「夜も五更を越えずとも、御寝成る事は只刹那須臾、残りは皆御行法にてあかしくらし御」す様子であるとも言われている。まさにすさまじいばかりの仏道修行ぶりが紹介されているのである。Ⅱでは老齢に到り体が弱っていく中、周囲の者が心配するのも聞かず、ますます修行にのめり込んでいく法皇の姿が印象的に語られる。そして、後白河法皇の修行は四天王寺を舞台に完成する。渡辺氏は、「諸宗諸大寺を統括する「法皇」の仕上げは、文治三年八月、四天王寺において公顕より伝法灌頂を受けることであった。後白河院にとって四天王寺は特別な意味を持つ寺なのである。百日参籠、法華経千部転読、千僧供養という、後白河院が執り行った、最大級の法会も、四天王寺が舞台となった」と指摘している。Ⅲでは四天王寺の千僧供養に参列し、金堂へ向かう後白河法皇を、人々が「皆只生身の尺迦仏を拝し奉るごとしとこそは、涙を流し喜び合ひたる事」であったとされている。再び渡辺氏の言葉を借りれば「文治五年二月から五月にかけ、四天王寺において繰り広げられた百日参籠、法華経千部転読、千僧供養は、「法皇」後白河院が、生身の仏として、人々に仏縁を授ける祝祭の空間」であった。弁暁草「後白川院　嵯峨釈迦堂八万部御経供養」に描かれるのは、厳しく困難な仏道修行を成し遂げ、四天王寺でそれを完成させた理想の法皇の姿であった。このような法皇は、「天魔」に対する注意を喚起していた弁暁にとってどのような意味を持つか。それは自ずから明らかであろう。弁暁は「天魔」を寄せ付けない理想の王を、唱導の詞でもって生み出したのである。

このような法皇像からすぐに想起されるのは、延慶本『平家物語』巻三に語られる法皇御灌頂の物語である。ここには熱心に仏道修行に励み、(26)さらには「天魔」を克服し、めでたく四天王寺で灌頂を受ける法皇の姿が描かれる。まさに「天魔」が取り憑く隙のない法皇が出現している。(27)弁暁草と法皇御灌頂の物語との重なりについて、本稿では詳細に論じる余裕はないが、弁暁などの唱導によって生み出された後白河法皇像は、たしかに『平家物語』へと投影されていると思われるのである。

後白河法皇をめぐる唱導は、後白河法皇をめぐる歴史語り、あるいは後白河法皇のための歴史語りという性格を持つであろう。もちろん、『平家物語』がそのような物語であると言いたいわけではない。しかし、後白河法皇のための歴史語りという一面が『平家物語』に含まれているということは否定できないのではないか。それがどのようなものか、弁暁の唱導に注目することで照らし出していくことができると思われる。

五　おわりに

『平家物語』が唱導と深い関わりを持つことはすでに多く論じられてきたことである。だが新たに弁暁草という資料が紹介されたことで、この問題をさらに具体的に追究していくことができるようになった。そのためには弁暁の唱導について理解を深めていく必要があるが、弁暁にとって南都復興と後白河法皇の存在が占める比重の大きさはすでに指摘されている通りである。本稿では、そこに天魔という問題を加えて考察を試みてみた。それは、『平家物語』、特に延慶本に見られる後白河法皇の灌頂をめぐる物語を視野に入れるところから発想された。弁暁草を一読した際、延慶本が描く法皇像やその叙述態度との近似性を感じたのであるが、弁暁草と『平家物語』とを並べてみることで見えてくることは多いのではないかと感じている。その一面を提示できたとしたら本稿の目論見は達成されたことになる。だが反省点も多い。弁暁草の面白さに惹かれるまま、十分な読解を行わず、いくつか興味深い記述を部分的に取り上げたようなところがある。また、取り上げるべき箇所は他にもいくつかあるのだが、それらを十分活かしきれなかったのも事実である。『平家物語』を一方に置くことで、双方の特徴を見ていこうとする狙いは、問題提起に止まった部分もある。両者の同質性ではなくむしろ差異を見出していく方が、それぞれの特質をあぶり出すには有効であろう。このように課題は山積みであるが、いずれ弁暁草の一つ一つをより丁寧に読解した上で、あらためて『平家物語』との距離を見定めていくことを試みたいと考えている。

注

（1）神奈川県立金沢文庫編『称名寺聖教　尊勝院弁暁説草　翻刻と解題』（勉誠出版、二〇一三年十月）。
（2）注（1）前掲書の解題（西岡芳文・小峯和明執筆）。
（3）弁暁草「〔治承以後ノ天下乱逆〕」注（1）前掲書の分類番号（三―2）。弁暁草の引用は注（1）前掲書により、「タイトル」（〔　〕や〔　〕が付されたタイトルは仮題）と（分類番号）を示す。平仮名交じりの釈文にして引用する。句読点は私意。
（4）小峯和明氏は「弁暁草で最も着目されるのは、治承四年（一一八〇）の平家焼き討ちによる東大寺焼失からの復興、とりわけ大仏と大仏殿の再建」であること、また「時の最高権力者の後白河院をめぐる説草が少なからずみえ」ることを重視している（注（1）前掲書の解題）。弁暁にとって南都の復興事業を推進することは最優先課題の一つであった。書斎に落ち着いて著作活動ができるような時代ではなかったとも言えるが、説法を通じて寺外の人々に働きかけることを優先したのが弁暁であった（注（1）前掲書の解題、西岡芳文執筆部分参照）。したがって、弁暁が治天の君である後白河法皇とどのような関係を構築しようとしたか、また唱導を通してどのような帝王像を生み出していったかは、考察していく価値のある問題である。
（5）本稿では『平家物語』諸本のうち、寺院文化圏との接触がもっとも大きいと考えられる延慶本を中心に見ていくことにする。延慶本の引用は大東急記念文庫善本叢刊（汲古書院）の影印による。一部表記を改め、句読点を施す。
（6）弁暁草について旧稿で触れた点もあるが、それについては注に示すことにする。それらを含めて、あらためて弁暁草と延慶本『平家物語』とを並べてみるとどのようなことが見えてくるか、という問題意識のもとに執筆してみたのが本稿である。
（7）注（1）前掲書の解題。
（8）「〔実ヒト、セノ寺家焼失ノ次第〕」（三―3）。
（9）「かたなでに」の部分、原文「カタナテニ」。あるいは「刀手に」か。
（10）拙稿「東大寺と『平家物語』――唱導・歴史認識・相論――」（『軍記と語り物』四十二、二〇〇六年三月）。

(11)　唱導のもっとも重要な役割は人の死に関与することである。追善の営みにおいて、人間にとって最大の悲しみである死は、仏の道へ進むための機縁とされる。

(12)　以下、「〔興福七堂伽藍依之昇煙〕」（三―1）。

(13)　以下、「〔治承以後ノ天下乱逆〕」（三―2）。

(14)　詳しくは水原一「『平家物語』奈良炎上の論」（『延慶本平家物語考証　一』新典社、一九九二年五月）を参照。水原氏は当時の人々の解釈は「総括論としては、やはり奈良炎上は清盛の大悪行であったとする判定は動かない」のであるが、『平家物語』を「清盛の比類無き悪行であると共に、その悪行を実現せしめた、そして莫大な被害を蒙ってしまった、僧兵たちの愚劣な自滅作業であった」と読むことができることを示している。

(15)　弁暁がなぜ南都焼失を自らの罪業が招いたものとしたのか、そこに後白河法皇の存在を慮る力が作用した可能性があるかもしれない。実質的な権力を平家に奪われていたとしても、当時の治天の君は紛れもなく後白河法皇であった。であるならば、南都焼失の罪を平家の悪行とすることはすなわち、後白河法皇の責任を追及することになったであろう。弁暁は後白河法皇の罪業を軽減するような言説を展開しているように思われる（後述）。

(16)　この問題については、渡辺匡一「後白河院と四天王寺――金沢文庫蔵唱導資料「弁暁草」から――」（『仏教文学』二十五、二〇〇一年三月）を参照することができる。以下、渡辺氏の論はこれによる。

(17)　「表白并釈段　院四天王御供養」（一―12）。〔　〕で示した傍記は私意。

(18)　以下、「〔後白河法皇五畿七道亡魂供養〕」（三―13）。本帖の施主は後半で「禅定法皇」や「我君」となっているが、前半では「我后」となっている。このことをどのように理解するか、後日もう少し丁寧に考えてみたい。ほかに「〔東大寺八幡宮大般若供養　文治二年〕」（三―36）は、「法主上人」が「禅定女大施主」に勧めて供養した際のもので、施主が「我后」となっているが、「我が朝の兵革夭亡の輩」「無縁孤独悪業重罪の輩」を供養することが目的となっている。それは「此の日来年来、追討合戦の間、五畿七道一天四海に亡び死ぬる輩の多さ、実に幾千万といふことを知らず」という有様を前にしてのことであるが、その責任の一端は「君」にあることが「中にも君知ろしめさずして殺され亡ぼされ候ふ輩、それはまはさこそ候ふなれ、君追討の宣旨を下し御します日、其の宣旨綸言、是を官軍額にあてて殺し亡ぼし候ふ」と述べられている。亡魂供養が後白河法皇のごく近いところにいる人物――戦乱の世を招いた後白河法皇の罪を分かち合う人物――によって営まれているらしいことが注意される。

(19)　以下、「〈摂大乗論ト申メテタキ大乗論候〉」(三―46)。

(20)　拙稿「表白論の射程――寺社文化圏と世俗社会との交錯」(『アジア遊学』一七四、二〇一四年七月)では、弁暁草「〈後白河法皇廻向〉」(三―31)を取り上げた。そこでは弁暁は建春門院や高倉院、その他近臣ら多くの人々に先立たれた後白河法皇の境遇と悲しみを述べているが、このような唱導により、喪失感を抱きながら生きていく法皇の姿が生み出されていったと考えてみた。

(21)　弁暁が日本国の「乱逆」について語る場合、後白河法皇もしくはそのごく身近な人物が主催した法会であることが大多数であるようにみえる。また東大寺再建をめぐる唱導では復興を主導した重源の存在が大きいが、その背後には支援者である後白河法皇の存在が意識されている。

(22)　注(20)の拙稿では、弁暁のような後白河法皇に近侍した唱導僧によって生み出された法皇像とその「御心中」が『平家物語』へと継承されて、物語の一場面を作り上げていることを指摘した。

(23)　「最勝王経事」(二―14)。

(24)　前節で取り上げた「〈摂大乗論ト申メテタキ大乗論候〉」は、まさに後白河法皇の「罪障煩悩」を問題にしていたと見ることができる。

(25)　「大般若経」(二―23)は、天皇家の女性が主催した大般若経供養での詞と考えられるが、「天魔波旬」「魔王」など「魔」について詳しく述べており、詳細に分析してみる必要がある。ただ魔を却けるものとして施主の仏事が讃えられていることは指摘できる。女性としては格別の大願を立てたことで、国土は乱れても仙洞は独り静かであり、人の世は改まっても玉躰は恙く、それにより、安元二年より建久八年に至るまでに膨大な作善を積み上げることができたという。

(26)　Ⅰ②で紹介される法皇の修行ぶりは、延慶本「法皇御灌頂事」が描く法皇の姿と重なって見える。

（27）「法皇御灌頂事」の章段について、拙稿「延慶本『平家物語』「法皇御灌頂事」の論理――道宣律師と韋荼天の〈物語〉とその〈釈〉を手掛かりに――」（『軍記と語り物』三十四、一九九八年三月）、「延慶本『平家物語』「法皇御灌頂事」の思想的背景――思想的背景としての『天狗草紙』――」（『説話文学研究』三十八、二〇〇三年六月）、「後白河法皇の王権と平家物語」（『交響する古代』東京堂出版、二〇一一年三月）などで論じてきたが、弁暁草を視野に入れるならばこの物語について考察をより深めることができるであろう。今後の課題としたい。

［付記］

中世文学会平成二十七年度春季大会（二〇一五年五月二十四日、於明星大学）で猪瀬千尋氏の「文治二年大原御幸と平家物語」と題する発表があった。弁暁草「（後白河法皇五畿七道亡魂供養）」（三―13）、「（加膩色伽王・龍王因縁）」（四―49）、「（東大寺八幡宮大般若供養　文治二年）」（三―36）が資料として用いられていた。本稿にとって参考になる指摘（本稿の注（18）で記したことに関連する事柄など）が含まれていたが、校正を終えた段階であり活かすことはできなかった。後白河法皇とその周辺で展開した唱導について考えるべきことは多いと感じる。猪瀬氏の発表・論文も参考にしつつ、今後もこの問題を継続して追究していきたい。

本稿は平成二十六年度学術研究助成基金助成金基盤研究（C）課題番号26370214による研究成果の一部である。

蒙古襲来と軍記物語の生成
―『八幡愚童訓』甲本を窓として―

鈴木　彰

一　はじめに―『八幡愚童訓』甲本の焦点―

『八幡愚童訓』甲本には、文永・弘安の蒙古襲来に際して八幡大菩薩が示したとされる数々の霊威・霊験が記されている。その叙述は、石清水八幡宮を「当社」「当宮」と呼ぶ立場からなされており、また筥崎宮近辺の様子や同社の縁起・霊験の記述が詳しいことから、当時石清水八幡宮の別宮であった筥崎宮とも深い関係を有していた、石清水関係の僧侶の手になるものと考えられている。(1) 周知のとおり、異国警固番役が幕府滅亡まで継続され、朝廷や幕府による異国降伏祈禱も延慶四年（一三一一）までは続けられており、(2) 弘安の合戦ののちも、異国襲来の脅威が消えたわけではなかった。『八幡愚童訓』甲本は、そうした十三世紀末から十四世紀初頭の動静に応じる形で編まれた歴史叙述である。

いくさで敵に打ち勝つための祈禱は、宗教的威力を用いた戦闘行為に他ならない。(3) 幕府は、異国警固番役を担った人々に対してだけでなく、全国の寺社で約半世紀にわたって続けられた異国降伏祈禱に対する対応、すなわち神仏への恩賞授与を余儀なくされ、それが神領興行を企図したたび重なる徳政として具現化されていった。(4) 蒙古襲来ののち、多くの寺社から祈禱による戦功を主張する言説が発信されたわけだが、『八幡愚童訓』甲本はそれらのなかでも典型的な、かつ同時代や後世への影響力が強かった一事例なのである。

　その冒頭では劫初以来の時間軸を見すえて「異国襲来」の先例が回顧され、続けてその具体例として仲哀天皇・神功皇后のときの話と、その皇子たる八幡大菩薩の霊威が詳述されたのちに、次のような記事をはさんで、文永・弘安の蒙古襲来が位置づけられていく。

　上代ハ仏神ノ奇瑞新ニシテ、異国ノ凶徒退散速也キ。世及二澆季《ニ》一政不二簾正一シテ、不レ預二仏陀《ノ》冥睠《ニモ》一漏二神明《ノ》擁護《ニモ》一時、異賊襲来センニ、日本纔ノ小国也、討取ン事不レ可レ廻レ踵《ヲ》。（『八幡愚童訓』甲本）

かくして、文永・弘安の蒙古襲来は、過去の異国合戦と同様、神仏の加護なくしては乗り越えることのできなかった出来事として位置づけられているのである。

　さて、こうした展開をもつ本書の場合、過去の異国合戦との類比こそが、蒙古襲来という現実を受け止め、その歴史上の意味を見定めるための基本的な方法となっている。その冒頭で、「異国襲来」の歴史は次のように語られている。

　倩異国襲来ヲ算レバ、人王第九開化天皇四十八年ニ二十万三千人、仲哀天皇ノ御宇ニ二十万三千人、神功皇后ノ御代ニ三万八千五百人、応神天皇ノ御宇ニ二十五万人、欽明天皇ノ御宇ニ卅四万余人、…（中略・敏達、推古、天智の例）…桓武天皇六年ニ四十万人、文永・弘安ノ御宇ニ至マデ、已上十一箇度競《キソイ》来ト云ヘドモ、皆被《レ》二追帰一、多ハ滅亡セリ。（同前）

文永・弘安の蒙古襲来は、九度の先例に続く十度目、十一度目の出来事として位置づけられているのである。この記事の直前には、「新羅・百済・高麗国ノ王臣ハ、貪欲心ニ飽《アキ》タル事ナク、驕恣身ニ不レ絶《ル》余リ、日本我朝ヲ討取ントテ寄来事、数箇度也」とか、「雖《ヘドモ》㆔三韓帰《スト》㆓此土《ニ》㆒、吾朝ハ未《ダ》㆑属㆓他国《ニ》㆒」と記載され、また神功皇后の功績を詳述したのちには、「皇后若女人也ト思食シ、弓箭ヲ取ル御事ナカリセバ、天下早ク異賊ニ被㆑取、日本忽滅亡シナマシ。我国ノ我国タルハ、皇后ノ皇恩也」と評していることに照らせば、「異国襲来」とは、日本を奪って自国に帰属させようとしてきた異国との合戦ということになろう。

この記事の眼目は、右のような目的で日本を襲った異国がこれまで「皆」撤退させられてきたという事実を確認することにある。十一度の中には文永・弘安の合戦も含まれているのであるから、結末はあらかじめ読者に提示されている。このように、『八幡愚童訓』甲本は、合戦の結果がどうなったかではなく、どのようにしてその結末がもたらされたかに焦点をあわせて成り立っているのである。

二　『八幡愚童訓』甲本の規範意識とその限界——戦功・功名の在処——

『八幡愚童訓』甲本では、「異国ノ凶徒」・「異賊」などと称される「蒙古」との戦いは、「神軍ノ威勢厳重ニシテ不思議弥顕レ給ヒケリ」や、「去文永ニモ、御方既落果、万死一生ニ被㆓責成㆒タリシニ、大菩薩、神軍ヲ率シ給テ降伏速也トテ、殊当社ニ御祈禱アリ」と表現されるように、八幡大菩薩に率いられた神々が兵となって戦ったいくさと理解されている。したがって、その叙述には、当然のごとく神威、とりわけ八幡大菩薩の力がさまざまな形で刻印されている。

文永の合戦の叙述をみてみよう。日本勢は蒙古軍の太鼓や銅鑼、紙砲、鉄砲の音と鬨の声に圧倒され、「其ノ声唱立サニ、日本ノ馬共驚テ進退ナラズ。馬ヲコソ扱ヒシガ、敵ニ向ント云事ヲ忘ル」、あるいは、「心ヲ迷シ肝ヲ疱シ、目眩耳鳴テ、亡然トシテ東西ヲ不レ弁」といったありさまとなった。そして、「次第ニ健《ツヨリ》、勝ニ乗テ直破ニ責入テ」くる敵に、「軍立思ニ違テ面ヲ可レ向様ゾ無キ。手強シナド無二深量一、御方引退テ寄合者モナカリケリ」という状況へと追い込まれ、同日暮れ方には、あちこちで「武力難レ及《ビ》」といって「逃支度」が始まり、「我先ニト落シカバ、一人モ無二逗者一」という結果に至った――。この一連の叙述では蒙古軍の手強さと日本勢の無力さが対比的に描き出されているわけだが、注意すべきは、こうした記述の間に、蒙古軍に一矢報いたり、多くの敵を討ち取って名を後代に留めたり、「蒙古ノ大将軍」らしき者を射止めたりする話が挟み込まれており、それらはいずれも、「大菩薩ノ非二御計《ニ》一ヨリ外ハ如何ニシテカ可二射中一」・「是偏大菩薩ニ致二祈念《ヲ》一効也」・「八幡大菩薩ノ御影向トゾ憑敷覚ケリ」のように、一々に八幡大菩薩のはからいと明示されていることである。ここには、圧倒的な力をもつ蒙古軍を前に日本の軍勢を無力なる存在として描きだすことで、そうした日本に加勢して勝ちを得させた八幡神の神威を相対的に際立たせるという手法が採られているといえよう。

また、弘安の合戦を語ったのちには、

> 異賊ヲ亡シ日本ヲ助給フハ、大菩薩守リ坐ス故ニ、風ヲ吹セテ敵ヲ摧キ、数万ノ賊徒悉片時ノ程ニ失シハ、致《ス》二神威《ノ》一所ニテ、人力《リヨク》曾不レ煩。……我神ノ徳風遠仰テ、国家ノ人民煩ハズ。神功皇后ハ海水ヲ上ゲ、文永ニハ猛火ヲ出シ、弘安ニハ大風ヲ吹ス。水火風ノ三災、劫末ナラネド出来テ、任《セ》二神慮《ニ》一自在也。……大菩薩ノ霊験新ニシテ、不思議ノ神変ヲ現サセ給ヘル時ニ生レ逢ヒ、和光同塵ノ縁ヲ結ビ、皆得解脱ノ恵ヲ仰ギ奉ル悦ビ、昔ニ過タリ。……末代儘モ尽セヌハ只八幡ノ霊威也。
>
> （『八幡愚童訓』甲本）

のように、神功皇后譚と文永・弘安の合戦での神威発現の様相を一組として回顧して、「我神」＝「八幡」・「大菩薩」の「霊験」・「霊威」をあらためて強く押し出す箇所もある。

ところで、『八幡愚童訓』甲本における神威強調の様相を把握しようとする際、霊験譚のみならず、戦場の武士たちの描かれかたにも注目する必要があるだろう。本書に描かれる戦場の武士たちは、武功・戦功という問題を焦点として描きだされている。そして、その姿は、つきつめれば当人が武功をあげたか否かという問題と関係づけられており、その当否はことごとく八幡大菩薩の加護の有無に対応する形となっているのである。

したがって、戦場の武士たちの言動は、きわめて明快に、二通りの枠のなかで語られている。ひとつは、八幡大菩薩に支えられて功をなした武士たちの姿、もうひとつは逆に加護されなかった武士たちの姿である。前者については、すでに文永の合戦の記述をもとにして例示したので、以下では、後者の例を見渡していきたい。

文永の合戦の際、集結した日本勢の様子は次のように記されている。

九国ニハ小弐・大友ヲ始トシテ、菊池・原田・松浦・小玉党以下、神社仏寺ノ司マデ、我モ〳〵ト馳集ル。大将ト覚敷者ダニモ十万二千余騎、都合ノ数ハ何千万騎ト云事ヲ不レ知。……日本ノ兵共ハ高麗唐人慢《アナヅリ》習タル様ニ思ツヽ、面々分捕センズルニ、御方ノ勢ハ多ク敵ノ兵ハ少シ、如何シテ一人ニ可二執当一。異国人十人ニ御方ノ兵ハ一人コソ可レ向モノナルニ、此方ノ勢ノミ多クシテ敵軍ノ一人宛ニダニモ不レ足事ヲゾ歎ケル。不覚ヲモ掻キ御方ヤ落ンズランナドハ曾不レ思、勇早《ハヤ》リテ我先ニトゾ懸出タル。（同前）

きわめて多くの軍勢が集まり、その数に頼って、戦う前から敵勢を見下している様子が描かれている。その話題の中心に武功・戦功とかかわる分捕りのことで、敵味方の人数比を考慮すると分捕りが割当たらないのではないかと歎いている。語り手は、功名にはやる武士たちの積極的に戦おうとする姿を賛美しているわけではない。波線部からは、苦戦を強いられる可能性をまったく顧みていない浅慮への批判的な視線が透かしみえる。

また、傍線部で軍勢が「我先ニ」駆け出したとあるが、かかる統率のとれていない状況は、文脈上、分捕りが全員に割当たらないかもしれないという条件下ゆえに生じたもの、つまりは武士たちの強い功名心が招いた混乱として位置づけられているのである。

　さて、蒙古軍が船から下りていざ戦いが始まると、日本の軍勢はただちに劣勢に陥ったとされる。先述した太鼓・銅鑼・紙砲・鉄砲の音に加えて、毒矢の使用、牛馬の肉食の話題など、戦いかたの違いが強調されている。この場面で、「引べキニハ逃鼓ヲ打、懸べキニハ責鼓ヲ叩クニ随テ振舞ヒ」などと、蒙古軍の統率のとれた様子を描くのは、直前で「我先ニ」と一体感に欠けた状態で描かれた日本勢との対比を意図した、表現上の設定といえよう。それはもちろん、八幡大菩薩の力を強調するために蒙古軍を強敵として描くという、本書の合戦叙述が採用した、先述の基本構図にも適っている。かくして、

　如二日本戦《ノノ》一、相互名乗リ合テ、高名不覚ハ一人宛ノ勝負ト思フ処、此合戦ハ大勢一度ニ寄合テ、足手ノ動《ラク》処ニ我モ〱ト取付テ押殺シ、虜《イケドリ》ケリ。是故懸入ル程ノ日本人無二漏《リケリ》者《コソ》一。（同前）

というありさまになったとある。功名心への言及がここにもあることに注意したい。

　ここまでの流れでは、戦場の武士たちが日本勢の勝利と自らの功名を最優先に考えていたこと、そして彼らのそうした行動がまったく意味をなさなかったことが示されていた。しかし、夜が明けると、蒙古軍の船は消えていたというのである。「今日ハ九国ニ充満テ無二人種一滅ビ死ナンズ」とまで考えていた人々は、この事態を理解できずに「只事ナラヌ在様哉」と「泣咲」する。そして、志賀島に留まっていた「異賊ノ兵船一艘」に「余ニ怖テ」誰も近寄れず、向こうから「手ヲ合テ、助ヨ」と言ってきてもなお誰も動こうとしない。やがて、意を決した蒙古軍の「大将」が海に身を投げ、船に残っていた「歩兵共」が岸へと近づいてきた。ここに至って、武士たちは次のように振る舞ったとされる。

歩兵共ハ此方ノ地ニ渡リ着ク。弓矢ヲ捨、甲ヲ解ク其時ニ当テ、我モ〳〵ト寄合セ、高名ガホニゾ生虜ケル。水木ノ岸ノ前ニテ引並テ頸ヲ切者百廿人ト聞ヘケリ。　（同前）

直前まで、恐怖に怯えきっていた武士たちが、危機が去って状況が変わったことをさとると、一転して武具・甲冑を手放した降人たちを争うように捕らえ、多くの首を切り捨てたというのである。かかる振る舞いが「高名ガホニ」と表現されていることは見逃せまい。

このあと、なぜ蒙古軍が一晩のうちに消えたのかが、あらためて明らかにされる。八幡大菩薩の力が勝負を決めたことが明確に宣言されるのである。

去バ今度既武力尽果テ、若干ノ大勢逃失ヌ、今ハ角ト見ヘシ時、夜中ニ白張装束ノ人三千〔十〕人計、筥崎ノ宮ヨリ出テ、箭鋒ヲ整テ射ケルガ、其事ガラ唱立クシテ、身毛竪テ怖シク、家々ノ燃ル焰ノ海ニ移レルヲ、波ノ中ヨリ猛火燃ヘ出タリト見成シテ、蒙古、肝心ヲ迷ハシテ我先ニト逃ヌ。生虜シ日本人ノ帰ト、蒙古ノ生虜タルトガ一同ニ申セバ、更不レ可レ有レ疑《ヒ》。是ヨリシテコソ、蒙古ノ寄ル時ニハ、海端ニ火ヲ焼事アリ。日本ノ軍兵一騎ナリ共引ヘタリシカバ、大菩薩ノ御戦トハ不レ謂シテ、我レ高名シテ追帰シタリト申シナマシ。無二一人《モ》一落失テ後、多ノ異賊怖恐テ逃シカバ、神軍ノ威勢厳重ニシテ不思議弥顕レ給ヒケリ。　（同前）

筥崎八幡宮から現れた「白張装束ノ人」たちが戦況を大逆転させ、蒙古軍を武力で追い返したとある。全体として「神軍ノ威勢厳重」なることを語る話であり、この勝利が八幡大菩薩の戦功であることが主張されているわけだが、とくに傍線部の内容に注目したい。そこでは、詐称してまで武功・功名を手にしようとする武士たちの姿が幻視されている。もちろん、こうした事実があったとされているわけではないのだが、これが現実に起こりうる事態とされていることこそが重要だろう。他人の武功を奪おうとする行為が、当時少なからずなされていたことをうかがわせる。(5)

『八幡愚童訓』甲本には、そうした実態をふまえて、戦場で機転を利かせ、他者の手柄を巧みにわが功績と言い換えてしまうような武士たちのむきだしの功名心を、冷ややかに見つめる視線を看取できるのである。

以上の記事のなかに描かれていた武士たちは、八幡大菩薩の直接的な加護が記されない者たちである。彼らの行動は蒙古軍撃退という結果とは因果関係を与えられておらず、彼らの武功を認める余地はなきに等しい。無力な降人を捕縛して斬首する場面に用いられた「高名ガホニ」という表現には、そうした行動への批判的な響きを聴きとらざるを得まい。その批評眼は、神の功績を奪い取ろうとする武士たちへの冷ややかな視線と通底してもいる。『八幡愚童訓』甲本は、八幡神の直接的な加護を受けなかった武士たちをも、その功名心に焦点をあわせて描き続けた。それもまた、この合戦での真の武功・功名は彼らにではなく、八幡大菩薩に対して認められるべきであることを主張するための方法なのである。

この点は、弘安の合戦での描写にも基本軸として継承されている。

関東ヨリ秋田ノ城ノ次郎以下ノ大勢下群集《ツドヒ》、九国二島ノ兵共、神社仏寺ノ輩マデ、我モ〳〵ト馳来リ、箭鋒ヲ調テ雖㆓相待《ト》㆒、兵粮米乏テ力尽キ、鎧重《ヲモフ》テ魂モ不《ル》㆓身副㆒心地シテ、可㆓弓《ヲ》引㆒様モ無リケリ。文永ノ合戦ニ手ノ程ハ見ツ。可㆑叶共不㆑覚。去レ共、若神明ノ御助ニテ〔勝事〕在ラバ、蒙《ント》㆓勧賞㆒思心ヲ為㆑先《ト》、抜々ニ志賀島へト向ケル。（同前）

合戦に先立って武士たちは心身共に疲弊し、かつ文永の合戦での苦い体験もあって戦意を失っていたが、それでも「神明」すなわち八幡大菩薩の力を期待し、「蒙《ント》㆓勧賞㆒思心」に導かれて前線に向かったとある。文永の合戦に際して示された神威をあてにして、ともかくも現場に留まっていることで勧賞を蒙ろうとする武士たちの心根があらわにされている。語り手はもちろん、それを賞賛しているわけではない。傍線部の表現には、それを打算的なものとみる批判的な視線が内在されていよう。ちなみに、この後には、いざ合戦となると彼らがただちに劣勢となり、「神明仏陀ノ御助ニ非ズヨリ外ハ、人力武術ハ尽果ヌ。為方無《センカタナシ》」という状況に陥って、八幡大菩薩への祈願が始まり、その神威によって再び蒙古軍が撃退されることとなる。

以上のように、『八幡愚童訓』甲本では、その加護を受けた者たちの話題はもちろん、直接的にはその加護を受けなかった武士たちの話題も、結局のところ八幡大菩薩の神威を際立たせ、その戦功を主張することへと収斂されているのである。ここに、本書の強固な規範意識が認められる。と同時に、それは本書の、合戦・戦争を描く文芸としての限界でもある。八幡神の神威を絶対的な柱とする本書において、事件解釈や人間観察の視野はかなり偏狭なのである。作中で語られているのは、蒙古軍を二度撃退した最大の戦功が八幡大菩薩にこそあることを主張するために創られた、きわめて選択的で閉鎖的な異国合戦の情景であり、異国合戦史なのである。

三　前提としての合戦——異国合戦再発の現実感——

『八幡愚童訓』甲本は、「異国降伏祈禱の軍忠状」(6)と評しうるような属性を、確かに備えていよう。そうした本書において、八幡大菩薩の神威と武功が強調されるのは当然である。しかも、その叙述は単なる神話的事件解釈に終始するのではなく、多くの武士たちが現実的な体験に即しておこなったであろう戦功の主張を、神の側から押しのけるような言説をも含んでおり、神と人との功名争いのごとき横顔をもっている。この歴史叙述の本質は、文芸として創造された架空の合戦空間が現実の社会生活につなぎとめられているところにある。この点を踏まえた上で、神威を語る際の価値観にもう少し接近してみたい。

『八幡愚童訓』甲本において、神威は蒙古軍を二度も撃退した「神軍」にこそもっとも顕著にあらわれている。その場面に至る過程で、八幡大菩薩は「父母ノ御敵ナルガ故ニ、異国降伏ノ御志深」い存在で、「百王鎮護・三韓降伏ノ神明、第二ノ宗廟」とされている。「筥崎ノ神明ハ、百王鎮護・異賊降伏ノ大菩薩也」という見解をも含めて、八幡神は「敵国降伏」を祈る対象とされている。つまり、本書における神は合戦での勝利を祈る対象であり、祈る者のために自ら兵となって戦い、いくさに勝たせてくれる存在なのである。したがって、戦場とはそうした戦う神が人力をこえた霊妙なる力を顕現させる現場であり、人が神威を目の当たりにするという意味での聖なる空間に他ならない。いくさが起こり、戦場で人々が苦戦するという状況は、圧倒的な神威を語るための必要条件なのである。こうした理解にたつ本書において、合戦そのものが批判され、否定されることはありえまい。

ところで、前述したとおり、『八幡愚童訓』甲本の冒頭には、文永・弘安の蒙古襲来を十度目、十一度目と算える「異国襲来」の歴史が提示されており、本書にとってこれが蒙古襲来の意味を見定めるための最も基本的な方法となっている。それは、類似した先例を見いだし、それらと系譜的に関係づけることで、焦点化したい出来事の性格や意義を確定するという事件把握の方法といえる。それぞれの事件の実態は棚上げされ、二度の蒙古襲来という出来事を、数々の先例と同様、異国合戦において日本に勝利をもたらし続けてきた八幡大菩薩の神威が具現化した事件とみなしているわけである。ただし、この記事は、蒙古襲来を過ぎ去ったこととして歴史上に位置づける役割を果たしているだけではない。現実社会において異国降伏祈禱や異国警固番役が続けられており、さらなる異国合戦勃発の可能性が取り沙汰されている状況下で、こうした異国合戦史が見すえられているのである。それは自ずから、未来を示唆する言説としても聴きとられたことだろう。近い将来にあらためて異国合戦が起きたとしても、先ごろ起きた二度の蒙古襲来を含む十一度の先例と同様に、八幡大菩薩がその神威によって日本を護るであろう――。こうした展望や期待を含んだ響きをもつからこそ、戦功を主張する軍忠状的性格をもつ本書の意義がきわだつことになる。恩賞は過去の功績に応じて決まるものだが、未来に続く関係を契約しなおす行為でもある。そうした意味で、蒙古襲来を現代にまで続く異国合戦史のなかにすえるという理解は、将来同じような異国合戦が起こることを本質的に前提としているのである。

蒙古襲来を契機として、異国合戦の先例が探し求められ、異国合戦史への関心が高まりをみせたであろうことは想像に難くない。じっさいに、神吽が正応三年（一二九〇）から正和二年（一三一三）にかけて編纂したとされる『八幡宇佐宮御託宣集』は、巻十五・十六を「異国降伏事上・下」と題して、彦火々出見尊と鸕鷀草葺不合尊のとき以降の数々の異国襲来の例をまとめている。そのなかには、「住吉縁起」に依拠した「住吉御一家夷国類令二降伏一様」として「七ヶ度」の例が引用されている箇所もある。また、この七ヶ度の例は、よく似た形ではあるが異同を含みつつ、鎌倉時代末の成立とされる『宗像大菩薩御縁起』にも「一、宗像先祖強石将軍、与住吉大明神親子土成天、垂迹以来三千二百歳間、或現神体、或顕人間形、異類於征伐志、皇敵於降伏玉事七度也」として掲載されている。なお、同縁起では、右の記事に続く箇所で、「一説云、宗像三所大菩薩御垂跡以来、分身散影而異国征伐及数度云々」と述べ、「如此之異説多之、住吉高良縁起同之」としてもいる。

八幡宮信仰圏からやや離れた環境における例としても、たとえば日尭写「雑録」所収「蒙古国幷新羅国高麗百済賊来事」[7]には、開化・仲哀・神功皇后・応神・欽明・敏達・推古・天智・宇多・一条・今上(亀山)の時代における「賊来」の例が列挙されている。そして、それらをうける形で、「国王十一代間、他国ヨリ我朝賊来十八度、其内蒙古人八十度」という一文が添えられている[8]。

その内容は、『八幡愚童訓』甲本にみえた異国合戦史の理解と似てはいるが、異なるものである。なお、これと同趣の記事が同じく日蓮の本弟子六人の一人日向撰『金綱集』第十二雑録にもみえており、身延山にいた日蓮がこの情報の発信源と考えられるという。(9)日蓮もまた蒙古襲来を異国合戦史にすえて理解しており、それは対外認識とも連動しつつ、弟子たちを介して伝播していたのである。

先述したように、蒙古襲来を異国合戦史にすえるという理解方法は、本質的に異国合戦の再発を前提としている。そう考えてみると、異国合戦史を語るさまざまな言説が生みだされていく動き自体が、蒙古襲来以後に続いた社会がさらなる異国合戦を強く予感しながら進んでいたことと対応していることに気づかされよう。蒙古襲来における神の功績・神威を語るという営為は、じつは本質的に将来における同様の合戦の再発を前提としてなされているという関係性を見逃してはなるまい。そして、異国合戦で力を発揮したという型に即して神威を語ったり、受けとめたりしようとするとき、合戦あるいは合戦を起こすことへの批判力はもとより放棄されていることにも留意すべきであろう。

四　軍記物語の生成期としての蒙古襲来以後

ところで、「平家」とも号されたという「治承物語六局」なる存在を確認できるのは仁治元年（一二四〇）のことで、現在のところ、これが「平家」の名の文献上の初出例である(10)（藤原定家書写『兵範記』紙背文書）。また、「平家物語」の名は正元元年（一二五九）九月以前にしたためられた醍醐寺僧深賢の書状に、「平家物語合八帖〈本六帖／後二帖〉、献借候」と現れるのが、今日把握されている最も早い例である。(11)現存する『平家物語』諸本が十二巻構成を基本としていることや、諸本のなかで相対的に古態を多く留める延慶本が全六巻構成を基調とした姿を留めていることなどを勘案しつつ、これらの記録に現れた「平家」・「平家物語」と現存『平家物語』との関係がこれまでにさまざまに議論されてきた。しかし、今なおその生成過程は明確ではない。『平家物語』に『保元物語』『平治物語』『承久記』を加えた四つの軍記物語について、十三世紀における実態を伝える記録・資料類ははなはだ少なく、その様相解明は困難を極めるというのが実状である。

　そうした中で、日蓮遺文にみえる「『平家物語』関連記述」の精緻な分析をとおして、日蓮（一二二二～一二八二）の『平家物語』非享受説、そして日蓮の生きた時代における『平家物語』非流伝説を提唱した今成元昭氏の研究は、ひとつの重要な指針といえるだろう(12)。じつに多くの文献を収集していたことで知られる日蓮の蔵書には、「平家要所少々　一帖」「平家十帖」なるものが確かに存在したが、日蓮が享受したそれらは『平家物語』ではなく、「『平家物語』の資料ともなったところの、源平合戦関係の史話・軍談・説話の類(13)」としての〈平家〉であり、今日に伝わるような内容をもつ『平家物語』は十三世紀後半においてもなお世に流伝していなかったと結論づけられている。

　十三世紀半ばから後半にかけて編まれた説話集等には、『平家物語』とは相容れない記事が散見する(14)。確かに、このころにはまだ、関連する出来事を理解する際に『平家物語』を最優先のよりどころとするような状況にはなっていないことがわかる。とはいえ、その一方では、『吾妻鏡』は何らかの『平家物語』を利用した可能性が高い(15)。また、永仁五年（一二九七）の序をもつ『普通唱導集』が琵琶法師について「平治保元平家之物語　何《レモ》皆暗《ソランメ》而無滞」と記しており、それは、彼らの表芸としてこれらの物語が一定程度社会に認知されていればこそ意義をもつ表現と考えられる。正安二年（一三〇〇）に昌詮が著した『性空上人伝記遺続集』には、「平家物語《ノ》云《ニク》、仁安三年十一月出家《ス》、法名静海《ト》云々」と、歴史的事実を検証する目で物語の本文と向きあう例が現れる(16)。正中三年（一三二六）以前のものと考えられる「金沢貞顕書状」は「平家かたり候物」に言及しており、詳細は不明ながら、この頃にはすでに平家語りの琵琶法師の歩みが鎌倉にまで確実に広がっていた(17)。かくして、十三世紀末から十四世紀初めにかけて、少しずつではあるが確実に、『平家物語』がその存在感を大きくし始めることも事実である。現存諸本としては、延慶本（現存応永書写本の祖本）が書写されたのは延慶二年（一三〇九）〜三年にかけてのことであり、『平家物語』を受容した千葉氏関係者の手で編まれた『源平闘諍録』には、「本云建武二季（一三三七）二月八日　又文和二季（一三五五）三月廿三日書之也」という識語がある（巻一之下）。

このように、『平家物語』をはじめとする軍記物語が現存する古態本にみるような姿へと次第に整序され、伝播の輪を大きく広げていった時期とは、社会がさらなる異国襲来に現実的な危機感をもって対処していた時期だったのである。いうまでもなく、文芸作品の消長は、享受する者たちの状況に大きく左右される。『平家物語』などの軍記物語が、それぞれの古態本のような姿へと練り上げられていく過程や、社会的な存在意義を確立していく過程に、蒙古襲来以後の約半世紀に醸成された価値観はいかなる作用を及ぼしたのであろうか。『平家物語』その他の軍記物語（とくにその古態本）の表現とそこに埋め込まれた価値観を、物語としての胎動・誕生期と目される十三世紀前半ではなく、その後の初期的流動が続いていたとおぼしき十三世紀後半から十四世紀初頭の言説空間のなかにあえて据えてみること。こうした観点からの表現分析が試みられてよいだろう。

ここでは、そうした試みの一例として、『平家物語』が頼朝挙兵記事のなかに含む「朝敵揃」に目をこらしてみよう。そこでは、「吾朝ノ朝敵ノ始」たる「土蜘ト云者」の追討譚をうける形で、「自其以来、挿野心而背朝家ヲ者多」として大山皇子以下「悪左府、悪右衛門督ニ至ルマデ、都合三十余人」が列挙されたのち、興味深いことに、

サレドモ一人トシテ素懐ヲ遂タル者ナシ。皆首ヲ獄門ニ被懸、骸ヲ山野ニサラス。東夷、南蛮、西戎、北狄、新羅、高麗、百済、鶏旦ニ至マデ、我朝ヲ背ク者ナシ。（延慶本第二中・卅五「右兵衛佐謀叛発ス事」）

と、対異国意識を顕わにした形で結ばれている。この傍線部については、隣国の名が列挙されていることに加えて、

「朝家」ではなく「我朝」という自国意識を表出した語彙が選ばれていることに注目したい。朝敵の出現しうる空間が、東アジア世界へと拡張されているのである。

こののち、「我朝ニモ不限ラ、恩ヲ不知者ノ滅ビタル例ヲ尋ルニ」として燕丹説話が紹介されるが、その結びは次のようにある。

昔ノ恩ヲ忘レテ、朝威ヲ軽ズル者ノ、忽ニ天ノ責ヲ被リヌ。サレバ、頼朝旧恩ヲ忘レテ宿望ヲ達セム事、神明ユルシ給ハジト、旧例ヲ考テ、敢テ驚ク事無リケリ。　（同前・三十六「燕丹之亡シ事」）

「天」「神明」の力が「朝威ヲ軽ズル者ノ」を滅ぼすという思考法と、この先に合戦が起こることを前提とし、しかし旧例に照らして結果としては安泰であろうことを確認するという価値観とが読みとれる。これらはいずれも、『八幡愚童訓』甲本の異国合戦史の記事から読みとれたものであった。

なお、『八幡愚童訓』甲本は、二度の蒙古襲来を語ったのちに、「只異国調伏ノミナラズ、朝敵追討モ相同ジ。目出カリケル神威也」と述べて、将門追討の例や前九年の戦いの例などを示しながら、八幡大菩薩の神威が発揮された機会として、異国合戦と朝敵追討戦の均質性を指摘するに至る。朝敵揃とは、言い換えれば神威による朝敵追討の合戦史である。こうした意味でも、『平家物語』の朝敵揃と『八幡愚童訓』甲本の異国合戦史とは本質として近似しているのである。

蒙古襲来以後の社会を生きる、異国合戦の記憶が新鮮な読者たちは、『平家物語』で語られる朝敵揃を、当世の状況と重ね合わせながら理解したことだろう。見方をかえれば、そのような享受者に受け入れられるように、『平家物語』の表現は整えられていったものと考えられる。「朝敵揃」を締めくくる右の表現は、そうした事情が露呈している箇所といえるのではなかろうか(18)。

物語の表現と蒙古襲来後の享受者の関係をうかがう窓として、次の記事にも注目したい。

猿程ニ源氏ノ大将軍九郎判官、源氏ヨハクミヘテ平家カツニノル、心ウク覚テ、八幡大菩薩ヲ拝シ奉給フ。其時、判官ノ船ノヘノ上ニ、俄ニ天ヨリ白雲クダル。近付ヲミレバ白ハタナリ。落付テハ、イルカト云魚ニナリテ、海ノ面ニウケリ。源氏是ヲミテ、甲ヲヌギ信ヲイタシ、八幡大菩薩ヲ拝シ奉リケリ。是併大菩薩ノ反化也。……

（延慶本第六本・十五「檀浦合戦事　付平家滅事」）

壇ノ浦の戦いで、窮地に陥った義経が八幡大菩薩を拝すると、天より白幡が下り来て、海に落ちるとそのままイルカになって海面に浮かんだという。義経に八幡大菩薩の加護があることを印象づける奇瑞である。破線部に源氏の劣勢が語られているが、じつはこの直前には阿波民部成良の心変わりにより、「源氏ハ刀俎ノ如ニテ、平家ハ魚肉ニ不異㆓」という、平家のほうが最大の窮地に陥る話と、そうした状況下で慌てる女房たちに平知盛が「軍ハ今ハカウ候。……只今東ノメヅラシキ男共、御覧候ワンズルコソ浦山敷候へ」などと語りかけて、「カホドノ義ニ成タルニ、ノドカゲナル気色ニテ……」と言い返されるという話題が置かれている。破線部は、平家軍の劣勢を語るこうした流れになじんでおらず、この奇瑞譚はひとたびできあがった文脈の間に補入された話題であった可能性が高い。

この記事の来歴も、やはり蒙古襲来後の動向とのかかわりで理解すべきではないか。幡が空中に現れるという奇瑞は、延慶本が書写された時期の例としても、たとえば『八幡愚童訓』甲本で壇ノ浦合戦にかかわって「白旗天ヨリ下リ、山鳩空ニ翔ケリ」と語られているほか、肥前国武雄社の大宮司が用いた、

……弘安亦《タ》七月廿九日午時、紫　幡《ムラサキノハタ》三流、出㆓自上宮㆒、懸　翻㆓青天　上《ハルカニヒルカヱツテセイテンノ》㆒、飛行賊船方之間《アイタノ》、緇素驚㆑目《シヲ》、尊卑合㆑掌畢《セヲヌ》、其時《ノキ》大風吹《テ》、賊船悉漂㆑波《クタ、ヨフナミニ》、異国《ヰ》降伏之《ノ》霊瑞、自㆓御在世之昔《リコシ》㆒、迄㆓御垂迹之今《ヲヨンデノニ》㆒掲焉也《カツエンナリ》、争　無㆓御帰《イカテカンコ》敬㆒哉《ヤ》、……

という表現（延慶二年〈一三〇九〉六月付「肥前武雄社大宮司藤原国門申状案」。肥前武雄神社文書）などにもみえ、さまざまな神に関して用いられる定型であったことがわかる。こうした神威を語る奇瑞の表現が行き交うなかで、かの奇瑞譚は『平家物語』に収められ、享受されたのであった。かかる表現に一定の現実感を感じられる享受環境があればこそ、文脈上の違和感を解消しながらこののち後出諸本へと受け継がれていったのだろう。

ここでは神威を語る表現を二例のみとりあげたにすぎないのだが、『平家物語』などの軍記物語が今日に見るような形へとその姿を整え、伝播の輪を大きく広げていった時期と、文永・弘安の合戦以後のさらなる異国合戦が現実味を帯びていた時期とが重なっていたことの意味を、今後さらに多角的に検討してみる必要があることを見通しておきたい。

五　おわりに

『八幡愚童訓』甲本・乙本ともに、『平家物語』との交渉があったことが指摘されている(19)。また、時代は下るが、永享九年（一四三七）十二月朔日書写の本奥書をもつ東寺執行本『平家物語』巻第十一では、いわゆる宝剣説話を語るなかで、駿河国まで下った日本武尊を襲った「彼国ノ匈奴等」の傍線部について、「モフコラ」とルビが付されている。類似した例として、宴曲「石清水霊験」に神功皇后譚をうたう歌詞にもかかわらず、「蒙古《モウコ》はるかに是をみて」とあることも連想される(20)。また、蒙古襲来の記憶は、後世に至るまで対外関係をおもな契機として折々に浮上し、中世の文芸にも取りあげられていった(21)。東寺執行本で右のように読まれたのがいつなのかは慎重に判断する必要があるが、ともあれ、蒙古襲来の記憶と関わる長い文芸史に、『平家物語』がさまざまな形で関わっていることは疑いない。

蒙古襲来の体験を経た十三世紀の末、まだ大きな変動のなかにあった『平家物語』は、異国合戦の再発を前提とした環境のなかで享受され、また、そうした価値観を吸収しながら、次第に世に現れるようになっていった。『平家物語』その他の軍記物語と蒙古襲来の社会的な記憶とのかかわりについて、いっそう多角的な分析を期したい。

『平家物語』をはじめとする軍記物語は、ある戦乱のあとに生みだされたものであるが、次なる合戦を体験した、あるいはさらなるいくさの始まりを予感していた人々に受け止められることで、次世代へと受け継がれてきた。たとえば、十三世紀後半から十四世紀にかけて『平家物語』が広く伝播したこと自体、当時の社会が蒙古襲来という重大な合戦と切実に向き合っていたという現実と切り離して理解することはできないだろう。軍記物語は、じつに長い間、この先にも戦争が起こることを前提とし、合戦そのものやいくさに臨むこと自体を正面から否定できない社会のなかで享受されてきた[22]。将来の戦争に関わらないという価値観のもとで軍記物語を読むという体験が重ねられた時間は、長く見積もっても、現在につながるわずか七十年ほどしか存在しない。こうした希有なる今という時空に立ち、軍記物語の歴史、とりわけ読まれかたの歴史[23]と向き合い、その価値や魅力、そして物語を読み継ぐことの危うさを、どのように発見し、語り継げるのか。これもまた今後の大きな課題となるはずである。

注

(1) 西田長男「八幡愚童訓」(『群書解題　第六巻』続群書類従完成会、一九六二年四月)、新間水緒「八幡愚童訓と八幡宮巡拝記」(『神仏説話と説話集の研究』清文堂出版、二〇〇八年三月。初出一九九三年四月)等参照。

(2) 異国降伏祈禱については、相田二郎『蒙古襲来の研究　増補版』(吉川弘文館、一九八二年九月)に詳しい。

(3) 川添昭二「蒙古襲来と中世文芸」(『中世九州の政治・文化史』海鳥社、二〇〇三年七月。初出一九七三年七月)、村井章介「蒙古襲来と鎮西探題の成立」（『史学雑誌』第八十七巻第四号、一九七八年四月）等参照。

（4）海津一朗『中世の変革と徳政――神領興行法の研究――』（吉川弘文館、一九九四年八月）、同『神風と悪党の世紀　南北朝時代を読み直す』（講談社、一九九五年三月）等参照。

（5）越中前司盛俊の首をめぐって首実検の場で猪俣則綱と人見四郎が争うという著名な話が、延慶本『平家物語』に収められたのも、そうした背景を抜きにしては考えられまい。佐伯真一『戦場の精神史　武士道という幻影』（日本放送出版協会、二〇〇四年五月）等参照。

（6）注（3）川添論文。

（7）永禄三年（一五六〇）九月に下総妙本寺の僧日尭が書写した「雑録」に収録される、日蓮の本弟子六人の一人日興の談をその弟子日順が類聚したものの一部。坂井法曄「日蓮の対外認識を伝える新出資料――安房妙本寺本「日本図」とその周辺――」（『金沢文庫研究』第三一一号　二〇〇三年十月）参照。

（8）別の箇所にも「自開化天皇以来至于当今一千四百三十二代歟《年歟》、此間異国之賊徒我朝ニ来十八度、其内蒙古人十度也云々、」とある。

（9）注（7）坂井論文参照。「蒙古国幷新羅国高麗百済賊来事」は、近年著名になった妙本寺本「日本図」の直後に記された記事である。

（10）辻彦三郎「藤原定家書写『平兵部記』紙背文書の二、三について」（岩橋小彌太博士頌寿記念会編『日本史籍論集（上巻）』吉川弘文館、一九六九年十月）参照。

（11）藤井清「「平家物語」成立過程の一考察――八帖本の存在を示す一史料――」（『文学』第四十二巻第十二号、一九七四年一二月）参照。

（12）今成元昭『平家物語流伝考』（風間書房、一九七一年三月）、同「日蓮の軍記物語享受をめぐって」（宮崎英修先生古稀記念論文集刊行会編『日蓮教団の諸問題』平楽寺書店、一九八三年六月）。

（13）注（12）今成論文。同論文では、文永六年（一二六九）をあまり遡らない時期に、日蓮は『平家物語』『保元物語』『平治物語』『承久記』関連の資料に接したと判断されている。

(14) 日下力「軍記物語の生成と展開」(『平家物語の誕生』岩波書店、二〇〇四年四月。初出一九九五年十一月)等参照。

(15) 石母田正「一谷合戦の史料について——『吾妻鏡』の本文批判の試みの一環として——」(『石母田正著作集第九巻』岩波書店、一九八九年七月。初出一九五八年十一月)、注(14)日下論文等参照。

(16) 落合博志「鎌倉末期における『平家物語』享受資料の二、三について——比叡山・書写山・興福寺その他——」(『軍記と語り物』第二十七号、一九九一年三月)。

(17) 鈴木彰「琵琶法師と平家物語」(佐藤和彦他編『図説平家物語』新人物往来社、二〇〇四年九月)。なお、十三世紀末から十四世紀にかけての『平家物語』関連の動向については、鈴木彰「平家物語と太平記」(小峯和明編『日本文学史　古代・中世編』ミネルヴァ書房、二〇一三年五月)でも整理したことがある。

(18) 紙幅の関係で詳述できないが、同様のことは慈光寺本『承久記』の冒頭に記された「其間ニ国王兵乱、今度マデ具シテ、已ニ十二ヶ度ニ成」と位置づけられる国王兵乱史や、『太平記』が記す朝敵揃の記事等を視野に入れ、表現史の中で検討する必要がある。

(19) 弓削繁「八幡愚童訓と平家物語——鎌倉末期における平家物語の流布の一端——」(『芸文東海』第十八号、一九九一年十二月)、注(14)日下論文参照。なお、清水由美子「延慶本『平家物語』と『八幡愚童訓』——中世に語られた神功皇后三韓出兵譚——」(『国語と国文学』第八十巻第七号、二〇〇三年七月)は、延慶本第六本にみえる神功皇后三韓出兵譚が、『八幡愚童訓』にみえるような話を前提として成り立っていることを指摘し、そうした話の流布は「元寇後の神国思想の影響下のもの」とみている。延慶本への記事加筆の背景に蒙古襲来の影響をうかがい見ている点は、本稿と観点が類似している。ただし、同論では話素の異同に焦点をあわせた同類話の関係把握と、延慶本への加筆事例の把握に主眼が置かれている。その点で、十三世紀後半以降のいまだ状況が不透明な生成期に『平家物語』に何が起きたのかを、蒙古襲来以後の価値観と対照することによって多角的に見いだす道を模索する本稿の問題関心とは焦点を異にしている。

(20) 乾克己「宴曲と蒙古襲来」(『宴曲の研究』桜楓社、一九七二年三月)参照。

(21) 阿部泰郎「八幡縁起と中世日本紀　『百合若大臣』の世界から」（『現代思想』第二十巻第四号、一九九二年四月）、小峯和明「〈侵略文学〉の位相――蒙古襲来と託宣・未来記を中心に、異文化交流の文学史をもとめて――」（『国語と国文学』第八十一巻第八号、二〇〇四年八月）、石黒吉次郎「蒙古襲来と文学」（『専修国文』第八十四号、二〇〇九年一月）等参照。

(22) 実際には、これは軍記物語だけが背負わされた事情ではない。広く戦争と中世文芸の関係史を問い直すことが課題となる。鈴木彰「戦争と文学」（小峯和明編『日本文学史』吉川弘文館、二〇一四年十一月）でそうした問題を取りあげた。

(23) 『平家物語』などの軍記物語の、近代に至るまでの読まれかたの歴史を描き出すことの意義については、拙著『平家物語の展開と中世社会』（汲古書院、二〇〇六年二月）以来の課題として、折々に言及してきた。鈴木彰「斎藤別当実盛の選択――老武者の恥辱と武勇――」（『神奈川大学評論』第五十五号、二〇〇六年十一月）、同「「まさなうも敵にうしろをみせさせ給ふものかな」――詐術としての熊谷直実の言葉」（『歴史と民俗』第二十八号、二〇一二年二月）、同「明治期の児童・少年雑誌にみる中世軍記物語関連記事について――『日本之少年』を中心として――」（『明治大学人文科学研究所研究紀要』第七十二号、二〇一三年三月）等を参照されたい。

［使用テキスト］

『八幡愚童訓』甲本……日本思想大系『寺社縁起』、『八幡宇佐宮御託宣集』……『神道大系神社編四十七　宇佐』、『宗像大菩薩御縁起』……『宗像郡誌中編』、「蒙古国幷新羅国高麗百済賊来事」……注（7）坂井論文、『普通唱導集』……東大寺本（村山修一『古代仏教の中世的展開』〈法蔵館、一九七六年四月〉所収）、『性空上人伝記遺続集』……『姫路市史　第八巻史料編古代中世1』、延慶本『平家物語』……汲古書院刊影印本、「肥前武雄社大宮司藤原国門申状案」……『鎌倉遺文古文書編第三十一巻』二三七二一、頁寺執行本『平家物語』……国文学研究資料館蔵紙焼写真。引用に際して、句読点・濁点などを施したり、改めたりするなどの処理を施した場合がある。

第二章　十四世紀——受容と観念化の道程——

残された女の物語
——小宰相と曾我兄弟の母——

大津雄一

一　出家するか身を投げるか

大正六年（一九一七）、津田左右吉は、『文学に現はれたる国民思想の研究』の第二巻を洛陽堂から公刊する。その「第一編　武士文学の前期」の第三章で「戦記物語」について論じている。津田は、時代の英雄を描き出した点において、「戦記物語は貴重な国民詩であり国民文学である」と称揚するのだが、一方ではその稚拙さを率直に批判する。もちろん、今からすれば的外れなところもあるのだが、軍記の特質を的確に指摘しているところもある。

たとえば、「戦記物語」が改変されてゆく原因の一つは、「その内容が全体として有機的に構造せられてゐず、雑多の説話がいくらでもぬきさしのできるやうになつてゐるから[1]」であるとし、「その上にかういふ短篇の物語を作り出す作者の想像力はあまり豊富とはいひ難い」と指摘して、以下のように述べる。

また事実に根拠の無い、或は有るか無いかわからない物語には型のきまつてゐるものが多い。例へば恋物語を見ると大抵は、女が禁裡の女房で、男からの文が千束に余つても容易になびかなかつたのが、終には情にほだされてそれに従ふ、交情極めて濃かであつたが、常なき世のならひ、男は戦場に出る、鴛鴦の番ひ羽はなれ〲に月日を過す、男は戦死する、女は出家するか身を投げるかする、といふやうな筋であつて、通盛の北の方（平家巻九）、藤房の思ひもの（太平記巻四）、一の宮の御息所（同巻一八）、などはみなこの型であり、時頼横笛（平家巻一〇）、惟盛《（ママ）》の北の方（盛衰記巻三二）、成親の妻（同巻五）、義貞の勾当内侍（太平記巻二〇）などもその変形である。これは武士の夫妻にありがちの別離の哀愁を示さうとするのが主旨であつて、それを高調するための手段として愛情の極めて濃かであつたことを述べ、また夫婦となるまでの心づくしを力強く写したのであらうが、ともかくも恋物語の大部分はみなこの形を有つてゐる。

このほかにも、「戦記物語」には同工異曲の話が多いことを縷々述べていく。その原因として、作者が僧侶であったことをあげる。全体の精神を明らかにするよりは一つの事実や文字にこだわって屋上屋を架すように注釈を施す学問的態度がこのような叙述方法の背景にあるとする。その原因の説明の適否はともあれ、少なくともその現象の指摘は正しい。そもそも、軍記に限らず物語の受容には常に既視感が伴うものである。男に死なれた女は「出家するか身を投げるか」だと津田はいうが、確かにそのような印象はある。

二　小宰相

津田が典型として説明しているのは『平家物語』巻九の「小宰相身投」の話である。[2] 一の谷合戦で夫の平通盛が討たれたと聞いた小宰相は七日七夜泣き明かした後で、入水の決意を乳母に語る。合戦の前夜、討死の予感を語る通盛の言葉を信じず、後の世でも夫婦になろうと契らなかったこと、身籠っていることを告げてしまったことを悔やみ、女は出産のとき十中八九は死ぬ、恥ずかしい思いをして死ぬのはいやだと訴え、さらに次のように続ける。

しづかにみみとなつてのち、をさなきものをもそだてて、なき人のかたみにもみばやとは思へども、をさなきものをみんたびごとには、むかしの人のみこひしくて、おもひの数はつもるとも、なぐさむ事はよもあらじ。つひにはのがるまじき道なり。もしふしぎにこのよをしのびすぐすとも、心にまかせぬ世のならひは、おもはぬほかのふしぎもあるぞとよ。それもおもへば心うし。まどろめば夢にみえ、さむればおもかげにたつぞかし。いきてゐて、とにかくに人をこひしとおもはんより、ただ水の底へいらばやとおもひさだめてあるぞとよ。

彼女は、子どもを産んで形見として見たいとは思うが、夫のことばかりが恋しくなり、歎きが積もるばかりで心が慰められることは決してないだろうという。そして、生きながらえて再婚させられることを恐れる。夢や幻に夫の姿が見える、夫を恋しいと思って生きるのはつらいから入水をするというのである。

乳母は小宰相を説得する。都に幼い子どもや年老いた親を残して小宰相についてきた自分の思いを軽く考えないでほしいと訴え、以下のように続ける。

そのうへ今度一の谷にて討たれさせたまひし人々の北の方の御おもひども、いづれかおろかにわたらせ給ひさぶらふべき。されば御身ひとつのこととおぼしめすべからず。しづかに身々とならせ給ひてのち、をさなき人をもそだてまゐらせ、いかならん岩木のはざまにても、御さまをかへ、仏の御名をもとなへて、なき人の御菩提をもとぶらひまゐらッさせ給へかし。かならずひとつ道へとおぼしめすとも、生かはらせ給ひなんのち、六道四生の間にて、いづれのみちへかおもむかせ給はんずらん。ゆきあはせ給はん事も不定なれば、御身をなげてもよしなき事なり。

乳母は、一の谷では数多くの北の方が夫を討たれて深く嘆いているのであり、自分だけの歎きだと思ってはいけないとなだめ、身を投げても来世で会うことは不確かなのであるから無駄であると告げ、出産をし、子どもを育て、その後尼となって念仏を唱えて夫の供養をすべきだと説得するのである。小宰相は、「大かたの世のうらめしさにも、身をなげんなゞどいふ事は常のならひなり。されども思ひたつならば、そこにしらせずしてはあるまじきぞ。夜もふけぬ、いざやねん」と、その場を取りなすが、結局のところ

南無西方極楽世界教主、弥陀如来、本願あやまたず浄土へみちびき給ひつつ、あかで別れしいもせのなからへ、必ずひとつ蓮にむかへたまへ。

と、夫との極楽での再会を祈って海へ身を投げる。確かにここでは、「出家するか身を投げるか」の二者択一が問題化している。彼女にとって再婚という選択はありえなかった。

三　出　家

八、九世紀頃、女性の出家は子どもの死を契機としたものが多く、夫の死を契機とした出家はあまりないが、十、十一世紀の摂関期になると夫の死に連動して、その四十九日前後に出家する例が増加し、摂関期末から院政期はじめになると、夫を追善するための出家の意識が強くなる。その背景には、夫の墓のかたわらや夫の部屋で供養を続ける節婦や、貞操、偕老同穴といった儒教的規範と、夫妻の縁は前世からのものであり、また来世にも続くとする仏教的夫妻観の浸透があるという(3)。さらに、平安末の十二世紀となると、家父長制が成立し、その「家」の家職の後継者育成、親の老後保障はすべて子どもに期待され、その子どもを生む母に期待されるようになり、「家」の存続のために子孫を生み育てる母性が強調されるようになった(4)。つまり、子どもを養育しろ、出家して亡夫の供養をしろという乳母の言葉は、平安末から鎌倉期の夫を失った妻のきわめて常識的な生き方を代弁しているのである(5)。『平家物語』の

語り手は、小宰相の死を、

昔より男におくるるたぐひおほしといへども、さまをかふるはつねのならひ、身をなぐるまではありがたきためしなり。忠臣は二君につかへず、貞女は二夫にまみえずとも、かやうの事をや申すべき。

と総括する。夫の死後に出家するのは「つねのならひ」だったのである。

夫、あるいは愛する男の死後は出家してその供養をし、子どもがいるならばそれを育て上げもするという〈残された女の出家の物語〉は、他に求めるまでもなく『平家物語』にも確かにいくつかある。平維盛の北の方は夫の死を聞いて、「やがてさまをかへ、かたのごとくの仏事をいとなみ、後世をぞとぶらひ給ひける」とされ、若君つまりは六代の乳母は、「今はいかなる岩木のはざまにても、をさなき人々をおほしたてまゐらせんと思し召せ」と、小宰相の乳母と同じように勧めている（巻十・三日平氏）。北の方は出家して夫の供養をし、六代とその妹を守り育てるのである。

鹿の谷事件の首謀者として流された後に殺された新大納言藤原成親の北の方についても、「さまをかへ、かたのごとくの仏事をいとなみ、後世をぞとぶらひ給ひける」とあり、幼い二人の姉弟もともに父の後世を弔う（巻二・大納言死去）。出家しても家に留まる家尼であったならば子どもの養育にかかわる関係は断絶しない(6)。彼女も出家して夫の供養をし、子どもを養育したのであろう。

子どもはいないが、平重衡の北の方の大納言佐も出家して夫の後世菩提を弔った（巻十一・重衡被斬）。内裏女房についても重衡の死後、「やがてさまをかへ、こき墨染にやつれはて、かの後世菩提をとぶらはれける」とあり（巻十・内裏女房）、鎌倉で知り合った千手も、「やがてさまをかへ、こき墨染にやつれはて、信濃国善光寺におこなひすまして、かの後世菩提をとぶらひ」、往生を遂げる（巻十・千手前）。

四　入水

小宰相の入水について、語り手は、「身をなぐるまではありがたきためしなり」と称える。確かに『平家物語』の中で、夫と死別した女の入水の物語はこれだけである。

しかし、『保元物語』下巻には源為義北の方の入水譚がある。(7) 北の方は夫と子どもたちの死を聞いて、「只身ヲ投ト思也」と訴えるが、女房や従者たちが、

御歎事ハ中〳〵申不ㇾ及。昔モ今モ加様事ハ候。親ニ後レ子ニ後レ、妻、夫ニ別ル、事、人毎ノ習也。其ニ身ヲ投、死ナンニハ、人胤候ナンヤ。今度ノ軍ニモ、左大臣殿ノ御台盤所モ御様ヲ替サセ給タレ共、御身ハ投サセ給ズ。其外、或ハ生別レ、或ハ死シテ別レヌ。又、平馬助入道忠正ノ北ノ方、親子五人ニ別レテ、様ヲ替テ、御身ヲ投給ズ。左衛門大夫入道家弘ノ北方モ、父子四人ニ後レテモ身モ投ズ。皆御様ヲコソ替テ候へ。(8)

と説得する。ここでも、ほかにも悲しみに耐えている女たちが多くいることが告げられ、入水か出家かの二者択一が問題化され、出家を選ばねばならないと説得される。女房や従者たちが小宰相の乳母の役割を果たしている。そして北の方が、

南無西方極楽教主阿弥陀如来、願ハ入道幷ニ四人ノ子共、我伴ニ一ツ蓮ニ迎へ給へ。

と、浄土での愛しい者たちとの再会を祈ることも小宰相と同じである。ただ、そう祈って入水しようとした際は供の者たちによって止められてしまう。そこで北の方は、命は惜しくて死ねない、家に帰って子どもたちが言い置いたことを聞きたい、子どもたちの玩具も残っていよう、「後世ヲモ訪ハン」と言ってその場をとりなし、隙を見て桂川に

飛び込んでしまう。一旦制止されるもそれを振り切って入水するのも小宰相と同じである。「昔モ今モ類少キ女房也」と称賛されるのも同じである。

『陸奥話記』の安倍則任の妻は、「君将に歿せんとす。妾は独り生くるを得じ。請ふ、君が前に先に死なん」(9)と、三歳の子どもを抱いて深淵に身を投げ、「烈女と謂ふべきなり」と称えられている。彼女の子どもはすでに三歳だが、身重のまま入水し、「貞女」と称えられた小宰相の先蹤である。ただし夫の則任はその後出家して降参している。

津田が挙げている『太平記』巻四「笠置の囚人死罪流刑の事付けたり藤房卿の事」では、藤房が笠置へ逃げる後醍醐と同道した際に残した形見の髪と歌を見た左衛門佐という女房が、再会は叶うまいとの悲嘆のあまりに大井川（桂川）に身を投げている。

男の後を追ったわけではないが、愛に苦しむ女が水に入るという話は多くある。『万葉集』では、複数の男から求婚されて苦悩し入水する真間の手児名や（巻三・四三一～三、巻九・一八〇七～八）や縵子《かずらこ》（巻十六・三七八八～九〇）の話がある。手児名について入水の場面は語られないが、縵子は三人の男から求婚されて、「遂に乃ち池の上に仿偟《もとほ》り、水底《みなそこ》に沈没《しづ》みき」とある。(10)菟原乙女《うないおとめ》（巻九・一八〇一～三、一八〇九～一一、巻十九・四二一一～二）の話もある。この話型は、『大和物語』一四七段「生田川」、謡曲「求塚」へと継承される。『大和物語』百五十段には帝との恋に苦しんで猿沢の池に身を投じた采女の話もある。『源氏物語』の浮舟は薫と匂宮との恋に苦しんで宇治川へ入ろうとはかる。(11)小宰相の話との類似がすでに指摘されているが、(12)『狭衣物語』の飛鳥井の女君は狭衣の子どもを身籠っていたが狭衣の愛を信じられず、乳母にだまされて筑紫へ向かう途中、虫明の瀬戸に身を投じるものの救われる（巻一、二）。

男への愛ではないが、愛する対象を失った女たちも入水する。金刀比羅本『平治物語』下巻の夜叉御前は、異母兄の頼朝が捕らわれたことを嘆く。母親の延寿らが、「いかにかやうになげき給ふぞ。御命ながらへてこそ、故殿の御菩提をもとぶらひ申させ給はむず」と慰めるが、宿を抜け出て杭瀬川に身を投じる。(13)『平家物語』では宗盛の子の副将の首とむくろをそれぞれ抱いて大井川に入った二人の女房がいる（巻十一・副将被斬）。延慶本『平家物語』第六末では、我が子の首を抱き続け髑髏の尼と呼ばれた平経正の北の方が（盛衰記巻四十七では平重衡の恋人）、渡辺川へ入っている（長門本巻十八、盛衰記では天王寺の海）。『発心集』三十一話では、娘を亡くした女房が天王寺の沖で入水する。

夫への後追い自殺に限らなければ、愛にまつわる女の入水は、ありふれたイメージである。津田が、「女は出家するか身を投げるかする」と発言するのも無理からぬことである。語り手は、小宰相の死を特別なものとするために「身をなぐるまではありがたきためしなり」と発言せざるをえないだろう。しかし、愛ゆえに入水する女の物語は珍しくはない。

小宰相は、〈残された女の出家の物語〉を拒否して〈残された女の入水の物語〉を生きたのである。

五　曾我兄弟の母

『平家物語』が琵琶法師によってさかんに語られていた十四世紀に、瞽女《ごぜ》によって語られていたのが『曾我物語』である。

小宰相と通盛との出会いを、覚一本『平家物語』は彼女が十六歳であった安元の春の頃とする。同じころ、伊豆の国で、夫の河津三郎祐通を失った女が、二人の子ども、六歳の一万（十郎祐成）と四歳の箱王（五郎時致）を連れて相模の曾我太郎祐信のもとへ再嫁した。安元三年（一一七七）一月のことである。三度目の結婚であった。『曾我物語』によるならば、(14)十郎祐成が生まれたのが承安二年（一一七二）と推定されるので、彼女が祐通に嫁したのは、その数年前だろう。祐通に嫁ぐ前に、彼女は伊豆国の目代で源仲綱の乳母子であった左衛門尉仲成と結婚して一男一女をもうけている。後の京の小次郎と二宮朝忠の妻となった女性である。都から赴任した国衙の役人と在庁官人の娘とのありふれた政略的結婚であろう。仲成が任を終えて上洛するとき、彼女は祖父の狩野茂光に引き止められて伊豆に留まり、その後河津祐通と再婚した。その祐通が、奥野の狩場帰りに射殺されたのが、安元二年十一月のことであった。彼の父伊東祐親と家督・所領の問題で争っていた一族の工藤祐経の命を受けた八幡三郎の手によって暗殺されたのであった。三十一歳であったという。

祐通の亡骸を前にして、兄弟の母は「一つ道へ」と悶え焦がれる。しかし、舅の伊東祐親は、愛する者との別れは世の常であって、自分もそのように思って悲しみに耐えているのだと語り、以下のように続ける。

親に後れ、子に後れ、妻に別れ、夫に別るる度ごとに淵瀬に身を投げ自害を仕んには、世の中に置きては、且くも留まる者の候ひなんや。歎きは人ごとにある事なれども、思ひ忍びて過せば自ら慰む心も出で来り候ふぞかし。それに付けても、御身を全うして、念仏の一返なりとも申し、経の一巻なりとも読み奉て、なき人の菩提をも訪ひ給はむ事こそ勇《ゆゆ》しけれ。倶《とも》に御身を投げては、何の詮かはあるべき。（巻二）

ここでもまた、自分の歎きを特別なものだと思ってはならず、だから耐えるべきだと諭され、入水か供養かの二者択一において、後者を選ぶべきだと説得される。小宰相の乳母や源為義北の方の女房や従者たちの役割を、舅の祐親が果たしている。物語の定型であるに違いない。ただし、祐親は生きて供養をすることは求めていても出家をすることまでもは望んでいない。なぜなら、兄弟の母を再婚させようと考えているからである。

もっとも彼女自身もどちらも選べない状況にあった。小宰相と同じように、彼女は懐妊していた。九か月目になっていた。

かかる身と成て我が身心に任せず口惜しけれ。出家せむとは思へども身々とならむ時も憚りあり。また淵瀬に身をも投げて一道にとは思へども、かかる身と成て死する者は殊に罪深しと聞けば、左にも右にも抑角駄《そみかくだ》、げに女の身ばかり口惜しきものこそなかりけれ。

と、身重のために出家も入水もできないと嘆いている。小宰相は、それもかまわず死を選ぶが、兄弟の母は、「かかる身と成て死する者は殊に罪深し」と考えて死ぬことができない。

祐通の没後三十五日には、祐親が我が子のためにと出家するが、彼女は、

「今日まで童が釵を頭に付けて由なし」と、千度百度歎きけれども、ただならぬ身のうたてさとて心に任せぬこそ悲しけれ。

と、身重のために出家も叶わないままだった。

四十九日の法要が済んだ翌日、彼女は男子を産む。御房殿である。彼女は、その子を野原に捨てようと考える。出産を終えたからには、髪をおろし墨染めの衣に身をやつして山々寺々を修行して、亡き祐通の菩提を弔うつもりであるから、育てることはできないという。家尼ではなく、文字通り家を出てしまうので養育はできないというのである。

結局、生まれた子どもは祐通の弟の伊東九郎の女房が、「第一にはなき人の御ためにも罪業となるべし」、「養ひ成《そ》長《だ》て奉て一家の形見とも見奉らむ」と願って、養育することになる。生まれた子どもを殺すことは死んだ父親のためにも罪業となるから、伊東家で育てるというのである。鎌倉時代の武家では、片親となった子どもの養育は一族共同で行うという義務があったから[15]、それに則ったのであろう。

出産して、彼女には出家の障害はなくなった。百か日の法要には出家しようと準備するがそれを聞きつけた祐親に、「少《をさな》き者共をば誰に預け、いかになれとか思し食す」と止められる。「いかならむ人にも相見えつつ、二人の子共を

も身に副へて、なき人の形見とも御覧ずべし」、「それに付ても形を衰《やつ》し給はずして、少き者共を育み給ふべし」と説得され、祐親の甥であり、兄弟の母にとってはいとこであり、妻を亡くしていた曾我太郎祐信との再婚を勧める。再婚して、「御歎きをも慰めて、また少き者共をも育み給へ」と要請するのである。

小宰相は、死んだ夫の形見として子どもを見ることを拒否したが、兄弟の母は形見として見ることを強要されている。祐親が繰り返し強調しているのは、子どもの養育である。小宰相の乳母や維盛と同じである。違うのはそのために出家を思い止まり、一門の曾我祐信と再婚しろと要請されている点である。祐親は、御房殿と同じように、一族の中で片親となった子どもたちを養育しようと考えたのであろう。

祐信が迎えに来ると、兄弟の母は自ら髪を切ろうとするが見つけられ、承引しなければ自害すると祐親に迫られて、兄弟を連れて曾我へ向かうことになる。祐通の墓石に取り付いて、

暇申してよ、河津殿。童は女性なれどもまた人にも見えんと思はねども、殿の父伊藤殿の御計ひなれば曾我の里へ移るなり。童にも子共までも、遠き守りとなり給へ。いづくに侍ふとも後世をば訪ひ奉るべし。

と嘆き訴えて曾我の里へ移る。彼女は、出家も入水も許されず、再婚して子どもを養育しつつ亡夫の供養もすることになる。小宰相が恐れた道を不本意にも選択させられたのである。

六　再　婚

平維盛は都落ちの際、「たとひわれうたれたりと聞きたまふとも、さまなゝどかへ給ふ事はゆめゆめあるべからず。そのゆゑは、いかならん人にも見えて、身をもたすけ、をさなきものどもをはぐくみ給ふべし」と北の方に再婚を勧

めるが、「捨てられまゐらせて後、また誰にかはみゆべきに、いかならんひとにも見えよなゞど承るこそうらめしけれ」と恨まれる。彼女も小宰相と同じように再婚を嫌った。

『貞永式目』の二十一条は、「夫の所領を譲り得たる後家、改嫁せしむる事」である。

右、後家たるの輩、夫の所領を譲り得ば、すべからく他事を抛ちて亡父の後世を訪ふべきの処、式目に背く事その咎なきにあらざるか。しかるにたちまち貞心を忘れ、改嫁せしめば、得るところの領地をもつて亡夫の子息に充て給ふべし。もしまた子息なくば別の御計らひあるべし。

とある(16)。再婚は「貞心を忘れ」る行為であるというが、現実には再婚が多いからこそこのような法が必要となったのであろう。小宰相や維盛北の方が、再婚を拒否するという設定も、夫没後の再婚が珍しくはなかったという現実があっての上のことであろう。

曾我兄弟の母は、「また人にも見えんと思はねども」、主体的な選択はできず、物語上は忌避すべきはずの再婚を押し付けられたのである。彼女は、小宰相や為義北の方のように、〈残された女の入水の物語〉は生きられなかったし、維盛の北の方のように〈残された女の出家の物語〉も生きられなかったのである。彼女たちの〈物語〉と兄弟の母の〈残された女の再婚の物語〉とは、構造的には同じだが展開の異なる表裏の関係にある。

再婚は現実には多かっただろうが、貞節を語る物語にとってはありえない選択であった。維盛の北の方は、史実としては吉田経房と再婚したが、物語は死なないのなら尼となることを要請するのである。悲劇的な最期を遂げた男の妻が再婚をしたのでは物語として成立しない。〈残された女の再婚の物語〉は、普通は魅力的な物語にはならないはずなのだ。兄弟の母の再婚が物語として成立するのは、この再婚が彼女にさらなる悲劇をもたらすからである。

曾我祐信と兄弟の母との暮らしぶりは、

その後は互ひに二世の契浅からずして年月を送る程に、この女房も年来になりて、曾我の子共も太多儲けられければ、互ひに深き歎きどもをも取り延べられけり。

と語られる。祐信との夫婦の仲はむつまじかったが、彼女には大きな悩みがあった。前夫祐通との子どもである、一万、箱王の兄弟が父を慕い、敵を討とうと考えていることを知るからである。源頼朝の側近である工藤祐経を討ったならば、曾我の家に害が及ぶことは間違いがない。

彼女は亡き父を慕う箱王に、「当時の曾我殿こそ己らが父にてはあれ。我は両夫持たる事がなき間、二人の父をば見せぬぞ」（巻四）と語り、敵討ちをたくらむ兄弟に、その無謀さを説き、曾我祐信の重恩を聞かせて、

かかる大恩をば争か報ぜざるべき。その恩を報ぜむと思はば速かに謀叛の思ひを留むべし。その恩を報ずるまでこそなからめ、返て曾我殿に歎きを与へむ事返す返すも口惜しかるべし。恩を知らざる者は、我人の皮を着たる畜生とて人倫の方には漏れぬる事ぞ。

と教訓する。彼女は曾我の家を守ろうと必死なのだ。

建久四年（一一九三）五月、曾我兄弟は富士野で敵討ちを果たし、十郎は討死し五郎は処刑される。兄弟の死の報せが手紙や形見の品とともに、丹三郎、鬼王丸によってもたらされたとき、母は悲しみのあまりに後を追いたいと願うが、祐信は、「いかに候、女房。成人の子共の事を歎て、今の少き者共をば誰に預け給ふべき。もし思し食し切り給はば、助信も腹を切るべし」（巻十）と言い、今若・鶴若・有若という三人の子どもたちも袂にすがって、「いかによ母御前。我らをば誰に預けんぞ」と泣く。

兄弟の首が頼朝から届けられると、首の収められた足高に倒れ懸かって、「いかによ子共、一道へ引き具せよ」と嘆き、自ら髪を切ろうとするが、祐信に小刀を奪い取られ、「女房の悲しみ、助信が歎きもただ同じ事なるべし。少

き者共をば誰に預け置き、何になれとか思し食す。今は歎くとても活るべからず」と制止されて出家も出来ない。ここでも死か出家かという選択肢が示されるが、子どもの養育のために彼女はどちらも選べないのである。兄弟の乳母たちも出家し、敵討ちに巻き込まれて殺された吉備津宮の王藤内の妻も出家し、十郎の恋人の虎も百か日の供養の日に箱根で出家するというのに、母は子どもを養育し、曾我の家を守るために出家できないのである。彼女が出家できたのは、その三年後、兄弟の三周忌の際であった。祐信も所領を三分して子どもたちに与えてこのとき出家する。家の継承が確保されて、やっと彼女の出家の願いは叶ったのである。その後は兄弟の供養のために建立した曾我の大御堂に籠り、正治元年（一一九九）五月二十八日に大往生を遂げる。この日は兄弟の命日である。曾我に再嫁して二十二年目である。

「家」に奉仕し続けた一生であった。しかし彼女は、小宰相のように「貞女」と称えられることはない。物語の中で彼女は悲しみ苦しんでばかりいる。まことに不幸な一生である。前夫との間の兄弟が敵討ちをし、殺されるという悲劇があり、それが語られる物語があって、初めて津田が措定しなかった〈残された女の再婚の物語〉という第三の物語は成立しえたのである。そうでもなければ、再婚した女の一生など、平凡すぎて物語られることはなかっただろう。『平家物語』は、小宰相の入水の物語を、「身をなぐるまではありがたきためしなり」というが、本当に「ありがたき」なのは、〈残された女の再婚の物語〉の存在なのである。再婚をする女性は多かったであろう、しかし兄弟の母が生きたような〈残された女の再婚の物語〉は日本の「古典」にはまれであり、貴重である。もちろん語り手は、「家」に奉仕し続けた彼女の姿を哀れではあるが美しいものとして語りたいのである。けれども私たちが、「家」に搾取され続けた女の不幸をそこに認めることはたやすい。

共同体は男の血を継承して「家」を守るために、母性を強要し子どもを無事に育てよと迫る一方で、母性にとらわれず夫の後を追って死を選んだ女を「貞女」と称えるのである。小宰相の物語と曾我兄弟の母の物語とを重ねてみるとき、さまざまな形で女を利用して止むことのない共同体の狡猾さと理不尽さが露呈する。

七　小宰相と曾我兄弟の母

曾我兄弟の母の物語を小宰相の物語に重ねるとき、小宰相の物語にも変容の機会がもたらされる。すでに述べてきたように、小宰相と兄弟の母はともに懐妊していた。兄弟の母は、「また淵瀬に身をも投げて一道にとは思へども、かかる身と成て死する者は殊に罪深しと聞けば」と入水をあきらめたが、小宰相は海に入ってしまう。伊東祐親は「二人の子共を身に副へて、なき人の形見とも御覧ずべし」と説得し、兄弟の母はそれを受け入れるが、小宰相は「なき人のかたみにもみばやとはおもへども、をさなきものをみんたびごとには、むかしの人のみこひしくて、おもひの数はつもるとも、なぐさむ事はよもあらじ」と、生まれてくる子どもを形見として見ることを拒否する。

兄弟の母の言葉から、身重のままの死は罪であるという「常識」があったことがわかる。『栄花物語』巻二によれば、花山天皇の女御忯子は八か月の身重で死んだが、天皇は、「あはれ、弘徽殿いかに罪ふかゝらん。かゝる人はいと罪重くこそあなれ。いかでか罪を滅さばや」(17)と思い乱れたという。『今物語』二十五話では、身重の女を都に残して、罪を得た男が流される。女は男の後を追って、その国までたどり着き、そこで子どもを産み落とす。血の付いた衣服を洗おうとして人家へ向かうと、死んだ流人を荼毘にふそうと支度をしている、見ればその男である。女はその荼毘の火に飛び込んで焼け死ぬ。一人連れていた女童も続こうとするが村人に止められる。入水ではないが、男の後を追って死ぬことは小宰相と同じであり、〈残された女の入水の物語〉の変奏である。

産み落とされた子どもは村の者が育てたとされる。村の者たちは、「腹の内の子を生み落としけるは、罪の浅かりけるにや」[18]と言っている。腹の内の子どもをも殺したら罪深いと考えられていたのである。せっかくその機会を得ながら、男の血の継承という使命を果たせないあるいは果たさないで死んだ女は罪深いという意識の背後には、家父長制における母性尊重のイデオロギーがある。愛を失った女が入水する話は珍しくはないが、その男との愛の結晶を道連れにした入水はやはり珍しい。

ただし、母性尊重の前提には母子一体観がある。母親の犠牲のもとに子どもの生誕・生育は成り立っている。それゆえ母親は子どもを自分の体の一部のように考えて私物視する傾向があり、それが中世における間引きや嬰児殺しの多さの一因であるとされる[19]。あるいは、小宰相の身重のままの入水の物語の背景にはこのような母子一体観があるのかもしれない。

しかし、『平家物語』の物語世界では、子どもを道連れにすることは罪深いことになる。この物語は親子の物語ともいえる[20]。平清盛・重盛・維盛・六代と連鎖する父子の物語、宗盛と清宗・副将、知盛と知章、瀬尾兼康と宗康、梶原景時と景季との物語、熊谷直実と平敦盛の擬似的親子の物語、後白河と高倉の物語、流人となった俊寛の物語や新大納言成親の物語にも都に残した幼い者への思いが語られる。成親については嫡子成経との物語もあり、さらに成経とその子どもの物語もある。あるいは維盛北の方と六代、建礼門院と安徳との母子の物語もある。平教盛は、婿の成経が実父の成親の命がとりあえずは無事であろうと言われて喜ぶ姿を見て、「子ならざらむ者は、誰かただ今、我が身の上をさしおいて、これほどまでは悦ぶべき。まことの契りはおや子のなかにぞありける。子をば人のもつべかりける物かな」（巻二・少将乞請）と涙する。親子の絆の美しさが繰り返し語られるのである。このような物語環境においては、小宰相の身重のままの入水は、たとえ母子一体観によることであっても、やはり特別なことになる。

身重であったゆえに水に入れなかった曾我兄弟の母の物語を小宰相の物語に重ねるとき、小宰相の物語の特異性はより鮮明になる。

八　小宰相と虎

小宰相の物語の『平家物語』における特異性はもう一点ある。入水の際に、「南無西方極楽世界教主、弥陀如来、本願あやまたず浄土へみちびき給ひつつ、あかで別れしいもせのなからへ、必ずひとつ蓮にむかへたまへ」と彼女は訴えるが、「あかで別れしいもせのなからへ」というのは通盛への愛の表明である。愛（恩愛）は妄念である。妄念を抱いたままでは往生できないことは、維盛の入水の物語（巻十・維盛入水）を参照すれば明らかである。あるいは、それとは表裏の関係にある宗盛の最期の物語（巻十一・大臣殿被斬）を参照してもよい。彼は維盛と違って子どもへの愛を捨てられなかった。[21] さらには、祇王の物語も参照可能である。祇王は嵯峨野の庵に尋ねて来た仏に対して、「ともすればわごぜの事のみうらめしくて、往生の素懐をとげん事、かなふべしともおぼえず。今生も後生も、なまじひにしそんじたる心ちにてありつるに、かやうにさまをかへておはしたれば、日ごろの科は露ちりほどものこらず。いまは往生うたがひなし」と告白している（巻一・祇王）。仏への恨みがあったから本心では往生できないと思っていたが、今は恨みがなくなったので往生できるという。そして彼女たちは、「余念なく」祈って往生を遂げることになる。恨みでも愛でも、他念があれば往生できないのである。

しかし、小宰相が往生をし損じたと考える者は少ないはずだ。このように愛にあふれたけなげな女が往生できないはずがないではないか。それが普通の「読み」であろう。そのような「読み」の適切さを保証してくれるのが、『曾我物語』の虎の往生である。

その後虎はいよいよ弥陀本願を憑みて年月を送りける程に、ある晩傾《くれつかた》に御堂の大門に立ち出でて、昔の事どもを思ひ連けて涙を流す折節、庭の桜の本立《もとだち》斜に小枝が下りたるを十郎が躰《すがた》と見なして、走り寄り取り付かむとすれども、ただ徒の木の枝なれば低様《うつぶさま》に倒れにけり。その時より病付て、少病少悩にして、生年六十四歳と申すに大往生をぞ遂げにける。

とある（巻十）。虎は恋人の幻影を見て最期の床についたが見事に大往生を遂げた。物語は、「女人往生の手本ここにあり。まことに貴かりし事どもなり」と彼女の往生を称賛して語り終える。ならば小宰相が往生できない理由はないではないか。

源為義の北の方も、「願ハ入道幷ニ四人ノ子共、我伴ニ一ツ蓮ニ迎へ給へ」と祈って川に入る。浄土での再会を祈るのは夫と子どもとの絆を断ち切れないからだが、彼女は往生できなかったと物語は語りたいわけではなかろう[22]。維盛の入水のような〈愛と往生との葛藤の物語〉は、ここでは機能していない。

もちろん、小宰相も夫に殉死するという共同体の貞女の物語を生きざるをえなかった。その限界はあるものの、母性も無視し妄念を抱いたまま彼女は往生を果たそうとし、私たちは願いはかなったであろうと読む。それは、母性尊重という共同体の規範、往生のためには恩愛は断ち切らなければならないという仏教の規範を揺るがすことになる。その揺らぎにこの物語の魅力がある。小宰相の物語に曾我兄弟の母と虎の物語を重ねるとき、その魅力はより輝きを増すのである。

九　おわりに

いつの時代も暴力の犠牲者は絶えない。暴力によって愛する男を失った女たちも犠牲者である。共同体はその犠牲者を、紋切型の物語の主人公に仕立て上げて美しく悲しく語り、われわれを教育する。女は、このように生きる＝死ぬべきだと教える。その教育には抵抗しなければいけない。そのための方策を探るべきなのだ。物語と連携して癒されつつ、物語を裏切ってその魂胆を露呈させるしたたかさが必要である。そうでなければ、暴力の犠牲となった女たちは浮かばれない。

注

（1）引用は、『津田左右吉全集』五（岩波書店、一九六四年二月）。ただし、通行の字体に改めた。
（2）以下、覚一本による。諸本に相違はあるが論旨に影響はない。なお、引用は、大津雄一・平藤幸『平家物語　覚一本　全改訂版』（武蔵野書院、二〇一四年九月）。
（3）勝浦令子『女の信心　妻が出家した時代』（平凡社選書、平凡社、一九九五年五月）、小原仁『中世貴族社会と仏教』（吉川弘文館、二〇〇七年六月）などを参照。
（4）脇田晴子『日本中世女性史の研究――性別役割分担と母性・家政・性愛――』（東京大学出版会、一九九二年五月）参照。
（5）このことについては、田中貴子「女性史の視点から見た『平家物語』」（『平家物語　批評と文化史』軍記文学研究叢書、汲古書院、一九九八年十月）に指摘があり、身重のままの小宰相の入水の特異性も指摘する。なお、高木信『「死の美学化」に抗する　『平家物語』の語り方』（青弓社、二〇〇九年三月）は、後述する曾我兄弟の母の例をも参照しつつ、〈貞女の物語〉としての小宰相の物語について論じる。

(6) 注(3)勝浦著書参照。

(7) 小宰相入水話と為義北の方入水話との関係については、後藤丹治「平家物語の諸問題」(『中世文学　研究と資料』国文学論叢第二輯、至文堂、一九五八年十二月)が論じている。日下力『いくさ物語の世界』(岩波新書、岩波書店、二〇〇八年八月)も両話について言及する。

(8) 引用は、栃木孝惟他『保元物語　平治物語　承久記』(新日本古典文学大系、岩波書店、一九九二年七月)。

(9) 引用は、柳瀬喜代志他『将門記　陸奥話記　保元物語　平治物語』(新編日本古典文学全集、小学館、二〇〇二年二月)。

(10) 引用は、高木市之助他『万葉集』四(日本古典文学大系、岩波書店、一九六二年五月)。

(11) 浮舟話の小宰相話への影響については、四重田陽美「『平家物語』小宰相身投への一視点」(『同志社国文学』五十三巻十四号、二〇〇〇年十二月)に指摘がある。

(12) 冨倉徳次郎『平家物語全注釈』下(一)(角川書店、一九六七年十二月)参照。

(13) 引用は、永積安明・島田勇雄『保元物語　平治物語』(日本古典文学大系、岩波書店、一九六三年七月)。なお一類本には夜叉御前の話はない。

(14) 以下、青木晃他『真名本曾我物語』Ⅰ・Ⅱ(東洋文庫、平凡社、一九八七年四月、一九八八年六月)による。引用に際しては通行の表記に改めたり、平仮名に直したりしたところがある。なお、曾我兄弟の母については、会田実『曽我物語　その表象と再生』(笠間書院、二〇〇四年十一月)が、「家」との関係において論じている。

(15) 田端泰子「鎌倉期における母子関係と母性観――家父長制家族の成立をめぐって」(脇田晴子編『母性を問う(上)――歴史的変遷』人文書院、一九八五年十一月)参照。

(16) 引用は、石井進他『中世政治社会思想』上(日本思想大系、岩波書店、一九七二年十二月)。

(17) 引用は、松村博司・山中裕『栄花物語』上(日本古典文学大系、岩波書店、一九六四年十一月)。

(18) 引用は、三木紀人『今物語』(講談社学術文庫、講談社、一九九八年十月)。

(19) 注(4)脇田著書参照。
(20) 拙稿「『平家物語』の「愛の物語」」(『日本文学』六十一巻一号、二〇一二年一月)参照。注(7)日下著書にも言及があり、最近では、平藤幸「『平家物語』の親子——その関係性の諸相と毀損——」(高橋秀樹編『婚姻と教育』竹林舎、二〇一四年九月)もある。
(21) 注(20)拙稿参照。
(22) 盛衰記巻四十七では髑髏尼が、「南無帰命頂礼阿弥陀如来、太子聖霊、先人羽林、若君御前、必一蓮ニ迎ヘ取リ給ヘ」と唱えつつ海に入っている。

延慶本『平家物語』の陥穽
——以仁王の乱の描写を対象として——

櫻井陽子

一　はじめに

本文が流動すること、異なる本文を持つ伝本が多く存在すること、これらは『平家物語』のみならず、古典作品が抱える宿命である。そのために、原態や古態の探求に情熱が傾けられてきた。『平家物語』も例外ではない。『平家物語』の場合、読み本系と語り本系という二つの系統に分かれることに一つの特徴がある。語り本系よりも読み本系に古い形態が残っていると考えられ、近年はその中でも特に延慶本『平家物語』に関心が集中している。

延慶本は延慶二、三年（一三〇九、一〇）に書写された本を応永二十六、二十七年（一四一九、二〇）に再度書写した本である。従来は応永時の書写は基本的に延慶書写の再生産であると考えられ、現存の延慶本（応永書写本）には延慶書写以前の古い形態が留められているとの見通しのもと、研究が進められてきた。

しかし、応永書写時に覚一本的本文が混態されたことが明らかになり[1]、現存延慶本のすべてに古態があると考えることには慎重にならざるを得なくなった。また、延慶本には傍書、異本注記などもある。それらを検討していくと、応永書写までに、読み本系の或る本を用いて手を加えていることも推測できる[2]。

延慶本とはいかなる本なのか、また、『平家物語』諸本の中に、延慶本はいかなる位置を占めるのか、考察を続けなくてはならない。『平家物語』という作品の本質を知ること、また、受容のあり方を考えるための基礎的作業でもある本文研究はまだ終わってはいない。しかし、錯綜する本文流動の実態を前にして、「古態を示す延慶本」という基軸が揺らいでいる現在、延慶本本文の解明の動きは鈍化している。

そこで、延慶本の本文の分析を通して、延慶本がいかなる意義を持つ本か、改めて考えたい。検討対象として扱うのは以仁王の乱である。後白河院の皇子、以仁王は治承四年（一一八〇）五月に平家に反旗を翻したが、瞬く間に鎮圧された。その顚末を、十二巻本の『平家物語』では巻四の大半を費やして描く。乱自体はあっけなく収束したが、以仁王が発した令旨は源頼朝の蜂起を促し、やがて全国的な争乱が引き起こされる。また、三井寺や興福寺も以仁王に加担し、平家との対立が露わになり、清盛は六月に福原へ遷都を強行することとなる。

この事件の描出は、諸本それぞれに異なる部分があり、諸本各自に改編を施したことが窺われる。中でも延慶本は巻四（第二中）を以仁王の乱で収束させず、続く遷都、頼朝挙兵の報の到着、更に頼朝の伊豆での流人生活と征夷大将軍予祝まで描き、十二巻本としては特異な巻立てとなっている。以仁王の乱関係に絞ると、時系列や話の展開に混乱が見受けられる。この混乱したあり方について、既に多くの考察が重ねられている。

本稿では、以仁王の乱の顚末をめぐる現存延慶本の本文には多くの改編の手が加わっていることを指摘する。稿者は以前、頼政の鵺（変化）退治説話に応永書写時の覚一本的本文の混態の可能性があることを指摘したが[3]、本稿では他の部分の改編の痕跡を探る。

二　読み本系諸本における以仁王の乱の構成

まず、以仁王の乱を描く読み本系三本の構成表を左に掲げる。

（延慶本）	（長門本）	（源平盛衰記）
1法皇鳥羽殿での正月	○	○
2春宮践祚（独自含む：即位元服例）	○	○
3辻風	○	
4新院厳島御幸	○	○
5厳島信仰由来		
6新院出発、法皇と対面	○	○
7厳島参着	△	○
8還御	△	○
		清盛厳島信仰由来
9新帝即位	○	○
10頼政、高倉宮を訪問、説得	○　説得	○　説得
11源氏名寄せ	○	○
12相少納言伊長の占い	○	○
13令旨・施行状	○	○（＋別宣）
	頼政謀叛の原因、木下	

14鼬	○	○
15法皇遷御	○	○
16高倉宮謀叛発覚	○	○
17熊野合戦（詳）	謀叛発覚の因、熊野合戦の遺恨（簡）	熊野合戦（詳）
18六波羅に注進		福原に注進
19高倉宮謀叛に捕縛発向（独自含む：平家追討の高札）	○	○
A		
	兼綱（夢）、頼政に伝える↓宮に報告	兼綱、頼政に伝える↓宮に報告
20宮、先に脱出（簡）	宮、脱出（詳）	宮、脱出（詳）
21信連奮戦・逃走	信連奮戦・捕縛、後日談	信連奮戦・捕縛、後日談
22兼綱（夢）、頼政に伝える		
23宮脱出（詳）、信連合流		
24宮、三井寺に入る	○	○
		頼政謀叛の原因、木下
25頼政、三井寺に入る		○
26競、参着		△
		仲綱の意趣返し
27山門牒状	○	**南都牒状**
28南都牒状	○	**山門牒状**
29南都返牒	○	○
30興福寺から東大寺牒状		○
	頼政、三井寺に入る	
	競、参着	

		仲綱の意趣返し	
B	31議定（十七日）	**(36)清盛の山門買収**	(36)合戦評定・**清盛の山門買収**
B	32明雲に院宣（①③）	(32)明雲に院宣（②）	(32)明雲に院宣（②③）
B		(37)座主経・実語教	
B		**(38)落首**	**(38)落首**
B		**主上、西八条行幸**	**主上、西八条行幸**
B	33永僉議	**(33)永僉議**	**(33)永僉議**
B	34大衆揃	**(34)大衆揃**	**(34)大衆揃**
B	35孟嘗君	**(35)孟嘗君**	**(35)孟嘗君**
B	36清盛の山門買収		
B	37実語教		
B	38落首		
B	39宮、蝉折奉納、逃走	**(39)宮、蝉折奉納、逃走**	(39)宮、蝉折奉納、逃走
	40橋合戦	△	○
	41兼綱最期	○	○
	42頼政自害	○	○
	43貞任連歌		
a	**44高倉宮最期**	△	△
a		律浄坊討死・挿話	○
	45高倉宮頸実検	○	○
	46律浄坊討死	［以下ナシ］	
			議定（二十七日）
	47僧たちへの勧賞		○

48平家の昇進		○
49通乗沙汰		○
50若宮出家		○
51前中書王事など		○
52後三条院の宮		○
53法皇御子		○
		円満院大輔登山
54頼政昇殿		○
55変化・鵺退治		頼政の和歌・武勇
56鉄食虫		
57頼政謀叛の原因、木下		
58意趣返し		
59三井南都召禁の沙汰		○　三井寺炎上
60遷都の噂		○

○は上欄と共通。○は延慶本と本文の一致度が高い。△□は上欄と異同あり。太字は四部本と共通。

それぞれに独自性と問題を孕む。例えば、長門本は後半の、事件収束後の記事がない。また、頼政が謀叛を志した原因となった木下事件の位置や、頼政が以仁王の後を追って三井寺に入ってから仲綱の意趣返しまでの配列は、他本と異なる。源平盛衰記（以下、盛衰記）は、令旨に別宣が続いたり、牒状の配列が入れ代わったりしている。その他にも、表には載せていないが、独自の記事・挿話が散在している。

同様に、延慶本にも多くの独自記事が載る。しかし、延慶本にしかない、明らかな独自記事を除くと、延慶本が本文、構成ともに他と大きく異なる部分、また、混乱の大きな部分は、A・Bの二つのブロックとなる。aはAに登場する信連が再び活躍する部分である。論述の都合上、B、Aの順に延慶本の本文を考察してゆく。

三　山門懐柔工作

Bは清盛の山門買収工作（36）と、買収された山門の大衆を非難する落首など（37・38）の位置が問題となる。延慶本では、三井寺に籠もった頼政や悪僧たちが六波羅を襲撃しようと試みて失敗する事件（33～35）に続いている。対する長門本・盛衰記ではそれらの前にある。また、長門本・盛衰記には主上の西八条行幸記事があるが、延慶本にはない。

長門本・盛衰記の構成では、まず、京・朝廷及び清盛方の動きをまとめ、次に三井寺の抵抗勢力の動きを描くことになる。そして、足元の三井寺等の動きに不安を募らせた以仁王が奈良へ逃走する、と展開する。主上の西八条行幸も、京（朝廷）の動きを描き出す一環と理解される。以下に長門本・盛衰記をそれぞれ細かく検討する。

長門本は、山門牒状（27）が記載された後、

(27) 山門衆徒、此牒状を見て、「山門の末寺にて、当寺と山門とは、鳥の二のつはさのことし、車の二輪に似りと、をして書之条、無其謂」と、一同に僉議して、返牒なし。

と、衆徒の反発を記す。次に他の牒状、頼政入寺などを挟み、左掲の(36)が記される。

(36) 山門ならひに南都の大衆、同心のよし、其聞えあり。山へは、大政入道、座主めいうむ僧正をあひかたらひ奉て、あふみ米一万石、往来によせらる。うちしきには、みのきぬ三千ひき、あひそへてのほせて、たに〳〵坊

〳〵に四五疋、十疋つゝなけ入られけり。米絹ををくらる、状云、

山門・南都が三井寺に同心との噂が入る。(27)の山門の意向は清盛には伝わっていなかったと読むべきであろうか。続いて清盛の山門買収を描き、その添え状として、行隆が奉じる明雲への院宣②を置く(32)[4]。院宣②の内容は、三井寺の非法を糾弾して、座主の明雲に、急ぎ登山して勅定の内容を山門衆徒に伝えて、衆徒等が三井寺に加担させないように命ずるものである。これは、清盛が「米絹ををくらる、状」ではない。この点、長門本の院宣の用い方には無理がある。院宣は、その文面中にある、「座主登山」の文言が必要とされたにすぎない。なお、この院宣によって明雲は登山し、山門の衆徒を宥め、山門は三井寺に同調することはなかった。

次に、盛衰記では左のように描かれる。

(36)　六波羅ニハ大勢馳集テ合戦ノ評定様々也ケル中ニ、上総介忠清計ヒ申ケルハ、「山門・南都同心セバ合戦ユ、シキ大事也、三井寺ニハ大関・小関ヲ伐塞、山ニハ東西ノ坂ニ弩ハリ、海道・北陸二ノ道ヲ催テ防戦程ニ、南都ノ大衆、芳野・十津川ノ悪党等ヲ相語テ、宇治路・淀路ヨリ挟テ寄ナラバ、前後ニ敵ヲ拘ヘン事、ユ、シキ大事也。官兵数ヲ尽シ日数程ヲヘルナラバ、国々ノ源氏モ馳上テ軍ニ勝ン事難シ。サレバ[1]先貫首ニ仰テ山門ヲ制シ、内々三千衆徒ヲ可許宥也。イカナル者モ財ニ耽ラヌ事ヤハアル。殊ニ山法師ハ、詐安モノゾ」ト申ケレバ、「可然計ヒ申タリ」トテ、先院宣被下状云、

六波羅で合戦の評定が行なわれる。山門・南都が三井寺に加勢する危険を除こうと、忠清が清盛に、明雲に山門を説得させよう、そのために山門を買収するようにと提案する。忠清の提案に同意した清盛が、まず院宣②（長門本とほぼ同文）を出させ、明雲に登山を命ずる。更に重ねて院宣③を出す(32)。その内容は②と同様に、三井寺は追討されるだろう、山門は祈禱をするように、大威徳法を修せよというものであった。院宣に従って明雲は登山して衆徒を

説得し、また買収工作を大々的に行い、その甲斐があって、「忽ニ三井ノ発向ヲ変改ス」となる。続いて長門本(27)と同様に、衆徒は改めて三井寺からの牒状を読み、両寺を対等と記す内容に立腹して、「衆徒一同シテ不与力」という結果となる。山門買収工作と院宣とが渾然となって「先院宣被下」となる展開に不自然さが残る点は長門本に共通するが、明雲に山門工作を命じる〈1〉と院宣の内容は連続しており、全体的に見れば長門本よりも整理されている。長門本・盛衰記ともに不自然さは抱えるものの、朝廷から明雲に出した命令（院宣）と清盛の買収工作が一体化して山門懐柔がなされたと描く。対する延慶本は、朝廷の動きと清盛の動きが、三井寺の動向（六波羅襲撃未遂）を間に入れることによって分離している。

延慶本では、諸本とほぼ同様に、以仁王が諸寺に発した牒状（27〜30）が続いた後（但し、27には山門衆徒の反発は記されていない）、議定（31）が記される。議定の結論は、三井寺には以仁王を引き渡すように、明雲には山門衆徒を三井寺に同調させないようにと、それぞれに命じるものであった。そして、明雲宛てに院宣①を発行する。内容は三井寺に同調するなというものである。但し、明雲に登山を命ずる文言はない。院宣①の次には左のように記される。

32　山門ニハ、園城寺ヨリ牒状送リタリケルニハ「可奉同心」之由領掌シタリケル間、宮、力付テ被思食ケルニ、「山門ノ衆徒心替リスル歟」ナド、内々披露シケレバ、「ナニトナリナムズルヤラム」ト、御心苦ク被思食ケリ。

重テ又山門へ院宣ヲ被成下。其状云、

まず、山門が三井寺に同心したとあり、次には院宣が功を奏したのか、一転して山門が心変わりしたとの報が三井寺に届く。朝廷側の山門への対処が展開する中で、以仁王（宮）の反応が主体となって記される点には、唐突との感が残る。

山門にはもう一通、院宣③が送られる。内容は盛衰記の院宣③で紹介したものだが、大威徳法云々はなく、三井寺から避難してくる者には用心をするように、と少し異なる。専ら山門の動きを封じようというものである。そこに山の悪僧慶快が、山門と寺門が対等であるかのような牒状の文言に反発して、「不可与力」と息巻く（長門本㉗と類似）。このように延慶本では、二回にわたって、山門が三井寺には与しがたい旨が記され、既に同調を拒絶したものと理解される。それにもかかわらず、三井寺側の六波羅襲撃未遂事件（33〜35）を挟んで、新たに左のように、清盛が山門の動きを警戒している旨が記される。

36　大政入道、忠清ヲ召テ宣ケルハ、「南都、延暦寺、三井寺、一ニ成ナバ、ヨキ大事ニテコソ有ンズラメ。イカヾセムズル」。忠清申ケルハ、「山法師ヲスカシテ御覧候ヘカシ」。「可然」トテ、山ノ往来ニ近江米三千石ヨス。解文ノ打敷ニ織延絹三千疋差副テ、明雲僧正ヲ語奉テ山門ノ御坊へ投入ル。一疋ヅヽノ絹ニバカサレテ、日来蜂起ノ衆徒変改シテ、宮ノ御事ヲ奉捨ケルコソ悲ケレ。山門ノ不覚、只此時ニアリ。

長門本・盛衰記それぞれの㊱と共通する内容を含む。特に、盛衰記同様に、忠清の提案に従って買収工作を行ない、山門を味方につける。延慶本ではこれを院宣によるものとしていないので、他本のような無理は生じていないが、清盛と朝廷の動きには連動性がない。山門が双方からの圧力に屈したと読むべきだろうが、清盛の抱いた警戒心は、既に山門が心変わりしたと窺える32の叙述とは相容れない。この点は長門本の展開にも窺えた。延慶本に即して考えるならば、院宣発行と前後しての清盛独自の行動と理解される。

ここで注意したいのは、議定（31）が延慶本にしかなく、しかも『山槐記』五月十七日条に拠っていることである。延慶本にしかない、しかも記録からの引用であることには、延慶本独自の増補の可能性が疑われる。

さて、議定で決定した三井寺への圧力については、この後、行なわれた旨は記されていない。一方で明雲への圧力は院宣①を引き出している。すると、院宣を記すにあたっての自然な展開を作り出すために、議定が必要とされたと言える。長門本や盛衰記に比べると、延慶本の展開は理に適っている（但し、議定は十七日、院宣は十六日付けと矛盾は残る）。

しかし、もし、長門本が基にした底本の段階にこの議定記事が存在したのなら、長門本は清盛の買収工作の添え状として院宣を用いる必要はない。また盛衰記にしても、底本の段階に議定記事があったのなら、明雲への院宣は、買収工作とは別に用いられたであろう。長門本・盛衰記の不自然な院宣の使用から見て、やはり、これらが基にした底本には、もともと議定記事はなかったと考えられる。一方、延慶本には、院宣と買収工作の不自然な一体化はない。それは議定記事を置くことによって、院宣を、まさしく朝廷が発行する文書として用いることができたからである。延慶本が朝廷からの命令を清盛の買収工作と別に描くことができたのは、議定記事の存在による。延慶本の如き、院宣と買収工作が分離した形態からは、それらを混濁させた長門本や盛衰記の形は生まれ得ない。延慶本が議定記事を増補して改編を行なったと言えよう。

本来、明雲登山を命ずる院宣と清盛の買収工作は渾然とした書き方がなされていたと思われる。Bの大まかな配列は、長門本・盛衰記にあるような構成に古態が見出される(5)。延慶本は主上の西八条行幸記事を、36以下を分離させた時に削除したと推測される。

因みに、覚一本他の語り本系（以下、覚一本で代表させる）は、33〜35及び39をBに載せる。山門牒状（27）の次には長門本(27)に該当する文言、簡略化された36・38が続き、山門関係記事がまとめられ、合理化が図られている。

長門本と盛衰記が同じ構成をとる場合、延慶本に改編がなされていると考える構図は、かつて稿者が、読み本系祖本として、三本を一段階遡る本文を想定するために、巻四―三十五「右兵衛佐謀叛発ス事」（語り本系では巻五「早馬」に相当）を例として掲出したものでもある(6)。これは主に本文について考えたものだが、Bにおいては構成面についても、同様の結論を導くこととなった。長門本・盛衰記の構成が共通していて、延慶本が異なる場合は、基本的に長門本・盛衰記の形態の方に古態の姿が見出されると言えよう。

四　信連の活躍（1）

前節で、延慶本のみが独自の構成をとる部分に関しては、基本的に延慶本が改編を加えたと考えられることを確認した。なお、覚一本を補助線として読み本系祖本の姿を窺える場合があることも付言しておく。次にAを考える。Aは、頼政の使者の報せにより謀叛計画が露見したことを知り、以仁王が逃走する場面である。

長門本・盛衰記では、次のように展開する。報せを受けて茫然としている以仁王を侍の信連が叱咤して、一行は変装して脱出する。その様が詳述される。逃走の途上、以仁王は秘蔵の笛を置き忘れたことに気づき、信連は屋敷を往復して以仁王に笛を渡す。共に逃げよという勧めを断り、信連は屋敷に戻り、官軍の襲撃に一人立ち向かう。しかし多勢に無勢、力尽きて負傷し、捕縛される。尋問を受けるが処刑は免れ、動乱が収まった後に頼朝に見出され、所領を賜る。

覚一本も同様だが、少し異なる。それは、信連が屋敷を脱け出す以仁王とは別行動をとり、屋敷に留まり、以仁王秘蔵の笛が屋敷にあることに気付いて一行を追いかけて渡し、再び屋敷に戻る部分である。長門本・盛衰記で信連が短時間で二往復する不自然さが解消されているが、基本的な構成は同じと見てよい。

ところが延慶本では、

20　サテモ源大夫判官兼綱、出羽判官光長等、三千余騎ノ軍兵ヲ引率シテ三条高倉ヘ参テ、彼御所ヲ打巻テ、「宮御謀叛ノ由ヲ奉テ、御迎ニ光長、兼綱参テ候。忩ギ六波羅ヘ御幸ナルベキニテ候」ト申入ル。雖然、先立テ此由被聞召ケレバ、兼テ失サセ給ニケリ。

と、初めに、既に宮が逃亡していた旨が記され、その後、信連が一人奮戦する様が詳述される（21）。しかし、信連は奮戦の最中に、突然笛を取って逃げて行く（引用は第五節参照）。次いで、信連の剛勇を示す話に一言触れ、左のように続ける。

22　サテモ兼綱、光長ハヨモスガラ、御所ノ内幷ニ近辺ノ家々ヲ穴グリ求進セケレドモ、渡ラセ給ハズ。兼綱ガ父入道ガ許ヘ夢見セタリケルトカヤ。源三位入道ノ申勧トモ平家ハ不知シテ、源大夫判官ヲシモ被指副ケル、不思議也。

23　宮ハ少モ思食ヨラズ、五月雨ノ晴間ノ月ヲ御覧ジテ、御心ヲ澄シツ、オハシマシケルニ、「源三位入道ノ許ヨリ御文アリトテ、使周章タル気色ニテ走リタリ」ト申ケレバ、

23で唐突に、官兵出動以前へと時間を遡り、頼政の使者が手紙を携えて危機を報せて来る。以仁王は驚き狼狽し、信連に急かされて変装して屋敷を脱け出し、三井寺に向かう。その途中、信連が追いついて笛を渡す。ここに至って、21の信連の奮戦、逃走という展開と結びつくのである。この後、信連が以仁王と行を共にしたのかは、暫くわからない。が、以仁王の最期を描くaに信連が再び登場する。aでは、信連は以仁王の死に付き添い、以仁王の死後、奮戦して討ち死にする。勿論、長門本・盛衰記のaに信連の登場はない。

信連の二種の活躍のどちらに古態を見出すのか、また以仁王の乱の記述の古態性について、議論が交わされてきた。延慶本の展開の混乱は明らかである。これを資料蒐集のままの未整理な状態とし、他本にも多く見られる不自然さと比較検討し、他本の形に整理されていったと考える方向が優勢である(7)。しかし、展開の混乱、未整理な状態は改編の

まずさの結果と考えることも可能である。信連の場面については、本文批判からは改編の先後関係を決める決定的証拠は摑めないのではないか。

一方、延慶本のみが異なる構成をとる場合、基本的には延慶本が改編を行なっていると考えられることを前節で指摘した。Aに関しては覚一本も長門本・盛衰記とほぼ共通した構成となっている。すると、Aも延慶本の形態の方に改編の手が加わっている可能性は大きい。

五　信連の活躍（2）

本節では、表現面から延慶本本文の問題を考える。延慶本は他本と構成面で大きく異なるが、以仁王が逃走する場面、屋敷に残った信連の奮戦場面、以仁王に信連が追いつく場面など、同様の内容を描く個別箇所では、諸本の本文は近似し、また、延慶本と長門本には同文表現もある。以下に21より延慶本・長門本・盛衰記を引用する。

（延慶本）金武ト云ケル究竟ノ方ベムノ有ケルガ、打刀ヲ抜合テ中ニヘダ、リケレバ、其ヲバ打捨テ、御所へ乱登タリケル郎等十余人ガ中へ走入テ、散々ニ戦ケレバ、木葉ノ風ニ吹レテ散ガ如ク、サト庭へオリヌ。（1）雹ノ如ニ程ナシト思ケレド、七八人計ハ疵ヲ被リヌ。（2）庭ニ追散テ、御秘蔵ノ御笛ノ御寝所ノ御枕紙ニ被置タリケルヲ取ツ、腰ニ指テ、小門ヨリ走出テ、「此向へ宮ノ入セ給ヌルゾ。ニガシ進スナ」トテ、片織戸ノ有ケルヲフミアケテ、尻ヘツイトホリツ、、中垣ヲ飛コエテ六角面へ出テ東ヲ指テ行ケレド、打留ル者無リケリ。

（長門本）光長かしもへに、かねたけと申けるくきやうのはういつのありけるか、大はら巻に、左右のこてさいて、うちかたなをぬきあはせて、中にへたてたりけれは、それをはうちすてゝ、御所へ乱入らんとしたりける官兵、五十余人か中へはしり入て、さん〳〵にきりまはりけれは、木の葉の風に吹れて散様に、庭へさつとそ散ける。（1）信連、御所の案内は知たり、今はかきりと思けれは、あそこにをいつめて、ちやうときり、ここにをいつめ、はたときる。のふつら、もとよりふるものにて、ゑふの太刀なれとも、みをは少こゝろ得てつくらせたれとも、あまりにうたれてゆかみけれは、ひさにあてゝ、をしなをし〳〵して、又廿余人きりふせたり。

（盛衰記）兼成ガ下部ニ金武ト云放免アリ。究竟ノ大力、大腹巻ニ左右ノ小手指、打刀ヲ抜テ向会ケリ。其ヲバ打捨テ、御所中ヘミダレノボル兵、五十余人ガ中ニ打入テ、竪横ニ禦ケレバ、木葉ヲ風ノ吹ガ如シ。庭ヘサトゾ追チラス。（1）信連御所ノ案内ハ能知タリ、彼ニ追ツメテ丁ド切、是ニ追ツメテハタト切。唯電ナドノ如ナレバ、面ヲ向ル者ナシ。程ナク十余人ハ被討ニケリ。（2）信連ガ太刀ハ心得テウタセタリケレバ、石金ヲ破トモ左右ナク折返ルベシトハ思ハザリケレ共、余ニ強ク打程ニ、度々曲ケルヲ、押ナホシ〳〵戦程ニ、結句ツバ本ヨリ折ニケリ。「今ハ自害セン」ト思テ

延慶本の傍線部分は長門本の傍線部分と共通する。引用部分以前にも同文・類似の表現がある。ところが、（1）以降に共通表現はない。[8] 盛衰記では（盛衰記の傍線は延慶本・長門本と共通する部分。囲みは延慶本と類似するが長門本にはない部分。網かけは長門本と同じ部分）、（1）以前は長門本同様に、延慶本と同文に近い表現が認められる。（1）の次の「電ナドノ如ナレバ」、「十余人ハ被討ニケリ」は、長門本にはないが、延慶本では同文とは言えないものの近似する表現がある。しかし、（2）以降は重ならない。延慶本が改編を加えたとするならば、長門本・盛衰記と重ならない（2）以降を組み替えたことになる。確かに、延慶本ではこの後突然、「御秘蔵ノ御笛」を信連が腰に指して走り出すが、ここに至るまでに、なぜ笛を取ったのか、その理由は他本とは異なり、書かれていない。

また、延慶本では（2）の次、「庭ニ」に続いて七、八字分の空白がある。文字の抹消された形跡はない。応永書写者が何らかの事情で空白にしたものである。底本の空白をそのまま写したものかもしれない。注目したいのは、独自部分の始発点に空白がある点である。

長門本では、御所に乱入した官軍が、「庭へさつとそ散」った。盛衰記では、官軍を信連が「庭へサトゾ追チラ」した。両本ともその後、信連は奮戦し、負傷し、劣勢となって、遂に捕えられる。ここは信連の戦いの最高潮の場面である。一方、延慶本では官軍が「サト庭へオリ」て、七、八人が怪我をする。信連の活躍の描写を圧縮して記し、次に笛を取り逃走する場面に移ろうとしたものの、再度「庭ニ」としたために、文脈にもたつきが生じ、その間隙を埋めるための工夫がなされないまま放置されたのではなかろうか。これは一案にすぎないが、七、八字分の空白は、改編時の文脈の接合の不手際に関わるものと考えられよう。

また、延慶本はAにおいて信連を逃走させたため、信連をaに再び登場させることが可能となった。以仁王の最期を看取り、一人残された信連は思う存分に戦い、自害する。Aとaが連動していることは明白である。長門本・盛衰記では、この役目は三井寺の法師「覚尊」が担う。しかし、ここで初めて登場する、馴染みのない寺法師よりも、側に仕えていた信連の方が役にふさわしい。延慶本が改編をしたと考えた場合、その目的の一つには、信連に忠義一途な侍としての活躍の場を与えることがあったと言えよう。因みに、長門本・盛衰記には、信連の登場の初めに、長年仕えた侍というわけでもないという紹介がある。それが延慶本にはないことも頷ける。

六　四部本と延慶本

以上、延慶本のみが他本と異なる構成・表現となっている二つの場面を取り上げ、延慶本の改編を考えてきた。本稿で読み本系の諸本として紹介する場合、四部合戦状本（以下、四部本）を含んでいない。四部本は古態を考える上で重要な本だが、同時に、かなり独自の改編、省略なども行なっているので、慎重な扱いが要求される。

四部本については、その歴史記録性、略述性、独特な真名表記などから、古態性が論じられ、後に修整された経緯がある。水原一氏は四部本の古態説を否定し、延慶本との関係について、「四部本が延慶本の如き本文によりながら略述している」(9)、また、「延慶本によって想像すべき」「古本は延慶本の基本的性格をすでにもった――記事の増補（中略）について積極的であり、本文記述の改変には消極的な、いわば編集意志の濃厚な――本であり、現存延慶本との差は主として量的なものであったろうと思う。四部本はそうした旧態延慶本の別途増補本（現延慶本と兄弟関係になる）に依拠しつつ、表記・編成を改変し略述した」(10)と指摘した。

佐伯真一氏は、四部本は仮名交じり表記が先行したとの指摘を踏まえた上で、水原氏の論を継承・発展させ、四部本の成立過程を、「まず、読み本系共通祖本（現存諸本中ではおそらく延慶本が最もよくその姿を伝えるであろう）から、一分枝としての四部本・盛衰記共通祖本（周辺に南都本の一部や闘諍録の存在も想定される）が成立」し、それに「最終的改作を加えた」(11)と推定した。

延慶本の巻四の本文を考える時に、四部本の存在は無視できない。四部本の巻四の殆どは延慶本と同じ構成・表現をとっているからである。前掲表の太字部分に四部本が延慶本に非常に接近している部分である。ただ、四部本は水原氏の指摘の如く、略述傾向が強く、また、延慶本にしかない独自記事を四部本は持たない。巻四では、表現面について言えば、四部本はあたかも延慶本そのものを略述したかと思われるほど、本文の近さを窺うことができるが、「辻風」「橋合戦」など、独自部分もある。構成面でも、四部本には記事単位の省略（「鼬」など）はあるが、やはり延慶本と大きく異なることはない。尤も、四部本・延慶本のみが共通する構成をとっているわけではない。長門本・盛衰記もそれぞれの独自部分を除けば、四部本・延慶本と共通する。

本稿で考えたいことは、AとBの二ブロックについて、四部本と延慶本との密着度が異なることである。四部本は、全体の中でBのみが構成・表現の両面において、延慶本とは異なり、長門本・盛衰記に近い。買収工作・落首・主上行幸・永僉議・大衆揃・孟嘗君・宮の蟬折奉納と逃走と続く。例示は省略するが、表現も延慶本と異なり、長門本的本文の略述といった方が適切である。四部本のBは長門本・盛衰記に窺える読み本系祖本の叙述を踏襲していると考えられる。諸本の中で、延慶本のBは延慶本のみの構成である。延慶本の独自の改編と言える。

なお、四部本は山門牒状（27）の次に、

山門の衆徒、是を披見し、「園城寺は山門の末寺たる処に、仏法と云ひ寺門と云ひ牛角と云々。太だ以て謂れ无し。返牒に及ぶべからず」とて沙汰无し。

と記す。これは表現は異なるが長門本(27)に通う。また、延慶本では、南都返牒（29）の冒頭近くに「玉泉玉花」以下、漢字二百九十字近くもの文言が省略され、その中の一節である「互可伏調達之魔障」のみが記される。大量の文言は長門本・盛衰記・覚一本、及び四部本にはある。四部本はB以前から長門本・盛衰記に接近している。或いは、延慶本はB以前から独自の改編を行なっているのかもしれない[12]。

ところが、Aaの四部本は延慶本と共通している。これはどのように考えたらよいのだろうか。構成面において四部本と延慶本のみが共通する箇所は、巻四の中ではこの部分だけであり、特殊な事例となる。両本の事情を特別に考えた方がよかろう。但し、個別の影響関係は想定し難い。とするならば、両本がそれぞれ底本に用いた『平家物語』巻四は、既に以仁王の逃走の配列が信連の動きと共に改編され、信連の死に場所が以仁王の傍らに設定された本であったと考えられる。延慶本は既にＡａの改編が行なわれた本を用いて信連の逃走と最期を描き、更にＢ等において、独自の改編を加えたと言えよう。Ｂの改編は少なくともＡａの改編よりも後の段階の作業となる。

なお、先に指摘した延慶本の空白部分を、四部本は「(庭に) 倒伏有死者。如是」と、延慶本の空白部分と一致する七字で記し、文脈も通る。延慶本の七、八字分の空白はさしたる意味もないのだろうか。しかし、延慶本は漢字片仮名交じりであり、四部本の真名表記を書き下したのでは七字に収まらない。四部本も本来仮名交じりであったと推測されている。この前後の両本がほぼ同文であることを見ると、両本の使用した底本自体に、改編時の不備を残した空白が存在し、四部本は真名化に際して、空白部分を埋めるべく、独自に補ったと考えられよう。

七　覚一本と延慶本

四部本も加えて諸本を比較しながら、延慶本に施された改編の様を推測し、ＡａとＢが異なる段階の改編であったことを指摘した。他にも、いつの段階のものかはわからないが、延慶本独自の記事の増補も多い。更に、頼政の鵺(変化) 退治説話が応永書写時に覚一本的本文を混態させたものであることは、以前に指摘した。これは本稿で検討してきた改編とは次元を異にする。覚一本の影響力・浸透力は改めて考える必要がある。

覚一本は応安四年（一三七一）に覚一検校によって制定されたという奥書を持つ、語り本系の代表的な一本である。覚一本自体も流動していることを別稿で検討しているが、(13)覚一本或いは一方系、また語り本系『平家物語』がどのような『平家物語』から立ち上げられてきたのかは不明である。ただ漠然と、何らかの読み本系『平家物語』を基にしているのであろうことは推測されている。延慶本の古態を考えてきた研究動向からは、延慶本的本文を基にしているのではないかとも推測されてきた。本稿でそれについて触れる用意はない。しかしながら、例えば、Ａの覚一本は新たな構成を加味してはいるものの、長門本や盛衰記の構成と共通性を持つこと、読み本系祖本を考える時には、覚一本本文が補助的に利用できる場合があることを考えると、覚一本（一方系）の誕生にあたっては、読み本系祖本、或いはそれに近い本が参考とされた可能性は考えてもよさそうである。

覚一本を含めた語り本系諸本は、読み本系とは異なり、語られることによって聴覚からも親しまれた『平家物語』を考えるために重要であるが、それとは別に、『平家物語』の本文の形成を考える時に、考察の対象に加えることができそうである。

八　おわりに

延慶本の増補・改編にはいくつかのパターンがある。一つには、多様な資料を用いての増補がある。また、読み本系祖本を基にしつつ、新たに改編の手を加えていく作業もある。後者の場合、延慶本が独自に改編を施すこともあるが、それ以前の段階、延慶本が底本として用いた本文の段階で、既に改編が行なわれていることもある。また、他の『平家物語』を参考として本文を改編する場合もある。(14) 他諸本もそれぞれの興味関心に沿って改編を繰り返している。延慶本も他の『平家物語』と異なることなく、多層的に改編を重ねた本である。ただ延慶本の改編は応永二十六、二十七年までのものであることに特色がある。

古態を考える場合、長門本や盛衰記などに古い形が残されている場合があることに、もっと注意を向ける必要があろう。勿論、延慶本本文には古い部分が多く残されていよう。長門本・盛衰記も多くの独自の改編が重ねられている。

しかし、延慶本に古態を主張することよりも寧ろ、その本文を、流動し続ける『平家物語』の一つの特異な現れとして捉える視点も必要ではないか。

注

（1）拙著『『平家物語』本文考』（汲古書院、二〇一三年二月）第一部第一～四章（初出は二〇〇一年八月～二〇〇三年二月）

（2）前掲注（1）第二部第二章（初出は二〇〇七年三月）

（3）前掲注（1）第三部第一章（初出は二〇〇二年十二月）

（4）院宣については赤松俊秀『平家物語の研究』（法蔵館、一九八〇年一月）Ⅰ（初出は一九七二年七・八月）、今井正之助「〝高倉宮謀叛事件〟の構成――延慶本平家物語を中心として――」（『軍記研究ノート』九号、一九八〇年八月）、五味文彦『平家物語　史と説話』（平凡社ライブラリー、二〇一一年十月、初出は一九八七年十一月）Ⅰ第三章などに研究がある。それらを踏まえて拙著『平家物語の形成と受容』（汲古書院、二〇〇一年二月）第一部第一篇第三章（初出は一九九四年五月）でも考証した。

（5）前掲注（4）拙稿では日付や内容などを検討したが、延慶本を古態とする従来の考え方から出発しているため、本稿とは異なる結論となっている。この点について訂正する。

（6）前掲注（1）第二部第一章九五頁「延慶本が独自で長門本・盛衰記本文に共通性が見られる場合は、延慶本の方に改変を施した可能性が考えられる」（初出は二〇〇六年七月）

（7）佐々木八郎『平家物語の研究　中』（早稲田大学出版部、一九四九年六月）第五章第三節、赤松俊秀前掲注（4）、青木淑子「〝信連合戦〟の成長について――延慶本平家物語を中心に――」（『軍記と語り物』十二号、一九七五年十月）、今井正之助前掲注（4）、島津忠夫『島津忠夫著作集　十』（和泉書院、二〇〇六年十月）第三章四（初出は一九八六年一月）など。赤松氏は部分的には長門本などの古態を推測している。他に佐伯真一氏は、能登国に残された伝承が長門本などの改作を促したと推測する（『平家物語遡源』〈若草書房、一九九六年九月〉第四部第三章〈初出は一九九二年四月〉）。

（8）但し、「小門ヨリ走出テ」は引用部分の後にある。また、「御秘蔵ノ御笛ノ御寝所ノ御枕紙ニ被置タリケルヲ取ツ、腰ニ指テ」も、長門本・盛衰記では以仁王が逃走途中に、「つねの御所の御枕にのこしと、められける」笛を忘れてきたと嘆く場面にある。

（9）『平家物語の形成』（加藤中道館、一九七一年五月）第二部二四六頁（初出は一九七〇年十一月、一九七一年四月）

（10）前掲注（9）二五八頁

（11）前掲注（7）『平家物語遡源』第二部第一章

（12）なお、四部本には、南都返牒に続いて、「頼政、三井寺に入る」記事を簡略に一文入れ、長門本と同じ配列となる。これについては存疑。

（13）前掲注（1）第四部（初出は二〇〇七年三月～二〇一二年十二月）、拙稿「覚一本平家物語の伝本と本文改訂　その二――西教寺本・天理本・龍門文庫本の検討から――」（『駒澤国文』五十一号、二〇一四年二月）

（14）覚一本的本文以外にも、盛衰記的本文を混態させている可能性もある（前掲注（1）第二部第三～五章〈初出は二〇〇七年二月～二〇一二年二月〉）。

［引用本文］

『校訂延慶本平家物語』（汲古書院）、『長門本平家物語』（勉誠出版）、『源平盛衰記』（三弥井書店）、『訓読四部合戦状本平家物語』（有精堂）

十四世紀守護大名の軍記観

和田琢磨

一　はじめに

南北朝時代（一三三六〜一三九二）の最大の特徴といえば、持明院統・北朝（光厳・光明・崇光・後光厳ほか）と大覚寺統・南朝（後醍醐・後村上ほか）という二つの皇統が存在した点にあるということに異を唱える人はあるまい。この二つの天皇家を軸にして、足利将軍や守護たちが権力を争ったために、(1)約半世紀にも及ぶ動乱の世が続いたのである。

この時代を描いた同時代作品として、『太平記』『源威集』『明徳記』『増鏡』『梅松論』などがあげられる。本論では、鎌倉幕府滅亡から足利義満の将軍就任までの南北朝時代前半を描く『太平記』と、足利義満の時代、南北朝時代の最末年に成立した『明徳記』(2)という二つの軍記に注目し、守護大名と軍記の関係について考察する。

先行研究を眺めると、『太平記』と守護大名の関係について検討を加えた論考には、今川了俊の『難太平記』の内容が大きな影響を及ぼしていて、了俊の『太平記』認識を南北朝時代の武士の一般的なそれとして捉えているようである。(3)だが、本当にそのように考えてよいのだろうか。本論では、山名時氏像を中心とした、軍記に描かれた守護大名像の検証をとおして、右の問いについて考えてみたい。

二　軍忠記録としての軍記

南北朝時代の将軍および有力守護大名と歴史叙述の問題を考える際、川合康氏が提唱された「源氏嫡流工作」の問題(4)は避けて通れまい。すなわち、足利尊氏・直義ら足利宗家が、自家の絶対性を主張するために、血筋に関わる言説や自家伝承の創出など種々の政治宣伝工作を行っていたというのである。また、このほかに、尊氏と源頼朝を重ね合わせることで源氏の棟梁尊氏像を形象するといった、源氏嫡流工作とは違った行為(5)についても報告されている。南北朝時代初期の足利宗家周辺では、様々な権威確立のための政治宣伝工作が繰り広げられていたのである。

このような活動が行われねばならなかった背景には、足利将軍家を相対化しうるような守護大名の存在があった。たとえば、『難太平記』には

如此一代ならずの御志にて世の主と成給ひたるを、我等が先祖は当御所の御先祖には兄のながれのよし宝篋院殿に申されて、系図など御めにかけられたる人有き、御意大きに背て後に人に御物語有しにや、

と、足利氏よりも血筋上は優位にあることを述べて将軍義詮を不快にさせた人物がいたことが語られているほか、源氏嫡流工作を尊氏や直義が行っていたことを示す記事が認められるのである。また、『太平記』の中にも、巻九の久下参来説話、巻十二の尊氏と義貞の源氏の白旗をめぐる争いの話、巻三十二の尊氏と斯波高経の鬼切・鬼丸という源氏の重宝をめぐる争いの話等、同様に時代思潮の影響を受けていると考えられる物語が散見される。

こういった将軍家を絶対視する視点は、足利将軍方の人物の手になる『梅松論』や源氏の威光を唱える『源威集』といった十四世紀半ば頃に成立したと推定される作品や、足利義満の周辺で一三九二年に成立したと考えられる『明

徳記』にもはっきりと認められるのである。つまり、南北朝時代成立の歴史叙述作品には、足利宗家を中心とした歴史観が当然の如く認められるといえるのだ。

このような時代であったからこそ、足利将軍に従う守護大名達も将軍家との関係を十分に意識して自家を位置付けようとしていた。先に示したような将軍家を相対化しうる有力守護もいた一方で、過去にどれほど将軍家に忠を尽くしたかを示すことで、自家あるいは自身を将軍家を中心とした歴史の中に位置付けようとする守護もいたのである。この状況を分かりやすく伝える書が今川了俊の『難太平記』である。(6)

『難太平記』を読むと、応永の乱に関わり失脚した了俊も独特な解釈を持ちながら足利宗家を絶対視していたことが分かる。(7) 了俊は、今川家の歴史を示し、自家および了俊自身が如何に足利宗家のために働いたかを唱え、それにも拘わらず自身を排除した将軍義満を批判している。そして、将軍家に対する忠功を訴える文脈の最初に、将軍家の中心人物であった直義が『太平記』を管理・検閲し、改訂の指示を与えたこと、おそらく観応の擾乱により制作作業が中断したこと、作業再開の後に人々が作者に要求したために、了俊には認めがたい功名譚が増補あるいは省略・削除されたことなどが語られているのである。また、了俊は、『太平記』に今川家の勲功譚が漏れていることを非難し、いずれ将軍に願い出て掲載してほしいという希望を示している。それは、加美宏氏も指摘されているように、(8)『太平記』の生成に将軍家が深く関わっていると了俊が認識していたからであろう。

将軍家と軍記の関係は、応永三年（一三九六）五月の陽明文庫本（甲稿本）『明徳記』第一巻の本奥書からもうかがえる。そこには、次のように記されている。

右本為末代記録、**御合戦ノ後日ニ承及ニ随註之置之処**、号明徳記諸方ニ書写ノ本在之、（中略）此本ノ事、人々進退・入カドハ私ノ非所成之由、方々兼テ存知候者歟、併可蒙芳免哉、この本奥書は、『明徳記』作者が自ら原本（初校本）を改訂したことを示すものとして注目されていて、筆者もこれについて言及したことがある。(9) 今回注目したいのは、ゴシック体の部分である。『明徳記』は誰かが語った内容を記した作品だというのである。それが誰であるかは不明であるが、足利義満―細川頼之体制を枠組みとして義満を絶対視していることからして、将軍義満周辺の人物とみてよかろう。傍線部からも、『明徳記』は将軍周辺で成立し、政権の意向を受けた作品であることが理解される。それを楯にして、作者は『明徳記』読者からの文句に対する責任は自分にはないと弁明しているのである。ということは、『明徳記』は間違いなく将軍周辺で成立した「記録」ということになる。了俊が想像していたと思しき性格の軍記は、南北朝時代（了俊の存命中）には確かに存在していたのだ。とすれば、先に了俊が語っていた直義の管理下で制作作業が進められていた『太平記』も『明徳記』のような「記録」の如きものと考えられるのではないか。了俊が将軍の「御沙汰」があることを期待していた理由も、そのような記録だと考えていたからであろう。では、当時の人々が皆、軍記に対して同様のイメージを抱いていたのだろうか。

三　『難太平記』における山名氏――『明徳記』との共通性――

『難太平記』の冒頭には二人の人物が登場する。一人は了俊の父範国、そしてもう一人は山名時氏である。了俊は、自身の語る内容を子孫に信用させるために二人の話を持ち出しているのだが、ここで説得力を持たせているのは、明徳の乱を予兆した山名時氏の方である。時氏の発言部分を見てみよう（私にA～Dに段落を分けた）。

A　むかし山名修理大夫時氏と云しは、明徳に内野のいくさにうたれし陸奥守が父なり、

B　それが常に申しは、「我子孫はうたがひなく朝敵に成ぬべし、其謂は我は建武以来は当御代の御影にて人とな

だに、

りぬれば、元弘以往はたゞ民百姓のごとくにて、上野の山市と云処に侍しかば、渡世のかなしさも身のほども知にき、又は軍の難儀をもおもひしりにき、されば此御代の御恩の忝事をもしり、世のたゝずまゐも且は弁へたるだに、

C　今はや丶もすれば、上をもをろそかに思ひたり、人をもいやしくおもふにてしりぬ、子どもが世と成ては、君の御恩をも親のおんをもしらず、をのれをのみかゞやかして、過分にのみ成行べきほどに、雅意にまかせたる故に、御不審をかうぶるべきなり」と、子息どもの聞処にて申き、

D　如案御敵に成しかば、昔人はかやうの大すがたをばよく心得けるにや、実此人一文字不通なりしかども、よく申けるにこそ、

了俊の狙いは、「昔人」時氏の例を示すことで、これに続けて語っていく「昔人」範国から聞いた話や「昔人」と思われていると感じている了俊自身の話を子孫に信用させようとすることにある。『難太平記』の成立は応永九年（一四〇二）であるから、明徳の乱で山名氏が討たれた際のことは、まだまだ人々の記憶に残っていたであろう。

右の記事を分析しよう。了俊は時氏が明徳の乱で討ち死にした氏清の父であることを示したうえで（A）、時氏が常に語っていた内容を紹介している。すなわち、時氏は将軍への恩を語り（B）、子孫の不忠と奢りを指摘し、将来将軍の不審を買うことを予言しているのである（C）。それを受け了俊は明徳の乱を予言した時氏を賞賛している（D）。『難太平記』に描かれている時氏像は、足利将軍を中心とした歴史の中に理想的な人物として位置付けられているのである。だが、この了俊の発言を信じてしまっていいのだろうか。

ここで山名時氏について確認しよう。(10) 時氏は室町時代にいわゆる四職に位置付けられる山名氏の基礎を築いた人物である。建武二年（一三三五）に尊氏が建武政権から離反して以来、十五年間ほど足利政権の下で活躍した。すなわ

ち、暦応四年（一三四一）には塩冶高貞を追討し、貞和元年（一三四五）の天龍寺供養では侍所頭人として将軍行列の先陣を務め、敗れはしたものの貞和三年（一三四七）には天王寺で楠正行と戦っている。水野恭一郎氏の言葉を借りると、時氏は貞和年間までに「室町幕府政権のもとにおける最も有力なる守護大名の一人たるの地位を確実にした」のである。だが、観応の擾乱の途中観応二年（一三五一）正月十五日から直義党に属して尊氏と対立し、一時尊氏方に戻ったことがあるものの、文和元年（一三五二）二月以降は直冬党となり、南朝方の中心人物として反幕府勢力として活動した。文和二年（一三五三）六月と文和四年（一三五五）正月には尊氏・義詮を攻め、京都を占領している。その後、貞治二年（一三六三）九月頃、時氏は丹波を含む五カ国の守護を認めることを条件に幕府に帰順し、息子を先に上洛させた後、時氏自身は貞治三年（一三六四）八月に上洛した。『師守記』貞治三年八月二十五日条の「（時氏は）武家一族也、件人多年御敵也、而自去年降雨（参カ）、仍去春子息両人上洛、于今在京、天下静謐也」を見ると、足利政権の安定にとって山名氏の帰順がどれほど大きな意味を持っていたかが理解されよう。以降、時氏は幕府の要職を務め、応安四年（一三七一）二月二十八日に七十三歳で亡くなった。時氏の死後も山名氏は幕府内で存在感を示し続け、その勢力は明徳の乱（一三九一）まで続くのである。

　このように整理してみると、時氏が『難太平記』に記されているような内容を語れるのは、観応二年（一三五一）以前と貞治二年（一三六三）九月頃から応安四年（一三七一）二月までの間となるが、Cの内容から前者の可能性は低いと考える。観応の擾乱以前は将軍家の権威は未だ固まっておらず、先述した権威確立のための政治工作活動が行われていた時期だからである。とすると、後者の期間ということになるが、了俊は応安四年二月に九州に下り、同月には時氏が没しているからここが下限となる。[11] 貞治二年九月から応安四年の間ならば、了俊が時氏の話を耳にすることは一応可能であったといえようか。

だが、内容的にはどうだろうか。水野氏によると、山名氏の帰順は幕府と利害が一致したための和解であるという。また、『新編高崎市史』も、貞治二年九月十日の足利義詮の文書に「山名左京大夫時氏御方に参ずるの上は」とあることを論拠に、政治的妥協の可能性を指摘している。つまり、山名時氏は足利政権に屈したわけではないようなのである。そうだとすると、時氏がB・Cのように本当に語っていたのだろうか。南朝と組み足利政権に十年間以上も反抗し（『師守記』にも「件人多年御敵也」とあるから、周知の事実であったと考えてよい）、京都から将軍を二度も追い落とした人物で、実力で幕府に地位を保障させた人物である。もし本当に語っていたとしたら、白々しささえ感じさせる発言ではないか。また、「我は」と語るBの内容からは、子供は戦の辛さも知らないというCの内容を強調しようとする意志を感じ取ることができるが、師氏（師義）や義理の名は『太平記』にも認められ、子供も戦を知っていた事実は文書類からも確認できるから、ここも怪しい。

さらにいえば、「元弘以往はたゞ民百姓のごとくにて」という時氏の発言にも何か意図を感じる。たとえば延慶本『平家物語』で源頼政が源氏一族の零落している様を語る中で「国々ノ民百姓ト成テ、所々ニ隠居タリ」（第二中「頼政入道宮ニ謀叛申勧事　付令旨事」）と述べているように、「民百姓」は社会の底辺層を意味している。足利尊氏に属した建武以降「人」となったことを際立たせるために、元弘以前は「民百姓のごとく」だったと誇張しているのだろうが、時氏は尊氏の御陰で地位を得たと語っているのである。だが、尊氏を窮地に追い詰め、実力で幕府と和解した時氏の行動を踏まえると、この記事には信を置けない。尊氏が亡くなった延文三年（一三五八）時、反幕府方として尊氏を苦しめていた中心が時氏だったことは先に確認したとおりである。

つまり、この『難太平記』の時氏像は、実像からかけ離れた、了俊により創られた可能性が高いものと考えるのである。この推定を補強するために、ここで『明徳記』に目を向けてみたい。実は、『難太平記』で山名時氏が語っているのと同じ認識が『明徳記』に認められるのである。それは、明徳の乱の首謀者である山名氏清を批判する、氏清の家臣小林義繁の発言中に認められる。すなわち、山名氏清が天下を奪おうという野心を

新田左中将義貞は先朝の勅命を承て上将の職に居し、天下の政務に携き、我其氏族として国務をのぞむ条、謂なきにあらず、されば先年、事の次有し間、南朝より錦の御旗を申給て今にあり、今度この旗を差て合戦をすべし、……

と語ったところ、小林は次のように批判したというのである（便宜的に二つに段落分けした）。

① 抑当家の御事は先年御敵にならせ給テ候し時も、御後悔有て、故殿御参の後、御一家の間に十余ヶ国の守護職を御拝領のみならず、諸国の御領ども其数をしらず、是等はたゞ上意の忝至也、されば世争《コゾッテ》賞翫申事、日比に超過せり、（中略）

② 又近年莫太の御恩をわすれて、上様へむけ申て弓をひかせ給はん事、世の人定不思儀のおもひをなすべし、又は天の照覧もはかりがたし、縦又一旦御合戦に利ありと申とも、天下の大名誰人か今更御所様をすてまいらせて、当家奉公のおもひをなし候べき、然ば神明仏陀の御加護もなく、諸人上下かたむけ申さば、何の助あてか始終御代をめされ候べき、……

小林は、①で「故殿」こと時氏が足利政権に敵対したことを後悔して帰順したこと、その後、十数カ国の守護職や多くの所領を与えていただいたことは「上意の忝至也」と、足利将軍に対する恩義を語っている。この内容が時氏が帰順した当時の認識とは異なるということは、もはや説明を要すまい。ここは、明らかに義満の権力が確立した後の、将軍家周辺の人物から捉え直された過去の歴史である。それに続き、②では、将軍からの「近年莫太の御恩」を忘れて将軍に背いても無駄であることを説いている。ここで注目したいことは、このように将軍権力を絶対視している立

場から捉えられた山名氏の将軍家に対する恩義とそれに背くことに対する批判部分が、『難太平記』に語られているそれと重なっていることである。これはすなわち、『難太平記』の山名時氏像は、同じく将軍家を絶対視する今川了俊の視点から捉えられたものであることを意味するのではないか。了俊は、理想的な時氏像を創ることで、「昔人」の凄さを強調しようとしたと筆者は考えるのである。

この『明徳記』の内容を別の視点から考えてみよう。山名氏清は足利尊氏のライバル新田義貞に自らを重ね合わせ、自身も同じように南朝の錦の御旗を戴いて足利将軍と戦うことを考えている。義貞が南朝方の武将として戦っていたことは史実で、『太平記』にも語られている。(12) そして、それに対する小林の批判が続いているわけであるが、小林は、もはや将軍家に背く大名は存在しないと語っている。「天下の大名誰人か今更御所様をすて」るだろうかという部分からは、『太平記』の時代とはもはや状況が違っているのだという認識を読み取ることができよう。この小林の発言は『明徳記』作者の考えを反映させているものと考えられる。(13) つまり、『明徳記』が成立した明徳三年（一三九二）には、少なくとも足利将軍周辺では、すでに『太平記』に語られているような将軍に対する反逆は不可能であるとされていたと考えられるのである。明徳三年閏十月には南北朝の合一がなされ南朝の存在感が弱まっていたから、『明徳記』の作品世界にはその当時の風潮が反映されてもいるのだろう。いずれにしても、明徳三年段階では『太平記』の内容は過去の話と考えられていて、将軍権力をめぐる認識およびそれに伴う将軍と守護の関係についての考え方には、『太平記』と『明徳記』の間には大きな溝があるといえるのだ。(14)

それでは、『太平記』は守護大名をどの様に描いているのだろうか。同じく山名氏の描かれ方を見てみよう。

四　『太平記』における山名氏

最初に、時氏が帰順した場面（巻三十九「山名京兆降参事」）を引用する。

> 山名京兆大夫時氏ハ、近年御敵ニ成テ南方ニ引合、両度マデ都ヲ傾シカバ、将軍ノ御為ニハ上ナキ敵也シカドモ（中略）実モ此人寄タニ成リナバ、国々ノ宮方失レ力ノミナラズ、西国モ無為ニ可レ成、近年押テ領知シツル因幡・伯耆ノ外、丹波・丹後・美作五ヶ国ノ守護職ヲ被二充行一、多年旧功ノ人々ハ悉ク皆空シテレ手ヲ、時氏父子ノ栄花、不レ時《ズ》ナラ得タリレ春ヲ、
> 猜《ソネミテ》レ之ヲ述懐ヲスル者共、「持ント二国郡一ヲ思ハゞ、只御敵ニ成ン」ト、口ヲ噤《スクメ》ケレドモ甲斐ナシ、「人物競《キソイ》二紛美一ニ、驪駒逐フ二鈿車一ヲ此時松与《ト》レ柏《ハク》、不レ及二道傍ノ花一ニ」ト、詩人ノ賦セシ風騒ノ詞、実モト被二思知一タリ、

『太平記』には、将軍義詮は時氏の要求を飲んで帰順を認めたことが語られている。これは先に確認した史実と一致する。『太平記』は傍線部のように、時氏が将軍と敵対し南朝方に属していたこと、都を二度まで陥れた「将軍ノ御為ニハ上ナキ敵」であるという事実を正確に語っているだけであり、『難太平記』や『明徳記』に認められた将軍への忠誠心・恩義は語られていない。しかも、語り手は「変節漢が栄華を極める現状では貞節を守る価値などない、という政治批判詩としての役割を果たしている」(15)五言絶句に共感を示し足利政権を批判している。山名時氏を〝変節漢〟として位置付けていることからも察せられるように、『太平記』は山名氏も批判的に見ているのである。

そもそも、巻三十九には守護大名が次々に帰参する様が語られている。そのため、「如レク此ノ近ノ来成レリ敵ニツル人々皆降参シテ、貞治改元之《ノ》後ヨリ以来、京洛・西国ハ静リヌ」（巻三十九「基氏芳賀合戦事」）という状況になったと語り手も

説いているのであるが、守護の帰参に対する語り手の視線は非常に冷ややかである。たとえば、冒頭章段「大内介降参事」には、

> 近年吾朝ノ人ノ分野程方見シキ事ハ未《ダ》レ承ラ《ズ》、先弓箭取ルトナラバ、常ニ死ヲ守二テ善道一ニ、名ヲ義路ニ不レ失トコソ被レ思ベキニ、纔ニ含ムレバレ欲《ヨクヲ》、寄タニ成モ早ク、聊モ有レバ恨、敵ニ成モ安シ、サラバ誰ヲバ真実ノ敵トモ、誰ヲ始終ノ寄タトモ憑思ベキ、（中略）サテハ古賢ノ治メンレ世ヲ為ニ二君ニ仕ベキト、今人ノ欲ヲ先トシテ降人ニ成トハ、雲泥万里ノ隔テ其ノ中ニアリト謂《イ》ッベシ、

という批判（傍線部）がなされているが、山名時氏も欲望のままに行動する批判すべき人物の中に当然含まれている。つまり、『太平記』における山名時氏は将軍の敵として位置付けられているのだが、これは、観応の擾乱以降、将軍に離反した後の山名氏の描かれ方に一貫していえることである。以下に、いくつか確認してみよう。

山名氏が将軍家から離反したのは、巻三十二「山名右衛門佐成レ敵事付武蔵将監自害事」からである。時氏息師氏（師義）は自身ほど戦功を上げた人物はいないと思い、佐々木導誉を通じて若狭今積の知行を将軍に認めてもらおうと考えていた。だが、導誉は師氏（師義）に対し不誠実な態度をとる。それに怒った師氏（師義）は本国伯耆国へ下国し、父時氏にこのことを訴えた。すると、時氏も怒り幕府に反旗を翻したのである。以降、将軍義詮の都落ち、導誉息秀綱の討ち死に、時氏の入京等が語られていく。注目したいのは、山名氏の意識である。すなわち、導誉の態度に怒る師氏（師義）は次のように思ったというのだ。

> ……家貧トレ云ヘドモ、**我賤モ大樹ノ一門ニ烈シ身**タリ、（中略）此入道ガ加様ニ無礼ノ振廻コソ返々モ遺恨ナレ、所詮叶ハヌ訴訟スレバコソ、奉行頭人ヲモ諂ヘ、今夜ノ中ニ立レテ都、伯耆国下リ、**軈謀叛ヲ起テ覆**二スベシ**天下**一ヲ、**我ニ無礼也ツル者共ニ思ヒ知センズル物ヲ**、

ゴシックの部分に明らかなように、足利将軍家の一門であると自認していた師氏（師義）は、無礼を働く導誉は家格が下であると認識していて、そういった人物を懲らしめるべく「謀叛ヲ起テ覆スベシ天下ヲ」と考えたのであった。そして、その話を聞いた時氏も「大ニ忿テ軃起ニ謀叛ヲ」たのである。一読すると、時氏・師氏（師義）父子は導誉に対する恨みにより反旗を翻したかのように思われるが、「謀叛」という言葉や、「山名伊豆守ハ付テ所領事ニ、宰相中将殿ニ恨アリ」（巻三十二「直冬朝臣上洛事付鬼切鬼丸事」）という語り手の説明からも、時氏が将軍義詮を恨んでいたことは明らかである。『太平記』では、山名氏は将軍家の一門だという特別な家柄意識を有し、将軍に「謀叛」を起こした一族として位置付けられているのである（ちなみに、『難太平記』において、了俊はこのような人物を批判している）。

そのほかの場面も見ておこう。巻三十二「神南合戦事」には、山名師氏（師義）が将軍方に追い詰められ、討ち死にの危機に瀕した場面が語られている。結局、彼は河村弾正に助けられ生き残るのであるが、河村は討ち死にする。この話の中で語り手は、合戦後に河村の菩提を弔った師氏（師義）の情け深さを、唐の太宗皇帝に重ね合わせて賞賛している。だが、ここで師氏（師義）が河村の首に向かって語りかけている部分を見ると、「我此乱ノ起テ、天下ヲ覆サントセシ始ヨリ」とあり、山名氏が将軍に謀叛心を抱いていたことも示されているのである。家臣に情け深い人物として賞賛されている一方で、やはり足利政権を倒そうとする人物であることは明確に示されているのである。

巻三十五「山名中国発向事」にも時氏が将軍方の赤松勢を攻めたことが語られているが、巻三十六「山名豆州落美作城事付筑紫合戦事」には、時氏・師氏（師義）・義理が挙兵し、赤松勢および援軍の細川頼之軍さえも山名の勢いを止められなかったことが語られている。もっとも、頼之軍は「軍ニ利有ト云ヘドモ」兵糧不足のために退却したと語られているのだが、これにより山名の勢いは、

是ヨリ山名山陰道四ヶ国ヲ幷テ、威弥振フ近国ニノミニ非ズ、諸国ノ聞ヘ夥シカリケレバ、角テハ世間如何有ンズラン

ト、危ク思ハヌ人モ無リケリ、

と、強大なものとなり世間を恐れさせることとなったというのである。さらに、巻三十八「宮方蜂起事付桃井没落事」にも山名氏の反乱の様が描かれており、時氏・師氏（師義）の勝利と、氏冬軍の敗走が語られている。ただし、ここでの語られ方は山名氏に批判的なものではなく、むしろ『難太平記』の著者了俊を含む将軍方の武将に対し冷ややかな目を向けたものとなっている。すなわち、将軍方の武将は小勢である山名方の武将小林の勢いに恐れ、攻撃できずに守りを固めていた。そうしたところ、小林は兵糧が尽きたため退却を余儀なくされた。それに続く、了俊を含む足利方の帰洛の様を、「御敵ヲバ輒スク追落タリト訇《ノヽシリテ》、気色バミテゾ帰洛シケル」と語るその語り口には、明らかに皮肉が籠められていよう。事実を暴露することで将軍方の武将の虚勢を戯画的に描いているわけである。

このように、『太平記』における山名氏は南朝と手を組んで足利政権を倒そうとした一族として描かれている。『難太平記』に語られていたような、将軍を絶対視し恩義を感じている姿を認めることはできない。だが、『太平記』の叙述の方が当時の山名氏の意識や位置付けを正確に捉えているであろうことは、先に紹介した史実と一致していることから十分に判断できる。さらにいえば、この山名氏に対して、『太平記』は批判を加えてもいる。たとえば巻三十二「京合戦之事付八幡御託宣事」の最後に掲げられた三首の狂歌の中には、「深キ海高キ山名トタノムナヨ昔モサリシ人トコソ聞ケ」という一首が収められているなどするのである。[16] それでは、将軍方を肯定しているかといえば、了俊等の行動を皮肉を籠めて語っていることからも明らかなように、それも否定せざるをえない。

前述したとおり、山名時氏は幕府帰参後は要職に就くほどの重要人物であった。また、師氏（師義）も同様で、『後深心院関白記（愚管記）』永和二年（一三七六）三月十二日条によると、彼の逝去に際し、室町幕府は七日間の政務を停止して弔意を示しているのである。『太平記』の成立時期、すなわち応安五・六年（一三七二〜一三七三）頃は、山名氏の絶頂期であったといえるのだ。

それならば、なぜ『太平記』は山名氏を批判的に語っているのだろうか。『難太平記』に語られているような守護大名の『太平記』観を念頭に置いて考えると、『太平記』の山名氏像は異質なものといわざるをえない。『太平記』がこのように語ることができた理由を考えてみなければなるまい。

五　有力守護大名と『太平記』

『難太平記』には『太平記』の生成過程が次のように語られている。

A　昔等持寺にて、北《（法カ）》勝寺の恵珍上人、此記を先三十よ巻持参し給ひて錦小路殿の御めにかけられしを、玄恵法印によませられしに、おほくそらごとゞ《（行カ）》も誤も有しかば、仰に云、是は且見及中にも以外ちがひめおほし、追而書入・切出すべき事等有、其程不可有外聞之由仰有し後、中絶也、

B　近代重て書続げり、次でに入筆ども多所望して、かゝせければ、人の高名数をしらず云《（と脱カ）》り、さるから、随分高名の人々も、只勢ぞろへ斗に書入たるもあり、一向略したるも有にや、

C　今は御代重行て、此三四十年以来の事だにも、無跡形事ども任雅意て申めれば、哀〳〵其代の老者共在世に、此記の御用捨あれかしと存也、

了俊は、足利直義の管理下で『太平記』の制作作業が行われていたが、「中絶」してしまったこと（A）、その後、「近代」に書き継ぎ作業が行われ、その際に人々が功名譚を加筆させたと言われていること（B）を語り、その内容を訂すべく将軍による『太平記』記事の取捨選択がなされることを希望している（C）。

確認しておきたいことは、直義管理下を脱した後に功名譚の書き入れがなされたとされていること、了俊は将軍による『太平記』の改訂作業を期待しているだけであるということである。なお、『難太平記』全体を見渡しても、将軍が『太平記』改訂に関与したという事実は記されていない。唯一、将軍家が関与したというのがAの記事であるから、初期形態の『太平記』と『明徳記』には足利将軍周辺の意向が反映されていたという仮説を成立させる証拠が残されているといえる。一方、現存形態の『太平記』にはそのような証拠はなく、むしろ将軍義詮像が史実に反してまでも批判的に造形されていること[17]などを考え合わせると、「中絶」以降、将軍家の管理から離れたところに生成環境を求めることも十分に可能である。ちなみに、Cに続く記事でも、了俊は直義が関与していた事実を繰り返し語っているだけである。とすれば、了俊のように『太平記』を室町幕府の正史の如き書と捉える認識は、『太平記』本来の性質とかけ離れたものである可能性も出てこよう。こう考えると、有力守護山名氏像が『難太平記』や『明徳記』のそれと異なっていることにも肯けるのではないか。以下、このような観点からもう少し考えてみたい。

　将軍に仕える山名氏にとって不利な内容を有する『太平記』の内容は、すでに永和本（永和三年〈一三七七〉二月七日以前の写本）にも語られているうえ、諸本にも山名氏が将軍の敵と明記されているだけでなく帰順に際し語り手から批判もされているから、当初からの内容であると考えてよい。

　同様のことは、ほかの有力守護についてもいえる。たとえば、『太平記』の擱筆部分に登場し、「中夏無為」の代をもたらした細川頼之でさえ、作中ほぼ唯一の功績が「尺寸ノ謀」と語り手に評されてしまっているのである（巻三十八「年号改元事」）。また、頼之に続き管領となった斯波氏についてみても、義将父高経が「今成レテ敵将軍ニ傾ントレ世シ給ヌル」（巻三十二「直冬朝臣上洛事付鬼切鬼丸事」）存在であったとされていたり、同じく高経が執事職に内定していた息子氏頼の「様々ノ挙レテ非ヲ、種々ノ咎ヲ立テ」追い落とし、可愛がっていた三男（四男）義将を執事に就けたことが語られていたりするのである。語り手は氏頼の発心を絶賛しているから、氏頼を追い込んだ高経や義将にとってあまりよい話とはなっていない（巻三十七「尾張左衛門佐遁世事付異国本朝道人物語事」）。さらには、九州探題として下向した次男氏経が途中傾城を船に乗り込ませたことが批判され、九州での惨敗した様が語られている（巻三十八「筑紫探題下向事付李将軍沈女事」）。婆娑羅大名の代表佐々木導誉についても同様で、巻二十一「佐渡判官入道流罪之事」では「前代未聞ノ悪行」と人々に批判された妙法院を焼き討ちにした事件が語られているし、讒言によって何人もの人を陥れた様が多々語られていたりもする。もちろん、守護大名にとって名誉な話や好都合な内容も語られている場面もある。だが、右の如く『太平記』には有力守護諸氏にとって不都合な内容もしばしば語られているのである(18)。

いったい、『太平記』はなぜこのような内容を語ることができたのだろうか。有力守護は将軍との関係に無関心であったために、将軍と対立関係にあった事実が語られていても問題視しなかったのだろうか。先述した『明徳記』や『難太平記』に認められた将軍周辺の歴史観や、足利政権の管領であった細川氏や斯波氏、四職の山名氏や京極氏の立場を考えると、そのような可能性は低かろう。そうではなく、もし、『太平記』と足利将軍家との関係が了俊の認識しているようなものではなかったと考えたらどうか。すなわち、『太平記』が足利政権の公的な書のような存在ではなく、守護大名にもそのように認識されていたとしたら、右の問題を解きやすくなるのではないか。

これまでの研究成果により、今川氏や赤松氏が『太平記』の内容に強い関心を抱いていたことが明らかにされており、現在では、彼らの態度が南北朝・室町時代の守護の考え方として受け入れられていることは先述した(19)。しかし、今川了俊は応永の乱で失脚した人物で、赤松氏は嘉吉の乱で没落した一族である。その彼らが『太平記』に関心を示したのは、かつての将軍家への功績を訴えることで、零落した自家の権威を取り戻そうと考えていたからであった(20)。つまり、過去の功績を持ち出すことで現在または将来の状況を好転させたいという想いが籠められた文脈の中で、

『太平記』の存在が浮上しているのである。

では、了俊等とは異なり、過去にこだわる必要のない守護にとって『太平記』はどのような存在だったのだろうか。今川氏や赤松氏のように、危機に瀕していない安定した立場を獲得した有力守護にとっては、『太平記』の内容は所詮過去の話に過ぎなかったという考え方も成り立つのではないか。すでに明徳三年には、将軍周辺では『太平記』に語られている内容は過去のことであると考えられていたことは指摘した。

ここで、後世の資料であるが、『宣胤卿記』永正十五年（一五一八）紙背文書に収められた今川氏親の手紙を見てみたい。(21)

兼又太平記内名字候所、被遊抄候て被下候、過分之至候、当家異于他忠節候、其処請（証イ）于今所持仕候、太平記ニハ普通之様載候、惣別以草者私、さ程無忠節家も抜群之様書載之由申、錦小路殿御座之時被読候て被聞食、殊外相違事共候間、可致改之由被仰候けると、了俊俗名貞世委書置物共候、今申候ても無益事候へ共、以次申入候、

『太平記』の今川氏関係記事の抄出をもらった今川氏親は、その喜びを述べたうえで、今川家が他家よりも忠節を尽くしたことを伝える書（『難太平記』）を所持していることを伝えている。氏親は自家の自慢をしたかったのであろうか、宣胤にわざわざ「申入」ている。その一方で、傍線部のように今となっては「無益」であることも承知している。また、『宣胤卿記』の他箇所を読んでいると、宣胤は、『太平記』に先祖宣明のことが記されていることを喜んでいる一方で、記されていない点もあると残念がってもいる（永正十四年十一月二十一日条）。これは、今川了俊と同じ感覚といえよう。だが、その一方で、次の如く、『太平記』は必ずしも正確な情報を伝えているわけではなく、「物語」であるとも認識している（永正十五年六月十日条）。

太平記内　光厳院御事一段書抜奉令見之、又彼太平記内、宣―《明》卿元弘元年ニハ中納言トアリ、数年後ニハ宰相トア

リ、伝紛失不審之間、公卿補任如何之由尋之、返事在左、元弘元年比ハ未《イマダ》ズ下卿位給上歟、如此物語予書極官者、大
　納言ト可有歟、

すなわち、『太平記』の内容を不審に思い、『公卿補任』で確認してほしいという依頼に対する返事の中で、宣胤は『太平記』を『公卿補任』のような資料とは異なる「物語」と位置付けているのである。少なくとも十六世紀には、『太平記』は、過去の家の名誉を記録した書とされていた一方で、史実を必ずしも伝えていない「物語」とも考えられていたことが分かる。さらに、そのほかの場面では、百五十年以上前の『太平記』の時代を過去と考えていたために、宣胤も自家に伝わる屛風が『太平記』に語られている貞治六年（一三六七）のものかと推察されると、それは「古物」だと位置付けている（永正十四年十一月二十七日条）。先の今川氏親の「今申候ても無益事」という考えの基底にも南北朝時代はもはや過去という感覚があり、だからこそ、それに関する内容は現在では通用しないと述べているのだろう。

この氏親や宣胤と同様の感覚は、すでに十四世紀にも認められた。くり返しになるが、先に紹介した『明徳記』にも、『太平記』の時代を過去のこととする認識が認められたのである。将軍家周辺の人は、将軍に敵対するために南朝を掲げれば多くの人々が従うという『太平記』の時代の認識は、もはや通じないと見ていたのだ。山名氏をはじめとした室町幕府政権下の有力守護もこういった認識を持っていたのではないか。現実社会での地位を固めた諸氏にとっては、『太平記』は過去を記した「物語」にすぎず、その内容は〝無益〟と見なされていたと推察するのである。だからこそ、有力守護のみならず将軍義詮までも批判した内容を『太平記』は語ることができたと考えるのだ。

六　おわりに

本論では、十四世紀に成立した『太平記』と『明徳記』という二つの軍記を中心に据え、軍記に対する守護大名の認識について考えてきた。今川了俊に代表される『太平記』を正史の如くに捉えるような守護もいれば、過去を記録した書に過ぎないと考える有力守護もいたというのが結論である。〝過去〟の歴史は、現在の立場・状況により価値が異なってくる。『太平記』が語る〝過去〟は、足利政権下における守護大名それぞれの立場や状況によって、位置付けが違っていたのではないか。それゆえに、『太平記』に対する関心の度合いも異なっていたと考えるのである。特定の一族に都合のよい作品世界に描き直された『太平記』伝本が存在しない(22)ことも、人々がそこまで関心を抱いていなかったことの一証となろうか。もちろん、本論で見てきたような歴史観・軍記観は十四世紀に限られるものではなく、普遍的な認識の仕方であるはずである。

最後に再度確認しておく。足利直義の没後、『太平記』が足利将軍家の管理下にあったことを示す資料は存在しない。「中絶」以降は誰が管理していたのか、将軍家と『太平記』の結びつきを強く意識していた了俊ですら語ることができていないのである。

こうしてみると、将軍や有力守護大名までも批判する南北朝時代の現代文学『太平記』については、一度、足利政権周辺の環境から切り離して考えてみることも必要なのではないかと、筆者は考えるのである。

注

（1）この南北朝時代の特徴を検討した近年の論考に、市沢哲「南北朝内乱記における天皇と諸勢力」（『日本中世公家政治史の研究』校倉書房、二〇一一年九月）がある。
（2）『明徳記』の成立年等については、和田「軍記物語の生成と享受――南北朝・室町時代初期の一様相」（『太平記　生成と表現世界』新典社、二〇一五年二月）参照。
（3）この問題についての代表論文に、鈴木登美恵「古態の太平記の性格――本文改訂の面からの考察――」（『軍記と語り物』九、一九七二年三月）や、加美宏「『難太平記』――『太平記』の批判と読み」（『太平記享受史論考』桜楓社、一九八五年五月）および加美「『太平記』と守護大名」（長谷川端編『軍記文学研究叢書８　太平記の成立』汲古書院、一九九八年三月）等がある。加美氏の後者の論考には、守護大名と『太平記』の関係の先行研究が整理され、現段階での到達点が示されている。
（4）川合康「武家の天皇観」（『鎌倉幕府成立史の研究』校倉書房、二〇〇四年十月）。
（5）市沢哲「『梅松論』における建武三年足利尊氏西走の位置――もうひとつの多々良浜合戦・湊川合戦――」（『神戸大学史学年報』十六、二〇〇一年五月）ほか参照。なお、注（4）論文の注（199）にこの市沢氏の論を一部補訂する指摘がなされている。
（6）市沢哲「『難太平記』二つの歴史的射程――室町初期の『平家物語』を考えるために」（注（1）著書）参照。
（7）和田「『太平記』の作者説をめぐる諸問題――『難太平記』研究史の検証」および「今川了俊のいう『太平記』の「作者」」（注（2）著書）。なお、了俊が応永の乱に関与したことについては、小川剛生『足利義満　公武に君臨した室町将軍』（中公新書、二〇一二年八月）第七章「応永の乱と難太平記」参照。
（8）注（3）加美宏「『難太平記』――『太平記』の批判と読み」参照。
（9）注（2）和田論文。
（10）山名時氏についての専論は、水野恭一郎「南北朝内乱記における山名氏の動向」（『武家時代の政治と文化』創元社、一九七五年二月）のみである。よって、以下、時氏を初めとした南北朝時代の山名氏の動向についての説明は基本的にこの論考による。そのほかに、山本隆志「山名時氏の西国進出」（高崎市市史編さん委員会編『新編高崎市史　通史編２中世』高崎市、二〇〇〇年三月）および、石井伸宏編集・執筆『〔新訂増補〕The 山名～山陰守護大名の栄枯盛衰～』（鳥取市歴史博物館、二〇一三年十一月）も有益な資料である。本論執筆の際、適宜参照させていただいた。

(11) ただし、以下の指摘を踏まえると、さらに期間を絞ることができる。すなわち、熱田公「南北朝時代の川西地方」（川西市史編集専門委員会編『かわにし　川西市史第一巻』兵庫県川西市、一九七四年八月）には、貞治七年＝応安元年（一三六八）に、将軍義詮の遺骨が多田院に分骨されたことが紹介されている。川合氏は注（4）の論文で、これは「満仲まで視野に入れた足利氏の源氏嫡流工作」であると指摘している。つまり、応安元年の段階でも、まだ確実に足利将軍家は権威確立のための工作を行っていたことが分かるのである。とすると、時氏の発言はそれ以降のこととなろうか。

(12) 詳細については、和田「武家の棟梁抗争譚創出の理由――新田義貞像の役割」（注（2）著書）参照。

(13) 慎重な言い方ではあるが、すでに長谷川端「太平記から明徳記へ」（『太平記　創造と成長』三弥井書店、二〇〇三年三月）がこの小林の発言に対して同様の見解を示されている。なお、『明徳記』の表現世界の特徴については、大津雄一「『明徳記』と『応永記』との類似性――神聖王権の不在をめぐって――」（『軍記と王権のイデオロギー』翰林書房、二〇〇五年三月）および注（2）論文および和田「『太平記』世界の変貌」（注（2）著書）等参照。

(14) もちろん、共通点もある。たとえば、将軍を頂点に置いた社会システムのあり方などである。これについては、和田「天皇と将軍／将軍と武将」（注（2）著書）参照。

(15) 森田貴之「『太平記』の漢詩利用法――司馬光の漢詩から――」（『国語国文』七九―三、二〇一〇年三月）参照。

(16) この落首は永和本・毛利家本・梵舜本・天正本等にはない。引用にしていないが、落首の中には畠山氏を批判するものもある。長谷川端「太平記作者と守護大名の距離」（注（13）著書）ほか参照。

(17) 和田「将軍義詮像の性格――四〇巻本と足利将軍家との関係――」（注（2）著書）参照。

(18) 『太平記』における守護大名像の問題を広く見渡した論考に、長谷川端「守護大名群像」（『太平記の研究』汲古書院、一九八二年三月）があるので参照されたい。

(19) 注（3）の諸論考参照。赤松氏については、加美宏「『蔭凉軒日録』——物語僧の『太平記』読み」（注（3）著書）および鈴木登美恵「『太平記』と功名譚——「赤松世系覚書」をめぐって——」（『国文』第四十九号、一九七八年七月）参照。

(20) 注（19）の論考で鈴木氏が紹介されている「赤松世系記」には、嘉吉の乱で没落した赤松氏が、八代将軍義政に『太平記』の赤松氏が忠功を尽くした部分を読ませ、自家を再興することを画策したという伝承を載せる。「赤松世系記」は慶長九年（一六〇四）八月に書写されたものであるが、鈴木氏はその内容は「ほゞ事実と認めてよいのではないだろうか」とされている。筆者は、このような伝承が室町時代に存在した可能性については支持するものの、あくまでも「伝承」というレベルで考えている。

(21) 今川氏親書状については、注（3）の加美氏の論考および加美「『太平記抜書』の類ノート」（注（3）著書）参照。

(22) 鈴木登美恵氏は巻三十二の本文改訂について検討を加えている注（3）の論考において、山名氏が私的に本文改訂を要求したと考えられている。だが、それならば、なぜ山名氏が将軍に謀反を起こし京都から追い落とした内容が残っているのか、説明が付かない。もちろん、こういった問題について鈴木氏も別論で言及されている。すなわち、「佐々木道誉をめぐる太平記の本文異同——天正本の類の増補改訂の立場について——」（『軍記と語り物』二、一九六四年十二月）において、天正本にさえも巻二十一の妙法院焼き討ち事件など佐々木氏にとって不都合な叙述があることに言及されているのである。だが、こういった事象をどのように捉えるのかという問題について正面から論じた論考はないように思われる。たとえば、長坂成行「天正本『太平記』の成立——和歌的表現をめぐって——」（長谷川端編『軍記文学研究叢書9　太平記の世界』汲古書院、二〇〇〇年九月）には、「天正本と守護大名」についても論ぜられているが、その中で発せられている「観応の擾乱以降、足利直義方や南朝方に走り足利政権と敵対し、結果没落していった石堂・仁木氏の、合戦における活躍の記事の増補という現象はどう捉えたらよいのだろうか」という問いは、天正本の増補の問題のみならず、広く『太平記』の生成と享受の問題にも関わってくる重要な問題であるように思われる。

［引用本文］
『太平記』…静嘉堂文庫蔵松井本（紙焼き写真）。『難太平記』…独立行政法人国立公文書館（内閣文庫）蔵本（紙焼き写真）。『明徳記』…陽明文庫本（『陽明叢書国書篇第十一輯　平治物語・明徳記』）。『延慶本平家物語』…『延慶本平家物語　第二巻』（汲古書院、一九八二年十月）。『後深心院関白記（愚管記）』…大日本古記録。『宣胤卿記』…続史料大成。『師守記』…史料纂集。

［付記］
本論は、科学研究費（若手研究Ｂ）「室町時代における『太平記』の異本生成過程の研究」（課題番号26770088）の成果の一部である。

中国故事の受容と変容

——『太平記』・『三国志演義』から『通俗三国志』へ——

田中尚子

一　はじめに

異なる作品同士を並べ、その類似点なり相違点なりを見出す——、対比研究の基本である。軍記と『三国志演義』（以下、『演義』）をその手法で検討するに、戦い・合戦という歴史的事柄をベースに物語化される点、諸本が数多く生まれる点、享受の一スタイルとして琵琶法師や講談師による語りが存在する点など、作品の成立から享受、伝播に至る様々な段階での共通性が指摘できる。中でも『太平記』と『演義』間では、作品の根幹にも関わるような類似点がより多く見出せる。(1) すなわち、南朝と北朝、魏と蜀における正統論問題などは物語の枠に留まらず、むしろ歴史的、思想的観点から長期にわたって議論され続けてきた重要案件であるし、『演義』で重視される「智謀」が、先行する軍記ではさほど意識されないのに対して、『太平記』ではその語彙自体が多用されることも　時代の経過によるごく自然な変化という可能性も考慮すべきとはいえ——看過できない。

『太平記』と『演義』間により多くの類似点が見出せる一因に、『太平記』の漢籍享受の問題があるのは間違いなかろう。もちろん先行軍記も中国故事・説話を引用してはいる。が、その量は『太平記』とは比べられようもなく、それこそ先行軍記では取り上げられることのなかった三国志言説をも取り込んでいるのである。三国志をはじめとする数多くの中国故事・説話を享受した結果が、『演義』とも重なる世界観を生み出したとの憶測はあながち的外れとも言えまい。[2]

事実、『太平記』と『演義』の類似性は、近世期においても意識されていた。概ね『演義』原文の忠実な翻訳と評される『通俗三国志』が、時に『太平記』の詞章を援用した大胆な改訳を挟み込むのは、両者の類似性を意識したが所以であろう。また、貝原益軒『武訓』の「もろこしにては魏の曹操のごとく、日本にては足利尊氏のごとき人は、仁義をそむきて人の国をうばひたれども、武将の本意なり。もろこしの諸葛孔明のごとく、日本の楠正成のごときは、忠義あれども功を立る事ならず」や『誹風柳多留』の「孔明と正成智恵をすぐり出シ」のごとき、南北朝時代と三国時代の人物を重ね合わせる叙述も、『通俗三国志』の翻訳姿勢と軌を一にする現象と見なして支障あるまい。これら近世期の人々の発想の源を探る上でも、『太平記』と『演義』の比較文学的考察は効果的であると考える。その思いのもとに、筆者はこれまでにも智将の形象のあり方や死の描写法といった観点から両テクストを比較検討してきたが、[3]それらの続稿として、本稿では両テクストが引用する故事とその機能についての考察を行う。その際、享受研究的観点も添えることで、より立体的、重層的に日中の作品のあり方を詳らかにすることができればと思う。[4]

二　『演義』と『太平記』における故事の概観

まずは軍記と対照させつつ『演義』内の故事の全体像の把握を行うが、その指標として人名を用いることとする。三国時代（一八四年〜二八〇年）[5]に先行する人物・故事となれば、成立時期で千年超隔たりのある『太平記』に比して圧倒的に範囲が限られるように感ぜられ、これらを比較しようとする試みには異議が唱えられるところかもしれない。が、『太平記』における中国故事の概観について言えば、三皇五帝といった神話伝説の時代から宋末元初に至るまでほぼ網羅的に取り上げてはいるものの(6)、三国時代以降を扱う故事は、唐代を除けばそこまで多くはない。すなわち、『演義』と軍記の故事の比較はそこまで無謀な行為ではないと思われる。

比較の妥当性を確認したところで、早速本題に入ることとする。『演義』内の故事に見える人名を抽出し、それらを軍記（『保元物語』・『平治物語』・『平家物語』・『太平記』(7)）と対照させるに、以下の通りとなる。

『演義』のみで取り上げられる人物	軍記と共通して取り上げられる人物
哀帝、悪来、禹5、衛青、王子喬、王尋、懐嬴、夏育、楽毅9、霍去病、霍光3、桓帝13、季氏、舅犯、金日磾、屈原、慶忌、景帝5、厳象2、耿弇、耿恭2、孝元皇太后、更始帝、后稷、呉起4、鯀、左丘明、史魚、子濯孺子、質帝、司馬遷、司馬量、周亜夫、襄王（楚）、襄王（周）、召公、昭公、蔣雄、鐘離春、任座、成得臣、赤松子、赤帝、荘王、桑弘羊、蘇秦2、孫臏2、太甲、中黄、沖帝、張安世、張儀2、張津、田横2、馬援5、伯楽、馬武、文種、丙吉、平帝、庾公之斯、陽貨、羊角哀、要離、柳下恵、劉章、劉勝2、劉貞2、梁孝王、呂産、離婁、霊王、霊帝13、魯恭王、和帝	伊尹10、王莽6、懐王、賈誼、夏侯嬰、顔回2、韓信7、管仲6、義帝2、堯8、姜子牙11、黥布、桀、項羽7、后羿2、孔子8、項荘、勾践、項伯、光武帝11、孝武帝、伍子胥、子嬰、師曠、始皇帝、司馬相如、周公8、周勃、叔斉、舜10、舜母、蕭何5、昌邑王、申生2、成王、西施2、倉公、曹参3、孫武9、紂王4、趙高2、張良10、陳平6、湯王2、盗跖、伯夷、白起、樊噲2、范蠡4、微子2、馮夷、武王5、文王（周）7、文王（楚）、文公7、文帝、卞和、扁鵲、彭越、明帝、孟子3、雍歯、揚雄、養由基、予譲、陸賈、劉邦22、呂后、呂禄、藺相如、酈食其2、廉頗2、老子

※数字は『演義』における登場回数。

たしかに『演義』だけの登場となる人物は少なくないものの(8)、軍記と共通する人物がこれまた相当数いるのも事実である。(9) 中でも『太平記』のみとの一致（□で囲った人名）が多いことには注目すべきだろう。ここからも、『太平記』がより多くの中国故事、漢籍を享受していることが確認できる。

しかし、それと矛盾するかのような物言いではあるが、大量に享受するが故に、他の軍記が取り上げた人物が『太平記』では登場しない（□で囲った人名）、もしくはその扱いが軽くなる現象も起こってくる。この点を王莽の事例から確認しておこう。『演義』第三十七回「司馬徽再薦名士　劉玄徳三顧草廬」には「但自古以来、治乱無常、自高祖斬蛇起義、誅無道秦、是由乱而入治也、至哀、平之世二百年、太平日久、王莽簒逆、又由治而入乱、光武中興、重整基業、復由乱而入治（古より、治まれる世と乱れる世は無常である。漢の高祖が白蛇を切って義兵を起し、無道の秦を伐ったのは、乱より治に入る始めであり、哀帝・平帝の御代となってからの二百年は太平が続いたが、そこで王莽が反逆し、これが治より乱に入る始めであった。光武帝が中興し、天下をふたたび整えたのが、また乱から治に入る始めとなった）」という崔州平の台詞が見える。歴史を俯瞰する中で、王莽が乱世の始発点の一つとして位置付けられており、これは『演義』内で繰り返される見解である。一方、軍記における王莽といえば、『平家』の冒頭で「遠く異朝をとぶらへば」としてその名が趙高らとともに挙がる箇所が印象的だが、そこでは「旧主先皇の政にも従はず、楽みをきはめ、諫をも思ひいれず、天下の乱れむ事をさとらずして、民間の愁る所を知らざッしかば、久しからずして、亡じにし者」との認識が示される。表現的には『演義』と一致はしないが、乱世を生み出す存在という根底部分では大きく乖離するわけではない。

が、『太平記』ではその扱いが違ってくる。巻十二「広有射怪鳥事」に「元弘三年七月ニ改元有テ建武ニ被レ移。是ハ後漢光武、治二王莽之乱一再続二漢世一佳例也トテ、漢朝ノ年号ヲ被レ摸ケルトカヤ」と見えるのが、王莽の名が登場する唯一の箇所である。しかし、これは光武帝による改元のいきさつを説明する都合上持ち出されたに過ぎず、王莽が主体となった記述は『太平記』には存在しないということになる。これこそ漢籍を大量に享受したが故ではないかと筆者は考えるのである。

・平家は西国に、兵衛佐は東国に、木曾は宮こにはりおこなふ。前漢・後漢の間、王莽が世をうちとッて十八年おさめたりしがごとし。四方の関々皆とぢたれば、おほやけの御調物をもたてまつらず。私の年貢ものぼらねば、京中の上下の諸人、たゞ少水の魚にことならず。あぶなながらとし暮て、寿永も三年になりにけり。

（『平家』巻八「法住寺合戦」）

・斯処ニ太宰小弐頼尚如何思ケン、此兵衛佐殿ヲ婿ニ取テ、己ガ館ニ奉レ置ケレバ、筑紫九国ノ外モ随二其催促一重二彼命一人多カリケリ。是ニ依テ宮方、将軍方、兵衛佐殿方トテ国々三ニ分レシカバ、世中ノ怱劇弥無二休時一。只漢ノ代傾テ後、呉魏蜀ノ三国鼎ノ如クニ峙テ、互ニ二ヲ亡サントセシ戦国ノ始ニ相似タリ。

（『太平記』巻二十八「太宰小弐奉婿直冬事」）

『平家』と『太平記』の一節を引用した。ともに国内に三勢力が並び立つ様を述べ（波線部）、その状況に対して中国の事例を引き合いに出す（傍線部）のだが、『平家』は王莽の簒奪、『太平記』は三国時代と、異なったものを用いることになる。『平家』が義仲個人に注目するのに対し、『太平記』は世の中の動きを把捉しようとしているように、両者の目線が違うところに向けられている点には留意しておかねばならないが、とはいえ、『太平記』以前には三国志故事・説話が看過されてきたことから推すに、『平家』には『太平記』のごとき譬えを導き出す発想を持ち得なかったのであろうし、一方の『太平記』はその選択肢の充実ぶり故に、乱世のイメージに対して王莽を充てる必然性が薄れてしまっていた、という見方ができるのではないだろうか。

しかし、ともかくもその豊富な選択肢が、結果的には先行軍記よりも『太平記』の方に『演義』と共通する人名が数多く見出せることに繋がり、両作品の類似性を生み出す一因にもなっていると考えられる。そして、この故事の利用が両テクストの構想にも大きく関わっていく。故事・準えはその場限りのアットランダムな選択ではない。以下節を改めて、両テクストにおける張良故事の検討からこのことを明らかにしていく。

三　『演義』における張良

漢の高祖の功臣である張良への言及は『演義』中十例確認でき、その使用回数からしても重要視されているのは確実である。『演義』第三十七回「司馬徽再薦名士　劉玄徳三顧草廬」では「可比興周八百年之姜子牙、旺漢四百年之張子房《（張良）》（周朝八百年をおこした姜子牙と漢室四百年の基を開いた張子房に準えられる）」と、孔明の非凡さが伝えられるが、『太平記』でも正成を「陳平・張良ガ肺肝ノ間ヨリ流出セルガ如ノ者」（巻三「赤坂城軍事」）と評していることから、張良という共通の準えの使用が孔明・正成の類似性を感じ取らせる要素の一つとなることはすでに拙著にて述べた。しかし、さらに考察を加えるに、張良の故事に両作品が持たせた意味合いはその指摘だけでは言葉足らずだったとせざるを得ないほどに、作品全体の構想に密接に関わっていた可能性が浮上してくるのである。

乃潁川潁陰人、姓荀、名彧、字文若、荀緄之子也。旧事袁紹、今棄紹投操。操与語、大悦、曰、「此吾之子房也。」

（それは潁川潁陰の人で、姓は荀、名は彧、字を文若といい、荀緄の子である。かつては袁紹に仕えるも見限って、今曹操のもとにやって来たのだった。曹操はともに語り大いに喜び、「これこそわが張子房である」と言った。）

（第十回「勤王室馬騰挙義　報父讐曹操興師」）

自身に仕えることとなった荀彧を評価する際に、曹操が張良の如しと喜ぶ。荀彧といえば、王佐の才の面に光が当てられる人物で、そこから自ずと『演義』が張良をどのような人物と捉えていたかも見えてくる。事実、張良の事跡に言及する第二十回「曹阿瞞許田打囲　董国舅内閣受詔」内の、「(献帝)因指左右二輔之像曰、『此二人、非留侯張良、酇侯蕭何也。』承曰『然也。高祖開基創業、実頼二人之力。』(左右の脇立ちの画像を指さし、『この二人は留侯の張良、酇侯の蕭何ではないか』。董承が答えることには、『左様です。高祖が大業を創められたのは、実にこの二人の力によるものです』)」など、宮殿内に飾られる張良・蕭何の肖像画を前に、彼らこそが漢王朝の礎を築いた人物であるとの認識が董承の口を通して示されており、王佐の才のイメージは強い。そして、こういった張良像を踏まえつつ残りの八例を見るに[10]、そのイメージに揺れが見えることはなく、しかもその名の登場には確固とした規則性が存在するように思われる。

	章回数	準えの対象	張良が取り上げられる状況
A	三十六	孔明	徐庶が劉備に孔明を推挙する。
B	三十七	孔明	司馬徽が孔明の才を評価する。
C	四十三	張良自身	いかなる経書を修めたかを厳畯に尋ねられた孔明が、優れた先人は経書など修めていないと一蹴する。
D	七十一	孔明	語り手が孔明を評価する。
E	八十八	孔明	張良すら孔明に及ばないという臣下に対し、古人に倣う気はないと孔明が発言する。
F	九十七	なし	出師表内で孔明が蜀には張良の如き臣下がいないと憂える。
G	百十二	鍾会	司馬昭が部下の鍾会を評価する。
H	百十九	鍾会	鍾会の死を嘆く詩の中で、彼を評価する。

孔明の非凡な才を強調するべく張良の名を挙げるA・Bに対して、Cは往年の才子たちは経書を修めてはいないとの発言内での利用であり、一見するとA・Bとは質が異なるように映る。しかし、これは呉国の文官である厳畯が論戦を挑んできた際の孔明の切り返しで、先人同様に自身も経書など修めてはいないという彼の主張は、間接的には先人に自身を重ね合わせていることになる。そして続くD・Eは再度、直接的に孔明に対する準えとして用いられるもの

であるから、結果的にA~Eは何かしら孔明に関連付けての引用と言える。
　Fは才ある臣下がいないことに対し危機感を持ってほしいとの孔明から劉禅への諫言であり、自国の行く末を思っての孔明の焦りのようなものが伝わってくる。その焦りは第百四回「隕大星漢丞相帰天　見木像魏都督喪胆」において孔明が死去することを考えれば、自身の死をある程度意識していたが故の心情であったと解せよう。そして、そのFを経て孔明の死後に相当するG・Hでは、新たに魏の鍾会が張良に準えられるようになる。こうしてA~Hを並べてみると、張良の属性が孔明から鍾会へとスムーズにシフトされる流れが読み取れるのではないだろうか。孔明から鍾会へのその役割の継承――、物語はこの流れを確実に意識していたように思われる。

是夜鍾会在帳中伏几而寝、忽然一陣清風過処、只見一人綸布羽扇、身衣鶴氅、素履皂縧、面如冠玉、唇若抹硃、眉清目朗、身長八尺、飄飄然有神仙之概。其人歩入帳中、会起身迎之曰、「公何人也。」其人曰、「今早重承見顧、吾有片言相告、雖漢祚已衰、天命難違、然両川生霊横罹兵革、誠可憐憫。汝入境之後、万勿妄殺生霊。」
（その夜、鍾会が脇息にもたれて居眠りしていると、突然、一陣の風が吹き、見れば一人の姿が有り、綸布をかぶり羽扇をもち、鶴氅を身にまとい、黒の打紐で飾った白い履をはき、顔は冠玉のごとく、唇は朱をさしたごとく、眉目秀麗、身のたけ八尺、飄々然として神仙のおもむきである。その人が幕の中へ入ってきて、鍾会が身を起こして迎え、「あなた様はどなたですか」と問うと、その人が言うには、「今朝ほどは、わざわざお訪ね下されたが、一言申し上げたいことがあります。漢の国運はもはや尽きて、天命抗い難いことといえど、両川の人民はいわれなく戦禍に遭い、肝脳地にまみれて、まことに不憫です。あなたが入境の後には、決して領民を妄りに殺めぬように」と。）

第百十六回「鍾会分兵漢中道　武侯顕聖定軍山」の一節である。降伏した蜀の地を治めるべく魏から鍾会が派遣されるのだが、その際、孔明に敬意を表して墓前を詣でるなどしていた彼のもとに孔明の霊が顕れ、蜀の地ならびにその民を委ねるのである。孔明が自らの後継者として鍾会を指名したとの文脈が成り立つのであって、二人を張良に準えたのはこの構図を補強する意図があったと解釈できるのではないだろうか。そもそもこの二人以外で張良に準えられるのが先に引用した荀彧のみで、彼については別の理由で説明が付けられる。すなわち、彼が仕えた曹操が臣下をよく先人に準えており、そんな曹操の人物造型に依るものと考えられるのである。例を挙げれば、典韋＝悪来、許褚＝樊噲、張郃＝韓信、徐晃＝周亜父といった具合で、同一パターンを重ねることで自国の豊富な人材を誇る曹操という像を植え付けることができる。いずれにせよ、故事利用はその場限りの比喩ではなく、作品全体を通しての構想の下になされたのは確実である。

このように、『演義』における張良の利用は、孔明・鍾会間での継承、そして曹操の人物造型という二つの明確な意図が読み取れるわけだが、『太平記』にも同様に張良故事への志向性があり、それが結果的に孔明と正成の類似性を感じ取らせることになるのである。

四　『太平記』における張良

『太平記』における張良関連の故事は、漢楚合戦内に当人が登場するのを除けば、十二例指摘できる。当該テクストにおける故事利用の背景を探っていこう。

王塔ノ二品親王ハ、時ノ貫主ニテ御坐セシカ共、今ハ行学共ニ捨ハテサセ給テ、朝暮只武勇ノ御嗜ノ外ハ他事ナシ。御好有故ニヤ依ケン、早業ハ江都ガ軽捷ニモ超タレバ、七尺ノ屏風未必シモ高シトモセズ。打物ハ子房ガ兵法ヲ得玉ヘバ、一巻ノ秘書尽サレズト云事ナシ。天台座主始テ、義真和尚ヨリ以来一百余代、未懸ル不思議ノ門主ハ御坐サズ。

巻二「南都北嶺行幸事」の一節である。王塔宮の秀でた武芸に対し、張良の兵法を得ていたと中国の故事をもって修飾する。この用例のように日本では兵法、兵法書に絡めて張良を捉えることが多く(11)、そこは王佐の才が重視される『演義』との相違点となるが、正成に限ってはその面だけが強調されるわけではなさそうである。というのも、先にも触れた正成を張良に準える箇所、「正成ハ元来策ヲ帷幄ノ中ニ運シ、勝事ヲ千里ノ外ニ決セント、陳平・張良ガ肺肝ノ間ヨリ流出セルガ如ノ者ナリケレバ」（巻三「赤坂城軍事」）では、「策」には言及するものの「一巻書」とは結び付けてはいない。もう一例挙げておく。

今度天下ヲ定テ、君ノ宸襟ヲ休メ奉タル者ハ、高氏・義貞・正成・円心・長年ナリ。彼等ガ忠ヲ取テ漢ノ功臣ニ比セバ、韓信・彭越・張良・蕭何・曹参也。又唐ノ賢佐ニ譬バ、魏徴・玄齢・世南・如晦・李勣ナルベシ。其志節ニ当リ義ニ向テ忠ヲ立所、何レヲカ前トシ何レヲカ後トセン。」（巻十三「龍馬進奏事」）

後醍醐を支えた五人を漢・唐代の人物に準える。この並び順に個々の人物が対応するのであれば、正成＝張良となり、結果、作中で正成のみ複数回張良に準えられることになる。もちろん、たかが一回と二回の差ではあるし、その回数のみをもって強く言えようはずもないが、内容面を見てもやはり策略の話に限られてはおらず、正成に対し張良を使う場合が他と区別されていたのは間違いなさそうである。それを示すべく、巻十「三浦大多和合戦意見事」を例に挙げよう。長崎高重が激戦を経て祖父円喜のもとに戻ってきたくだりで、出迎えた円喜が「汝今万死ヲ出テ一生ニ遇、堅ヲ摧キケル振舞、陳平・張良ガ為レ難処ヲ究メ得タリ。」と発言する。孫の奮戦を讃えるべく陳平・張良を引き合いに出していて、一見するに高重＝張良のようだが、傍線部にある通り、当該合戦での活躍ぶりに限定されての評であり、「元来」という言葉を添えて、その巧みな戦略なり王佐の才なりが評価される正成とは一線を画す。巻十五「建武二年正月十六日合戦事」でも、義貞に続けて定禅律師の名を挙げ、「智謀勇力イヅレモ取々ナリシ人傑也」と賞賛する中で「張良ガ謀ヲ宗トス」と張良の名が出されるものの、これもイコールで結び付けられる話ではなく、張良たらんことを目指すという文脈である。だとすれば、やはりその人となりを張良のようだと評価される正成は別格と言えるのではないだろうか。

さらにもう一点、正成にこそ張良のイメージを付加しようとしている論拠を指摘できる。前節で取り上げた『演義』第二十回「曹阿瞞許田打囲　董国舅内閣受詔」内の、「因指左右二輔之像曰、『此二人、非留侯張良、酇侯蕭何也。』承曰『然也。高祖開基創業、実頼二人之力』」の用例が、それに当たる。実はこの箇所は李卓吾批評本（以下、李評本）第二十回「董承密受衣帯詔」では、「帝指左右輔曰、『此二相何人、立于吾祖之側。』承曰、『上首乃留侯張良、下首乃酇侯蕭何。』帝曰、『此二人何功、立于側。』承曰、『開基創業実頼二人之功。張良運籌帷幄之中、決勝千里之外。蕭何鎮国家、撫百姓、給糧餉不絶糧道。高祖常念其徳』（帝は左右の脇立の像を見て『この二人は何者か。なぜ我が祖先の横に立つのか』、董承『上手が留侯張良、下手が酇侯蕭何です』、帝は『この二人にはいかなる功績があったのか』、董承『高祖皇帝が創業なされたのは、実にこの二人の力によります。張良は計を帷幄のうちにめぐらし、勝を千里の外に決し、蕭何は国家を鎮め、人民を懐け、秆量を運送して不足のないようにしたので、高祖皇帝も常にその徳を讃えたのです』）」と、毛宗崗本よりもかなり詳しい[12]が、この傍線部が巻三「赤坂城軍事」の「正成ハ元来策ヲ帷幄ノ中ニ運シ、勝事ヲ千里ノ外ニ決セント、陳平・張良ガ肺肝ノ間ヨリ流出セルガ如ノ者ナリケンバ」と重なってくるのである。

『演義』・『太平記』両テクストで共通して使われたこの表現には典拠が存在する。『史記』巻八「高祖本紀」には「高祖曰、『公知其一、未知其二。夫運籌策帷帳之中、決勝於千里之外、吾不如子房』」と、『漢書』巻一「高祖本紀」には「上曰、『公知其一、未知其二、夫運籌帷幄之中、決勝千里之外、吾不如子房』」とあり、これらに拠る表現である可能性はきわめて高い。ともに同じ典拠を用いることで、両テクストにおける張良のイメージが近付いていくのであり、特に『太平記』では、それを正成本人の描写に転用していることから、彼こそを張良のイメージを背負う者とする認識があったのではなかろうか。

このような正成と孔明の描写における張良故事の利用姿勢という点での共通性には注目しておくべきである。とはいえ、先にも触れたように、両テクストの張良像に若干の相違が見られることも事実で、『演義』が王佐の才の面を重視するのに対し、『太平記』は「一巻書」への言及が多いところからも明らかな通り、兵法、知略、策士としての面に重きが置かれる。その辺りは日本における張良の扱いに起因するのだろうが[13]、その中にあって巻十三「龍馬進奏事」内の表現は、智将としてのイメージよりもむしろ天皇の補佐的側面を意識しているように感じられ、そういった叙述が正成に使われることで、彼と孔明との類似性が生まれてきたとの捉え方も可能であろう。

『演義』と『太平記』両者が、先人に準えつつ登場人物の人物像を形成していったことが、その後、大きな意味を持っていく。それぞれの作品の志向性が個々の枠内で完結せず、他の作品にも影響を及ぼしていくのである。その点について次節にて検討する。

五　『通俗三国志』への継承

元禄二～五年（一六八九～一六九二）に『通俗三国志』が刊行される。概ね『演義』の忠実な翻訳ではあるが、時に原文から大きく離れる箇所も見え、それが『太平記』をはじめとする軍記表現の援用による成果であることは、つとに指摘した。そういった『演義』と『太平記』、そして『通俗三国志』の関係性に、故事の利用も絡んでくることになる。
樊噲という武将がいる。鴻門の会での活躍でよく知られるこの人物が、『演義』では関羽・張飛二人の勇ましい戦いぶりを評価するのに持ち出される。[14]『太平記』でも樊噲の名は取り上げられるのであって、巻八「四月三日合戦事付妻鹿孫三郎勇力事」では赤松勢の兵に対して、「其勢決然トシテ恰樊噲・項羽ガ忿レル形ニモ過タリ。近付ニ随テ是ヲ見レバ長七尺許ナル男ノ、髭両方へ生ヒ分テ、眥逆ニ裂タル」と項羽・樊噲に準えた（傍線部）上にその姿を波線部のように表現する。この波線部に類似する人物描写が巻二十八「慧源禅巷南方合体事付漢楚合戦事」にも「頭ノ髪上ニアガリテ冑ノ鉢ヲ、ヒ貫キ、師子ノイカリ毛ノ如ク巻テ百千万ノ星トナル。眦逆ニ裂テ、光百練ノ鏡ニ血ヲソ、ギタルガ如、其長九尺七寸有テ忿レル鬼鬚左右ニ分レタルガ、鎧突シテ立タル体、何ナル悪鬼羅刹モ是ニハ過ジトゾ見ヘタリケル」と確認でき、それがまさに鴻門の会での樊噲を描いた場面に相当する。つまり樊噲が詳細な容貌描写を導き出す起点となっているのである。[15]
そして、『太平記』のこの描写が『通俗三国志』における張飛の描写に影響を及ぼしていく。すなわち、原拠の李評本第四十二回[16]「張翼徳拠水断橋」が「倒竪虎髭、円睜円眼（虎の髭を逆立て、丸い眼を見開いている）」としか記さないのに対して、『通俗三国志』巻十七「張飛拠水断橋」では、「頭の髪倒に上りて獅子の怒毛の如く、眼は逆に裂けて光り、百練の鏡に朱を洒ぎ、怒れる鬼髭左右に分れて、悪鬼羅刹も是には争か及ぶべき」としており、『太平記』の描写に近似する。『演義』での張飛＝樊噲の図式が、『太平記』での樊噲の名を掲げてなされる詳細な容貌描写と結び付き、詳細な張飛の容貌描写が『通俗三国志』において成立したということである。ここまではつとに述べたところではあるが、実は樊噲を介して『太平記』の描写をスライドさせて使う手法が張飛以外の人物にも採用されており、『通俗三国志』内で綿密に構想が練られていたことを窺わせるのである。

褚亦斬之、双挽人頭回陣。曹操撫許褚之背曰、「子真吾之樊噲也。」

（許褚がこれも打ち取って、二つの首をくらにかけて帰陣した。許褚の背中を撫でながら曹操が言うことには「そなたはまさに私の樊噲である」と。）

（第十四回「曹孟徳移駕幸許都　呂奉先乗夜襲徐郡」）

曹操の発言によって許褚＝樊噲の図式が成立する。そして、この図式を受け止め、『通俗三国志』は、原拠からかけ離れた訳文を用意していく。

眼真円にして光、百錬の鏡に、朱をさしたるが如きの大将、手に刀を提げ、馬に白沫かませて立ちければ、是は聞ゆる大力、虎侯と呼る、許褚なるらんと思ひて、

『通俗三国志』巻二十四「許褚赤裸戦馬超」の一節である。傍線部のように許褚が描写されるが、李評本第五十九回「許褚大戦馬孟起」での傍線部相当箇所では「睁円怪眼」とあるだけで、先に取り上げた張飛の描写にも通ずる現象が見える。たしかに原拠の「睁円怪眼」が張飛の描写の「円睁円眼」に近似しており、樊噲の存在がなくとも成立するるのではとの意見が出るところかもしれない。しかし、やはり樊噲を介在してこその叙述であったと感じさせる事象がある。しかも、そこには史書『三国志』までもが絡んでくるのである。

というのも、許褚＝樊噲の図式を成立させたのは、『演義』のオリジナルではなく、『三国志』「魏書　二李臧文呂許典二龐閻伝第十八」の段階ですでに「太祖徇淮、褚以衆帰太祖。太祖見而壮之曰、『此吾樊噲也』」と存在するのである。つまり、『三国志』でのこの理解が『演義』、ひいては『通俗三国志』へと受け継がれたのである。また、『三国志』の同巻末に付される陳寿評には「許褚、典韋折衝左右、抑亦漢之樊噲也」とあり、許褚とともに典韋をも樊噲に準えている。(17) たしかに典韋も張飛や許褚同様、雄々しくて堂々とした風貌、人並み外れた力と武勇などがその特性と言えようから、樊噲に重ねられることにはさしたる違和感はない。

そういった『三国志』での理解を『通俗三国志』は見過ごさなかった。李評本第十回「曹操興兵報父讐」で、「夏侯惇引一大将来恭見礼畢。操与諸官皆大驚其人形貌魁梧身材雄偉。操問之惇曰此人乃陳留人也。姓典名韋（中略）典韋向前大喝退衆軍。一手執定旗桿立于風中。操曰、此古之悪来也（夏侯惇が一人の大将を連れて面会に来た。曹操と諸官はその人の容貌が立派で体躯がたくましいことに大いに驚いた。曹操が夏侯惇に何者か尋ねると、この人は陳留の人で姓は典、名は韋と申しますと答える。（中略）典韋は前を向いて、軍に撤退するよう大喝した。自身は旗竿を持ち、風の中棒立ちになった。曹操は、これこそ古の悪来だ、と言った）」と、曹操の目線から典韋の人並み外れた姿を描き（波線部）、力強く軍旗を掲げ続ける様があたかも悪来のようだと評価する（傍線部）くだりを、(18)『通俗三国志』は以下のように訳したのである。

夏侯惇一人の大将を薦め来る、見る者驚ずと云事なし、身の長一丈に余て、腕の力筋太く、眼逆さまに裂て、百練の鏡を双べ、悪鬼羅刹も此には過じと畏れければ、曹操如何なる人ぞと問ふに、夏侯惇申しけるは、この人は陳留の典韋と申者也。（中略）典韋走り寄て、士卒を尽く追退け、片手に旗桿を握るに、少しも動事無りしかば、曹操その怪力を見て、古の悪来にも劣るまじとて、用ひて帳前の都尉とし、白地の錦の袍に、鞍置きたる名馬を与ふ、（巻四「曹操興兵報父讐」）

曹操が典韋を悪来に比する点（傍線部）は李評本と一致するが、容貌描写（波線部）は大きく異なっており、「逆さまに裂」、「百練の鏡」といった目への言及や、その風貌を「悪鬼羅刹」に比するところなどは、同テクストでの張飛の描写を彷彿とさせる。しかし、張飛や許褚の「円睁円眼」、「睁円怪眼」とは違って、李評本自体に一定の詳細さが認められ、直訳を選択してもよさそうな箇所ではある。にもかかわらず、敢えて右記のような訳へと改変し、結果的に張飛・許褚・典韋三名の描写で『太平記』を下敷きとして生まれた定型表現が利用されたことになる。そして、その定型表現を利用する基準が、樊噲に準えられる人物か否かだったのである。『通俗三国志』の改訳は、『演義』以外のテクストにまでも目配りをし、それらを巧みに取り合わせていった成果だったのであり、故事利用もその作業の中で生まれた行為であったと結論付けられよう。

これは、その訳者すら定かでない『通俗三国志』の成立事情[19]を解明する鍵ともなるだろう。すなわち、軍記表現の援用、また本稿で見てきたような故事利用の手法などは、訳者の教養レベルを計るバロメーターたり得る。そこから訳者、作成者の特定も可能になるかもしれない。『演義』と『太平記』の対比研究の成果が、享受研究、『通俗三国志』研究の発展にも相応に貢献するのである。

六　おわりに

如上、『演義』と『太平記』における故事の用い方について考察を加えた。故事や先人の名はその場限りの関心でアットランダムに選ばれるものではなく、確固とした構想のもとに選ばれており、それが両作品内の登場人物の類似性を生み出す一端ともなることが確認できたかと思う。併せて、そういったイメージが『演義』、『太平記』間に限定されるものではなく、『三国志』や『通俗三国志』などのテクストでも共有されるように、時代を超えて諸作品が相互に影響し合っていることを忘れてはなるまい。そういう大局を意識しつつ、今後も対比、享受両方の観点から軍記と『演義』の特性を明らかにしていきたい。

注

（1）　これら軍記と『演義』の類似性については拙著『三国志享受史論考』（汲古書院、二〇〇七年一月）において論じたところである。

(2) 特定のテキストではなく、三国志にまつわる言説一般を指し示す意で、「 」や『 』を付けずに表記する。

(3) 注(1)と同。

(4) 筆者はこれまで対比研究と享受研究を同時に行うことの重要性を主張してきており、本稿もその一環として行うものである。

(5) 黄巾の乱蜂起をその始まりとみなした。

(6) 拙著二〇、二一頁参照。

(7) 『保元物語』・『平治物語』は金刀比羅本、『平家物語』は覚一本、『太平記』は慶長八年古活字本を利用する。人名の抽出にあたっては、渡辺精一編『三国志人物事典』(講談社、一九八九年八月)、「軍記文学における故事出典の研究の会」編『軍記文学における漢籍・仏典所出事項索引――地名篇・人名篇――』(私家版、一九九三年三月)を参看した。尚、これより以下、『平家物語』については『平家』と記す。

(8) 『演義』のみに登場する人物の特徴について補足しておきたい。これらの中で多用されるのは楽毅、桓帝、霊帝の三名であるが、楽毅については孔明の枕詞的に使われるものであり、孔明なしにはほぼ登場し得ない。桓帝、霊帝二人は三国時代を生み出す元凶という扱いで語られており、ある意味先行する時代の人物という認識ではないのかもしれない。同様に、司馬量、馬援なども『演義』の登場人物の父祖として紹介されるだけで、さほど印象的なエピソードは含まれない。『演義』のみの故事の多くがこのパターンである。

(9) この他、五覇、三皇五帝といった集合体の形で取り上げられる事例もある。

(10) 当該箇所の原文を引用する。

A庶曰、「此人不可屈致、使君可親往求之、若得此人、無異周得呂望、漢得張良矣。」……玄徳喜曰、「願聞此人姓名。」庶曰、「此人乃瑯琊郡陽都人、覆姓諸葛、名亮、字孔明。乃漢司隷高尉諸葛豊之後。……」

B前掲

C座上一人忽曰、「孔明所言、皆強詞奪理、均非正論、不必再言。且請問孔明治何経典。」孔明視之、乃厳畯也。孔明曰、「尋章摘句、世之腐儒也、何能興邦立事、且古耕莘伊尹、釣渭子牙、張良、陳平之流、鄧禹、耿弇之輩、皆有匡扶宇宙之才、未審其平生治何経典、豈亦効書生区区于筆硯之間、数黒論黄、舞文弄墨而已乎。」

D正是、魏人妄意宗韓信、蜀相那知是子房。

E「丞相智、仁、勇三者足備、雖子牙、張良不能及也。」孔明曰、「吾今安敢望古人耶。皆頼汝等之力、共成功業耳。」帳下諸将聴得孔明之言、尽皆喜悦。

F高帝明並日月、謀臣深淵、然渉険被創、危然後安。今陛下未及高帝、謀臣不如良、平、而欲以長策取勝、坐定天下、此臣之未解一也。

G昭撫会背曰、「君真吾之子房也。」遂令王基撤退南門之兵。

H又有詩嘆鍾会曰、……妙計傾司馬、当時号子房。

（11）参考までに本論中で取り上げない残りの張良故事全例を掲出する。ここからしても、兵法関連での引用が大半を占めることがわかるだろう。

①円心ガ子息師律師則祐、進ミ出テ申ケルハ、「軍ノ利ハ勝ニ乗テ北ルヲ追ニ不レ如。（中略）是太公ガ兵書ニ出テ、子房ガ心底ニ秘セシ所ニテ候ハズヤ。」ト云ヒケレバ、
（巻八「摩耶合戦事付酒部瀬河合戦事」）

②義貞ノ兵是ヲ見テ、陰ニ閉テ中ヲ破レジトス。是ゾ此黄石公ガ虎ヲ縛スル手、張子房ガ鬼ヲ拉グ術、何レモ皆存知ノ道ナレバ、両陣共ニ入乱テ、不レ被レ破不レ被レ囲シテ、只百戦ノ命ヲ限リニシ、一挙ニ死ヲゾ争ヒケル。
（巻十「新田義貞謀叛事付天狗催越後勢事」）

③次ニ二條関白左大臣殿暫思案シテ被レ仰ケルハ、「張良ガ三略ノ詞ニ、推レ慧施レ恩士力日新戦如二風発一トイヘリ。（以下略）」
（巻二十八「慧源禅巷南方合体事付漢楚合戦事」）

④日来ヨリ手柄ヲ顕シタル兵三四人寄合テ評定シケルハ、「（中略）前ニハ数十箇所ノ城ヲ一モ落サデ、後ロニハ又敵道ヲ塞ヌト聞ナバ、何ナル樊噲・張良トモイヘ、片時モ不レ可レ怺。イザヤ事ノ難儀ニ成ヌ前ニ、此城ヲ夜討ニ落シテ、敵ニ

気ヲ失ハセ、宰相殿ニ力ヲ付進セン。」ト申ケレバ、
（巻二十八「三角入道謀叛事」）

⑤只一騎河原面ニ進出テ、高声ニ申ケルハ、「（中略）幼稚ノ昔ヨリ長年ノ今ニ至マデ、兵法ヲ嗜ビ嗜ム事隙ナシ。但黄石公ガ子房ニ授シ所ハ、天下ノ為ニシテ、匹夫ノ勇ニ非ザレバ、吾未レ学、鞍馬ノ奥僧正谷ニテ愛宕・高雄ノ天狗共ガ、九郎判官義経ニ授シ所ノ兵法ニ於テハ、光政是ヲ不レ残伝ヘ得タル処ナリ。（以下略）」
（巻二十九「将軍上洛事付阿保秋山河原軍事」）

⑥只一騎大勢ノ中ヨリ懸出テ、「（中略）張良ガ一巻ノ書ヲモ呉氏・孫氏ガ伝ヘシ所ヲモ、曾テ名ヲダニ不レ聞。（以下略）」
（巻二十九「将軍上洛事付阿保秋山河原軍事」）

⑦神功皇后、是智謀武備ノ足ヌ所也トテ、唐朝ヘ師ノ束修ノ為ニ、沙金三万両ヲ被レ遣、履道翁ガ一巻ノ秘書ヲ伝ラル。是ハ黄石公ガ第五日ノ鶏鳴ニ、渭水ノ土橋ノ上ニテ張良ニ授シ書ナリ。
（巻三十九「神功皇后攻新羅給事」）

(12)　この部分に関しては、岩波文庫本は底本とされる毛宗岡本よりも李評本に近い。

(13)　たとえば『兵法秘術一巻書』の序文には、張良が仙人黄石公から授けられた秘伝書が唐の国から日本に伝えられ、一時は紛失したものの、神功皇后の霊夢によって発見され、大江維時の招来、大江匡房の抄訳を経て源義家に下賜されるといったように、日本での伝授の様が記される。日本での張良の受容については、金光哲「神功皇后の兵法書『張良一巻書』」（『東アジア研究』七、一九九四年十一月）、三多田文恵「謡曲『張良』の成立とその背景」（『中国中世文学研究』四十一、二〇〇二年三月）などがある。

(14)　操視之、乃関、張二人也。（中略）操命、「取酒与二樊噲圧驚。」（第二十一回「曹操煮酒論英雄　関公賺城斬車冑」）

(15)　ちなみにこの説話の典拠と考えられる『史記』「項羽本紀」では「瞋レ目視二項王一。頭髪上指、目眦尽裂」とあり、目や髪への言及はあるものの、一致する表現にはならない。直接の典拠を探す必要もあるが、ひとまず顔のパーツに言及するという部分での『史記』との一致は意識しておいていいだろう。

(16)　本稿では流布本的存在である毛宗崗本を使用しているが、『通俗三国志』は基本的には李評本、部分的に他本を参看していたとの指摘がなされるため（『日本古典文学大辞典』『通俗三国志』の項目参照）、ここでは李評本を利用する。

（17）ちなみに典韋伝の内では彼を樊噲に準えてはいない。

（18）悪来とは剛力で知られ、殷の紂王に仕えた人物である。これも先に述べた、曹操が自身の家臣を先人に準える事例の一つに数えられる。

（19）『通俗三国志』の訳者は、湖南文山、義轍・月堂兄弟、夢梅軒章峰・称好軒徽庵兄弟といった説が出ており、確実なところがわからないままである。この辺りは、徳田武「『通俗三国志』の訳者」（『日本近世小説と中国小説』青裳堂書店、一九八七年五月）や長尾直茂「前期通俗物小考――『通俗三国志』『通俗漢楚軍談』をめぐって――」（『国文学論集』二十四、一九九一年一月）、「近世における『三国志演義』――その翻訳と本邦への伝播をめぐって――」（『国文学』四十六-七、二〇〇一年六月）などに詳しい。また、『演義』は江戸初期には日本に入ってきた可能性が高いとされるが、そこから元禄期に『通俗三国志』が刊行されるまでの数十年の動きもいまだほとんど明らかになっていない。

［使用テキスト一覧］

『太平記』慶長八年古活字本→日本古典文学大系／毛宗崗本『演義』→上海古籍出版社、岩波文庫（ただし論文中に引く訳は同書を参考にしつつ適宜私に改めたものである）／『武訓』→『益軒全集』（益軒全集刊行部）／『誹風柳多留』→『誹風柳多留全集』（三省堂）／李評本・『通俗三国志』→対訳中国歴史小説選集（ゆまに書房）／『平家』→新日本古典文学大系／『保元物語』・『平治物語』→日本古典文学大系／『三国志』・『史記』・『漢書』→中華書局

第三章　十五世紀——芸能・学問・武家故実をめぐる動態——

戦いの伝承の劇化
――エウリーピデースと世阿弥の場合――

日下　力

一　はじめに

アイスキュロスは、ペルシア軍をアテナイが紀元前四八〇年にサラミスの海戦で壊滅させた八年後に『ペルサイ』を発表、敗れたペルシア王の母や兵士の妻たちの嘆きを舞台で演じさせ、自国の勝利の必然性を誇らしく称揚した。日本では、一三九一年の明徳の乱の直後に成立したと見られる軍記作品の『明徳記』をもとに能『小林』が創られ[1]、幕府に叛いた山名氏清の非を、家臣の小林義繁の諫言を介して語らせ、共に勝者の視点に立った作品が創られていた。

が、真作十八編のうち十一編まで戦いを素材とした作品を残したエウリーピデース（前四八〇年代～四〇六）の場合は、それほど単純ではなく、『平家物語』に依拠して作能した世阿弥（一三六三、四～一四四二、三年か）の関心は、敗者の方にあった。それぞれの作品のありようを、まず、前者から見ていこう。

二　戦争被害者への目――女性たち――

エウリーピデースは、トロイア戦争から九作品を、テーバイ戦争から二作品を書いた。『イリアス』の語る前者の戦いは、ヘレ、アテネ、アプロディテの女神たちが美を競い合い、アプロディテがその審判者となったトロイアのパリスに、スパルタ王メネラオスの后ヘレネを与えて勝利を収めたところに因があったとされる。ギリシア軍は、ヘレネを奪い返すべく、十年間もトロイアの地で戦い続けたと伝わる。テーバイ戦争は、オイディプス王の二人の息子によるテーバイ国の王権をめぐる戦い。王位にあるエテオクレースを、アルゴス国の支援を得たポリュネイケースが攻撃、二人は相打ちによって死に、叔父のクレオーンが即位する。

エウリーピデースの後半生は、前四三一年から四〇四年まで続いたペロポネソス戦争、つまり自国のアテナイがスパルタに敗北するに至る長い戦いの時代に覆われていた。この開戦を契機に、彼の悲劇は「戦争とその悲惨な結果を扱ったものが増えてくる」と指摘されている。(2) 眼前の現実が影を落としてくるのである。その時代に創られた最も早い作品らしいのが『アンドロマケー』で、前四二五年ころの作という（以下、固有名詞については、岩波書店『ギリシア悲劇全集』の表記に従い、長音の音引で示す。例・「ヘレネ」→「ヘレネー」。各作品の制作上演年代、本文引用も同書による）。

その内容は、トロイアーの英雄ヘクトールの妻アンドロマケーが、奴隷としてギリシアに連行され、アキレウスの息子との間に子をもうける、そのため、正妻のヘレネーの娘から命までねらわれる身となってしまい、のちに自らの行為を恥じたその娘の方は、もとの婚約者で今は逃亡者となっているオレステースによって館から連れ出され、アキレウスの息子は暗殺される、というもの。オレステースが逃亡者となっているのは、トロイアーから凱旋将軍として帰国した父のアガメムノーンを母のクリュタイメーストラーが恋人と共に殺害、その仇を討つべく母を殺し、母国から追放されているからであった。

この作品の最終場面で、作者は三つの悲しい現実をコロス（合唱隊）に歌わせている。一つはトロイアーの滅亡、二つはオレステースの母殺し、三つはギリシアにも及んだ戦争の災禍。注目すべきは、アイスキュロスの『ペルサイ』とは違い、戦争の勝者と敗者、双方の不幸に言及していることであり、ここで歌われるギリシア側の不幸は、「逝きし子らを弔う／嘆きの歌声は絶えることなく、夫を失った妻たちは／家を離れて」と、愛する者を失った女たちの悲しみである。主人公も愛する人を殺され、敵国に連れてこられた身であった。

ほぼ同時期の作に『ヘカベー』がある。アンドロマケーの姑のトロイアー王妃ヘカベーが、二人の子供を殺され、悲嘆にくれながらも、仇討ちを果たすストーリー。殺された一人は、戦死したアキレウスの墓前に生け贄《にえ》として捧げられた女の子、もう一人は、戦争を避けてトラーキアー王に託されていた男の子で、母国が敗れるや殺害される。ヘカベーは、その男の子の復讐をする。

舞台は、トロイアーの女たちが捕虜として収容されている幕舎。コロスは彼女たちによって構成され、ヘカベーの悲しみ、そして自らの不安が歌われる。しかも彼女らは多く、ヘカベーと同じ母たる身、「ああ、わが子らよ、／父たちよ、（中略）／わたくしは見知らぬ国に奴隷となってゆく身」と嘆く。また一方、ギリシア側の女たちの悲嘆が、「家の内に籠ったまま、涙ながらに泣き暮し、／子供に死なれた母親は白髪の頭を拳で打ち」と語られる。前作同様、敗者側の女性の悲惨さに焦点を合わせながら、戦争被害者という共通性から勝者側の女性にも視野を拡大している。そして、男の子の復讐に燃えるヘカベーは、トラーキアー王をだまして子供と共に幕舎に呼び寄せ、コロスの女たちと共謀して子を殺し、王の目をつぶす。

『アンドロマケー』では、後半、アンドロマケーがまったく登場せず、『ヘカベー』では、前後半で主人公の性格が弱者と強者とに二分されており、劇作の未熟さが感じられる。それはそれとして、『イリアス』中の二人の姿と比べた場合、強烈な個性が打ち出されている点、雲泥の差がある。アンドロマケーは、自分を殺そうとするヘレネーの娘に強く抗弁して譲らないし、ヘカベーは敵討ちを断固として敢行する。演劇ゆえの性格づけがなされたのであろう。

テーバイ戦争に取材した『ヒケティデス（嘆願する女たち）』も、右二作と重なる時点の制作で、やはり女性の存在が大きい。ポリュネイケースと共にテーバイを攻めて戦死したアルゴスの七人の将軍の母たちが、放置されている息子の遺体を引き取らせてほしいと、アテーナイ王のテーセウスに仲介を依頼、その尽力で願いは果たされるが、七将の妻の一人は、夫の火葬の火に身を投じて死ぬ。ストーリー展開は一方向で統一されており、劇的起伏に乏しいものの、右二作にあったような分裂は感じられない。

コロスを形成するのは七将の母たちで、その意を汲んで行動するのがアルゴス王のアドラーストス。彼に連れられて女たちは、テーセウスの老母のもとで悲痛な心中を披瀝、心動かされた老母の、わが息子への説得でことは進む。母どうしの思いの共有が作品の基盤に据えられているわけである。

しかもこの作品には、戦争への懐疑が込められている。アドラーストスは、テーバイ攻撃の非をテーセウスに責められ、自らの軽率さを認める。「若者たちの熱気に押されて分別を忘れて」と後悔し、子の遺骸を前に泣く母らを目にして「あさましいわが身よ」と吐露、舞台から姿を消す直前には、「あわれな人間たちよ、／なぜ、槍を手に持ちお互いに殺し合いをするのか」と問いかける。テーセウスの言中でも、「若者たちに引きずられ」、「大義もなしに戦争を重ね」てゆく場合、彼らのねらいは自らの出世欲だったり、「権力」への渇望だったりで、民衆が受ける被害は念頭にないと語られる。こうした戦争推進者への非難は、当時の政界で主戦派を率いていたクレオーンへの批判が込められている可能性が高い。その批判を、喜劇作者アリストパネースは、堂々と自らの作『騎士』で開陳していた。

七将の息子、母たちには孫に当たる子供たちは、十年後にテーバイを攻略したと伝えられる。彼らがその仇討ちを口にする場面で、コロスの女性集団は、「いまだ、この不幸はやむことがないのか。／あわれ、人の世のわざわいよ。私には／嘆きも悲しみもこれで十分」と歌う。戦いを忌避する思いが根底にあり、「後年の『トローアデス（トロイアーの女たち）』を生み出すのと同じ精神がここには働いている」という。(3)

その『トローアデス』は、前四一五年の作品。前年、アテーナイ軍はスパルタ寄りのメーロス島を制圧、成年男子をすべて処刑し、婦女子を奴隷にするという暴挙に出た。同じ年、大敗北を喫することになるシケリアー（シチリア）島への遠征も決定された。本作は、「メーロス島民への過酷な仕打ちを下敷きにしたとしか思えない」と評される。(4)自国軍の犯した残虐行為への非難は、アンドロマケーが自分の幼子が城壁から突き落とされると知り、「おお、夷狄《いてき》にこそふさわしい蛮行を考え出したギリシア人よ」と言い、ヘカベーが幼子の遺体を前に、「おお、分別よりも武力を恃《たの》むギリシア人よ」と口にしたりする、その表現に読み取れよう。

作中では、ヘカベーを次々に襲った四つの非情なできごとが語られる。娘のカッサンドラーはアガメムノーンの妾として連行され、末娘のポリュクセネーはアキレウスの墓前の生け贄に、嫁のアンドロマケーはアキレウスの息子の奴隷に身を落とし、孫の幼子があえない最期を遂げる。彼女自身は、炎に包まれたトロイアーの城を目にしつつ、捕虜の女たち（コロス）とともに、ギリシア行きの船に乗せられる。

当該作品には「筋もない、一種の反戦劇」という評価がなされているが、(5)観衆の歓心を買うための意表をつく筋の展開は、戦争の悲惨さをテーマとするからには考えられないことであったろう。それは『ヒケティデス』にも通じている。この作品と主人公を同じくする前述の『ヘカベー』にはあった、息子の仇討ちを敢行するごとき強烈な個性は、ここでは影が薄い。あるのは、打ちひしがれた戦争被害者たる女性の迷える姿である。コロスが同じ嘆きを共有する女たちであることも、看過できない。

実は、戦いに取材したエウリーピデースの全十一作品のうち、滑稽さを売りものにするサテュロス劇の『キュクロープス』を除き、コロスはすべて女性である。ここに取りあげた四作品の中心にいるのは女性たちであった。戦争悲劇の作出は、彼の場合、自らの意志とは関係なく運命に翻弄される身となった彼女たちに目を注ぐことに、直結していたのであろう。

三　神話伝承の否定――戦いの因への懐疑――

神ゼウスに祈りを捧げる『トローアデス』のヘカベーは、「押し量りがたいお方、／ゼウスさまとは自然の理《ことわり》、それとも人間の知恵のまたの名でしょうか、／そのいずれにもせよ、あなたに祈りを捧げます、音もなく道をたどって、／人の世のことすべてを、正義に従ってお導きの故に」と言う。ヘレネーを迎えに来たもとの夫メネラーオスはそれを聞き、「神々への祈りにしては、なんとも奇妙な文句」と評する。皮肉すら込められているような最後の一句には、神への疑いが伏在しているからであろう。

神に対する彼女の不信や非難は、これに先立っても語られ、右のやりとりに続き、メネラーオスの面前で繰り広げられるヘレネーとの論争場面では、戦いの因となったという三女神の美の競い合いという神話そのものすら否定してみせる。それは、ゼウスが白鳥となってレーダーに身ごもらせたのがヘレネーだったという神話をも、アンドロマケーの口を介して否定させることにつながっている。

ギリシア悲劇の素材は、周知の神話伝承が基本で、作者の創造力が問われるのは、「いかに既知の結末に至るまで場面と展開をはこんでいくか」という点にあるとされる。(6) アイスキュロスの『アガメムノーン』や、ソポクレースの『オイディプース王』が、それを究めた好例であろう。ところが、エウリーピデースの場合、右のように神話伝承を否定するような言辞が、『トローアデス』上演前後の時期に、多く見られるようになる。

その一つ、前四一六〜四一四年ころの作という『ヘーラクレース』は、冥界から帰ってきたヘーラクレースが、地上で権力を奪い彼の妻子を迫害していた男を倒すものの、狂気の神に狂わされて自分で妻子を殺害、最後はテーセウスに説得されてアテーナイへ赴くというもの。テーセウスは、つらい運命に耐えるよう説得する中で、神々も同じように自らの過ちに耐えているという神話を二つするが、ヘーラクレースは、それらを「ありうると思ったことがない」、「これからも決して信じないであろう」、「詩人どもの作り話だ」と受けつけない。

前四一〇年代後半の作とされる『イオーン』は、アテーナイ王の娘クレウーサが神アポローンに犯されて生んだ子イオーンが、捨て子の身から発見されて国王になる物語。その中で、アテーナイの始祖は「土より生まれたエリクトニオス」だという神話を繰り返し語っておきながら、イオーンに王位を譲ることになる義父クスートスは、出生の秘密を知らぬイオーンの、「わたしは大地から生まれた」のかという問いかけに、「土が子供を産むことはない」と切り捨てる。作中における自家撞着を、あえて持ち込んだように見える。

前述の『トローアデス』上演の二年後、前四一三年に書かれた『エーレクトラー』は、トロイアーから帰国したアガメムノーンを、妻のクリュタイメーストラーと情夫のアイギストスが殺したのを知っている娘のエーレクトラーが、弟のオレステースと協力して二人を殺害した話の劇化。アイギストスの父は、アガメムノーンの父の弟であったが、位を奪うべく兄の妻に通じて王権の護符たる「金毛の子羊」を手に入れたことが両家の確執の始まりで、その事件の時、ゼウスは太陽を西から東へ逆行させたと伝わる。コロスはそのことを歌いながら、「話はこう伝わるが、／わたしはほとんど信じない」と言ってしまう。

クリュタイメーストラーの夫殺しの動機は、トロイアーへの出帆をはばむ風向きを変えるべく、娘のイーピゲネイアを生け贄として女神アルテミスに捧げた行為を恨んだゆえだったとされるが、そのイーピゲネイアが殺されたのではなく、クリミア半島のタウリケーの地で生きていたと語るのが、前四一四年か四一三年の作とされる『タウリケーのイーピゲネイア』。作中、イーピゲネイアは、人身御供を好むアルテミスのような神を、「ゼウスのお后レートーが（中略）お産みになるわけがない」と言い、自家の祖先伝説、タンタロスがわが子のペロプスを料理して神々の食卓に供し、憐れんだ神が生き返らせてやったという話を、「でっち上げだと考えています」と否定する。

そうした一連の流れの中で、前四一二年、戦争の因になったというヘレネーは、実はトロイアーに連れて行かれたのではなく、エジプトにいたとする『ヘレネー』が創られた。常識をくつがえす「異端的なヘレネ伝説」を取りあげたもので、多くの観衆に「驚愕と新奇の念」を感じさせたに違いないとされる。(7) ヘレネーは、アテーナイの敵スパルタ出身ということもあって、悪女イメージが定着していたが、ここで誠実な女に一変する。

トロイアーにいたのは、女神ヘーラーが送り込んだ「幻のヘレネー」で、本当のヘレネーは、エジプト国王のもとにおり、やがて帰国途中のメネラーオスに発見され、スパルタに帰ったという。彼女は、戦いの渦中にいたのは「わたしの名」、「身」は神に運ばれてここにいると語り、「数多《あまた》の苦しみをもたらす、わたしの名ゆえに」とも、「わたしの姿は／ダルダニア（トロイアー・私注）の城を滅ぼした、／呪われたアカイアびと（ギリシア人・私注）らをも滅ぼした」と、敗者のみならず勝者にも及んだ災禍を嘆く。双方への視線は、『アンドロマケー』以来、一貫するものであった。なぜ二つの地にいられたのかというメネラーオスの問いには、「名は、どこにでもあることができよう」と答える。幻想にだまされて戦争は始まったと言いたかったのであろう。

真実を知ったメネラーオスは、「われらは神々に欺かれていたのだ、／雲の像を手にして」と言い、それを聞いた使者の男は、「神さまは、なんと千変万化なもの」と驚嘆する。またコロスは、「神とは何か、神でないとは何か、その間《あいだ》とは何か」と問いかけ、幻のために行われた戦争を憐れんで、「もしも血に染む戦いが／争いの決着をつけるものならば、／人間の国々から争いの消える日はけっしてあるまい。（中略）あなたをめぐる争いは、ヘレネーよ、／言葉で正すこともできたのに」と歌う。前年の秋、アテーナイのシケリアー遠征軍が全滅していた。厭戦、反戦の思いが作者の中に高じていたと思われる。

この「名前と実体の乖離」という問題意識は、この時期に集中して現れていると言われ、(8)前述の『タウリケーのイーピゲネイア』とは、劇構成の類似性まで逐一指摘されている。(9)クリュタイメーストラーの夫殺害の動機となったイーピゲネイアは、生け贄に供されたのではなく、実はタウリケーで生きていた、という内容は、幻想が恨みを誘発し、凶行に結びついたのだと言っているに等しく、トロイアー戦争の因は幻惑だったとするのに通ずるのである。当時の作者の胸中を支配していた想念を、表徴していよう。

『ヘレネー』の末尾は、神の不可解さ、理不尽さを歌う「神の力の顕現《あらわれ》は、形もさまざまで、／神々は多くのことを、予期せぬ方へ、完成したまう。／期待したことはなしとげられず、／期待せぬことにも、神は道を見出したまう。／そのように、この出来事も終った」というコロスの歌唱で結ばれる。同形態の結びは、初期作品の『アルケースティス』（前四三八年）から、『メーディア』（前四三一年）、『アンドロマケー』、『ヘレネー』と継承され、死後の上演となった『バッカイ』（前四〇五年）まで続く。生涯、彼は神への不信感を抱き続けていたのに違いない。

ところで、神の怒りを買って狂気に陥らされ、罪を犯すことになる人物を描く作品に、ソポクレースの『アイアース』（女神アテーナーがトロイアー戦争の英雄アイアースを狂わせる）があり、エウリーピデースには、『ヒッポリュトス』（女神アプロディーテーが国王の后を狂わせ、義理の息子のヒッポリュトスに恋させる）、『ヘーラクレース』（前述）、それに、『バッカイ』（内容は後述）がある。二人の作者の違いは、人の心を狂わせた神に対する懐疑、あるいは非難があるかどうかである。ソポクレースには、それがない。

エウリーピデースの場合、『イオーン』でも、クレオーンに子供をはらませたアポローンの行為を難じ、『エーレクトラー』では、母殺しに苦悩するオレステースに、その行為を促したアポローンの神託の「正義」が「わたしにはわからない」と言わせ、彼を主人公とする『オレステース』（前四〇八年）では、神託自体の是非が幾重にも問われている。同じ題材を扱ったアイスキュロスの『エウメニデス』や、ソポクレースの『エーレクトラー』には、神への不信感が表明されることはない。

死の翌年に上演された『バッカイ』は、ディオニューソス神を信じず、追放までしようとした国王が、その信仰に染まり、かつ神に狂わされた母によって殺される話。母は女性ばかりの信仰集団バッカイに属し、常日ごろ信仰のあかしたるテュルソスの棒を持っていたが、最後に国を出ていく時、「テュルソスを思い出させるもののない、／そういうところに私は行きたい」と言う。愛する息子すら殺させた神の無慈悲さを思い、信仰を捨てたのであった。そして、先に紹介した末尾の詩句につながっていく。

エウリーピデースにとって、神は、『トローアデス』中のヘカベーの言葉が示唆しているように、「人間の知恵」が創り出したもの、あるいは「自然の理」と考えられていたのであろう。人間社会における不条理な現実を推し進める力、と言い換えた方がいいのかも知れない。ともあれ、神話伝承も神も信ずるに足らず、トロイアー戦争は幻のヘレネーの奪い合いにすぎなかったと語ることで、今日の問題にもつながる、戦いは往々にして仮想敵を妄想するなかで始まるという、その愚かしさを伝えようとしたのであったろう。

四　献身のテーマ

前四一二年にエウリーピデースが舞台に上がらせたエジプトのヘレネーの姿は、再び目にできない。以前どおりの悪女イメージのヘレネーが、『オレステース』や『アウリスのイーピゲネイア』（死後、前四〇五年上演）で復活していくのである。

前四〇九年の上演かとされる作品に、テーバイ戦争を取りあげた『ポイニッサイ』がある。この戦争は、オイディプース王が自らの母とも知らず身ごもらせたイオカステーとの間の二人の子息による、テーバイ国をめぐる戦いであった。ソポクレース作の『オイディプース王』では早くに自死していたイオカステーが、まだ生きている設定となっている。ここで大きくクローズアップしてくるのが、国の問題である。

援軍のアルゴス勢を従えたポリュネイケースが、エテオクレースの守る城を包囲した状況下で、イオカステーは兄弟の仲介をすべく、彼を城内に呼び寄せて説得を試みる。そのやりとりのなかで、「いちばん知りたい」こととして、「祖国を失くす」とはどういうことかと尋ねる。祖国を追われた立場への問いかけであった。相手の答えは、当然、不自由さであったり、卑屈な生き方をせねばならぬことだったりするが、聞き終えたイオカステーは、「どうやら、祖国というものは、死すべき身にとって、何ものにもかえがたい味方。そういうことのようですね」と言う。失ってはならぬものとして祖国が位置づけられ、愛国心を称揚する指針が示されているに等しい。

イオカステーは、エテオクレースに対しては、「僭主たり続けることと、この国を／救うこととの二つ」のうち、どちらを取るのかと迫り、亡国への道を塞ごうとするが、相手に拒否されて、戦いは避けられぬものとなる。

　テーバイを亡国から救ったのは、一人の少年メノイケウスであった。エテオクレースの死後に即位するクレオーンの息子たる彼は、国の穢れを取り除くためには、祖先の殺したドラゴーンのために、自らが生け贄にならねばならぬという予言者の言葉を聞き、毅然とそれを実行したからであった。わが子を国から逃がそうとする父を欺いて、「私はこの国を救うために出て行く。この土地のために命を投げ出すのだ」と言って死地に赴く。メノイケウスは、作者が独自に創造した人物とされており、(10)その献身的行為を通じて愛国心が強調されていることは間違いない。

　国の存亡を問題とする劇の作出は、ペロポネソス戦争が進行し、アテーナイの劣勢が顕著となっていくなかで、母国への思いが高揚したからかと思われる。ほぼ同時期に書かれた『アウリスのイーピゲネイア』でも、国のために進んでわが身を犠牲にする行為を強調して描く。執筆したのは、エウリーピデースがアテーナイからマケドニアに移住した前四〇八年前後のころ、着手したのはアテーナイで、完成はマケドニアでと考えられている。(11)二年後に彼は没し、四年後にアテーナイは降伏した。

　アウリスはトロイアー遠征軍の集結していた港、そこにイーピゲネイアは父のアガメムノーンからアキレウスと結婚させるという名目で、母と共に呼び出される。二人のもとに偶然現れたアキレウスは、自分が利用されたことに怒り、姫の命は守ると約束する。その一方で、アガメムノーン自らが頼んでくれれば、「私はギリシア人に名前を貸し与えただろう、／イーリオン（トロイアー・私注）遠征がそれで可能になったのであれば。／私は遠征の仲間の助けになるなら拒みはしなかっただろう」と言う。詰まるところ彼は、ギリシアのためなら自分が利用され、結果的に少女の命が失われても、それでよしとしている。この言葉と照応するように、姫の命を守る姿勢を最後まで貫くということを、彼はしない。

妻に問い詰められて事実を認め、娘から命乞いされたアガメムノーンは、苦しい心中を吐露する。自ら恐ろしいと思うことをするのは「私の義務だからだ」と言い、逆風で出帆できずにいる軍勢の苦境を語り、非情な神託に従う以外にないと説く。そして、自分は、ヘレネーを取り戻そうとするメネラーオスに仕えているのではなく、「ギリシアに仕える身」、だから「ギリシアのためにおまえを犠牲にしなければならない」と娘に語りかけ、外国人に力ずくで女を奪われることのないよう、「娘よ、おまえと私は力を尽すのだ。ギリシア人であるからには」と、共に国に奉仕することを求める。

やがて、生け贄の中止を味方に説得できずに帰ってきたアキレウスを前に、イーピゲネイア自らが死ぬ決意を表明する。「私の望みは」「誉れある行動をとること」であり、祖国の未来が「私にかかってい」るとも、自分が生まれてきたのは「全ギリシアのため」とも語る。「なんという崇高な精神」とアキレウスは称賛し、神もその心を称えて救ったのであろう、生け贄の祭壇から彼女の姿は消え、代わりに牝鹿が横たわっていたという。国に対する献身をテーマとして構成されていることは明らか。それは、五、六年前の作『タウリケーのイーピゲネイア』では、見られなかったことであった。

献身的行為そのものを扱ったものには、夫の身代わりとして死ぬ妻の話の『アルケースティス』（前四三八年）、弟たちを生かすため、進んで神の生け贄となるヘーラクレースの娘を描く『ヘーラクレイダイ』（前四三一〜四三〇年）があり、『ヘカベー』では、アキレウスの墓前に生け贄とされる少女ポリュクセネーの、自己犠牲を惜しまない姿が描かれていた。が、国への献身は晩年に初めて現れるテーマ、戦況の悪化が止むに止まれぬ思いを起こさせたのであったろう。

しかし、『トローアデス』のヘカベーは、幼い孫の遺体に向かって「祖国のために死んだのであれば、／おまえもしあわせだったといえよう——むろん、こうしたことにしあわせがあるとしてだが」と語っていた。祖国のための死をも相対化する視座、複眼的視座を、本来、作者が持っていたことを忘れてはなるまい。二人のヘレネーを作出し、勝者側の不幸をも舞台で語らせていたことと通底している。エウリーピデースは、過去の伝承を素材としながらも、戦争の継続する現実に触発された種々の思念を、模索しつつ作品に投影させた悲劇作家であったと言えよう。

五　世阿弥の前提——発想の原点——

アリストテレースは、『詩学』の中で「悲劇作品は一様に、視覚的装飾、性格、筋、語法、歌曲、思想」を持ち、「筋は悲劇の原理であり、いわば魂」、「二番目にくるのは性格（登場人物の・筆者補足）」、「三番目にくるのは思想」、「四番目にくるのは語法」すなわち「言葉による意味伝達」、「残った要素のうち、歌曲は感覚的な魅力を添えるもののなかでもっとも重要」、「視覚的装飾は観客の心をひきつけるものではあるが、技法をもっとも必要としないものであり、詩作にはもっとも縁遠いもの」と、それぞれを位置づけている。(12)

世阿弥は能作者である以前に、演者であった。『風姿花伝』の冒頭には、当芸が「天下安全のため」かつ「諸人快《け》楽《らく》のため」のものであり、その達人とは「言葉卑しからずして、姿幽玄ならん」者を言うとある。『至花道』では、「二曲」つまり「舞歌」、「音曲と舞」の稽古から始めて、舞台で演ずる多様な人物の姿態の基本となる「老体・女体・軍体」の三体の習得に進めと説く。すなわち、『詩学』で最後に回されていた二つの要素こそ、世阿弥にとっては始発点であったことになろう。(13)

エウリーピデースは戦争被害者としての女性に特別な視線を向けていたが、同じことが世阿弥の場合にも言えそうである。たとえば、わが子の敦盛の死を熊谷直実からの書状で知る平経盛夫婦を題材とした廃曲の作品『経盛』(14)の妻の演技について、「此女、思ひ入れてすべきを、皆浅くする也。人の謡ふまでうつぶき入て、其うちよりくどき出だすべし」とか、「泣き泣き女問うことなれば、ほろりと云て、さるから（その一方で）けなげに有べき所に眼を着けて言ふべし」と、忠告している（『申楽談儀』）。子を亡くした母の悲しみを忖度して演じよと説いているわけである。

能以前の曲舞《くせまい》の曲に、平維盛の北の方が鎌倉に連行されたわが子の六代の安否に心を煩わせる『六代ノ歌』があるが(15)、その一節、「何をか種とおもひ子の」の「おもひ子」の力点の置き所を具体的に指示、「心を静めて」謡うよう促してもいる（同）。世阿弥は、討死した平通盛とその跡を追って入水した小宰相の夫婦を扱った井阿弥《せいあみ》の原作『通盛』に添削の手を加えたと言い（同）、自らは、入水した平清経とそれを恨む北の方とを対峙させた『清経』を創った。戦いで引き裂かれる人間関係を、受け身とならざるを得ない女性の側に身を寄せて見ている目が、感得されるのである。戦いの勝者ではなく敗者こそ、彼の創作意欲を掻き立てるものであったのだろう。

戦争被害者と見られたからであろう、十代で討たれていった若者たちも多く舞台の素材となっていた。世阿弥は『敦盛』を残したが、同時代の作品として、現行曲に『朝長』『知章』があり(16)、廃曲ながら『申楽談儀』に「笠間の能」とある『安犬』(17)、散逸曲で同書に内容記述がある、勘当された子が「親の合戦すと聞て、由比の浜にて合戦して、重手負ひたる」「初若の能」、と、数えることができる。西欧の叙事詩では、戦場における少年の死を取りあげる頻度が少なく(18)、ギリシア悲劇でもそれを主題とするものはない。日本の場合、軍記物語の段階から引き継がれてきた重いテーマであった。

『朝長』は源義朝の子で、平治の乱で重傷を負い、父と逃避行を共にする途中で自ら命を絶つ。『知章』は平知盛の子、一の谷の合戦で父を逃がすために敵将に組打ちを挑み、命を落とす。この二曲は夢幻能であるが、『安犬』と

「初若の能」は現在能。前者は、鎌倉公方に叛いた下野国の小山一族の少年、十四歳の安犬丸が母のもとに逃れたものの、奮戦むなしく連行されていく過程を描く。応永四年（一三九七）、鎌倉に送られた小山氏の子供二人が海に沈められたといい（『鎌倉大草紙』）、それに取材した際物的作品とされる。シテは母で、わが子への思いが縷々語られ、最後の奮戦場面とそれが、二つの山を形成する。世阿弥は際物性を嫌ったのか、「今程、不相応か」と語ったよしである（『申楽談儀』）。後者については、初若が捕らわれ、親がそれと気づく場面まであったことが知られる。

いずれの曲も、親子関係をベースとし、少年の悲劇が核とされている。廃曲の能『小林』で瞽女が石清水八幡の回廊で歌っていたとある歌詞中の「小次郎殿」は、作品の原典『明徳記』で、『平家物語』の敦盛話を模して語られている山名小次郎氏義のことと考えられ、彼も十七歳で養父氏清に殉じた若者であった。世阿弥の『敦盛』も、当時のこうした社会的嗜好を反映したものだったことになろう。もっとも彼の作品は、後述するように、非業の死への同情を喚起しようとするものではなかった。

世阿弥も戦争の時代を生きた。二十代末に明徳の乱（一三九一年）を、三十代末に応永の乱（一三九九年）を、五十代で上杉禅秀の乱（一四一六年）を経験している。しかし、エウリーピデースの場合と違い、現実の戦争の投影を、作品に探すことは難しい。自身の戦争体験は、佐渡配流となった時のことを小謡《こうたい》にして、「配処も合戦の巷になりしかば、在所を変へて」と表現しているにすぎない（『金島書』）。

直近の戦乱を取りあげた前述の『小林』は、世阿弥の確立した軍体の能に先行する修羅能の面影を残すという。[19] 戦因を反乱者の野心に見るこの作品は、『安犬』以上に際物的であり、おそらく世阿弥の価値観とは相容れぬものだったに相違ない。『風姿花伝』の「修羅」の項で、「源平などの名のある人の事を、花鳥風月に作り寄せて、能よければ」面白い、と記し、『三道』では、軍体の能の作り方について、「源平の名将の人体の本説ならば、ことにことに平家の物語のまゝに書くべし」と記すのが世阿弥であった。彼にとって眼前の戦乱は表現に価するものではなく、過去から洗練の度を増して語り伝えられた「名のある」人物を、醜悪な戦いの現実から遊離した「花鳥風月に」ことよせて舞台で演ずること、それが理想だったのである。

そうした立場からすれば、エウリーピデースに見られたような、人は何ゆえに戦うのかという根源的な問いを内在させた作品を書くはずはなく、戦争か平和かの、また国家や献身のテーマも、胸中に浮かぶはずはなかったであろう。世阿弥には、戦争はどのように意識されていたのであろうか。

世阿弥は禅に傾倒し、対立概念を止揚する『維摩経』の「不二」思想の影響下にあったとされる。(20)『風姿花伝』の「別紙口伝」では、経文の「善悪不二《ふに》邪正《じゃしょう》一如」を引用しつつ、良し悪しは「時ニヨリテ」定まるものゆえ、「時ニ用ユルヲ以テ花ト知ルベシ」と説いて、「メヅラシキガ花」の発想の原点を示唆する。『遊楽習道風見』では、『般若心経』の「色即是空、空即是色」を引用し、さらに「有無二道をとらば、有は見、無は器なり。有をあらはす物は無也」といった論を展開、いずれも、善と悪、邪と正、色と空、有と無という相対的関係を止揚する思索の方向性が顕著に見られる。

『拾玉得花』では、ある人の「如何《いかなるか》無常心」という問いに「飛花落葉」と答え、「如何《いかなるか》常住不滅」という問いにも「飛花落葉」と答えたという問答を紹介する。この世の、つまりは宇宙の法則が無常であるという認識を直截に表現したものであり、世阿弥もその認識に基づいて物事を見ていたわけで、「時ニヨリテ」定まる「花」の論は、まさにそこから生まれたのであった。とすれば、戦争という対象も、是非の枠を超えた、転変してやまない無常の現象の一斑として見ていたのではないか。それは、宇宙の運行を巨大な回転する時間軸で捉えるインドの叙事詩『マハーバーラタ』の「バガヴァッド・ギーター」の思想につながるように考えられる。(21)エウリーピデースと世阿弥との違いは、西洋と東洋との思惟方法における本来的異質性を象徴しているといっていいのであろう。そして、「時ノ花」を求めることは、戦いの現実を彼方へ押しやることに通じていたように見える。

六　『平家物語』との位相差

戦いの伝承を劇化した世阿弥の作品は、『申楽談儀』に「世子作」と記す『忠度』『実盛』『頼政』『清経』『敦盛』の五作で、『三道』では軍体の能に分類する。同時代作品は前節で触れたもののほかに、修羅能では『申楽談儀』記載の『重衡（笠卒都婆）』『八島』[22]、『能本三十五番目録』に載る『維盛』があり、修羅能以外に、『盛久』『鵜』『静』や、鬼界が島流罪の少将成経を扱った『申楽談儀』に言う「少将の能」もあった。

軍体は、老体・女体とともに最重視される「物まねの人体」で、「勢へる人体の学び」と説明されている（『至花道』）。裸形で示された人形図では、鉢巻きの烏帽子姿に太刀を帯び、軍扇を持つ（『二曲三体人形図』）。廃曲作品の『維盛』では、出家したはずの維盛の亡霊が「軍体」で現れたとあり[23]、武具を身に着けた姿を言ったものなのであろう。

その軍体姿で狂い舞う維盛は、「一門の棟梁」たる立場ゆえ「責め一人」に受けて修羅道で苦しんでいると語り、『平家物語』の伝える、妻子への思いに懊悩する貴公子の姿とは懸隔する。比較的『平家物語』の性格を受けつぐのは『重衡』で、犯す意志なくして犯した南都炎上の罪について、「逆罪を犯すこと、まつたく愚意のなすなし」と、物語で何度も繰り返される彼の弁明が取り込まれている。とはいえ、頼朝の面前で、歴史の不条理性を口にし、それを甘んじて受け入れようとする重衡の姿までは、この作品から想像できない。わが子を見殺しにして逃げ延びた父親の苦悩を告白する知盛の言葉は、『知章』に継承されているが、海上を泳いで彼を船まで運んだ馬や、勇壮な知章討死の話柄に挟まれて、印象は薄い。語りと劇という表現形態の相違が、自ずから位相差を生んでいると言えよう。

その位相差は、世阿弥作品でも基本的に等しい。

世阿弥は自作の『忠度』を、「修羅がかり」の能の内の「上花歟《か》」と語った（『申楽談儀』）。一曲の核は、三度も引かれる忠度の歌「行き暮れて木の下蔭を宿とせば　花や今宵の主ならまし」である。かつて俊成に仕えていたワキ僧の語り出し、「花をも憂しと捨つる身の」からして、「花」が意識されている。老翁姿で登場する忠度の霊は、植えられた若木の桜に花を手向け、一夜の宿を乞う僧に「花の蔭」こそ最上の宿と答えつつ先の歌を謡い、「と、詠めし人はこの苔の下、痛はしや」と語る。奇遇に感動した僧が読経して弔うと、喜びながら、「夢の告げをも待ち給へ、都へ言伝て申さん」と言って姿を消す。

後場で現れた武具姿の忠度は、『千載集』にわが歌が「詠み人知らず」として入れられたのが第一の「妄執」で、俊成の息子定家に「作者を付けて賜び給へ」と伝えてほしいと頼む。そして、俊成に歌を託して都落ちした時のこと、一の谷で岡部六弥太に討たれた修羅場を演じて見せ、最後を「花は根に帰るなり、わが跡弔ひて賜び給へ、木蔭を旅の宿とせば、花こそ主なりけれ」の言葉で結ぶ。霊は再び桜木の「苔の下」へ、花が根に帰るように帰って行き、今も花を主として宿り続けていることを暗示するかのようである。定家が『新勅撰集』に彼の名を復活させて歌を採ったことを見通して作能されているからには、その霊が今や安息を得ているであろうことまで含んだ表現と見なければなるまい。

『平家物語』との差は、六弥太の描き方にある。物語中の彼は手柄をあげたい一心の野卑な人物、名を問われて味方と偽った忠度の言葉をうそと見ぬくや即座に組打ちを挑み、最後の念仏の終わるのを待ちかねて首を打ち落とし、聞き忘れた名前を歌の書かれた紙片から知るや、首を太刀の先にかかげ大音声で手柄を吹聴する。それに反し能『忠度』の六弥太は、遺骸を前に「痛はしや」と思い、忠度と知ってさらに「痛はしき」と口にする。野卑な人間性は影をひそめ、結果的に融和せる世界ができあがっている。それは、妄執から解放された霊を語るのにふさわしい。「上花」と評価したい作者の思いが、分からなくはない。

それと対照的に、「無念は今にあり」と、最後まで妄執にとらわれ続けている姿を語るのが『実盛』であった。当時の日記に実盛の亡霊出現の事実が伝えられており（『満済准后日記』応永二十一年〈一四一四〉五月十一日条）、それに基づく能は、妄念が癒されていないと解釈せざるを得なかったはずである。『平家物語』は、実盛が富士川の合戦で敗走した恥をそそぐべく、討死覚悟で戦場に臨み、みごとな最期をとげて名を後世に残したと語っていた。汚名を返上した死だったのであり、そこに妄念はない。世阿弥は、「無念」の思いを語るため、義仲に組もうとしたのを「手塚めに隔てられ」たという、物語にはなかった新たな設定をした。

『頼政』には、悔恨の情が流れている。自ら起こした反乱を「蝸牛の角の争ひ」と言い、「はかなかりける心かな」と嘆ずる。最期の地、「憂し」につながる宇治にことよせて、「渡りかねたる世の中」と謡い、この世の生を「夢の憂き世の中宿」と謡う。平等院も巧みに織り込み、仏の説法の場は「平等大慧」の場、それゆえ自らも救われるであろうと期待をかける。『平家物語』の伝える辞世の歌、「埋もれ木の花咲くこともなかりしに　身のなる果てぞ悲しかりける」は末尾の一節として使われるが、この歌に、悔恨の情を曲の基調とさせた源はあったのであろう。

『実盛』でも『頼政』でも、霊となるゆえんの妄念が、作者の手で創り出されている。が、その妄念に現実に対する何がしかの批評性が込められているかと問えば、否であろう。最終的に霊は救いへと導かれ、すべてが調和せる世界に帰結する。エウリーピデース作品にあった、神の不可解さ、理不尽さを最後に歌うことなど、ありえないことであった。

夫婦の感情のもつれを描くのが『清経』である。自分を置き去りにして入水した夫を恨む妻と、形見の品として送った髪を返そうとする妻の行為を恨む夫。亡霊となって現れた清経と北の方との間で非難の応酬が繰り返される。その亡霊が発する第一声、「聖人に夢なし」は著名な禅僧の言葉、続く「眼裏に塵あって三界窄《すぼ》く」云々もそうで、要は、人は心の迷妄から物事を見誤ると説くもの。そうと分かってはいるものの、「閻浮の故郷」に帰ってきた「心のはかなさ」を、霊は独りごつ。

妻にことの真相を伝えるための場面、船端に立った清経は、「この世とても旅ぞかし」と思い定め、「よそ目にはひたふる、狂人」と見えたにしても「よし」として、念仏を唱えつつ入水する。なお恨み言を口にする妻には、「言ふな」と叱咤して「あはれは誰も変は」らぬものと諭す。最後に修羅道で戦うさまを演じて見せるが、消え去る直前に、「これまでなれや、まことは」「頼みしままに疑ひもなく」「心は清経」の名のごとく清く、「仏果を得しこそ有難けれ」と語り終える。清経は、この世を夢幻と切り捨て、「聖人」のごとく「まことは」「仏果」を得たのであった。

相対立する感情を描く点、『敦盛』も同じである。僧として自らを弔ってくれる熊谷の前に現れた敦盛の霊は、「現《うつつ》の因果を晴らさんために」現れたと告げるが、それを「うたてやな」と非難した熊谷は、念仏の「功力《くりき》」は敦盛も自分も救ってくれるものと説く。やがて納得しあった二人は、「日頃は敵《かたき》（ワキ）、今はまた（シテ）、まことに法《のり》の（ワキ）友なりけり（シテ）」と、相和して謡う。両者の対決を再演した終曲場面でも、敦盛は、「敵はこれぞ」と熊谷に打ちかかりながら、「敵にてはなかりけり」と覚醒し、「跡弔ひて賜び給へ」と祈って消える。

『清経』『敦盛』両曲には、対立感情を止揚する方向性が意図的に作られており、「不二」思想の影響を想像させる。特に『敦盛』では、『平家物語』が力を入れて語っていた熊谷の思い、わが子を想起して相手を助けようとし、自らの行為に武士たる身のおのれを悔いる、それが全く取りあげられていない。世阿弥は、やはり物語とは違う世界を創造した。

その相違を端的に言えば、歴史性と体験性の後退にあるかと思う。それは全作品を通じて言える。「諸人快楽のため」、日常と一線を画する「花」の舞台を演出すべく、不条理な戦いの歴史の現実も、熊谷の内省に凝縮されている過酷な人生体験も、捨象される定めにあったのであろう。美的空間構築のための代償であった。そこに現実への批判も、懐疑も、介在する余地はなかった。エウリーピデースとは、敗者への視線を共有するとはいえ、戦いを劇化する基本姿勢が、明確に異なっていたことは疑いない。

注

(1) 廃曲。『謡曲叢書　第一巻』(博文館、一九一四年四月)、『未刊謡曲集　続四』(古典文庫、一九八九年三月) 所収。
(2) 池田黎太郎「『ヘーラクレイダイ』解説」(『ギリシア悲劇全集5』岩波書店、一九九〇年五月)。
(3) 橋本隆夫「『ヒケティデス』解説」(前掲『全集6』一九九一年七月)。
(4) 水谷智洋「『トローアデス』解説」(前掲『全集7』一九九一年三月)。
(5) 高津春繁『ギリシア・ローマ神話辞典』(岩波書店、一九六〇年二月)。
(6) ボナヴェントゥーラ・ルペルティ「二つの観点から見た西洋文化と能――(その一) ギリシア悲劇における素材と能における本説」(『総合芸術としての能』第六号、二〇〇〇年八月)。
(7)(8) 丹下和彦『ギリシア悲劇』(中公新書、二〇〇八年二月) 第六章。
(9) 久保田忠利「『タウリケーのイーピゲネイア』解説」(前掲『全集7』)。
(10) 安西眞「『ポイニッサイ』解説」(前掲『全集8』一九九〇年九月)。
(11) 高橋通男「『アウリスのイーピゲネイア』解説」(前掲『全集9』一九九二年三月)。
(12) 松本仁助・岡道男訳『アリストテレース詩学・ホラーティウス詩論』(岩波文庫、一九九七年一月) による。

(13) 世阿弥の著作の本文引用については、『日本思想大系・世阿弥　禅竹』（岩波書店、一九七四年四月）による。
(14) 『未刊謡曲集　二』『同　二十』『同　続九』（前掲、一九六四年七月～一九九二年二月）所収。
(15) 世阿弥著『五音』所収。
(16) 両曲とも、「世阿弥手跡」と伝える『能本三十五番目録』に載る。同目録は『世阿弥自筆能本集・影印篇』（岩波書店、一九九七年四月）所収。
(17) 『謡曲叢書　第三巻』（前掲、一九一四年十二月）、『未刊謡曲集　続十五』（一九九五年二月）所収。
(18) 拙稿「『平家物語』は叙事詩か――対比論的に――」（『国文学研究』一五三・一五四集合併号、二〇〇八年二月）参照。
(19) 小林健二『中世劇文学の研究』（三弥井書店、二〇〇一年二月）第一部・第二篇「能《小林》考」。
(20) 今泉淑夫『世阿弥』（吉川弘文館、二〇〇九年二月）「第六　世阿弥と禅」。
(21) 拙稿「いくさの物語と時間――『マハーバーラタ』〈バガヴァッド・ギーター〉の問題を中心に――」（『多元文化』第一号、二〇一二年三月）参照。
(22) 山中玲子「あの世から振り返って見る戦物語」（『軍記物語とその劇化』〈臨川書店、二〇〇〇年十月〉所収）は、『八島』を世阿弥作だろうとするのが「定説」だとするが、『申楽談儀』で「世子作」と記す全二十二曲には含まれておらず、しかもそこから二百字に満たない直前の記述では、能の作詞法を、『八島』を例に説明している。もし世阿弥の作品なら、記述の流れからして「世子作」に加えないのは不自然。話柄が、敵の錣を引きちぎった景清、義経の身代わりとなった継信、義経の弓流し、と三つ混在しているのも、世阿弥らしくなかろう。『日本古典文学大系・謡曲集・下』（岩波書店、一九六三年二月）の解説は「作者を決定する確実な資料がない」とし、前掲の今泉著も世阿弥作に入れていない。
(23) 『未刊謡曲集　続七』（一九九〇年九月）所収。

琵琶法師と芸能の世界
――『蔭涼軒日録』と十五世紀の記録から――

清水眞澄

一　はじめに

琵琶法師の研究も、文献資料の博捜が進み文芸史や芸能史以外の領域からの進展も著しい。社会科学や教育史の研究からは、盲人の歴史を社会福祉全体に位置づけるための俯瞰的な視点も提出されている。一方、近世の地方史研究は、在地資料に基づいて琵琶法師を検証し、地域社会の中で「生きる」ということを改めて考えさせる。(1)このような状況の中で、兵藤裕己の岩波新書『琵琶法師――〈異界〉を語る人びと』は、琵琶法師の由来と座の形成を、伝承から俯瞰的な展望を導きつつ、歴史的資料を精査した点で画期的な成果であった。さらに同書はＤＶＤ付という斬新な企画で、広く琵琶法師への関心を喚起した。本稿では、これまで内容の掘り下げが遅れていた禅宗関係の資料から、『蔭涼軒日録』を中心にして琵琶法師が時代の中で他の芸能と関わりつつ変容したさまを捉えてみたい。そして琵琶法師が語る物語が、実は後世の戦乱の中で重層的な変容を遂げた可能性を考える。

二　朝の平家琵琶

『蔭涼軒日録』（六十一冊）は、京都相国寺鹿苑院内の蔭涼軒主の日記である。すなわち、季瓊真蘂（きけい しんずい）、益之宗箴（えきし そうしん）、亀泉集証（きせん しゅうしょう）ら三代にわたる公用日記として著された。以下、『増補続史料大成』によって述べる。まず本書の記者の別だが、『増補 続史料大成』の解説によれば、一四三五年～四一年と一四五八年～六六年は季瓊真蘂、一四八四年～九三年は亀泉集証が筆録した。また『鹿苑日録』中に「鹿苑院古文案」として継之景俊（けいし けいしゅん）の日録が断片的に残っている。記事は、五山内部の状況のほかに、室町幕府の動静についても詳しい。記述に濃淡はあるが、勧進を中心に中世後半の芸能の様相が知れるのも、『蔭涼軒日録』の貴重な点である。

さて、相国寺は、正式名称を萬年山相国承天禅寺という。後小松天皇の勅命を受けて、足利義満が明徳三年（一三九二）に完成した。開山に臨済宗の夢窓疎石を迎え、現在は金閣・銀閣両寺をはじめ九十余カ寺を数える末寺を擁する臨済宗相国寺派の大本山である。鹿苑院は舎利殿（金閣）が名高く、金閣寺という名称の方が有名だが、相国寺の山外塔頭の一つである。鹿苑院の初代は、夢窓疎石の弟子である春屋妙葩（しゅんおく みょうは）であった。足利義満は、鹿苑院の院主を僧録に定め、全国の禅宗寺院全体の統率者と定めた。以降、鹿苑院は、禅宗行政の中心地として多くの高僧を輩出し、室町時代の禅文化の興隆に貢献した。

『蔭涼軒日録』の『平家物語』関係の記事は決して多くはないが、鹿苑院に平家屏風が所蔵され、貴顕の御覧に供したことが分かる（寛正四年〈一四六三〉閏六月十二日条）。この時の「御覧」が誰であったかは記されていないが、恐らく時の将軍足利義政であろう。琵琶法師の平家語りも記録されている。長享二年（一四八八）六月十六日、亀泉集証は半斎の前に、瞽者（琵琶法師）三名が平家二句を語るのを聴聞した。その一ヶ月後、七月六日、今度は道場で瞽者三人による平家を聞いた。いずれも、琵琶法師の名や、『平家物語』のどの章段を語ったのかは明らかでない。この時も、平家琵琶の演奏後、半斎をとっている。半斎とは、禅宗で、早朝の粥（かゆ）と正午の斎食（とき）との中間にとる簡単な食事のことである（『大辞泉』）。ということは、琵琶法師の平家琵琶は、朝食後に行われるのが習いだったと考えられる。恐らくこの半斎は、演奏後の琵琶法師たちにも振る舞われたのであろう。つまり、平家琵琶は、「振る舞い」のために奏されたと考えるのである。

ところで長享二年七月、細川氏の一門で阿波の守護で讃岐守であった細川政之（一四五五〜八八）が三十四歳の若さで没した。この法事が十一月に行われた際に琵琶法師が呼ばれた。讃州、すなわち細川政之の私邸では、遺族によって六日から頓写が行われていた。頓写とは法華経一日頓写経を言い、六万八千余字からなる法華経一部（八巻全て）を一日の内に書写仕上げる法会である。後の徳川幕府では、平家琵琶を式楽と定め、芝の増上寺と上野の寛永寺での法要では、『法華経』の頓写に際して琵琶法師の奏楽が行われた。これを考えれば、長享二年の細川氏の『法華経』頓写でも平家琵琶が奏されたのだろう。

『蔭涼軒日録』同年十一月八日条によれば、「讃州会所」で瞽者一名による平家琵琶が奏された（琵琶法師名、章段未詳）。この時も亀泉集証は、半斎の前に平家琵琶を聴聞して、「平家文一、其外二、瞽平家一句了。」と記している。この記事は、明らかに琵琶法師による平家琵琶とは別に、『平家物語』一編と、他の文章二編が何らかの形で読まれたことを示しているが、現時点では、他の例を見いだすことができない。推測するに、琵琶法師の平家語りの前に、これらの文が朗唱されたのではないか。通常、平家語りでは複数の章段が語られるが、「瞽平家」が一句にとどまっていることが、「平家文一、其外二、」が加えられた事情を示しているように思われる。

では、「平家文一、其外二、」が、テキストの朗読だったとすると、それは何のためだったのだろうか。朗読は、法事に参集した武士たちの求めに応じて行われたに相違ない。とすると、知識人がテキストの一節を読んで解説を行い、語りの内容や背景を理解した上で、短く平家琵琶を聴聞するという試みがあったのではないか。『蔭涼軒日録』の記載法から見て、その知識人は僧侶ではないと見られる。当該記事が、テキストと語りを平行して享受した事例を示すならば極めて貴重な資料となる。室町時代後期の武士層が『平家物語』を享受する際の一つの形態として認めうるか、後考を期したい。

三　琵琶法師と観世座

長享三年（一四八九）三月二十六日、足利義尚が没した。一か月後の四月二十四日、鹿苑院では供養のために、『法華経』の頓写が行われていた。そこへ、鹿苑院より蔭涼軒主であった亀泉集証のもとに使いが来た。平家琵琶が行われるというのだ。亀泉集証は時を移さず鹿苑院に赴き、三句を聴聞して戻った（章段未詳）。この日の平家琵琶は、足利義尚を供養するための頓写で奏したことに伴うのであろう。奏した琵琶法師は、城文と城育であった。これまで『蔭涼軒日録』は、具体的な琵琶法師名を記していないが、この記事で八坂流の琵琶法師が鹿苑院に参仕していたことが確認できる。当道座の伝承によれば、八坂流は、鎌倉時代末に京都の八坂神社（祇園社）付近に住んだ八坂検校城玄（城元）が創始した流派である。この派に属する者は、名の通字に「城」の字を用いたので、城方（じょうかた）とも呼ばれた（『当道大記録全』他）。八坂流は近世に断絶したため、その活動実態は充分明かでない。

さて二年後の延徳三年（一四九一）十二月五日、亀泉集証のもとに、観世新兵衛宗久が手土産を持って訪ねて来た。観世新兵衛は、別名を新三郎と言う（表章『観世流史参究』参照。以下、猿楽関係の人名は、同書による）。

又云。城育弟子城貞在レ此進レ之。

新兵衛は、城育の弟子で城貞という者がいるのでお勧めしたいと申し出た。勧めるというのは、平家琵琶を奏するということである。来合わせた文阿弥は不承知であったが、結局、城貞は平家二句を語った（章段未詳）。平家琵琶が終わった所で斎が始まり、城貞も一座に加えられた。この席には、当時の名だたる人物が参集した。先の文阿弥（もんあみ　～一五一七）は、室町幕府の同朋衆の一人で、庵号は綉谷庵という。立花の達人で、『文阿弥花伝書』を残している。当時は、池坊専応と並び立つ存在であった。招待客には、上月又三郎則武が見える。上月氏は、赤松氏の御一族衆で、先の蔭凉軒主であった季瓊真蘂も同族である。また陳外郎勝光も陪席した。陳外郎（ちんういろう）とは、室町初期に来日した元王朝の医師陳宗敬の子孫である。彼らは元時代の官名である陳外郎と名乗った。陳外郎が、日本の外交、文化に大きく関与したことは、すでに明らかである。例えば、今日知られる和菓子の外郎は、消化器系の大衆薬（透頂香）から来た名称である。鹿苑院との関係では、毎年「薫衣香」を献上していたようである(2)。先に長享二年（一四八八）六月十六日条の平家琵琶の記事を指摘したが、この日の午後、陳外郎が蔭凉軒を訪れて、『皇朝類苑』十八冊を亀泉集証に贈っている。この書は正式には、『新雕皇朝類苑』（七十八巻、目録一巻）という。南宋の紹興十五年（一一四五）に江少虞が編集した類書で、後に後水尾天皇が、勅版として刊行している。禅寺は日本の外交の最前線にあったし、『蔭凉軒日録』には外交文書の件や、禅僧たちの漢詩文を多く収めている。しかし陳外郎のような人物を介して受ける中国の学問、知識は、俗人や芸能者を含む同席した人々に大きな刺激となったに相違ない。

宴席は、観世大夫以下の一座の者たちと、文阿弥ら同朋衆と見られる人々などの外にも二十一人が集まるという盛会であった。ただし、この記事では、観世大夫の名は記されていない。当時の観世座の中心は、四世の音阿弥であった。音阿弥は、世阿弥元清の弟四郎の子で、本名を三郎元重という。観世座三世の元雅の後を受けて観世大夫となった。将軍足利義教・義政二代にわたり寵をえて活躍した。永享二年（一四三〇）に、醍醐清滝宮の楽頭職に着き、同年紀河原勧進申楽を興行。長禄二年（一四五八）ころ出家して、法名の音阿弥を名乗り、長子又三郎政盛（正盛とも）に大夫職を譲った。とするならば、延徳三年十二月五日条の「観世太夫」は、この又三郎政盛であったに相違ない。

この日、観世座からは新兵衛の他には四郎次郎、小次郎、三郎四郎が参仕していた。ただし四郎次郎は、実は金剛座の大夫であった（後述）。小次郎は、観世小次郎信光（～一五一六）、音阿弥の七男、又三郎政盛には末の弟であった。信光は、太鼓方から頭角を現し、観世権守を勤めた。能作にも優れ、「船弁慶」や「紅葉狩」「遊行柳」はその代表作である。最後の三郎四郎は明らかでない。やがて二献が過ぎると、宴席は「乱座」という状態になった。観世大夫が舞う、馬場藤左衛門が舞う、浦作が舞う。役者も相伴衆も入り交じって宴席は深夜まで続いた。このような席で城貞がどう振る舞ったかは明らかでない。しかし、宴席に琵琶法師も観世大夫も、俗人も外国人の子孫も集まって歌舞に興じたのだ。まさに禅宗寺院は、文化と芸能の交点であった。

なお、この宴では、芸能者たちにはそれぞれに報酬が与えられた。

今日於レ宴観世太夫与二二百疋一。小次郎。四郎次郎。三郎四郎。新兵衛。坂東。城貞。文阿。各与二百疋一。以上九百疋可レ歎也。

亀泉集証が芸能者への出費を嘆くのはさておき、蔭涼軒のような塔頭で観世大夫を呼ぶには二百疋、城貞のような琵琶法師を呼ぶのに百疋であった。七名が百疋で観世大夫は二百疋、まさに二倍の手当である。そしてそれが、当時の芸能者への評価を反映していると見てよいだろう。芸能者にとっての宴席は、小規模な営業の場でもあったのだ。

次に注目したいのは、城貞が蔭涼軒に参仕した事情である。彼は、城育の弟子であったにもかかわらず、観世座の大夫に紹介を受けている。師の城育は、二年前に鹿苑院に参仕しており、師のつてがあれば亀泉集証と全く無縁というわけではない。けれども実際に有効だったのは、以前より鹿苑院や蔭涼軒に参じていた観世新兵衛の力であった。それでは、観世流を中心に、諸芸能がどのように鹿苑院に関わっていたかを、『蔭涼軒日録』から主要な記事を掲げて確認したい。なお引用にあたり、漢字は常用漢字に改めた。また傍線等は引用者による。

①寛正五年（一四六四）正月十八日条　将軍足利義政、蔭涼軒に御成。

猿楽十二。以㆓八十余齢㆒。尚強健之事。日吉座狂言。蝦蟹大夫勤㆓狂言二番㆒之事

②寛正五年三月二十日条　殿中猿楽

今日午後。殿中（申）楽。観世勤㆑之云々。蓋脇訟者被㆓召出㆒。是来月勧進之場被㆑試乎。（後略）

③同　三月二十二日条

前廿日。於㆓御所㆒。観世音阿為㆓来月勧進申楽習㆒勤㆑之。（中略）
被㆑付㆓　尊言于愚老㆒曰。今日申楽殊神妙也。

④同　三月二十三日条

前日於㆓細川讃岐殿宅㆒。観㆓申楽㆒新着㆑脇。尤好容儀勝絶之由申㆑之。且御一笑也。

①は、足利義政が蔭涼軒に御成になった際、多武峰の十二五郎座（後述）が申楽を勤めた記事。大夫は八十歳余とある。この日はさらに、近江の日吉申楽による狂言が二番行われた。②は、観世座が翌月の勧進申楽のために、足利将軍の殿中で能を演じた時の記事である。傍線を付した「脇訟」は、何らかの誤記か。『増補 続史料大成』の解説によると、異本には「脇諷」とあるという。③は、②を補う資料である。実は、この脇能こそ、金剛四郎次郎という金剛

座の謡の名手であった。幕府の命によって臨時に観世座の中に脇謡として入座させられたのである。細川讃岐守邸で行われた申楽では、新着の脇役が高評価を受けた。とはいえ、名手を引き抜かれた金剛座にとっては、大きな痛手であった。

しかし音阿弥の申楽（能）は、晩年にあっても円熟の技が称讃された。連歌師心敬の『ひとりごと』（応仁二年〈一四六八〉成立。中世の文学『連歌論集』（三）木藤才蔵校注、三弥井書店）の中に

今の世の最一の上手といへる音阿弥・今春大夫なども世阿弥が門流を学びつたへ侍。音阿弥は近くは天下無双の者なり。殊に我道の名誉をつくし侍るなどと人々申あへり。

とあるのは、よく知られる。もう一例、『蔭凉軒日録』文正元年（一四六六）二月二十四日条を挙げよう。当時評判であった女申楽を将軍義政が御所に呼んだ。この時に、音阿弥も申楽を演じた。

女申楽其能尤好。又歌舞尤被レ美レ之。是為二寵光一也。音阿老而増健。其妙不少。

女申楽は五番演じたが、すばらしい美しさであった。だが、この女申楽の後に演じた音阿弥の芸を見る時、老齢といえどもなおも人々は感嘆せざるを得なかったのである。

さて、②にいう勧進申楽は、名高い糺河原（ただすがわら）の勧進申楽である。糺河原は、下賀茂社のある糺の杜の北側にある賀茂川と高野川の合流地点にある。中世、糺河原では、度々勧進芸能が興行された。音阿弥もまた、二度の勧進を行っている。寛正五年の場合は鞍馬寺の再建勧進であった。息男の観世大夫政盛が将軍足利義政の後援で興行権を得て、音阿弥と共に大夫を勤めた。『蔭凉軒日録』同年四月五日条によれば、六十三間の桟敷が設えられ管領細川左京大夫（細川勝元）以下、「公家。武家。騎馬。衣服改レ観。皆日近壮観也。日晴風静。公方被レ乗二御車一也。」と記している。その盛儀のほどが分かる。

また、演目や役者については、『糺河原勧進猿楽日記』『異本糺河原勧進猿楽記』（共に『群書類従』第十九輯所収）や観世宗家所蔵「糺河原勧進猿楽舞台桟敷図」（観世文庫）などの周辺の記録類から知ることができる。

まず『糺河原勧進猿楽日記』の冒頭には、次のように見える（〈 〉内は割り注）。

慈照院《義政》御時。〈寛正《後花園》五年甲申四月。〉

多田須河原勧進申楽。観世大夫　又三郎。三十六歳。音阿弥六十七歳。

勧進聖法印善盛。〈九十八歳。号二春松院一。〉

『異本糺河原勧進猿楽記』では、勧進聖の善盛が鞍馬寺の勧進聖であったことを記している(3)。また、勧進申楽の日程を、「于時寛正五年〈甲申〉卯月五日七日十日。」と記している。以下、『糺河原勧進猿楽日記』によって述べる。勧進申楽は数日を置きながら、三日間行われた。初日が「相生」以下の七番、二日目が「鵜羽」（うのは）以下の七番、三日目は「白楽天」以下の四番に、「御こひ能」八番が演じられた。都合、二十六曲である。これらの申楽能に、それぞれ五番、六番、九番と都合二十番の狂言が加わった。音阿弥は三日間ともに出演し、合計十番でシテを勤めた。音阿弥が演じた曲目には、「実盛」「鞍馬天狗」「二人静」が含まれる。特に「実盛」は老齢の音阿弥が得意とした曲とみられる。翌年の春日神社の祭礼で奉納された四座申楽でも、音阿弥は「実盛」を演じている（『蔭涼軒日録』寛正六年九月二十七日条）。一方、又三郎が演じた曲目には、「八嶋」「敦盛」と『平家物語』や、義経伝説に取材したものが含まれる。大夫には万疋の報酬が毎日下されたのであった。この糺河原勧進申楽には、足利将軍の権威に支えられた全盛期の観世座の力が窺える(4)。

絶大な力を誇る観世座の新兵衛が、八坂流の琵琶法師城貞となぜ結びついたのかは明らかでない。あるいは、寛正五年糺河原勧進申楽に先立つ観世座による勧進申楽はその手がかりとなるかもしれない。そこで節を改めて、音阿弥の生涯から検証してみたい。

四　勧進と物語

音阿弥が勧進申楽で成功を収めたのは、応永三十四年（一四二七）四月二十三日の一言観音堂造営勧進の時である。音阿弥は青蓮院門跡義円の寵愛を受けていた。『看聞日記』には、「青蓮院内々御結構」と記されている。天台宗と当道座の関係は言うまでもない。さらに応永三十一年（一四二四）、世阿弥が醍醐寺清滝宮の楽頭職に就いたことから、観世座は醍醐寺と関連を深めたに相違ない。とすれば、この一言観音堂とは、現在の一言寺、すなわち真言宗醍醐寺派別格本山の金剛王院と考えられる。一言寺は千手観音を本尊とし、阿波内侍像を伝えることで知られる。『平家物語』と阿波内侍伝承の問題は、以前に論じたことがあるが、醍醐寺は当道座が本所と仰ぐ久我家ともゆかりが深い(5)。中世の後半、打ち続く戦乱の中で維持に困窮する社寺に、足利将軍と新興芸能としての申楽能が勧進という形で新たな権威と経済的な恩恵をもたらす。その時、それぞれの社寺が保有する物語もまた、新たな形で呼びさまされるのではないか。阿波内侍も『平家物語』の中で、物語の最後に往生を遂げた人物とされたのは、実は十五世紀の人々の求めに応えた結果だと見ることも可能だろう。

正長元年（一四二八）、青蓮院門跡義円がくじ引きにより還俗し、翌年、将軍職についた。六代将軍足利義教である。永享元年（一四二九）五月三日、「室町殿笠懸、馬場観世両座・宝生・十二大夫の多武峰様猿楽」（京大本『建内記』同年五月三日条、『満済准后日記』同日条）が行われた。室町幕府の花の御所の笠懸馬場にて、観世大夫両座は宝生座、多武峰の十二五郎座とともに立合能に臨んだ。立合能とは、各流派が演能を行い、一日をかけて技量を競い合う催しである。観世大夫両座とあるとおり、観世元雅と音阿弥の双方が座として立合に臨んだ。これに対する宝生座は本物の馬や甲冑を使って「一谷先陣」（二度の掛）を演じたという。文芸にも立体的な迫力が問われる時代であった。

翌永享二年（一四三〇）四月、観世三郎元重すなわち音阿弥は醍醐寺清滝宮の楽頭となった。醍醐寺清滝宮の楽頭職は、応永三十一年に世阿弥がついた後、元雅に引き継がれた。新将軍義教は、これを元雅から取り上げて、寵愛する音阿弥に与えたのである（『能楽大辞典』）。

永享五年（一四三三）四月、音阿弥の観世大夫就任披露の勧進申楽が、京の糺河原で挙行された。第一回の糺河原勧進申楽である。『看聞日記』同年四月二十一日条に「祇園塔婆勧進猿楽」とあり、八坂塔の再興勧進であったことが分かる。祇園社の祭礼に出仕し御旅所で『平家物語』を奉納したのが八坂方の琵琶法師である（『当道大記録』他）。中楽と平家琵琶とが、勧進活動の中で接点を持ったとしても不思議はない。音阿弥が将軍の力を背景に勧進活動の中心となり、琵琶法師たちは変革の時を迎えたのである。

一方、義教の音阿弥寵愛は、世阿弥と元雅を遠ざけることでもあった。世阿弥が将軍に対する謀反罪で佐渡に配流されたのは、その翌年五月である。結局、足利義教は嘉吉元年（一四四一）六月の嘉吉の乱で、暴政に不満を持った赤松満祐に暗殺される。赤松満祐は京都の自邸での結城合戦の先勝祝いを名目に将軍義教を招いた。将軍を歓待して、観世座の演能が行われ、音阿弥は「鵜羽」を演じていたという（『建内記』嘉吉元年六月二十四日条）。嘉吉の乱以降、観世座は赤松満祐の没落で一時期衰退したが、音阿弥が義政の庇護を受けたことで再び隆盛を迎えたのである。

ところで城貞を紹介した観世新兵衛は、新三郎の名で以降の『蔭涼軒日録』に度々登場している。例えば紹介の翌年、延徳二年（一四九〇）三月三日条によると、新三郎が蔭涼軒を訪れると、土倉庵主が来合わせて大黒舞をした。これに対して新三郎も数曲を歌い大いに楽しんだことが見える。新三郎に限らず、観世座と鹿苑院との関係は良好だったのだろう。さらには、寛正五年糺河原勧進申楽で狂言を勤めた兎大夫が、『蔭涼軒日録』に度々登場している。延徳二年三月十日条には、兎大夫と新三郎が丹寮で斎にあずかったことが見える。観世座と周縁の芸能者が、一種のネットワークを形成して貴顕に出入りしていた様が窺える。このネットワークの中に入ることで、平家琵琶、ことに八坂流は、五山諸寺との関係を保つことができたに相違ない。

すでに人々が、古典を演劇という立体的な媒介で鑑賞する時代を迎えた。『源氏物語』、『伊勢物語』、そして『平家物語』、京都市中で平家語りが芸能そのものとして享受される場は限られていった。確かに、『蔭涼軒日録』の中に琵琶法師が平家語りを行った記録は少ない。代わって南都の興福寺大乗院の記録である『大乗院寺社雑事記』の中に琵琶法師たちの姿を見ることができる。大和は四座申楽の本拠地である。これまで見てきたように、平家琵琶は式楽、法会音楽として生き残った。そしてまた、個人と個人の繋がりの中で、文芸や学問の場の中で琵琶法師たちは生きていた。その道筋は、申楽すなわち能の隆盛の中で生じた必然でもあった。言うなれば琵琶法師たちは、能という時代の芸能との関係性を築きながら、芸の命脈を保ったのだ。そして十五世紀、応永二十六年〜二十七年（一四一九〜二〇）にかけて書写された延慶本『平家物語』や、明応三年（一四九四）に禁中書写本が生まれた要因もまた、芸能界の再編と宗教界の変容が深く関わるとみてよいだろう。[6]

五　語る平家、話す平家

応仁の乱、今日では応仁・文明の乱として一具で捉える大乱の後、都の荒廃が琵琶法師の衰退を招いたと考えられている。しかし大乱以降も、『蔭涼軒日録』には琵琶法師たちが芸能としての平家語りを行った記事がある。以下、文明十八年（一四八六）六月十六日条を基に述べる。この日、細川右馬頭殿の邸宅で宴席が設けられ、琵琶法師が平家語りを行った。細川右馬頭殿とは、細川氏の庶流で代々将軍の近習を勤めた細川典厩家（てんきゅうけ）をいう。この時の当主は、細川政国である。政国は、前年に足利義政に従って出家したが、管領の政元をよく補佐した。足利幕府の要人宅に、禅僧や幕府被官が集まり、その食事は記事の中でも豪華だと思われる。すなわち、「斎三汁十四菜。菓子七種」と見える。この豪華な斎の後で、笁一検校が平家を語った。

　平家五句語レ之。平家了。

この後、細川政国以下、一同は天竺中務少輔宅に座を移した。この天竺中務少輔とは、細川典厩家の家臣であった天竺賢秀とみられる(7)。ここでは、梵天瓜を食べながら、茶話会となった。先に平家語りを行った笁一検校もその座に加わった。

　笁一話二小原御幸一。

細川政国邸では、「語」とあり、天竺賢秀宅では「話」とある。笁一検校は「小原御幸」を語ったのではなくて、話したということになる。話すとは、解説だったろう。亀泉集証はその後の座次にも注目した。天竺家の主人である細川政国の上座に笁一検校が座ったのである。次いで、細川政国の下座に「坂東」が座った。細川政国は、二人に差し挟まれる形で席に着いたことになる。また「右馬助殿」（政国か）は、「有二禁忌子細一不レ被レ出。」とある。政国ならば、屋敷の主人である天竺中務少輔賢秀にとっては主君であるから、笁一より上座であるべきだ。しかし、坂東が下座に着き、「右馬助殿」は、何らかの禁忌によって席の移動ができなかったが、天竺賢秀が坂東を呼び出し、その空いた席に着いた。この坂東については、前後の記事に見えず、何者かを知ることはできない。しかし、坂東も歌舞をよくする者であったらしい。坂東が芸能者であったとすると、芸能が神仏に通ずることから、「挟まれる」ということに宗教的忌避が意識されたのだろうか。この後、酒肴が供され歌舞が行われた。細川政国もまた歌い舞って宴は夜まで続いたのである。

ところで竺一検校についてだが、実は天竺家の出身の検校ではなかったか。というのも、室町時代後半の検校に、幕府被官や大名の家臣を出自とする者が散見するからである。一は、覚一検校を祖と仰ぐ一方流の通字である。もし竺一が天竺家の者であったとするならば、天竺家の茶話会で「小原御幸」を話したのは、表芸の平家琵琶に対しての、「顧客」に対する奉仕だったのではないか。琵琶法師に限らず芸能者が、庇護する貴顕と親しくする機会を設け、直接に物語を「話す」ことは大切だったのだろう。ましてそれが、自身の家とつながるのであればなおさらである。他方、天竺家としては、芸能としての表演の場を失いつつある当道座の琵琶法師たちを貴顕に押し出す機会と捉えて宴席を設けたのではないか。次に座次の件も、竺一自身の家であれば遠慮はなかったろう。身内の晴眼者が、盲人である竺一らに配慮するのが習いだったと考えれば、彼らが来客にかかわらず着座した理由も理解できる。

当時、話す平家が求められた背景には、『太平記』読みの出現がある。『蔭涼軒日録』によれば、亀泉集証は体調を崩して温泉療養をしている。湯治先は有馬温泉であった。文正元年（一四六六）閏二月六日条によれば、江見河原入道が『太平記』を読んでいる。

江見河原入道為レ慰二客寂一。読二太平記一也。

有名な箇所だが、聴聞した人々の様子まで注意する者は少ない。湯あたりしたと眠りに落ちる者のことを述べながら、実は亀泉集証自身も非常に眠かったようだ。座の隅で眠って午後の入浴に備えるとさえ記す。僧たちはこのような有様だったが、一方では、葉山三郎や上月六郎などはわざわざやって来て、江見河原の『太平記』読みを聞いた。

赤松入道円心有二軍功之事一。尤為二当家名望一。聞レ之為レ幸也。太平記人名字曰二大仏一。或曰二人見一。尤今世所レ聞為レ稀也。

記事にあるとおり、自分の先祖や家に関わる所は耳をそばだて、印象に残るのは珍しい語句のみというのは、一般の聞き手にとってもっともなことであった。それは、記者のような文化人であっても同じだった。延広真治は、同じく八日条の記事を基に、当時の江見河原入道は目の治療中であったことから、この「『太平記』読み」は暗唱ではなかったかと指摘している。[8] ならば本人は、読み手は聞き手の様子を見ることはなかったことになる。

ところで有馬温泉には、金春座の脇であった与四郎という役者が来ていた。所司代多賀豊後守の所従だということだったが、歌人はみなこの与四郎を称賛した。与四郎の歌は一同を盛り上げ、宴席では小歌舞も飛び出した。軍記物語の読み手が、能役者に対抗できることは何か。翌七日も江見河原入道の『太平記』読みは行われた。聞き手は頭を寄せ集めて蟄居したが、午後、所司代が休憩に立ち寄ると、打って変わって宴席に変わった。江見河原入道も加わり、和やかな一時だったことが伝わる。江見河原入道は連歌もよくしたようだ。また、様々な知識があって北野の異名が九つあったことなども語っている。亀泉集証はその人となりを次のように述べている（同閏二月八日条）。

江見河原癖。好二人之風度又言語一。夫世所謂云二狂言一者乎。後来要レ見レ之。江見河原。凡連歌之時名為二真柳一云。以二人易レ喚也。

江見河原入道の性癖が、人の風儀や言語を好んで学び、世間でいうところの狂言綺語の輩であるという。また入道は、連歌の時に人が呼びやすいようにと「真柳」という号を用いた。この記事を見るに、政治的に高度な文言を織り交ぜて『太平記』を解説する後の『太平記』読みたちと、江見河原入道との間には大きな違いがある。それは、人を見る、人を考えるという点であった。自分の『太平記』読みが全ての人に受け入れられなくとも、入道は連歌を通じて、あるいは宴席で、聞き手と繋がり続けていたのである。表演としての「語り」や「読み」は、「話し」を必要としたと言えよう。

最後に、『蔭涼軒日録』には、軍記物語の享受を考える上で見逃せない記事がある。延徳三年十一月七日、亀泉集証が訪れた北等持蘭坡和尚から聞いた話である。

自二御陣一軍書一巻第八。点レ之可二進上一之由有レ命。乃点レ之。此本武衛所持。借レ之校合而以点レ之。両本相違之所惟多。改レ之点レ之。有二御褒美一。先月九日献レ之。今月初二日以二目阿一賜二御折一云々。

六角氏討伐中の将軍足利義材の軍陣から軍書の巻第八が届けられた。これに点を付けて進上するようにとの命令であった。そこで、この本は、武衛こと斯波義寛が所持していたので、借り受けて校合したところ、両本には相違が大変多かった。そこで、依頼された本に改めて訓点を施した。その結果、命じた将軍から目阿を通じてご褒美を賜ったという趣旨である。この軍書が果たして何であったかはわからない。『平家物語』の流布本ならば、法住寺合戦をクライマックスとする木曽義仲の物語である。しかし同じく『太平記』であるならば、それはまさに文正元年（一四六六）閏二月六日条に一致する。なぜならば、それは赤松円心の活躍を描く章段だからだ。戦陣の中で軍記物語を読みたいと思う将軍、本を借りて正確な読みを期してテキストの校合をする禅僧、ここに、テキストの改編の舞台裏が述べられていよう。そしてこのテキストは、陣中で読み上げられたはずである。時代は嘉吉の乱を境に戦国時代に入り、赤松氏は、この時期を頂点に衰亡に向かっていった。「軍書」が『太平記』であったという徴証はない。しかし、赤松氏を誇りとする人々が読み手であり聞き手にあったと考えてみるところから、次の学問が開けることだろう。

六　結び

音楽として一種の文化的宗教的なマークとなっていった『平家物語』、ひたすら眠気を誘う『太平記』、これらの物語を伝えようとする時、解決のキーワードは知識量と人々の関心を集める軍功や名望のエピソードだったのではないだろうか。芸能からテキストへ、物語の増補、改変が十五世紀に起こった事情の一端を、『蔭涼軒日録』の芸能の記事から考えてみた。今後は、具体的な人物、詞章に基づいて考察を一段と深めることが大切である。研究の進展を願って、本稿を結ぶ。

注

（1）　琵琶法師と語りに関わる参考文献

＊当道座や平家琵琶に言及した研究は多く、表演の実際を分析した貴重な研究もなされている。ここでは、盲人の社会的な位置づけや語りの意義を取り上げる基本的な研究で本稿が参照したもののみを掲げる。

当道座について

①『当道要集』（小池検校編『改定史籍集覧』二十七、近藤出版部→臨川書店、一九八四年四月）
②『当道要集』（谷川健一編『日本庶民生活史料集成』第十七巻『民間芸能』三一書房、一九七二年十一月）
③渥美かをる・前田美稲子・小林美和『当道座・平家琵琶資料　奥村家蔵』大学堂書店、一九八四年十二月
④上野暁子「研究ノート　近世初期における当道座の実態」（『東洋音楽研究』第七十二号、二〇〇七年八月）
⑤緒方晶子「近世肥後における当道座の確立」（『熊本大学社会文化研究』第九号、二〇一一年三月）

盲人史について

①館山漸之進『平家音楽史』一九一〇年十月→芸林舍、一九七四年十二月
②加藤康昭『日本盲人社会史研究』未来社、一九七四年三月
③森納『日本盲人史考――視力障害者の歴史と伝承　金属と片眼神』米子今井書店、一九九三年十二月

琵琶法師と『平家物語』について

①山下宏明「芸能史のなかの当道座と盲僧」（軍記文学研究叢書7『平家物語　批評と文化史』山下宏明編、汲古書院、一九九八年十一月）。後、『琵琶法師の『平家物語』と能』（塙書房、二〇〇六年二月）。

②兵藤裕己

・日本文学研究資料新集7『平家物語　語りと原態』兵藤裕己編、有精堂出版、一九八七年四月

・新鋭研究叢書『語り物序説「平家」語りの発生と表現』有精堂出版、一九八五年十月

・『平家物語の歴史と芸能』吉川弘文館、二〇〇〇年一月

・岩波新書『琵琶法師――〝異界〟を語る人びと』二〇〇九年四月

③植木行宣『中世芸能の形成過程』（植木行宣芸能文化史論集Ⅰ）岩田書院、二〇〇九年四月

平家語りについて

①村上学「平家物語における語りと読み――禅僧の享受を媒材として」（『国文学解釈と教材の研究』第四十巻第五号、学燈社、一九九五年四月）

②鈴木孝庸　新潟大学人文学部研究叢書2『平曲と平家物語』知泉書館、二〇〇七年四月

琵琶法師と記録

①清水眞澄

・「琵琶法師の修文――盛衰・瞽者・障害――」（『國學院雑誌』第九十六巻第一号、一九九五年一月）

・「『平家物語』の受容　近世」（軍記文学研究叢書7『平家物語　批評と文化史』山下宏明編、汲古書院、一九九八年十一月）

②鶴巻由美

・「「平家」享受の一側面　室町の日記より」（『國學院雑誌』第九十六巻第六号、一九九五年六月）

・「本願寺の平家座頭――『言経卿記』を読む――」（『軍記と語り物』第四十六号、二〇一〇年三月）

（2）藤原重雄「外郎関係史料集（稿）・解題――京都陳外郎を中心に――」（『東京大学日本史学研究室紀要』第二号、一九九八年三月　＊補遺あり）

（3）紀河原勧進申楽について

①今井規雄「寛正五年の糺河原勧進申楽について」（『大正史学』第十号、一九八〇年三月）

②表章「四世又三郎と糺河原勧進猿楽（観世流史参究6）」（『観世』一九九九年六月）。後、『観世流史参究』（檜書店、二〇〇八年三月）。

③田口和夫

・「糺河原勧進猿楽の周辺」（『銕仙』二七五号、一九七九年二月）。後、『能・狂言研究――中世文芸論考』（三弥井書店、一九九七年七月）。

・「寛正五年糺河原勧進申楽追考（一）　横川景三「青松院春盛老人像賛」を読む」（文教大学『文学部紀要』第十九-一号、二〇〇五年九月）

・「寛正五年糺河原勧進申楽追考（二）「大乗院寺社雑事記紙背文書」を読む」（文教大学『文学部紀要』第十九-二号、二〇〇六年三月）

（4）足利将軍と申楽

①五島邦治「室町幕府の式楽と猿楽の武家奉公」（『日本歴史』四七三号、一九八七年十月）

②池田美千子「中世後期の猿楽――天皇・院・室町殿との関係――」（『お茶の水史学』第五十六号、二〇一三年三月）

（5）清水眞澄

①「『平家物語』と醍醐寺――灌頂巻の阿波内侍像の形成をめぐって――」（『宣記と語り物』第二十七号、一九九一年三月）

②「慈円の法流――大原来迎院から醍醐寺まで――」（聖徳大学言語文化研究所『論叢』第十五号、二〇〇七年三月）

（6）清水眞澄「『平家物語』の受容　近世」（軍記文学研究叢書7『平家物語　批評と文化史』山下宏明編、汲古書院、一九九八年十一月）

（7）木下聡「室町幕府外様衆の基礎的研究」（『東京大学日本史学研究室紀要』第十五号、二〇一一年三月）
（8）延広真治「舌耕文芸」（『日本文学全史』4「近世」第十三章、一九七八年九月）

いくさ語りと禅僧
――『臥雲日件録抜尤』を通じて――

源　健一郎

一　はじめに

室町期の禅僧の日記に書き留められた言談には、書承として固定される前段階の、口頭伝承による根強い影響力が確認される。徳田和夫氏は、『碧山日録』を対象として、記主太極の説話受容のあり方とそこに孕む新たな伝承の展開相について幅広い考察を行い、禅僧たちを取りまく言談のこうした特性を明らかにした(1)。それでは、説話を語り談じあう禅僧の日常において、それらを筆録する意義とは何であったのか。氏は、言談の筆録は仲間との喫茶の場における対論商量のためであり、故事逸話を譬喩として禅旨を把握する便宜としたためであると説く。こうした事情は、本稿が考察の対象とする琵琶法師によるいくさ語りにおいても、概ね当てはまるだろう。禅僧の日記には、多くの琵琶法師が去来し、いくさ語りをしたことが記録されている。ただし、私見では、琵琶法師によるいくさ語りを筆録することについては、前者（対論商量）の方が後者（禅旨の把握）よりも大きな意義を有していたように思われる。また、対論商量する場についても、喫茶のみならず、また別の場での活用を念頭においたものもあったと考えている。

禅僧の日記における琵琶法師の語りについては、すでに村上學氏の考察がある(2)。氏は、瑞渓周鳳『臥雲日件録抜尤』

と季弘大叔『蔗軒日録』とを取り上げ、二人の禅僧が、「口語りを通じて『平家物語』の内容」の「虜」になっていたと論じた。一方で、両者の『平家』に対する関心のありかは、武士の合戦描写に注目する現代の一般的関心とは異なり、王代的な歴史叙述に傾いていることを指摘し、特に季弘の場合には、関心を寄せる時代自体、治承寿永の平家滅亡の頃ではなく、『平家』の前史、保元平治の頃の本院・新院の対立や平氏・源氏の動向にあることを明らかにした。本稿でもこの成果を踏まえつつ、村上氏が俎上に載せた二つの日記のうち、『臥雲日件録抜尤』に焦点を絞って、禅僧といくさ語りの関係について検討してみたい。時期的には、応仁の乱という大きな時代の劃期にかかる十五世紀中盤を対象にすることになる。(3)

まず、記主である瑞渓周鳳、および『臥雲日件録抜尤』について概略を述べておく。瑞渓（興宗明教禅師）は和泉の生まれ、堺の伴氏の出身である。(4)応永七年（一四〇〇）京都に上り、同十一年、相国寺に入り無求周伸（南禅寺六十六世・相国寺十二世）に師事し、法系としては夢窓派の大慈門派に属した。詩文に長けた相国寺塔頭大智院の厳中周噩や天章澄彧、惟肖得巖などにも師事した。永享二年（一四三〇）以降、足利義教の命によって諸山景徳寺、十刹等持寺に住持し、同十一年（一四三九）には上杉禅秀（氏憲）の乱の調停のために関東に下向している。同十二年には義教の参席を得て相国寺に入院した。義教が暗殺された嘉吉の乱により、いったん隠居するが、その後、文安三年（一四四六）・康正二年（一四五六）・応仁元年（一四六七）の三度、鹿苑院塔主となって鹿苑僧録を勤めた。晩年は北岩倉慈雲庵に閑居し、文明五年（一四七三）に寂した。

瑞渓の日記『臥雲日件録』はもと七十四冊とされるが散逸し、文安三年（一四四六）～文明五年（一四七三）の抜粋記事が「抜尤」として、永禄五年（一五六二）、一冊にまとめられている。抄録者惟高妙安（一四八〇～一五六七）は天文九年（一五四〇）に相国寺住持、同十二年鹿苑院塔主となって鹿苑僧録を勤めた人物である。同書が伝える多彩な話題のうち、最も目に付くのが五山文芸関係の記事だが、『抜尤』のそうした様相は、抄録者惟高の関心のありかが反映した結果とも考えられている。琵琶法師による「平家」語りについても、琵琶法師の来訪や語りの内容が記録される一方、他の諸日記に散見される「語（話）平家三句」等の定型的な記事はほとんど見られない。惟高の興味が定型的な演奏から外れた場合にあり、定型的な演奏の実施については省略された可能性もある(5)。そういう意味では、『抜尤』の記事は、瑞渓と琵琶法師との接触について、回数的にも内容的にも正確に伝えているとは限らない。とはいえ、瑞渓自身、原『臥雲日件録』において、定型的な演奏をすべて書き留めていたかどうか、現状では確認のしようがない。それ故に本稿では、原『臥雲日件録』の記事内容を推測するようなことは避け、便宜的ではあるが、惟高によって『抜尤』に書き抜かれた記事のみを検討の対象とせざるをえない。

二　琵琶法師の語り

さて、最初に、瑞渓のもとにたびたび出入りした琵琶法師（瞽者）の様相から考えてみたい。『抜尤』で早くから名前が見える琵琶法師に城呂がいる(6)。

◆城呂（座頭）

①文安四年（一四四七）二月二十日

a「頗能和歌」　b富士山とかぐや姫伝承、富士地名由来

②同年四月十七日

厳島縁起

③同年五月十八日

a空海と守敏、神泉苑で祈雨の験を争う　　b和歌の神としての住吉明神

④宝徳元年（一四四九）七月四日

a「平家」三句＊　　b後白河院御宇の徳＊　　c筑波山天竺飛来説

和歌に優れた人物（①a）で、和歌に関する話題（③b・④b・c）が目に付く。「平家」語り（④a）の記録は一回だけで、『平家』関係の話題（④b）も一つだけである。

注意したいのは、かぐや姫伝承（①b）・空海・守敏対立譚（③b）・筑波山天竺飛来説（④c）である。かぐや姫伝承は、『一乗拾玉抄』『鷲林拾葉鈔』各法師功徳品といった直談系法華経注釈書（談義書）や、『古今和歌集序聞書三流抄』『毘沙門堂本古今集注』『古今和歌集頓阿序注』といった和歌注釈書において、その注釈のなかで活用された素材であった(7)。

空海・守敏対立譚（③a）もまた、『鷲林拾葉鈔』『法華経直談鈔』各薬草喩品、『一乗拾玉抄』陀羅尼品といった談義書類に引かれる素材であった。城呂の語りの内容は、現在当説話の受容が確認される談義書の内容とは異同もあるが(8)、かぐや姫伝承も含め、口頭伝授を前提とする談義注釈の場で活用されていたことは興味深い(9)。

筑波山天竺飛来説（④c）は、後白河院の徳について城呂が、醍醐帝御宇の徳を称える一節「仁流於秋津洲外、慶繁於筑波山陰」（『古今集』真名序）を引いて喩えたこと（④b）から、筑波山についての問答へと展開したものである。この筑波山天竺飛来説は、お伽草子『戒言《かいこ》』等に見られる金色姫伝承に関わるもので、『戒言』は『庭訓往来抄』「蠶養」を前提として成立し、後の『富士山の本地』に影響を与えている(10)。『庭訓往来』の注釈書には、『平家』が注釈の素材として解体されて受容されているとの指摘がある(11)。和歌や『庭訓往来』の注釈作業には書物を介しての素材の活

用が主となろうが、そうした注釈の場で流布する伝承が瞽者である琵琶法師に嚢中に入り、語りの素材として活用されたのである。ならば、逆に琵琶法師によるいくさ語りが、和歌や『庭訓往来』の注釈に影響を与えることも想定されよう。禅僧たちにとって、琵琶法師のいくさ語りに付随する注釈的言説がどのような意味を持つものであったかが問題となろうが、これについては後述したい。ここでは、琵琶法師の語りが、談義書や歌論書、『庭訓往来』注釈が生成される場と知的基盤を共有していることを確認しておきたい。

次に、城陽の語りについてまとめてみよう。

◆城陽（座頭、康正元年以降は検校）

①宝徳三年（一四五一）二月十八日

　鎌倉の長井貞秀の和歌が、無常の理を詠出していること

②享徳二年（一四五三）二月十八日

　義満死後、その寵童二名を斯波義将が厚遇したこと

③康正元年（一四五五）十月一日

　狂歌の祖とされる暁月（冷泉為守）のこと

④長禄三年（一四五九）正月二十日

　a城陽は瑞渓の師、無求周伸の「平ヨ顧粦之深者」

　b来るたびに古歌を誦する城陽　　c城陽の「平家」の技量＊

唯一の「平家」関係の話題（④c）は、城陽は「老而无声」であったため、「平家」は語らせず、毎回、古歌に関する話だけをさせていたというものである。瑞渓の師が贔屓にしていた城陽を瑞渓が引き継いだ（④a）のだが、そ

もそも「平家」語りは期待されていなかったのであろう。しかも、「平家」を語らない（語れない）にもかかわらず、康正元年以降、検校に昇格さえしている。

古歌に通じる城陽は、瑞渓のもとで専ら和歌に纏わる話題を提供していた。例えば、暁月（③）について。城陽は定家の弟とするが、実際には定家の次男、為家の子である。宮中歌会に落第した憤激で遁世したと語られているが、勅撰集にも七首入集した歌人で、夢窓疎石とも親交があり、『菟玖波集』に作が収められるなど連歌にも優れた。④bでは、古歌として、土岐宮内少輔（土岐詮直）の妻が詠んだ和歌二首などが紹介されている。詮直は応永の乱（一三九九）で大内氏に呼応して挙兵し、自害に追い込まれており、その際に妻が亡き夫を偲んで詠んだ歌である。いずれも鎌倉・室町期の和歌で、古歌と言うより当代的なものとも言えよう。①の長井貞秀も、鎌倉幕府引付衆宗秀の嫡子で、金沢貞顕・称名寺釼阿とも交流のあった人物であった。この記事から、城陽を鎌倉府の要職にある武家のもとに出入りする琵琶法師とする見解もある。(12)瑞渓は先述の通り、動乱収束の任を受けて鎌倉に下向していた。「平家」を語らない琵琶法師城陽は、瑞渓の興味関心に合わせて、禅僧に縁深い人物や、東国や当代の動乱に関わる和歌関係の話題を提供していたのであった。ただ、和臭を嫌うはずの禅僧になぜ和歌なのか、という問題は残るであろう。

さて、瑞渓のもとに、最も多く出入りした琵琶法師が、次の勲一である。

◆勲一（薫一）

①応仁三年（一四六九）二月二十九日

a『平家』及び巻一「内裏炎上」に関する問答＊　b大内裏の規模＊

②文明二年（一四七〇）正月四日

a「平家」を聴く。＊　b『平家』の内容と生成過程、琵琶法師の相伝＊

③同年正月五日
　a教待から円珍に相承された三井寺の興隆　　b蒲生長者「大リヤウ」の事績
④同年二月十七日
　伊予河野氏と三島明神の関係
⑤同年三月二十六日
　北条政子・時政、源頼朝の没年齢＊
⑥文明四年（一四七二）八月一日
　a達磨歌を「カミノヲカワ」と言う謂われ　　b池禅尼の出自について＊
⑦同年十一月二十六日
　准三宮の謂われ

先の二人に比して、「平家」語り・『平家』に関する語りが多い（①a・b、②a・b、⑤、⑥b）。②bにおいて、『平家』の内容を「悪七兵衛カケキヨ、平家一代」の「武者合戦様」と、「平大納言トキタ、」の「文官歌詠等事」が記されるものと把握する点、当代的な『平家』に対する見方が窺われて興味深い。また、『平家』の生成過程については「為長三位」が諸資料から収集した内容に「玄恵法印」が添削して一書となったものであるとし、「平家」語りの系譜についても、「性仏」が宮中で平家を読んだことに始まり、城一以降、琵琶法師の流派が「一」と「城」を名に冠する弟子筋に分かれたと語っている。城陽の語りは、ある意味、私たちが抱く琵琶法師のイメージに最も近いと言えるかもしれない。

一方、⑤では、頼朝妻、北条時政娘である政子は百二十歳の寿命を保ち、その弟、義時は九十歳の寿命であったこと、頼朝は三十九歳で「義兵」を起こしたが、五十八歳で卒したことが語られる。権力者の没年齢や人物相互の家系的繋がりについては、後出のように、禅僧たちにしばしば提供される話題でもある。

最後に、『抜尤』では一度しか出入りが確認されない琵琶法師について見てみよう。

◆最一（検校）

①文安五年（一四四八）八月十九日

a最一が検校となった経緯　　b鎌倉五山への帰依が厚かった持氏

c建長寺塔頭や鎌倉公方周辺人物の薨年、上杉憲実のこと

d義満の北山第への転居の時期　　e北山第造営の規模

f『平家』の生成過程と相伝＊　g春日・天照・西宮・出雲兄弟神説、各本地仏

h春日明神の本地が地蔵であることの謂われ

◆某座頭

①寛正六年（一四六五）十月十日

a「座頭話平家」＊　　b平教盛が清盛に示した覚悟について＊

最一は①aで、二十二歳で初めて鎌倉に赴き、当時十二～三歳の少年であった鎌倉公方足利持氏の庇護を受け、その命を受けた関東管領上杉氏憲等から三百貫を得て上京し、検校になった経緯について語っている。以来三十年余り、最一は鎌倉で公方の側近として仕え、永享の乱で持氏が滅亡したために鎌倉を離れたという。(13) b・cも関東の話題であり、城陽と同じく、鎌倉下向の経験を持つ瑞渓の興味関心に適う話題の選択であろう。最一が招かれたこと自体、彼のこうした経歴によるものであったのかもしれない。城陽と共通する話題としては、『平家』の生成過程と相伝に

関するもの（f）があり、播州にあった「為長」制作の十二巻本に「性仏」が音曲を付したものが如一検校に伝えられ、その後、八坂系・一方系の弟子たちに代々相伝されたと語っている。

また、「平家」語りのために瑞渓を訪れた某座頭は、①bで、平教盛が藤原成経の身柄を預かることを清盛に所望する際、「世にあればこそ望みもあれ……」と出家入道の覚悟を示して説得した件（『平家』巻二「少将乞請」）を物語った。これに対して瑞渓は「不能无感」との感慨を記している。現在の物語解釈としては、教盛の言を一種のブラフとして捉えるのが一般的であるが、「緇流らしく、この言をストレートに受け取って感動している」[14]ことになる。本稿の立場からすれば、「平家」語り、あるいは『平家』の内容に対して、禅僧が「感動」を伴って享受した数少ない例として押さえておきたい。

以上、瑞渓のもとに出入りした琵琶法師によるいくさ語りについて概観した。そのなかでは触れなかったが、複数人の琵琶法師に共通する話題として、足利将軍家に纏わるものと、神仏習合色の強い縁起説とがある。前者については城陽②、最一①d・eが該当する。言うまでもなく室町期の禅宗は、足利将軍家の大きな庇護下にあった。足利将軍家に纏わる話題は、禅僧たちから当然に求められる話題であったと言えよう。

後者については、城呂②厳島縁起や勲一④伊予三島明神縁起、最一①g・h春日明神縁起が該当する。勲一④では、三島明神は大通智勝仏の垂迹であり、伊豆三島は伊予より勧請されたものとし、河野氏代々を三島明神十六皇子の化現と位置づけている。最一①gでは春日明神と天照大神・西宮明神・出雲大社との兄弟神説、各本地仏が語られ、hでは東大寺知足院地蔵菩薩の縁起譚へと展開する。春日明神に直接対面できる明恵に対抗し、それが許されない貞慶が春日明神に祈願する。三尺の栴檀木を春日社前に運ぶよう示現があり、社前で待つ白髪の老人に渡したところ、のちに貞慶のもとに地蔵菩薩像がもたらされた。春日社中の「ユキタネ」が死後冥府で春日明神に出会い、春日明神と東大寺知足院地蔵菩薩と同体であることを告げられたというものである。室町期は、他時代に表だっていなかった神仏の由来物語がとめどもなくあふれ出た時代であった。(15) 瑞渓が属した夢窓派の法系は、禅の絶対的な優位性を前提としながらも、その下に諸行や世法を方便として認めるという現実主義的な立場を取った夢窓疎石の思想を汲むものである。(16) そうした立場の瑞渓からすれば、琵琶法師が語る神仏習合的縁起譚は、禅旨を説く上での方便として、把握・理解しておくべき情報であったとも言えよう。(17)

また、改めて確認しておきたいのは、琵琶法師によるいくさ語りは、実態として、思いの外「いくさ」に関わるものが少ないという事実である。便宜的な整理に過ぎないが、本説で取り上げた琵琶法師五名が語った内容、計三十五項目のうち、「平家」語り・『平家』関連のものは計十二項目に過ぎない。当代的な動乱に関わる内容を含めるとその数も増えようが、それにしても彼らの語りの過半は、「いくさ」から逸脱した内容ということになる。結論を先取って述べるならば、こうした語りのあり方は、ひとえに禅僧たち、あるいは瑞渓の知的要望に応じてのものであったと考えている。詳しくは、非瞽者・表紙への書き付けについて検討した後に述べたい。

三　非瞽者による語り

当時の禅僧のもとには様々な人物が言談のために訪れており、その中には『平家』等に関わるいくさ語りをする者もあった。むろん、そうした人物は瞽者ではない。以下、『抜尤』に見られる言談者の語りについて整理しておこう。

◆温泉寺寺僧

①享徳元年（一四五二）四月十八日

温泉寺を訪れ、律院にて温泉寺縁起を聴聞

◆天英周賢

①長禄元年（一四五七）閏正月二十五日

a木嶋明神の神木について　　b頼政挙兵の理由

◆竺華梵蕚

①寛正四年（一四六三）三月五日

斯波義将による義満への諫言について

◆季瓊真蘂

①文明二年（一四七〇）三月二十七日

後白河院崩御の年齢

温泉寺寺僧①については、瑞渓のもとに語り手が訪れたものではなく、瑞渓自身が仲間の僧と有馬温泉寺を訪れ、律院にて寺僧の読む温泉寺縁起を聴聞した折のことである。縁起には慈心房尊恵の物語が含まれており、瑞渓は「盖平氏演史所載、以此記為拠乎」と述べるように、「演史」すなわち「平家」語り（内容としては『平家』巻六「慈心房」）の原拠をこの縁起語りに見出したのである。(18)

天英①aは、木嶋明神（木嶋坐天照御魂神社）の神木の由来譚である。頼政所蔵の駿馬木下が、死後、この地の木の下に埋められ、木嶋明神と祝われたという。①bは、頼政が木下を巡る怨恨から反平家の兵を挙げるに至ったのは、頼政がかつて射止めた鵺が木下に化身して恨みをなさしめた故とするものである。『平家』（巻四「競」）で木下は頼政嫡男仲綱の愛馬であり、伝承の過程で単純化されたものと思われる。一般的には太秦の蚕の社として知られる木嶋明神社だが、『平家』に由来する縁起説異説と言えよう。

竺華①は、将軍足利義詮・義満・義持の三代にわたり管領を務めた斯波義将が、足利義満に対して、罪人の住居を破却することを諫めたと伝える内容である。その際に先例として、『平家』（巻三「少将都帰」）における平康頼の挿話が引用される。康頼が硫黄島（鬼界島）から赦免されて帰洛し、旧居に戻って「古里の……」の和歌を詠んだ件である。義将は、狂言綺語の類である和歌も、政道にとって益あるものである旨を説いている。城陽②にも義将の事績が語られており、足利将軍家関連の話題として興味をひくものであったのであろう。

季瓊①は、語りではなく、季瓊の遺著『和漢編年』に後白河院崩御百二十歳との説が載ることを筆録したものである。勲一⑤でも北条政子・時政、源頼朝の没年齢が語られており、次節で扱う表紙書き付け②bにも政子の没年齢（百二十五歳）、④aには重盛・清盛死去の年次が書き留められている。こうした没年齢・没年に対する関心は、政子や後白河院に伝わる超人的な長寿伝承に由来するのみではないだろう。禅僧の日記には、先師等の年忌法要のために参ずる記事が散見される。時代は下るが、永禄九年（一五六六）に編まれた『諸回向清規』巻第四「忌景之次第十王本地真言要文諱日異名」においては、十王信仰と習合しつつ、禅宗における年忌法要の儀軌が厳密に規定されている。琵琶法師や周辺の者が、禅僧たちに権力者の没年齢に纏わる話題を提供した理由の一つには、禅宗に定着していた年忌法要勤修を意識した面もあったと思われる。

以上、非瞽者について四例を取り上げた。温泉寺寺僧①からは、典拠を詮索せずにはいられなかったほど、『平家』の内容は禅僧の知識に浸透していたこと、語り手も聞き手も禅僧である天英①・竺華①の例からは、『平家』に関係する情報のやりとりが、互いに物語内容が既知であることを前提としていることが指摘できるだろう。『平家』に纏わる話題は、琵琶法師のみならず、非瞽者からも、禅僧の宗教的営為に由来する興味関心に応じる形で情報提供されていたのである。

四　表紙への書き付け

『抜尤』におけるいくさ語り関係記事で独特であるのが、表紙への書き付けである。これが瑞渓の手になるものかどうかは確証に欠けるが、抄録者である惟高妙安の几帳面な記録姿勢を勘案すると、惟高自身は瑞渓自身による書き付けであると判断していたと考えてよいであろう。また、こうした書き付けには、瑞渓に対する琵琶法師その他による語りや言談から書き留められたものが少なからず含まれていると思われる。以下、表紙に書き付けられた事項のうち、いくさ語りに関連する記事を抽出して列挙する。

◆表紙書き付け

①文正元年七月〜十二月　第六十一冊表紙

a平忠度和歌「サ、ナミヤ……」　b源頼政和歌「ミ山キノ……」「人シレス……」「ノホルヘキ……」

②応仁二年八月〜十二月　第六十五冊表紙

a平忠正は清盛の叔父、行盛の父　b北条政子百二十五歳没説等

c源為朝（為義）には六十四人の子があったこと等

③応仁三年正月〜六月　第六十六冊表紙

a永円和歌「キクタヒニ……」、澄憲和歌「ツネニミシ……」或女房和歌「イツモタ、……」、平忠度和歌「ワカレチノ……」　b「山徒振御輿」「大内裏炎上」の日時、炎上被害詳細

c平将門を巡る血縁関係　　d清盛妻時子・建春門院・平時忠は兄弟姉妹、池禅尼は清盛継母

e源為義の弟、足利義清とその子義兼

④文明二年七月～十二月　第六十九冊表紙

a重盛・清盛死去の年次　　b治承・養和・寿永の年号について

一見して目に付くのは、『平家』において語られる和歌の数々である。①a忠度和歌は『平家』巻七「忠度都落」、①b頼政和歌は一首目が巻一「御輿振」、二・三首目が巻四「鵺」に見られるものである。③aは四首目のみ巻五「富士川」、他はいずれも巻六「高倉院崩御」にある。もう一点、特徴的なのは、武家権門に関する系図的人物関係への興味である。およそ三つの時代層に分かれ、武家権門草創期として、平将門の乱における将門を巡る血縁関係（③c）、武家権門確立期として、保元・平治・治承寿永の乱における平忠正の血縁関係（②a）、源為朝《為義》の嫡子義朝と末子為朝（②c）、公家平氏の家系（③d）が書き留められている。政子没年の例として挙げた②bにも、時政の子として義時・政子、政子弟として義時といった血縁関係が記されている。また、武家権門展開期に至る興味として、仁木・細川両氏の祖である源（足利）義清の家系（③e）が書き残されている。

以上二点のうち、前者の和歌の問題は、城呂・城陽について扱った際、禅僧たちがいくさ語りを通じて和歌に関心を寄せる背景について問題提起をしておいた。この点について以下、これまでに扱った琵琶法師のいくさ語りも含めて検討してみたい。

禅林における和歌の問題を考える上で、まず注目すべきは和歌題詩の広まりである。禅林が公家や武家社会と親密に交流するようになると、禅僧も和歌の存在を無視し、接触を忌避するばかりでは済まなくなってきた。庇護者が開催する詩歌会において、その意を迎えるためには、否応なしに和歌題で詩を詠作せざるをえなくなったのである。朝

倉尚氏は、禁域とされている法語の世界にまで、「倭歌倭言」が侵入しつつあると指摘している（『蔭凉軒日録』長享二年三月二十二日）[19]。また、禅林に和歌が受け容れられた基盤については、和歌を禅宗の宗旨を伝えるための手段として用いようとする姿勢があったことを指摘している（『蔭凉軒日録』延徳四年二月十一日）。詩禅一致の風潮はさらに一歩進められ、「歌禅一致」を模索する段階に至っていたのである。詩文に優れた瑞渓の周辺においても、和歌に対する同様の認識はあったものと思われる。

城呂が和歌注釈にも活用される話題を語ったことについては、やはり十五世紀末の事例となるが、朝倉氏が取り上げた月舟寿桂の事績が参考になろう[20]。『中華若木詩抄』の作者である如月寿印の師で、臨済宗幻住派で曹洞宗の宗旨にも通じた月舟寿桂（一四六〇～一五三三）は、三条西実隆がもっとも親密な交遊を重ねた禅僧の一人であった。月舟は実隆によって杜詩講釈の講師として禁裏に推挙され、公家に対して講釈活動を展開し、後柏原天皇からも講釈を主体とした学問の才を寵愛されるに至る。その月舟が、漢詩のみならず和歌にも通じ、「賢註愚答」なる『愚問賢註』の注釈書を遺していたのである。『愚問賢註』は二条良基の質問に頓阿が答えた歌学書で、以後の二条派歌人に大きな影響を与え、多くの注釈書が編まれた。月舟の「賢註愚答」は、まさしくその一つであったのである。自らの庇護者である将軍家や公家との交流に際して、禅林では和歌に対する注釈的知識をも必要とされていた。城呂の語りは、そうした需要に応えるものであっただろう。

なお、月舟は連歌についても一定の理解を持っていた。月舟が連歌師帰牧庵玄清に寄せた文には、玄清が源三位頼政の子孫であることから、『平家』の鵺退治の挿話に見える藤原頼長と頼政との連歌を盛り込んでいる。特定の者に限られたようだが、琵琶法師のなかには連歌の芸に長けた者もあった[21]。月舟の発想は、琵琶法師のいくさ語りから得られたものであった可能性もあろう。連歌に通じた琵琶法師の存在は、室町期の和歌文化を席巻した連歌の場に禅僧たちが触れる足がかりともなったものと思われる。

とはいえ、瑞渓のような立場の禅僧が実際に連歌会に参加したことは確認されない。櫻井陽子氏は『看聞日記』の分析を通じて、「平家」語りの享受や、書物としての『平家』のやりとりによって、公家たちは、その物語内容を社会的な事件を把握する枠組みや先例としたり、連歌の付合に用いたりしていたと説く。公家たちのこうした営みや知識の源泉に、琵琶法師は関与していたのである。[22]一方、禅僧たちは、琵琶法師を通じて入手した和歌的・連歌的知識をどのように活用したのだろうか。先の月舟のような例もあるが、より一般的であったのは、和漢連句の場における活用であろう。

和漢連句とは、和句（五七五または七七）と漢句（五言または七言）をまじえて付け連ねるものである。瑞渓も、二条良基と義堂周信が初めて『韻府』（『韻府群玉』）を用いて、和漢連句の和句にも押韻したことについて取り上げている（文安五年五月五日）。朝倉氏は、義堂周信（一三二五～一三八八）『空華日用工夫略集』に、この和漢連句における押韻について記録されていること（康暦三年十一月二日）を踏まえ、これが和漢連句から漢和聯句への展開に禅僧の聯句が一役買った事例として評価している。[23]また、朝倉氏は、聯句に対する興味は応安の頃から禅林外にも広がり、聯句を通じての僧と俗との交流が和漢連句の発生・普及の前提となったと説いている。和漢連句を一文芸として確立させるのに尽力したのは二条良基であったが、禅僧である義堂自身も、良基を中心とした文化集団（公家や家司）とともに和漢連句の普及に携わっていたのである。

康暦三年の和漢連句で用いられた『韻府』は、「鯉魚風」の句義の問答（長禄元年四月九日）において李賀の詩とともに引き合いに出されるなど、瑞渓の座右の書であったことが窺われる。注意しておきたいのは、『韻府』からの引用が表紙書き付けにも散見されることである。例えば、第五十五冊表紙（寛正四年）では「京師士大夫……拍酒楼前聴管弦之句」に「韻府担字」、「買魚作膾当得馬」に「韻府店字」、「立捧」に「韻府」、第六十一冊表紙（文正元年）では「亢礼」に「韻府」と注されている。先に確認したように、表紙書き付けには『平家』の和歌やいくさ語りに纏わる情報が様々に書き付けられていた。第六十一冊表紙には『韻府』の使用と『平家』の和歌とが、一連の書き付けのなかに同居してもいる。表紙に書き付けられた内容は、和漢連句の場で活用するための瑞渓の手控えであった可能性もあるだろう。

ただし、瑞渓が和漢連句に実際に参加した事実は確認されない。しかしながら、足利義満による大井川遊覧における和漢連句会について、たびたび瑞渓は書き留めてもいる（寛正四年二月二十五日、三月十三日、三月二十一日）。先出の文安五年五月五日条も含め、瑞渓が和漢連句に関心を寄せていたことは確かである。そうした瑞渓の関心に応じるため、琵琶法師たちも、連歌に纏わるいくさ語りを披露していたのではなかろうか。

五　おわりに

さて、最後まで積み残してきた問題がある。最初に取り上げた琵琶法師、城呂の例に垣間見られた、琵琶法師のいくさ語りと談義注釈との関連についてである。実は、先に注目した『韻府』は、詩作や聯句の用のみならず、室町期の注釈世界において広く浸透していた書物であった(24)。鈴木元氏は、中世末の『太平記』注釈書『太平記賢愚抄』における『韻府』の活用例から、著者、乾三の環境には五山禅林の影が窺われることを指摘した。また、乾三の注釈が、禅林で講じられた『太平記』講釈の場を前提としていた可能性をも説いている。

室町期、特に応仁の乱による多くの古典の焼失がもたらす危機感のなか、当代の天皇や古典学者によって『源氏物語』『古今集』『日本書紀』等を中心とする古典の書写や研究が推進された。それらは一条兼良・三条西実隆・宗祇ら有識者によって講釈され、聴講されていた。[25] その際の講師の手控えや受講者のノートは抄物と総称され、それは注釈的言説の坩堝ともいうべき内容であった。『太平記』もそうした講釈の対象であったのである。

周知の通り、『蔭凉軒日録』には、物語僧である江見河原入道が、記主季瓊真蘂の湯治先、有馬で『太平記』を読んだという記事（文正元年閏二月六日、同七日）がある。江見河原入道は盲僧ではないが、暗記していた物語内容を朗誦していた。加美宏氏は、中世に述作された『太平記』注釈書類が、口頭による注釈講義の手控え本、あるいは講釈の聞書といった抄物的性格を遺存していることを指摘し、室町期の五山禅僧等による『太平記』講釈の存在を想定している。[26] 加美氏はまた、『後法興院記』から、経典談義の場において一禅僧が『太平記』を読んだ事例（文正元年五月二十六日）についても紹介している。[27] 関白・太政大臣をも務めた記主近衛政家が、成仏寺に参詣して法華経の談義を聴聞した際のことである。氏は、諸資料から「太平記」読みと禅僧との親近度の高さを指摘しつつ、唱導・説経のための素材・譬喩談として『太平記』が用いられた可能性についても論じている。

むろん、専従の芸能者（琵琶法師）が中心となって担う「平家」語りと、物語僧や談義僧が中心であった中世の「太平記」読みとを、[28] 単純に等質的に捉えるべきではない。ただ、例は少ないものの、琵琶法師、あるいは瞽者のいくさ語りにおいて『太平記』に由来する素材を語る例が、禅僧の日記から二例見出される。いずれも季弘大叔『蔗軒日録』からで、その一つ目は宗住なる瞽者による語り（文明十八年四月二十七日）である。琵琶法師であるかどうか判断しがたい人物なのだが、宗住の語りによる『平家』巻五「五節之沙汰」の本文内容が摘記されるなか、割り込むように、「太平記ニ出之」として「将門ハ……」の和歌（巻十六「日本朝敵事」）等が記される。二つ目は「小瞽者」による語りである（文明十八年三月十一日）。この「小瞽者」は名前も不明で、「平家」語りの記録はなく、琵琶法師である確証はないが、楠木正成について、信貴山毘沙門天の再来であり、笠置に移る際、「サシテユク……」の和歌（巻三「笠置城没落事」）を詠んだと語っている。読み本系『平家』が「太平記」読みを担った物語僧による「読み」の対象となった可能性があるとの指摘[29]も勘案すると、「平家」語り、「太平記」読みに由来する情報は、琵琶法師と物語僧との間で相当程度共有されえたのではなかろうか。

瑞渓のもとには、「平家」語りに付随して、琵琶法師から講釈や談義注釈にふさわしい素材が提供されていた。琵琶法師のいくさ語りは、時には無聊の慰めとして『平家』の作品世界そのものを享受するためのものであっただろう。しかし時には、「平家」語りにおける『平家』の作品世界は解体され、他の談義注釈の素材と等価値のものとして、禅僧たちの講釈や経典談義の場に活かされていたと考えるのである。禅僧たちにとって『太平記』が、時には『太平記』自体を講釈し、時にはその内容を素材・譬喩談として談義に活かすといった対象であったように。

しかしながら、琵琶法師のいくさ語りの講釈や談義の場における活用は、文芸的側面への活用に比べれば、その影響力はわずかなものであっただろう。先に某座頭①bのいくさ語りについて、禅僧が物語内容に対する感動を抱いて享受した珍しい例であると述べておいた。他の禅僧の日記を概観しても、太極『碧山日録』の一部記事を除き、禅僧たちの琵琶法師のいくさ語りに対する反応は、概ね淡々としたものである。季弘大叔『蔗軒日録』でも、いくさ語りの内容について詳細な記録を書き残してはいるが、物語内容に対する共感や感動はそれほど読み取れない。言うまでもなく、『平家』の内容や構想にはきわめて仏教的な面がある。にもかかわらず、禅僧たちには、禅宗という自らの〈仏法〉的立場に照らしながら、宗教的な情感を伴うような心性でいくさ語りを享受する姿勢は希薄であるように思われる。言うなれば、主知的な態度が一貫しているのである。

本稿は当初、『碧山日録』『蔗軒日録』『蔭凉軒日録』をも併せて考察し、十五世紀における軍記物語史の転換についても私見を述べる目論見であった。しかしながら、稿者の力量不足ゆえに中途半端な考察でいったん筆を擱かざるをえない。後考を期したい。

注

（1）徳田和夫「室町時代の言談風景――『碧山日録』に見る説話享受――」「「二十四孝」誕生前夜」（『お伽草子研究』三弥井書店、一九八八年十二月）

（2）村上學「平家物語における語りと読み――禅僧の享受を媒材として」（『国文学』四十-五、一九九五年四月）

（3）本稿で言う「いくさ語り」とは、琵琶法師による語り全般（「平家」語り以外も含む）、及び、琵琶法師以外の者（非瞽者）によって語られた「いくさ」に関わる言談を指すものとする。

（4）瑞渓周鳳、及び『臥雲日件録抜尤』に関する基本的情報については、史料編纂所編『臥雲日件録抜尤』「解題」（一九六一年三月）、竹貫元勝「瑞渓周鳳と義天玄詔」「臥雲日件録抜尤」（『新日本禅宗史　時の権力者と禅僧たち』禅文化研究所、一九九九年七月）参照。

（5）村上學前掲注（2）論文

（6）「平家」語り、及び『平家』に関わる話題については＊を付す。用例の検索については、「平家物語享受史年表」（増補国語国文学研究史大成9『平家物語』三省堂、一九七七年四月）を参照した。

（7）鈴木佐内「法華経直談書にみえる「かぐや姫の伝承」」（『和洋國文研究』三十七、二〇〇二年三月）参照。談義書類と城呂の語りと異同については同論文を参照されたい。

（8）空海・守敏対立譚の展開については、中前正志「矢負から矢取へ――霊験の精神的背景――」（『神仏霊験譚の息吹き――身代わり説話を中心に――』臨川書店、二〇一一年八月、初出二〇〇三年六月）に詳しい。

（9）談義・談義書の基本的性格については、渡辺麻里子「中世における僧侶の学問――談義書という視点から――」（『弘前大

学国語国文学』二十八、二〇〇七年三月）参照。

(10)　徳田和夫「物語の変貌――お伽草子の説話学的展望――」（前掲注（1）著）

(11)　鈴木元「庭訓往来を巡る注釈の学」（『室町連環　中世日本の「知」と空間』勉誠出版、二〇一四年十月、初出二〇〇〇年十二月）参照。鈴木氏は、中世末の関東に成立した『庭訓往来』真名抄の注釈に、幼学書と並び書物としての『平家』が存在していたこと、一条兼良『筆のすさび』における『菟玖波集』所収句に対する注釈においても『平家』を前提とするものが見られることを指摘している。

(12)　梶原正昭「『平家物語』と芸能――室町・戦国時代の琵琶法師とその芸能活動」（あなたが読む平家物語5『平家語り　伝統と形態』有精堂出版、一九九四年九月）

(13)　梶原正昭前掲注（12）論文

(14)　村上學前掲注（2）論文

(15)　徳田和夫「中世神話論の可能性」（前掲注（1）著）

(16)　末木文美士「『夢中問答』にみる夢窓疎石の思想」（『鎌倉仏教展開論』トランスビュー、二〇〇八年四月、初出二〇〇二年十一月）

(17)　神仏習合的縁起譚のうち、厳島縁起以外の二例は『平家』諸本には含まれない伝承である。城呂について指摘した琵琶法師の担う知の体系を窺わせる事例でもある。

(18)　尊恵説話を含む有馬温泉寺縁起の室町期における展開と広範な流布については、徳田和夫「勧進聖と社寺縁起――室町期を中心として――」（前掲注（1）著）参照。

(19)　和歌題詩については、朝倉尚「本朝詩の性格」（『抄物の世界と禅林の文学　中華若木詩抄・湯山聯句鈔の基礎的研究』清文堂、一九九六年十二月、初出一九八六年十二月）参照。

(20)　月舟の事績については、朝倉「月舟寿桂小論――一華軒の学風」（前掲注（19）著、初出一九九一年八月・九二年八月）

(21)　櫻井陽子「『看聞日記』に見える平家享受」（『『平家物語』本文考』汲古書院、二〇一三年二月、初出二〇〇〇年三月）

(22) 櫻井陽子前掲注(21)論文
(23) 朝倉尚「禅林聯句について　定着と発展」(前掲注(19)著、初出一九九六年八月)。義堂は韻書を『洪武正韻』としている。
(24) 鈴木元「太平記享受史一斑――『太平記賢愚抄』をめぐって――」(前掲注(11)著、初出二〇〇四年四月)
(25) 加美宏「軍記物語の語り・読み・芸能」(『太平記の受容と変容』翰林書房、一九九七年二月、初出一九八九年十二月)
(26) 加美宏「『蔭凉軒日録』――物語僧の『太平記』読み記事を中心に」(『太平記享受史論考』桜楓社、一九八五年五月、初出一九七二年三月)参照。
(27) 加美宏「『後法興院記』――談義僧の『太平記』読みと「剣巻」」(前掲注(26)著)
(28) 加美宏「琵琶法師と太平記読み」(前掲注(25)著、初出一九八八年十二月)
(29) 加美宏前掲注(28)論文

［使用テキスト］
『臥雲日件録抜尤』(大日本古記録)、覚一本『平家物語』(日本古典文学大系)
＊『抜尤』引用に際し、明らかな誤脱については、底本校注に従って改めた。見せ消ちによる訂正は元のままとした。また、作品名としての平家物語は『平家』、琵琶法師による語りについては「平家」と表記した。

文学史、文化史の中の『大塔物語』

佐倉由泰

一　問題の所在

日本の十五、十六世紀は「古典」不在の二百年である。日本を代表する「名作」なるものをこの時代に見出すのは難しい。軍記物語でも、十四世紀以前には、『平家物語』をはじめ、『保元物語』、『平治物語』、『承久記』、『曽我物語』、『太平記』が成立し、それぞれの物語の多様な諸本が次々と現れたのに対し、十五、十六世紀には、これらの物語の諸本の生成は続くものの、新たな「名作」は登場しなかった。こうした側面にとらわれると、この二百年間を、文事、文化、学問の衰退期や空白期と見なすことになりかねないが、実情は正反対である。

この時代はリテラシー（文字を読み、書く力）が広範に浸透した、文事、文化、学問の興隆期であった。十四世紀からこの十五、十六世紀にかけては、『庭訓《ていきん》往来』、『異制庭訓往来』、『新撰遊覚《ゆうがく》往来』、『尺素《せきそ》往来』、『富士野往来』、『琑玉《しょうぎょく》集』、『快言抄《かいげんしょう》』等の往来物、『桂川地蔵記』、『塵荊鈔《じんけいしょう》』、『旅宿問答』等の往来物風の読み物、『壒嚢鈔《あいのう》』、節用集、『運歩色葉集《うんぽいろは》』等の辞書が次々と現れては流通した。新たな知の編成が十五、十六世紀に本格化したのだ。謡曲、幸若舞曲、お伽草子、連歌等の旺盛な創出も、『義経記』の成立、『曽我物語』の仮名本の生成、判官《ほうがん》物、曽我物の隆盛も、そうしたリテラシーの進展がもたらしたものである。十七世紀以降の出版文化も、江戸幕府という強力な政権の樹立による世の安定に伴って広まったと見られているが、それは表面上のことで、十五、十六世紀の知の広がりが書籍の必要性（ニーズ）を拡大し続け、それが出版文化の興隆の基盤になったというのが深層の実態であろう。加えて、十六世紀後期の中央集権化の指向も、知の共有の広域化によるものではなかったか。(1) そう考えると、十五、十六世紀の知の展開は、十七世紀以降の、文化の編成のみならず、政治、社会の枠組みまでも決定づけたことになる。

こうした画期的な意味を持つ十五、十六世紀の知を、この時代に「名作」、「古典」を見出せないという理由で看過していたのでは、日本の文学史、文化史の本質は捉えられない。「古典」と目されてきたテキストの記述にかけがえのない意義があることは確かだが、「名作」を柱にして文学史を組み立てることの限界と弊害も認める必要がある。「名作」、「古典」という概念自体も見直さねばならない。また、こうした概念が見えなくしていた知の実態と意義を明らかにすることが不可欠になる。十五、十六世紀の知に着目することは、日本の文学史、文化史の根源的な見直しに結びつく。「名作」不在の時代として等閑視されてきたこの二百年間の知の内実を究明することの意義はきわめて大きい。

そこで注目されるのが日本式の漢学である。それは、律令制の理念とともに、都の政庁や国衙の官吏らの間に広まった和製漢文を学ぶ知に由来するもので、正格の漢文を漢籍から直接学ぶ「博士の漢学」とは異質な「吏《り》の漢学」とも称すべきリテラシーであり、その隆盛期の十、十一世紀には、『将門記』、『尾張国郡司百姓等解文《おわりのくにぐんじひやくせいらげぶみ》』、『仲文章《ちゆうぶんしよう》』のような特徴ある真名表記テキストも登場した。(2) この三書の記述は、用字、用語、文体はもとより、人間観、世界観、思想においても、吏の漢学の知と理念を旺盛に取り込んでおり、このリテラシーのすぐれた到達点を示している。従来、博士の漢学と仮名の歌文のリテラシーが、風流、「みやび」といった正統性、上位性を体現する知として、古代後期の文学、文化の支柱と目されてきたが、その見方を超え、吏の漢学をその支柱に加える必要がある。

吏の漢学は、都と地方の別や官位の別を超えて広範に流通し浸透し、官人をはじめとする多くの人々の思考と活動を支えた知として重要な意味を持つ。十一世紀に藤原明衡が著したと考えられる『新猿楽記』、『雲州往来』は、そうした吏の漢学を学ぶ人々の高い関心と願望に応える書であった。この両書の記述には、機知や妙趣を存分に感得し味わいながら、多彩な用字、用語、表現を学べる仕掛けが旺盛に緻密に張りめぐらされており、いずれも地域を超え、時代を超えて広く流通し、後世の日本の往来物、類書の様式と盛行を決定づけた。日本の文化史、学問史にとって画期的な著作である。

「吏の漢学」は、「吏」と称すべき階層が存在しなくなっても失われなかった。その知は、辞書や往来物等の中に息づく漢学、言わば「類書の漢学」として引き継がれた。(3)その点でも、『新猿楽記』と『雲州往来』は、日本式の漢学の針路を決定づける画期的な役割を担った。また、類書以外でも、『平家物語』の異本である四部合戦状本、『源平闘諍録《げんぺいとうじょうろく》』や、『曽我物語』の古態本である真名本、『神道集《しんとう》』も、日本式の漢学に支えられて十四世紀までに生まれた。さらに、十五世紀に入ると、この日本式の漢学は、他のリテラシーともかかわりながら、日本の知の新たな編成を主導する役割を本格的に担い始める。先述のさまざまな往来物や辞書こそが、類書の漢学の中枢をなし、新たな知の編成の基軸となった。十五、十六世紀は類書の漢学の最盛期であり、そこに日本の新たな知の興隆が出現した。さらに、十七世紀以降も、類書の漢学は受け継がれ、膨大な往来物と節用集を生成し続け、多様な記述の場で他のリテラシーと融合し、日本の知を支え続けた。それは、往来物、節用集の記述はもとより、近世の読本や明治期の詩、小説の漢字のルビ等にもうかがわれるところである。

しかし、日本式の漢学は、これほど重要な意義を持ちながら、注目されることがきわめて稀であり、具体的な全貌はほとんどわかっていない。その解明は至難の業《わざ》であるが、この困難を乗り越えるために注目したいのが、真名表記の軍記物語『大塔物語《おおとう》』である。『大塔物語』については、これまでも、その文学史上、文化史上の重要性に注目して、佐倉由泰『軍記物語の機構』（汲古書院、二〇一一年二月）の第十六章「『大塔物語』の記述を支えるもの」や、佐倉由泰「『大塔物語』をめぐる知の系脈」（科学研究費報告書、二〇一三年三月）等の論考で、記述の特質と意義を考察してきたが、本稿では、日本式の漢学の全貌を捉える新たな展望を拓くために、この真名表記の軍記物語の記述の内実を総合的に捉え直したい。

二　『大塔物語』の概要

『大塔物語』は、応永七年（一四〇〇）に信濃国で起こった、守護小笠原長秀と「国一揆」の人々との戦い、信州大塔合戦の経緯を記した真名表記テキストである。『大塔物語』の諸本については、若林秀幸氏の論文「『大塔物語』の諸本に関する基礎的考察」（『文学論藻』第五十七号、一九八二年十二月）に詳述されており、氏の考究によると、伝本は「大塔物語」という書名を持つ「物語」系統と、「大塔軍記」、「大塔記」、「大塔合戦記」といった書名を持つ「記」系統に二大別できる。このうち「物語」系統がより古態をとどめるものと考えられることから、本稿は、この「物語」系統の唯一の現存伝本である、今井信古所蔵の古写本（この本は現存しない）を模刻した嘉永四年（一八五一）刊本の記述にもとづいて考察を進める。その際、本文は、前掲の『『大塔物語』をめぐる知の系脈』に記した翻刻本文に拠るが、引用は、紙数の都合により、その訓読文のみを挙げることとする。[4]

『大塔物語』の成立については、「文正元年丙戌応鐘《ぶんしやうがんねんひのえいぬおうしよう》上旬、諏方上社栗林五日市庭《すはかみしやくりばやしいつかいちば》の閑室《かんじつ》にて之を写す。文字多く誤るべく候ふ。後見憚《こうけんはばか》り入《い》り候ふ者なり。堯深法師《げうしんはふし》七十一才、吉《よ》くも悪《あ》しくも後代《こうだい》の形見なり。念仏一返所望《いつぺんしよまう》なり」という、嘉永四年刊本の本奥書の記述が目安となる。この記述によれば、『大塔物語』は文正元年（一四六六）以前に成立していたことになる。栗林五日市庭とは、現在の長野県茅野市ちの横内《よこうち》の地と考えられ、諏訪上社領内のその地で堯深法師が写した本かその転写本が、諏訪下社の大祝《おおはふり》を務めた今井（金刺《かなさし》）信古の家に伝来することは大いに起こり得る事態である。また、現時点では、用字、用語、表現等に、文正元年以前の成立を疑わせる事例が見出せないことから、本奥書の内容を事実と見て、『大塔物語』を十五世紀のテキストと考えることとする。

『大塔物語』は、応永七年の九月から十月までの戦いを主な記述対象としているが、その概要を、ストーリーに沿って二十八の場面に分けて示すと次のようになる。

はじめに、政道の要略を語る序（1）が置かれ、その後にストーリーが始まる。応永七年、信濃の新守護となった小笠原長秀は、入国の初めに佐久郡の大井光矩《みつのり》を訪れて施政のことを内談し（2）、人々の耳目を驚かす華美な行粧を仕立てて善光寺に入る（3）。国人が次々と長秀に従う中で、以前から小笠原氏と敵対してきた大文字《だいもんじ》一揆の人々も、評議の末に、長秀を新守護と認め、受け入れる姿勢を示す（4）。

しかし、長秀が前例のない守護権限の行使を始めると、国人はその「強儀《ごうぎ》」に反発し、「国一揆」と号して一斉に蜂起し（5）、三千騎を超える軍勢が横田河原近くの千曲川の畔に集まり、手分けをして陣取った（6）。一方、小笠原勢八百余騎は、善光寺を離れ、塩崎城をめざして南下し（7）、同年九月二十四日朝、その途次に国一揆勢と遭遇すると、最初の戦闘で村上勢を破り（8）、二度目の戦闘では村上勢と伴野勢を破り（9）、三度目の戦闘でも海野勢を破り（10）、四度目の戦闘で高梨勢も破って（11）、長秀は塩崎城に到達するが、部将の坂西《ばんざい》長国らは敵勢に進路を遮られ、やむなく大塔の古要害に入る（12）。

国一揆勢に包囲された大塔の小笠原勢は飢餓に苦しみ、馬までも食べて籠城を続け（13）、十月十六日には、古米《こめの》将監と常葉下総守が、大塔を忍び出て塩崎に行き、長秀に城中の窮状を訴える（14）が、救援の方途もなく、長秀は自害を図るも、赤沢但馬守に諫められ思い止まる（15）。翌十七日、遂に大塔の城に陥落の時が迫り、櫛木石見《くしきのいわみ》入道は辞世の歌を詠んで自害する（16）。常葉入道は十三才の子、八郎の悲運を嘆き、八郎は父と語らった後に辞世の詩歌を遺す（17）。また、坂西長国は、子の松寿丸を思って嘆きつつ詩歌を遺し（18）、城を出て奮戦した後、再び城に戻り自害する（19）。常葉父子をはじめ、他の大塔の人々も次々と自害し（20）、十月十八日に、大塔の城は陥落するが、国一揆方の香坂《こうさか》宗継はその戦いの惨状に厭世の思いを抱いた（21）。

戦いが終わると、善光寺の妻戸の時衆と十念寺の聖が大塔の地を訪れて亡き人々の供養を行い（22）、遊女の玉菊花寿も出家して、坂西長国の菩提を弔った（23）。一方、国一揆勢は、長秀が籠もる塩崎城を包囲するが、大井光矩の仲介によって包囲を解き、長秀は、信濃を逃れて京都に赴き（24）、守護職は、国一揆の人々の請願のとおりに解任されることとなった（25）。そうした中、ひとりの妻戸の時衆が、伊賀良《いがら》の庄を訪れて、常葉八郎の母に常葉父子三人の最期を伝えるとともに八郎の形見を届け、八郎の母の出家の戒師を務めるが、厭世の念を強くし、善光寺に戻らず、高野山に籠もる（26）。出家した八郎の母は、伊賀良の庄を旅立ち、大塔の地を訪れて夫と子の墓に詣でると、善光寺に入り、妻戸の時衆となった（27）。また、香坂宗継は、戦場から家に戻らずに窪寺に向かい、二十一日間、観音の前で通夜をして道心を固めると、高野山に上り、念仏行者となって廻国修行をし、衆生《しゆじよう》に利益《りやく》をもたらしたという（28）。

このように、『大塔物語』の記述は信濃国内のことに終始している。加えて、写本の生成、伝来の場を勘案すると、信濃の人が信濃の出来事を信濃の人々のために記した書であったと考えられる。十五世紀の段階で、都からも、鎌倉からも隔たる地に生きた人がその地の事件の顚末をその地の人々のために相応の内容とレトリックを具えた一書にまとめ上げるというのは、類例のない画期的な出来事であり、先駆的な偉業と称しても過言ではない。それを可能にした理由を考える上で、『大塔物語』が真名表記テキストであることが何よりも注目される。十五世紀以降、類書の漢学が日本の知の編成を主導する役割を担うが、『大塔物語』の成立は、そうした文化状況を尖鋭に体現するものと考えられる。それならば、『大塔物語』の特質は、日本式の漢文、漢学に由来することになるが、実態はどうであろうか。類書の漢学との関係を検証しつつ、『大塔物語』の特質を明らかにして行く。

三　政道を重んずる偏りのない記述

『大塔物語』は、早くも序文から、政道を重んずる特徴が際立つ。

> 夫《そ》れ政《まつりごと》は天下泰平の計略、国土安穏の根源なり。而《しか》るに近代の御政務、賞罰共に直《なほ》くして都鄙《とひ》悉《ことごと》く静謐《せいひつ》せしめ、上下無事に誇り、万民歓楽を歌ふ。然《しか》る間、孰《たれ》か憲法《けんばふ》の裁断を貴ばざらん、孰か廉直《れんちよく》の御成敗《ごせいばい》を仰がざらんや

この序文は、政《まつりごと》が泰平、安穏のためにあること、今の政務が世の静謐を実現し、人々に無事と歓楽をもたらしていること、万人が憲法（すぐれた法）による裁断と清廉な執政を尊んでいることを明言し強調している。この記述から、『大塔物語』が、世の安泰を理想とし、その実現と継続を切望する警世の書であることがわかる。

この理想に照らして批判されるのが、信濃の新守護、小笠原長秀である。長秀は、3の「善光寺入り」の場面の最

後で、来訪者との対面に際して「緩怠至極」（無作法極まりない）の振舞をし、人々に「嘲哢」され、「始終然るべしとも見えず」という先行きの不安を与えたという。『大塔物語』は、この振舞を世の安泰を損なう執政の乱れと捉え、厳しく批判している。ただし、その一方で、長秀を、「公方」の「法様」（しきたり）をよく知る人であったとして、「緩怠至極」の振舞も、「騏驎猶一蹎《きりんなほいっち》の誤り無きに非《あら》ざるがごとし」と、並外れた駿馬も蹎《つまず》くことがあるのと同様の失策と捉えている。批判するのは行動であり、人としての資質を非難してはいない。厳正でありつつも寛容で公平な姿勢で事件の経緯が捉えられている。

ただし、それだけに政道を乱す行動への批判は厳しい。最たるものが、戦闘の直接の原因となった長秀の行動への批判である。それは5の「「国一揆」の蜂起」の場面に現れる。

長秀喜悦の眉を開き、一国平均の思ひを成す。既に八月廿日余りの事なれば、西収《せいしう》の期に臨み、地下《ちげ》の所務の最中なり。河中島《かはなかじま》の所々は大略村上の当知行《たうちぎやう》なり。且は非分《ひぶん》の押領《あふりやう》と称し、且は事を守護の諸役《しよやく》に寄せ、入部の所務を致《いた》さしむ。是則ち小笠原滅亡の始めなり。暫《しばら》く国静謐《せいひつ》する間は、宜しく正直の薬を以て訴訟の病《やまひ》を治《なほ》すべく、憲法の燈《ともしび》を挑《かか》げ、宜しく愁歎の闇を照らすべき処に、忽《たちま》ちに貪欲《とんよく》の心に住し、法令の文《もん》に背き、恣《ほしいまま》に非拠《ひきよ》の強儀《がうぎ》を行ふ間、甘露《かんろ》乍《たちま》ちに変じて毒薬と成る。不賢《ふけん》の致す所、口惜《くちを》しき事に非ずや

批判しているのは、長秀が村上氏の「当知行」の地、川中島での収穫を、「非分」の「押領」、「守護」への「諸役」と称して奪おうとしたことである。この行動を、「貪欲の心」による、「法令」に背く「強儀」と非難し、「不賢」の振舞と断じ、「口惜しき事」と慨嘆している。『大塔物語』が願うのは信濃の静謐であり、守護、長秀に望むのは、「正直の薬を以て訴訟の病を治」すような、「憲法の燈を挑げ」「愁歎の闇を照らす」ような善政であった。ところが、長秀の「強儀」により、「甘露乍ちに変じて毒薬と成」ったというのだ。「甘露」とは善政の、「毒薬」とは苛政の喩

えであろう。為政者としての本来の責務を果たさず、取り返しのつかない戦乱を招いたとして、長秀の行動を厳しく批判し、深く嘆いている。

『大塔物語』は、信州大塔合戦の直接の原因を、守護として前例のない小笠原長秀の「強儀」に求めているのだが、この強権の発動は、信濃の守護を、斯波義種（前管領、斯波義将の弟）から長秀に代えた人物、前将軍、足利義満に容認されていたと考えることができる。[5] ただし、『大塔物語』の著者がそうした事情をある程度察していたとしても、記述の姿勢を変えることはなかっただろう。『大塔物語』が問うのは、戦闘という取り返しのつかない結果を招いた長秀の為政者としての責任である。戦闘を引き起こした以上、長秀の行動は、自らの都合を優先し、国の人々への配慮を欠いた「強儀」に外ならない。その判断は動かない。「公方」の意向は問題にならないのだ。

このように『大塔物語』の政道上の理非の判断は厳しい。ただし、それは同時に公正で寛容でもある。行動の理非を問うても、人としての善悪の規定には及ばない。長秀も悪人ではない。3の善光寺入りの場面で批判されたのは「緩怠至極」の振舞であり、5の「「国一揆」の蜂起」の場面で非難されたのも「強儀」と称される行動であった。『大塔物語』は、長秀の信濃国の為政者としての責任を厳正に問い、戦乱の責任のすべてを長秀に負わせ、国一揆方の非を一切問わないが、長秀その人を悪と断じてはいない。戦闘の記述でも、小笠原勢を悪、国一揆方を善とすることはない。『大塔物語』での信州大塔合戦は国一揆方による正義の戦いではない。国一揆方に英雄がいるわけでもない。戦闘は厭うべきものであり、戦いによる痛切な苦しみ、悲しみに注目した記述を行い、常葉八郎と父、母をはじめとする小笠原方の人々に深い同情を寄せている。敗れた小笠原方に寄り添う視点も見られ、八百余騎の小笠原勢が三千騎を超える国一揆勢に善戦することを記しており、中でも坂西長国の言動を特筆している。そこでは、小笠原長秀の行動も非難されていない。7の「小笠原勢の出陣」の場面では、坂西長国に戦の采配を任せる度量の広さを示し、

10の「小笠原勢と海野勢の戦い」の場面では、疲れた配下を励まし勇ませる下知を行い、15の場面では、大塔の古城塞に籠もる味方の救援がかなわぬことを自責し恥じて自害を図り、赤沢但馬守に諫止されることが記されている。長秀も、相応の資質、力量を具えた武人として描かれている。

このように政道への強い関心を具え、理非の判断を明確にするとともに、公平で偏りのない記述を行うのは、『大塔物語』の重要な特質であるが、この特質は、『将門記』、『尾張国解文』、『仲文章』等を生み出した十・十一世紀の吏の漢学以来のリテラシーの伝統をうかがわせる。『大塔物語』が在地の人々の生活を重んじ、世の安泰を理想とし、戦いを厭うのは、『将門記』、『尾張国解文』、『仲文章』の記述の姿勢によく似通っている。小笠原長秀の行動に対する批判の厳しさは、『尾張国解文』の尾張守藤原元命《もとなが》の弾劾を髣髴《ほうふつ》とさせる。この両書は「憲法」という語をキーワードにしていることでも共通する。また、厳正な批判をしつつもなお公平で寛容である点は、『将門記』と実によく似ている。『将門記』は、「大害」に及んだ平将門の乱という事件を、将門個人の資質に起因するものなどとは見なさずに、過度に自力救済的な在地の社会環境において報復の応酬が止めどなく連鎖し増幅した結果起こってしまったものと捉え、その経緯を、悲嘆と警世の願いを込めて粘り強く記述している。(6)それと同様に、『大塔物語』は、信州大塔合戦の原因を小笠原長秀の「強儀」にあると捉えつつも、長秀を悪人と決めつけず、因果応報の枠組みを前提とせずに、事件の経緯を丁寧に記している。この両書は、戦闘を否定し、戦闘をもたらす行動を厳しく批判しつつも、悪人という規定を行わない点で一致している。平清盛を悪行者とし、悪因―悪果の因果律を持ち込んで、表現世界を強力に整序する『平家物語』とは大きく異なる。

こうした類似については、『大塔物語』が、『将門記』、『尾張国解文』、『仲文章』に直接学んだと見なくてよいだろう。共に日本式の漢学の系脈に支えられていることで、時空の隔たりを超えて現れ出た類似と考えられる。『大塔物語』の3の「小笠原長秀の善光寺入り」に現れる「留連《るれん》」という、進まずに滞ることを意味する言葉が、『尾張国解文』の第十九条にも、『続日本紀』等にも見られるように、また、『大塔物語』の19の「坂西長国の奮戦と自害」の場面の「跋扈《ばっこ》とふみはだかる」という文選読みをする言葉が、『将門記』にも、『桂川地蔵記』にも登場し、十二世紀に成立した辞書『色葉字類抄』や、室町時代の節用集の『文明本節用集』、『伊京集《いきょう》』に、「バッコ」、「フミハダカル（フンバタカル）」という両様の読みを持つ語として現れるように、日本式の漢学は広範に流通していた。政道への強い関心を具え、理非を厳正に示しつつ寛容で公平な記述を行うという、『大塔物語』の重要な特質も日本式の漢学に由来する。そして、同様の事態は、『大塔物語』の他の特質にも見出される。

四　心身の痛みを切実に受け止める記述

『大塔物語』が、『将門記』と同様に、人の行動の理非を厳しく問うのは、戦いを厭うからである。この両書にとっての最たる悪とは戦闘そのものなのだ。『将門記』は、戦闘に結びつく好戦性や闘争心をも憎み、嫌悪し、非難し、理非の判断については、進んで戦闘を仕掛ける側を批判し、戦闘に消極的な側を肯定的に捉えている。戦いを厭うのは、人が傷つき、苦しみ、悲しむためである。『将門記』の記述には、戦いに傷つき、苦しみ、悲しむ人々の心身の痛みを鋭く深く受け止める感覚が息づいている。『大塔物語』にも、記述の各所に同様の感覚が現れている。13の、大塔の小笠原勢が飢餓に苛まれる場面、17の、常葉入道が子の八郎の悲運を嘆く場面、21の、香坂宗継が戦闘の惨状に厭世の念を抱く場面、22の、善光寺の妻戸の時衆と十念寺の聖が大塔での戦死者を供養する場面、26の、妻戸の時衆が常葉八郎の形見を母に届け、常葉父子の最期を伝える場面、27の、常葉八郎の母が旅をする場面に、それは顕著である。中でも、21の記述は、大塔の城の陥落の日に、香坂宗継が自軍の勝利の中で敵の惨状を見て、厭戦の思いを抱くという内容を具え、注目される。

去んぬる間、明くれば十月十八日なり。攻め口の軍勢、寅《とら》の時に打つ立ち、自身自身《おのおの》馳せ廻《めぐ》り、死する者をば頸《くび》を取り、半生《はんしやう》なる者をば留目《とどめ》を差し、落ち行く者をば打ち留《とど》め、或いは肘《かひな》を截《き》り落とさるるも有り、或いは股膝《ももひざ》を擲《な》ぎ零《お》とさるる者も有り。半生なる者共《ものども》は彼此《かしここ》に蚑《は》ひ散る処を、押し摜《つ》め押し摜め首を取る。言語道断《ごんごだうだん》の作法なり。爰《ここ》に、香坂左馬亮入道宗継《かうさかのさまのすけにふだうそうけい》、暫《しばら》く目を塞《ふさ》ぎ、心中に思はれけるは、「六道外《ろくだうほか》に無し。只眼前《ただがんぜん》の弓矢取る身の習ひに有り。全く人の上に非《あら》ず。偏《ひと》へに源は貪欲《とんよく》の心より起こつて、皆名利《みやうり》に誇り、消へ易《やす》き露の命を省みず、愚かにして百年の栄楽《えいらく》を求むるが故《ゆゑ》なり。倩《つらつ》ら之《これ》を案ずるに、愛着執心《あいぢやくしふしん》の愚人《ぐにん》、冥途《めいど》の苦患又々《くげんまたまた》斯《か》くの如し。今彼等の為体《ていたらく》は万両《まんりやう》の金《こがね》も物の数に非ず。十膳《じふぜん》の王位《わうゐ》も甘従《いかにか》せん。不分《ねた》いかな、厭《いと》ひても厭ふべきは娑婆電泡《しやばでんはう》の栖《すみか》、捨てても捐《す》つべきは弓箭《きゆうせん》の悪縁道《あくえんだう》なり」と観念して、又馳せ廻《まは》りて下知《げち》しけり

この後、物語の結尾となる28の場面で、香坂宗継は、戦場から家に戻らずに窪寺に向かい、二十一日間、観音の前で通夜をして道心を固めると、子息の刑部少輔《ぎやうぶのしよう》に所領のすべてを譲って高野山に上り、三年間、難行苦行を重ねて念仏行者となり、諸国を修行し、衆生利益《しゆじやうりやく》に専心したことが語られ、「是併《これしかしなが》ら先因《せんいん》の酬《むく》ふ所、有り難《がた》しと云云《うんぬん》。仰ぐべし、信ずべし。哀れ成りし事共《ことども》なり」という言葉が全篇のとじ目となっている。鎮魂という物語の意図がうかがわれるところであるが、鎮魂の質を問う必要がある。『大塔物語』では、21の場面をはじめとして、心身の痛みと、厭世の念と、鎮魂の祈りが不即不離に結びつく。22の、善光寺の妻戸の時衆と十念寺の聖が大塔での戦死者を供養する場面でも、人馬の「骨肉」が「散乱」し、「目も当てられぬ」状況の中で、死者に縁のある僧たちが骨を拾い、死骸を抱えて「悲歎滞泣」したことが語られる。『大塔物語』には、心身の痛みを鋭く深く受け止める感覚が息づき、

厭世の念も、鎮魂の思いも、さらには、政道を重んじ、戦いを嫌悪する意識も、この感覚に根ざすものとして現れている。

それは『将門記』でも同様である。『将門記』と『大塔物語』は、共に日本式の漢学に支えられることで、時代の隔たりも、仏法の教えの違いも超えて似通っている。[7] 加えて、『大塔物語』と真名本『曽我物語』との類似も看過できない。『曽我物語』の伝本には、真名を訓読化した本や仮名本もあるが、原態は十四世紀以前に真名表記テキストとして成立した。その古態をとどめる妙本寺本等の真名本は、曽我十郎祐成・五郎時致の兄弟による工藤祐経の殺害という、源頼朝の政権下で起こった謎に満ちた事件を敵討というストーリーに仕立て、兄弟の言動と心情を、東国の在地社会の事情に深く立ち入りつつ記している。その一方で、兄弟の遺族の悲しみを詳述し、大磯の虎が活躍する場を用意して、兄弟に討たれた祐経と王藤内の遺族の悲しみや、兄弟と反目した異父兄、京の小次郎の遺族の悲しみも語り、怨親平等の願いを込めて、非業の最期を遂げた人々の鎮魂を図っている。真名本『曽我物語』が『将門記』に直接学ぶことも、『大塔物語』が真名本『曽我物語』に直接学ぶこともなかったと考えられるが、真名本『曽我物語』にも、人の心身の痛みを切実に受け止め、正しい政道を願い、闘いを厭い、鎮魂を祈る意識が強く現れている。

『将門記』、真名本『曽我物語』、『大塔物語』の鎮魂の意識には、その質と強さにおいて、時代の隔たりや仏法の教えの違いによる差異もあるが、鎮魂の思いが、人の心身の痛みを切実に受け止める感覚と不可分に結びつき、政道への関心や厭戦の意識と深く繋がっていることは共通している。その類同をもたらしたのは、日本式の漢学である。

五　在地の実情に根ざした記述

『大塔物語』には、『将門記』、真名本『曽我物語』と同様に、表現者の記述対象への心情、感覚の近接が見出される。正しい政道に寄せる願望にも、闘いを厭う意識にも、心身の痛みを切実に受け止める感覚にも、鎮魂への祈りにも、揃って、表現者の記述対象への近接が際立つ。それは、在地の実情に根ざした意識とそれにもとづく記述にも及ぶ。『大塔物語』は、『将門記』、真名本『曽我物語』と同様に、在地の事情、情報に通じており、地理、地名、領主等の記述も詳細で正確である。たとえば、6の、国一揆勢が横田河原近くの千曲川の畔に集結する場面には、次のような名寄せが見られる。

村上満信は九月三日兵《へい》を屯《たむろ》し、旗を挙げて打つ立ちぬ。相随《したが》ふ人々は誰々ぞ。千田讃岐守《せんだのさぬきのかみ》、飯沼《いひぬまの》四郎、風《かざ》間宮内少輔《まのくないのせう》、入山遠江守《いりやまのとほたふみのかみ》、寄相肥前守《よりあひのひぜんのかみ》、雨宮《あめのみやの》孫五郎、生身《なまみの》大和守、重冨《しげとみの》四郎、小島刑部少輔《をじまのぎやうぶのせう》、飯野《いひのの》宮内少輔、横田美作守《よこたのみまさかのかみ》、広田掃部助《ひろたのかもんのすけ》、吉益蔵人《よしますのくらんど》、麻績山城守《をみのやましろのかみ》、浦野式部丞《うらののしきぶのじよう》、都合其の勢五百余騎、屋代《やしろ》の城を打ち出でて篠井《しののい》の岡《をか》に陣を取る。伴野《ともの》、平賀《ひらか》、望月《もちづき》、桜井《さくらゐ》、高沼《たかぬま》、洲吉《すよし》、小野沢《をのざは》、皆一手に加はつて、其の勢七百余騎、上《うへ》の島《しま》に陣を取る。海野《うんのの》宮内少輔幸義《ゆきよし》は、舎弟《しやてい》に中村弥平四郎、会田《あひだ》岩下《いはした》、大葦《おあし》、飛賀留《ひかる》、田沢《たざは》、塔《たふの》原《はら》、深井《ふかゐ》、土肥《とひ》、矢島《やじま》以下《いげ》を引率《いんそつ》して其の勢三百余騎、山王堂《さんわうだう》に陣を取る。高梨薩摩守友尊《たかなしのさつまのかみともたか》は、嫡子《ちやくし》に樟原《くぬぎはらの》次郎、次男に上条介《かみでうのすけ》四郎、江部山城《えべのやましろ》、草間大蔵《くさまのおほくら》、木島《きじま》、吉田《よしだ》、菅間《かんま》を始めとして其の勢五百余騎、二柳《ふたつやなぎ》に陣を取る。井上左馬助光頼《ゐのうへのさまのすけみつより》は、舎弟に遠江守、万年《まんねん》、小柳《をやなぎ》、布野《ふの》、中俣《なかまた》、須田伊豆守《すだのいづのかみ》、島津《しまづの》刑部少輔、各一手に加へて、其の勢五百余騎、千隈河《ちくまがは》の河鰭《かはばた》に陣を取る。大文字一揆の人々は、仁科《にしな》、禰津《ねつ》、春日《かすが》、香坂《かうさか》、宮高《みやだか》、西《にし》

牧《まき》、落合《おちあひ》、小田切《をだぎり》、窪寺《くぼでら》、其の勢八百余騎、布施の城を後《うし》ろに当てて芳田崎《はうだがさき》、石川《いしかは》に陣を取る

この名寄せの表現からは、信濃十郡のうち、小笠原氏が本拠とする伊那郡を除いた九郡に土着する武士たちが、村上勢（更級《さらしな》郡、埴科《はにしな》郡、水内《みのち》郡）、伴野勢（佐久郡）、海野勢（小県《ちいさがた》郡、筑摩《ちくま》郡）、高梨勢（高井郡、水内郡）、井上勢（高井郡、水内郡）、大文字一揆（安曇《あずみ》郡、小県郡、水内郡、筑摩郡、諏訪郡）に分かれ、それぞれが千曲川水系の支流、本流に沿って横田河原周辺に集結する様態が生き生きと想起される。応永七年頃の信濃の地政の概要が系統的に理解できる見事な記述である。千曲川のそれぞれの支流に、その恵みを生かして、領主が割拠し、さまざまな合流点が政治の要衝となり、川のネットワークを通じて、連合、臣従等の関係が築かれていたことが看取できる。一例を挙げれば、海野勢の「会田岩下、大葦、飛賀留、田沢、塔原」という記載からは、小県郡の海野の地（現在の東御《とうみ》市）を本拠とする海野氏が、筑摩郡の会田（現在の松本市会田）にも拠点を有し、そこから会田川に沿うように犀川《さいがわ》の東岸部に進出し、大葦（大足）、飛賀留（光）、田沢、塔原（いずれも現在の安曇野市。会田川が犀川に合流する地が大葦で、そこから南に、塔原、飛賀留、田沢と並ぶ）の各地に一族が分住していた様相が浮かび上がる。

信州には実に多くの山がある。山はそれぞれ水流を生み、その流れは時には扇状地を作り出し、時には伏流して低地に向かい、合流に次ぐ合流を繰り返し、最終的には、千曲川、姫川、天竜川、木曽川の四つの水系にまとまり、千曲川（新潟県で信濃川と名を変える）と姫川は日本海を、天竜川と木曽川は太平洋をめざす。この四水系のうち、天竜川水系を支配し、千曲川水系にもいくつかの拠点を得ていた小笠原氏が、長秀の守護就任を機に千曲川水系への本格的な進出を図ったことで、その水系の各所の領主が国一揆を組織して対抗し、戦闘に及んだというのが信州大塔合戦の実情であったと考えられる。それが、前掲の名寄せの記述を通して現前するのだ。現前するのは、山と水が作り上げた地勢の力学である。『大塔物語』に登場する氏族の名とその並び方から、地政が浮かび上がるのだ。

次に挙げる、20の場面の、大塔での戦死者の列叙からもそれがわかる。

凡《およ》そ自害、討死《うちじに》の人々は誰々ぞ。飯田《いひだの》入道、古米《こめの》入道、櫛木石見《くしきのいはみ》入道、常葉《ときはの》入道父子三人、坂西《ばんざいの》次郎、標葉《しんはの》出羽守《ではのかみ》、同じき若狭守《わかさのかみ》、赤沢駿河守《あかざわのするがのかみ》、武田上野守《たけだのかうづけのかみ》、大井大蔵丞《おほゐのおほくらのじよう》、関豊後守《せきのぶんごのかみ》、織戸肥後守《をりとのひごのかみ》、下枝河内守《しづえのかはちのかみ》、下《しも》条美作守《でうのみまさかのかみ》、鳴海式部丞《なるみのしきぶのじよう》、井深勘解由左衛門《ゐぶかのかげゆざゑもん》、布施兵庫助《ふせのひやうごのすけ》、宇木《うき》、中嶋《なかしま》、駒沢《こまざは》、荒屋《あらや》、髪白《かじろの》四郎、稲富《いなとみの》源四郎、大境中務《おほさかひのなかつかさ》、嶋津大蔵《しまづのおほくら》、和田《わだの》太郎、於利《おりの》六郎、宮淵《みやぶちの》宮内《くない》、橋爪《はしづめの》小三郎《こさぶらう》、落合《おちあひの》三郎以下《いげ》、惣《そう》じて侍《さぶらひ》名字《みやうじ》三百余人、雑人等《ざふにんら》の死屍《しかばね》、羅縷《らる》に遑《いとま》あらず

列叙の初めの「飯田入道」から「井深勘解由左衛門」まで十八人は、天竜川水系や府中（現在の松本市）付近を本拠とする小笠原氏の一族、被官であるが、「布施兵庫助」から「和田太郎」まで十人は、北信濃の千曲川水系を地盤とする、小笠原氏にとっての新参の武士が並ぶ。この人々は、高井郡や水内郡にあるそれぞれの本拠で、有力氏族の高梨氏、島津氏らの圧迫を受けて苦況に立ち、その打開のために小笠原氏に進んで従う中、大塔の地で、小笠原の一族、被官と運命を共にしたと考えられる。(8) この名寄せがそれをもの語る。

他にも、19の、坂西長国の奮戦を語る場面に現れる、大文字一揆の禰津《ねつ》越後守遠光《とおみつ》の「一党」を記す名寄せ「淡路《あわぢの》守貞幸《かみさだゆき》、右京亮宗直《うきやうのすけむねなほ》、同じき上総守貞信《かづさのかみさだのぶ》、三村孫三郎種貞《みむらのまごさぶらうたねさだ》、桜井《さくらゐ》、別府《べつぷ》、小田中《こたなか》、実田《さなだ》、横尾《よこを》、曲尾《まがりを》の人々」は、「実田」という表記で、信濃の真田氏の名が歴史上初めて現れる記述として注目されているが、その前後の配列はきわめて自然である。禰津氏をはじめ小県郡の滋野氏（ただし、三村氏は、筑摩郡洗馬《せば》荘に本拠を築いた滋野一族）が並ぶ中で、実田氏が現れ、しかも、同じく、千曲川支流の神川《かんがわ》の流域、および、その支流の傍陽《そえひ》川流域を拠点とする横尾氏、曲尾氏と並んでその名が見えている。本拠とその地勢が名寄せのしくみをもたらしている。

また、27の場面に登場する、常葉八郎の母の道行の記述も確かな地理感覚に支えられている。出家した常葉八郎の

母は、伊賀良《いがら》の庄の家を離れ、伊那《いな》の篠原《ささはら》、諏訪湖畔の衣《ころも》が崎《さき》を通って、山路を越え、有坂《ありさか》を過ぎ、千曲河畔に出て、坂木《さかき》（坂城）の宿に行き、西に向かって、更科《さらしな》の伯母捨山《おばすてやま》を眺めつつ、塩崎に着き、大塔の夫と子の墓に詣でて、善光寺に至り、妻戸の時衆になったという。この道行文には、常葉八郎の母の心の痛みを切実に受け止める感覚と、在地の地理、地勢を重んずる意識とが深く溶け合っている。

このような在地の実情に根ざした記述も、『大塔物語』が『将門記』、真名本『曽我物語』等と共有するものである。これも、日本式の漢学がもたらし、可能にした特質に外ならない。

六　列叙を駆使した祝祭的な記述

ただし、『大塔物語』には、『将門記』に見られず、真名本『曽我物語』でもそれほど目立たない、重要な特徴がある。祝祭性である。それが特に顕著なのは、3の、小笠原長秀が華美な行装を仕立てて善光寺に入る場面である。これは、長秀が自身の威勢を誇示すべく企図した晴儀であるが、『大塔物語』は、この意図を進んで迎えるのでもなく、その華美をことさら批判するのでもなく、華やかな行装を誇張すら交えて華やかに表現することに執心し、七つの場面から構成される長大な記述に仕立てている。

まず、鎧韓櫃《よろいからうと》、長枝《ながえ》等約百合《ごう》（一合を二人以上で担うのだから、担い手は二百名にも及ぶ）、さまざまな毛色の馬約五十頭（引き手も五十人を超える）、多様な弓を持ち、多様な鳥の羽で矧《は》いだ矢を負《お》う者百人、金銀の蛭巻《ひるまき》をした朱柄《あかえ》の鑓《やり》を持つ者百人、多彩な縅《おどし》の筒丸《どうまる》を着て白柄《しらえ》の長刀《なぎなた》を持つ者百人が順に登場する（①）。次に、小笠原長秀の真黒鴾毛《まつくろつきげ》の名馬が「驊騮騄駬《かりゆうりよくじ》」という天馬さながらの「半漢《いさみ》」をなし、五人の舎人《とねり》に牽《ひ》かれて現れる（②）。その後に、長秀本人が、中間童子《ちゆうげんどうじ》五六十人、家子《いえのこ》、若党三十余人が作る隊列の中心で、力者《りきしや》七八人の舁《か》き上げる輿に乗り、下部《しもべ》十余人に取り巻かれて登場する（③）。これに騎乗の人々が続く。先頭は、「頓阿力阿弥」という連歌、早歌《そうか》、物語のいずれの奥義も極めた「洛中の名仁《めいじん》」である。この「名仁」が美装で身を包み、飄然《ひようぜん》と馬に乗り、扇を鞍の前輪に打ち鳴らし、一声歌って進む（④）と、小笠原の一族、外様の武士二百余騎が、おのおの意匠を凝らした烏帽子《えぼし》、袴、行騰《むかばき》を身につけ、思い思いの弓を持ち、思い思いの箙《うつぼ》に矢を入れて背負い、さまざまな毛色の馬に、それぞれに好みの鞍を置き、一団となって続く（⑤）。次に、稀代の名鷹が登場する（⑥）。この名鷹の描写は、詳細を極め、その身の部位の名（名所《などころ》）を次々と挙げ、すべてを絶讃している。その後に、思い思いの装いを凝らして、善光寺の門前に「履《くつ》の子を打つ所も無」いほどに集まった見物人のことを描き（⑦）、一連の記述を締め括っている。

これは膨大な形象と光彩が溢れる祝祭空間である。その表象を支えるのが列叙（もの尽くし）だ。馬の毛色、武具、馬具、織物、鷹の名所《などころ》等、次々と列叙が登場する。それは誇張を含んだ賑わいに満ち、政道を重んずる偏りのない記述、心身の痛みを切実に受け止める記述、在地の実情に根ざした記述とは指向を異にするように思われる。だが、世界の形を鮮明に捉え出すという点では等しい。『大塔物語』に特徴的ないずれの記述も、世界の秩序と豊かさと活力を表象している。世界の無限の豊かさと活力を表す上で、列叙は欠かせない。そして、この列叙もまた日本式の漢学に由来する。『将門記』等とは縁遠くても、『新猿楽記』、『雲州往来』以来の類書では、列叙こそが表現の基軸をなす。しかも、『大塔物語』の善光寺入りの記述との際立った類同を示す類書的な読み物がある。『桂川地蔵記』である(9)。

『桂川地蔵記』は、応永二十三年（一四一六）七月に、桂川のほとりに忽然と「示現」した地蔵菩薩の石像をめぐる祝祭の渦を記しており、多くの人々がひきもきらず集まる中、華美な作り物を仕立て、美装、異装を纏《まと》い、歌舞音曲をなして進む「風流《ふりゆう》」の行列が次々とくり出され、多種多様の美物、珍物が路傍の出店に溢れたことを描き出している。その記述は、祝祭空間の記録であることを超え、列叙と対句を駆使し、世界の秩序と底知れぬ豊かさ、活力を語る。地蔵菩薩像の「示現」という聖なる奇跡を、記述の起点とし、支柱とし、好機として、世界の形を捉え出そうとしているのだ。そこには、世界にあるものならば、眼前になくとも、列叙に加えてかまわないという旺盛な意欲すら現れている。類書のリアリズムと言ってもよい。それが、『大塔物語』の善光寺入りの記述にも認められる。

この両書には、同様の列叙がある上に、鎧、弓、箭、馬、鞍等の列叙に、共通する言葉が次々と現れる。「地拘《ちかへ》」、「肢爪《えだつめ》」という用例の稀少な、馬の様態を表す語までも共有する。両書の成立の先後関係は定かでないが、信濃の出来事を信濃の人が記したとおぼしき『大塔物語』と洛中かその周辺で書かれたであろう『桂川地蔵記』との間で、一方が一方をふまえたと考える必要はない。稀少な「地拘」、「肢爪」も『尺素往来』に登場する。『大塔物語』と『桂川地蔵記』は共に類書の漢学の隆盛期の真名表記テキストとして似通う。それは、日本式の漢学が、多元的に広域的に流通していたことをもの語っている。

『大塔物語』の列叙に似た記述を持つ書も『桂川地蔵記』に限らない。たとえば、6の、国一揆勢が千曲川河畔に集結する場面の名寄せの後には、「思ひ思ひの旗、笠験《かさじるし》、幕《まく》の文《もん》こそ譤《やさ》しけれ。一文字《いちもんじ》、二文字《にもんじ》、二引両《ふたつひきりやう》、三引《みつひき》両《りやう》、木合《もつかう》、輪違《つちがひ》、乱文《みだれもん》、菱形《ひしがた》、亀甲《きつかふ》、連銭裾濃《れんせんすそご》、蝶丸《てふのまる》、靏丸《つるのまる》、三葉柏《みつばがしは》、二本唐笠《にほんからかさ》、三本松《さんぼんまつ》、天蓋《てんがい》、嵐に揉《も》ませ、夕日の景《かげ》に耀《かかや》かせ、祧《ひらめ》き亘《わた》る為体《ていたらく》、桔梗《ききやう》、苅萱《かるかや》、女郎花《をみなへし》の野風《のかぜ》に覽《なび》くに異ならず」という紋様の列叙だ現れるが、これは、『長倉追罰《ついばつ》記』（別名「長倉状」等）の家紋の列叙によく似ている。

『長倉追罰記』は、永享七年（一四三五）に、鎌倉公方、足利持氏が、常陸国那珂郡の長倉城に拠る佐竹氏の一族、長倉遠江守義成を攻めたことを記しているが、戦闘自体は語らず、記述の大半が、「此の時、某《それがし》、打ちめぐり、次第不同にうちながす、幕の紋をぞかぞへける」という言葉に始まる家紋の列叙に占められている。軍記ではなく、家紋についての類書である。『大塔物語』の紋様の列叙も同様の性格を具える。さまざまな紋を描いた国一揆勢の旗、笠験、幕が夕日に耀き、嵐にひらめく姿を、秋の野の草花に喩えるその記述は、闘諍を憎み厭う意識に反するようだが、信濃の歴史を左右した戦いの重大さを印象づけるとともに、家紋を学ぶ場を提供する意味があることは見逃せない。

しかも、『大塔物語』と『長倉追罰記』との間にはさらなる類同がある。両書の成立の先後関係は不詳と言わざるを得ないが、『大塔物語』の紋様の列叙の結びと、『長倉追罰記』の結尾の記述「能々《よくよく》見れば、長月の秋の末葉の荻、薄、尾花、かるかや、をみなめし、野分の風に打ちなびき、時雨や露にくちはてて冬の野陣の幕そろへ、中々筆に尽くし難し」とが酷似している。何らかの関連があるのは間違いない。ただし、この類似についても、一方が一方を典拠にしたと見る必要はない。家紋の列叙や、家紋を描いた旗、幕が風に翻るのを野の草花に喩えることが、十五世紀の学びの場に広がっていたと考えるのが自然であろう。同じ十五世紀の半ばに成立した辞書『壒嚢鈔』にも「幕ノ文《もん》」の列叙が見られる。

このように、『大塔物語』は、類書の漢学に支えられ、自らも類書としての性格を帯びる中で(10)、祝祭的な列叙を具えているのである。これも、『大塔物語』の重要な特質である。

七　おわりに

以上、『大塔物語』の特徴ある四つの記述、政道を重んずる偏りのない記述、心身の痛みを切実に受け止める記述、在地の実情に根ざした記述、列叙を駆使した祝祭的な記述について、それぞれの特質を考察し、そのすべてが日本式の漢学に由来することを論じてきた。それは、『大塔物語』が、類書の漢学の最盛期である十五世紀の知を多様に幅広く取り入れていることを述べたことになる。本稿で見出したこの物語の特質を重要な手がかりとして、日本式の漢学の全貌を捉える考究をさらに進めて行きたい。

その際に、『大塔物語』に現れる言葉や表現の一つ一つ、文字やその読み方の一つ一つが、吏の漢学から類書の漢学へと連なる知の系脈を支えるものであったことを改めて深く認識し、そうした細部に目を向けて、丁寧に検討を行う必要がある。そこで、ここに、『大塔物語』の中の特徴ある言葉、表現の一部を、物語に登場する順に挙げておきたい。これらは、今日、見慣れないものではあるが、十五世紀には進んで学ばれていた。当時としても相応に特徴的な言葉、表現であることは確かだが、そのほとんどは、『大塔物語』以外の書のうちに用例を見出せるものである。(11)

巍々蕩々《ぎぎたうたう》　芝打長《しばうちなが》　賀志《かしと》　肢爪《えだつめ》　地拘《ちかかへ》　三長三短《さんちやうさんたん》　突《き》㆓尾編木《おささらを》㆒　驤驍《はねいさんだる》　驊騮騄駬《くわりうりよくじ》之半漢《いさみ》　恰袷《かれこれ》　讟《もどく》　孌《このむ》　片飼《かたかひ》之駒　胡獱《こつひ》　無《なげに》㆓四度計《しどけ》㆒　真深茂《まつしぐら》　乱鼻《らんび》　乱糸《らんし》　乱翠《らんすい》　翡翠毛《ひすいのけ》　留連《るれん》　窺《うかがひみる》　嬖惑《あやしき》　養《ふ》㆑鶏《とりを》者不《はず》㆑畜《かは》㆑猫《を》、牧《かふ》㆑獣《けものを》者不《はず》㆑育《やしなは》㆑犲《やまいぬを》　行儀《てだて》　讌《やさし》　祧亘為体《ひらめきわたるていたらく》　覽《なびく》　磬《ひかへて》　差霏《さしくつろげ》　龍《りようは》得《て》㆑水昇《をのぼり》、虎靠《とらはよつて》㆑山眠《にねぶる》　丁《てだて》　呵《か》良《ら》々々《から》哈《とわらつて》　折臂哢言《せつぴのろうげん》　行《てだて》　還迹《けいしやく》　瘑《くせ》　龍吟《りようぎんずれば》雲起《り》、虎嘯《とらうそぶけば》　風立《つ》　㚰《いはんや》　皛々《しらじらと》　囂嬉《ひしめきどどめいて》　飛駈《ひたと》　焱《をびたたし》　捫着《もんちやくして》　利鬼立《そぞろきたつて》　岌峇《はたはたと》　轟々《からからと》　驫々《ひうひうと》　彶《ふるまふ》　不《ず》㆑朝㆑央《すかさあひを》　雷硠《はためいて》　岌峇《はためく》　押攢圧攢《おしつめへしつめ》　左右《まで》　訇匐懸《ののしりかけて》　藉《かり》㆓虎威《とらのいを》㆒、為《なし》㆓師子歯噉《ししのはがみを》㆒　曉眂《にらんで》　案《ひかへ》　箸鷹《はしたか》之　非《あらざれども》㆓空鷲鳥《そらとるに》㆒散《ちらし》㆓毛花《けはなを》㆒　擇掾《むずとすがり》　兢勉《きびしく》　瑾《ぬり》㆑屏《へいを》　周伯夷《しうのはくいは》飢《て》未《いまだ》必《ずしも》不《ず》㆑賢《けんなら》　蹲亀連《うすくまりかがみつれ》　直下《ちよつか》とみおろせば　向上《かうじやう》とみあげて　弥々如何《ややいかに》　進退惟谷《しんたいこれきはまる》　誘宥《すかしなだむれば》　嗚呼宛《あきれつつ》　差輾《さししきり》　要心理梟《えうじんきびしければ》　不《ず》㆑謀《はか》

課《ばかしから》　偅《そぞろに》　尖《するりと》　矸《たうげ》　仮令如《たとへばごとし》三蜘蹰《ちちゆうの》張《はって》レ網《あみを》覘《うかがふが》二帰《き》雁《がんを》一　物孤独任《ものさびしきままに》　蜜雲《なみだぐみ》　浮雲気《あいなげ》　書詢《かきくどき》　信《かたみ》
被《れて》二想像《おもひやら》一　不《ず》二堰敢《せきあへ》一　流草《さすがに》　唏《あはれ》　芙蓉《ふよう》之　眸《まなじり》　丹菓《たんくわ》之　脣《くちびる》　窈窕《えうてうたる》　容皃《かんばせ》　翡翠《ひすい》之　釵《かんざし》　優長《いうにやさしき》　虎《こ》
口《こう》之讒言《ざんげん》　故郷在《にあり》レ母遊子《の》涙、　旅館無《になし》レ人暮雨《ぼうの》魂《たましひ》　雲水淼茫《うんすいべうばうとして》　荐《しきりに》断《たつ》二愁腸《を》一　丼《ざんぶと》　丼《どんぶと》　剝々辷《こぢてはたふし》
突々《ついてはころばし》　蹤　蚑廻《はひまはる》　噏《せせなげ》　嘖《さいなむ》　凸《なかたかき》　由良由良《ゆらゆら》　頡《をどりこへ》　凹《くぼき》　飛良飛良《ひらひら》　頏《はねこへ》　岸破《がはと》地《に》墮《おちて》猥騒《わいさうす》　跋扈《ばつこ》とふ
みはだかり　犭真立《いかつてたつ》　汰平《そばひら》　似《にたり》レ獲《とらふるに》二聚蟻《しふぎ》之青虫《せいちゆうを》一　眶《まつかふ》　強顔命《つれなき》　時既《ときすでに》属《しよくし》二初冬《しよとうに》一草木《さうもく》皆《みな》含《ふくみ》二蕭索《せうさく》之色《を》一　紅《こう》
葉《えふ》随《したがひて》レ風繽紛《にひんぷんたり》　心操《こころばせ》　不《ず》レ遑《いとまあら》二羅縷《らるに》一　甘従《いかにかせん》　不分《ねたいかな》　雨霤《あめしづくと》　泣悲《きしみ》　躾《やつし》　珍重様也《やさしきためし》　筆椛《のすさみ》
早晩《いつしか》　荒籬《くわうり》之愁蘭《しうらんは》　含《ふくんで》レ露《を》泣《き》、　庭前《ていぜんの》老檜《らうくわいは》　得《て》レ風《を》悲《しぶ》　噱　迷《あはてまどひて》　筆遊手《のすさみ》　嗁噍《もだへこがれ》　歎悲《なげきしむ》　倹僅《どよむ》　唏《かなし》　跱《ため》
踍《らひ》　听《さそふ》　嗄《つらき》　臻《いたつて》

このような言葉、表現が、日本式の漢学の学びの場に流通し、浸透し、このリテラシーの系脈を支えていた。そのことの意味を確かめ、一つ一つの用字、用語を丁寧に検討しながら、リテラシーとレトリックとイデオロギーの不可分の関係を幅広く考えて行きたい。

戦いの記述も、その体験、記憶とともに、リテラシー、レトリック、イデオロギーによって、内容と形式が定まる。それを改めて認識し、戦いの記録を学び、考える必要がある。

注

（1）　世界と社会を捉える言語や知の広域化、標準化が世界の形、社会の形を決定するという考え方は、新田一郎『中世に国家はあったか』（山川出版社〈日本史リブレット〉、二〇〇四年八月）に学んだ。

（2）『将門記』、『尾張国郡司百姓等解文』、『仲文章』が揃って吏の漢学に支えられていることは、佐倉由泰『軍記物語の機構』（汲古書院、二〇一一年二月）の第二章「『将門記』の記述を支えるもの」や、佐倉由泰「軍記物語の表現史を構想するために――真名表記テキストに着目して――」（『文学〈隔月刊〉』第十六巻第二号、二〇一五年三月）等で詳しく考察した。

（3）このような日本式の漢学の史的展開については、注（2）の「軍記物語の表現史を構想するために」等でその展望を述べている。

（4）『大塔物語』の記述の考察に際しては、「記」系統の諸本の一本である、国立公文書館内閣文庫所蔵の『文鳳堂雑纂』所収の「大塔軍記」（写本）も参看した。

また、本稿の考察において、『大塔物語』以外に検討対象とする主な書のテキストは次のとおりである。

『将門記』―新編日本古典文学全集（小学館）【真福寺本】（『平将門資料集　付　藤原純友資料』（新人物往来社）の影印本文を参看）、『尾張国郡司百姓等解文』―『愛知県史　資料編7　古代2』【早稲田大学図書館蔵本・東京大学史料編纂所蔵本】、『仲文章』―幼学の会編『諸本集成　仲文章注解』（勉誠社）【西野本等】、『新猿楽記』―東洋文庫（平凡社）【康永本】、『雲州往来』―三保忠夫・三保サト子『雲州往来　享禄本　研究と総索引　本文・研究篇』（和泉書院）、妙本寺本『曽我物語』―貴重古典籍叢刊『曽我物語　妙本寺本』（角川書店）（『眞名本　曽我物語』（勉誠社）、東洋文庫『真名本　曾我物語』（平凡社）を参看）、『桂川地蔵記』―高橋忠彦・高橋久子・古辞書研究会編『尊経閣文庫本　桂川地蔵記　影印・訳注・索引』（八木書店）、『長倉追罰記』―続群書類従〔国立公文書館内閣文庫蔵　続群書類従「長倉追罰記」（写本）を参看〕。

（5）井原今朝男『高井地方の中世史』（須坂市立博物館、二〇一一年三月）九三～九四頁、一〇一頁等参照。

（6）このような『将門記』の記述の特質と意義については、注（2）の『軍記物語の機構』の第一章「『将門記』の機構」等で論じた。

（7）『大塔物語』の記述には、時衆の活動、情報が深くかかわっている。『大塔物語』の成立、内容と時衆のかかわりについては、岩崎武夫氏の論文「『大塔物語』と『太平記』――聖の世界と機能について――」（『日本文学』第三十一巻第一号、一九八二年一月）等で、既に詳しく論じられている。今後、時衆と日本式の漢学との関係についても検討する必要があると考えている。

（8）このことについては、『長野市史 第二巻 歴史編 原始・古代・中世』（二〇〇〇年一月）の七一二〜七一四頁の記述（執筆担当は、藤枝文忠氏）を挙げつつ、『『大塔物語』をめぐる知の系脈』（科学研究費報告書、二〇一三年三月）の一七一〜一七四頁で詳しく指摘した。

また、この名寄せの結尾で、於利六郎、宮淵宮内、橋爪小三郎、落合三郎の四人を並べて挙げている事情は未詳と言わざるを得ないが、この中の一人、宮淵宮内が、坂西長国の腹心の配下であり、小笠原長秀にとっては陪臣に当たることから、同様の立場の四名を続けて挙げているのかも知れない。

（9）『桂川地蔵記』の特質と意義については、佐倉由泰「真名表記が可能にしたもの――『桂川地蔵記』の考察を起点として――」（『日本文学』第六十三巻第七号、二〇一四年七月）で詳しく論じた。

（10）このことについては、大隅和雄氏が、著書『事典の語る日本の歴史』（講談社学術文庫、二〇〇八年六月。初刊は一九八八年十月〈そしえて〉）の第5章「『太平記』――人間のすべてを描き出す」において、『大塔物語』が、『桂川地蔵記』や『太平記』等と並んで、往来物としての性格を具えることを既に指摘している。

（11）このことについては、注（8）の『『大塔物語』をめぐる知の系脈』における『大塔物語』の本文の注釈の中で、その都度言及を行っている。

［付記］

本論考は、日本学術振興会の科学研究費助成事業による挑戦的萌芽研究「都鄙観念から考える日本文学史、日本文化史の研究」の成果の一部である。

乱世における百科事典と文学

――中世後期の武士の教養――

小助川元太

一　はじめに

「将軍如此犬死、古来不聞其例事也」[1]と言われた嘉吉の変（嘉吉元年〈一四四一〉）の四年後、京都の真言寺院に所属する一人の僧が、五百三十六箇条の事項を問答体で解説する書物を書いた。文安二年（一四四五）から三年（一四四六）の二年に亘って書かれた七巻の書物は、作者行誉によって『壒嚢鈔』と名付けられたが、後に室町時代を代表する百科事典として知られることになる。この作品が、どのような経路で伝わったのかは詳らかでないが、行誉が『壒嚢鈔』を書き終えてから八十八年後に、ある僧が鎌倉時代成立の『塵袋』を加える形で『塵添壒嚢鈔』（天文元年〈一五三二〉）を編み、さらにそれが江戸時代に出版されたため、広く読者を得ることとなった。『壒嚢鈔』そのものも正保三年（一六四六）に整版本が刊行されたが、『塵袋』から二百一箇条の事項を加えた七百三十七箇条の事項を解説する『塵添壒嚢鈔』の方に需要があったことは疑いない。そのため『塵添壒嚢鈔』が何度も出版されている一方で、本家本元の『壒嚢鈔』は江戸中期ごろには刊行されなくなり、『壒嚢鈔』という呼称自体も、いつしか『塵添壒嚢鈔』を指すものとなってしまったようである。[2]『塵袋』と『壒嚢鈔』が『塵添壒嚢鈔』に仕立て直されたことは、歴史の中に埋もれてしまったかもしれないこの二つの書物の存在を世に知らしめたという意味で、大いに意義のある出来事ではあったが、その弊害として、とくに『壒囊鈔』については、その本来の姿が見えにくくなってしまった。今もなお、『壒囊鈔』と『塵添壒囊鈔』はしばしば混同されたり、逆に全く別の書物と認識されたりしているのが実情である。検索するための機能を持たない『壒囊鈔』が、なぜか辞書または類書として片付けられてきたのも、本来の姿が知られてこなかったことに原因があろう。実は『壒囊鈔』は、編者行誉の思想的表明が随所に見られる点で、随筆もしくはそれに近い作品と考えるべきものなのである。(3)

かつて小林直樹氏は「お伽草子の中には、さまざまな説話や故事を引用し、綴り合わせる形で一篇が成り立っているような一群の作品が存する」ことと、『壒囊鈔』が同時代に編述されたこととの関係に言及され、「こうした広範雑多な知識に通じていることが、この時代の知識層の教養のあり方」であったと指摘されたが、(4)『壒囊鈔』が百科事典的特徴を持つ読み物、文学の一種であると捉え直してみたならば、『壒囊鈔』が書かれた十五世紀半ば以降、十六世紀半ばにかけて、百科事典的特徴を持つ物語や随筆が多く生まれているという事実と、それらが生まれた背景の問題を直視せざるを得なくなる。

そこで、本稿では、とくに応仁・文明の乱の後の政治的混乱の続いた「乱世」と呼ばれる時代に成立した作品『筆結物語』『塵荊抄』を中心に取り上げ、それらが百科事典のような多岐にわたる知を問答の形で披瀝する特徴に注目し、主にどういった層の人々がそれらの作品を求め、何のためにそれが必要だったのかという点を中心に考察したい。

二　『筆結物語』について

2-1 『筆結物語』

『筆結物語』（または『筆結の物語』）という室町物語がある。主人公が狸であるため異類物に分類されているが、物語の中心となるのは諸事に亘る雑談《ぞうたん》問答である。尊経閣文庫に一本のみ存在するが、奥書によると、文明十二年（一四八〇）に石井前内蔵員平康長（法名、彝鳳）が作り、永正十四（一五一七）に、十河六郎源儀重が書写したとする。従来から言われているように、室町物語としては珍しく作者が分かっている作品であるが、その制作および伝来に武家が関わっていたらしいこと、[5] 応仁・文明の乱後間もない時期に制作されたという点に注目したい。近年、沢井耐三氏による翻刻が発表された。[6] その内容は、右のとおりである。

丹波国桑田郡弓削庄に住む狸大膳亮后転は、春の訪れを知って、狩人の警戒を下知する。彼の庶流である和泉国毛穴庄の狢《まみ》式部太夫転遠が、嫡子真猯《まみ》太郎転用を伴って年始の挨拶にやって来た。酒宴のあと、蕗の薹を食おうと京の正親町へ出かけたが、西洞院辺りで人だかりがしている。聞くと、最近若狭国から八百歳の白比丘尼が上京して大峰の地蔵堂にいるのだという。狸たちも一見しようと立ち寄ると、白比丘尼は狸や自分の祖先のことを語った。その話は継体天皇に仕えた五位蔵人長転に二人の子があり、それが后転、転遠の祖先であると語り、さらに長転が若狭国小浜に赴任した折、稲荷山で誘拐され、遊女に身を堕とした星の前と契りを結んで生まれたのが自分であり、毎日枸杞《くこ》を食したため九百歳の長寿を得たというものであった。話を信用した狸たちは、**伊勢両宮の由来、法華経の文句、和歌、文武の心得、四書五経、入木道、致福、鷹狩、武具のこと、流鏑馬、笠懸、犬追物、馬術、礼法のことなどについて質問し、比丘尼は逐一それに答えた**。そこを辞した后転は転遠父子と別れて丹波へ戻る途中、小野道風を祀る明神に馬上から参拝すると、突然彼を突き落とし毛をむしる者がいる。都で筆結として高名な筆ヲ結永であったので、筆の毛は昨年中に差し上げたはず、そう度々求められては我らは何の身になろうと嘆くと、結永は「それでは汁の身となれ」と答えた。

（徳田和夫編『お伽草子事典』(7)）

2-2　問答の内容

さて、狸たちと白比丘尼との間で交わされる問答の内容は〈表1〉のとおりである。

〈表1　『筆結物語』の問答の内容〉

	問答の内容
（神祇）	①神社参詣、②伊勢神宮鎮座、③内宮の神、④外宮の神、⑤鳥居のこと、⑥伊勢の鳥居、井垣の白色
（仏法）	⑦惣授と責伏、⑧法華経の「無智人中莫説此経」、⑨「莫」の訓み、⑩「智不倒」の公案
（和歌・連歌）	⑪和歌の詠みよう、⑫腰折れ歌、連歌の禁句
（学問）	**⑬武士の学問、⑭学問の書物、⑮四書五経、⑯七書、⑰三代集**
（書道）	**⑱入木道**、⑲行成流、⑳習字の手本、㉑三賢、㉒大字の書きよう、㉓白抜き字の書きよう
（仏道）	㉔富裕になる方法、㉕晩学には念仏、㉖法花宗、㉗「法花」の意味、㉘「妙法」の意味、㉙座禅のこと、㉚禅の一句
（弓馬）	**㉛鷹狩のこと、㉜餌袋の鳥頭のこと、㉝弓の筈、㉞武道の陰陽のこと、㉟鳥兎のこと、㊱文と弓の九曜、㊲武具を北に向けて置かないこと、㊳武具を置く方角、㊴宰府の将軍、㊵弓の鳥打、㊶半装束、㊷六具、㊸七物、㊹射芸の三物、㊺歩射、㊻弓の数塚、㊼流鏑馬、㊽笠懸、㊾小笠懸、㊿犬追物の由来（玉藻の前）、(51)犬追物の人数、(52)九騎・十五騎の記しよう、(53)弓技の心構え、(54)馬術の作法、(55)鞭と鷹なぶり**
（作法）	(56)包丁の作法、(57)鶯合の作法、(58)食事の作法

(8)

問答の内容によって、仮に（神祇）（仏法）（和歌・連歌）（学問）（書道）（仏道）（弓馬）（作法）に分けたが、これらの問答は、『壒嚢鈔』同様、前の問答内容に関連する形で次の問答に移るという連想的展開(9)となっている点、同時代に実際に行われていたらしい雑談問答(10)を彷彿とさせ、興味深いものがあるが、さらに注目すべきは、話題として取り上げられている事項の内容が、当時の武家の子弟を対象として書かれたものであるらしいことである。たとえば（学問）に関する問答の⑬〜⑰を一部引用しながら見てみると、⑬の問いは、「**武士は、さのみ学文には心を入す共にて候哉**」であり、それに対する答えは、

答、『家語』に云、「ふんの事ある物は、かならす武のそなへあり。武の事ある物は、かならす文のそなへあり」と見えたり。

から始まり、源頼義が安倍貞任・宗任兄弟を討つために東国に向かう途中、美濃国において八幡大菩薩から学問をすべしとの啓示を受け、都に戻り学問をしたこと、その際に得た「敵軍伏野雁乱行、半月遷水魚疑釣」という句によって、伏兵のあることを見抜いて難を逃れたという説話を、孫臏による馬陵の戦いの故事を挙げながら語り、「**文武は車の両輪なり。かけては叶ふまし**」という言葉で締めくくる。次に続く⑭では、その学問を受けて、「**学文**には、**いかなるふみ**をよみて可然候哉」という問いが発せられ、以下のような答えが述べられる。

答、「まつ**孝経**をよみて、孝行を尽侍るへし。忠臣は孝子の門より出と見たり。奉公し侍らん人は不孝にては人に見をとさるゝなり。其後**四書五経**を讀て仁儀常徳をわきまへ給ふへし。又**武ノ七書**を誦して、兵法礼度をそんせらるへし。又、**とうは・山谷・体詩・しかく**なとおほえて、詩・れんくの座にて一句をもつくり給ふへし。又**三代集・源氏・伊勢物語**をも見侍りて、歌・連歌のたよりにもし給ふへし。いたつら事に日をくらし侍るへからす」。

孝経、四書五経、「武ノ七書」、「とうは・山谷・体詩・しかく」「三代集・源氏・伊勢物語」が挙げられているが、孝経は「忠臣は孝子の門より出」という理由から、最初に読むべきものとされ、「とうは（蘇東坡）・山谷（黄山谷）・体詩（三体詩）・しかく（詩学大成？）」については「詩・れんくの座にて一句をもつくり給ふへし」、「三代集・源氏（物語）・伊勢物語」については、「歌・連歌のたよりにもし給ふへし」と、その読むべき理由も示される。そして、続く

⑮⑯⑰は、この⑭の答えで示された書物についての解説となっている。つまり、⑬から⑰までの問答では、「武士」には学問が必須であるという主張のもと、「武士」が読んでおくべき最低限の書物の目安を、その目的と共に示しているということがわかる。また、⑰の答えでは、

答、「古今・後撰・拾遺なり。又学文はかりに入ふしぬれは、心気となるへし。飛越・はやわさ・力わさ・あら馬をのりつよみひけ、たかをつかひて山をはしれ。鵜をつかゐて水練せよ。水れんせぬつはものは、武藝をきわめ候ても、一騎當千の名をえすと承及候なり」。

とし、三代集の歌集名を示した後に、武士が身につけておくべき武芸を挙げるが、「水れんせぬつはものは、武藝をきわめ候ても、一騎當千の名をえす」とするところからは、やはり、本作品の想定する読み手が武士であり、初学者であることが窺えよう。このことは、問答の㉛から55までが、やはり広い意味での〈武芸〉に関わる問答であり、問答全体の四割以上を占めていることから見ても明らかであろう。

『筆結物語』が武家の子弟が学ぶべきことを、問答の形で示したものであるという前提に立つと、応仁・文明期の武士に求められていた教養のありかたが見えてくるが、その意味で、数は少ないものの、神祇や仏道に関すること、あるいは入木道や包丁の作法や食事の作法、鶯合せなどといった知識も、武士の教養として必要なものであったことになる。

三　『塵荊鈔』について

3-1　『塵荊鈔』とは

ところで、『筆結物語』同様、問答によって武士が知っておくべきことを示した物語として注目すべき作品が、『塵荊鈔』である。作者は未詳であるが、[11]本文中の記述から、文明十四年（一四八二）から延徳三年（一四九一）にかけて書かれたものと見られ、[12]『筆結物語』とほぼ同時代に生まれた作品であることがわかる。問答で示される知の内容は『筆結物語』よりも詳細かつ多岐にわたり、一見、物語というよりも類書あるいは百科事典のような印象を受ける。ただし、内容は明らかに物語であり、もと相国で今は田舎に引きこもった宿の主人が、奥州から上洛してきた小座頭の「早物語」を書き留めたという状況設定のもと、いわば劇中劇としての「早物語」が語られるというものである。「早物語」の内容は以下のとおりである。

比叡山のある院家で学問をしている源氏出身の花若と平家出身の玉若という二人が、師僧の要請により、お互いの学識を試すための問答をするが、やがて玉若が病によって死去する。供養の後、師僧は持仏堂に籠もり往生し、花若は剃髪して山を去り、往生を遂げる。

「早物語」のほとんどを占めるのが、花若と玉若という二人の児と師匠による問答であり、その内容が〈表2〉に示すような広範な分野に及ぶこと、また、その問答が連想的に繋がりながら展開し、ときには答えが脇道に逸れて、関連する事項についても説明するところなどは、[13]書名の類似も手伝って、室町物語版『壒嚢鈔』ともいうべき印象がある。その『壒嚢鈔』との近さでいえば、『壒嚢鈔』からの引用と思われる記事が見られることに加え、「早物語」の前に、

古人ノ曰、遊宴舞曲モ第一義ニ皈シ、風声水音モ不離実相、世間ノ浅名ヲ以テ、法性之深義ヲ顕ハ如来方便之教ト云々。山ハ覆簣ヨリ成リ、江ハ濫觴ヨリ起ルナレバ、**加様ノ狂言綺語ノ戯レヲ以テ、讃仏乗之因、転法輪之縁ト成サン為ニ**、忸怩慙汗ヲ不顧、強而此物語ニ聞事ヲ録シテ、永ク**童蒙之嘲ヲ残者**也。

とするところなどは、『壒嚢鈔』素問最終巻である巻四（十五冊本では巻七）の末尾において、それまでの雑談問答を「麁言軟語皆帰第一義、狂言綺語悉成讃佛乗之縁故也」と位置づける態度に重なる。さらに、主人公を叡山で学問をする稚児とする設定、語り手が「早物語」を「童蒙之嘲ヲ残者」とするところなどからも、本作品が本格的な学問に入る前の、童蒙の書として書かれたことがわかる。

〈表2　『塵荊抄』の問答の内容〉

巻数	問答の内容
巻1	①五常六度の濫觴　②仏教の宗派について（天台宗）
巻2	②（真言宗・華厳宗・法相宗・律宗・三論宗・倶舎宗・成実宗・浄土門）
巻3	②（仏心宗）
巻4	③仏法興起・伽藍建立の始めについて　④文字の起こりについて（梵字・漢字・和字・色葉四十八の文字〈→最後の「京」から歴代天皇の都の列挙→平安京について→数字について〉・筆法について・聖徳太子にまつわる和歌説話・和歌の起こり〈伊弉諾・伊弉冉〉）　⑤天神五神について　⑥長歌について（和歌の種類と用語の解説→玉津嶋明神のこと・三十六歌仙・新歌仙三十六人のこと）
巻5	⑦連歌の濫觴のこと（→連歌の大事・秀逸の句・連歌十徳のこと・天神のこと）　⑧『源氏物語』六十帖の巻名のこと　⑨『伊勢物語』の深秘の歌について　⑩神風について　⑪在原業平が仏菩薩の再誕として三千余人の女性と契ったこと
巻6	⑫吾朝劫初の次第・日本国などの名のこと　⑬天神七代のこと　⑭地神五代のこと　⑮天磐戸のこと　⑯十束剣のこと　⑰叢雲剣のこと（三種の神器・震旦や天竺では王朝が変わるが、日本では変わらなかったこと）　⑱吾朝は粟散辺土ながら土御門、中御門、大炊御門とあるのはなぜか　**⑲先代九代執権と征夷大将軍十一代について**　⑳震旦劫初と震旦帝王世系について
巻7	㉑（問なし）吾朝人皇世系について（神武天皇～百五代今上成仁天皇まで）
巻8	**㉒花若殿御先祖源氏について**
巻9	**㉓玉若殿御先祖平家について　㉔師僧の先祖藤原氏について　㉕武経、兵書、武略などのこと　㉖刀剣・甲冑などのこと（刀剣・甲冑・弓・矢・犬追物〈含玉藻の前説話〉・草鹿の起こり・笠懸・小笠懸・丸物・小串・挟物）**

巻10	㉗両義三才・両曜・星宿のこと　**㉘漢朝俗書のこと（三小経・六大経・史・子・十志・文科・医科・卜科・雑書・字書）**　㉙作位作例のこと　㉚吾朝和歌集のこと　㉛（問なし）日本紀などのこと　㉜音楽呂律のこと（付五臓六腑・体内の虫のこと）　㉝楽器管弦のこと（琴・琵琶・箏・笙・簫・笛・角・篳篥・尺八・十二律・鐘・銅鑼・方響・鼓・磬）　㉞紙墨硯筆などの起こりについて　㉟図画について　㊱十二月の異名・十二支・十干・十二時などについて　㊲茶・香・蹴鞠・盤上の遊戯などについて（付博奕・相撲）
巻11	（玉若違例。以下、非問答）㊳富士山のこと　㊴祈禱のこと　㊵他界のこと　㊶葬送のこと　㊷葬送遺文のこと　㊸夢のこと　㊹鏡のこと　㊺作善のこと　㊻舞楽のこと　㊼鷹のこと　㊽六道のこと

3-2　『塵荊鈔』の問答

ところで、先に述べたように、『塵荊鈔』は物語の体裁を取った童蒙の書であるが、それが武家の子弟に向けて書かれたものであることが、問答内容から窺える。

たとえば、巻6から巻9の内容に注目すると、問答の⑲では「先代九代執権と征夷大将軍十一代」が話題になる。鎌倉時代の北条政権を「先代」とする意識は、『梅松論』にも通じるものであるが、こうした武家の歴史への関心はここで終わらず、一旦天皇の系譜への話題に移った後に、花若・玉若・師僧といった語り手たちの出自の話題の中で再び語られることになる。

巻8の問答㉒では、花若殿の先祖源氏について、清和天皇から始まり、源頼朝から足利将軍家、鎌倉公方、武衛（斯波氏）に至るまでの系譜と氏神八幡大菩薩についてが語られる。続く巻9の問答㉓では、玉若殿の先祖平氏について、桓武天皇からの系譜が語られ、平清盛までの系譜と平氏の氏神厳嶋大明神についてが語られるが、この問答では、先の問答⑲で話題になった北条氏にも言及しているところが注目される。さらに問答は師僧の出自である藤原氏の系譜に及ぶ。天児屋根尊から始まり、大織冠、摂関家と続き、最後には氏神の春日明神のことが語られる。この構成自体は、前の二つの問答と共通するものであるが、注目すべきは、摂関家の系譜が摂家将軍へと続いて終わるところである。また、分量的には圧倒的に源氏の系譜ならびに八幡宮に関する記事が多い。このように、『塵荊鈔』の関心が足利氏（源氏）を中心とした武家の歴史へと向けられていることがわかるのであるが、続く問答が「武経」「兵書」「武略」といった武士が読むべき書物について「七書」を筆頭に説明したり、次の問答が刀剣や甲冑の話題から、犬追物や笠懸、小串といった、武士が身につけるべき武芸の話題へと及んだりするところに加え、巻4や巻5にて話題となる和歌・連歌、『源氏物語』『伊勢物語』に関する知識や、巻10の問答㉚で『万葉集』から『新拾遺集』までの勅撰和歌集を列挙する態度などは、『筆結問答』と重なるものであり、『塵荊鈔』の目的が、武士として身につけるべき教養を示すことにあったことが窺えるのである。

ところで、『筆結物語』でも、武芸や学問以外に、武士が身につけるべき嗜みに関わる話題が取り上げられていたが、『塵荊鈔』ではさらにその関心が広くなっていることが、とくに巻1から巻4および巻10、また、問答ではないが、玉若の死をめぐる物語を描く巻11における話題の内容から窺える。とくに、書道・茶・香・蹴鞠などの話題からは、この時代の武士が求められていた教養がかなり広いものであったことがわかる。

四　武家故実書と雑談問答

4-1　文武の領域を超えた教養

さて、前節までは、『筆結物語』『塵荊鈔』という物語が、応仁・文明の乱後の武士たちに求められた教養を示すために書かれた可能性を述べてきたが、それは武芸と学問（和歌・漢籍）といった、「文武」の領域を超えた、より多岐にわたる教養であった。このことは、たとえば時代は少し下るが、古河公方に仕えた戦国武将、一色直朝（月庵蘆雪）の随筆『月庵酔醒記』[14]が、まさに多岐にわたる分野の書物からの抜き書きを中心とした、百科事典的な内容を持つものであったことからも窺えよう。そこで、本節では同時代の武家故実書に目を向けてみる。

4-2　武家故実書に見る教養の範囲

応仁・文明の乱後の武士が求められた教養がかなり広い範囲であったことは、戦国時代の武家家訓を紐解いてみると明らかになる。たとえば、『筆結物語』や『塵荊鈔』からは少し時代が下るが、石見国岩山城主であった多胡辰敬による『多胡辰敬家訓』（天文十三年〈一五四四〉ごろ成立）では、身につけるべきものとして、手習学文・弓・算用・乗馬・医師・連歌・包丁・乱舞・蹴鞠・躾・細工・花・兵法・相撲・盤上の遊（囲碁・将棋）・鷹・容儀の諸芸十七箇条を説いている。『塵荊鈔』や『筆結物語』とも重なる部分が多いことがわかるであろう。

また、『筆結物語』では、武士の身につけるべき作法について、「色々事おほく侍り。西明寺のさうし、今河の了俊のおふさうしをもとめて、見侍るへし。」（問答54「馬術の作法」）とするが、ここに挙げられている「今河の了俊のおふさうし」は、今川了俊（貞世。一三二五～一四二〇）に仮託された武家故実書『今川大双紙』を指しているようである。その成立については、同じ武家故実書『宗五大双紙』（大永八年〈一五二八〉）の作者伊勢貞頼の可能性も示唆されており[15]、その場合かなり時代が下ることになるが、『筆結物語』が文明十二年（一四八〇）に書かれていることを考えると、貞頼よりは前の時代に成立していた可能性が高い。いずれにせよ、この時代にはすでに今川了俊仮託の『今川大双紙』という武家の作法についてのマニュアル本が出回っていたことは間違いない。なお、『今川大双紙』との関係が深い『宗五大双紙』は伊勢流の故実書である。応仁・文明の乱の時代に室町幕府政所執事として幕府の中枢で活躍した伊勢貞親・貞宗親子以降、その子孫による伊勢流故実が調えられていくが、そうした流れの中に、『筆結物語』

や『塵荊鈔』を置いてみると、これらの作品の持つ意味やその重要性がわかってくる。

たとえば、先の『今川大双紙』の内容であるが、「弓等につきての式法の事」「鷹之式躰之事」「太刀等に付ての式躰之事」「鞢式法之事」「陣（陣）具に付て式法之事」「衣類に付て式法の事」「馬に付て式法之事」「輿につきての式法その他」「酒に付ての式法」「鞠之式法の事」「食物之式法の事」「歌道之事」に分けられており、たとえば弓・鷹・馬・太刀といった項目は、武家故実として『筆結物語』『塵荊鈔』と当然重なってくるところであるが、鞠・食物・歌道といったものも、やはり武家故実として重要な扱いを受けていたことが窺える。

4-3　武家故実書の説く教養の意味

それではこうした多岐にわたる教養が武士に求められた理由はどこにあるのであろうか。少なくともその理由は一様ではないように思われる。

たとえば、先に『筆結物語』が『今川大双紙』を必読の書として挙げていたが、南北朝、室町時代に書かれた教訓書には、政道に関わる者の嗜みとして、理非を判断するために「学問」をすべきことが説かれる。たとえば、今川了俊の『今川状』(16)では、

右条々、常に心にかけべし。弓馬合戦を嗜事は武士の道、めづらしからず。専、是を可レ被二執行一事、第一也。先、国を守べき事、**学文なくして政道なるべからざる旨、四書・五経、其外の軍書にも顕然也**。（中略）**諸士のかしらをする身の、智恵・才学なく、油断せしめば、上下の人に批判せらるゝ事可レ有レ之**。行住坐臥に仏の衆生をすくはんと、諸法にのべ給ふごとく、心緒をくだきて、**文武二道を心に捨給ふべからず**。国民をおさむる事、仁義礼智信、一もかけてはあやうき事なるべし。政道を以てとがをおこなへば、人の恨なし。非儀をかまへて死罪せしむる則ば、其根ふかし。然ば、因果の科をのがれがたし。（後略）

とする。「学文」として「四書・五経」を読むことについては、『壒嚢鈔』(17)『塵荊抄』に共通して説かれることなので、実際に室町時代の武士にはそれが求められていたことが窺える。おそらくは武士が領国なり領地なりを経営するためには、政策や訴訟を通して理非の判断が求められるため、まずはその判断の基となる儒教的な素養を身につけることが求められたのであろう。だが、武士が身につけるべき教養が儒教的な経典に留まらず、和歌・連歌から蹴鞠や食事に至るまで、より多岐にわたる教養に拡散していくことについては、主に「上下」の「下」の人を対象とした支配・行政のためだけでは説明ができまい。そこには「上」に批判されないため、つまり、必要なときに適切な「知」を用いることで人間関係を円滑にすることが求められたという、当時の武士が置かれた事情も関係しているのではないだろうか。

　中世、室町期における武士の素養として和歌・連歌が求められたことについては、近年の研究が明らかにしてきたところ(18)だが、伊勢貞親が子息貞宗の残した『伊勢貞親教訓』においても、『筆結物語』や『塵荊鈔』同様、弓馬と歌道を重視する姿勢が見られる。ただし、歌道の勧めの部分では、自らの失敗談をもとに、「いかにも可覚悟事也」とし、知っておくべきことの大切さを述べはするものの、「弓馬の二つをさしをひて、これをのみにかゝらん事は不可然。自余これにじゆんず。歌道は両道の外の第一と可心得なり」とする。上手く読むことに専心するのではなく、「当座の恥辱」を免れることに重きを置いているようである。

　この姿勢は、『今川大双紙』「歌道之事」においても、

　一　当座にて歌有時。我歌よみ出さぬ事あらバ。だいの趣にあひ似たる古歌を書て。さてそばに書べき様有。昔の名人もかくこそ候しかと書て。おつて此子細を申べしと云べき也。余所よりたんじやくなどを下されば。一向に返歌なけれバ。**物知らずと思ふなれバ。古歌にてもあれ書てつかはすべし**。

とする姿勢と重なる。『今川大双紙』のこの部分は『宗五大双紙』も踏襲していることから、当時の武家故実の世界で重視されていたのは、「物知らず」と思われないだけの知識を身につけておくことであったことがわかる。

以上のことから、当時の武士が恐れていたことが「物知らず」というレッテルを貼られることであり、それが多岐にわたる知識を求める姿勢を生み出す一つの要因であることが見えてくる。それは、広い意味でやはり政道に必要なものであったようである。『貞親教訓』は最後に、

名きこへある家をつがんもの。千人にゆびをさゝれば、奉公にたずさわり、領知をふたげて何かはせん。速やかに上着すべき也。我宿所殊天下の鏡と成べければ、**無器用にては、上意に対し不可然。**鏡ともならず、異見をも申さず、あたら知行をふたげ、天下の口にのるべき事無器用也。右に云、能藝才智はあらばもとよりの事、たゞ人の家をつがん者は、萬能よりも一心也。能藝にはすかず共、肝要人にすぐべき也。**人と寄合ざれば、公界にて人とはいはれざる物也。**専可心得此一段也。

と締めくくるが、とにかく、芸を身につけるというよりは、「恥辱」を免れるために、「覚悟」をしておくこと、つまり、せめてひととおりの知識は身につけておくことが、「公界」[19]で「人」と認めてもらうために必要不可欠であったということであった。それは「奉公にたずさわり、領知をふたげて」「不器用にては、上意に対し不可然」という言説からわかるように、将軍家を頂点とするヒエラルキーを意識した態度であったといえよう。世の中の秩序が乱れた世であるからこそ、領国での円滑な行政に必要な知恵と、将軍を中心とした武家の故実に通じていることが求められたのではなかったか。[20]

4-4　武家故実と雑談問答

ところで、こうした多岐にわたる知識を身につけるための方法として、室町時代に行われていたのが「雑談」であっ

た。貞親自身も『貞親教訓』の中で「雑談」を勧めている。(21)

一、人と参會せんに。若き者も宿老と寄合而。**常に雑談すべし**。何としても後学に成る事ある也。

一、**大小事に付て可覚悟事**。我が心得を本として人にも問ず。気まかせにすべからず。利根だてをして様か手柄ほめられんとおもひて。そはつらなる事有て。越度成事のみなり。**殊に書札の文言。他家などへ遣に。誤有ては永不覚也**。いかなる不堪のものにもとふべし。

このように見ると、『壒嚢鈔』を始め、『筆結物語』や『塵荊鈔』が雑談問答の場を用いて叙述される意味もわかってくる。武家の子弟にとって、こうした雑談問答が貴重な学習の場であり、それを物語化したものが、『筆結物語』『塵荊鈔』であったのではないだろうか。

五　まとめにかえて

本稿では、応仁・文明の乱の後の政治的混乱の続いた「乱世」と呼ばれる時代に成立した『筆結物語』と『塵荊鈔』を中心に取り上げ、それらが披瀝する知が室町時代の武家故実にほぼ一致すること、そして、それらが一つには世を治めるための知恵を学ぶ、いわば、実務に役立つ判断力養成のための知であると同時に、もう一つには、将軍を頂点とするヒエラルキーの中で「一人」として認められるための知であった可能性を指摘した。

これらが武家故実書として書かれたのではなく、物語・文学として書かれたことの意味については、今少し検討が必要であるが、たとえば『筆結物語』の「㊿食事の作法」において、

転遠、問、物をたへ候にも心得候へき哉。答、人前にて物くふ程、大事の儀侍らす。（中略）又、飯湯のそこ

なる飯つふ、くいのこす事あるへからす。将門の平親王に湯の下の、いゝつふを捨給ふより、運つきてほろひ給へり。諸法はくうにおさまるといへり。

と、平将門が食事の作法が悪かったために滅びたとするエピソードを載せるところがある。食事の作法については、『今川大双紙』や『宗五大双紙』が「人前にて飯くふ様之事」「人前にて飯くひ候やう」として言及するものであり、やはり武家故実の世界に通じるものであるが、『筆結物語』では、平将門の故事を引き合いに出す点で、単なるマニュアルではなく、物語を通して武家の作法の重要性を理解させようとする態度が見られる点が注目される。

今回は紙面の都合上、故実書と文学との記述態度の違い、取り上げた物語と故実書の、個々の記事内容についての比較や分析、武家故実書の系統や分類などについては十分に論じることができなかった。今後の課題としたい。

注

（1）『看聞日記』嘉吉元年六月二十五日条。
（2）笹川祥生「解題」（濱田敦・佐竹昭広編『塵添壒嚢鈔・壒嚢鈔』臨川書店、一九六八年三月）。
（3）拙稿「中世後期の類書と随筆――『壒嚢鈔』を中心に――」（荒木浩編『中世の随筆　成立・展開と文体（中世文学と隣接諸学10）』竹林舎、二〇一四年八月）。
（4）『国文学　解釈と教材の研究』第四十二巻十号臨時号「編年体古典文学一三〇〇年史」（学燈社、一九九八年一月）。
（5）市古貞次『未刊中世小説解題』（楽浪書院、一九四二年十月）、『中世小説の研究』（東京大学出版会、一九五五年十二月）。なお、石井康長は、室町時代の古辞書『通要古紙』（岩瀬文庫蔵）の編者の「康長」と同一人物である可能性を沢井耐三氏が指摘する（「『筆結の物語』――室町武人の知識とユーモア――」〈『室町物語と古俳諧』三弥井書店、二〇一四年三月〉）。
（6）『室町物語と古俳諧』（三弥井書店、二〇一四年三月）。

（7）沢井耐三氏文責。東京堂出版、二〇〇二年九月。
（8）『室町物語と古俳諧』（三弥井書店、二〇一四年三月）。
（9）拙著『行誉編『壒嚢鈔』の研究』（三弥井書店、二〇〇六年九月）第四編「『壒嚢鈔』と雑談」。
（10）『康富記』文安五年（一四四八）五月十七日条。
（11）松原一義氏は室町中期から後期にかけて活躍した武家歌人木戸孝範を作者に比定する（『塵荊抄の研究』おうふう、二〇〇二年二月）。
（12）市古貞次「塵荊鈔解題」（古典文庫、一九八四年一月）。
（13）拙著『行誉編『壒嚢鈔』の研究』（三弥井書店、二〇〇六年九月）第一編第二章「『壒嚢鈔』における知」。
（14）元亀二年（一五七一）以降成立。
（15）『群書解題　第十六上』（一九六二年十一月）。
（16）今川了俊が弟で養子の仲秋に残したとされる家訓。一四一二年頃成立。
（17）小川剛生『武士はなぜ歌を詠むか――鎌倉将軍から戦国大名まで――』（角川学芸出版、二〇〇八年七月）。
（18）『壒嚢鈔』巻一―八十一条「十五ヲ志学ト云ハ十五以前ニハ学問ハスマシキヤラン」。
（19）この場合の「公界」は文脈から判断すると、「公儀」の意か。
（20）この点については、竹本千鶴『織豊期の茶会と政治』（思文閣出版、二〇〇六年九月）第二部第四章「織豊期の座敷飾りと「大名茶湯」」の以下の指摘が参考になるであろう。

（前略）ただそれは、将軍をとりまく諸儀礼の中で、ことのほか座敷飾りだけが突出していたのではない。永正十二年（一五一五）十二月二日に義稙が三條高倉の新亭に移徙した際の記録や、伊勢氏が所持する『御成故実』を大内氏がその書写を求めたことなどから知られるように（『益田家什書』）、将軍をとりまく武家儀礼そのものが、将軍の権威を体現するものであり、座敷飾りもその一端に含まれるのである。実質的には政治権力を限りなく失いつつあった将軍が権威の支柱としたのは、義満期以来の諸儀礼を行うことであり、いわばそうした殿中の座敷飾りの中に、将軍権威の一端を求めたのである。ここに座敷飾りの場がもつ政治的意義があり、永正・大永年間に『君台観左右帳記』が再評価された要因であるといえよう。

（21）　大内義興が伊勢貞久に故実を問うたとされる『大内問答』（一五〇六年成立か）は雑談問答に近い形式であるが、義興の子義隆と三条西実隆との間で交わされた可能性のある『多々良問答』（一五三七年ごろ成立か）もいわゆる雑談問答がその背景にある書物であろう。

黒白争闘
―『鴉鷺合戦物語』攷―

齋藤 真麻理

一　祇園林の寵姫

白河院の寵姫は祇園社のあたりに居していた。五月雨の一夜、院は少数の供を連れて祇園の女御のもとへ向かった。一行の前に奇怪な光り物が現れたのは「祇園林」にさしかかった時である。院は平忠盛に捕縛を命じた。「祇園林ノ古狐ナドガ夜深テ人ヲ誑《タブラカス》ニコソ在ラメ」と捕らえてみると、正体は老いた承仕法師であった。一同は笑い崩れ、忠盛は褒美に祇園の女御を賜り、清盛が誕生する（『源平盛衰記』巻第二十六）[1]。

一話はかつて吒枳尼天法との関連性から注目されたが（田中貴子『外法と愛法の中世』平凡社、二〇〇六年三月）、今は「祇園林」という場に注目したい。『平家物語』諸本では女御の住まいは祇園のほとり（覚一本、屋代本、百二十句本）、光り物はその御所付近（延慶本）や近くの御堂の傍らに出現した（覚一本、屋代本、四部合戦状本、百二十句本等）。「祇園林」という具体的な地名を示すのは『源平盛衰記』のみである。

『鴉鷺合戦物語』はこの祇園林を舞台とする室町物語である。主人公の無教養な烏「東市《イチノ》祐真玄《マクロ》」は祇園林を領し、恋の逆恨みから白鷺相手に赤白ならぬ黒白の争乱を引き起こす。事の発端は、彼が中鴨の森の白鷺「山城守津守朝臣正素《モト》」の姫に懸想したことによる。

祇薗林ニ鳥アリ、東市《イチノ》祐真玄《マクロ》トソ申ケル、彼鳥、哀レ男子ニ生レタル思出ニ、心姿物細シテ、色白カラン女ノ、能芸備タランヲ、契ヲ結ハヤト思ケリ、中鴨ノ森ニ鷺アリ、山城守正素《モト》トソ云ケル、衆鳥第一ノヤサヲノコ、文武二道ノ達士也、（中略）彼正素ニ息女アリ、婉転タル皃セハ梨花ノ春ノ雨ヲ帯タルニ相似タリ、（中略）真玄伝へ聞クヨリモ、色々シキ物ナレハ、早クモ見ヌ恋トソナリテ、思フクレツヽ、（文禄本『鴉鷺記』）

真玄は執拗に姫へ懸想文を送った。彼女は一向に靡かないが、(2) 父正素は真玄の不埒に激怒、両者は互いに毀讃状を交わし、合戦へと発展する。住吉や八幡の助力を得た鷺が勝利して真玄は出家、無常を観じた正素も追って遁世し、共に往生を遂げる。

総じて『鴉鷺合戦物語』は源平争乱の言説を踏まえているが、最古の書名『鴉鷺記』に鑑みれば、『源平盛衰記』を意識した部分は大きいのではなかろうか。そのことは『源平盛衰記』にのみ所見の一語「祇園林」からも推測される。以下、『鴉鷺合戦物語』の物語世界を読み解き、乱世における文学的営為の意義を検討してみたい。

二　『鴉鷺合戦物語』の成立

『大日本史料』が一条兼良の没年、文明十三年（一四八一）四月二日条に四条隆生奥書として「故禅閤御作鴉鷺問答二策、一日桃華左幕下公借用之貴命蒙之、仍新写蔵書呈上之」を記載するように、『鴉鷺合戦物語』は一条兼良の作と伝承されてきた。

最古本は先出の文禄三年（一五九四）写本で尊経閣文庫蔵、天正十七年（一五八九）元奥書の本を文禄三年（一五九四）に梵舜が書写した本である。内題『鴉鷺記』、末尾に一条兼良作の由「此一冊上下者、後成恩寺殿（一条殿兼良公御事也私云）、御作云云」等と「少童達所望」の旨を記す。漢字片仮名交じりで挿絵はない。本稿では原則として通行書名『鴉鷺合戦物語』を用い、引用は最古本を尊重して文禄本を引く。

続いて、江戸初期の写本に肥前松平文庫本がある。元奥書の年季は「弘治二年（一五五六）丙辰初夏」、本作の成立を弘治二年以前とする所以である。末尾に「鴉鷺物語一条禅閤御作也」とあり、漢字片仮名交じりで挿絵はない。複数の古活字版や近世の写本はほぼ漢字平仮名交じりで挿絵はない（『龍門文庫善本叢刊』第十一巻ほか）。

作中には和漢に亘る典故が縦横に用いられ、室町物語の中で群を抜く長編である。殆ど挿絵を有した痕跡がない点でもやや特異な位置を占める。

本作の研究は後藤丹治『中世国文学研究』（磯部甲陽堂、一九四三年五月）、市古貞次『中世小説の研究』（東京大学出版会、一九五五年十二月）によって先鞭がつけられた。近年は沢井耐三氏による考証が進み、同氏による古活字版の注釈がある（『室町物語と古俳諧――室町の「知」の行方』三弥井書店、二〇一四年三月。岩波新日本古典文学大系『室町物語集　上』）。先行研究によれば、本作は『古今集』『伊勢物語』注や『義貞記』等の軍書、仏書など実に多種多様な文献を引いており、禅への理解も相当に深い。

現存の『鴉鷺合戦物語』に挿絵がない一因は、和漢故事の繁多さと、具体的かつ長文の書状類に求められよう。これほど多くの書状を含む室町物語は珍しい。特に願文と牒状は、語句のみならず形式が『源平盛衰記』等の書状類と酷似する。『鴉鷺合戦物語』の成立当時、これらは平曲の「読物」として親しまれ、往来物としても学ばれていた。作者は書状群に軍記らしさを見出したものか、それらを参照して架空の書状を作り上げた。破綻のない書きぶりからは、往来物の作者として十分な技量も看取される（拙稿「書状が編む合戦記――室町物語『鴉鷺合戦物語』の場合――」『集

と断片　類聚と編纂の日本文化』勉誠出版、二〇一四年六月)。

従来、『鴉鷺合戦物語』をめぐってはその該博な知識に注目が集まってきた。典拠研究から作者像や作品の特色も明らかになりつつある。しかし、作品の特質は作中の書状や文書にも顕れている。その考証は成立環境だけでなく、作品の特異性を浮かび上がらせることになろう。軍記の享受の諸相を探る上でも不可欠の課題である。

三　千鳥の文使い

再び『鴉鷺合戦物語』の物語に戻ろう。複数の書状のうち、真玄の懸想文をめぐる設定について和歌文学との関連性から考えてみたい。

真玄は姫に仕える千鳥に懸想文を託した。そのうち家来の烏は正素に見つかり、半死半生の目にあった。

使者、中鴨ニ行テ、千鳥コソ〳〵ト尋ケル、折シモ千鳥ハ河辺ニ求食リテ無リケルニ、使、極テ無故実ナル躰ニテ、彼方此方ニ尋ネ廻リケルヲ、山城守、見合テ、サレハコソ、此程聞シ事ヨト思テ、己レハ何物ソ、アノ文奪へ、ク、セ、シバレト、イヒケレハ、若鷺共、飛懸テ、打ツ、踏ツ、ナカラ死ニスル程、打擲シケリ、(文禄本)

水鳥の千鳥が川原に漁るのは不思議ではないが、鳥もさまざま多い中に、彼女が文使いに選ばれたのには理由があった。和歌では賀茂の川原に千鳥はつきものだからである。

中関白のいみに法興院にこもりてあか月がたにちどりのなき侍りければ　円昭法師

あけぬなりかものかはせにちどりなく今日もはかなくくれむとすらん

(『後拾遺和歌集』巻第十七「雑三」一〇一四番)

千鳥は『万葉集』以来の歌材であって、のちには堀河百首題に挙げられ、勅撰集では『後拾遺和歌集』以後三十首近くを収載、鎌倉時代の『玉葉集』冬部には十八首、類題集『夫木和歌抄』は二百首近い千鳥の歌を収める。鷺を詠んだ和歌も『玉葉集』『風雅集』に多い。この時期に鷺も千鳥も歌題として頻繁に詠まれていたのであり、『鴉鷺合戦物語』に両者が印象的に描かれるのは、こうした歌題の盛行とも関わるであろう[3]。

賀茂の千鳥を頼むとは、真玄は和歌の心得があるようだが、実は半可通であった。なぜなら和歌の世界では、たとえば『壬二集』「千鳥鳴く河辺のちはら風さえてあはでぞかへる有明の空」（二八〇九番、河辺恋）のように、千鳥は逢えぬ恋の悲しみも託されているからだ。

叶わぬ恋と千鳥とは『閑吟集』に集約されている。二二二番の本歌は先出『壬二集』河辺恋の一首である。

二二一　げにや眺むれば（中略）かひも渚《なぎさ》の浦《うら》千鳥《どり》　音をのみ鳴《な》くばかり也〳〵

二二二　逢《あ》はで帰《かへ》れば　朱雀の川原の衢明立《た》つ　在明の月影　つれなや〳〵なう　つれなと逢《あ》はで帰《かへ》すや

二二三　須磨や明石のさ夜千鳥《どり》　恨〳〵て鳴許　身がな〳〵　ひとつ浮《う》き世に　ひとつ深山に

（岩波新日本古典文学大系『梁塵秘抄　閑吟集　狂言歌謡』）

続く二二四番からは鳥を素材とした歌へと移ってゆく。『鴉鷺合戦物語』は和歌に詠まれた千鳥の姿を踏まえつつ、『閑吟集』と通じ合う世界を内包している。恋の悲泣を担う千鳥を選んだ時点で、真玄の不首尾は決したも同然であった。

四　黒白の廻文

果たして真玄の思慕は報われず、正素との武力衝突は避けがたい仕儀となった。両者は諸鳥に与同を促す廻文を発するが、その文言には重要な差異が認められる。同時に、漢詩文に対する作者の素養や、室町の知識人が共有していた教養の礎も浮かび上がってくる。

正素は真玄を「咲レ他貴《フ》レ我思《ヒ》甚《シ》」と糾弾した。誹諧連歌では烏の付合は「笑」、『連珠合璧集』は「烏トアラバ」に森、かしら白、市、わらふ、つくれる、小田等を挙げる(4)。

さらに正素は言葉を継ぎ、一門多勢の真玄に対抗すべく、白鷺への扶持を求めて廻文を締めくくった。正素が八幡神の加護を頂きながら無勢であるのは、平氏に対峙した源氏と同工である。ほぼ時を同じくして真玄も廻文を発し、雪辱には相当の助力を要すると助力を請うた。

両者とも趣旨は共通するものの、大きな相違が一点ある。それは与同を呼びかけた先である。真玄は具体的には指定せず、単純に「衆鳥」へ与力を請う。

蘿葛独《ハリ》不レ栄、懸レ松上二千丈《ニ》一、（中略）然者、以二衆鳥《ノ》哀愍之補弼一、勝《コトヲ》決《シ》二一時之間一、憤散《ヲ》二仲秋之風《ニ》一、不備謹言

八月廿六日　　　　　　東市祐林朝臣真玄（文禄本）(5)

これに対し、正素の方は「水鳥」と「鴛客鸞群」の輩に与同を求めた。

水鳥ノ方々ハ、去来《ヲセ》、法《ヲ》定而、雖《トモ》レ可レ被レ待レ冬、法例依事、不レ待レ候《ヲ》、不レ云レ季、来三日以前、京着候様、御渡候者、可レ存二別儀御恩《ト》一者也、

鶴禁、鶏籠山ハ申モ有レ恐《レ》、鴛客、鸞群ノ輩ハ、暫ク辞《シ》二鳳闕《ノ》交一、来《テ》堅《メ》二鶴翼《ノ》陣《ヲ》一、可レ預二公武一味《ノ》御合力一者也、忩劇纏頭而、忘二東西《ヲ》一時節也、不具謹言

八月廿五日　　　　　　　　　　　　津守正素（同右）

「鶴禁」「鶏籠山」「鴛客」「鸞群」「鳳闕」、いずれも明らかに高家貴顕を連想させる語句ばかりが選ばれている。鶴禁は王勃「九成宮頌并序」（『王子安集』巻十二）に「鶴禁朝趨、離象峻二銅楼之景一」と詠まれ、類書『白孔六帖』巻三十七「太子」には「鶴禁」を立項して「鶴禁　漢宮闕疏曰、白鶴太子所レ居之地、凡人不レ得二輒入一、故云二鶴禁一也」という。鶴禁はもと白鶴太子の居所であり、身分なき人々は入れなかったために命名されたものであった。『鴉鷺合戦物語』の作者は当然、これらの語句や典故を承知していたに相違ない。(6)

「鶏籠山」等も常套句であるが、『本朝文粋』には「鶴禁」以下、正素廻文の故事慣用句がすべて収載されている。『本朝文粋』巻第十三、善道統「為二空也上人一供二養金字大般若経一願文」は「夫以、覚花承レ歩、応化之跡長芳」「禽獣魚虫、何物非二流転之父母一」と書き起こし、「賀茂川のほとり」に仏殿を建立して行われた壮麗な法会は釈迦説経の地、白鷺池にも異ならないと讃歎、「鶴禁」の語を用いる（「蘭殿椒房、鶴禁虎囲、母儀之砌、蛇歯献二駐レ老之方一、少陽之宮、竜胎勧二延レ年之術一」）。

次の「鶏籠山」も巻第八、紀斉名「仲秋陪二中書大王書閣一同賦二望レ月遠情多一応レ教」に見える。この山は宋の文帝が皇子の邸宅を建てた場として名高い（『宋書』巻七十二「文九王伝」）。斉名は月見の宴を描写して、梁の孝王が築いた兎園さながらの宴に酒客が集い、鶏籠山にも比すべき邸宅では御者が門前に待ち、夜が明けなんとするさまを歌う。

既而酒軍在レ座、兎園之露未レ晞、　（既に酒軍座にあり、兎園の露いまだ晞ず）
僕夫待レ衢、鶏籠之山欲レ曙、　（僕夫衢に待つ、鶏籠の山曙けなんとす）

右の句は『新撰朗詠集』下・酒に具平親王邸になぞらえて採られ、覚一本『平家物語』巻三「少将都帰」や『海道記』『古今著聞集』『あさぢが露』、謡曲「班女」「俊成忠度」もこれを引く。貴人の地としての鶏籠山は周知の地名であった。

それならば、「鴛客」「鸞群」も同様に貴顕に由来する典拠があって然るべきである。「鴛客」はなかなか見出し難いが、「鴛鷺」「鴛行」「鸞鷺」は散見する。特に鷺との熟語は重要であろう。杜甫「秋野五首」第五首「身許㆓麒麟畫㆒　年衰㆓鴛鷺羣㆒」はその一例である（『杜工部詩集』第十八）。目を日本漢詩に向ければ、『本朝無題詩』に長楽寺を詠んだ大江匡房の一詩があり、冒頭「鵷鸞客」と見えるのが近い(7)。

幸牽㆓蓬洞鵷鸞客㆒、（幸いに蓬洞鵷鸞の客に牽かれ）
謬接㆓松門翰墨遊㆒、（謬りて松門翰墨の遊に接す）（『本朝無題詩』巻八）

「鵷群」「鵷鸞」は『本朝文粋』に頻出する。巻第八、江匡衡「三月三日陪㆓左相府曲水宴㆒同賦㆓因㆑流泛㆑酒㆒」は一条帝ゆかりの宴を賦して「而列㆓鵷群㆒振㆓鳳藻㆒者有㆑限」と詠む。「鵷群」は朝臣の群のこと、その列に加わり、文を振るう者は多くないと述べる。

一方の鵷鸞は、白居易「韋七自太子賓客再除㆓秘書監㆒以長句賀而餞之」に、

屈就㆓商山㆒伴㆓麋鹿㆒、（屈して商山に就き、麋鹿を伴い）
好帰㆓芸閣㆒狎㆓鵷鸞㆒、（好んで芸閣に帰し、鵷鸞に狎れたり）（『白氏長慶集』巻六十五）

と見えるごとく、やはり廷臣の譬喩であった。白居易「六年春贈㆓分東都諸公㆒」には

行接㆓鵷鷺群㆒、（行きて鵷鷺の群に接し）

坐成二芝蘭室一　（坐して芝蘭の室を成す）　（『白氏長慶集』巻五十一）

とも見え、『拾芥抄』官位唐名部には「殿上人　雲客、鴛鸞」と記されている。

『本朝文粋』巻第九、江澄明「仲春釈奠聴レ講二古文孝経一同賦二夙夜匪レ懈」は学を修めて朝廷に伺候する者は孔子の訓えを忘れないという。

爾来出二白鷺之水辺一、　（爾来、白鷺の水辺より出で）
向二丹鳳之闕下一者、　（丹鳳の闕下に向かう者は）
服膺不レ忘、　（服膺して忘れず）
言為二口実一　（言いて口実となす）　（『本朝文粋』巻第九）

『毛伝』は『詩経』魯頌「有駜」の詩句「振振鷺、鷺于下」について「鷺白鳥也、以興二潔白之士一也」と解する。白鷺は学問を修め、潔白かつ忠なる廷臣の暗喩であり、同賦の末尾に「鵷鸞」の語が見える。

于レ時貂蟬交レ領、　（時に貂蟬、領を交え）
鵷鸞成レ行、　（鵷鸞、行を成す）　（同右）

このように鴛客鸞群に類する表現は、和漢の詩文における貴顕の譬喩であった。むろん、これらの語句がほぼ『本朝文粋』に見出せるからといって、『鴉鷺合戦物語』が『本朝文粋』を直截に利用したと考えるのは短絡的である。むしろ、当時の知識人に共有の教養として『本朝文粋』の存在を捉えるべきであろう。藤原明衡の『雲州往来』に「鸞鳳之群」「鵷鸞之遊」等の表現が見えることにも注意を要する。[8] なお、「鳳闕」は『本朝文粋』はじめ諸書に散見するが、これ以上の列挙は避ける。

一方、一条兼良作『尺素往来』は「為小童稽古、本書大要候」として、『万葉集』から『新後拾遺集』等の歌集のほか、物語や注釈も列挙する。その一つ、「伊勢物語、同《キ》末書者《ハ》知顕抄」は『鴉鷺合戦物語』所見の故事の典拠である。そして、「本朝文粋《モンズイ》、和漢朗詠《ワカンラウエイ》、新朗詠」と『本朝文粋』が挙がっている。つまり、『鴉鷺合戦物語』の作者は廻文の体裁をとりながら、小童が学ぶべき語句、室町の知識人に親しい詩語を織り交ぜ、白と黒、貴賤高下の差異を浮き彫りにしてみせたのであった。

付言するならば、鷺は朝議位階の正しさを象徴する鳥として漢籍に頻出する。白鷺は体軀の大小によって厳格に順序を守るため、廷臣百官が官位正しく列ぶ喩え「鷺序」という慣用句を生じた。こうした鷺の属性は類書にも収載されており、室町の知識人に知られた隠喩であった（先掲拙稿）。白鷺は位階の正しさ、貴人の暗喩と結びつく存在であり、正素が与同を呼びかけた水鳥たちも例外ではなかったのである。

五　生田の森の烏衛門

それでは凡下の真玄はといえば、幸いにも智将、山烏の太郎が馳せ参じ、廻文を送る先を提案した。「田舎大将ニハ、生田ノ森ノ、烏衛門尉殿カ手勢モ、抜群ナルへシ」と一方の家督たる生田森の烏が推挙されたため、真玄はとりわけ丁重に加勢を求めた。

烏衛門は聞こえた勇士であったから、正素方も対策を練った。難波方面の鷺は敢えて都へ呼び寄せず、生田森の合戦に集中させ、烏衛門を足止めにせよと命じた。

難波方ノ面々ハ、独モ不レ可レ有二上洛一、生田ノ森ノ烏衛門丞カ、多勢ニテ責上ランスルヲ、馳向テ支ヘラルヘシ、トフル、、　（文禄本）

作戦は功を奏した。烏衛門は難波潟の鷺相手に苦戦し、九月六日の開戦に間に合わなかったのである。彼は飛脚を以て、真玄に苦戦の由を報告した。

今月二日ニ罷上候処ニ、難波潟ノ鷺トモニシキラレテ、未レ及二上洛一候、打破テ可レ通候ヘトモ、爰ノ式、以外、難義ニ候、日々ニ師アツテ、昨日ハ手ヲクタキタル合戦ニテ、御方、其数被レ打候、敵モ手負、死ル鳥多々、（同右）

頼みの烏衛門を欠いたまま、真玄軍は死闘を繰り広げる。鵄出羽法橋を失って戦況不利となったところへ、またも飛脚が到来して烏衛門戦死の由を言上した。

昨日一日之合戦候シニ、及二酉刻一、御方戦破レテ、森烏衛門尉殿ハ、最後ノ御状アソバシテ、鳥終リニ御腹被レ召テ、生田川ニ沈マセ給シヲ見申テ参仕テ候トテ、状ヲ差出ス、（同右）

書状には激戦のさまと無念の思いが縷々綴られていた。文中の「山野《ノ》万木、如二雪《ノ》梢《ノ》一」には鷺の名所にして歌枕の「万木《ゆるぎ》の森」が重ねられていよう。

今日、俄以、鷺之師、大ニ捍《コワリ》、与力、競《アラソ》ヒ重リ、満《ミチ》二河海《ニ》一、山野《ノ》万木、如二雪《ノ》梢《ノ》一、懸クルニ懸ラレズ、破ニ不レ被レ破、前後敵而《ニシテ》、進退、惟谷ナリ、及二酉終《ニ》一、御方ノ師《イクサ》、已ニ破ヌ、生死時節、忽ニ到来ス、弓矢ノ義理、何違背セン、仍自害而沈《ム》二波底《ニ》一、恨者、与君、不二死《コト》於一処《ニ》一、蘇武カ胡塞ニ囚シ、伝遠愁書、到二来鳫金《ニ》一、仲丸カ殺二虎帝《ニ》一、展二竊《ニ》怨恨一、於二貴備公《ニ》一、身ハ徒ニ雖レ沈二西海之浪《ニ》一、魂何ソ不レ翔二東山之林一、不宣謹言

九月六日　　　　森烏衛門尉真玄《(マヽ)》

謹上　東市祐殿

（同右）

ところが、物語には生田森合戦の描写は一切ない。烏衛門は実体を見せずに舞台から消えてゆく。彼は真玄一門の

勇将なのだから、軍記の体裁に倣うならば激戦が活写されても良いはずである。

しかし、作者はその手法を採らなかった。その代わり、書状の活用によって物語を展開させ、行文に緩急濃淡をもたせようと企図した。換言すれば、すべての出来事を逐次、軍記風に記すのではなく、意識的に省筆したのである。優れた構想力を思うべきであろう。作者は書状の内容もさることながら、文学における書状の果たす機能に関心を寄せていたのではなかろうか。それを試みに実作したのが『鴉鷺合戦物語』だったように思われる。

それではなぜ、生田森に烏衛門が配され、この部分に省筆が行われたのだろうか。

生田森の合戦といえば、真っ先に想起されるのは一の谷の決戦であろう。大手は生田森、搦手は一の谷の西手、それぞれ平知盛と忠度が大将として固めていた。敗北を喫し、忠度も手勢に囲まれて落ち延びようとする。覚一本『平家物語』の忠度は黒一色の出で立ちである。

薩摩守忠教は、一の谷の西手の大将軍にておはしけるが、紺地の錦の直垂に黒糸おどしの鎧着て、黒き馬のふとうたくましきに、いッかけ地の鞍をいて乗り給へり。其勢百騎ばかりがなかに打かこまれて、いとさはがず、ひかへ〳〵落給ふを、（「忠教最期」）

六野太忠純は忠度に目をつけ、追いかけて名を問うた。「是はみかたぞ」と通り過ぎようとした忠度の「ふりあふぎたまへるうちかぶとより見入れたれば、かねぐろ也」。この鉄漿が六野太に相手の身分を悟らせた。「あッぱれ、みかたには、かねつけたる人はないものを」、両者は組み討ちとなるが、諸国からかり集めた手勢は雲散し、遂に忠度は討たれてしまう。あたかも真玄与同の鳥が寄せ集めの狼藉者であった趣向を思わせる。

鉄漿も含め、黒ずくめで最期を迎える忠度のすがたは真玄一門に似つかわしい。しかも忠度は「熊野育ち」の剛の者であった。熊野神社の使わしめが烏であることは言を俟たない。

薩摩守、にッくひやつかな、みかたぞと言はば言はせよかしとて、熊野そだち、大ぢからのはやわざにておはしければ、やがて刀を抜き、六野太を馬の上で二刀、落ちつくところで一刀、三刀までぞつかれける。　（同右）

さらには忠度都落の場面にも注意を引く表現がある。彼は一旦都へ引き返して俊成の宿所を訪ね、勅撰の折を期して自詠百余首を託した。承引した俊成のことばに忠度は喜び、

今は西海の浪の底にしづまば沈め、山野にかばねをさらさばさらせ。浮世に思ひをく事候はず。さらばいとま申して。　（覚一本『平家物語』巻第七「忠教都落」）

と西を指して落ちてゆく。他方、『鴉鷺合戦物語』の烏衛門状にも「身はいたづらに西海の波に沈むといふとも」と類似表現が用いられている。

西海の波という表現は『平家物語』が孤例ではなく、厳密にいえば忠度は六野太に討たれたのであって、生田森に布陣して破れ、壇ノ浦に沈んだのは知盛である。だが、彼は黒づくめの出で立ちでもなければ、西海云々の文言も遺してはいない。

一の谷の合戦を念頭において烏衛門状を振り返ってみよう。彼は「今日、俄以、鷺之師、大ニ捍《コワリ》、与力、競《アラソ》ヒ重リ、満《ミチ》二河海ニ一」と記していた。俄に鷺軍が襲来したことが敗因となったのである。膠着状態の戦況を一気に動かした「坂落」の奇襲を彷彿させよう。

さらに烏衛門は、河海は鷺軍に満ち、山野万木は雪の梢のようで、前後を敵に挟まれて進退極まったと綴っている。これは延慶本『平家物語』等に見える一の谷の場面「白旗其数ヲ不レ知指上タリ、白鷺ノ羽ヲ並タルガ如シ」「落ハツレバ、白旗三十流、サトサ、セテ、平家ノ数万騎ノ中へ乱入テ」等の描写と強く結びついていよう。

蓋し、生田森の烏衛門とは一の谷の合戦そのものの暗喩であった。いわば、彼は忠度であり、知盛であった。一の

谷において両大将は破れ去り、西海に沈んでいった(9)。

『鴉鷺合戦物語』の作者は極限まで生田森の合戦について省筆し、わずか二通の書状を用いる手法によって、一の谷における敗者の面影を描き出すことに成功した。読む者はただちに一の谷合戦にまつわる哀話の数々や、西海の波に消えた平家一門を想起したであろう。あるいは、日頃親しんだ琵琶法師の語りまでをその耳底に聞いたかも知れない。

かくして鴉鷺の争乱は白鷺の勝利で終結する。源氏の棟梁たる足利将軍の治世にふさわしく、作者は黒白の争乱に源平合戦を映し、源氏勝利の物語を紡いだのである。

六　黒白の争論――応安の強訴――

『鴉鷺合戦物語』は鴉と鷺のすがたを借りて、黒白の毀讃と争闘を活写した。そこには禅宗や天台浄土教に対する広範な知識が反映されている（沢井氏先掲書）。ではなぜ、作者は「黒白」を主題に選んだのであろうか。これを用いた譬喩や対比は、経典や諸書に遍く拾うことができる。烏鷺を画題にした屏風など、絵画資料も枚挙に暇がない。

それらの中で作者の脳裏に浮かんでいたのは、一つには西行が鳥羽で詠じた歌、

菅島や答志の小石わけかへて黒白まぜよ浦の浜風

あはせばや鷺と烏と碁を打たば答志菅島黒白の浜　（陽明文庫本『山家集』）

であったろう。烏鷺は囲碁の意、碁盤の目さながらに整備された都の地形を前に、囲碁から合戦場に見立てるのはごく自然な着想で、実際、作者も「中将碁」に鴉鷺の戦闘を喩えている。

また、夙に市古貞次『中世小説の研究』は「本文に鴉の臭い事」があることから、烏の真玄は、応永二十二年（一四一五）に没した五山詩僧、太白真玄とその詩集『鴉臭集』からの連想であろうと述べている。

ここにもう一つの可能性を指摘したい。それは世にいう応安の強訴、すなわち天台宗延暦寺と臨済宗南禅寺との確執の一件である。南禅寺は正応四年（一二九一）に開建、徳治二年（一三〇七）に准五山、建武元年（一三三四）に五山の第一位、至徳三年（一三八六）に「五山之上」、禅宗寺院の最高位についた名刹であった。以下、簡略に強訴の次第を追ってみる。

貞治五年（一三六六）、後光厳天皇は春屋妙葩に対し、南禅寺の造営修復を命じた。ところが翌年六月、南禅寺と三井寺との間に諍いが起こった。造営料徴収のための関所で三井寺の童形が支払いを拒否し、関所の僧が狼藉を働いたことから、三井寺の大衆が報復に関所を破却、禅僧や下法師を殺害したのである（『師守記』貞治六年〈一三六七〉六月十八日条）。

これに抗議して南禅寺はじめ五山の住持が退寺し、幕府は三井寺管轄下の三関を破却、二十七日には三井寺の三門跡領も召し上げて、一色氏にその管理を命じた（『師守記』）。時の関白は二条良基であった。良基は八月二十七日に関白を退いたが、諸事、対応を迫られたであろう。幸い大事に到らず、八月初旬には一応の収束を見た（『後深心院関白記』）。なお、一条兼良の父、経嗣は同年に元服、翌年に従三位となっている。

ところが翌九月、南禅寺の新住持、定山祖禅が「続正法論」を著して天台宗を痛烈に罵倒し、山徒を激怒させる。応安元年（一三六八）閏六月二十一日、延暦寺は祇園社に対し、南禅寺の伽藍破却を命じた（『八坂神社文書』。『南禅寺史』上巻、法蔵館、一九七七年六月）。いわゆる応安の強訴事件の勃発である。延暦寺は朝廷に対し、邪教禅宗の停止と南禅寺破却を訴え、さらに春屋妙葩と定山祖禅の遠流などを求め、受容なければ神輿入洛の旨、恫喝した。

遂に八月二十八日、祇園や北野の二基を含めた計六基の神輿を奉じて強訴が断行された。「続正法論」執筆から一年後のことである。振り捨てられた神輿は通例に従って祇園社に収められた。要求が通らない限り、神輿が帰座しないことも通例どおりであった。十一月、朝廷と幕府は南禅寺の破却は認めなかったが、叡山側の要求を一部受け入れて定山祖禅を遠江国へ配流した。

状況は好転せず、翌応安二年（一三六九）四月二十日、山徒は大宮・二宮・三宮・聖真子の神輿計四基を奉じて入洛し、内裏付近に火を放ち、神輿を振り捨てて去った。神輿はまた祇園社に収められたという。朝廷は叡山の要求を認め、七月十一日、南禅寺三門の破却を命じた。完成目前で三門は破却され、神輿は帰座し、約三年に亘る強訴事件が終結した。その数ヶ月後の十一月には、兼良の伯父、二条師良が関白に就任している。

興味深いことに、『鴉鷺合戦物語』には定山祖禅の「続正法論」や山徒の奏上と通ずる文言が見出される。「続正法論」はまず禅宗が正法である由を述べ、次いで八宗は禅宗の一隅にも九牛の一毛にも及ばず、延暦寺などは七社の獼猴、園城寺は蝦蟇すなわち井の中の蛙、畜類として最も低劣である、たとえ禅院を撤却しようとも、蚍蜉の鉄柱を動かし、蟷螂の車輪に当たらんとするようなもので、身の程知らずの所行だと罵倒した。

八宗猶未レ及二吾宗之一隅一、何況以二四箇大寺一、比二吾門之宏大一者、則九牛一毛猶未レ足レ為レ有、（中略）特夫延暦寺之法師等者、唯為二七社之獼猴一、似二于人一而非レ人者也、（中略）復園城寺之悪党等者、独為二三井之蝦蟇一、於二于畜一尤劣者也、不レ見二大海之浩渺一、焉知二瑞龍之蟠所一哉、（中略）譬如三蚍蜉動二鉄柱一、復似三蟷螂当二車輪一矣（中略）貞治第六未歳無射上旬之比　副墨子洛誦孫等。

（辻善之助『日本仏教史』第四巻所収）

文中の「九牛一毛」「蟷螂当車輪」は、かの正素の住吉願書に列挙されている。もとより著名な慣用表現ではあるが、正素願書に一括して見えるのは偶然とは思われない。「蚍蜉動鉄柱」が蚊咬鉄牛の禅語に変わっている点も、いわば類似表現と見做せよう。

敵軍聳二山野一《ニ》、如レ雲似レ霞、曳レ楯靡《ヲナヒカシ》レ旗《ヲ》、不レ知二幾千万云数一《ク》、以二御方勢一《ヲ》比《ニ》レ彼、得《ル》二九牛ノ一毛一《ヲ》、而、正素、生二弓馬ノ家一《ニ》、憖《ニ》継二箕裘ノ芸一《ヲ》、雖三纔《ニ》成二蚊咬鉄牛勢一、恐ハ当《ンコトヲ》二蟷螂車輪一《ニ》、（文禄本）

この願書は『平家物語』巻第七の木曾願書に類似し（「彼の暴悪を案ずるに」「義仲いやしくも弓馬の家に生れて、纔に箕裘の塵をつぐ」「蟷螂が斧をいからかして降車に向がごとし」）、「蚊咬鉄牛」は歯の立たないことを喩える禅語「蚊咬二鉄牛一、難二為下レ口」という（沢井氏先掲書）。だが、正素願書の文言は木曾願書よりも「続正法論」に近い。作者はこの一連の資料を目にする機会があったと推測する。(10)

そうした視点から延暦寺の反論を検証してみる。応安元年（一三六八）、山徒は禅宗の跋扈「黒衣流布」を「烏鵲が官署に集まるごとく」「鵄鳶の枯林に嘯くさま」に喩え、すべて弘安以後に来朝した宋土の異類、蒙古の伴党だと弾劾、「神明仏陀悪二禅法一事」「武家殊不レ可レ被レ賞二禅宗一事」「任二嘉元寺例一急速可レ被レ撤二却南禅寺一事」の三箇条を奏上した。その口吻は『鴉鷺合戦物語』の表現や設定と近似する。

延暦寺三千大衆法師等誠惶誠恐謹言
請レ被丁特蒙二天恩一、因二準先例一、被レ立二勅使於武家一、速令丙撤乙却南禅寺以下禅院甲子細状
右大覚世尊之唱二成道一也、（中略）於レ是頃年禅法興行、黒衣流布、盈レ城溢レ墎、如三烏鵲之集二栢府一、結レ党成レ群、似三鵄鳶之嘯二枯林一、是則弘安以後、新渡之僧、来朝之客、皆是宋土之異類、蒙古之伴党也、（後略）

看過してはならないのは、中世において禅僧は黒衣、天台僧は白衣を着していたことである。これを官僧と遁世僧との区別だと解する説がある。(11)『鴉鷺合戦物語』の正素もまた天台宗延暦寺にして白衣、真玄は臨済宗南禅寺にして黒衣を象徴しているのではないか。

そもそも鵄鷺合戦は「烏鵲元年」の事件であった。真玄には鵄法橋が加担していたし、祇園林も右の一語「枯林」と無縁ではあるまい。真玄が「色々シキ物」であることは山徒の書状「神明仏陀悪禅法事」のうち、禅宗を「好淫乱凌他人」と誹謗したことばと重なる。

次の史料を披こう。山徒はなおも朝廷幕府へ三十一箇条を要求した。その第一条と第二条には梟や鵄が引用されている。第一条「以続正法論、徒構落書、不可閣之事」は「続正法論」を落書として放置すべからず、「鳳詔於海内、被求梟類於洛外」と主張した。第二条「続正法論出南禅寺事」には「鵄慢」の語が見え、梟や鵄が禅宗に喩えられる。他方、『鵄鷺合戦物語』では梟も真玄軍に加わり、自らの験力を誇っている。

第七条「南禅寺誇于武威、対于山門、成向背者、終加炳誡、可成灰燼事」では、南禅寺が山門に違背するならば焼き払うべし、「但如風聞者、常住之諸僧等、忽黒衣之上帯甲冑、遁世之身恣横利剣云云」と述べ、禅僧は黒衣に甲冑を帯びて武装していると糾弾する。これは真玄の黒ずくめの鎧姿と重なっていよう。

第十三条「顕密両宗外、雑行非法輩、為国土衰滅洪基、可被停止之事」や第二十五条「吾朝宗門者、更依違正法、證解人太少、得禅人者、多出自叡山事」は私に禅宗や念仏者を称する者の横行を指弾する。同様の批判は諸書に見られるが、『鵄鷺合戦物語』の後半、禅僧に対する正素の批判と通ずる。

就中、興味深いのは衣の色をめぐる文言である。第二十八条「非四ケ大寺黒衣禅僧等、不可被仰天下之御祈禱事」は天台宗の白衣の優位を説き、慈恵大師が勅命により白衣に改めたもので、黒衣の遁世の禅僧が天下の祈禱を行うなど呪詛に等しいという。

夫黒色者、生老病死之内、掌于死門、然間為五色之本、着用白色、可勵四海之安危之懇念云々、仍於当山者、忝依勅命、慈恵大師御時被改当時之白衣畢、因茲黒衣遁世之禅僧等、悉致天下之御祈禱者、還而

可レ為二海内之呪詛一事、

天台宗が白衣に改めたという記事は、元亀二年（一五七一）に定珍が著した『素絹記』四十六にも「慈恵大師之時、編衫黒衣《ハ》壊色故、不レ応二天子本命寺一、自レ今已後、改二壊色一、衆僧宜レ著二素絹衣一、云云」と伝わる（『大日本仏教全書』所収）。文中の「壊色」とは不正色である青、黒、木蘭の濁った色、また、この三色を用いたことから袈裟を指す。不正色の対義語は正色であり、青、黄、赤、白、黒をいう。

そこで思い合わされるのは、真玄の毀讃状「青、黄、赤、白、黒之中、多クハ賞二黒色《ヲ》一」の一節である。一見、正色が本来基づいた中国の五行思想を述べているようだが、実はその背後に黒白衣の争い、天台宗延暦寺と臨済宗南禅寺の闘諍史があったのではないか。「続正法論」と山徒の訴状は、文字通り、黒白の毀讃状なのである。

鴉鷺の出家について物語は「衣ハ鼠色ニシテ、非レ白《ニモ》、非レ黒《ニモ》、是黒白不二、鴉鷺一味ノ心ヲ顕スカト覚タリ」と語っていた。また、真玄の言に「ケニヤ、古ヘハ色ヲ隔シ間タナルニ、自他ノ衣一色ニシテ、鴉鷺心ヲ同ス、仏法僧ヨリノ返事ニ、真如一色也、誰カ論《セン》二黒白《ヲ》一、法身無想也、何分《タン》二善悪《ヲ》一ト候ツル、是ニテ候哉」とあり、両者は無二の伴侶となって善悪不二、邪正一如とばかりに修行に励んだという。

こうした展開は魔仏一如などの仏教思想と同一視されがちであるが、応安の強訴を考慮に入れるならば、思想面のみによって解釈し得るものかどうか、やや疑いが残る。ここには黒衣白衣の争闘から本来の壊色への回帰を暗示しつつ、どこか事柄から距離を置き、片笑みを浮かべるような作者の姿が仄見えるのではないだろうか。

正素は禅宗を「悲哉、当世ノ禅ヲ見ルニ、偏ニ地獄ノ業トノミ覚テ、弥欣求浄土ノ思ノミ進候」と断罪しつつも、それはあくまでも生半可な在俗の禅に向けた批判だと陳じた。この言は実際の世情を反映する一方、「五山之上」たる南禅寺や、五山に対する作者の配慮であったかも知れない。

このように、応安の強訴をめぐる一連の史料は『鴉鷺合戦物語』に巧みに応用されたと思われる。作品の成立圏には少なくともこれらを目にし、詳細に記憶に留めることのできた人物がいたに相違ない。

応安の強訴事件に対処したのは兼良の祖父や伯父であり、また父であった。兼良の弟、雲章一慶は、宝徳元年（一四四九）と寛正元年（一四六〇）の南禅寺長老であった。かつて市古氏が注目した太白真玄も南禅寺とゆかり深く、『峨眉鴉臭集』には太白の法弟、南禅寺第百十七世叔英宗播との交流が記される。そうであってみれば、「続正法論」や山徒の奏上の内容は、たとえば兼良が目にすることは極めて容易であったろう。

七　強訴と軍記

『太平記』の最終巻には、南禅寺と三井寺の騒動が書き留められている。いうまでもなく、応安強訴の一件である。

同六月十八日、園城寺ノ衆徒蜂起シテ、公武ニ致《ス》㆓列訴《ヲ》㆒事アリ。其謂ヲ何事ゾト尋ヌレバ、南禅寺為㆓造営《ノ》㆒、此比被㆑建タル於㆓新関《ニ》㆒、三井寺帰院ノ児ヲ、関務ノ禅僧是ヲ殺害ス。（『太平記』巻第四十「南禅寺與《トト》㆓三井寺㆒確執《カクシツノ》事」）

激昂した園城寺の衆徒は南禅寺に押し寄せ、行者に至るまで打ち殺した。なおも憤りは収まらず、強訴に及んだ。

南禅寺ヲ令《シメ》㆓破却㆒、達磨宗ノ蹤跡ヲ削テ、為㆑令《シメン》㆑達《セ》㆓宿訴《ヲ》㆒、忽《タチマチ》ニ嗷訴《ガウソ》ニゾ及《ビ》ケル。即《スナハチ》山門・南都へ牒送《テフソウ》シテ、四箇《カ》ノ大寺ノ安否ヲ可《キ》㆑定《ム》由、已《スデ》ニ往日《ワウジツ》ノ堅約《ケンヤク》也、何ノ余儀ニカ可《キ》㆑及《ブ》。一国ニ触訴《フレウツタヘ》テ、事令《シメバ》㆓遅々《チチセ》㆒、神輿・神木・神坐ノ本尊、共ニ可《シ》㆑有《ト》㆓入《ル》洛㆒訇《ノノシ》リケレバ、スハヤ、天下ノ重事《チヨウジ》出来ヌルハト、有《ル》㆑才《サイ》人ハ潜《ヒソカ》ニ是ヲ危《アヤブ》ミケル。

（同右）

公方の御裁許は容易に下らず、園城寺は「忿《イカリ》ノ中ニ日数ヲゾ送リケル」と一件は結ばれる。

『太平記』は続けて南都と山門との騒動を記し（「最勝講之時及《ブ》二闘諍《ニ》一事」）、将軍義詮の逝去と仏事を語る（「将軍薨逝事」）。大尾は「細河右馬頭自二西国一上洛《ノ》事」、細川頼之の執事職就任と中夏無為の代を言祝ぎ、「目出《メデタ》カリシ事共也」と語り収められている。

このように応安の強訴は『太平記』の成立にも影響を及ぼした。実際に世上に交わされた数多の書状は、軍記を生み出す基盤あるいは素材となった（牧野淳司「延慶本『平家物語』と寺社の訴訟文書――寺院における物語の生成と受容――」『中世文学』第五十二号、二〇〇七年六月ほか）。さらに軍記の書状は語り物や往来物としても切り出され、広く享受されていった。

そうした営為の中に、確かに『鴉鷺合戦物語』もあった。しかし、応安強訴という素材から見れば、その文学性は明らかに『太平記』と一線を画している。『太平記』が事件を書状のかたちでは取り上げず、経緯を淡々と語るのに対し、『鴉鷺合戦物語』はもはやそれとは見分けられぬほど巧みに架空の願書に転用し、物語の構成にまで利用した。応安の強訴という、いわば水脈を等しくする源泉から導かれた「軍記」でありながら、この点において両者は決定的に異なる。強訴の書状を直接に引く『神道雑々集』や、複数の文書から文言を引き写したと思しい延慶本『平家物語』の例などと比べても、『鴉鷺合戦物語』における表現の様相は著しく異なっている。(12)

このような差異は『鴉鷺合戦物語』が異類を以て寓意諷刺を述べる作であり、恐らくは貴族階級の知識人の手になることと深く関わっていよう。そうした文学的営為の位置を考える時、『鴉鷺合戦物語』の次の文言は示唆的である。

道たがふときんば文を以てこれをたゞし、敵起こるときんば武を以て是をたゞしくす（中略）然ども、澆季にくだりて、文いたづらに廃れ、武みだりに振るう、（古活字版『鴉鷺合戦物語』冒頭）

或ハヲコリ、或ハ僻テ、涯分ニ迷ヘリ、何真玄カ鳴呼《メイコ》ニ異ナラン、仍、鳥道ノ跡《アト》ナキ事ヲ注シテ、人世ノ誤アル

事ヲ示ス而已、

（文禄本末尾）

『鴉鷺合戦物語』の作者は、あくまでも文を以て世にあろうとしていた。

本作については、戦争の実感の薄さや、抗争に対する嫌悪や批判を論拠に、成立を応仁の乱の直前（一四六六〜六八）と推測する説がある（沢井氏先掲書）。しかし、乱世の実感が希薄だとしても、それは実体験の有無とは別に、手元の材料をいかに駆使して物語を紡ぐか、そこに作者が腐心専念したためではないか。生々しい書状を前にしても、それを換骨奪胎して新たな物語を描こうとすれば、作者と素材との間には自ら距離が生ずる。その距離は、乱世を生きた知識人にとって慰撫ともなったろう。ひいては文学という営為の普遍性にも繋がる一要素なのではなかろうか。応安強訴の書状群に接しながら、類いまれな筆力を駆使して、『鴉鷺合戦物語』の作者は争闘の日々を文飾した。乱世を映したその筆は、厭世的というよりむしろしたたかでさえある。

注

（1）『源平盛衰記』の引用は「古典資料類従」（勉誠社、一九七七年十月〜七八年八月）による。『平家物語』諸本は岩波新日本古典文学大系、『延慶本平家物語』（勉誠社、一九九〇年六月）、『平家物語長門本延慶本対照本文』（勉誠出版、二〇一一年二月）等を参照した。

（2）男性に靡かぬ中鴨の姫は賀茂の斎院を連想させる。『今鏡』「ふぢなみの上・宇治の川瀬」には祇園の女御のほか「賀茂の女御」姉妹の名を記す。

（3）小著『異類の歌合　室町の機智と学芸』（吉川弘文館、二〇一四年四月）参照。和歌の引用は、原則、新編国歌大観による。

（4）「つくれる」「小田」は『万葉集』巻第十六・三八五六番「婆羅門《ばらもに》乃《の》作有流《つくれる》小田《をだ》乎《を》喫《はむ》烏《からす》瞼《まなぶた》腫而《はれて》幡幢《はたほこ》尓《に》居《をり》」による。一首は正素の毀讃状に所見。また、烏と鷺双方の寄合に「森」を挙げる点、『鴉鷺合戦物語』「森林ハ、鴉鷺、兼帯ノ地モ可レ有」という一文と合致する。

（5）『本朝無題詩』巻七に「蔦蘿百尺林嶺老」（暮春山家眺望・釈蓮禅）が見える。

（6）漢籍の引用は『本朝文粋』（岩波新日本古典文学大系）、柿村重松『本朝文粋註釈』（冨山房、一九六八年九月）、『白孔六帖』（上海古籍出版社、一九九二年五月）、『集千家注批点杜工部詩集』（天理図書館善本叢書、一九八一年三月）、『白氏文集』（京都大学人文科学研究所、一九七一～七三年）、本間洋一『本朝無題詩全注釈』（新典社、一九九四年五月）等による。

（7）藤原基俊は長楽寺で「春伴二鴛鸞一遊二古寺一 煙霞深処感深衷」と詠じた。「潤色両三年裡趣 鵷鸞幾許列二多賓一」（藤原実範）、「蕭寺幽深形勝伝 暫交二鸞友一掃二苔莚一」（菅原是綱）等々が散見。

（8）『鴉鷺合戦物語』所見の筆「鶏距」は『雲州往来』「捧物筆百管」状に見え、名器の琵琶「大鳥」「新白象」は承久二年（一二二〇）三月二日『順徳院御琵琶合』に所見。

（9）忠度には津守を掛詞とした詠歌「たのめつつ日かずつもりのうらみてもまつよりほかのなぐさめぞなき」もある（『忠度集』）。『鴉鷺合戦物語』の鵜越後守の道行きは『平家物語』「海道下」からの着想か。

（10）第二十七条は「法臈を超えて着座する」禅宗を批判する。「鷺序」の対極といえよう。

（11）松尾剛次「黒衣と白衣」（『春秋』三四二号、一九九二年十月）、同『日本中世の禅と律』（吉川弘文館、二〇〇三年十月）、牧野和夫「「黒衣」僧をめぐる一、二の問題」（『延慶本『平家物語』の説話と学問』思文閣出版、二〇〇五年十月）等参照。なお、五行思想から白・黒、赤の勝劣を説く「坂東落書」（『源平盛衰記』巻第二十四）も注意されよう。同落書は「治承」という「水」を有した年に平家が滅亡すべき道理も語っている。

（12）牧野淳司先掲論文、同「『天狗草紙』延暦寺巻の諸問題――延慶本『平家物語』延暦寺縁起の考察に及ぶ――」（『金沢文庫研究』第三〇四号、二〇〇〇年三月）、佐々木雷太「応安元年の延暦寺強訴と『神道雑々集』」（『唱導文学研究』第五集、三弥井書店、二〇〇七年三月）、同「『太平記』と応安強訴事件――『神道雑々集』の窓から――」（『唱導文学研究』第七集、三弥井書店、二〇〇九年五月）等参照。なお、鈴木彰「戦争と文学」（『日本文学史』吉川弘文館、二〇一四年十一月）は室

町物語が再生産した「架空の戦争」譚についても概観し、その意義を論じている。

「御台」の気概
——武家に生きる礼法——

榊原千鶴

一　はじめに

十五世紀後半、京の都を主戦場に繰り広げられた内乱の原因を、『応仁記』は女性の政治参画に求める。

其趣叛《ハンヲ》尋ルニ、尊氏将軍五世之孫大樹義政公、号慈照院殿、天下ノ成敗ヲ管領ニマカセス、御台所・香樹院・春日《ノ》局ナト云テ理非ヲモ不弁、公事ヲモ知セ玉ハヌ青女房・僧比丘尼達ノ計ライトシテ、酒宴婬楽ノマギレニ申沙汰セラレシカハ、只今マテ贔屓ニツノリテ論人ニ申与シ所領ヲモ、又、耽《フケリ》二賄賂《ワイロニ》一訴人ニ理ヲ付。又、奉行処ヨリ本主安堵ヲ給レハ、御台所ヨリ恩賞ニ行ハル。

（宮内庁書陵部蔵本『応仁記』(1)）

ときの将軍足利義政が、政務を管領に任せなかった結果、物事の道理も弁えず、公事も知らない御台所の日野富子はじめ未熟な女性たちが、混乱を招いたとする。そして彼女たちの行為を、「口入」として批判するのである。

今此比、天下ノ世務ハ色ヲ重シ、欲心ニ耽《リ》、情ヲ捨テ、恥ヲ不知故ニ、忠アル者モ罰ニ行レ、科アル者ニモ賞ヲ与ヘラル、故ニ、御台所ノ御口入トタニモ云ハ、諸大名モ忠ナキヲ挙《ケ》レ賞、奉行人モ理アルヲ非トセリ。浅猿ト云モ猶有レ余者歟。

（同前）

『応仁記』は、政における秩序の喪失により、論功行賞が適切に行われなかったことを挙げるわけだが、留意したいのは、御台所の富子が恩賞として所領を与えた行為そのものは、否定していないことである。恩賞を与える権限は、御台所にも認められていた。富子を非難したのは、奉行所による本主安堵の権限と御台所の権限とが、対立する関係になったからである[2]。

かつて鎌倉幕府の創業時、朝廷より「二位」に叙され、その高位をもって朝廷との交渉にあたり、「二位家」として将軍と同等の決定権によって幕府を維持した北条政子もまた、論功行賞の権限を有していた。富子のみが特別だったわけではない。御台が政治に参画する権利は、鎌倉幕府と同じく室町幕府でも認められていた。さらに、正式な公務という点では、女房による申し次ぎも同様で、適正に行われている限りは、それを政治への介入として非難するのはあたらない。

むしろ、有力な守護大名と側近らとの対立による政治的混乱を前に、積極的に事態の収拾にあたることのなかった義政の懈怠こそ、まずは問われるべきである。にもかかわらず『応仁記』は、『書経』の「牝鶏は晨《あした》する無し。牝鶏の晨するは、惟れ家の索《つ》くるなり」を引き、女性が政治上の権限を振るうのは国家衰退の前兆であると説く。あるいは、『史記』や『列女伝』で知られた紂王の妃、妲己の名を挙げ、紂王が彼女のことばを用いたことが殷の滅亡に繋がったとして、御台富子をはじめ政務に関与した女性たちを指弾する。

現実の騒乱を、慣用的なことわざや歴史上の先例に引き当て、枠にあてはめるありかたは、個別具体的な実態を覆い隠してしまう。室町期、武家に生きる女性たちはどのような役割を果たしたのか。本稿は、おもに礼法の確立という観点から、女性の政治参画の一端を明らかにするとともに、その歴史的意味を考えるものである。

二　礼法の確立

文明十年（一四七八）八月、車の下簾を織らせたいと考えた御台富子は、御台付きの女房の民部卿局に命じて奉書を書かせ、寸法や文様を広橋兼顕に尋ねさせた。『兼顕卿記別記』同月十六日条には、そのやりとりが記されている。車の下簾を織らせようとしたものの、丈はどれほどにすれば良いか。見本となる下簾は、諸家のどこにも見当たらない。兼顕が持参した下簾も短いように思われるので、いましばらく他も探し尋ねるように、というのが御台の意向であるという。

たとえば日高真吾は[3]、室町前期から中期にかけての車の使用に関して、二つの事例をもとに、公家と武家社会での位置づけを推測する。ひとつめは、二代将軍足利義詮の将軍宣下時の模様を記した『寶篋院殿将軍宣下記』延文三年（一三五八）十二月二十二日条である。同条によれば、車を用いたのは義詮のみで、鎌倉公方や管領家は輿を用いている。このことから、使用者の地位により、車と輿には明確な順位が設けられていたとする。

ふたつめは、三代将軍足利義満の直衣始の記録『鹿苑院殿御直衣始記』康暦二年（一三八〇）一月二十日条である。「次御車。〈半蔀。今日御直衣始之次被用網代。始之間被用此御車。是又准后御計〉[4]」との記載から、武家では重要な儀式に車が用いられていたと推測する。ここでの「准后」は、摂政関白の地位にあり、博学多識で知られた二条良基をさす。義満が天皇より直衣姿での参内を許された晴れの日であることから、有職故実に通じた良基は、網代車での出仕を指示したわけである。

室町中期から後期にかけて、車は公家や武家の乗物として用いられた。だが、この二例はいずれも儀式の折の記録であるため、日常的な乗物とされていた根拠とはならない。日高は、応仁の乱による畿内の社会的混乱のなかで宮中行事が途絶え、車の使用もまた急速に衰退していったとする。下簾の調達に苦慮する御台富子の動きは、日高のこうした推測を裏付けるものと言えよう。

多くが灰燼に帰した都にあって、失われた調度類をすぐさま整えることは、御台をもってしても困難だった。そこで八方手を尽くし、見本となる下簾を探し求めるよう命じたのである。問うた先が、朝廷の実務に携わり、当時は武家伝奏として公武の調停や世の復興に力を注いだ兼顕であったことにも留意したい。政治的に重要な地位にある兼顕に命じてまで、なぜ御台は下簾の調達にこだわったのか。それは、先例に関する知識と資料を有し、常に説得力のある根拠を示すことの重要性を、彼女が理解していたからである。「武」の力でひとまずの安寧が取り戻されたとしても、それだけではたりない。将軍家の権威の維持に、故実の集積と確立は欠かせないと考えたのである。

礼式礼法の確立に積極的な御台の姿勢は、次の天理本『女訓抄』にもうかがえる。

一、御うわかきの事、むかしは大かた、わか身とうはいにも、又は、おとといなとにも、参る、とかきて候。ちかきころ、いろ〳〵の御さための候し時、御あつかい候し、めうせんゐん殿は、また御わかゝりし時、御いまいりの御つほねと申て候は、大たちとのゝ御女にて候、申さためられけるとやらん。御しうへは、御ひろう一けのしう、おやかたなとへは、申給候、又、その下、上らうへは、ちうらうのかたより、申給候、上らうよりは、参る、にて候。上らふの御なかは、参るへし、大上らふへは、こ上らふは、参るへし、返事は、参るへし、はかりにて候。むかしは、参る、か、あかり候て、参るへし、か、とうはいにて候つるを、それは、ひか事とて、なをされて候。

（天理本『女訓抄』[5]）

天理本『女訓抄』とは、美濃部重克[6]によれば、十五世紀末から十六世紀初頭に成立した「上流の限られた世界の女性の生活に密着したところで発想された女訓の書」であるという。「王朝風の生活を志し、しかもそれを実践することの可能な位置にいる女性たちにとっての、いわば〈うちうち〉の話題が載せられている」とその特徴が説かれている。富子の時代、彼女とその周囲で醸成された規範創造の気運を知る上で貴重な資料といえる。

さて、その天理本『女訓抄』がここで取り上げているのは、書状の上書き、宛名の書きかたである。「ちかき頃」、いろいろの礼法を新たに定めた際に、それを取り仕切ったのは「めうせんゐん殿」であるという。「めうせんゐん」とは、明応五年（一四九六）逝去の折に「妙善院」の法名を贈られた御台、日野富子のことである。けれど富子がまだ若かった時代には、大館氏の娘である「いままいりの御つほね」が、それ以前の書きかたを訂正することで定めたという。

「いままいりの御つほね」とは、義政の乳母として幼いときよりその傍らにあり、側室としても寵愛された大館満冬の娘をさす。守護代の人事をめぐっての義政母、重子との対立でも知られる今参局は、富子が初めて懐妊した子が出産直後に亡くなった際には、嫉妬による調伏を疑われ、義政から流罪を言い渡されるなど、足利将軍家の家政において権勢を振るったことでも知られる。その今参局が、宛名の書きかたを定めたという。

すでに田端泰子の指摘するとおり(7)、当時の幕府において、女房の最も重要な職務は申し次ぎであった。女房奉書の執筆および将軍や御台の御文を代筆したり披露する役割の性質上、女房は政治に深く関与し得た。室町時代の故実家、伊勢貞陸が記した将軍家の女房向けの故実書『簾中旧記』も、ここでは上書きの書きかたを冒頭に置く。伊勢貞丈の識語によれば、同書は富子の時代の礼法を記録したものという。足利家の家政を預かる女性たちにとって、申し次ぎに関わる礼法の制定が、いかに重要視されていたかが想像できよう。それは公的に認められた女性たちによる政治参画に関わるものであり、将軍家の女性たちならば、当然心得ておくべき必須の教養であった。

今参局が追われ、重子が世を去った翌年の寛正五年（一四六四）、紀河原で義政主催による猿楽興行が行われた。このとき富子は、神の座敷を間に義政と左右の席に並び、大名、公家、そして多くの庶民とともに猿楽を鑑賞した。それは、芸能の興行であると同時に、御台として義政とともに足利将軍家の為政的立場にあることを、内外に広く示す象徴的な儀式でもあった。御台としての自覚をもった富子は、礼法の確立が、将軍を中心とする儀礼的秩序の再興に不可欠と考えたのである。

　富子による礼式の制定は、次にひく『身のかたみ』にも認めることができる。

> 三五、御ふくとり中物をば、一かさねなければ、かたでにうちかけていで、給はる人のみぎのかたにうちかけて、いだす物にて候。一かさねともあるをば、四にたゝみて、みぎの袖をうへになされ候て、わきの下をしばり、とぢてをかれ候。廿がさねまでは、ひろぶた一にすへて候べく候。めうぜんゐん殿、このまき物を御らんじて、いづくもよて、さりながら、いにしへこそ、さ、ありげに候へ。今は、くこんなどのついでに、とりあへぬこそ、かたにもかけ候へ。たとひ、一がさねなくとも、くだされんになり候て、一なりとも、ひろぶたにすへても、くるしからず候。又、十がさねより、おほくすへれば、ひろぶたもち、くるしかるべし。ちか比、武衛のくわんれいの御とき、御あわせ、四十がさねまいることあり。それは、十がさねづつ、四のひろぶたに、すへられし、おは《（ママ）》せごと候ほどに、十がさね、大かた、たうせいのさだまりかとおぼえ候。
>
> （『身のかたみ』[8]）

風俗・儀式・作法に関する女性向け教訓書である『身のかたみ』は、衣服を被けものにする際の作法を記す。先例に対して富子は、衣服の多寡にかかわらず、広蓋に載せても構わないと、新しい作法を定めている。

　このとき富子が参考としたのは、「武衛のくわんれい」の事例であった。武衛管領とは、幕府の重鎮として足利義満、義持、二代の将軍を補佐した守護大名、斯波義将をさす。富子は、武家の教訓書『竹馬抄』の著者としても知られる義将が定めた作法をふまえながらも、いまにふさわしい方法を提案する。「いにしへこそ、さ、ありげに候へ。今は」という口吻には、過去の伝統はそれとして認めながらも、これからは、と、新たな規範の確立をめざす意気込みが感じられる。御台富子は、後の世に参照されるべき新たな伝統を、いまここから興そうとした。

こうした試みは、瓦解した幕府の権威の再構築に、文化の側から寄与する策といえる。糺河原での猿楽興行で、義政と相並び、将軍家を担う存在と内外に示した富子による政治参画を、単に女性の政治介入、「口入」として非難すべきではない。周囲も御台の政治参画を認めていた。『応仁記』が、戦乱の元凶を、表層的かつ画一的に女性の「口入」に求めたとしたなら、そうした歴史叙述のありかたは改めて問われるべきだろう。奉行所と御台所とに権限の対立が生じたとしても、御台のみを一方的に批判するのはあたらないはずである。

二木謙一によれば、室町期の武家社会では、それ以前の武家故実にとどまらず、典礼・坐作進退・衣紋・書札礼をはじめとする故実の習得が求められたという。「室町幕府の確立による武家の社会的地位の向上とともに、将軍のみならず武家衆らにもその身に応じた諸作法が要求され(9)」たのである。将軍家は、公家が営々と築き上げてきた礼法を取り入れながら、新たな規範を確立することで、将軍家としての権威の創出をめざした。

いっぽう将軍家に連なる武家も、積極的にそれらを取り入れることで、自家の権威の創出に与する。二木は、応仁の乱を機に芽生えた自意識の存在およびその向上が、武家社会においては儀礼の形成として現れたと指摘する。「その自意識の向上は、より文化的教養を求め、中央文化を吸収するとともに、ひいては、自らを中心とした儀礼を形成していくことになった(10)」とし、たとえば故実家としての伊勢氏登場の背景に、こうした文化吸収の意欲を認める。伊勢氏の規範は、中央から地方へと伝播し、礼法を介しての権威の構築が地方でも図られていくのである。

三　礼法の伝播

時代は下るが、武家の娘の輿入れに際して記された女訓書『幻庵覚書』を通して、地方における礼法の位置づけを考えてみたい(11)。

『幻庵覚書』とは、小田原北条五代の時代を生きた北条幻庵（一四九三〜一五八九）が、永禄五年（一五六二）北条氏康の娘（後の鶴松院）が吉良氏朝に嫁ぐ際に与えた二十四ヶ条からなる女訓書である。すでに七十歳を迎えていた幻庵は、当代を代表する文化人として、また、箱根権現第四十代別当として、長年培った学識や教養をもとに、嫁ぐ女性に、婚家での心構えや気遣いを懇切丁寧に説く。次に引くのは、贈り物を下賜する際の注意事項である。

一さい下ての人に御つかい候こそて、ひろふたにハすへ候ハぬ物にて候。たとへて申候。くほうさまより、三くわんれいはしめ、めん〳〵にくたされ候も、ひろふたさた候ハす候。御一そくの御かた、きら殿、石はし殿、しぶ川殿なとへ、御ふくまいらせられ候つる時も、ひろふたハいて候ハぬよし、いせのひつちう物かたり候。そう二なとハ、きんしゆ候へハ、見およひ候つるとて候。くけ衆御けらいへも同事とて候。みのとき殿にて、さるかくニいたされ候こそてを、れん中より、ひろふたにすへていて候時、ほうこうのきよう衆（ママ）はらい候つると、そう二物かたり申候。ついてのさいかく御心へ候へく候(12)。

下手の人に与える小袖は、広蓋には載せないものである。前例を上げると、足利将軍の公方様が、三管領をはじめ、主立った人々に小袖を与えなさるときも、広蓋は用いられない。御一族の方々、吉良殿、石橋殿、渋川殿などへ御服を下賜なさる時も、広蓋は用いられない由、伊勢の備中が話していた。そう二などは近習として伺候し、そうしたやりかたを見覚えているということである。公家衆がご家来衆になさるのも同様である。美濃の土岐殿のところで、猿楽の演者に与えられる小袖を、簾中より広蓋に載せて差し出したとき、仕えていた京衆は、そうしたやりかたを笑った、とそう二が話してくれたことがある。こうしたことのついでの才覚として、心得ておくのが良い。

ここに登場する「伊勢の備中守」とは誰をさすのか。候補の一人として想定されるのは、室町期、将軍家の礼法を仕切っていた伊勢家の「備中守」こと伊勢貞陸である。文明から永正期にかけて、政所執事、御供衆を務め、『簾中旧記』『嫁入記』『よめむかへの記』といった女性向けの故実書、教訓書を著したとされる貞陸であれば、幻庵が典拠を求めるのにふさわしい。

かつて田端泰子は、いずれも著者は伊勢氏と推定した上で、『簾中旧記』と『大上臈御名之事』女訓書二書について、ともに読者は女房であるとしつつも、前者は女房衆の階層ごとに守るべき慣習が書かれており、「義政、富子時代の将軍家の女房の心得書として書かれたものである」とするいっぽう、武士の家の女房に関する記載も見られる『大上臈御名之事』は、「室町期の将軍家から国人領主までの上層武家社会一般を念頭に置きつつ、女房の心得として記されたもの」と位置づけた。(13) 対象者の階層に応じての心得や振る舞いかた、あるいは、嫁入り、嫁取りといった儀式に際して、故実や作法に関する知識を有し、集積し、後の時代にも典拠を示すことができる家として、伊勢氏はあったと想像できる。

女性に向けての教訓に留まらず、たとえば伊勢貞陸は、大内義興の求めに応じて、永正六年（一五〇九）、将軍補佐役として必要な作法を五十五ヶ条にわたって答えている。その問答は『大内問答』として今に伝わる。義興亡き後、跡を継いだ義隆が、三条西実隆との間で行った朝廷の諸事に関わる質疑応答は、『多々良問答』としてまとめられ、大内氏が京の知識人を介して有職故実の知識を自家に蓄積していったことが知られる。

たとえば三条西家と有職故実をめぐっては、『幻庵覚書』の亥子餅の行事の由来を説いたくだりに次の一節を見る。

一、いのこのもちゐの事、きんねんおたハらに、しか〳〵と御いわゐ候ハぬまゝ、やうたい人わすれ候。されともきゝおよひ申候ふんハ、御まへゝまいり候四はうの上につミたるもちを、一つつゝ御はさミ、ちやくさのめん〳〵衆ハ、三くわんれい山名・一色以下のかた〳〵へ被進候。其後たれにても、御ともしゆ御せんをもちて、御とをりへいてられ候て、しこうの御ともしゆ・きんしゆのしゆへ、いたさるゝよし承候。国々にある大めいハ、代官をのほせ、はいりやう候。大裏の御やうたいをも、西殿へ尋申候。当関白さいせんにはいりやう候て、したいに大なこんまてはいりやう候。これハ女房しゆのいたさるゝ、とみえ候よし、御物かたり、しか□ハ、御いわゐ候ハん時ハ、上らふへハしきにハさミて、まいられ候へく候。中らうへハ上らふはさミ候。いたされしかるへく候。おもてハ、おもてにての御いわゐにて候へく候まゝ、中事なく候。

幻庵は、亥子餅のことは、近年、小田原ではしかるべきお祝いをしないままで、その様態を人々は忘れてしまっているので、私が聞き及んでいることをあなたにお知らせしておこう、として、作法の知るところを記す。すなわち、亥子餅の儀式の際は、四方の上に積み上げた餅をひとつずつ挟み、そこに着座している面々、三管領、四職である山名氏、一色氏以下のかたがたへ差し上げる。その後、誰でもお供衆が御膳を手に、進み出て、伺候しているお供衆や近習衆へ差し上げるものだと伺っている。在国中の大名は、かわりに代官を上洛させて、この亥子餅を拝領させている。そこで、内裏での儀式の様子を、西殿に尋ね申し上げたところ、当関白が真っ先に拝領し、その後に大納言の方々までが拝領する。配る役割は女房衆が担当するものである、とのお話であった。亥子餅の祝儀は、上臈へは直に餅を挟んで差し上げ、中臈へは上臈から餅を挟んで差し上げる。これは表向きの祝儀であり、聞いたところをそのまま申したのである、と説明する。

諸大名や伺候している者たち、さらに儀式にあたって女房たちが果たすべき役割や作法までもが細かく決まっていたことが知られるわけだが、こうした中央での晴れの儀式に関する故実を、武家に輿入れする女性に向けて、幻庵が書き留めていることに留意したい。そうした行為は、儀式の折の作法がいかに重要視されていたかを物語るとともに、こうした中央での儀式の延長線上に、地方の武家の作法も形成されていったことを推測させる。

ところで、ここで内裏での作法を問うたのは「西殿」であった。「西殿」とは、三条西実隆の孫にあたる三条西実枝をさすと考えられる。かつて北条氏康は、自詠の百首歌を京に送り、三条西実隆に合点を請うたことがあり、後に実枝も、北条氏の城下である小田原を訪れ、和歌を詠むなど文化的交流のある間柄であった(14)。中央文化への憧れ、中央での礼法を尊重し、有職故実を学び、それをもって自家の権威化に利用する。先の、礼法を弁えない土岐氏が京衆の失笑を浴びたように、有職故実の知識は、必須の教養であり、時には他家との差異化を図る重要な要素でもあったことが知られる。

なかでも嫁入りは、女性がそれまでとは異なる環境のなかにひとり身を置くことである。実家と婚家との文化的環境の違いに戸惑うことも当然ありえる。そのとき、知識は単なる知識に留まらず、日常生活を営む上での心構えや気配りへと活かされ、夫や婚家の人々との円滑な人間関係の構築や、日々の安寧に資することが期待される。嫁いだ女性には、婚家の習慣や作法に慣れ親しむことが求められるいっぽうで、公家の女性が武家へ嫁ぐ場合には、中央の文化の吸収が図られ、嫁により持ち込まれた作法が、以後、婚家の伝統となっていくこともあり得た。いずれにおいても、女訓の重要性が想像できよう。

四「今の時をこそ、又めでたきためしに」

ところで、伊勢氏と将軍家は、義政の養育にあたった伊勢貞親夫婦との結びつきという点でも見逃せない。寛正元年（一四六〇）より政所執事を務めることで、幕府において権力を持ち得た貞親は、義政の「御父」、貞親の妻は「御母」と呼ばれた。糺河原での猿楽能の折り、守護大名らに混じって列座にその名を見る女性は、富子の他には貞親の母と妻だけだという(15)。義政と富子にとっていかに身近な存在であったかが想像できよう。

なかでも貞親の妻は、室町幕府の政所執事伊勢氏の被官として、政所代を歴任した蜷川氏の出身である。田端によれば、蜷川氏の女性たちは、伊勢氏、細川氏、斎藤氏といった同階層と婚姻、あるいは、将軍家の近くにある女房づとめ、いずれにあっても将軍家との主従関係の強化と政所執事代としての家職の継続に大きな役割を果たしたとされる(16)。女房たちが、将軍家や上層の武家での作法や心得に通じていたことは、前述の女訓書にも明らかである。

「蜷川家文書」の調査分析を通じて、軍記物語の享受の諸相や環境を論じる鈴木彰(17)は、蜷川家が行った古典籍の書写や書籍管理の動きに言及する。義政の生母である日野重子と蜷川家の間で「三代集」のやりとりがあったこと、蜷川家では、『平家物語』『太平記』といった軍記物語の書写に留まらず、『源氏物語』や歌集、歌論書の書写や管理が行われ、さらに文学作品を対象とした訓詁注釈の営みまでも行われていたことを指摘する。こうした文化的環境のもとで生育した蜷川氏の娘が、やがて伊勢氏に嫁ぎ、御台の身近にあった。女房づとめに必須の知識、教養のみならず、妻として、夫とともに教育的側面からも家職の維持と継続に力を尽くしたことが想像できる。

女性が政治に関わることは、決して特異な行為として非難、排斥されるものではなかった。応仁の乱により瓦解した都、幕府の権威、そうした危機的状況下にあって、新しい時代の到来を願い、秩序の再構築を図ろうとした女性たちはいた。「女人政治」が可能だったのは、それを支える知的、文化的基盤があり、実態として機能する制度と人材が確保され、そして彼女たちの政治参画を良しとする人たちがいたからである。

田端は、[18] 富子が政治、経済の両面で最も力を発揮した時期を、文明六年（一四七四）から乱終結の文明九年（一四七七）頃とし、多大な私財を投じ、天皇家と将軍家、公家と武家、ふたつの支配階級の存続に力を尽くしたこと、さらに、公家の子女を猶子とする保護者でもあったことを指摘する。そして、こうした政治姿勢により、理想的な「御台」として、長く敬慕の対象になり得たとし、明応五年（一四九六）五月、富子の訃報に接した三条西実隆の次の記事を、彼女の死を悼むものとして引く。

諸人仰天言語道断之次第也、今年五十七歳歟〈或人云、五十九歳真実之甲子云々〉、富余金銭貴同后妣、有待之習無常刹鬼之責、不遁避之条可嘆可嗟矣。（『実隆公記』明応五年五月二十日条）

后妣に並ぶ財力が、朝廷を支え、公家を支援するものであったことを、同じ時代を生きた人々は十分に理解していた。なかでも一条兼良は、当代を代表する知識人であると同時に、娘が猶子として富子に迎えられ、保護されるなど、公家にとっての彼女の存在の大きさを身近に実感する人物でもあった。その兼良は、富子と義政の子で第九代将軍となった足利義尚に向けて、修身書『文明一統記』や、文明十二年（一四八〇）には政道書『樵談治要』を記すとともに、同じ頃、富子に向けても教訓書『小夜のねざめ』を書き与えている。

兼良は、『樵談治要』において、「一　簾中より政務をこなはるゝ事」という一項を設け、すでに将軍の職にあった義尚に、日本は「女のおさむべき国といへり」として、女人政治の妥当性を説く。ここで近い時代の事例として挙げられるのが、北条政子である。

ちかくは鎌倉の右大将の北の方、尼二位政子と申しは、北条の四郎、平の時政がむすめにて、二代将軍の母なり。大将のあやまりあることをも、此二位の教訓し侍し也。大将の後は、一向に鎌倉を管領せられて、いみじき成敗ども有しかば、承久のみだれの時も、二位殿の仰とて、義時も諸大名共に廻文をまはし、下知し侍りけり。貞観政要と云書十巻をば、菅家の為長卿といひし人に、和字にかゝせて、天下の政のたすけとし侍りしも、此二位尼のしわざ也。かくて光明峯寺の関白の末子を鎌倉へよび下し、猶子にし侍りて、将軍の宣旨を申なし侍り。七条の将軍頼経と申は是也。此将軍の代、貞永元年に五十一ヶ条の式目をさだめ侍て、今にいたるまで、武家のかゞみとなれるにや。されば男女によらず、天下の道理にくらからずば、政道の事、輔佐の力を合をこなひ給はん事、さらにわづらひ有べからずと覚侍り。（『樵談治要』(19)）

朝廷と対峙するに至った承久の乱、鎌倉幕府にとって最大の危機に臨んで、政子の行動が御家人の人心掌握に大きな影響を与えたことはよく知られている。数々の苦難を乗り越え、幕府の存続に貢献した政子を思えば、男女の別は問題ではない。「天下の道理」に明るければ、女性もともに政を行う補弼者としてあることに支障はない。将軍の妻であり母であるという共通項により、政子の姿は容易に富子に結びつく。兼良は義尚に向けて、母御台による政治への関与を受け容れるよう説いている。

いっぽう富子に与えた『小夜のねざめ』にも、政子の業績に関わる類似のくだりがあり、富子に向けては政子のようであれ、と説く。『小夜のねざめ』は政子のくだりに続けて、「されば女とてあなづり申すべきにあらず」とし、女性だからといって、見下し、軽んじるべきではないと説く。さらに、次の一節をみることで、両書いずれにあっても重要なのは、「道理」であり、式目に則った政を行うことであった。

又才学いみじくて、から大和のことを知たる人も、それによりて、心のよき事は有まじき也。たとひなにもしらぬ人にてありとも、をのづから道理をしりたらんぞ、学文したる人とは申侍べき。いかに才学ありとも、道理にそむきたらん人をば、学文せぬ人と申べしとこそ、孔子も仰られけれ。北条時政より九代にもちたることも、すべて才学のすぐれたることはなかりしにや。わづかに貞観政要、御式条などいふ物ばかりを覚て、私なくをこなひ侍しほどは、すべて国もしづかに、世もめでたくぞ侍し。（『小夜のねざめ』）(20)

たいせつなのは、天下の道理を弁え、武士政権が制定した基本法としての式目を遵守し、政に与ること、為政者を輔佐することである。政権の維持に、式目という法規は不可欠との言及が繰り返しなされている点にも留意したい。

そして確認すべきは、こうした女人政治への理解が、次に記す『樵談治要』の奥書を通して、富子の夫で義尚の父、第八代将軍義政にも共有されていたことである。

自㆓大樹㆒政道詮要可㆓書進㆒之由示給之間、暫雖㆑令㆓斟酌㆒、及㆓度々㆒有㆓御催促㆒、仍此一巻書㆓出之㆒。文明十二年七月廿八日進㆓覧之㆒。奏者伊勢二郎左衛門尉也。其後以㆓御使㆒示給云、被㆑進㆓准后御方㆒之処、有㆓御一覧㆒被㆓褒美申㆒、能々可㆑被㆑守㆓此法㆒之由被㆑仰之間、一段令㆓祝着㆒給者也。同者外題可㆓書進㆒云々。則書㆑之付㆓御使㆒令㆓返進㆒訖。頗可㆑謂㆓眉目㆒者也。（『樵談治要』）

義政は、兼良が謹呈した本書を一覧し、それを褒め、書かれた教訓の遵守を義尚に求めた。もちろんそこには、女人政治の妥当性への了解があった。

政治に関わる上での学び、道理を知ることは不可欠である。けれどそれは、女性の政治参画を肯定した上での戒めである。『応仁記』が内乱の原因を挙げるに際に用いた『書経』「牝鶏は晨《あした》する無し。牝鶏の晨するは、惟れ家の索《つ》くるなり」にみる認識をそのまま受け容れ、女性による政治への関与を否定するありかたとは明らかに異なる。

武家政権の始発である鎌倉幕府において、二位殿政子は幕府の存続を担う重要な存在として力を発揮した。政子を先例として、将軍家の御台は、政が正しく行われることに与する存在としてある。そうした認識を共有する者たちに囲まれ、支持された富子は、将軍家のために力を尽くそうとした。打ち続く戦乱の果てに、富子は御台として、自らの手で新しい時代を招来し、世の安寧を図ろうとした。そのとき彼女が取り組んだのが、秩序再興としての礼法の制定、確立であったと言えないか。武家政権の維持に式目が不可欠であったように、儀礼や日々の生活をつつがなく送るための礼法の重要性を、御台は思ったのである。

兼良は『小夜のねざめ』を次のように結ぶ。

抑近き比、波風さはがしかりしあきつしまのうち、今は人の国までおさまりて、ゐながらとをきをしたがへ給ふ時になりぬ。彼漢高三尺のつるぎも、是にはしかじとぞおぼゆる。すゑの世には、今の時をこそ又めでたきためしにもひき侍るべければ、いよ〳〵かしこき御政もあれかしと、今老のあらましにはし侍る。　（『小夜のねざめ』）

長い戦乱の果てに、漸く世は治まった。いまこそ、後の人々が素晴らしい先例として引くのにふさわしく、後世の鑑となるような善政を行う世をつくろう。兼良の願いは、義政、富子、続く義尚により実現されるべきものである。少なくとも富子は御台として、そうした願いを受け止め、彼女なりの方法で、政の一角を担おうとした。

五　おわりに

武家政権において、女性の政治参画は否定されるものではなかった。背景には、一条兼良の諸著に明らかな女人政治を是認する人々の認識と、その裏付けとなる北条政子に代表される先例があった。御台に限らず、為政者の発言の取り次ぎ、婚礼や出産といった内の儀式を執り行うなど、女房もまた大きな役割を果たしていた。女性が政治に参画する仕組みはすでにあり、女房らに支えられつつ、その仕組みを有効に機能させる存在としての御台が求められた。

十余年にわたって続いた戦乱の果ての焼け野を前に、後代から模範とされるような新たな時代の創建を企図する活力は、はたしてどこから生まれたのか。「今、ここから」の気概をもって、賞賛に値する時代を築こうとの思いを共有し、ともに歩もうとした人々がいた。あまたの批判、非難を浴びようと、新しい時代の扉を開こうとした女性たちと、彼女たちの能力を認め、その力が十二分に発揮されることに期待した男性たちがいた。その事実は、混迷する世にあっても、軽々しく「絶望」を口にすることの安易さに気づかせてくれると思うのは、私だけだろうか。

注

(1) 引用は、和田英道編『応仁記・応仁別記』（古典文庫、一九七八年六月）による。
(2) この点に関しては、すでに田端泰子『日本中世の社会と女性』「Ⅲ 軍役・合戦と女性　八 中世の合戦と女性の地位」（吉川弘文館、一九九八年十二月）に指摘がある。
(3) 日高真吾『女乗物　その発生経緯と装飾性』「第一章　伝統的乗用具の歴史的変遷」（東海大学出版会、二〇〇八年二月）。
(4) 引用は、『群書類従』所収「鹿苑院殿御直衣始記」による。割注は〈 〉書きとした。
(5) 引用は、美濃部重克・榊原千鶴『女訓抄』（三弥井書店、二〇〇三年十月）による。
(6) 美濃部重克「天理本『女訓抄』論――お伽草子論の視座において――」（『説話論集　第八巻』清文堂、一九九八年八月）、注(5)「天理本『女訓抄』解説」。
(7) 注(2)「Ⅰ 中世の政治と女性　三　室町幕府の女房」参照。
(8) 引用は、群書類従本により、適宜読点を補った。
(9) 二木謙一『中世武家儀礼の研究』「序説」（吉川弘文館、一九八五年五月）。
(10) 二木謙一『中世武家儀礼の研究』「第二編・第二章　伊勢流故実の形成と展開」（吉川弘文館、一九八五年五月）。

(11)『幻庵覚書』については、以前別稿でも取り上げたことがある。榊原千鶴「武家に娘が嫁ぐとき――『月庵酔醒記』所収「御文十箇条」と『幻庵覚書』を手掛かりとして――」(『名古屋大学文学部研究論集』文学五十二、二〇〇六年三月)。

(12)引用には『小田原市史』史料編「原始　古代　中世1」所収、第三八〇番史料を用い、適宜句読点を補うとともに、荻野三七彦『吉良氏の研究』(名著出版、一九七五年五月)所収、立木望隆氏蔵本翻刻を参照した。

(13)田端泰子『日本中世の社会と女性』「Ⅳ　九　中世の家と教育――伊勢氏、蜷川氏の家、家職と教育――」(吉川弘文館、一九九八年十二月)。

(14)注(11)参照。

(15)田端泰子『足利義政と日野富子　夫婦で担った室町将軍家』(山川出版社、二〇一一年七月)。

(16)注(13)参照。

(17)鈴木彰『平家物語の展開と中世社会』「第二部・第三編・第三章「蜷川家文書」にみる軍記物語享受の諸相とその環境」(汲古書院、二〇〇六年二月)。

(18)田端泰子『女人政治の中世』「第二章　室町将軍家の御台と女房」(講談社現代新書、一九九六年三月)。

(19)引用は群書類従本により、適宜読点を施した。

(20)引用は群書類従本により、適宜読点を施した。

第四章　十六世紀

――記憶と文物の編成――

今川家本『太平記』の性格と補配本文

――戦国期『太平記』書写活動の一例――

森田貴之

一　今川家本『太平記』の来歴

いわゆる戦国大名たちが、連歌をはじめとする文芸活動や、文学作品の書写活動を盛んに行っていたことはよく知られている。[1] 軍記物語『太平記』も、戦国大名達の関心を引くところが大きかったらしい。時の中央政権である室町幕府成立を描き、自身らのルーツにつながる人物も登場する『太平記』は特に注目すべき作品だったのだろう。実際、現存する『太平記』の伝本の中には、戦国大名の所持本に由来するものも残されている。その代表的なものとして、現在は陽明文庫の所蔵にかかる通称今川家本があげられる。その来歴は巻一と巻三十九の奥書に詳述されており、巻一の奥書は以下のようである。[2]

永正二年乙丑五月廿一日右筆丘可老年七十四

右此本甲州胡馬縣河内南部郷ニテ書寫畢／御所持者當國主之伯父武田兵部太輔受領伊豆守／實名信懸法名道義齋名臥龍卜号書籍数／奇之至リ①去癸亥之冬駿州國主今川五郎源氏親／ヨリ有借用雖令頓寫之筆不達歟又智之熟不熟歟／損字落字多之誂予一筆令為書寫畢既及／六十眼闇乎手疼辞退千萬雖然依難背貴命／全部書之訖雖然烏焉馬

之謬猶巨多也②然處／爰伊豆之國主伊勢新九郎剃髪染衣号早雲庵／宗瑞臥龍庵主与結盟事如膠漆耳頗早雲庵／平生此太平記嗜翫借筆集類本糺明之既事成／之後関東野州足利之学校へ令誂、学徒往々糺明之／豆州へ還之早雲庵主重此本ヲ令上洛誂壬生官務／大外記、点朱引読僻以片仮名矣実我朝史記也／③臥龍庵傳聞之借用以又被封余也依應尊命重／写之畢以此書成紀綱号令者、天下太平至祝

右の奥書の記すところによれば、およそ次のような来歴を持つらしい。

文亀三年（一五〇三）、甲州南部郷で武田信懸（武田信縄の父）の命により、今川氏親（義元の父・正室は寿桂尼〈中御門宣胤の子〉）から太平記を借用して写させたが、損字・落字が多かったために右筆丘可に命じて改めて写させた（①）。同じ頃、北条早雲が太平記を愛好して諸本を集め校訂をし、足利学校に送りさらに校訂をさせ、京都の壬生官務家（壬生雅久か[3]）に送り、朱引・読み癖を振ってもらった（②）。その本を、信懸が借用して丘可に改めて写させた（③）。

つまり、今川家本とはいうが、武田信懸が再度借りなおしたものにあたる。「今川家本」という呼称は、『大日本史』編纂の基礎資料の一つとして、水戸藩の今井弘済・内藤貞顕らが編纂した『参考太平記』がそう呼んだところから来ており、「この名称は誤解を招きやすい[4]」、「現在の所蔵者の名を借り陽明文庫本と称するのが適切かと思われる[5]」といった指摘がなされているように、必ずしも伝来過程を正しく反映した呼称ではない。ただし、本稿では、この名称が長く用いられてきたことから、以下「今川家本」と呼ぶ。

さて、武田信懸が、最初に『太平記』を借りた今川氏親は、永正十五年にも『太平記』写本を中御門宣胤から借り受けたり、「太平記内名字候所」を抄出したものを得たりしているなど、『太平記』に高い関心をもっていたらしい（『宣胤卿記』永正十五年四月二十九日条および同七月二十八日）。そもそも今川氏は、『難太平記』を著した今川了俊にも代

表されるように『太平記』に高い関心を抱いていた氏族でもあった。そのことは氏親自身が書状内で『難太平記』の存在とその内容に触れていることからもうかがえる（『宣胤卿記』永正十五年紙背文書〈永正十五年九月二十一日書状〉）。また、遠江守護代朝比奈泰就の室（宣胤孫）もまた『太平記』を収集している（『言継卿記』天文十四年四月四日条など）。

武田信懸が次に『太平記』を借り受けた北条氏に関わる伝本としては、相承院本（尊経閣文庫蔵）がある。この本は、世良田領主吉良氏朝に嫁した北条氏康（北条早雲の子、氏綱の子）の息女の希望により、北条早雲の末子長綱が書写して与えた「世良田御本」を底本とするものである。さらに、現在は所在不明の北条家本と呼ばれる伝本が『参考太平記』の対校本の一つとして挙げられている。北条氏周辺にあったと思われるこうした伝本の存在は、今川家本奥書のいう「平生此太平記嗜翫借筆集類本糺明之」という北条早雲の姿を裏付ける。また、武田信懸が今川氏親に続いて、北条早雲に『太平記』を求めた理由については、「長年今川家に寄宿していた伊勢長氏（注：北条早雲）は恐らく氏親所持本を披見していたのであろう」との推定もある(6)。

今川家本は、国境を接する甲斐・相模・駿河三国の交流のなかで、戦国大名達がさかんに『太平記』の書写収集を行っていたことを具体的に証する伝本といえるだろう。しかも、この今川家本は書写年代の明らかな『太平記』古写本のうち、零本を除けば現存最古の写本である点において、『太平記』諸本のうちでも特に貴重なものである(7)。

本格的な今川家本研究は、高橋貞一氏がその詳しい書誌を紹介し、主要な本文異同によって巻ごとの概略を示し、「太平記流傳の複雑な様相を示す重要なる傳本」と位置づけられたことが、その嚆矢である(8)。ただし、高橋氏の諸本分類は、欠巻の巻二十二の処理によって「古態本（巻二十二を有しない諸本）」「古態本の巻二十三、巻二十四を改訂して巻二十二、巻二十三を作りたる諸本（天正本系統）」「天正本系統本の巻二十二、巻二十三を持つ諸本」「流布本」とに大別したうえで、今川家本を「古態本（巻二十二を有しない諸本）」に分類したものであり、当然だが、現在よく用いられる分類方法とは異なる。高橋氏は『新校太平記』において、対校本の一つに今川家本を使用し、詳しく主要異文を紹介されてもいるが、(9)やはり諸本のなかでの位置づけは十分ではなかった。

現在の『太平記』諸本研究においてよく用いられるのは、鈴木登美恵氏が提唱した、全体の巻構成方法による分類を基準として甲乙丙丁に四分類するもので、(10)現在も『太平記』諸本分類の基本的指標となっている。しかし、鈴木氏は今川家本については詳しくは触れられてはいなかった。そうしたこともあって、その後の諸本研究のなかでも、その精査が求められていながら『太平記』諸本研究上の課題として残されてきていた。(11)そこで本稿では、戦国期の『太平記』の姿を示す今川家本について、改めて基礎的な報告を行い、諸本研究史への位置づけを試みるものである。

二　今川家本『太平記』の本文

最初に『太平記』諸本分類の最も大きな指標の一つ、欠巻処理方法から考えていきたい。先述の通り、『太平記』は元来巻二十二を欠き、その欠巻を埋めるために、諸本によって様々な処理が施され、結果として多種多様な巻次構成の諸本を生み出した。今川家本についても、まずは欠巻処理方法について検討しなければならない。

第一の特徴として今川家本は見た目上は欠巻がない。しかしそれは、次に示すように、古態本（甲類本）の巻二十後半に当たる部分を巻二十一として二重に持ち、巻二十二に古態本でいう巻二十一があてられたことによるものである。第二に、その巻二十一以外の巻では古態本の巻区切り位置を変えて巻数を変更する、といった調整作業は行われていない。つまり、古態本の欠巻が事実上そのまま欠巻となっている。

今川家本		古態本（玄玖本による）
巻20 黒丸城初度軍事……八幡宮炎上叓	巻21 八幡炎上事……結城入道々忠堕地獄事	巻20 黒丸城初度合戦之事……八幡宮炎上之事
巻22 結城入道々忠堕地獄事		巻21 結城入道堕地獄之事
×		（巻22…欠巻）

巻二十を分割して欠巻を埋めたような伝本は他に例を見い出せないうえ、今川家本は、さらにそれを重複させている。今川家本はなぜこのような奇妙な形態となったのだろうか。それには今川家本の書写事情が関わっているらしい。

次に奥書等の一覧を掲げた。

今川家本『太平記』書写年代・書写者一覧

巻	書写奥書	書写者比定 高橋	書写者比定 長坂	書写者比定 森田	備考	
1	永正二年乙丑五月廿一日右筆丘可老年五十四	○	○	○	奥書有	A
2	永正二年乙丑五月廿二日	○	○	○		A
3	永正二年乙丑五月廿三日	○	○	○		A
4	永正二年乙丑五月廿四日	○	○	○		A
5	永正二年乙丑五月廿五日	○	○	○		A
6	永正二年乙丑五月廿六日	○	○	○		A
7	永正二年乙丑五月廿七日	○	○	○		A
8	永正二年乙丑五月廿八日	○	○	○		A

9	永正二年乙丑五月廿九日	○	○	○		A
10	永正二年六月一日	○	○	○		A
11	永正二年乙丑六月七日	○	○	○		A
12	永正二年乙丑六月□□	○	○	○		A
13	永正二年乙丑六月十一日	○	○	○		A
14	永正二年乙丑六月十三日	○	○	○		A
15	永正二年乙丑六月十四日	○	○	○	尾題「巻十四五」	A
16	永正二年乙丑六月十五日	○	○	○		A
17	永正二年乙丑六月十七日	○	○	○		A
18		○	○	○		A
19	永正二年乙丑六月十九日	○	○	○		A
20	永正二年乙丑六月廿日	○	○	○		A
21		a	△		巻二十後半と重複	C
22	永正元年甲子七月十日		□		尾題「巻二十一」	B
23		△ b	△	△		B
24	天文十三甲辰小春吉辰		▲			B
25		c	▲			B
26		c	□		「余本」注記	B
27		c	▲			B
28		c	▲			B
29		c	▲			B
30		▲	▲		「余本」注記・内題「巻三十一」	B
31		△	△	△	「余本」注記	B
32		▲	◎		「余本」注記	B
33			◎		「余本」注記	B
34	天文十三甲辰十月吉辰		▲		「余本」注記	B

35			▲		「余本」注記	B
36			▲		「余本」注記	B
37			◎		「余本」注記	B
38			▲		「余本」注記	B
39	永正元年甲子八月二日書畢	○	●	○	奥書有	B

［書写者の認定は以下のものによる］
高橋貞一『太平記諸本の研究』（思文閣出版、一九八〇年四月）による。a「永正二年の丘可の筆か」b「丘可の筆か」c「江戸極初期写か」
長坂成行「太平記の伝本に関する基礎的報告」（『軍記研究ノート』五、一九七五年八月）

表の通り、今川家本『太平記』の書写奥書は以下の四群に分類でき、全巻が同時期の書写ではない。

Ⅰ群：永正元年（一五〇四）　：　巻二十二および巻三十九
Ⅱ群：永正二年（一五〇五）　：　巻一～十七、十九、二十
Ⅲ群：天文一三年（一五四四）　：　巻二十四、三十四
Ⅳ群：奥書なし　：　その他

さらに、目録や内題などの形態によっても、以下の三群に分類することができる（先掲表備考欄に記した）。これにより、およそA群とⅡ群（永正二年書写群）が対応し、それ以外がほぼB群の形態で書写されていることがわかる。

A群：一丁オより内題・目録、二丁オより本文（内題なし）　…巻一[12]～二十
B群：一丁オより内題と目録、二丁オより内題と本文　…巻二十二～巻三十九
C群：一丁オに内題、二丁オ目録（内題なし）、三丁オより内題・本文　…巻二十一

『太平記』は巻数が多いため必ずしも全冊を一度に書写することは出来ず、一筆写本ではない伝本も多い。場合に

よっては入手できた巻から書写を行うということも当然あっただろう。今川家本の場合、Ⅰ・Ⅱ群の奥書の状況から見て、後半の巻二十二以降を永正元年七月から書写し、前半の巻二十までを永正二年五月から六月にかけて書写した可能性が高い。そのうち、永正元年（Ⅰ群）の書写時にはB群の形態で、永正二年にはA群の形態で書写が行われたのだろう。

そのなかで、唯一、巻二十一のみが孤立して特異な形態（C群）で書写された巻であることに注意したい。これは、この巻が別途後補されたものであることを強く示唆する。今川家本は、巻一から巻二十までは一筆による書写と認められるが、巻二十一はその書写者も異なり、やはり後補を示唆する（先掲表参照）。

さらに、今川家本の巻二十二の内題および目録題には、たしかに「巻第廿二」との記載があるものの、巻末の尾題では「巻第廿一」と記載されていることも注意が必要である。永正元年にこの巻から書写が開始された際に、巻二十一であるはずのものを誤って巻二十二として書写してしまったと思われるが、このため内題と目録題だけを見た場合、実際には古態本でも欠巻の巻二十二がそのまま欠巻となっているにすぎなくても、巻二十一が欠巻となっているかのように誤解しやすい状況となっている。

憶測をたくましくするならば、こうした形態に対して、欠巻を埋めるべく後補を行うとすると、今川家本の巻二十二（内容的には古態本の巻二十二）とは異なる内容を持つ〝巻二十一〟が求められることになるだろう。そこで、古態本の巻二十を前後半二つに分け、それぞれを巻二十、巻二十一とするような伝本から巻二十一が後補されることとなり、その結果、巻二十後半の内容が重複し、現存今川家本の形態となったのではないだろうか(13)。

今川家本の巻二十一の本文的特徴としては、以下の点を指摘することができ、字句の少異はあるが、書陵部本や毛利家本に比較的近い(14)。後補されたのは、これらと同系の伝本の巻二十の後半部分ということになろうか。一方の今川家本のもともとの巻二十は、永正二年奥書を持ち（Ⅱ群）、本文的には南都本的特徴が顕著で系統の異なる本文である。したがって、今川家本の内部から切り分けられたものではなく、別系統から後補されたものと考えて矛盾しない。

・「平泉寺衆徒行調伏法事」…御教書に日付等あり
・「児嶋備後守相義貞夢事」…説話者が斉藤七郎入道道猷ではなく児嶋備後守高徳
・「孔明仲達事」…諸葛孔明の詩の増補あり
・「勾當内侍事」…和歌「我袖の涙にやとる影とたに知らて雲井の月やすむらん」
・「結城入道々忠堕地獄事」…末尾に異文なし

ただし、「現存陽明文庫本巻二一は、このような巻区分をした写本を写したかと思われるが、該当する本は管見に入っていない」と指摘されるように、巻二十を二つに分割する形態のものは現存伝本中には見られない。[15]しかし、今川家本の形態こそが、そうした伝本がかつて存在したことを示しているともいえるだろう。

何より、この巻二十一が示すように、今川家本には、後に補配された巻が含まれているらしい。このことは、巻二十一のみならず、上記Ⅲ群の天文年間書写部分（巻二十四・三十四）の存在によっても明らかで、「巻二十一以降の巻にはのちの補配があるらしい。[16]」「奥書の有無、筆の相違、印記の有無など併せ考えると巻二一以降は補配された巻がある[17]」と繰り返し触れられていた。

今川家本のうち永正年間の書写奥書を持たないⅢ・Ⅳ群の巻は、巻十八を除き[18]巻二十一以降に集中しているが、その書写形式はⅠ群の永正元年書写部分と同様のB群形式である。したがって、形態上からは補配か否かを速断することはできないのだが、奥書のない巻（Ⅳ群）の一部も後補の巻である可能性は否定できない。そこで、次節から、永正奥書を持たない巻を中心に、補配の可能性を意識しつつ、今川家本の位置づけを試みてみたい。

三　釜田本との関係

三-一　巻二十九、三十五の記事欠落の問題

『太平記』諸本を巻次構成の仕方から分類された鈴木氏は、それら諸本の「約七〇〇字以上の纏りのある内容の記事」の有無を詳細に分析された[19]。その方法を援用して今川家本の諸本分類を試みていくことにする。次は、鈴木氏作成の表をもとに今川家本に関わる部分などを加えたものである。

巻	記事内容		甲				乙						丙	丁
		今川家	神田本	玄玖本	南都本	西源院	前田家	毛利家	米沢本	梵舜本	吉川本	流布本	天正本	京大本
1	浅原為頼	○	×	×	×	×	×	×	×	×	○	×	×	欠
1	中原章房	○	×	×	×	×	×	×	○	×	○	×	×	欠
3	金剛山由来	×	×	○	×	×	×	○	×	×		×	○	欠
4	源具行	○	欠	○	○	○	○	×	×	×		○	○	欠
4	殿法印良忠	○	欠	○	○	○	○	×	×	×		○	○	欠
5	正慶改元	×	欠	×	×	×	×	×	×	×		×	○	欠
5	大嘗会	×	欠	×	×	×	×	×	×	×		×	○	欠
14	「日吉御願文之事」	○	○	○	○	×	○	○	○	○		○	○	○
16	熊山合戦	×	×	○	○	○	○	○	○	○		○	×	○
16	備後守範長討死	×	×	×	×	×	○	○	×	○		○	×	○
16	小山田太郎青麦刈	×	×	×	×	×	○	○	×	×		○	×	×
19	北畠顕家最期	×	×	×	×	×	×	×	×	×		○	○	×
23	**孫武**	×	○	○	○	○	○	○	○	○		○	○	○

25	祇園精舎	×	○	○	○	×	○	○	○	○		○	○	×
26	阿闍世王	×	×	×	×	×	○	○	○	×		×	×	×
27	師直冬信邸襲撃	×	×	×	×	×	×	×	×	×		×	○	×
27	長講見物	○	○	○	○	○	○	○	○	○		○	×	○
27	上杉畠山最期	○	○	○	○	○	○	○	○	○		○	×	○
27	崇光天皇御即位	○	×	×	○	×	○	○	○	○	○	○	○	×
27	雲景未来記	○	○	×	×	○	○	○	○	○	○	○	○	×
28	漢楚合戦	○	○	○	○	○	○	○	○	○	○	○	△	×
29	**宮方京攻**	×	○	○	○	○	○	○	○	○		○	○	○
29	**将軍上洛**	×	○	○	○	○	○	○	○	○		○	○	○
29	**将軍親子御退失**	×	○	○	○	○	○	○	○	○		○	○	○
30	八重山蒲生野合戦	×	×	×	×	×	×	×	×	×		×	○	×
35	**擬討仁木義長**	×	○	○	○	○	○	○	○	○		○	○	○
36	日蔵上人	○	×	○	○	○	○	×	×	×		○	×	×
36	泰時修行	○	×	○	○	○	○	×	○	○		○	×	×
36	貞時修行	×	×	○	○	×	○	×	×	○		○	○	×

この表からわかるように今川家本は、巻一・巻二十七が乙類本的特徴を有するが、それ以外は、乙類本特有の増補記事や丙類本特有の増補記事などはなく、おおむね甲類本内にも異同のある範囲内にとどまっている。しかし、以下の記事がない点は今川家本の他に例を見ない（表中にゴシック体で示した）。

巻二十三…「脇屋義助参吉野事」中の孫武説話

巻二十九…「義詮下国桃井入京之事」・「将軍親子御上洛之事付阿保秋山河原合戦事」・「将軍親子御退失之事付井原石室之事」（章段名は玄玖本本文による）

巻三十五…「諸大名擬討仁木之事」（章段名は玄玖本本文による）

このうち、巻二十三の孫武説話は挿入故事で独立性が高く、その有無が歴史叙述に影響を及ぼすことはないが、巻二十九・巻三十五については、前後のつながりの上でもかなり重要な章段が失われており不審である。先行研究においても、これらの記事欠落については指摘がなされていた[20]。しかし、その理由や原因については特に言及されてはいなかった。

この今川家本巻二十九・巻三十五の記事欠落を、「補配」という観点から見たとき、一つの仮説を提示することができる。巻二十八と二十九、巻三十四と三十五の巻区切り位置には諸本によって若干の差違があり、異なる区切り位置の伝本が取り合わせられたと仮定すると、ちょうど今川家本と同じ記事欠落が生じるのである。

まず、巻二十八・二十九の例をとりあげる。次図のように、乙類本のうちの前田家本と丁類本諸本は、足利氏関係記事と高氏関係記事とがそれぞれの巻に集まるようにするためか、今川家本の巻二十九の開始位置と同じ「越後守師泰自石見引退之事」から次巻を始める形となっている。したがって、異なる区切り位置の伝本が取り合わせられてしまうと、ちょうどその間に位置する三章段が欠落することになる。

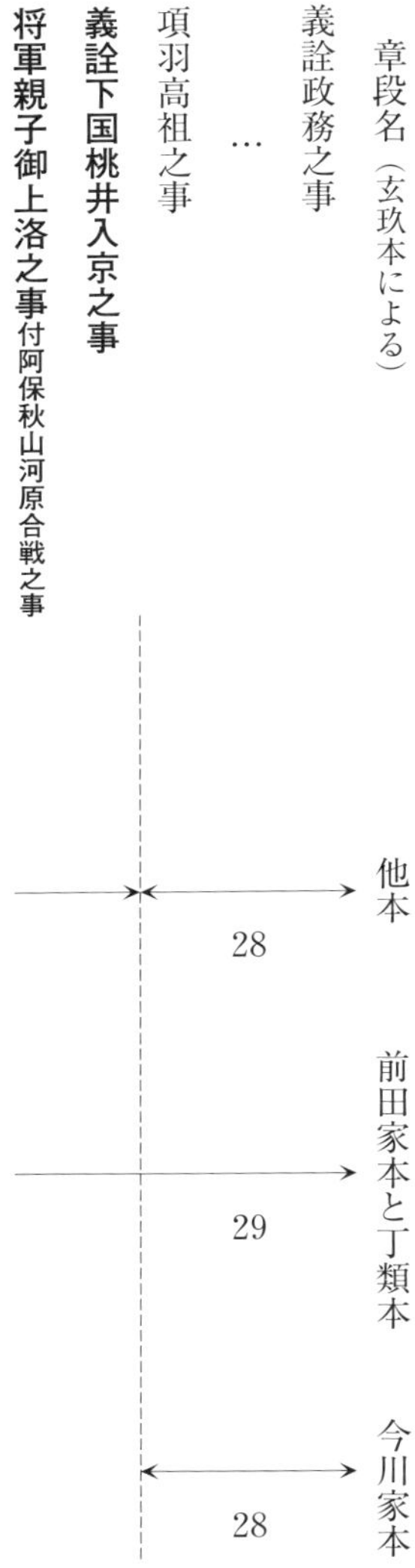

章段名			
・**将軍親子御退失之事付井原石室之事**	29	（前巻より）	
・越後守師泰自石見引退之事付道中国々御敵蜂起之事	29	30	29
…	29	30	29
・師直兄弟与力被討之事付仁気血気勇者之事	29	30	29

巻三十四と巻三十五についても同様である。前田家本と丁類本のうちの釜田本のみは、将軍の帰洛後の動きまでを前巻にまとめる意識からか「諸大名擬討仁木之事」を前巻に追い込んでいる。この点、諸大名や仁木氏の動きに注目した他本の区分とは異なっている。そしてやはり、前田家本や釜田本のような巻区切りの伝本と通常の伝本とが取り合わせられたと仮定すると、今川家本の欠落が合理的に説明できるのである。

章段名（玄玖本による）	他本	釜田本	前田家本	今川家本
・宰相中将殿賜将軍宣旨之事	34	35	34	34
…	34	35	34	34
・吉野御廟上北面夢之事付将軍為始諸勢開陣之事	34	35	34	34
・**諸大名擬討仁木之事**	35	35	34	
・諸大名下向天王寺之事付仁木没落之事	35	36	35	35
…	35	36	35	35
・北野詣人世上雑談之事	35	36	35	35
・土岐佐々木与仁木方軍之事	35	36	36	35

また、前田家本は、「土岐佐々木与仁木方軍之事」を巻三十六に送っており今川家本とは異なる。したがって、巻

二十九・巻三十五ともに、その巻区切り位置が完全に一致するのは唯一釡田本だけということになる。つまり、今川家本には釡田本系の伝本の一部の巻が含まれ、そのために記事欠落が生じたと想定できよう。

そこで、本文の特徴からも釡田本との関係を確認しておくと、巻二十九「松岡周章事」の薬師寺公義の詠歌事の詞章が注目される。というのも、ここに薬師寺公義の和歌を持つかどうかで諸本は二つに分かれるからである。今川家本は、甲類本のうち、西源院本と同様に和歌を持たない類に属するが、その末尾に西源院本とは異なる詞章を見いだせる（傍線部）。この一文は、公義の和歌を持つ京大本や中京大学本、豪精本など丁類本に特徴的な詞章である。つまり、今川家本は西源院本的特徴と丁類本的特徴の両方を有する本文ということになる。そして、この特徴は、まったく釡田本と一致するのである。ちなみに、前田家本は和歌を持つ類に属する。

公義泪ヲハラ〳〵ト流テ、嗚呼豎子不堪倶計ト范増ガ云ケルモ理哉、「運尽ヌル人ノ有様ホト、浅猿キ物ハ無リケリ、我此人ト死ヲ共ニシテモ、何ノ高名カ有ヘキ、不如浮世ヲ捨テ、此人々ノ後生ヲ訪ハンニハ、ト思イ定テ髻推切テ、濃墨染ニ身ヲ替テ、高野山ヘソ上リケル。仏種ハ縁ヨリ起ル事ナレハ、浮世ヲ思ヒ捨タルハヤサシク優ナル様ナレトモ、越後中太カ義仲ヲ勇兼テ自害シタリシ翔ニハ無下ニ劣レル薬師寺哉トソシル人モアリ、棄恩入無為真実報恩者ナレハ自他ノ為可然ト讃ル人モ多リケリ。（今川家本・巻二十九「松岡周章事（本文中に章段なし）」）

また、巻三十五については、いわゆる北野通夜物語のうち遁世者の引く説話に異同が大きく、それが諸本分類の指標となる。[21]その構成を見てみると、今川家本・釡田本はともに、西源院本と同様の形態で、[22]玄玖本などと同じ形態をとる前田家本の構成とは異なる。微細な詞章には違いはあろうが、今川家本の巻二十九・巻三十五は、ともに釡田本と同じ特徴を持っていることが確認できる。

では、取り合わせられたもう一系統の本文はどのような本文なのだろうか。煩雑になるが、巻二十八・巻三十四の状況に触れておきたい。そもそもの前提として、巻二十八および巻三十四が釜田本とは別系統のものであることも確認されなければならない。

まず、巻二十八について見ると、本文自体は、諸本ほとんど異同がない巻であり、本文系統弁別の参考になる箇所はほとんどない。唯一の弁別可能な異同である「直冬朝臣蜂起事」の一文「遂ニ三河守城ヲ責落サレテ未死生ヲ知リワケス」（釜田本）[23]は、釜田本にあって、今川家本にはない。そして、巻三十四もまた今川家本と釜田本とでは、全体的な構成は似るも、「和田楠軍評定事」末尾付近や「二度紀伊国軍事」の末尾など、本文には一致しない点が見られ[24]、巻二十八・巻三十四は、それぞれ釜田本とは異なる系統に属することがわかる。やはり、異なった系統の伝本が取り合わせられたために、今川家本から記事が欠落したと推定される。

この釜田本とは、釜田喜三郎氏旧蔵本で現在は神戸大学人文科学図書館に所蔵されており、甲類本の巻十四から十八までの五巻を七巻に分割する前半部分は京大本・豪精本・中京大学本などと同じ丁類本に分類される。ただし、その巻分割位置などは、他の丁類本諸本とはやや異なるところもあり、本文の詳しい調査が求められているものである[25]。今川家本と釜田本とでは、釜田本のほうが巻数がひとつ後ろにずれており、巻数までが完全に一致するわけではない。したがって、今川家本に取り合わせられた伝本としては、この釜田本に類する巻区分をするが、巻が釜田本よりひとつ繰り上がるものが想定されなければならない。そうした伝本は現存しないが、今川家本はここでも、かつてあった伝本の姿を示しているといえよう。

三―二　記事の配列順

鈴木氏は、先に示した記事の有無のみならず、甲乙丙丁各類本の記事の位置や配列についても検討され、一覧表を作成された。次に先掲表同様、鈴木氏作成のものに今川家本を加えたものを示す。

巻	異同箇所	今川家	神田本	玄玖本	南都本	西源院	前田家	毛利家	米沢本	梵舜本	吉川家	流布本	天正本	京大本
4	笠置囚人死罪流刑之事の配列	イ	欠	イ	イ	ロ	イ	イ	イ	イ		イ	ハ	欠
11	金剛山寄手事の位置	イ	欠	イ	イ	イ	ハ	ロ	ハ	ロ	ハ	イ	イ	イ
16	将軍自筑紫上洛事の位置	イ	イ	イ	イ	イ	ロ	イ	イ	イ	イ	イ	イ	イ
16	備後守範長討死事の位置	無	無	無	無	無	ロ	イ	無	イ	イ	イ	無	イ
21	法勝寺炎上事の位置	イ	欠	イ	イ	イ	イ	イ	イ	イ・ロ	イ	イ	ロ	イ
	巻23・24の配列	イ	イ	イ	イ	イ	ハ	ロ	ニ	ホ	イ	ヘ	ホ	イ
26	自伊勢進宝剣之事・黄粱夢之事の位置	イ	イ	イ	イ	イ	イ	イ	イ	イ	イ	イ	ロ	イ
27	雲景未来記事の位置	ロ	イ	無	無	イ	ロ	ロ	ロ	ロ	ロ	ロ	ロ	無
35	北野詣人世上雑談之事の位置	イ	イ	イ	イ	イ	イ	イ	イ	イ	イ	イ	ロ	イ
39	光厳院禅定法皇崩御事の位置	イ	欠	イ	イ	イ	イ	ロ	イ	イ	イ	イ	ロ	イ

今川家本は、ほとんどが甲類本と同一で、特定の異本と一致する箇所は乏しい。唯一、巻二十七のみが乙類本との一致を示すが、これは先に見た増補記事の有無と同じ傾向である。そして実は、この巻二十七もまた釜田本と顕著な一致を見る巻なのである。

釜田本はこの巻を巻二十七・巻二十八の二つにわけているため、まずは釜田本の巻二十七にあたる巻二十七前半から見ていくと、京大本・中京大学本・豪精本など他の丁類本諸本は、「廉頗藺相如事」の位置が他の諸本と異なるという際だった特徴を示すのに対し[26]、釜田本は、今川家本と同様に甲類本等と同じ順序を踏襲している。そして、それらの中で、釜田本と今川家本とは、章段名や章段区切り位置などがよく一致する。また「廉頗藺相如事」の、「玉」の名称に関する次の異文なども共通点としてあげられよう[27]。

藺相如遂ニ玉ヲ奪テ趙ノ國ヘソ帰リケル。秦王十五城ヲ以テ此玉ニカエントー云シカハ連城ノ玉共名付タリ。此玉ハ横竪共四寸ナリ。四面ニ虫鳥魚龍ノ文ヲ彫付テ天下ノ寶トシ國璽ト号シテ代々國ヲ譲ニ是ヲ授テ……

（今川家本・巻二十七「廉頗藺相如事」）

釜田本巻二十八にあたる今川家本巻二十七後半（「天下恠異事」～「大礼事」）については、すでに詳細な先行研究が備わり、その成果によって、巻二十七後半記事は構成によって六種に分類され、さらにその詞章の相違を加えて計九類の分類が示されている。その中で、今川家本は、南都本系の本文に雲景未来記事を増補した特殊な形で、前田家本・毛利家本、そして釜田本と同形であることが指摘されている。[28] 先に記事の脱落の事例から、少なくとも巻二十九および巻三十五に関しては、形態・本文ともに釜田本と深い関連が認められることを指摘したが、さらに今川家本のうちで顕著に乙類本的傾向が認められる巻であった巻二十七についても釜田本との関連が非常に深いのである。

そこで、仮に〝巻二十七を上下に分冊しない釜田本〟を想定すると、巻二十八以降の巻数が一つ繰り上がり、今川家本の巻数とも一致するようになる。釜田本系の伝本で、巻二十七を分冊せず、以降の巻数が繰り上がるといった形態のものが、今川家本には含まれていると考えればつじつまが合う。さらにいえば、釜田本がこの巻二十七を巻二十七と二十八に分けているのは、ちょうど、毛利家本が巻二十七を上下にわけていることと同じ分け方であり、釜田本と毛利家本との間にも深い関連が認められることも注目される。というのは、今川家本に補配された巻二十一が、毛利家本系統の巻二十を上下に分けたような形態であることについてはすでに述べた通りである。その形態は、現存釜田本とは一致しないが、鈴木氏が「巻二十三以前と巻二十四以後とで本文の系統が異な」っていると述べられているように、[29] 釜田本は、その前半部は丁類本的巻区切りであるが、今川家本と関連する部分の多い後半部は乙類本系統であり、その来歴が異なるらしい。[30] したがって、もともと乙類本的な前半部を有する釜田本系伝本があった可能性もある。つまり、今川家本の巻二十一もまた同時期に補われた可能性もある。

他に、釜田本と近似の形態であると認められる巻として、巻三十六～巻三十八の三巻も挙げることができる。この三巻では巻区切り位置に諸本異同が多いが、今川家本の区切り方は梵舜本（乙類）、中京大学本（丁類）および釜田本と一致する。また、巻三十六では、先行研究により細川清氏失脚記事の構成についての諸本分類が示されているが、今川家本は、志一上人の事などがなく、原型と目される形態で、吉川家本・米沢本・毛利家本・梵舜本・今川家本・天正本・中京大本・釜田本などと同じであるという(31)。巻三十八では畠山道誓滅亡記事および細川清氏滅亡記事に異同が多く、今川家本の形態は、他の形態に比して古態を示すことが指摘されているが(32)、釜田本も、その今川家本の形態に一致する。この巻三十六・巻三十八については、「同本は四分類法では未分類の状態にあるが、その本文は南都本に比較的近い部分が多い。ただし、巻三十六や巻三十八では乙類本に近く、……乙類本系本文の古型を保つものと考えられる」(33)と、今川家本など乙類本にその古態性が指摘され注目されているものである。もちろん、釜田本とのみ一致を見るわけではないし、微細な詞章や章段の区切り等には違いもあるが、これらの巻も釜田本系伝本からの補配を意識しておかねばならないだろう。

以上のように、今川家本は、その形態上、永正書写奥書のある巻とそれ以外の巻との区別があるが、永正書写奥書のない巻にも、釜田本系と非釜田本系の少なくとも二系統が含まれている。そして、今川家本の巻次構成・記事の有無・配列順などの乙類本的な特徴の多くが釜田本的本文が用いられた巻に由来する可能性も高い。今川家本は、その全体を一系統として扱うことは不可能で、慎重に腑分けを行わなければならない伝本なのである。

四　同年書写巻および同筆巻をめぐる問題

ここまで今川家本の特徴の多くが釜田本との関係に起因する可能性を述べてきたが、果たして釜田本系の巻と非釜田本系の巻のどちらが補配されたものなのか、という点を考えておく必要がある。今川家本の巻二十一以降の本文の大部分がそもそも釜田本系の巻区切りを持つ伝本であって、そこに通常の区切り方をする非釜田本系の伝本が補われたとしても、やはり記事が欠落し、今川家本のような形態となるからである。

この疑問を考えるに際し、記事の欠落と関わる巻三十四が「天文十三年甲辰十月吉辰」の書写奥書を持つ巻であることに注意したい。巻三十四は、同様の天文年間奥書を持つ巻二十四とともに、永正年間の書写活動とは別の時期に補われたことが明らかな巻なのである（Ⅲ群）。さらに、先に論じた今川家本の章段欠落事情を考え合わせるに、異なる時期にまったく同様の現象から欠落が起こるとは考えにくく、奥書はなくとも、巻二十八もまた巻二十四・巻三十四とともに天文年間に補写されたと考えることができる。そこで、天文年間に書写された巻二十四の本文系統についても考察を加えておきたい。ただし、巻二十三と巻二十四の間で章段の配列を入れ替えるなどして複雑な再構成を行っている伝本も多く、[34]巻二十三も同時に検討していく必要がある。

まず、今川家本の巻二十三を見ると、上述の通り、他本にある孫武説話がないことが注目されるが（先掲表参照）、この欠落は先に検討した欠落部分とは異なり、章段途中の一挿話であり、取り合わせが理由とは考えられない。

今川家本は、巻二十三・巻二十四ともに、甲類本・丁類本（京大本・中京大本）諸本と同じく、記事の配列順を入れ替えていない古態本の形態である。さらに巻二十三の細部を見ると、丁類本が持つ末尾の異文を持たず、また、「土岐頼遠御幸参会狼藉死刑事」冒頭に後伏見院遠忌記事がないことなどから、古態本のうち神田本などと近い簡略な形態であることがわかる。今川家本はそこからさらに孫武説話を持たず、諸本中最も簡略だといえる(35)。

同じように巻二十四もまた甲類本・丁類本（京大本・中京大本）諸本と同じ古態本の形態であり、加えて、「正成怨霊乞剣事」末尾に、神田本・南都本・中京大学本・毛利家本などが持つ「凡ソ般若講読ノ砌ニハ諸天善神ヲウゴノちからヲ加へて二世ノ願望ヲ成ズル事三寶ノ異験ニアリト見えたり」（神田本）の一文がなく、この点は、甲類本の西源院本・玄玖本などと一致し、概ね古態と見なすことができる。今川家本の巻二十三・二十四は、巻二十三に挿入説話がないことも含めて、『太平記』諸本のなかで最も古態を示す位置にある。

こうした今川家本巻二十三・巻二十四の特徴を現存の釜田本と比べるに、釜田本は「巻四・十六・十七・二十と二十一・二十四・二十五に切継が加へられてゐる」と指摘されるように(36)、流布本からの切り接ぎがあり、記事順序も配列を入れ替えた形態に改められている。したがって、その切継ぎ前の形態を考えなければならないのだが、現存の釜田本から推定するに、その原釜田本もすでに順序が入れ替えられた形態と見られる(37)。つまり、今川家本の形態とは大きく異なっていたと推測される。

以上のように、巻二十四・巻二十八・巻三十四はすべて、非釜田本系の本文を持ち、これらが同時期（天文年間）に書写されたとみて不都合はない。しかし、併せて考察した巻二十三もまた釜田本と系統を異にする点には注意が必要である。というのは、今川家本の巻二十三と巻三十一とは、その筆跡から同一者による筆写が行われたと推定され(38)、そのうちの巻三十一が、巻二十三とは異なり、顕著に釜田本と一致する本文を持っているからである。

具体的に見ると、今川家本の巻三十一は、目録と本文とで章段の立て方に不一致が甚だしく、目録は七章段を立てるも、本文は「義宗義治東国軍事」と「八幡合戦事」の二つの章段にしかわけられていない。この特徴は、釜田本および京大本と全く同じ形態である。(39)そして細部の字句を検討すると、例えば「武蔵野合戦事」の饗場命鶴丸についての描写「三番饗庭命鶴、生年十八才容貌當代無双ノ兒ナルカ今日花一揆ノ大将ナレハ殊更花ヲ折テ出立テ、花一揆六千餘騎カ真先ニ懸タリ」などは京大本とは異なり、釜田本と一致するし、(40)「八幡合戦事」で、神田本・京大本・中京大本などが「山名左衛門佐師義」とするところを、神宮徴古館本・西源院本などと同様に「山名右衛門佐師氏」とするところも釜田本と同じである。同筆書写のはずの巻二十三は釜田本と大きく異なるのに対し、巻三十一は、釜田本との一致点が非常に多いのである。

今川家本の中には、釜田本系の巻と非釜田本系の巻があり、そのことが今川家本の特徴を生み出す要因となっていることは前節までで述べてきたところである。さらに、その書写状況を考えるに、巻二十四・巻二十八・巻三十四という天文年間に書写されたと推定される、明らかな後補の巻が非釜田本系統であること、同筆書写と考えられる巻二十三と巻三十一との二つの巻が、釜田本系と非釜田本系の二系統に分かれていることが指摘できた。この状況をどう理解すればよいのか。次節で、もう一つの重要な問題である「余本」注記の問題を取り上げ考えてみたい。

五　「余本」の注記と補配の問題

ここまで述べてきたように、現存今川家本にはなんらかの形で補配がなされたらしいが、その過程は非常に複雑で書写者や書写年代の情報だけでは十分にその過程を追うことができなかった。そこで、最後に今川家本をめぐる、もう一つの重要な問題を取り上げたい。それは、長坂成行氏も指摘する、「余本」に関する注記である。(41)

巻三〇内題上に「□□卅一也」、巻三一目録題上に「余本三二也」、巻三二内題上に「余本ニハ／卅三巻也」、巻三三内題上に「余本ニハ／卌四也」、巻三六内題上に「余本ニハ／卌七巻」、巻三八内題上に「余本ニハ／卌九巻也」（本文と同筆）とあり「余本」との巻数の相違についての注記がある。すなわち巻三〇以降で陽明本が参照比較した写本は現在のところ米沢本のみで、陽明文庫本書写の段階であろうが、巻三〇以降の巻数が、米沢本と等しい写本が周辺に存在していたのだろう。

ただし、ここで指摘されている今川家本の「余本」に関する注記は、長坂氏の指摘された箇所以外にもある。そこで、そのすべての注記を一覧したのが、次表である。

巻	場所	注記内容
26	**本文中「四条縄手合戦事」の章段名上部**	「是ヨリ廿七巻」**【1】**
30	本文冒頭「太平記巻第三十」上部	「余ノ本ハ卅一也」
31	目録冒頭「太平記巻第三十一」上部	「余本ハ三十二也」
32	目録冒頭「太平記巻第三十二」上部	「余本ニハ卅三ノ巻也」
	本文中「京軍事」の章段名上部	「是ヨリ卅四巻也」**【2】**
33	本文冒頭「太平記巻第三十三」上部	「余本ニハ卅四巻」
34	本文冒頭「太平記巻第三十四」上部	「（余）本ニハ卅五」
35	本文冒頭「太平記巻第三十五」上部	「余ノ本ニハ卅六巻ナリ」
36	本文冒頭「太平記巻第三十六」上部	「余本ニハ卅七巻」
37	本文冒頭「太平記巻第三十七」上部	「余本ニハ卅八巻也」
38	本文冒頭「太平記巻第三十八」上部	「余本ニハ卅九巻也」

※（　）は化粧立ちによる欠損

まず、「余本」の性格を知るために重要なのは、巻二十六の本文中の注記である。これによると「余本」は「四条縄手合戦事」の前後で巻を区切っているらしい。このような巻区分に近い伝本は、同じ箇所から巻二十七を始める前田家本・米沢本がある。ただ、この前田家本と米沢本とでは、巻二十七と巻二十八の区切り位置が異なっており、そこからさらに「余本」に近い伝本が判明するはずであるが、今川家本の巻二十七および巻二十八には注記がない。仮に、現在の今川家本と同じ区分法だとすると、長坂氏の指摘通り、米沢本が浮上することになろうか。また、流布本・梵舜本は「四条縄手軍事」から巻二十六が始まり、巻数がひとつ異なるが、区切り箇所に関しては一致する。(42)

次に、巻三十二の注記に注目すると「余本」は、「京軍事」から巻三十四を始めているらしい。しかし、これに該当する伝本は見当たらない。巻二十六で一致を見た、前田家本・米沢本はもう少し後ろの「三上皇自吉野御出事」（米沢本）から巻三十四を始めるからである。ただし、流布本・梵舜本が同じ「京軍事」から巻三十三を開始している。

さらに、巻三十以降の巻冒頭の注について見ると、(43)「余本」は巻三十以降が古態本より一つずつ後ろに繰り下がるものということになる。これにあてはまるものは、区切り位置を無視すると、前田家本・米沢本がそれに該当する。しかし、上述の巻二十六・巻三十二以外には、「是ヨリ」といった巻の起点を示す注記は本文中にないことから、今川家本と巻区分が変わらないと仮定と、巻三十六と巻三十七の区切り方が今川家本と一致しているものとして、巻数はひとつ異なるが、流布本・梵舜本が浮上してくることになる。

このように、結局のところ、注記から推測される「余本」の性格をすべて満たす伝本は現存していない。ただし、米沢本的特徴と梵舜本的特徴の中間的形態の伝本であろうことは推測でき、おそらくは乙類本の一本であったのだろう。今川家本は、ここでも現存しない伝本の多様なあり方を示している。注記に従い「余本」の巻区分を復元したものを次頁の表に示しておいた。

加えて、こうした注記は永正年間に書写された巻三十九（Ⅰ群）には見られないことにも注意したい。また、本稿で指摘したように前後の巻で系統を異にし書写奥書も異なる、巻三十四（Ⅲ群・非釜田本系）・巻三十五（Ⅳ群・釜田本系）の両方に、他巻と共通して注記があることも興味深い。つまり、この注記は永正年間書写とは異なる時期に、新

西源院本	26	27	28	29	30	31	32	33	34	35	36	37	38		
流布本	25	26	27	28	29	30	31	32	33	34	35	36	37	38	
梵舜本	25	26	27	28	29	30	31	32	33	34	35	36	37	38	
米沢本	26	27	28	29	30	31	32	33	34	35	36	37	38	39	
前田家本	26	27	28	29	30	31	32	33	34	35	36	37	38	39	
釜田本	26	27	28	29	30	31	32	33	34	35	36	37	38	39	
今川家本	26	27	28	×	29	30	31	32	33	34	×	35	36	37	38
「余本」	26	28・27	30・29	31	32	33	34	35	36	37	38	39			

【1】

※巻27から29まで「余本」注記なし

【2】

たに補配が行われた際に書かれたものなのではないか、と推測できるのである。そして、そうだとするなら、釜田本系本文の巻も非釜田本系本文の巻も同時期に筆写されたと考えざるを得なくなる。すなわち、巻二十一、巻二十三～巻三十八の「永正書写ではない」巻の補配はほぼ同時期（おそらく、巻二十四・巻三十四が書写された天文十三年十月ごろか）に一括して行われ、そしてそれはすでに釜田本系の巻と非釜田本系の巻が交雑したものだったということになる。

さらなる検討が必要であるが、そう結論しておきたい。

戦国期の大名達の熱心な書写活動を背景とする今川家本は、前半部の一筆書写部分（Ⅱ・A群）は、概ね甲類本から乙類本にかけての本文を示し、巻一の増補記事以外には比較的後出の要素は少ないと見られる。しかし、本稿で述べてきたように、後半の巻のうち、永正書写ではないⅢ・Ⅳ群部分の巻は少なくとも二系統の伝本から構成されており、そのために甲類本の形態から逸脱することとなったと考えられる。

本稿は、主に外形的な特徴への注目のみに終始してしまったが、巻二十一の補配のされ方や巻二十八・巻三十四周辺の記事の欠落、「余本」の注記などからは、現存する伝本とは異なる巻区分をした伝本の存在がさまざまに想定できた。それらは乙類本系統の一形態と見られ、現存伝本でも『太平記』の諸本の多様性は決して狭くはないが、戦国期に戦国大名達の関心などに応じて、より多様な伝本が流通し、交雑しあう状況にあったことがわかる。

『太平記』は巻数も多く、一度にすべてを借用書写できないことも多かったらしいことは日記などからもうかがえる。そうした貸借の過程で一部の巻が失われたり、補われたりすることもあったに違いない。そのため、『太平記』の伝本には今川家本のような補配を経たものも少なくない。本稿で今川家本との関係を指摘した釜田本もまた前半部分と後半部分は系統を異にする。『太平記』の伝本が、巻単位で系統を異にする場合があるのも、親本段階での補配がその原因になっていることもあるだろう。したがって、ある伝本全体で統一した改訂の方向性を探り、特定の文芸的方向性を考えていくような場合、その伝本の書誌的性格を正確に把握し、その検討が可能かどうかが吟味されなければならず、『太平記』という作品の諸本研究はかなり困難な問題を抱えているのである。

注

（1）米原正義『戦国武士と文芸の研究』（桜楓社、一九七六年十月）、小和田哲男『戦国大名と読書』（柏書房、二〇一四年一月）など。
（2）巻三十九は水濡れによる欠損箇所が多いが、巻一とほぼ同文の奥書で、巻一と巻三十九は同筆の書写でもある。
（3）長坂成行『伝存太平記写本総覧』（和泉書院、二〇〇八年十月）
（4）小秋元段「国文学研究資料館『太平記』および関連書マイクロフィルム資料書誌解題稿」（『国文学研究資料館調査収集事業部調査研究報告』二十六、二〇〇六年三月）
（5）前掲注（3）長坂著書
（6）前掲注（1）米原著書「駿河今川氏の文芸」注（17）
（7）零本では永和三年（一三七七）以前の書写かと思われる永和本、転写本では長享三年（一四八九）写本の写しである梵舜本、「宝徳古写」（宝徳は一四四九～五二）の写しという宝徳本がある。
（8）高橋貞一『太平記諸本の研究』（思文閣出版、一九八〇年四月）
（9）高橋貞一『新校太平記　上・下』（思文閣出版、一九七六年一月）
（10）鈴木登美惠「玄玖本太平記略解題」（『玄玖本太平記（五）』勉誠社、一九七五年二月）。「三十九巻に分割してゐる本、卽ち、巻第二十二を缺く四十巻本」である甲類本（神田本・南都本・西源院本・玄玖本の四系統）、「甲類本の巻第二十六・二十七の二巻に相當する部分を三巻に分割して、全體を四十巻に分割してゐる本」である乙類本（毛利家本・前田家本・吉川家本・米沢本・梵舜本・流布本の六系統）、「甲類本の巻三十二相當部分を二巻に分割し、甲類の巻第三十五のうちから所謂〝北野通夜物語〟を別に一巻として巻第三十八に当て、更に甲類の巻第三十六・三十七の二巻を併せて一巻として、全体を四十巻に分類している」丙類本（天正本の系統）、「甲類の巻第十四から十八までの五巻に相當する部分を七巻に分割して、全體を四十一巻に分割してゐる本。及び、甲類の巻第十四から十八までを七巻に分割した上、甲類の巻第三十八・三十九・四十の三巻を四巻に分割して、全體を四十二巻に分割してゐる本」の丁類本（京大本の系統）に分類する。

（11）小秋元氏による「本文は南都本系に比較的近いようであるが、……全体の厳密な調査は今後の課題である」（前掲注（4）小秋元論文）や「同本は四分類法では未分類の状態にあるが、その本文は南都本に比較的近い部分が多い。ただし、巻三十六や巻三十八では乙類本に近く、……乙類本系本文の古型を保つものと考えられる」（小秋元段「『太平記』の古態をめぐる一考察――巻三十八を中心に――」〈『中世文学』五十三、二〇〇八年六月〉）といった言及のほか、長坂氏も「『太平記』の本文形成の複雑な様相を究明する上で、詳細な検討が要請される本である」（前掲注（3）長坂著書）と述べられている。

（12）巻一は二丁オの本文冒頭に章段名がないが、巻一の冒頭は「序」で本来章段名がないためA群の形態と判断した。

（13）現在の今川家本は全冊同一の表紙になっており、当初の表紙題がどのようであったのかは不明で、その点には問題が残る。

（14）毛利家本については、小秋元段「毛利家本の本文とその世界」（『太平記・梅松論の研究』汲古書院、二〇〇五年十二月）がある。

（15）前掲注（3）長坂著書。前田家本は他本の巻十九から巻二十途中までを巻二十とし、以降巻二十一途中までを巻二十一とするが、区切れ位置が今川家本とは大きく異なる。

（16）前掲注（4）小秋元論文

（17）前掲注（3）長坂著書

（18）書写形式（A群）や筆跡（I群と同筆）からI群と同時期の書写と推測される。

（19）前掲注（10）鈴木著書

（20）前掲注（8）高橋著書に「巻二十九は、巻頭の三章、宮方京攻事、将軍上洛事付阿保秋山河原軍事、将軍親子御退室事の記述を欠き、越後守自石見引返事にて始まる」「巻三十五、巻頭の新将軍帰洛事付擬討仁木義良事の一章を欠く」とあり、前掲注（3）長坂著書には、「巻二九は「越後守師泰自石見引返事」から始まり、他本にある「宮方京攻事」「将軍上洛事付阿保秋山河原軍事」「将軍親子御退室事付井原石窟事」（大系本の章段名で示す）を欠くことになる。」とある。

（21）長坂成行「龍門文庫蔵『太平記』覚書」（『青須我波良』三十二、一九八六年三月）が多くの諸本を分類している。

（22）他に豪精本・野尻本・学習院本などが同じ。

(23) 小秋元段・北村昌幸・長坂成行・和田琢磨『校訂京大本太平記　下』「解説」(勉誠出版、二〇一一年三月)
(24) 高橋氏は釜田本のこの巻について「章段といひ、目録といひ、神田本によく一致する巻で、神田本と同類といへよう」とされる(前掲注(8)高橋著書)。今川家本の本文は比較的梵舜本とよく一致する。
(25) 前掲注(3)長坂著書は「本文改訂のあり方を考える上で興味深い写本であり、精査が望まれる」と述べている。
(26) 「廉頗藺相如を妬む事」を「「妙吉侍者の事」「始皇帝蓬萊を求むる事」の後に移動させ」「上杉・畠山の行動を連続させている」(前掲注(23)による)。
(27) なお、今川家本は本巻に長文の脱文がある。章段区切り、異文などの特徴は毛利家本とも同じである。
(28) 鈴木登美恵「太平記の本文改訂の過程――問題点巻二十七の考察――」(『国語と国文学』四十一―六、一九六四年六月)。高橋貞一氏も釜田本の巻二十八について「今川家本と同類」(前掲注(8)高橋著書)とする。
(29) 鈴木登美恵「太平記に於ける切継(きりつぎ)について」(『中世文学』八、一九六三年三月)
(30) 前掲注(10)鈴木著書は、釜田本の巻二十三以前を丁類本に、巻二十四以後を乙類本に分類する。
(31) 小秋元段「巻三十六、細川清氏失脚記事の再検討」(前掲注(14)小秋元著書)
(32) 前掲注(11)小秋元論文
(33) 前掲注(11)小秋元論文
(34) 前掲注(21)長坂論文、小秋元段「米沢本の位置と性格」「毛利家本の本文とその世界」(前掲注(14)小秋元著書)などが諸本の巻二十三・巻二十四改訂の様相を論じている。
(35) 『太平記』伝本のなかには、例えば釜田本巻十二に、他本にある北野天神縁起説話が見られないように、しばしば任意に既存の記事を欠落させたりすることもある。しかし、巻二十三の「孫武事」は、典拠から大きく改変した形で故事引用を行うことの多い『太平記』にあって、原典の『史記』孫子呉起列伝を用いつつ、『六韜』竜韜立将篇から忠実な漢文体で引用されているなど特異な点もあり、これを欠く今川家本の形態が原態のものである可能性が高い。
(36) 前掲注(29)鈴木論文

(37) 釜田本の切り継ぎ前の原態については別に論じる用意がある。
(38) 高橋氏・長坂氏ともに筆跡の一致を指摘している。筆者もその認定を支持する。
(39) 梵舜本とも本文的にかなり近い。また梵舜本は、本文でも章段を細かく区切っているが、冒頭の章段名が「義宗義治東国軍事」である点は今川家本と一致する。
(40) 京大本には「三はんに饗場の命鶴がさきかけて、花一きの六千よきすゝんだり」(引用は前掲注(23)書による)とある。
(41) 前掲注(3)長坂著書
(42) 梵舜本・流布本は、巻二十二の欠巻を埋める処理を行っているため、巻数が繰り上がる。
(43) 今川家本の巻二十七と巻二十八の区分には諸本異同なく、巻二十八と巻二十九の区分は上述の通り、釜田本系統との交渉によって章段が脱落しており、考察対象にできない。

[附記]

貴重な資料の閲覧にご高配を賜りました関係諸機関にあつく御礼申し上げます。特に陽明文庫文庫長名和修先生には今川家本の閲覧に際し、様々なご配慮を賜りました。重ねて御礼申し上げます。

また、本稿は名古屋中世文芸・歴史研究会第一回例会(二〇一二年十二月十五日:中京大学)での口頭発表をもとにしたものです。席上、貴重なご意見・ご教示を賜りました方々にあつく御礼申し上げます。

『吾妻鏡』刊本小考

小秋元　段

一　『吾妻鏡』刊本をめぐる先行研究

江戸時代、『吾妻鏡』は刊本としておびただしく流布した。まず、古活字版としては、慶長十年（一六〇五）跋刊の伏見版をはじめ、三種類が存在する。整版本は寛永三年（一六二六）に開版された。版木は一種類のみだが、この一版をもって長期にわたり、刷られつづけた。

『吾妻鏡』刊本をめぐる先行研究は多くはない。川瀬一馬は『増補古活字版之研究』[1]において、古活字版に三種類の本があることを指摘し、これを以下のように分類した。

（一）伏見版

（二）慶長末元和初刊本

（三）寛永中刊本

川瀬の研究において何よりも重要なことは、（一）の種別の本を伏見版と特定した点にある。（一）の本には巻頭の「新刊吾妻鏡目録」の末に「冨春堂新刊」という刊記が存する。川瀬は林鵞峰撰文の「老医五十川了庵春意碑ノ銘」（『鵞峰先生林学士文集』巻六十七所収）を通じて、この「冨春堂」が京都の医師、五十川了庵であること、了庵が徳川家康の命により『吾妻鏡』を刊行したことを明らかにし、（一）の本が伏見版に該当すると指摘した。一方、（二）については、伏見版が有界であるのに対して、「無界なるの他、配字等は全く同一」と述べ、（三）についても、「前本の飜印本であつて、配字等も全く同一」と指摘する。（一）に比べると、その記述は簡略といわざるをえない。後述するが、（二）（三）の配字に関するこの指摘には、問題も含まれている。

その後、『吾妻鏡』刊本の考察を進めたのは阿部隆一である。まず、阿部は『振り仮名つき吾妻鏡　寛永版影印』所収「解題――吾妻鏡刊本考――」[2]において川瀬と同じく、古活字版を三種に分類する。

（一）慶長十年跋刊伏見版
（二）〔慶長元和間〕刊
（三）〔元和末〕刊

阿部のいう（一）（二）（三）は、川瀬のそれに対応している。一方、版種としては一つでありながら、多数の求版後印本をもつ整版本については、以下のように整理する。

（一）初印丹表紙献上本
（二）早印丹表紙本
（三）杉田良菴玄与求板印本
（四）野田庄右衛門寛文元年求板印本
（五）寛文元年野田庄右衛門求板後印本（双辺単辺混合）
（六）寛文元年野田庄右衛門求板後修本（単辺）

このうち、（一）は内閣文庫蔵本（一四八／三二）、（二）は慶応義塾大学附属研究所斯道文庫蔵本をあげている。巻末には寛永元年（一六二四）の林道春（羅山）の跋文が付されており、そこには、土師（菅）玄同の弟の聊卜が、これまで読解に困難をともなった『吾妻鏡』に訓点と和訓を施し、これを上梓する旨が記されている。そして、この跋のあとに、「寛永三年三月日／菅聊卜刊正」との刊語がつづいている。なお、この形式は（一）（二）とも同様であることから、両者を区別する必要はないように思われる。

菅聊卜によって刊行された『吾妻鏡』は、その後、（三）杉田良菴玄与によって求版本が出される。さらにその後、（四）野田庄右衛門によって求版される。当初は刊記に埋木を施す以外、版木に手を加えることはなかったが、のちには四周双辺であった匡郭の内側の枠を削り、四周単辺とする本が現れた。その際、羅山の跋の末尾と刊記のある半葉のみを新刻している。それが（六）の寛文元年野田庄右衛門求板後修本（単辺）である。匡郭を双辺から単辺に改めた理由は不明で、阿部も「どうしてこうした無用と思われる様な手間をわざわざかけたのか不思議である」と述べている。そして、訓点が匡郭の内枠にかかっていることが多く、版の摩滅が進むと印面が汚く見えるので、内枠そのものを削ったかと推測している。このほか、阿部は野田庄右衛門の刊記をもつ本で、双辺の巻と単辺の巻の混合した本、すなわち（五）寛文元年野田庄右衛門求板後印本（双辺単辺混合）の存在を指摘する。阿部はこれを、双辺から単辺へ移行する過程の刷りか、単なる寄せ本（取合本）か判定しがたいとしている。この点は本稿でも検討を加えたい。

『吾妻鏡』刊本をめぐる先行研究は上記二氏によるものに尽きるといってよい状況であったが、近年、柳沢昌紀が市立米沢図書館に（三）杉田良菴玄与求版印本で、「江戸本町三町目／杉田勘兵衛尉開板」との刊記のある本を紹介したことは特筆される。(3)このことにより、従来ともすれば同一書肆として認識されることもあった杉田良菴玄与と杉田勘兵衛尉が別人であることが判明した。また、それだけでなく、杉田勘兵衛尉が江戸に出店をもっていたと考えられることや、他店の出版物に自らの名を付して販売することもあったことなど、書肆としてのその性格が明らかになったのである。

これらの先行研究を踏まえ、本稿では阿部によって整理されてきた整版本『吾妻鏡』の諸問題について主に考察してゆきたい。阿部の研究は全体を的確に俯瞰しており、その評価は揺るぎないものと考える。だが、古活字版から整版への移行をめぐっては、その考えに修正が必要な点や、いくつかの新事実を付け加えうる点がある。また、寛文元年野田庄右衛門求板後印本（双辺単辺混合）の存在をめぐっては、判断が保留されている。この点については、双辺単辺混合の本を広く実見し、そのような本が生まれる理由を考察しなければならない。およそ以上のような問題を本稿では扱い、『吾妻鏡』刊本のより精確な理解を導きだしたいと考える。

二　古活字版から整版へ

阿部隆一は整版本『吾妻鏡』の底本を伏見版と特定する。阿部の「解題――吾妻鏡刊本考――」では、そのことが以下のように繰り返し述べられている。

・本版はテキスト・行格共に伏見版によったもので、……

・本版は伏見版と行格を等うする重刊で、首目及び首尾題の体式を同じうする。

・承兌の跋は伏見版のそれの覆刻である。

確かに、伏見版は現存する古活字版『吾妻鏡』のなかでも現存本が多く、最も流布した版種であると推測できる。整版本の開版者、菅聊卜が入手できる蓋然性は高かったであろう。阿部の指摘以降、整版本の底本を伏見版とする考

えは受け継がれており、すでに定説化しているといってよい状況である。(4)

しかし、はたして伏見版は本当に整版本の底本だったのか。残念ながら、阿部の論ではそのことが論拠を示すかたちでは述べられていない。その一方で、整版本が伏見版以外を底本にしたとする見解も提示されている。『中京大学図書館蔵国書善本解題』(5)に所収された寛永三年版『吾妻鏡』の解題がそれで、そのなかで項目担当の森まさしは、「本書は前項（二）慶長元和中刊古活字版を底本にして寛永三年に刊行された整版本である」と明確に述べている。ここでいう慶長元和中刊古活字版とは、阿部の分類による〔慶長元和間〕刊本のことである。善本解題という限られた字数のなかでの解説であるため、森がそのように判断した根拠は書かれていない。だが、筆者は森の慧眼に脱帽するものである。私見でも〔慶長元和間〕刊本こそが整版本の底本になったと考えるからだ。以下にその根拠を述べよう。

まずは伏見版と〔慶長元和間〕刊本の字詰めである。(6)両者とも毎半葉十二行二十字、注小字双行であることに変わりはない。前述のとおり、川瀬一馬は配字等は同一であると指摘した。しかし、実際には両者の配字には微妙な違いが存在する。そして、そのような箇所で整版本は〔慶長元和間〕刊本に一致を見せるのだ。**図1**を参照されたい。巻一・本文第一丁オの図版である。七行目に注目すれば、伏見版は行末を「海」にするのに対して、〔慶長元和間〕刊本と整版本は行末を「入」にする。これは同行で伏見版が「廿四日」とするところを、〔慶長元和間〕刊本と整版本が「二十四日」に作ったため、一字分増えたことによっている。

このほか、**図1**の四行目の「廿／二十」、九行目の「条／條」の違いからも、〔慶長元和間〕刊本と整版本の一致がわかるだろう。また、八行目で伏見版が安徳天皇の享年を「八」としか記さず、「歳」を欠く点も目を引く。このような差異が伏見版と〔慶長元和間〕刊本には全体を通じて散見され、その際、整版本は〔慶長元和間〕刊本に一致を見せるのだ。さらに、**図1**に注目すれば、整版本の字体は〔慶長元和間〕刊本のそれによく似ることに気づくであろう。すなわち、整版本は〔慶長元和間〕刊本に筆で訓点・振仮名・送仮名を書き入れた本をそのまま版下にして、開版されたものと推定されるのだ。

『吾妻鏡』は和風漢文体で記述されるが、書状の引用等の部分では漢字平仮名交の文体も登場する。当然そこでは平仮名活字と行書体活字が使用される。**図2**に巻四第一丁ウの図版を掲げた。伏見版は古拙な印象を強く与える字体である。それに対して、〔慶長元和間〕刊本の字体は筆癖の強い、個性的な書風である。注目されるのは、整版本がこの書風をそのまま引き継いでいることで、整版本が明らかに〔慶長元和間〕刊本の印面そのものを版下に用いていたことがわかるであろう。

図1　『吾妻鏡』巻一第一丁オ

新刊吾妻鏡巻第一
安徳天皇　高倉院第一皇子御母建礼門院
治承四年二月廿一日受禅同四月廿二日即
位
壽永二年八月廿日新帝践祚
文治元年三月廿四日於長門國門司浦投入海
水
攝政内大臣　六条攝政一男
治承三年十一月十六日任内大臣
白氏長者十七日叙二位　勅授牛車随身同日
可列左大臣上之由被　宣下四年二月廿一日

伏見版（国立公文書館内閣文庫所蔵）

図2　『吾妻鏡』巻四第一丁ウ

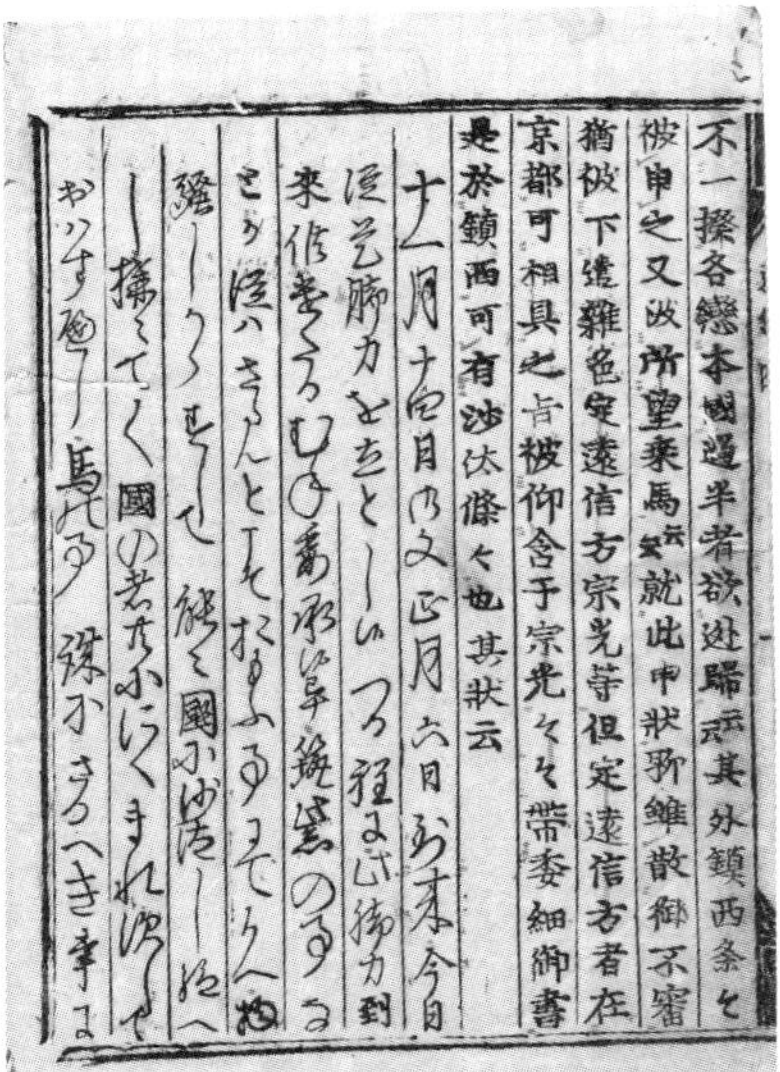
不一揆各戀本國還半者欲迯歸云々其外鎮西条々
彼申之又依所望乗馬云々就此中状聊雖散御不審
猶被下遣雜色定遠信方宗光等但定遠信方者在
京都可相具之旨被仰含于宗光々々帯委細御書
是於鎮西可有沙汰條々也其状云

伏見版（国立公文書館内閣文庫所蔵）

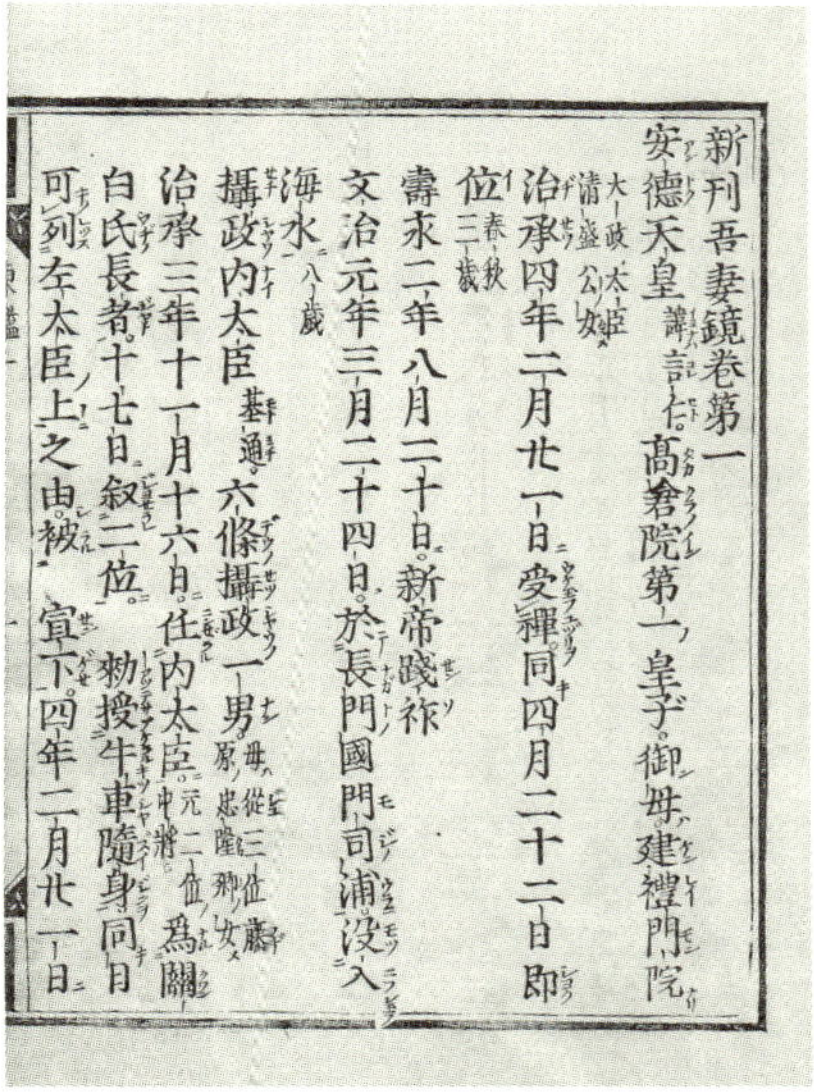
新刊吾妻鏡巻第一
安徳天皇 諱言仁 高倉院第一皇子 御母建禮門院
治承四年二月廿一日受禪 同四月二十二日即
位 三歳
壽永二年八月二十日 新帝踐祚
文治元年三月二十四日 於長門國門司浦没入
海水 八歳
攝政内太臣 基通 六條攝政一男
治承三年十一月十六日 任内太臣 為關
白氏長者 十七日 叙二位 勅授牛車隨身 同日
可列左太臣上之由 被 宣下 四年二月廿一日

整版本（国立公文書館内閣文庫所蔵）

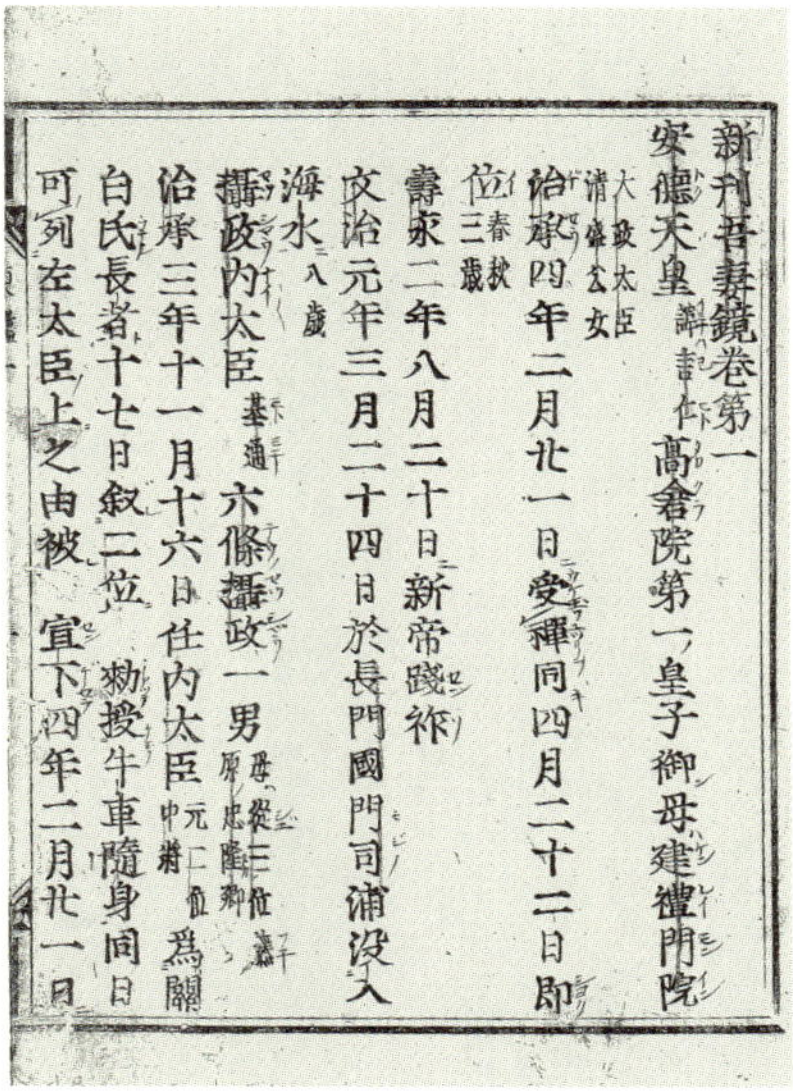
新刊吾妻鏡巻第一
安徳天皇 諱言仁 高倉院第一皇子 御母建禮門院
治承四年二月廿一日受禪 同四月二十二日即
位 三歳
壽永二年八月二十日 新帝踐祚
文治元年三月二十四日 於長門國門司浦没入
海水 八歳
攝政内太臣 基通 六條攝政一男
治承三年十一月十六日 任内太臣 為關
白氏長者 十七日 叙二位 勅授牛車隨身 同日
可列左太臣上之由 被 宣下 四年二月廿一日

〔慶長元和間〕刊本（東洋文庫所蔵）

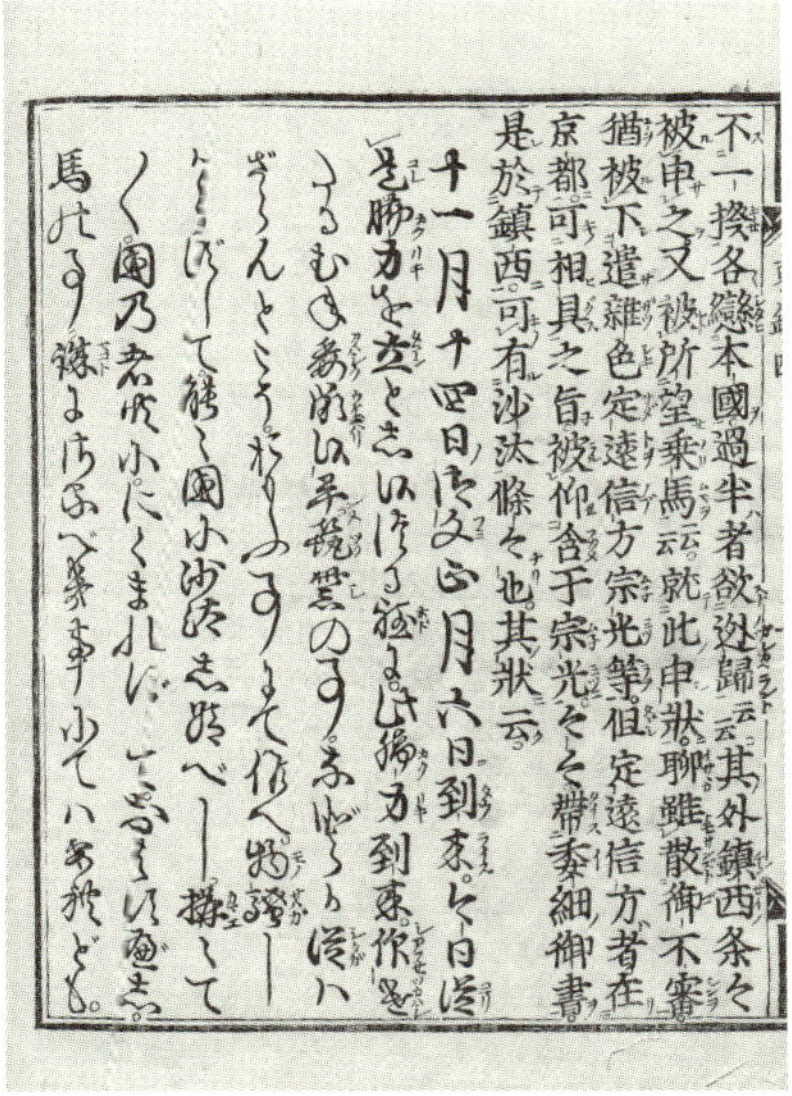
不一揆各纔本國過半者欲迎歸云々其外鎮西条々
被申之又被所望乗馬云々就此申状聊雖散御不審
猶被下遣雑色定遠信方宗光等但定遠信方者在
京都可相具之旨被仰含于宗光々々帯委細御書
是於鎮西可有沙汰條々也其状云

整版本（国立公文書館内閣文庫所蔵）

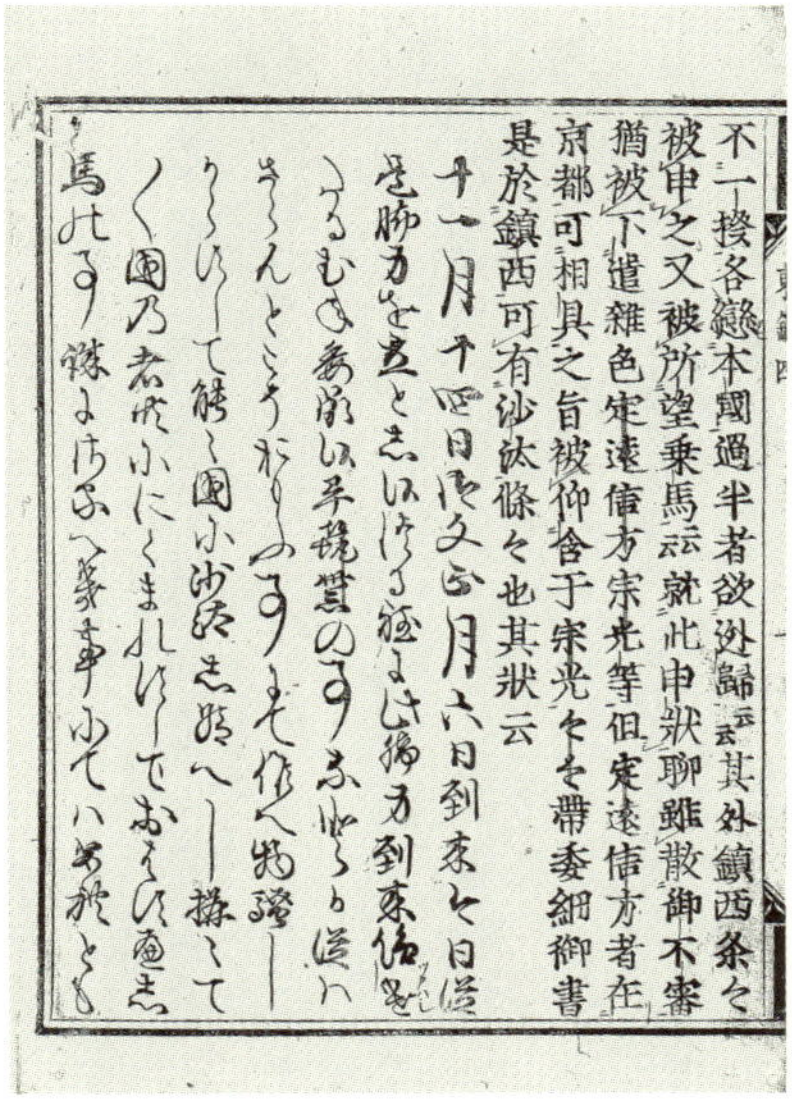
不一揆各纔本國過半者欲迎歸云々其外鎮西条々
被申之又被所望乗馬云々就此申状聊雖散御不審
猶被下遣雑色定遠信方宗光等但定遠信方者在
京都可相具之旨被仰含于宗光々々帯委細御書
是於鎮西可有沙汰條々也其状云

〔慶長元和間〕刊本（東洋文庫所蔵）

そもそも伏見版は有界本である。本文に訓点・振仮名・送仮名を書き入れるには、行間の罫線が邪魔になる。その点でも、無界本である〔慶長元和間〕刊本の方が底本に採択されるに相応しい。ちなみに、書誌的な側面にふれれば、整版本の匡郭内法（巻一巻頭）は二三・三×一七・三糎で、〔慶長元和間〕刊本の二二・五×一七・四糎に近い。伏見版は二二・七×一七・〇糎だから、整版本に比べて印面が縦長である。なお、古活字版の三種目にあたる〔元和末〕刊本は他本と同様、十二行でありながら、一行の字詰めは二十二字であるので、整版本との関係はないものと認められる（川瀬が慶長末元和初刊本と「配字等も全く同一」としたのは誤認）。

三　〔慶長元和間〕刊『吾妻鏡』の制作環境

ここで〔慶長元和間〕刊本の平仮名活字・行書体活字について一言する。

これらの活字は筆画を強調するほか、御家流の書体に比べてわざとバランスを崩す字形を志向するなどの特徴をもつ。この斬新な書体は嵯峨本所用の活字を想起させるものだが、より厳密にいうならば、嵯峨本『伊勢物語』（慶長十三年〈一六〇八〉初刊）のごとき典型的な嵯峨本の誕生の前段階に現れるいくつかの古活字版と共通するものである(7)。具体的には慶長の前半に刊行されたと推測される舞の本がそれに該当し、新村出記念財団重山文庫・天理大学附属天理図書館所蔵『史記』（零本で僚巻の関係にある）表紙裏張に用いられた「八島」（図3）、これと異植字版の関係にある龍門文庫所蔵「八島」、大英図書館所蔵「満仲」が残存している。

〔慶長元和間〕刊『吾妻鏡』と重山文庫所蔵『史記』表紙裏張の舞の本「八島」の活字を比較してみると、図4a「二十四」の「二」の第一画、左斜め上から入筆する点、「十」の第一画を左斜め下から持ち上げるようにして筆を運

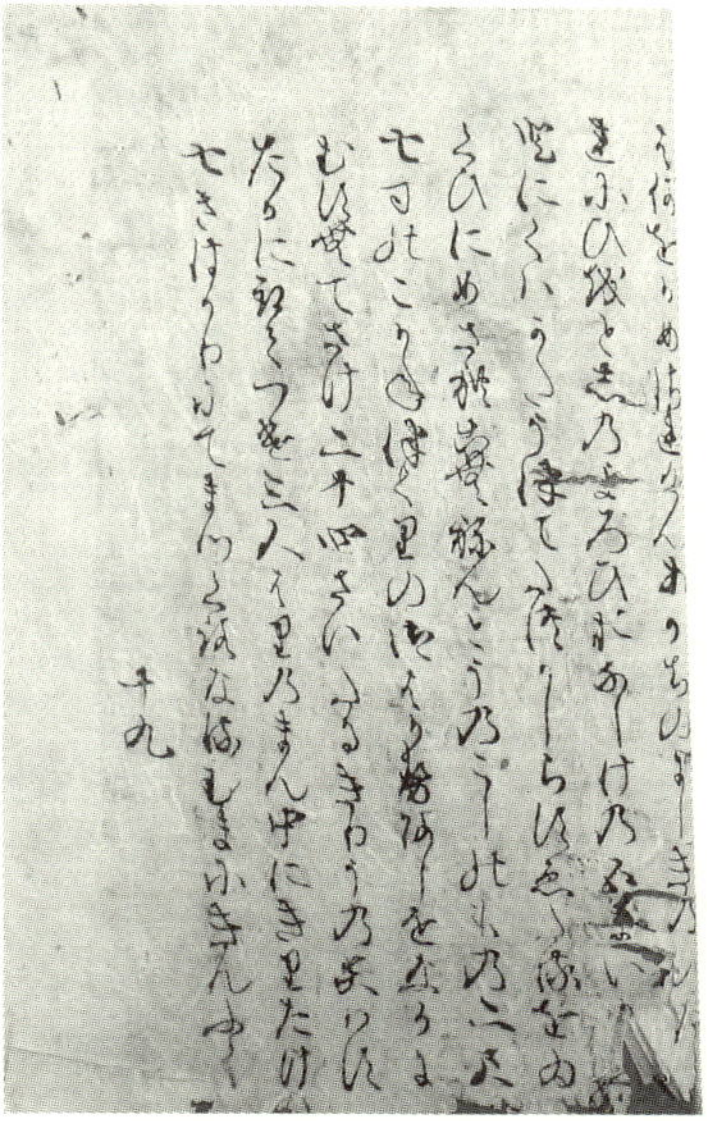

図3　新村出記念財団重山文庫所蔵『史記』表紙裏張の「八島」

び、右下へ向けて筆を押さえ、さらに第二画への連綿を僅かに見せる点、「四」の第二画の波打つようなデザイン的な筆の動きなど、その共通性が一目瞭然である（同一筆者の版下によるものではないかという思いを抱かせるほど、両者は酷似している）。それは**図4b**の「三人」でも同様であろう。第一画と第二画の入筆の角度が、**図4a**の「二」に通じる。平仮名の書体もよく似ており、**図4c**の「に」は、第一画でにんべんの名残を屈折で示す点が特徴的だ。**図4d**の「な」では、最

図4右〔慶長元和間〕刊『吾妻鏡』巻四（国立公文書館内閣文庫所蔵）
左『史記』表紙裏張「八島」（新村出記念財団重山文庫所蔵）

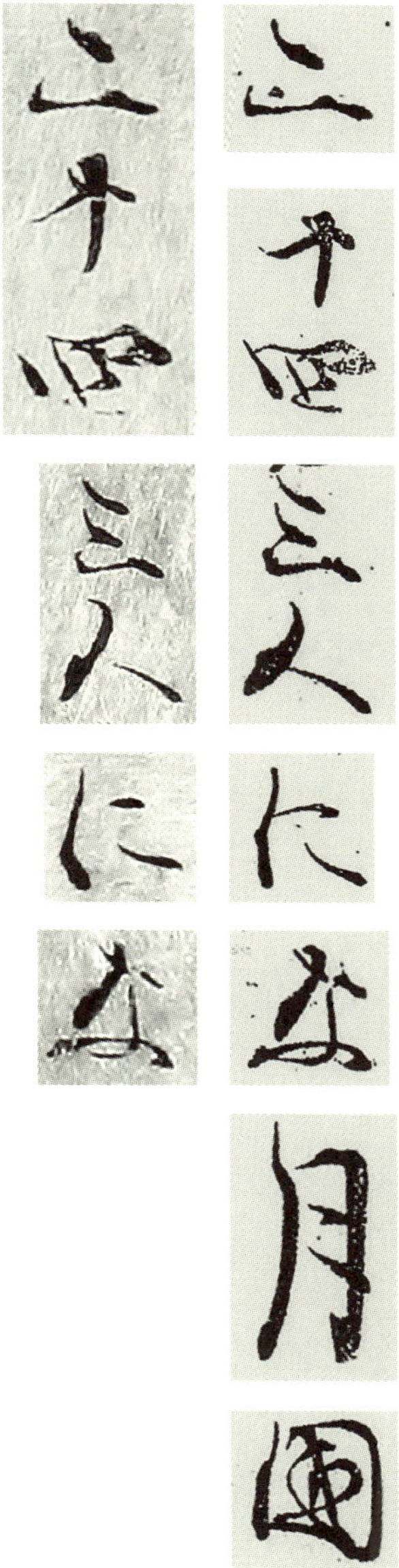

a　一ウ6　一ウ6
b　五オ2
c　四ウ1
d　三ウ6
e　一ウ6　一ウ11

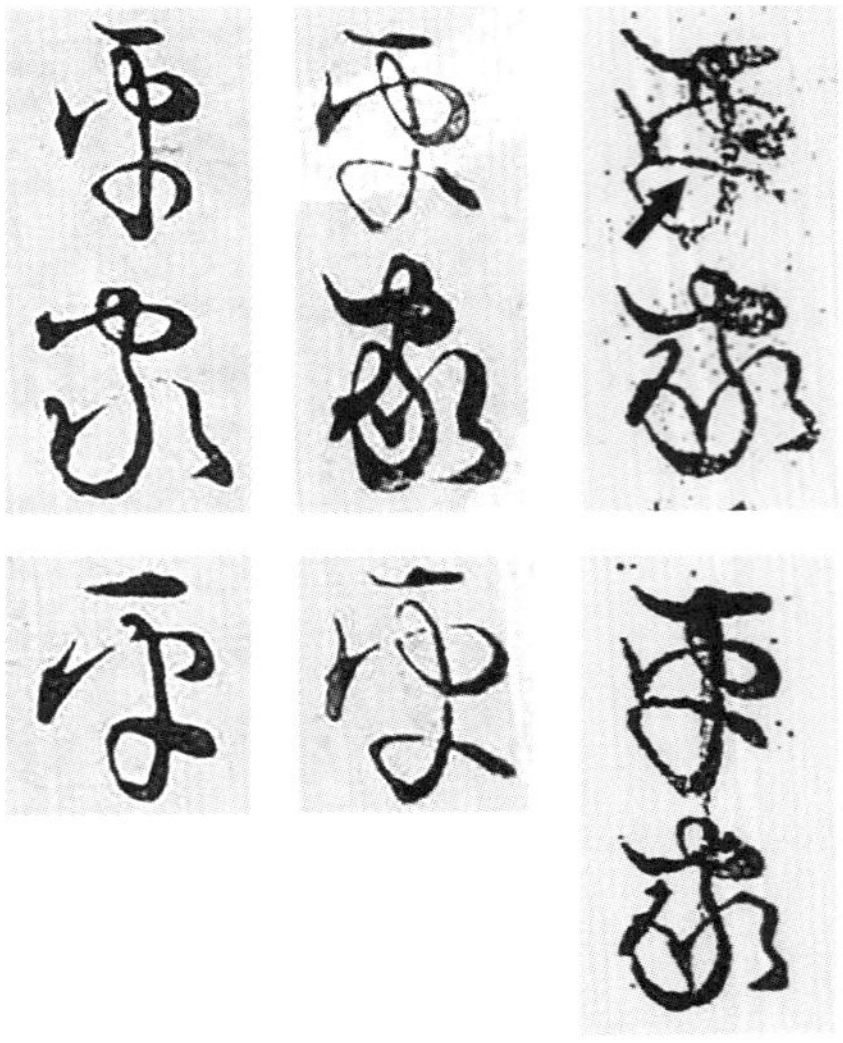

七オ1
七ウ2

図5右　〔慶長元和間〕刊『吾妻鏡』巻四（国立公文書館内閣文庫所蔵）
中　光悦謡本特製本〈鞍馬天狗〉（法政大学鴻山文庫所蔵）
左　光悦謡本上製本〈鞍馬天狗〉（同右）

終画を大きくとる書体がともに個性的といえるだろう。また、〔慶長元和間〕刊『吾妻鏡』と大英図書館所蔵「満仲」とを比較しても同様のことがいえる。(8)「満仲」の書影をここに掲げることはできないが、**図4e**の「月」「國」で、第一画を軽く入筆し、しかるのち、勢いよく線を降ろす書体が共通している（「満仲」では第九丁ウに「月」、第一丁ウに「國」が見える）。また、「月」の第三画・第四画をともに右下がりに打つところも特徴的といえようか。

　これら舞の本の特徴ある書体の周辺には、さらに雰囲気を同じくする活字印本がある。その代表が光悦謡本の特製本である。数多くの版種をもつ光悦謡本では、その活字書体は特製本のものと上製本のものとに大別される。そして、表章の研究により、上製本の誕生が特製本に対して先行すること、上製本の書体が後続の光悦謡本諸版に影響を与え、特製本の書体は孤立することが明らかにされている。(9)〔慶長元和間〕刊『吾妻鏡』の書体はこの特製本に類似する。試みに『吾妻鏡』、特製本、上製本を比較するため、**図5**に三者の活字を並べた。ここに示したとおり、「平」字の第四画から第五画への連綿で生じる空間（矢印参照）を大きくとるところが、『吾妻鏡』と特製本の共通点として指摘できる。上製本ではその空間が小さく、シャープな印象を与える。同丁の別活字を見ても同様のことがいえ、『吾妻鏡』と特製本の字形がやや重い印象を与えるのに対して、上製本の字形は洗練され洒脱な感じのものとなっている。

〔慶長元和間〕刊『吾妻鏡』の平仮名活字・行書体活字の書体が慶長年間刊古活字版舞の本や光悦謡本特製本のものと共通することは、何を意味するのであろうか。舞の本「八島」は嵯峨本『史記』の表紙裏張に用いられていたことからわかるように、角倉素庵の嵯峨の印刷工房と深い関係にある。また、光悦謡本特製本は光悦謡本中特殊な位置にあるとはいうものの、その装訂は嵯峨本を代表するものの一つであることに変わりはない。〔慶長元和間〕刊『吾妻鏡』の平仮名活字・行書体活字の版下筆者は、これら嵯峨にゆかりある本の書体をものにしていた。そのことは、〔慶長元和間〕刊『吾妻鏡』も嵯峨の地とかかわりをもちながら開版されたのではないか、という推測を導く。

もともと『吾妻鏡』の初の古活字版である伏見版も、嵯峨ゆかりの刊行物と位置づけることができる。徳川家康の命を受け、刊行の事に当たった五十川了庵は、角倉素庵のいとこに当たる女性を妻としていた。了庵という人物が、資力の面でも技術の面でも大部の古活字版を開版しえた背景には、嵯峨の印刷工房との関係があったのである。(10)また、『吾妻鏡』の大尾に整版で付された西笑承兌の跋文は、伏見版・〔慶長元和間〕刊本とも同版である。つまり、了庵のもとから、〔慶長元和間〕刊本の刊者のもとへ版木が譲られたものと見なされる。ここにも両版の緊密さをうかがうことができ、〔慶長元和間〕刊本が嵯峨との関係のなかで開版されたという推測が補強できるのだ。

四　整版本の特殊な丁をめぐって

話を整版本に戻す。

整版本が〔慶長元和間〕刊本を覆刻し、その字体をよく保存していることは、述べてきたとおりである。だが、そこには僅かではあるが、明らかに書風を異にする丁も存在している。巻九では一丁から八丁にかけてがそうした丁であり、**図6a**にその図版を掲げた。古活字版の重厚な字体を引き継ぐ他丁に比べ、文字が小さく細く、右上がりな点が特徴だ。他に、巻十第四十一丁、巻十一第三十～三十二丁が同様である。巻十第四十一丁は漢字平仮名交で書状が引用される丁だが、あの特色ある書風は影を潜めている。当該丁において、本文としては整版本と〔慶長元和間〕刊本に異同があるわけではない。なぜ、このような丁が混じっているのであろうか。これは原本ならずとも、影印本を繙いたことのある人なら、共通に抱く疑問のはずである。

整版本の本文を〔慶長元和間〕刊本と比較してみると、稀にではあるが本文を校訂した箇所のあることがわかる。巻一を例としてあげれば、第十丁オ十二行目～ウ一行目、〔慶長元和間〕刊本が「為前武衛於大将軍、欲顕叛逆之志者、読終忠清之、斯事絶常篇」とするくだり、整版本は「之」を「云」に改めている。同様に、第二十二丁オ二行目～三行目、〔慶長元和間〕刊本が「定綱等云、令誘引之処、称有存念、不伴来者、重国之、存子息之儀、已年久」とするくだり、整版本は「之」を「云」に改めている。この二箇所、伏見版もその底本となった北条本もともに「之」に作るから、〔慶長元和間〕刊本はそれを忠実に覆刻したわけだ。だが、整版本では意味が通るようにこれを「云」に改めたのである（吉川家本等も「云」）。

つぎに、第二十三丁オ十一行目～十二行目、〔慶長元和間〕刊本が「仍最前被遣御書、其旨趣令厳密之上者、相催在庁等、可令参上」とするくだり、整版本は「令」を「令旨」とする。この部分、北条本は「其趣、令旨厳密之上者」とあったが、伏見版が〔慶長元和間〕刊本と同様に誤刻した。整版本は「令旨」の語を復活させ、文意の通るように改めたのである。第二十六丁ウ三行目～四行目、〔慶長元和間〕刊本が「此名字衆人未覚称悟不可然由、再三雖令書

図6　整版本『吾妻鏡』（国立公文書館内閣文庫蔵本）

a　巻九第一丁オ

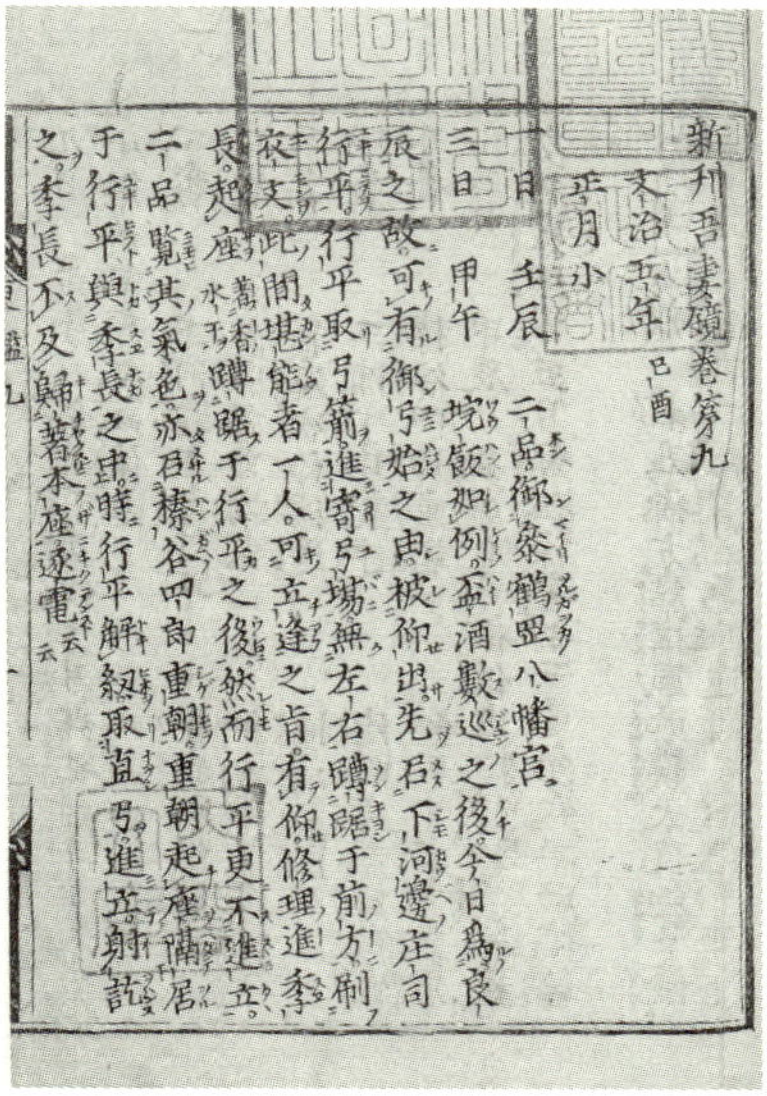

新刊吾妻鏡巻第九
文治五年 己酉
正月小
一日 壬辰 二品御參鶴岡八幡宮
三日 甲午 垸飯如例 盃酒數巡之後 今日為良
辰之故 可有御弓始之由 被仰出 先召下河邊庄司
行平 行平取弓箭進寄弓場 無左右蹲踞于前方 剰
衣文已下比間 甚能者一人 可立逢之旨 有仰 修理進季
長起座 水干萬杳 蹲踞于行平之後 然而行平更不進立
二品覧其氣色 亦召榛谷四郎重朝 重朝起座 猶居
于行平與季長之中 時行平解紐取直弓 進立射訖
之 季長不及歸着本座 遂電云云

b　巻一第二十三丁オ

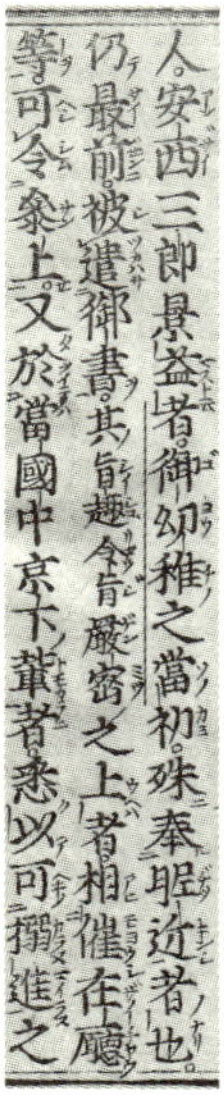

人 安西三郎景益者 御幼稚之當初 殊奉昵近者也
仍最前被遣御書 其旨趣令旨厳密之上者 相催在廳
等可令參上 又於當國中京下輩者 恣以可搦進之

c　巻一第四十四丁ウ

傳聞之以降 雖卜居於近國 偏存關東一味之儀 頻
忽緒平相國禪閤威之故 今及此攻云云
二日 庚辰 今日藏人頭重衡朝臣淡路守清房

「改」とするくだり、整版本は「衆人未覚悟、称不可然由」と改めている。「称悟」も伏見版にはじまる誤りである。第四十四丁ウ十行目〜十一行目、〔慶長元和間〕刊本が「偏存関東一味之儀、頻緒平相国禅閤威之故、今及此攻云云」とするくだり、整版本は「緒」を「忽緒」としている。むろん、「緒」では意味をなさず、「忽緒」が正しい。ここでも〔慶長元和間〕刊本は、伏見版にはじまる誤刻を引き継いだのである。

これら〔慶長元和間〕刊本の誤刻を改訂した部分は、底本の文字を版下に使用できないわけだから、補筆したものが版下となる。実は本節の冒頭に言及した整版本に見られる書風を異にする丁の筆跡は、これら〔慶長元和間〕刊本の改訂部分の筆跡と同じなのである。**図6b**に第二十三丁オの改訂部分の図版を載せた。〔慶長元和間〕刊本の「令」を「令旨」に改めるにあたり、版下の修正を最低限に収めるべく、「其旨趣令旨厳密」の七文字をやや小さめに彫っている。そして、この七文字の筆跡が書風を異にする丁の筆跡と同じであるということも了解されよう。同様に**図6c**として第四十四丁ウの図版も掲げた。整版本は〔慶長元和間〕刊本に対して「忽」一字を加えただけであるが、当該行には十分な余白があったため、行全体の版下を改めている。その筆跡はやはり書風を異にする丁のものと同じであることが確認できる。

整版本『吾妻鏡』の本文校訂は羅山の跋や刊語からわかるように、菅聊卜によって行われたものと考えられる。校訂箇所の筆跡も聊卜のものと判断してよいだろう。だとすると、それと同一の筆跡の巻九第一～八丁、巻十第四十一丁、巻十一第三十～三十二丁の版下は、いずれも聊卜が書いたということになる。なぜ、このような部分が存在するのか。これらの丁の本文には〔慶長元和間〕刊本との異同はない。だから、同本の印面を使うのが最も合理的だったはずである。それができなかったということは、聊卜が底本としていた本に、これらの丁が欠けていたと考えるのが自然であろう。他本を参看し、聊卜自ら欠丁部分の版下を書き下ろした結果、書風を異にする丁が混じったものと思われる。

五　寛文元年野田庄右衛門求板後印本（双辺単辺混合）の存在

最後に、阿部隆一が整版本の（五）としてあげた寛文元年野田庄右衛門求板後印本（双辺単辺混合）の存在について検討したい。

それに先だち、筆者の調査にもとづく整版本の分類を示すこととする。整版本『吾妻鏡』は全国各地の図書館・文庫に所蔵されており、そのすべてを確認することは今のところできていない。よって、以下は現時点での中間報告となる。

（一）寛永三年刊本（菅聊卜刊）

内閣（一四八／三二。献上本）（一四八／三五。林家献納本）（一四八／三三）（一四八／三四）、斯道、早大（リ五／四〇二）、成簣堂（二点あり）、米沢（ア一五）、中京大、府立総合（ト二一四・二／A九九。二点あり）、龍門国文研

（二）寛永三年刊後印本（刊記の「菅聊卜刊正」の前行に「蒲田屋」と刻す）

（三）杉田良菴玄与求版本

a旧式の冊編成

内閣（一四八／三一）（一四八／三七）、国会（二一〇・四二／A九九八／H）、早大（リ五／六一〇六）、米沢（ア一六）（林泉文庫／一七）、京大谷村、府立総合（ワ二二三／一〇）、堺市

b新式の冊編成

内閣（一四八／三六）、明大（欠巻六～十五）、北大（農学校／九五一／AZU）、豊橋（二一〇・四／八、刊記欠）、大和文華、臼杵

（四）野田庄右衛門寛文元年求版本（双辺本）

内閣（一四八／三八）、国会（W二一七／N九）、早大（リ五／四八五四）、北大（九五一・〇二一／AZU）、諏訪、高遠、岐阜大、京大吉田南

（五）寛文元年野田庄右衛門求版後修本（単辺本）

内閣（一四八／三九）（一四八／四二、有欠）（一四八／四三）、国会（一二三／四一）、国文研鵜飼、慶大、法大、福島県図、埼玉県文書、鶴舞、刈谷村上、金沢稼堂、府立総合（ワ二一四・二／A九九）、陽明、岩国徴古（三点あり）、多和、鹿児島大玉里

阿部の分類との違いを示せば、阿部のいう（一）初印丹表紙献上本と（二）早印丹表紙本は区別せず、一括してまとめた。ただし、菅聊卜の刊行本のなかには、「寛永三年三月日／菅聊卜刊正」とある刊語のうち、年紀と刊者名の間に「蒲田屋」と付刻する本がある。これは菅氏の出身地、播磨国飾磨郡蒲田にちなむものである。今のところ、国文学研究資料館蔵本一本を確認している。他の菅聊卜刊行本より、僅かながら後印と思われる。つぎに、（三）杉田良菴玄与求版本には冊の編成を異にする二種類の本がある。ともに二十五冊としながら、一つは第四冊に巻六、第六冊に巻九、第七冊に巻十の一巻を充てるものである。当該の三巻の分量が多いための措置で、その分、十二・十三・十五・二十・二十二の各冊は三巻分を収めている。もう一つは、第二十二冊に巻四十二から巻四十四、第二十五冊に巻五十から巻五十二の三巻を充て、あとは各冊二巻ずつ収める本である（以上、**表1**参照）。前者は先行する菅聊卜刊行本の冊編成と一致し、後者は後続の野田庄右衛門求版本の冊編成と一致する。よって、杉田良菴玄与求版本には前期と後期の本があったものと思われるため、a旧式の冊編成・b新式の冊編成の区分を設けた。

さて、問題の寛文元年野田庄右衛門求板後印本（双辺単辺混合）について、阿部は以下のように述べる。

或る巻は双辺、或る巻は単辺（双辺の内わく削除）であるが、同一巻内に単辺と双辺の葉が混合していることはない。内閣文庫蔵本（148 40）がそれで、次掲本の如く全て単辺になる過程の刷りであるか、それとも寄せ本であるか、断定し難い。斯道文庫には同様に単辺と双辺の巻が混るが、刊記が杉田良菴のそれである本がある。承兌の跋はないが、首目巻一が単辺の本なので、欽失か否かは明かでない。内閣文庫本と同様、表紙から見ると寄せ本らしくないが、単辺・双辺両者の料紙がやゝ違っているから、後の合せらしい。此については、同様の本がさらに出て来なければ、判定し難いから後攷を俟ちたい。

阿部は双辺単辺混合本として内閣文庫蔵本をあげ、これが双辺本から単辺本に移行する過程での誕生か、単なる取合本か、判断しがたいとしている。また、双辺単辺混合の本で杉田良菴玄与の刊記をもつものとして斯道文庫蔵本があるとする。こちらについては取合本らしいとするものの、最終的な結論はさらに同様の本の出現を待ってからとして、結論を保留する。

実は、このような双辺単辺混合の本は、少なからぬ点数が各地に所在している。これまで筆者が実見したものはつぎの九点である。

a内閣文庫蔵本（一四八／四〇）
b慶応義塾大学附属研究所斯道文庫蔵本（ヒ二一〇／二四／二五）
c国立国会図書館蔵本（W二一七／N一〇）
d国立国会図書館蔵本（八三九／六）
e豊橋市中央図書館羽田八幡宮文庫蔵本（二一〇・四／七）
f中京大学豊田図書館蔵本（二一〇・四二／A九九）
g酒田市立光丘文庫蔵本（二五九三）
h北海学園大学北駕文庫蔵本（国史／二二一〜二六）
i鶴見大学図書館蔵本（二一〇・四二A）

このうちh北海学園大学北駕文庫蔵本とi鶴見大学図書館蔵本は、双辺・単辺の冊が装訂を異にしているため、取合本であることが容易に判断できる。他は同一の装訂であるため、検討が必要である。なお、**表1**として、a内閣文庫蔵本からg酒田市立光丘文庫蔵本までの、諸本の取り合わせの状況をまとめた。

まず、阿部もとりあげたa内閣文庫蔵本は、鼠色空押卍繋文様表紙の二十六冊本である。表紙は改装であり、原装

表1　諸本の巻次編成、双辺単辺混合の状況（巻45は原欠）

冊	旧式	新式	a内閣	b斯道	c国会	d国会	e豊橋	f中京大	g光丘
一	目・1	目・1	目・1 単	目・1 単	目〜2 単	目・1 単	目・1 双	目・1 単	目・1 単
二	2・3	2・3	2・3 単	2・3 双	3 双	2・3 双	2・3 双	2・3 古活	2・3 双
三	4・5	4・5	4・5 単	4・5 双	4・5 単	4・5 双	4・5 双	4・5 単	4・5 単
四	6	6・7	6 双	6・7 単	6・7 単	6・7 単	6・7 単	6・7 単	6・7 双
五	7・8	8・9	7・8 単	8・9 単	8 双（早印）	8・9 単	8・9 単	8・9 単	8・9 双
六	9	10・11	9 単	10・11 双	9 双（早印）	10・11 単	10・11 単	10・11 単	10・11 単
七	10	12・13	10 単	12・13 双	10・11 単	12・13 双、14・15 単	12・13 単	12・13 単	12〜14 単
八	11・12	14・15	11・12 単	14・15 双	12・13 単	16 双、17 単	14・15 単	14・15 双	15〜17 単
九	13・14	16・17	13・14 単	16・17 双	14・15 双	18・19 単	16・17 双	16・17 単	18〜20 単
十	15・16	18・19	15・16 単	18・19 双	16・17 単	20・21 単	18・19 双	18・19 単	21〜23 単
十一	17・18	20・21	17・18 単	20・21 双	18・19 単	22〜24 単	20・21 双	20・21 単	24〜26 単
十二	19〜21	22・23	19〜21 単	22・23 双	20・21 単	25 古活、26・27 双	22・23 双	22・23 単	27〜30 単
十三	22〜24	24・25	22〜24 単	24・25 単	22・23 双（早印）	28・29 古活、30・31 写	24・25 双	24・25 単	31〜33 単
十四	25・26	26・27	25・26 単	26・27 単	24・25 双	32〜35 双	26・27 双	26・27 単	34〜36 単
十五	27〜29	28・29	27〜29 双	28・29 単	26〜29 単	36・37 古活、38・39 単	28・29 双	28・29 単	37〜39 単
十六	30・31	30・31	30・31 双	30・31 単	30・31 単	40・41 双	30・31 双	30・31 単	40・41 単
十七	32・33	32・33	32・33 単	32・33 単	32・33 単	42〜44 双	32・33 双	32・33 単	42〜44 単
十八	34・35	34・35	34・35 単	34・35 双	34・35 単	46・47 双	34・35 双	34・35 単	46・47 単
十九	36・37	36・37	36・37 双	36・37 双	36・37 単	48・49 双	36・37 双	36・37 単	48・49 単
二十	38〜40	38・39	38・39 双	38・39 双	38・39 単	50〜52 双	38・39 双	38・39 単	50〜52 単
二十一	40・41	40・41	40 単	40・41 双	40・41 単	（双辺部は野田版）	40・41 双	40・41 単	
二十二	43〜46	42〜44	41・42 単	42〜44 双	42〜44 単		42〜44 双	42〜44 単	
二十三	47・48	46・47	43〜46 単	46・47 双	46・47 単		46・47 双	46・47 単	
二十四	49・50	48・49	47・48 単	48・49 双	48・49 単		48・49 双	48・49 単	
二十五	51・52	50〜52	49・50 単	50 単、51・52 双	50〜52 単		50 双	50〜52 単	
二十六			51・52 単	（双辺部は杉田版）			51・52 双（双辺部は野田版）		

時から双辺単辺混合であったとは断定できない。**表1**に示したとおり、各冊の巻次編成は旧式のものをとりながらも、第二十一冊に巻四十の一巻を充て、全体を二十六冊に仕立てるという、他に類例を見ないものとなっている。注意されるのは、第四冊（巻六）のみ補修が加えられていて、この冊だけに「蘭／□」の陰刻方形朱印があることだ。明らかに後の補配と考えてよい。このことを踏まえれば、本書は単辺の冊を主体に、第四冊を除く双辺の冊、第四冊の三種を取り合わせたものといえるだろう。印面に注目すれば、第四冊を除く双辺の冊は刷りがよく、単辺の冊は磨滅が顕著である。双辺から単辺への移行の過程で生まれた本であるならば、印出の時期は近接していたはずで、このような落差は生まれないものと思われる。なお、表紙が原装でないもの、冊編成が旧式・新式のどちらにもあてはまらないものは、取合本である蓋然性が高いことを付言しておく。

つぎにb慶応義塾大学附属研究所斯道文庫蔵本である。本書は後補淡縹色型押花菱文様表紙に原題簽をとどめる。杉田良菴玄与の刊記をとどめることから、双辺の諸巻は杉田良菴玄与求版本であることがわかる。そもそも杉田求版本は、野田庄右衛門の求版本に先行する本である。野田の双辺本ではなく、杉田の本が野田の単辺本と原装時より一具で製本されることはありえまい。したがって、取合本と判断される。なお、第二十五冊は一冊のうちで単辺と双辺が混合している。これも改装時の取り合わせによる処置だろう。

他本も検討してみよう。c国立国会図書館蔵本（W二一七／N一〇）は後補の香色表紙をもつ。第二・五・六・九・十三・十四冊が双辺本だが、このうち第五・六・十三冊は他の三冊に比べて早印で、しかも紙質もよい。単辺本に、二種類の双辺本を混合して成った取合本と判断される。d国立国会図書館蔵本（八三九／六）は後補青表紙に刷題簽を存する（ただし、巻数の表記は墨書）。**表1**のとおり、本書は双辺本・単辺本だけでなく、〔元和末〕刊古活字本と補写の巻も交える。様々な本を取り合わせ、さらに不足する巻を書写によって補った本と判断される。二十冊に仕立てるのも、取り合わせの一端を示していよう。e豊橋市中央図書館羽田八幡宮文庫蔵本は後補縹色表紙に刷題簽を存する（ただし、巻数の表記は墨書）。本書で目を引くのは、単辺本の第四冊（巻六・七）のうち、巻六第三十丁のみを双辺本で補っている点だ（本丁のみ紙高を異にし、虫損の箇所も前後の丁と合わない）。取り合わせ時に、欠丁を別本で補ったものだろう。なお、第二十五冊に巻五十の一巻を充て、全体を二十六冊にするのも異例。f中京大学豊田図書館蔵本は後補淡縹色空押七宝繋文様表紙に原題簽をとどめる。本書は単辺本を主体とするが、第二冊に〔慶長元和間〕古活字本、第八冊に双辺本を交える。不足する冊を二種の別本で補った取合本である。第二冊のみ双辺刷枠題簽に書名・巻次を墨書するのは、もともとこの冊が題簽をもたなかったためであろう（古活字版にはもともと題簽を有さない本が多い）。g酒田市立光丘文庫蔵本は原装と思しき縹色表紙に、原題簽を残す（ただし、巻数には補筆を交える）。現状では二十冊だが、多くの冊の後見返に「廿五冊ノ内／松屋源右衛門」との識語があり（ただし墨滅）、二十五冊本から改装されたことがわかる。その際、原表紙・原題簽を流用し、題簽のうち、巻数の合わない冊については補筆を行ったのであろう。取り合わせも改装時に行われたものか。

右のように、双辺単辺混合の本は内閣文庫蔵本、斯道文庫蔵本のほか複数存在するが、いずれも取合本と認定される。したがって、これが野田庄右衛門のもとで双辺本から単辺本に移行する過程で生まれたと考えることはできない。なお、付け加えれば、『吾妻鏡』において、これだけ多くの取合本が存在することは興味深い現象ではなかろうか。取り合わせを行い、表紙を改めて同一のものとし、さらには原題簽をとどめるものや刷題簽を付すものもある。欠巻のある本に対して不足分を補い、それを一揃いのものとして販売するという営為のあったことが確認できるのである。誰が、どこで、どのようにしてそれを行っていたのか、気になるところだ。

六　むすび

以上、『吾妻鏡』刊本をめぐり、いくつかの小発見を報告した。まず、整版本の底本は通説の伏見版ではなく、〔慶長元和間〕古活字本であると特定される。〔慶長元和間〕刊本は平仮名・行書体活字に、慶長年間刊古活字版舞の本や光悦謡本特製本と同様の書体をもつことから、嵯峨の印刷工房とのかかわりが想定できる。整版本はこの〔慶長元和間〕刊本に訓点・振仮名・送仮名を付して精確に覆刻したものである。だが、欠丁も存在したらしく、その丁については刊行者の菅聊卜自身が本文を書写し、版下を作成した。現在、整版本で目にする書風を異にする丁は、聊卜の補った部分である。最後に、阿部隆一がその存在を指摘した寛文元年野田庄右衛門求板後印本（双辺単辺混合）は、すべて取合本であることを確認した。これを双辺本から単辺本への移行期に現れた本と見なすことはできないのである。

版本『吾妻鏡』をめぐっては川瀬一馬・阿部隆一により網羅的な研究が行われたが、右の諸点を付け加えることで、実像はより明らかになるのではなかろうか。

注

（1）川瀬一馬『増補古活字版之研究』上巻二二〇～二二六頁（A・B・A・J、一九六七年十二月。初版、安田文庫、一九三七年十月）。

（2）阿部隆一『振り仮名つき吾妻鏡　寛永版影印』所収「解題――吾妻鏡刊本考――」（汲古書院、一九七六年五月）。

（3）柳沢昌紀「寛永期の江戸の本屋・杉田勘兵衛尉」（『書籍文化史』第三号、二〇〇二年一月）、「近世前期の書肆・杉田勘兵衛尉をめぐる諸問題」（『中京大学図書館学紀要』第二十四号、二〇〇三年五月）。
（4）例えば、佐藤和彦・谷口榮編『吾妻鏡事典』二九七頁（東京堂出版、二〇〇七年八月）。
（5）中京大学図書館編『中京大学図書館蔵国書善本解題』（新典社、一九九五年三月）。
（6）〔慶長元和間〕刊本は東洋文庫、東京大学史料編纂所、京都大学附属図書館、東大寺図書館に所蔵される。また、近時、高木浩明は金光図書館にも所蔵されていることを紹介している（「古活字版悉皆調査目録稿（六）」『書籍文化史』第十六号、二〇一五年一月）。
（7）小秋元段『太平記と古活字版の時代』第二部第四章「嵯峨本『史記』の書誌的考察」（新典社、二〇〇六年十月。初出、『法政大学文学部紀要』第四十九号、二〇〇四年三月）参照。
（8）大英図書館蔵日本古版本集成四八〇「MANJŪ　満仲」（マイクロフィッシュ、本の友社、一九九六年二月）による。
（9）江島伊兵衛・表章『図説光悦謡本　解説』第二章一「特製本（イ）と特製意植本（ロ）」、二「上製本（ハ）と追加本（ト）」（有秀堂、一九七〇年十月）。
（10）小秋元段注（7）前掲書第一部第一章「五十川了庵の『太平記』刊行——慶長七年刊古活字本を中心に——」（初出、『文学・語学』第百六十四号、一九九九年九月）参照。

［補記］
本稿は、野上記念法政大学能楽研究所共同利用・共同研究拠点「能楽の国際・学際的研究拠点」における共同研究「能楽研究所所蔵資料に基づく文献学的・国語学的研究」の成果の一部である。

統一戦争の敗者と近世都市
――三木落城譚を中心に――

樋口大祐

一　はじめに

近年、室町幕府の終焉を足利義昭が京を離れた元亀四年（一五七三）に求める定説に対する再検討が盛んである。藤田達生氏は天正四年（一五七六）に義昭が備後の鞆に上陸し、本願寺に働きかけて織田信長包囲網を形成した時期には、彼を中心とする鞆幕府と、信長の安土幕府が並存する状況であったと指摘している[1]。この状況は本願寺が勅命講和により石山から退去し、播磨や丹波の反信長勢力が一掃された同八年（一五八〇）に終焉する[2]。しかしその間、畿内近国では両者の中間に位置した人々は命がけの選択を強いられた。丹波・摂津・播磨等では、籠城した多くの非戦闘員が殲滅・処刑され[3]、信長方についた人々も含め、外来の軍事集団の下、検地等の諸政策により政治能力を剝奪された[4]。死者たちの記憶は暫くは生々しい形で残っていたであろう。しかしその記憶の語り方は、新たな支配者との関係性によって大きく規定されていくことになる。

戦国時代の歴史は、天下統一のサクセスストーリーの枠組みで想像されることが多く、我々は皆その影響を免れることはできない。十六世紀の歴史を複数化するためには、そこから排除された存在に目を向ける必要があり、戦国・

近世軍記には、そのための材料が多く残されているが、さまざまな制約や前提もある。本稿ではそのことを播州三木における別所一族の悲劇を記録した大村由己『播州御征伐之事』を中心に考察してみたい。

二　播磨攻略戦の流れと三木城

最初に信長―秀吉による播磨攻略戦の流れをまとめておきたい(5)。十六世紀後半の播磨では置塩城に拠る守護赤松家の勢力が衰え、東播磨では三木の別所氏、明石の明石氏、西播磨では御着の小寺氏、龍野の龍野赤松氏、備前に拠る浦上氏、宍粟郡の宇野氏等が半ば自律的な勢力として存在していた。天文二十三年（一五五四）と翌年、三好長慶は別所氏を攻めるが、最終的に攻略に至らず引き揚げる(6)。その後永禄二年（一五五九）、長慶の河内攻めの時には別所氏も参加しており、三好氏の与力として行動している(7)。

信長は義昭を奉じて上京した後、元亀二年八月頃、西播磨の制圧を試みている。この時点では織田軍は毛利とも友好関係にあり、守護赤松氏の置塩城に迫っている(8)。同三年、浦上宗景と別所長治が対立するが、天正元年十一月、信長は両者を上洛・対面させ、播磨・備前・美作における浦上氏の領知を認める朱印状を発行している(9)。信長は足利将軍に替わって、地域の紛争を調停し、新たな秩序を決定しうる力を示したのである。ただしこの時点では既存の勢力は基本的にその権益を保証されている。同三年七月、別所長治等は長篠合戦に勝利して帰洛した信長に出仕し、十月には、別所長治・小寺政職・赤松広貞・浦上宗景等が上洛して信長に拝謁している(10)。播磨は「信長の平和」の下に入っていたのであり、長治はその後も複数回上京している(11)。

しかし他方、同四年、石山本願寺が義昭の呼びかけに応じて信長と戦端を開き、七月の木津川口合戦では、瀬戸内水軍に援護された本願寺側が圧勝する[12]。翌年十月末、羽柴秀吉は播磨に出陣し、各所で人質を徴収、但馬攻略を経て抵抗する西播磨の上月城に向かい、十二月初めに陥落させるが、婦女子を含む籠城した人々を虐殺する（「女子供二百余人、備前・美作・播磨三ヶ国の堺目に、子をば串に刺し、女をばはた物にかけ並べ置候事」[14]）。これが秀吉が籠城衆に対して行った虐殺行為の初見である。

秀吉が姫路の小寺孝高（黒田官兵衛）と三木の別所一族を重視し、孝高の息子と別所重棟の娘の縁組を指示している[15]。しかしこの画策は実を結ばなかった。秀吉は翌年二月、改めて播磨に進軍し、書写山に陣を張るが、ここで別所長治が「存分」を申し立てて反旗を翻すのである[16]。三月の時点で本願寺は「三木、高砂、明石、その外の国衆皆々此方へ一味仕り候」との認識を示している[17]。同様の認識は毛利方にも見られ[18]、三木の別所氏、明石の明石氏、高砂の梶原氏の三者が抵抗勢力の中心と見なされていたことがわかる。四月には三木に近い細川で、直務支配を行っていた冷泉為純が別所方と戦って敗死している一方、三木方の野口城が破られている[19]。

しかしその後明智光秀・瀧川一益・丹羽長秀、更に信長嫡男信忠以下信雄、信孝、佐久間信盛等が播磨に向かっている[20]。秀吉だけでは対応不可能と見た信長の判断を示していよう。彼らは加古川沿いの神吉・志方・高砂攻撃に向かう[21]。信長は西播磨の上月城を事実上放棄して、東播磨攻略に専念する方針に切り替える[22]。七月、総攻撃にさらされた神吉城は陥落し、主将の神吉民部大輔は戦死[23]、高砂は七月までは毛利・本願寺の援護もあり、持ちこたえていたが、その後の状況はわからない[24]。

その直後の八月、摂津一円の支配を任されていた荒木村重が信長に反旗を翻して有岡城に立て籠もる[25]。播磨でも再度毛利方に転向する勢力が増え、小早川隆景書簡には「播州の儀、御着の小寺、姫路、野間、有田、志潟、三木、宇野へ申し合わせ、悉く一味仕り候[26]」とある。丹波八上城でも波多野兄弟が明智光秀の攻勢を防いでおり[27]、丹波から東播磨に至る地域で、同時的に複数の籠城戦が生じていた。しかしその後荒木方だった茨木、高槻が信長に帰順、[28]翌年三月には信長父子が伊丹表に出陣し、周囲に付城を構築して有岡を包囲する。[29]五月には秀吉が丹生山海蔵寺に夜襲をかけ、丹羽長秀も淡河城を降した。[30]毛利方は包囲された三木への兵糧を運び込む作戦を立て、九月には毛利方・別所方と織田方の平田大村合戦が起きる。[31]しかし六月には丹波八上城が陥落して波多野兄弟が処刑される。[32]九月には荒木村重が窮地打開のため有岡城を抜けて尼崎城に移るが、有岡は十一月に開城し、十二月には籠城していた多くの家族が京・尼崎で処刑されてしまう。[33]

そして翌年正月、三木も開城を余儀なくされ、別所長治は自刃するのだが、後述のように小林基伸氏は落城時にやはり虐殺があった可能性を指摘している。[34]その後には本願寺と信長の勅命講和が成立し、顕如が石山を退去する。[35]四月には一向宗徒が籠る英賀も陥落、五月には宇野氏の長水城が陥落して播磨が平定された。[36]尼崎の荒木村重は亡命、[37]八月には本願寺抗戦派の教如も石山を退去し、[38]反信長勢力はほぼ終息するのである。

播磨における反信長―秀吉戦争は、敗者の多くが処刑・虐殺される凄惨な戦いであった。死者の記憶の語られ方は、その近親者が新たな支配者と結んだ関係性の在り方によって規定される。次に、三木合戦に関する軍記テクストの考察に移りたい。

三　大村由己の『播州御征伐之事』について

三木合戦に関する最も古い軍記テクストは、大村由己の『播州御征伐之事』である。作者は三木出身の秀吉のお伽衆であり、『播州御征伐之事』は彼が記した秀吉の天下統一戦争記録群（『天正記』と総称）の冒頭に位置している。[39]

「天正八年正月晦日」との注記があるが、これは別所一族の自害からわずか二週間後に過ぎない。同書は冒頭、以下の記述から始まっている。

抑、播磨東《シ》八郡之守護別所小三郎長治、対二羽柴筑前守秀吉一、尋二矛盾之濫觴一、天正六年三月之初、秀吉、承《テ》二将軍之御下知《ヲ》一、西国為二征伐《ノ》之備《ト》一、下二向彼地一之事、長治一味同心《ノ》之故也。同月之七日、秀吉至《テ》二于播州国衙《ニ》一布《ク》レ陣《ヲ》。爰《ニ》、長治伯父別所山城守賀相《ヨシチカト》云有二佞人一。長治相語《ニヒテ》曰、秀吉入二此地一、有《リ》二自由之働一、殃終《ニ》可レ及《シトテ》レ身、逆《マニシテ》レ戈《ヲ》、従《リ》レ中途帰《リ》、於二三木《ノ》城郭《ニ》一楯籠《ル》。

この「播磨東八郡之守護」の記述は正確ではない。室町幕府体制下において別所氏はあくまで東播磨の守護代であった（別所氏が守護代の地位を得たのは、十五世紀末の播磨の動乱の際、孤立した守護の赤松政則を助けて大きな貢献があったからである）(40)。また、「秀吉、承《テ》二将軍之御下知《ヲ》一」とあるが、信長は生涯将軍職にはついていない。天正十年、朝廷から「太政大臣か関白か将軍」に推任する動きがあったが、どれも受けなかった(41)。別所氏を「守護」、信長を「将軍」とする記述は、同時代のものではなく、両者の地位を修飾する意図による後年のものであるように思われる。

第二に、秀吉以外の織田方の部将の影が著しく薄いことである(42)。

摂津国守護荒木摂津守村重、奉レ対二将軍一謀反《シテ》、而欲レ覆《シテ》二天下一。（中略）秀吉聞レ之、不レ移レ時日《ヲ》、至二摂州一、京都之御繕《ツクロイ》雖レ及二再三一、村重成《シテ》レ疑、不レ聞レ之。然則、馳二上京都《ニ》一、請二上意一、引二下御人数一、高槻茨木以レ調略《ヲ》成《シ》レ御味方、有岡一城攻《ニ》詰《メ》。

荒木の謀反に対応する行動が全て秀吉を主語としており、他の織田方の部将の動向が全く記されていない。同様のことはこれに先立つ神吉城攻めの記述においても窺える。神吉攻めは織田信忠を主将とし、織田方の総力を挙げたものであったが、『播州御征伐之事』では「此旨達二上聞一、従レ京都有《テ》二御出勢一」としか書かれていない。秀吉が信長の一部将に過ぎなかった時代に、このような書き方が可能であったかどうか、極めて疑わしい。

第三に、別所方の部将や芸州衆・雑賀衆については具体的な記述がある。

毛利輝元小早川隆景、三木之城可㆓見続㆒成《シ》㆑行、数百艘艤《フナヨソイシテ》　而夜中明石浦《ニ》、魚住《ウヲスミニ》盪《ヲシ》上《ル》。軍使　乃美《エハノウミ》兵部丞児玉内蔵大輔、此外、雑賀士卒成《シ》㆑加勢、堅《メ》㆑塁《ソコヲ》　居《ス》陣。（中略）天正七年九月十日、西国住人生石《ヲイシ》中務大輔平嶋一介、并紀州住人土橋平《ヘイノ》　丞渡辺藤左衛門尉、魁《サキカケトシテ》、　数万騎乞《イ》㆓案内者《ヲ》㆒、廻《マハリウラノ》㆓裡　手《エ》㆒、越㆓大村坂《ヲ》㆒、未明塀柵切崩《シ》、凌《ク》㆓剣難㆒（中略）鑓《ノ》前《ニテ》　死者五六百、其中《ニ》別所甚太夫同三太夫同左近将監光枝小太郎同道夕櫛橋弥五三高橋平左衛門三宅与平次小野権左衛門砥堀《トホリ》孫太夫、以上大将分、此外、芸州紀州之諸侍七八百、首墳積上被《ケリ》㆑置。(43)

別所方で戦死した「大将分」の人物名は他の一次史料には見えないが、それぞれ在地性を感じさせる。また、乃美・児玉が特記される等(44)、この記述は別所・毛利方の視点でなされている。個人的な感慨こそないものの、作者のこの合戦への思い入れの強さを表しているのであろう。大村由己は少なくともここでは秀吉賛美に終始しているわけではない。むしろ彼の同情は別所方にあったように思われる。

四　『播州御征伐之事』の三木落城記述

第四に、秀吉自身が「ほし殺し」(45)と自称した残酷な兵糧戦が強調されていることと、別所方の希望を入れ、責任者の切腹を条件に諸卒の命を助けたとされる点である。

秀吉、近習之人々六時分《ニテ》、三十人番屋《ニ》々名字《ヲ》書付、付城之主人《ニハ》　判形居《スヘサセ》、廻《マハサレタリ》。　若油断之輩不㆑依㆓上下㆒成敗《シ》、重者懸《カケ》㆑磔《ハリツケニ》、軽者誅殺《ス》。人々掉㆑舌恐《ケリ》　城内旧穀悉尽《クキ》、已餓死《スル》　者数千人、初食《イ》㆓糠蒭《ヌカワラ》㆒、中比食㆓牛馬鶏犬㆒、後刺《サイテ》㆓人

之肉《シシムラヲ》一　食事無レ限。

続けて、天正八年正月十五日、長治から「其等《(ママ)》両三人《ノ》事、来十七日申刻、可切腹相定了。然至二于今一相届《ル》諸卒、悉可二討果一事、不便《ノ》之題目也。以二御憐愍一於レ被二扶置一者可畏入者也。」との懇望状が秀吉方に出され、「秀吉感歎《シテ》、諸士《ヲハ》可相扶之由、有返答《アリ》、樽酒二三荷被レ贈入。長治快然《トシテ》、而妻子兄第《(ママ)》相伴、両日両夜之遊宴、寔以、歎《ノ》之中喜可レ知而已。」と事態が展開する。十七日、別所一族は自害する。

三歳之縁子《(ママ)》置レ膝上《ニ》、撫二後《ヲクレノ》髪一、胸下《ココロモトヲ》　一刀指、女房引寄、同枕差殺《シ》、絹《キヌ》引被《カツケ》　置。友之女房、同如《クニ》　生害《ス》。長治友之兄第《(ママ)》、手手取、広縁畳一帖敷《セ》、左右直《ニナヲリ》、各呼出、不レ違二気色一、闇《ニッコト》　咲《イ》、斯《ノ》度《ノ》之籠城相届之志、深二於海一、高二於山一。何日乎、報《セント》レ之思《イシ》　無二其甲斐一、相果《ル》事、無念無レ極。乍去、吾等両三人生害《シ》、諸士相扶之条、最後《ノ》之喜、不《トテ》レ過レ之、長治被《ケリ》レ切レ腹《ヲ》。

この後、別所方の小姓が短冊を秀吉方に持参したとされ、自害した人々の辞世とされる歌が六首、列記されている。しかし、他史料によれば、諸卒の救助を条件に一族の死を要求したのは秀吉本人であった[46]。さらに、小林基伸氏は諸卒が救助されたとの枠組み自体を疑問視している[47]。同年正月二十日の宇喜田直家書状[48]には、切腹した者以外を一所に追い詰め、番を付け置いて悉く殺すとの報告を受けたことが記されている。本願寺顕如[49]は、石山退去を門徒等に説明する理由として「抵抗を続ければ最後には有岡や三木同然になることは明らかである」との認識を示しており、秀吉の長宗我部元親宛書状[50]にも、秀吉自身の言葉として「三木正月十七日ニ悉刎首」と記されている。秀吉は翌九年夏の但馬の小代一揆の鎮圧の際も虐殺を行ったことを自身で報告している[51]。これ等の例から見て、少なくともこの時期、籠城戦の末路は全滅であるとの認識が世上で支配的だったこと、また秀吉自身それを宣伝していたことは否定できない。

従って、引用した別所一族の最期の様子は事実を伝えてはいない。大村由己は、秀吉に向かう別所方の人々の恨みを分散させ、一族の自害と引き換えに諸卒を救助したとの「美談」を創出する任務を負ったのである。長治の最期の述懐は死後の怨霊化を予言するような文言のぎりぎり手前の処で留まっている。『平家物語』に見られるように(52)、亡びた一族の鎮魂をその生き残りに委ねることは、為政者が怨霊の対象になることを回避する有効な手段と考えられていたのであろう。三木出身の大村由己に三木合戦の記録化が委ねられたのにも、同様の考慮があったに違いない。そして大村由己はかなりの程度まで、その要請を果したのである。

五　天正十三年の本願寺と大村由己

大村由己は同十三年七月、貝塚に移った本願寺顕如父子の許を訪れている。

中島天満宮会所由己と云人、始而御礼ニ被参也。御対面、新門様御同前也。依御所望新門様御前にて由己作ノ軍記ヲヨマルル也。一番別所小三郎兄弟腹切、諸卒ヲタクスル事。二番惟任日向守謀反、信長公御父子御最後其為体事。三ニ柴田修理亮ト江北ニテ合戦、秀吉御本意事(53)

新門跡教如は信長に対する抗戦を主張、別所や荒木と同一戦線に立っていた人物である。前述のように『播州御征伐之事』大村合戦の記述には、別所方を援護する雑賀衆の土橋平丞等の名が見えるが、これは本願寺の指示によるものであった。合戦の記述末尾には「此外、芸州紀州之諸侍七八百、首墳積上被レ置《ケリ》」との文言が存在する。この件りを教如の前で読むことは、五年前の戦争を死者の記憶と共に想起する、厳粛な効果を伴ったことであろう。ましてこの時期は、貝塚を含む泉南・紀伊地域における秀吉の攻略戦が遂行されたばかりであった。この最中、土橋平丞は亡命し、顕如は土橋の城に進軍した秀吉を見舞った。[54]この度も秀吉に抗戦した根来・粉河は壊滅的な被害を受けたが、太田城に籠城した雑賀衆（石山戦争に参加した人々とは別系統）は降伏時、宗徒五十余名とその家族が処刑された以外は許されたとされる。[55]大村由己はこの紀州攻略についても『紀州御発向之事』を書いているが、『播州御征伐之事』における落城時の記述は、むしろ太田落城時の秀吉の方針に酷似している。そこには、天下人となりつつあった秀吉の政治的思惑が影響していよう。『播州御征伐之事』の成立は、大村由己の本願寺訪問からそれほど遡らない時期だったのではないだろうか。

いずれにせよ、『播州御征伐之事』には、三木出身者の立場と秀吉に仕える者としての立場が、微かな（深い）不協和音を奏でている。この不協和音に耳を澄ますことが、戦国軍記としての当該テクストに対する読みの賭け金であろう。

六　秀吉を起源とする近世都市

『播州御征伐之事』の終結部近くには以下の記述がある。

秀吉、三木移《リ》㆑城郭《ニ》、清㆑地、疏《サラヘ》㆑堀、改㆑家、此先退散《スル》引㆓直人民㆒、呼㆓出町人㆒、門前成㆑市、当国之大名不㆑及㆑言、但州備州之諸侍、任㆓着到之旨、可㆑有㆑在城之旨、厳重之間、人々構㆑屋敷、双㆑門、不㆑経㆑日、立《ツ》㆓数千間之家㆒。皆人所驚耳目也。

他方、近世三木町には以下の秀吉の制札が保存されていた。[56]

条々

一当町江於打越者ハ、諸役あるへからざる事、

一借銭・借米年貢之未進、天正八年正月十七日より以前之事ハ令免許事、

一□き事、同商之さかり銭これをのそくへき事、

一一粒一銭□有之輩ニおゐてハ、直訴すへき事、

一をしかいあるましき事、

右あひそむくやからにおゐてハ、速ニ可加成敗者也、仍而如件、

天正八年正月十七日　秀吉（花押）

この第三条および第四条には欠字の部分があり、判読できない。しかし三木町はその写しを作成しており、そこでは第三条は「先年之通地子取ましき事、同商之さかり銭これをのそくへき事」と解釈されている(57)。秀吉が三木落城の時点で、三木町民の従来からの地子免除の特権を保証したというわけである。三木は落城後、杉原家次、前野直康等を経て、江戸開府以後は池田輝政の統治下に入り、元和元年（一六一五）、一国一城令によって城が破却され、さらに同三年の池田氏移封の後、明石藩主小笠原忠真の統治下に入る(58)。この小笠原氏の時代に、「三木城主無之付而、町人堪忍不成、端々町屋も明候付而、御訴訟之段聞召分、人足並地子米免許置候者也」との免許状が出る(59)。三木町の地子免除は城下町でなくなったために町が寂れていくのを防ぐ目的で、町民自身による「訴訟」の結果制定されたものなのであった。その後寛永十六年（一六三九）に備中松山城主水谷家の支配下に入り、再び地子免許状を得ているが(60)、地子免許の制定を三木落城時に遡ることはできないのである。

にもかかわらず、三木町民はこれを秀吉の時代に遡らせてその来歴を主張するようになる。延宝七年（一六七九）、延宝検地の際の勘定奉行の指達状に以下のようにある(61)。

播州三木郡三木町屋敷地子之儀、従先規免除ニ付而、先何共不申付被指置候由雖被窺候、池田三左衛門領地之節地子年貢被申付候由、百姓書付ニ相見候付而、高ニ被結入候様ニと先窺、付紙ニ申遣候へ共、比度太閤制札被指越、逐一覧候処、文字摺落候所も在之候へ共、文字続地子免許之様ニ相見候間、右地子如先規免除ニ水帳奥外書ニ可被記置候、以上（以下略）

三木町は池田氏時代に地子を徴収した経緯があるので、今回もリストに入れたところ、町人側から「太閤制札」が提出された。文字が摺り落ちて読めないところもあったが、文脈から判断して地子免除のようにも見えたので、それを許す事にした、というのである。小島道裕氏は「肝心の地子免除と書いてあるはずの部分のみが読めなくなっているのは、つまりこの時に磨滅させたのである」と解釈している。(62)

秀吉の制札の権威が認められた結果、三木町は地子免除を実現することが出来た。宝永四年（一七〇七）には本要寺内に「弁証碑」が立てられ、文政五年（一八二二）には『三木町御免許大意録』が書かれ、近代以降は延宝に免許を勝ち取った二人が「義民」として顕彰されるようになる。(63) 三木町民は、近世の社会体制の中でその地位を維持するために、征服者である秀吉の権威を逆手に取ることで対応したのである。

『播州御征伐之事』を増補した『秀吉事記』が書かれ、さらにこれに増補した『別所記』諸本が制作される中で、秀吉が諸卒を救助した話、さらにその後の振興策により「門前成ﾚ市」た話は、広く普及していった。(64) 三木町民の「太閤」権威の利用の背景には、この「門前成ﾚ市」言説の影響があったと思われる。『播州御征伐之事』末尾の記述は、このような太閤伝説の淵源にも位置しているのである。

七　播磨近世都市と秀吉

最後に、三木合戦に参加した東播磨の別の町、高砂、淡河と秀吉の関係について考察しておきたい。『播州御征伐之事』を踏まえ、在地の視点によって増補して書かれたとされる『別所長治記』(65)は、籠城戦に参加した「来野弥一右衛門」が「合戦ノ次第討死武勇ノ跡モ。後世ニハ名ヲダニ知人アルマジキヲ歎カシクテ。如此綴留ル者也」とされている。ここでは村上天皇に遡る別所の家系や（「別所小三郎長治ハ村上源氏具平親王廿六代ノ孫赤松入道円心ガ末葉也。領播州東八郡在三木ノ城得武将誉。其門葉繁昌ニシテ風俗異于他」）、秀吉の出自を蔑視する別所長治の発言が記されている（「侍ノマネヲスル秀吉ヲ大将ニシテ。長治カレガ先ニテ軍セバ。天下ノ物笑タルベシ」）が、梶原冬庵、淡河定範という、別所の与力的な武将の活躍も目立っている。前者は神吉城の攻防の際、三木より派遣された人々の一人として、「鎌倉権五郎景政ガ末葉梶原十右衛門入道冬庵」と紹介され、橋上で獅子奮迅の立ち回りを演じる。神吉民部が親族の裏切りで討取られ、神吉城が総崩れになると、彼は

軍ハ半ナルニ。キタナキ味方ノ有サマ也トテ。手ノ者卅人左右ニ随ヒ。打入敵ニココカシコニテ寄合戦ケルガ。郎等次第ニウタレ。主従三騎ニ成ケレバ雑兵ノ手ニカカランヨリハト吾役所ニ走帰リ。櫓ノ四方ニ火ヲ放。自害シテ烟ノ中ヘ飛イリ。名ヲ末代ニ残ケリ。（中略）コノ冬庵十三ノ年親ノ敵備前ノ国ノ住人萩原与市トテ大力ノ功者ヲ組打ニ打取シヨリ以来。度々ノ高名不知数。無双ノ勇士ト信忠モ感ラル

と讃嘆されている。史実では梶原氏は十六世紀半ばまで高砂に蟠踞しており、前述のように別所長治と同時に高砂も反織田方に立っている(66)。実はこの高砂城でも織田方との攻防戦があり、天正六年七月には本願寺顕如が、紀州衆に宛

て高砂を援護するよう催促していた。[67] 同七年七月の別所長治書簡からも、梶原氏が別所方であることがわかるが、[68] 同年十月の秀吉の小寺休夢宛て書簡では、同書簡を「梶平」に託したことが語られており、[69] 三木落城の頃には秀吉方に転向していたと思われる。

秀吉は同八年（または九年）四月、城割令をだし、赤松守護家の置塩を始め、御着、高砂、神吉、阿閉（付けたり梶原古城）、明石、平野、東条の諸城の破却を命じた。[70] その後高砂は紆余曲折を経て関ヶ原の合戦後、播磨五十二万石を与えられた池田輝政の統治下に入る。[71] 輝政は諸役免除の制札を立てて新たな港町高砂を創出するとともに高砂城も建設した。[72] にもかかわらず、ここにも秀吉から地子免許を得たとする説が伝承されている。[73] そこには、言説の政治的効果とは別の、太閤秀吉に対する承認願望のようなものが感じられる。

他方、淡河定範は「丹生山夜討淡河軍」の章段で登場する。荒木村重が有岡城に立て籠もったのに力を得た別所方は、花熊城と通じ、丹生山に城を築き、淡河を経由して毛利方の兵糧を三木に運び入れる計画を立てる。秀吉がそれを封じるために丹生山を攻め、「男女ノ無差別撫切ニ」したことを知った淡河弾正忠は、秀吉軍を山中におびき寄せ、雌馬を使って追い落とす作戦で見事成功する（「元弘ノ古楠正成ニモ劣マジキ弓取ト敵モ味方モ感ジケル」）。淡河は戦闘に負けて退却したのではなく、勝利を得つつも余力を残して引き際を誤らなかったという位置づけであり、パフォーマンスにたけた悪党的武士の俤を与えることに成功していよう。大村合戦で彼は自害するが、最期まで存在感を発揮する。

爰ニ淡河弾正ハ今日ノ軍ニ手痛ク当ケル故主従五騎ニ打ナサレ。我身モ深手負。残五人ノ者モ五ヶ所六ヶ所手負。半死半生ニ成テ細道ニカカリ落行ケルヲ。敵廿騎計ニテ追掛タリ。弾正申ケルハ。我等此体ニテ敵ニ打合タリトモ。当ノ敵ヲ討事ハサテ置。敵ノ馬ニ被当倒犬死センハ一定也。イザヤ敵ヲ謀リ。当ノ敵ヲ討取。冥途ノ土産ニセントテ。五人ノ者ドモ芝居ニ座シ。刀ヲ抜。手ニ手ヲ取組。差違タル真似ヲシ。皆俯ニ伏セニケリ。敵ドモ十四五騎馬ヨリ飛デ下リ。我先ニ首ヲ取ント走掛ル。近々ト寄テ傍ニ抜置タル太刀取。寝ナガラ拂切ニ切ケレバ。敵五人何レモ諸膝ナギ被落。一度ニ尻居ニ伏ス。各カツパト起上テ仰天シタル敵ドモヲ四方へ追散シ。心ヨシト高声ニ云テ一度ニドツト笑。敵ノ首ヲ面々ノ膝ノ上ニ抱腹切タリ。名誉ノ討死也。イカナル者ヤ名ヲ知バヤト母衣ヲ掛テ死たる武者アリ。是ヲマクリタレバ。村上源氏具平親王二十三代ノ孫淡河弾正定範ト書付ル。扨ハ先日淡河ノ城ニテノ手立。今ノ討死ノ次第。無双ノ勇士ト各感ジケル。

ここで淡河定範も村上源氏（つまり播磨守護赤松家の一族）を自称しているが、それを証明する中世史料はない。三木落城の後に淡河に入部した有馬則頼（もと三木近郊の満田城におり、別所氏とは対立していた）は秀吉のお伽衆でもあり、子の豊氏の代に九州久留米に移るが、彼等も後に赤松氏支流を自称するようになる。(74) しかも久留米時代の有馬氏の家臣には淡河氏がおり、安政六年（一八五九）に淡河正範が淡河を来訪し、祖先である定範の位牌を天正寺に寄進したとされている。(75)『別所長治記』以前に淡河氏を赤松氏支流とする言説があったのかどうかは不明だが、三木合戦の語りが近世武士の起源の創出に影響を与えたことは否定し得ない。

さらに注意すべきは、この淡河には三木より早く、天正七年六月二十八日付で、淡河市庭を「楽市」とする秀吉の制札が与えられていることである。(76) この制札は明石藩淡河組の大庄屋村上家に伝えられており、貞享三年（一六八六）に明石藩主松平家に提出された「覚」では、荒木謀反の後、秀吉が湯山街道の宿場として重要性の高い淡河を振興するために村上家の先祖を召しだし、その効果あって町が繁昌した結果下されたものだとしている。(77)

三木、高砂、淡河、この三都市に共通するのは、秀吉と激しく対立した記憶が語られる一方、その秀吉を都市の起源に位置づけるという、一見矛盾した二方向の伝説を有している事である。三木では別所長治の悲劇は法界寺の絵解きという形で今も続けられている一方、太閤制札に関わる義民祭が本要寺を中心に行われている。[78] 淡河では敗北の記憶を語る天正寺と、秀吉による再出発の記憶を語る「覚」が共存している。播磨の近世都市のこの二重性は、秀吉の播磨侵攻によって負わされた傷を乗り越えて再生した彼等の屈折と二枚腰を表現している。そしてそのような屈折の初発の姿を示すものとして、大村由己の『播州御征伐之事』がある。今後とも、戦国・近世軍記を、そのような屈折と二枚腰の痕跡を残すものとして読み直す作業を続けていきたいと思う。

注

(1) 藤田達生『天下統一』(中公新書、二〇一四年四月) 第二章「二重政権」等。
(2) 同書第三章「黎明期の革命」。
(3) 『兵庫県史』三(一九七八年三月)、瓦田昇『荒木村重研究序説』(海鳥社、一九九八年六月) 等。
(4) 注(2)及び小林基伸「播磨の破城令について」(『播磨置塩城跡発掘調査報告書』夢前町教育委員会、二〇〇六年三月)。
(5) 以下の記述は『兵庫県史』三、『三木城跡及び付城跡群総合調査報告書』(三木市教育委員会、二〇一〇年三月) 等を参照している。
(6) 『細川両家記』(『群書類従』二十輯) 天文二十三・二十四年条。
(7) 『細川両家記』永禄二年六月二十六日条。
(8) 永禄十二年八月十九日付「日乗状案」(『益田家什書』、『大日本史料』十-三)。
(9) 天正元年十二月十二日付「安国寺恵瓊書状」(『吉川家文書』、『兵庫県史』史料編中世九・古代補遺、一九九七年三月)。
(10) 『信長公記』(角川文庫) 天正三年七月朔日条及び同年十月二十日条。
(11) 同書天正四年十一月十二日条及び同五年正月十四日条。
(12) 同書同年七月十五日条。

(13) 同書天正五年十月二十八日条。
(14) 天正五年十二月五日付「羽柴秀吉書状」(『下村文書』、出典は注(9)に同じ)。
(15) 同年十二月十日付「羽柴秀吉書状」(『黒田文書』、出典は注(9)に同じ)。
(16) 『信長公記』天正六年二月二十三日条。
(17) 同年三月二十四日付「下間頼廉書状」(『鷺森別院文書』、『和歌山市史』四、一九七七年三月)。
(18) 同年四月二十三日付「小早川隆景・吉川元春連署書状」(『古文書纂所収文書』、出典は注(9)に同じ)。
(19) 「惺窩先生系譜略」(『続々群書類従』第十三)、天正六年四月十七日付「丹羽長秀書状」(『清水寺文書』、『兵庫県史』史料編中世二、一九八八年三月)。
(20) 『信長公記』同年四月二十九日条、五月朔日条等。
(21) 同書同年五月六日条、同年六月二十七日条等。
(22) 同書同年六月二十六日条。
(23) 同書同年七月十六日条。
(24) 同年七月七日付「本願寺顕如書状」(『念誓寺文書』、出典は注(9)に同じ)。
(25) 『信長公記』同年十月二十一日条等。
(26) 同年十一月十四日付「小早川隆景書状写」(『毛利家文書』、出典は注(9)に同じ)。
(27) 『信長公記』同年十二月十一日条等。
(28) 同書同年十一月十六日条、同月二十四日条。
(29) 同書同七年三月七日条。
(30) 同書同年五月二十五日条。
(31) 同書同年九月十日条、同月十一日付「荒木村重書状」(『乃美文書』、『新熊本市史』史料編二、一九九三年三月)等。
(32) 同書同年六月条。

(33) 同書同年九月二日条、十一月十九日条、十二月十二日〜十六日条。
(34) 『書写山十地坊過去帳』(『続群書類従』三十三輯下)、同八年正月二十日付「宇喜田直家書状」(『沼元文書』、『山口県史』史料編中世二、二〇〇一年二月)、『信長公記』同年正月十七日条。小林基伸「三木城の最期について」(『歴史と神戸』五十一-四、二〇一二年八月)。
(35) 同八年四月十五日付「本願寺顕如書状」(『越中勝興寺文書』、『和歌山市史』四)。
(36) 同年六月十九日付「羽柴秀吉書状写」(『紀伊続風土記』付録巻之九、『姫路市史』八、二〇〇五年二月)。
(37) 注(3)瓦田著書。
(38) 『信長公記』同年八月二日条。
(39) 桑田忠親『豊太閤伝説物語の研究』(中文館書店、一九四〇年五月)、同『大名とお伽衆』(増補新版、有精堂、一九六九年六月)。なお、関連する先行研究として、奥田勲「常磐松文庫蔵『狭衣下紐』中臣祐範奥書本(付)大村由己年譜」(『実践女子大学文芸資料研究年報』十五号、一九九六年三月)、天正記を読む会「古活字版『天正記』第一の読み下し改訂文と註解」(『国史学研究〈龍谷大学国史学研究会〉』三十三号、二〇一〇年三月)、追手門学院大学アジア学科編『秀吉伝説序説と『天正軍記』』(和泉書院、二〇一二年四月)、佐倉由泰「『天正記』の機構と十六世紀末の文化・社会の動態」(説話文学会編『説話から世界をどう解き明かすのか』笠間書院、二〇一三年七月)等を参照。また、須田悦生「舞曲「三木」の成立をめぐって」(『幸若舞曲研究』第五巻、三弥井書店、一九八七年十二月)は、大村由己を幸若舞曲「三木」の作者にも比定している。なお、『播州御征伐之事』の引用は金沢市立玉川図書館近世史料館蔵加越能文庫『豊臣記(由己日記)』に拠り、一部表記を改めた。
(40) 前掲『三木城跡及び付城跡群総合調査報告書』第二章「歴史」(依藤保執筆)等。
(41) 堀新『織豊期王権論』(校倉書房、二〇一一年二月)等。
(42) この点は注(34)小林論文も指摘している。
(43) 「光枝勘右衛門書上写」(池田家文庫『家中諸士家譜五音寄』、倉地克直編『岡山藩家中諸士家譜五音寄』二、岡山大学文

学部、一九九三年三月）によれば、三木城に籠城した「光枝備中」（加東郡河合出身）の息子次郎右衛門が秀吉に召し抱えられており、彼のような経歴の者の情報が採用されている可能性もある。

(44) 同七年三月六日付「乃美宗勝書状」（『乃美文書』、出典は注（31）に同じ）参照。

(45) 同七年十月二十八日付「羽柴秀吉書状写」（『黒田文書』、出典は注（9）に同じ）。

(46) 『信長公記』同八年正月十五日条。なお、『信長公記』の成立は十七世紀初頭であり、『播州御征伐之事』の記述を踏襲した箇所もある。『信長公記』については堀新編『『信長公記』を読む』（吉川弘文館、二〇〇九年二月）、金子拓『織田信長という歴史』（勉誠出版、二〇〇九年十一月）、同編『『信長記』と信長・秀吉の時代』（勉誠出版、二〇一二年七月）等参照。

(47) 注（34）小林論文。

(48) 注（34）「宇喜田直家書状」に同じ。

(49) 注（35）に同じ。

(50) 注（36）に同じ。

(51) 渡邊大門「天正九年の但馬国小代一揆について」（『歴史と神戸』五十三-四、二〇一四年八月）

(52) 五味文彦『平家物語、史と説話』（平凡社、一九八七年十一月）は、壇ノ浦合戦の後、平教盛の子忠快が鎌倉の勝長寿院の別当に任じられていることについて、平家の怨霊を慰撫する役割を与えられたものと解釈し、物語の成立基盤の一つと認定している。

(53) 『宇野主水日記』天正十三年七月十日条（『石山本願寺日記』下、一九三〇年九月）。

(54) 『宇野主水日記』同年三月二十四日条、四月四日条。

(55) 『和歌山県史　中世』（一九九四年三月）第四章「紀州と織豊政権」等。

(56) 天正八年正月十七日付「木下秀吉制札」（『三木市有宝蔵文書』第一巻、一九九四年八月）。小島道裕『戦国・織豊期の都市と地域』（青史出版、二〇〇五年十一月）第Ⅱ部第二章四「播州三木——織豊期都市法のその後」参照。なお、制札には中前正志「『別所長治記』の転身」（『女子大国文』百十五号、一九九四年六月）も言及している。

(57) 天正八年正月十七日付「木下秀吉制札写」(出典は注(56)に同じ)及び注(56)小島論文。
(58)『三木市史』(一九七〇年十一月)等。
(59) 寛永九年二月十二日付「小笠原右近大夫地子免許状」(注(56)に同じ)。
(60) 寛永十七年九月十一日付「水谷伊勢守地子免許状」(同上)。
(61)(延宝五年カ)極月二十五日付「幕府勘定奉行地子免許指達状」(同上)。なお、別所長治の百回忌に当たる翌年(延宝六年)には、法界寺に「東播八郡総兵別所府君墓表」が建立されている。注(56)中前論文参照。
(62) 注(56)小島論考に同じ。
(63) 渡辺浩一『まちの記憶――播州三木町の歴史叙述――』(清文堂、二〇〇四年七月)、同「地域の記憶と装置」(若尾政希ほか編『覚醒する地域意識』吉川弘文館、二〇一〇年十月)。
(64) 松林靖明・山上登志美編『別所記――研究と資料――』(和泉書院、一九九六年三月)所収の『別所記』諸テクスト参照。
(65) 注(64)『別所記』所収、山上「三木合戦関係軍記の展望」及び資料編第一章「三木合戦関係軍記の諸本」等。他に中前正志「別所一族の絵解き」上中下(『花園大学国文学論究』十六～十八号、一九八八年十月～一九九〇年十月)、注(56)中前論文、山上「『播州御征伐之記』の受容をめぐって」(『甲南女子大学大学院論叢』十八号、一九九五年三月)、松林「後期軍記における諸本の様相」(『軍記と語り物』三十三号、一九九七年三月)、阿部一彦「近世軍記の始発と落城譚」(『近世文学研究の新展開』ぺりかん社、二〇〇四年二月)等多数の先行研究がある。なお『別所長治記』の本文は『図説　三木戦記』(三木産業、一九六八年四月)所収のテクストに拠る。
(66) 注(17)、注(18)に同じ。
(67) 注(24)に同じ。
(68) 天正七年七月十一日付「別所長治書状」(『乃美文書』、出典は注(31)に同じ)。
(69) 注(44)に同じ。
(70) 四月二十六日付「羽柴秀吉播磨国中城割り覚」(『一柳文書』、出典は注(9)に同じ)、及び注(4)小林論文。

(71)『高砂市史』第二巻「通史編・近世」（二〇一〇年六月）。

(72)同上。

(73)「高砂町由緒口上書」（『兵庫県史』史料編近世三、一九九三年三月）に「又一説ニ太閤様御免除地之様ニも伝承仕候」とある。前掲注（63）『まちの記憶』第二章「記憶の考証と演出」。

(74)『細川両家記』天文二十三年条、『三田市史』第一巻（二〇一一年三月）第二部第三章。

(75)久留米市立図書館蔵『別所淡河系譜』所収「淡河家系図」、及び『神戸市史』歴史編二「古代・中世」（二〇一〇年三月）。「淡河家系図」では、定範の弟長範が久留米淡河氏の祖とされている。なお、この史料の存在は木村修二氏のご教示によった。

(76)天正七年六月二十八日付「羽柴秀吉掟書」（『淡河本町文書』、神戸市教育委員会編『羽柴秀吉制札及び関連文書の調査報告書』、二〇〇五年三月）。

(77)貞享三年付「淡河町由緒につき書上」（『兵庫県史』史料編近世三）。

(78)注（65）中前論文及び注（63）『まちの記憶』第二章。

幸若舞が描く「いくさ」

三澤裕子

一　はじめに

そもそも「いくさ」とは何か。周辺には「戦闘」「合戦」「戦争」等々の表現があるが、厳密に区別するのも、その範囲を特定するのも難しい。最近では、鈴木彰[1]が詞戦さらには舌戦まで範囲を広げて考察しているが、本稿では、「敵対する勢力による武力衝突」という狭い範囲で「いくさ」を捉えることにする。そして、一五〇〇年代に隆盛を極めた幸若舞で、いくさがどのような意味を有するかについて考えてみたい。

舞曲で描かれるいくさは、日本国内の陸戦と、「日本と唐土の塩堺」（「大織冠」）の「ちくらが沖」における海戦の二種類がある。

日本国内のいくさは、例外なく日本人同士によるもので、反逆者の軍勢とそれを追討する軍勢との衝突が叙される。「高館」「堀川夜討」「敦盛」「四国落」「和泉が城」「三木」「本能寺」「信太」などがある。武力衝突の時期や規模は時に信憑性に欠けるが、実際に起きた（あるいは、起きたとしても不自然ではない）いくさらしい現実味はそれなりにある。

一方、「百合若大臣」では、百合若が率いる日本の軍勢と蒙古《むくり》の軍勢との海戦、「大織冠」では、万戸将軍が率いる唐人軍と竜王・阿修羅軍との海戦が繰り広げられる。百合若が実在の人物か確認できず、嵯峨天皇の在位中（大同四年〈八〇九〉~弘仁十四年〈八二三〉に蒙古軍と武力衝突があった事実もない。人間と超自然的存在たる神々とのいくさが荒唐無稽であるのは言うまでもない。二つの海戦は架空のいくさと位置づけられる。

以下、これらのいくさの勃発の経緯、武力衝突の様相、そして、いくさが物語の構造にどのように影響しているかを、それぞれ分析することにしたい。

二　実在のいくさの分析――「高館」の衣川合戦を中心に――

舞曲で描かれる国内のいくさは、権力者とその親族あるいは従属関係にあった人物との関係の悪化によって引き起こされる場合が多い。注目すべきは、劣勢に立つ側の人物に焦点を合わされていることである。舞曲は、社会通念上優位に立つ人物と劣位にある人物とが組み合わされてその対偶関係が強調され、劣位にある受動的立場の人物を中心に物語が展開されるのが特徴だが(2)、いくさの場面もこれに準じている。

衣川合戦を題材とする「高館」では、冒頭で源頼朝が異母弟義経の討伐に踏み切る事情が次のように説明される。

去間鎌倉殿梶原平蔵景時をまちかくめしての御諚には。ア まことに義経がむほんにをゐてうたかふところなし。いそきよしつねをたいちし。世を治めんとの御諚にて。長崎の四郎に三百余騎をくたしたぶ。（傍線筆者。以下同）

頼朝が義経を反逆者と断じて、追討を命じるこの場面では、義経が反逆した証拠が何ら示されず（傍線部ア）、唐突の感は免れない。しかし、舞曲「清重」にそれらしい暗示がある(3)。同作品は、「諸国の大名高家達にもイ 義経に心さしのせつなき人もあるらん急くわいふむをまはしたのふてみん」という義経の意向を受け、駿河次郎清重・伊勢三郎義盛両名が山伏に窶して各々廻文を携えて秘かに諸国を巡るという内容である。その中では、洛中で敵勢に包囲された義盛が証拠隠滅のために廻文を焼き捨てる余裕がなく、「(廻文を)はらく＼とふみやふりかしこへかはとなけ捨」(括弧内筆者。以下同)るに留まったとされる。この廻文が頼朝に対抗する際の援軍要請であるのは、暗黙のうちに了解されよう。傍線部アは明らかに傍線部イウを踏まえた文言といえる。

奥州へ下向した長崎四郎のもとには、藤原泰衡以下の奥方の軍兵が義経追討軍として加わるのであるが、「長崎殿。(頼朝の)御教書をたいし。御下向の其上。天下に住なから。いはひ(違背)申におよはさるによつて」義経を討伐するという奥方の正当性が示されるのが注意される。ここには頼朝を絶対的な存在として造型しようとする舞曲作者の意識が反映されている。

『吾妻鏡』文治五年(一一八九)閏四月三十日条には、「今日。於二陸奥国一。泰衡襲二源予州一。是且任二勅定一。且依二二品仰一也」(傍点筆者。以下同)とあり、義経の追討が頼朝の下命であるのみならず勅命でもあったことが知れる。また、『義経記』巻八「秀衡が子共判官殿に謀反の事」では、捕らえられた駿河次郎が携えていた廻文を根拠に頼朝が義経の追討を命じ、さらに、「頼朝が私の下知ばかりにては叶ふまじとて、院宣を申し下」(4)す設定になっている。院宣も勅定と同様、義経に朝敵という烙印を押し、その追討を正当化するものである。頼朝はその大義名分を通す臣従として相対化される。

翻って、舞曲「高館」では、『吾妻鏡』や『義経記』と違って公的な強制力が介在しない。頼朝の権限のみで義経を反逆未遂の廉で追討する、源家の内訌として位置づけられる。

公権力を巧みに利用する頼朝の政治戦略が「高館」に持ち込まれていないのは、舞曲が朝廷の権威が絶対視されなくなった時代の産物であるからとも考えられる。『吾妻鏡』や『義経記』では、勅定・院宣を奉ずる軍勢を敵に回す義経は、絶対的な悪たる朝敵である。だが、「高館」のようにそれらを不問に付すと義経は朝敵にはならない。単に権力者たる兄に抹殺される哀れな弟ということになり、享受者の同情心を掻き立てやすい。そのために物語の背景の単純化が図られたというのも、あながち穿った見方ではないのではないか。

もっとも、「高館」では、頼朝と義経との直接対決はもとより、討伐される義経の最期も描かれない。本作品の中心は、敗色の濃い戦場からの離脱を勧める義経に対して節義を全うする弁慶をはじめとする股肱の臣たちである。彼らの奮闘を是とするためにも、物語の背景は単純である方が好都合ということでもあろう。

「堀川夜討」では、「（義経が）都に御さあらは。終に日本は此君の。御はからいと成へし」という景時の妄言に乗せられて、頼朝が義経の暗殺を決意する。義経は全国制覇を目論む反逆者として刺客正尊一党から夜襲されるのだが、いくさの場面は、「高館」と同じく、襲撃される側の義経主従に焦点が合わされている。

「三木」では、羽柴秀吉が、別所賀相の「秀吉此地に入て自由の働あり。殃い終に我身にをよぶべし」という発言を機に反旗を翻した三木城主別所長治を降伏させる。「本能寺」でも、「年来の逆意」を抱いて織田信長と嫡子信忠を自害に追い込んだ明智光秀を、秀吉が成敗する経緯が語られる。

「三木」「本能寺」はともに反逆者を討伐する側の視点で作られているところが、上述の「高館」「堀川夜討」とは異なるのだが、これには、両作品の成立事情が影響していると考えられる。両作品（および現存しない「金配」）は、幸若庄太夫長明の記した「幸若系図之事」(5)によれば、小八郎吉音（吉信か）以下三名が、秀吉の命を受けて作曲したとされる。両作品は舞曲としては最末期の作と目されるが、秀吉の右筆大村由己の著作『天正記』の詞章や構成を流用して作曲しただけでなく(6)、覇権を握り得意の絶頂にある下命者秀吉をあからさまに称揚する姿勢は、より成立の早い他の舞曲とは一線を画する。反逆者の側に寄り添う立ち位置から物語を展開するのが、本来の舞曲の在り方だと私は考えている。

上述のいくさの他に、権力闘争に便乗したいくさというのもある。

「敦盛」では、一の谷合戦終結後、平敦盛が、「ぶんとり（分捕り）せばや」と敗将を捜していた熊谷直実に見つかり一騎打ちを仕掛けられる。

「四国落」では、「関東の頼朝より。ふけうの身にて候」義経とその一行が難破して芦屋の浦に漂着したところを、「此君（義経）をうちとつて。関東へ参らせ。くんこうけしやう（勲功勧賞）にあつからん」と目論む同所の国人芦屋光重から襲撃される。

「和泉が城」では、「よしつねかかうへを切て関東へさゝくるならはけしやうには上野下野かいしなのむさし五ヶ国をあておこなふ……」という頼朝の「たはかり御判」を受け取った西木戸太郎（藤原国衡）兄弟が義経討伐を目論む中で、和泉忠衡のみがそれに断固反対したため、骨肉相食む訌争で「九万八千のいくさ神のちまつり」に上げられる。

状況は三者三様だが、いずれも即物的な欲心を抱いて論功行賞を当て込んだ側からいくさが仕掛けられる。そして、仕掛けられた側に焦点が合わされている点も共通する。


ところで、「信太」の浮島太夫一族と小山行重とのいくさは、これまで取り上げたものとは全く違う。いくさがデモンストレーションの手段と意味づけられているのである。

平将門の広大な遺領の正当の継承者たる信太小太郎は、土地の証文類一切を姉婿小山行重に預けたのが災いし、領地を乗っ取られた挙げ句に放逐される。行き場を失った信太を旧臣浮島太夫が匿うのだが、その際に浮島太夫が息子たちに胸中を語る部分に注目したい。

汝等に（行重と）軍をさせ。時々見て目さまひて。歳を送りゐんする程に。[エ]都へ此事もれ聞え。国の乱れは何事そと。うへの使たつならは。とりつゝけをつそ（越訴）をたて。悦ひの沙汰を究むへし。

ここでは、故意にいくさが起こるように仕向けてそれを長引かせ、その騒ぎが都（朝廷）に知れるようにする狙い、すなわち、信太の存在を都に向かってアピールし、領地を奪回する越訴のチャンスを掴むための戦略（傍線部エ）が示される。本作品におけるいくさは、浮島太夫一族が行重から信太を守るための受け身の防戦ではない。信太の起死回生のために、浮島太夫が身を挺して行重に仕掛ける罠という意味づけなのである。いくさをデモンストレーションの手段として利用するという着想は他の舞曲にはなく、本作品の独自性が認められる。もっとも、物語は浮島太夫の思惑どおりに進んでいく展開になっておらず、残念ながら傍線部エは物語の中で有効に機能していない。

本節の冒頭でも述べたように、武力衝突の場面は、押し寄せる敵勢から攻撃されながらも最前線で敢然と敵勢に立ち向かう勇者を中心に展開される。ここでは、「高館」を例に分析する。

衣川合戦当日の模様は、両軍の配置から斬撃戦へ至る経過がほぼ型どおりの順序で説明される。奥方の義経追討軍が「三千八百余騎衣川大手の門にをしよ」せ、「からめては。（中略）二千五百余騎西のこもんに押よする」と、高館の御所に立て籠もる義経方は「大手は鈴木兄弟かねふさ。唯三騎」、「からめ手をはわしの尾かたをかくまひ太郎源八兵衛広綱以上五騎」、「うき武者」として大手の櫓上に陣取る弁慶の計九騎の手勢で迎え撃つというように、両軍の配置が示される。そして、双方の軍勢数の極端な落差が、まず数詞で表される（傍点部）。続く鯨波の描写でも、奥方の多勢が「大手からめてもみあわせ時をとつとあくる」と「天地ひひいてをひたゝし」いのに対して、義経方は「ときをおつとそあはせたる」短さで、それが「いかつちわたる春の野に古巣を出る鶯の初音」に擬せられる。これで衆寡敵せずという状況がさらに強調される。

次いで詞戦が始められる。奥方の照井高直（藤原秀衡旧臣）が進み出て、義経討伐軍に加わる正当性を主張して（既述）、義経に自害を促す。それに悪態をつく弁慶に向かって、「無用のくわうけん（広言）申さんよりも[オ]甲をぬゐてゆつるをはつし命をつげ」と揶揄する文言が差し挟まれて、義経方の分の悪さに止めが刺される。

　このように、義経方の形勢不利が何度も強調されるのは、傍線部オが侍身分の者が生き延びるための常套策であるにもかかわらず、それを断固拒否して敢然と立ち向かう義経の従者たちの気概を浮かび上がらせるためである。傍線部オの暴言に怯む弁慶に対して、亀井重清が「君こそ御腹めさるゝとも。我等かかくて候へは。[カ]軍は花をちらすへし」と断言する場面でそれが象徴的に表されている。本作品前半の合戦前夜の主従最後の酒宴の場面にも、義経が自分の首を取って関東へ持っていき論功行賞を受けるように勧めても、従者たちが言下に否定して「味方はたとひ無勢成共。両陣にむらかつて。[キ]軍は花をちらすへし」と主張するくだりがある。「花をちらす」とは、この場合、「勇敢に花々しく戦う」（『日葡辞書』「花」項）という程の意味であろう。傍線部カキで二度繰り返される「花をちらす」いくさの場面こそが本作品の眼目であるのは言をまたない。

　この「花をちらす」いくさの場面は、まず弓矢による射撃戦、次に太刀長刀による斬撃戦というように、実戦と同じ順序で展開される。劣勢の義経方に焦点が合わされ、弁慶たちの八面六臂の奮闘ぶりが活写されるところに舞曲らしさが表れる。ここでは斬撃戦を詳しく見てみることにする。

（奥方の）陳の中へむさし。駒をさつとかけいれたり。奥方の軍兵は。陣をふたつにわけたりけり。されとも爰に。高田の太郎と名乗りて。武蔵坊にわたりあふ。[ク]弁慶是をみて。もつてひらいてよこてきりにかんしときる。甲の弓手のふきかへし。おもてのほうさき。妻手のかふりの板をかけて。つんときつてそおとしける。はなさき此よしをみるよりも。あきつたりや武蔵殿。そこをひくなと云まゝに。透間もなくかゝりけり。[ケ]弁慶是をみて。もつてひらいて。おかみうちにちやうとうつ。甲のまつかうきりわつて。うしろはしころほろつけ。前ははつふりよたれかね。しまいかなたうひつしきくさすり二にさつとうちわられて弓手妻手へさはけたり。柴田の四郎か是をみて。あきつたりや武蔵殿。そこを引なと云まゝに。すきまなくかゝりけり。弁慶是をみてあふ奥方の軍兵は。心は剛にありけるそや。しりそく風情のみへさるは。手なみの程をみせんとて。コもつてひらひて。ちやうとうつたりけり。柴田もきこふる兵にて。かふりの板にてうけなかし。さらぬ躰にてかけとをす。二陣につゝひたる。サ亀井の六郎か。武蔵殿の切残しを。請とつたりやと云まゝに。あお井つくり三尺八寸よこてきりにかんしときる。亀井かうてやつよかりけん。太刀のかねやよかけん。四まいとうを押かけ。廿五さひたるそやをかけ。しや腰のつかひをは。くるまきりと云物にふつつときつてそおとしける。かみはぬけてとうとおつれは下はくらにのつたりけり。

長刀を携えて敵陣へ駆け込んだ弁慶が、まず「よこてきり（横手斬り）」で、高田太郎を鎧ごと斜めに切り落とす（傍線部ケ）。次のはなさき（花崎か）は「おかみうち（拝み討ち）」で、脳天から草摺まで縦に真二つに切り下ろす（傍線部ク）。三人目の柴田四郎は、弁慶の後に控えていた重清が四枚胴の鎧を押し切り、二十五本の征矢もろともに腰を「くるまきり（車斬り）」にする（傍線部サ）。弁慶と重清が、敵兵を一刀両断にする角度が、斜め、縦、横と違えるように工夫されているのが興味深い。

しかも、それぞれについてオノマトペの効果が十分に発揮されるように細心の注意が払われている。弁慶と重清が敵兵に斬り付ける瞬間のオノマトペは、「よこてきり」には、二度とも「かんしと」（傍線部クサ）、「おかみうち」には、「ちやうと」（傍線部ケ、傍線部コも同様か）が使われている。「かんしと（がんじと）」は、「刃物など鋭く固いものが、勢いよく何かにぶつかってくいこむときにたてる音の形容」[7]（『時代別国語大辞典』室町時代二）とされるが、傍線部クサはまさしくこれに当たる。弁慶は長刀、重清は太刀を用いているが、オノマトペの使い分けはない。

「ちやうと（ちやうど）」は、「勢いよく音を立てて、的確な一撃を与えるさま」（『時代別国語大辞典』室町時代三）で、舞曲「堀川夜討」にも「ほう（棒）の石つきをつとりのへ。をかみうちにちやうとうつ」とある。傍線部ケコの「もつてひらひて」は、身体を後ろに引いて構える動作で、次の瞬間に武器を振り動かすために力を十分に溜めている様子を表す。これが「ちやうと」と組み合わされて、頭上から振り下ろした刀剣が対象に強く当たる瞬間に掛かる力の大きさが誇張される。横手斬りの場合の「かんしと」とは明らかに区別されている。

敵兵を甲冑もろとも両断にする瞬間を形容するオノマトペも、傍線部クケサで用いられている。傍線部クの「つんと（づんど）」は、「目覚ましい勢いで事が一気になされる」（『時代別国語大辞典』室町時代四）形容で、斬り付ける際の猛烈な勢いが表されていると考えられる。傍線部ケの「さつと」が「ざっと」だとすると、「ある動作が、荒荒しく一気になされるさま」（『時代別国語大辞典』室町時代三）が表される。これによって、甲冑ごと身体を縦真二つに斬り割く瞬間の勢いが形容される。傍線部サの「ふつつと」は、「ふつと」を強めた言い方とされる。「ふつと」は「一気に、完全に事がなされるさま」（『時代別国語大辞典』四）で、「ふつと、ふつつとなどいふは。緒や紐などのきれ侍る音を。やがて言葉に用ひそめたること歟」（安原貞室『片言』雑詞部）という説も、『時代別国語大辞典』室町時代四「ふつつと」項に引かれている。これによると、「ふつつと」は柔らかい対象を切断する様を形容するオノマトペと推測される。とすれば傍線部サの「ふつつと」は、頑丈な四枚胴や二十五本の征矢ごと敵兵の腰を「くるまきり」すなわち輪斬りにする瞬間にはそぐわない。それにもかかわらず、堅牢なはずの鎧や生身の人間の腰骨や関節が、あたかも柔らかい紐のごとくに容易に斬り落とされるかのような印象を強めるオノマトペが、敢えて使われているのである。上掲の引用箇所のすぐ後には、重清が敵兵の首を「ふつと」掻き落とす場面もある。「ふつつと」「ふつと」という二つのオノマトペは、重清の太刀捌きを弥が上にも強調するために意識的に選ばれたことになる。

このように、長刀や太刀の鋭利さを形容するオノマトペは後にいけばいくほどその難易度とは逆の印象を強めるようなものが選ばれている。完全武装している生身の人間が真二つに斬り割かれるということ自体、既に現実離れしているのだが、上記のオノマトペは、自然界の音響を言語音で模倣して表すという本来の用法とは正反対の、物語の中の状況をわざと現実からかけ離れたものにすり替える役割を果たしている。(8) それによって、目を覆わしめる戦場の血煙の上がる殺戮の瞬間を享受者に生々しく想像させないように秘かに誘導できる。もしこれが、合戦絵巻や絵本の挿絵のような視覚表現であれば、矢が肉体に突き刺さる瞬間や刃が食い込む瞬間に飛び散る鮮血の赤い色を描かざるを得ず、生理的な嫌悪感を呼び起こす血腥さが纏わり付く。一方、聴覚に訴える舞の場合は、上述のような非写実的なオノマトペを駆使して刀剣の動きだけを集中的に表現すれば、血腥さは巧妙にカモフラージュできる。そして、弁慶や重清の凡俗を超絶する鮮やかな手並みだけが享受者の脳裏に焼き付くように仕向けられるのである。

これは、舞がハッピーエンドを大前提とする「祝言の芸能」であることと密接に関わると考えられる。特に作品最後部にいくさの場面が配され、孤軍奮闘する勇者の大立ち回りを謳い揚げる「高館」のような作品では、享受者の関心や同情が討たれた敵兵に向けられるようであっては、討った側の弁慶や重清が霞んでしまう。それでは彼らを英雄として造型するのに甚だ具合が悪い。他の舞曲の武力衝突の場面に鮮血淋漓と迸る描写がないのも、同様の理由からであろう。あえて現実離れを狙ったオノマトペは、弁慶や重清の「花をちらす」活躍場面を演出するために、極めて有効な方法なのである。

以上述べてきたように、舞曲で描かれる国内のいくさは、権力者に反逆した者の討伐に関わるものやそれに便乗するものが大半を占める。しかも、攻撃される側に焦点が合わされ、その奮戦ぶりが活写されるという著しい偏りが認められる。このことは作品の構造にどのように影響するのだろうか。

「三木」「本能寺」では、反逆者を成敗した秀吉への称賛をもって作品が閉じられる。反乱を鎮圧した者が称揚されるのは、洋の東西を問わず当然の成り行きだが、舞曲としては例外に属する（既述）。

他の作品では、いくさの勝敗の如何にかかわらず、反逆者や敗者に肩入れする傾向が著しい。

「四国落」では、頼朝からの論功行賞を当て込んで攻撃してきた光重を弁慶が討ち取る。これが「軍のかとてめてたし」とされ、「すへはんしやう（末繁昌）ときこえけり」と結ばれるのは、反逆者を支持する意識の表れと言えよう。「高館」「敦盛」「和泉が城」「信太」では、奮闘虚しく敗れて壮絶な最期を遂げる勇者の姿が描かれる。彼らに対して、「衣川の　立往生を惜まぬものはなかりけり」（「高館」）といった惜しみない哀悼の意が表されるのも同様である。「堀川夜討」では、頼朝の密命を受けて夜襲してきた刺客正尊を義経主従が捕縛するのだが、最後は、「命は。義によってかろし。命は恩の為に奉る。頼朝の御為にはつる命はをしからし」と、自ら望んで斬首される正尊への賛辞をもって作品が閉じられる。防戦に成功した義経主従を賛美するのではなく、義経の暗殺に失敗した正尊を称揚するのは何とも奇異だが、傍線部シと正尊が言い切るくだりに鍵がある。頼朝に忠節を尽くし二君に仕えることを潔しとしないその気概は、「高館」において、弁慶や重清らが傍線部オを拒絶して敢然と立ち向かう姿勢に相通じる。

権力闘争に結び付くこれらのいくさの場面を通して浮かび上がってくるのは、寄らば大樹の陰といった利己的な発想を否定し、危機的局面に怯むことなく敢然と立ち向かう者の気概である。舞曲作者の求める理想の人間像がここにある。

三　架空のいくさの分析――「百合若大臣」の百合若軍対蒙古軍の海戦――

「百合若大臣」は、舞曲では唯一の対外戦争を扱った作品だが、国内で日本人同士が戦ういくさとは一線を画する武力抗争の場面が展開される。

物語は、平穏無事な日本に、他化自在天の大魔王が「[ス]種々の方便をめくらしていかにもして我朝を魔王の国となさんとたくむによりて」、「むこくのむくりかほうきして（博多へ）せめ入」ってくることによって動き出す。対外戦争の発端を魔王の遠隔操作（傍線部ス）としたり、それでも「我朝と申すは（中略）代々の御世に異国よりも凶夷おこつてあさむけとも神国たるによりつゝはう国（亡国）となることもなし」としたりするあたりには、神助を当てにする楽観的展望が見え隠れする。ここには、本作品が成立した一五〇〇年前半（後述）の対外認識が反映していると想像される。

神託に従って百合若が将軍に抜擢されて都を出発し昆陽野に着いた時点で、神風が吹いて蒙古軍が博多から撤退したため、事態は沈静化するのだが、朝廷はこれに飽きたらず、驚くべき積極策を打ち出す展開になっている。

むくりか大将は四人ときこふるをせめて一人うちとりてもあらはこそ軍にかちたるしるしは有へけれきういは二さうのものなれはなにとおもひてかひゝつらん心のうちもさとりがたしまつ[セ]高麗国て打こえ七百六十六国をたいらげ其後百済国をせめしたかへ其勢をそつしてむくりをせめんすることなんのしさいの有へきとて筑紫へせいをそくだされける

蒙古軍の大将を倒すのみならず、高麗国、百済国を征服して勢力を拡大し、蒙古国へ侵攻するという朝廷の野望に従って、百合若は博多から出航し、「ちくらが沖」で待ち受ける蒙古軍の船団と対峙することになる。

舞曲は原則的に相対的に劣位にある受動的立場にある方を中心に物語が展開されることは、先に述べた。本作品については、蒙古軍から博多に侵入された日本は受動的立場であり、この原則に当てはまる。だが、二度目の出兵の目的（傍線部セ）は、明らかに他国に対する能動的な侵攻である。

「百済国」は六六〇年に滅亡しており、「高麗国」は九一八年の建国で、一三九二年に滅亡している。また、「むくり」が元朝の成員を指すのであれば、この王朝が存続したのは十三世紀から十四世紀の間であることから、嵯峨天皇の在位中はいずれも存在せず、傍線部セはことごとく史実に反する。このような本作品作者の歴史認識の拙さはさておき、傍線部セの根底に、他国侵攻という大胆不敵な構想があるのはやはり看過できない。本作品の上演記録の初出は、天文二十年（一五五一）（『言継卿記』正月五日条）[9]であるが、天文六年（一五三七年）頃の成立とされる『東勝寺鼠物語』の舞曲の名寄せの中に「ユリワカタイシン」と見えることから、それ以前に成立していたと推測される。傍線部セの文言が既にこの「ユリワカタイシン」に含まれていたと仮定すれば[10]、当時の日本国内に、他国から侵略される脅威だけでなく、他国へ侵攻する野望という対外認識があったことになろう。本作品における百合若軍と蒙古軍とのいくさは、文永・弘安の役に想を得たものであり、いくさの描写にもその影響が窺えることは、先学によって指摘されてきた（後述）。元寇から既に二百年が経過し、そして、キリスト教や火縄銃の伝来ひいては秀吉の朝鮮出兵以前に、舞のような芸能作品中に傍線部セといった対外認識が示されているのは極めて興味深い。ここには一五〇〇年前半の対外事情、あるいは国内事情が色濃く反映しているのではないだろうか。

百合若が博多から八万艘を率いて出陣し、それを察知した蒙古軍四万艘とちくらが沖で対峙するところから、いよいよいくさの場面に入る。

当初、両軍は五十余町を隔てて三年の間睨み合っているが、蒙古軍が幻術によって百日百夜降り続く異常な霧を発生させ、「ちやうや（長夜）となりはて」る。この濃霧は、敵船の航行を不能にし、敵軍から標的を定められないように視界を遮る煙幕に相当する。海戦での有効な戦法の一つといえよう。

進退窮まった百合若が天照大神はじめ日本六十余州の神祇に祈誓すると、たちまち神風が吹いて霧が晴れ、視界が良好になる。これに力を得た百合若がわずか十八人の手勢を引き連れて端船で蒙古軍の軍船に接近し、武力衝突が始まる。

りやうさうくわすい是を見て蟷螂か斧といさみつゝ《ソ》ほこをとはせつるきをなけしほうてつほうはなしかけ天地をうこかしせめけれとも大臣ちつともおさはぎなくむくりか舟へそかゝられける《タ》舟の舳さきにつかせたる鉄のたてのおもてには般若心経観音経こんていにてそかゝれたる　そんせうたらにの中よりもしやや〱ひしややと云文字かさんとく不思儀の矢さきとなつてむくりか眼を射つぶひたり不動の真言にかんまん二のぼしかつるきとなつてとひかゝりおほくのむくりか頸をきる観音経のめいもんにおふゐきうなんと云文字か金のたてとなつてむくりか矢さきをふせげはみかた一騎も手もおはすさてこそ諸人ちからを得ちんごの合戦手をくたく大臣殿は御覧していつのれうそと仰あつて《チ》くろかねの弓のつるおとすれは雲の上までひゝきあり三百六十三筋の箭を残りすくなくあそはせはりやうさういうたれぬぐわすい腹きりぬとぶ雲とはしるくもかれら二人はいけとられぬ其外以下のむくりとも或はうたれ腹をきつて、海へいつて死するもあり、《ツ》四万艘にとりのつたるむくりおほくうたれてわつか一万艘になるさのみは罪になるへしとて起請をかゝせ助をき本地へかへさせたまひていや日本は軍にかちぬるとて、八万艘のふなうちのよろこひあふ事かきりなし蒙古軍の攻撃には投擲武器が用いられている（傍線部ソ）。「しほうてつほう（紙砲鉄砲）」は、「かんしゃく玉」の類で、『蒙古襲来絵詞』に「てつはう」が描かれているのはよく知られている。この他、文永・弘安の役に言及する『八幡愚童訓』にも、「太鼓ヲ叩銅鑼ヲ打チ、紙砲鉄砲ヲ放シ時ヲ作ル」[11]とある。同書は、「百合若大臣」との密接な関係が指摘されているが[12]、傍線部ソにも、その影響が認められる。本作品のいくさの場面に、元寇が投射されているのは間違いない。

対する百合若軍は、経文や真言の加護によって一切痛手を受けず（傍線部タ）、攻勢に転じる。百合若が連射する鉄弓は（傍線部チ）、神託に従って百合若が蒙古軍追討の任に当たる際に特注した「長さは八尺五寸まはりは六寸二分」の強弓で、これで蒙古軍の大将りやうさうを射殺するというのだが（傍線部チ）、具体的に状況が説明されるわけではない。蒙古軍の他の大将たちの動静（傍線部ツ）にしても、それが百合若の鉄弓による攻撃（傍線部チ）とどのように関係するのかは甚だ漠としている。そして、百合若軍と蒙古軍方とが入り乱れて鎬を削る接近戦に移行することなくいくさの場面は打ち切られる。

陸戦と違って機動力を発揮できない海戦の場合、両軍が激突する場面を描きにくいのは致し方ない。それにしても、既述の「高館」のいくさの場面に比してあまりにも抽象的で生彩を欠く。その一因は蒙古軍の攻撃を特徴づける投擲武器の破壊力に何ら言及されていないからである。つまるところ、舞曲作者は紙砲鉄砲が蒙古軍を象徴する武器という耳学はあっても、その破壊力を具体的に想像できなかったのであろう。

ともあれ、ちくらが沖の海戦の場面は、百合若軍は無傷のまま、蒙古軍の軍船四分の三を撃沈する壊滅的な打撃を与えて退却させたところで終了する（傍線部ツ）。百合若の出兵の目的は傍線部セだったのであるから、勢いに乗じてこのまま大陸に侵攻する壮大な英雄叙事詩が繰り広げられるのかと思いきや、物語は、いくさで疲労困憊して熟睡する百合若が玄海が島に置き去りにされるという、全く別の方向に転じられる。傍線部セの件が曖昧に処されているのは、大陸侵攻の現実味がなかった証である。それにもかかわらず物語に大国蒙古とのいくさの場面が持ち込まれているのは、「そくさんへんと（粟散辺土）にて少し」日本という自覚のもとに仮想敵国をつくりだし、侵攻される前に先手を打つ、あるいは攻撃は最大の防御であるという意識に囚われるような情勢が一五〇〇年代前半の日本国内外にあったからではないか。本作品における架空のいくさには、当時の対外認識の影響があるような気がしてならない。

四　架空のいくさの分析――「大織冠」の唐人軍対竜王・阿修羅軍の海戦――

「大織冠」では、唐から「むけほうしゆ」(13)をはじめ数々の財宝を興福寺へ護送する「まんこ将軍うんそう」(14)の船を、宝珠を奪って成等正覚を感得しようと目論む竜王が阿修羅を頼んで攻撃してきたところから、「むかしも今もためしなし」といういくさが始まる。

本作品の後半で展開される藤原鎌足が海女の助けを借りて宝珠を竜王から奪還する所謂玉取り説話については、先行作品に依拠した可能性が高いのだが(15)、万戸将軍と竜王・阿修羅との宝珠をめぐるいくさの場面には、これといった特定の典拠は見当たらない。舞曲化の段階で盛り込まれた新趣向に注目したい。

万戸将軍率いる唐人軍と、摩醯首羅を大将とする阿修羅軍とのいくさは、双方の大将の名乗り、万戸将軍の装束の説明、武力衝突の模様という順に展開される。この順序自体は、国内戦のいくさの描写と大差はないが、内容的には相当の隔たりがある。

唐人の万戸将軍の装束は当然ながら日本人のそれとは違う。まず腕金、臑当、貫といった四肢の防具、次いで鎧、甲、大刀、剣、鉾の順に、「善の側の仏教用語と武具の取り合わせ」[16]で詳しく説明される。

万戸将軍が率いる唐人軍の動線にも特徴がある。「唐のいくさの慣ひにて」、みだりに抜け駆けしたりせず、「てうし（調子）を取てかく（楽）を打てひやうし（拍子）に合せ掛引」くというように、合図に従って整然と船を操作する模様が描き出される。これ以降も統率の取れた集団戦法の叙述が続く。これには、元寇の際の蒙古軍の印象が色濃く投影されていると考えられている。[17]合図に従って一糸乱れず整然と行動する唐人軍の描写から浮かび上がってくるのは、軍隊の構成員各々の個性ではなく、一斉攻撃による破壊力の脅威である。

両軍の武器も異なる。

阿修羅軍が用いるのは、身体の大きさを自在に変化させる神通力や闇を作り出す神通力の他に、「くはえん（火焰）の雨をふらし悪風をふき飛せ万石をふらす事は雪の花の散ことし剱《テ》をとはせほこをなけ毒の矢をはなす事まな《ママ》こをまくかことし」というように、火攻や暴風、石や剣、鉾といった投擲武器と毒矢の射出武器とされる。総大将摩醯首羅は「やつしたのほこを打ふり」[18]攻撃することになっている。傍線部テは、「百合若大臣」の蒙古軍の攻撃の描写（傍線部ソ）を想起させる。この他にも、いくさの場面には「百合若大臣」と表現の類似点が散見される。

一方、万戸将軍は、「浪にしつまぬうきくつを匹ツの足にかに」た馬に乗り、「平地をつたふことく」に海上を駆ける。続く三百騎も皆同様の装備をし、「雲井の鷹のとふやうに一村かりにさつとちらし」て阿修羅の陣へ駆け入るという意表をつく作戦に出る展開になっている。そして、「しゆらかおそる、けまんのはた」[19]を掲げて「をつふせ（追伏せ）〳〵切」り掛かり、阿修羅軍が「神力もつきはて通力飛行もかなはすし」て総崩れになったところで、いくさの場面が閉じられる。

かくして唐人軍と阿修羅軍との架空のいくさは、唐人軍の勝利に終わる。一番の見所は、何といっても阿修羅の神通力を凌ぐ海上騎馬戦法である。上述のように、唐人軍の操船の描写には元寇の影響が窺えるのだが、海上であるにもかかわらず、陸上さながらに馬を縦横無尽に疾走させる描写もまた、明らかに騎馬民族を意識したものである。その根底にあるのはやはり元寇であろう。海上の騎馬戦法を可能にする「浪にしつまぬうきくつ」や「さうかいふ（滄海浮）」については、『平治物語』（古活字本）下や舞曲「張良」その他との関わりが指摘されている。[20] また、万戸将軍が鞭と鐙を駆使する描写は、舞曲「信太」の浮島太夫の息子たちのそれとの関連を窺わせる。[21] このように、いくさの場面を形成する要素の多くが他作品と類似するのは、本作品の生成を考える上で興味深い。本作品の作者は、先行諸作品をパッチワークのように繋ぎ合わせて玉取り説話を構成したのと同じように、他の舞曲や御伽草子などの既存の表現やアイディアを最大限に活用して、最強の海上騎馬軍団を作り上げたと考えられるのである。

ところで、万戸将軍の造型にも元寇の影響があるように思われる。本作品中で、彼は「向北道のすゐうんしうといふ国」の人物と紹介されているのだが、唐の貞観十道や開元十五道に向北道は存せず、「うんしう（雲州か）」も特定できない。だが、「万戸将軍」に関しては、禅僧蒙山智明（建治三年〈一二七七〉～貞治五年〈一三六六〉）の事跡を著した『蒙山和尚行道記』（蒙山法孫東越允徹撰。嘉平元年〈一四三三〉成立）に興味深い一文がある。それは、「偶文永之歳、元兵偵我西鄙、有万戸将軍、降于本朝、蓋儒而将者」[22] というくだりであるが、ここから、文永の役の折に「万戸将軍」が捕らえられて日本にいた事実が知れる。同書には、彼に育てられた蒙山が中国語に堪能であったという逸話も載る。この実在の万戸将軍が、「大織冠」中の万戸将軍のモデルである証拠はない。しかし、隊伍を整えた唐人軍の進軍様式に元寇の蒙古軍のそれとの類似性が認められる点や、万戸将軍が竜女と仏教問答をする知識人として造型されている点に何らかの関連がありそうでもある。唐人軍と竜王・阿修羅軍とのいくさの場面にも元寇のトラウマが影を落としているのかもしれない。

さて、「大織冠」の宝珠をめぐるいくさは、物語の中でどのような意味があるのだろうか。万戸将軍の行為は正当防衛であり、その勝利によって一件落着の感が強まる。ところが物語はここで終わりにならない。竜王が送り込んできた美女（実は竜女）に籠絡されて万戸将軍が宝珠を奪取される次なる事態に発展する。さらに鎌足が海女の助けを借りて竜宮から宝珠を奪還する、という三段階の争奪戦が展開される。つまり、ちくらが沖の海戦は、人間対竜王の宝珠争奪戦の緒戦として位置づけられているのであるが、生身の人間が人知の及ばぬ超自然的存在たる竜王と互角に渡り合い、武力で圧倒するところに、実力主義を肯定する下剋上の風潮が見て取れる。(23)

五　おわりに

舞曲の中のいくさは、権力、領地、宝物などを我がものにしたいという欲望を満たすための手段として単純明快に位置づけられている。これらは全て、突き詰めれば「所有欲」という人間の根元的な性分に端を発する。所有欲は尽きることがなく、いくさがなくなることもない。それを舞曲作者は肌で感じていたのではないか。この逃れようのない現実を直視して描こうとしたのは、所有欲を満たそうとしていくさを起こし、攻撃する側ではなく、その煽りを食って最前線に立たされて攻撃される側の人間の在り方である。そして、絶体絶命の危機的状況に追い込まれた者だけが持つ開き直りの強さに光を当てて前面に押し出したところに、舞曲の真骨頂がある。

注

（1）鈴木彰「戦争と文学」（小峯和明編『日本文学史』吉川弘文館、二〇一四年十一月）等。
（2）拙稿「幸若舞曲の構造と人物」（『中世文学』三十四号、一九八九年五月）で考察した。
（3）義経物舞曲は、荒木繁「判官物の幸若舞曲と『義経記』」（吾郷寅之進編『幸若舞曲研究』第三巻、三弥井書店、一九八三年十一月）などで連作性が指摘され、「高館」は一連の義経物の中で内容的に「清重」に続く作品と位置づけられている。
（4）梶原正昭校注『義経記』新編日本古典文学全集六十二（小学館、二〇〇〇年一月）。なお、同書当該箇所頭注では、義経の奥州挙兵の証拠を摑んだという法師昌尊の報告を受けて、頼朝が義経追討の院宣を泰衡に発するように院の庁に働きかけたという『玉葉』の記事を挙げ、義経の廻文のエピソードは虚構であるとする（四四四頁）。
（5）笹野堅編『幸若舞曲集』序説（臨川書店、一九七九年九月）二〇二頁。
（6）須田悦生校注「三木記」／小林美和校注「本能寺」（福田晃・真鍋昌弘編『幸若舞曲研究』第十巻　注釈編、三弥井書店、一九九八年二月）に詳しい。
（7）室町時代語辞典編修委員会編『時代別国語大辞典』室町時代二（三省堂、一九八九年七月）には、『無門関抄』（仁和寺本）、『鴉鷺記』の用例が挙げられている。
（8）拙稿「幸若舞曲の表現――合戦場面の擬音語・擬態語を中心に――」（梶原正昭編『軍記文学の系譜と展開』汲古書院、一九九八年三月）で考察した。
（9）市古貞次編『中世文学史年表』（東京大学出版会、一九九八年十二月）に拠る。
（10）現存諸本の当該箇所は、語句の多少の異同はあるものの、傍線部セと内容をほぼ同じくする。傍線部セの着想は、後からの増補ではない可能性が高い。
（11）萩原龍夫校注「八幡愚童訓　甲」（桜井徳太郎・萩原龍夫・宮田登校注編『寺社縁起』日本思想大系二十、岩波書店、一九七五年十二月）。

（12）松澤康夫校注「百合若大臣」（福田晃・真鍋昌弘編『幸若舞曲研究』第十巻　注釈編、三弥井書店、一九九八年二月）二三〇頁。

（13）「無価宝珠」の字が当てられることが多い。仏舎利のこととも解せるが、「大織冠」では、「水晶の玉」とされている。

（14）「万戸将軍運宗」の字が当てられることが多い。本稿でもこれに従う。

（15）黒木祥子校注「大織冠」（福田晃・真鍋昌弘編『幸若舞曲研究』第十巻　注釈編、三弥井書店、一九九八年二月）で詳述されている。

（16）黒木祥子校注前掲注（15）資料一七五頁。なお、これが阿修羅の「悪の側の語の組み合わせ」の武装と対照されていることも指摘されている。

（17）黒木祥子校注前掲注（15）資料一七五頁、二二一頁。

（18）「やつした」は未詳ながら、黒木祥子校注前掲注（15）資料一八二頁では、鉾の先が八つに分かれている竿状武器と推定されている。

（19）華鬘も幡も荘厳具だが、「華鬘の幡」の実態は分からない。

（20）黒木祥子校注前掲注（15）資料一七八～一八一頁に関連資料が挙げられている。

（21）黒木祥子校注前掲注（15）資料一八二頁に指摘がある。

（22）榎本渉『南宋・元代日中渡航僧伝記集成』（勉誠出版、二〇一三年三月）の翻刻資料に拠る。

（23）鈴木彰前掲注（1）論文から示唆を受けた。

※本稿における舞曲の名称は、一般的なものを採った。また、詞章の引用は、「敦盛」「三木」「本能寺」に毛利家本（横山重・村上学『毛利家本　舞の本』〈角川書店、一九八〇年二月〉）、「清重」は文禄本（天理図書館善本叢書和書之部編集委員会編『舞の本　文禄本』下、天理図書館善本叢書和書之部第四十八巻〈八木書店、一九七九年五月〉）、「和泉が城」は大頭左兵衛本（天理図書館善本叢書和書之部編集委員会編『舞の本　大頭本』三、天理図書館善本叢書和書之部第七十五巻〈八木書店、一

九八六年一月〉）、それ以外は内閣文庫本（松沢智里編『舞の本』上・下、古典文庫三八四冊・三八九冊〈古典文庫、一九七八年八月・一九七九年二月〉）に拠った。

一揆鎮圧

——島原一揆の「使者」の一面、福井藩・松江藩——

武田昌憲

一　はじめに

「一揆」といえば百姓一揆などの地域的な住民の支配者に対する直接的な反乱のイメージが色濃い。中世軍記に登場する武士団の結合を示す「一揆」とは性格が異なる。この日本史上でも大規模な一揆として知られる「天草・島原の乱」は、また現在のところ「島原一揆」として歴史事項に定着しようとしている。

これは幕府が反乱発生当初から「一揆」と呼んでいたからでもある。実質的には全国を揺るがす重大事件であったのだが、三代将軍徳川家光の天下泰平の施政下での乱の勃発を認めないためである。したがって、「乱」と呼んでもよさそうではあるが、「一揆」と呼び和らげている。

幕府が一番恐れたのは、一揆の諸国への誘発である。事件にできるだけ小さく扱う必要があっただろう。実際最初は、九州の比較的大規模な切支丹農民の一揆ということで幕府も周辺諸藩の手助けだけで十分だと判断していたようだ。松平信綱も戦後事後処理の役目で現地に赴いていったわけであるが、実際には、軍事最高指揮をやることになった。状況判断は甘く、一揆の抵抗の強さに、最初の上使の板倉重昌が討死してしまったためである。幕府は九州諸藩のみならず、近隣諸藩に出兵の準備を命じる。該当する諸藩の藩主は帰国を命じられると急ぎ出陣のために帰国を始め、本国にも知らせる。またいち早く情報を収集するために現地に慰労の名目その他で「使者」を次々に派遣する。早いものでは板倉重昌と共に着陣させた藩（多くは九州中国四国の近接藩）もあれば、元旦の総攻撃で板倉重昌が討死の報を知って、松平信綱の上使の到着に合わせるような形で急いで使者を派遣する藩もあった。遠くは仙台伊達藩の派遣もあった(1)。ちなみに仙台藩の場合も、江戸から派遣したのではなく、わざわざ仙台から島原へ「使者」を派遣している。目下のところ、仙台藩が実際に戦闘に参加した使者としては最も遠くから派遣されてきたと確認できる。

この使者の多くは「使者」とは言いながら、実際の攻城戦に積極的に参加し、それなりに多くの戦績を挙げていることがわかった。この記録は全国諸藩に散在しているのであるが近年の地方の研究と記録類の公刊が進んでいる状況から、「使者」という名目（必ずしも「使者」と言う名前とは限らないが）で多くの藩（当時は藩というより、大名家というべきであるが、便宜上、「藩」を使用）は派兵（出陣）させているようである。その多くが纏まった一つの作品とならず、個人的な覚書や、藩史の編纂に利用・引用される程度の断片的なものであった。特に正式な派兵を行えなかった藩の記録は島原の一揆にどれだけ藩の編集者が関心を持つかでその記録のあり方が左右されたであろう。

このことは近代の市町村史の編纂に於いても言えることである。少なくとも日本全体又は一地域における事件について、自分の地域との関わりがないか検証することは有意義なことでもある。その一つの関心事が島原の乱（一揆）である。正史では鎮圧に参加した藩は九州を中心に限られた出陣であることから、その藩の正史は島原一揆に関心があることは自明の理である。少なからず犠牲者が出ればなおさらのことである。問題は「使者」を送り出した諸藩の場合である。予想としては当時は関心が高かった。しかし時代が下ると関心が次第に薄くなった。「使者」というだけならなおさらその活躍に関心が無くなるであろう。にもかかわらず、意外にその影響は大きなことが認識される。

諸藩一つ一つの「使者」の影響は小さなことかもしれないが、全体を総合すると大きな意味を持つのではないか。そういう意味合いで島原一揆対応の「使者」の働きに興味があるのである。

「使者」の戦いはもとより一つの軍記物語として存在するわけではない。正式な出兵をした諸藩にはその記録が大量にあり、早くから公になっている。それに比べると「使者」の記録は無きにひとしい。『徳川実記』には寛永十五年（一六三八）の二月に原城を包囲した幕府軍の中に、諸藩の大軍に交じって「使者」八百人と記されているのみである。幕府軍総勢十二万四千を超える中での使者の数は大した軍勢とは言えないようであるが、一方で、家来を連れての使者である場合が多く、場合によっては使者の軍勢だけで総勢一万は超えていた可能性もある。

また寛永十五年元旦の板倉重昌の総攻撃の時の幕府軍の被害（死傷者）の人数の中に「使者」三十名（『徳川実記』）と記されている。しかし、この元日の幕府軍の総攻撃に、まだ正式に出陣の命が下っていない隣国の肥後細川藩では、「使者」などの名目ですでに多くの軍勢を送り、この日の戦闘にも参加し、戦死者四人、負傷者五十三人を出している（『綿考輯録』等）。この細川藩は正式の出陣の折には、幕府の寄せ手の中で二万三千、実は三万以上という鍋島家と並んで最大の動員兵力で臨んでいる。準備の程は「使者」の動員と情報収集等の活躍によるところが大きいかもしれない。同様の事は萩毛利藩・土佐山内藩にも言える。正式な出兵の前に、事前に「使者」を送り、実際に参戦させていることがわかっている（もっとも毛利藩や土佐藩は本隊は出陣直前であったが自国を出る前に、一揆の原城は落城していたため、実際の出陣はなかったこととなっている）。また二月二十八日の原城の陥落戦の戦死者数が出兵した藩には記されているが（『徳川実記』）、「使者」の犠牲者数は何も記されていない。

肥後細川藩・萩毛利藩・土佐山内藩のみならず、すでに近隣諸藩の使者は板倉重昌の到着と同時に多く集まっていた可能性が高い。また戦闘に参加するだけの有力な戦闘勢力を有していたこともこれまでの指摘から次第にわかって来ている。

二　鎮圧の目的

筆者はこれまで諸藩の使者派遣とその活躍から、何のために戦いに参加するのかを見てきた。この一揆による幕府の大軍動員令は天下泰平下ではめったにない戦功の機会でもある。しかし「使者」任命権は藩の中枢部にあって「使者」を望んで任命される例はほとんどないようである。しかしいったん任命されると「使者」の趣きとは異なり、忽ち中世の武士よろしくいくさに打ち興じるのである。但し一揆が籠城する原城への攻城戦である。武士の作法通りの名乗りや矢合わせなどはさすがにほとんどない。もっとも「使者」として何もしないで戦いを傍観しているだけの事務的な、そして近世的な武士もいるのであるが、この場合は藩主や上司に戦後厳しく処断されることになる（1）。

江戸初期の島原一揆は大坂の陣以来二十余年ぶりの大きな戦いである。子孫のために自分の武功を伝える（家の武功を伝える）最後の機会でもある。以後、当面大規模な戦は起こりそうもないという事情もある。

武功が加増などの恩賞に繋がる機会がほとんどない状態では、一か八かの使者という名目での参戦は武士にとってみれば大変な名誉とともに魅力的なもの、命を懸けるにふさわしいものとして映った可能性が高い。

特に一揆を責める戦場にイデオロギーは見いだせない。相手がキリシタンだから特別な感情があるわけでもないし、そういった感情の吐露も全く見いだせない。あるのは一揆鎮圧の武功だけである。恐ろしく事務的に戦って、事務的に死傷する様子は淡々としているようにも見える。時代が江戸という感じもあるが。

しかし、諸藩がこぞって「使者」を派遣したのは、幕府の命令があったわけではない。大部分が自主的に派遣している。これは自藩にどう関わってくるのか見極めたいためである。また、幕府の上使等に挨拶し、自藩の存在を示したかったものとも思われる。いわば幕府に対する忠誠心を示す、絶好の機会なのである。しかし、最初から鉄砲隊などを派遣している藩もあるなど、状況判断が分かれる場合も多い。特に九州近辺の藩は、正式な出兵命令に備えてあらかじめ準備のために積極的に使者を複数派遣して対処法をめぐらしたようである。この「使者」も、派遣されてから帰藩するまで何も報告がなかったかというと、中には「使者」の家来も同行してこれに情報を報告させていた場合もあるし鉄砲隊も最初から連れてくる藩もある。それを知らなかった藩は「只今爰元ニ被居候方々之使者ハ、鉄砲之者卅人召連被参候衆迄被居候、何レモ近国之衆ニ而御座候」（『森家先代実録』寛永十四年十二月十七日・美作国津山の森藩の記録[2]）と報告している例もある。明らかに他藩に後れを取っている様子がわかる。

全く情報を報告することもなく帰藩してから報告をするという、遅い報告もあるなど、幕府からの使者＝上使も含めて、一口に「使者」と言ってもその性格・位置づけが各藩ばらばらで異なることがわかる。

また注意しなければならないのは前出した『徳川実記』等の幕府の公式記録での数字である。おそらく「使者」の数は各藩の「使者」の任命者だけの報告であり、この使者に伴って来たであろう、配下の家来たち（鉄砲隊や使用人等々）は人数に入っていないと見る方が正確である。

三　使者の動向

「使者」は藩命による出陣であるが、同時に藩を代表とする使節団でもある。幕府派遣の上使に対する挨拶や、主要な出陣をした藩への慰労も必須である。手ぶらというわけにはいかないだろうが、何を持参したのかはほとんど不明である。

また、この一揆鎮圧に対し、参加を望む武士もいて、たとえば幕府内でも開発した鉄砲の威力を試したいということで出陣を申し出た幕臣（井上外記正継）もいる（『徳川実記』寛永十四年十二月末日）。が、これは押しとどめられ「其銃は速に製作して奉るべしと命」じられている。

中にはここぞとばかり勝手に出陣をしたものも何人もいて、実態が把握できない藩もある（注（1）の紀州藩）。非常におおらかで武骨に満ちた藩ともいえる。が、多くの藩は、藩命による派遣がほとんどのようで、前述したように諸藩の労いに行ったのではない。一緒に鉄砲隊や、事の重大さに気づいた広島浅野藩（注（1）の広島藩）のように大筒を取り寄せた使者もいるのも興味深い。

余談であるが、萩毛利藩は積極的に幕府に尽くそうとしているが、その努力が高く評価されているかは不明。むしろ、戦後に、領内に一揆を発生させた責任を問われ、改易となった松倉藩主の弟を預かるという面倒なことを引き受けさせられている。同じことは、美作の津山森藩、讃岐の生駒藩にも言え、松倉藩主の幽閉先に指定されている。この生駒藩は、直後の生駒騒動によって改易されている。森藩は積極的に一揆鎮圧に活動しなかったかもしれない（森藩は五十年後に廃絶している）。隣国の池田藩に比べ、貢献度が低いとみられたかもしれない。後考を期したい。再述すると同じことが生駒藩でも言えるようである。讃岐の沿岸は瀬戸内海に当たり、幕府軍が大量に人や物資を運ぶ重要な航路になっている関係上、生駒藩も船頭や人夫を出したことが予想される。しかし使者の派遣はなかったようである。このことが一揆鎮圧後、板倉藩主のお預け所として白羽の矢が立ったことが予想される。生駒藩からの使者の出陣の記録がないということを証明するのは難しいことではあるが、当時生駒藩ではいわゆる生駒騒動の真最中であり、使者の派遣どころではない藩内の泥沼状態であった。幕府は預けた松倉を斬罪に処し、その後、生駒藩も藩内の統治の責任を問われて改易処分となっているのも偶然だとは思われない。萩毛利藩も幕府にとって要警戒の大藩である。のちのち赤穂浪士のお預けなど、何かと幕府の雑用を担わされることになる。

この毛利藩であるが、出陣の陣形まで詳細に一人一人描いた出陣図『嶋原陣御備附』（とセットになっている『島原陣御備組　全』）が毛利家文庫にある。島原の一揆鎮圧が長引いた時のための出陣の隊列を描いたものであるが、場合によっては島原出陣以外にも即応体制がすぐとれるような分かり易い「絵」になっているのは注目される。見方を変えれば、島原の乱を名目に藩の軍勢が予行演習的に図式的に描かれたということになる。このような大軍の行列は、天下泰平の中ではある意味不要であり、以後幕末に至るまで、出陣図は描かれないことになる。これだけの万を超える人数を動員している姿を描くのは諸大名の作品をみると参勤交代時の大名行列（これも多くて千人台ぐらい）や演習も兼ねての鷹狩に限られるのではないだろうか。興味が尽きない。毛利藩のような警戒を要する藩の監視のために、後述する出雲国松江へ親藩の松平直政が配置されてくるのである。

またどう戦ったかというよりも、戦いに参加した人はその後どうなったかにも各藩共通に関心があるのは面白いことであった。次の福井藩の場合でもそれを述べる。

ここでは正式に出兵の藩以外にも、「使者」の派遣が、その後の幕府に対しての評価に関係していることが予測されるのではないかという点を指摘しておきたい。

四　福井藩の使者の派遣

最大の大藩、金沢前田藩も使者を派遣しているが、隣接の親藩である福井藩五十二万五千石の場合はどうであろうか。藩主松平忠昌は徳川家康の次男結城秀康の次男である。父秀康を初代とする福井藩を忠昌は兄忠直の跡を受けて継いでいる。徳川の大きな親藩として周囲を威圧している。また忠昌の弟に直政がいる。彼は信濃国川中島の領地を持っていたが、一揆の最中に出雲国松江藩主に栄転する。この直政の使者についても今回、述べてみる。共に結城秀康の血をひく、血気盛んな藩ではある。

先ず福井藩の藩史資料として島原一揆関係記事が見られるものは『片聾記』また『続片聾記』巻二、巻八、また『國事叢記』巻二にも同様の記事がみえる。(3)

今『続片聾記』巻二から引用する。

記録1

寛永十四年丑年肥前國嶋原天草一揆蜂起、筑紫之諸将雖レ被二差向一攻落がたく、翌年迄數月を送候ニ付、忠昌公御向被レ成度旨被二傳達一候得共、一揆等に越前宰相被二差向一に不レ及候、若御出馬程之事候はば御名代に可レ被レ遣由、上意有レ之由、天草落城以後鍋島信濃守勝茂壱番乗被レ致候へ共、御軍令を被二相背一候により閉門被二仰付一候、其砌忠昌公於二御前に一今度鍋島事背二御軍令一蒙二御勘気を一候よし、勝茂働莫大のよし及レ承候、ケ様之閉門は私もあやかり申度事に而候と被二仰上一處、尤と被二思召一候か早速御免被レ成候、其後に鍋島殿御對面之節、早速御勘気御免被レ成候處ひとへに御かげ故と大悦仕候、武門之御一言末代迄之面目忝存由態々禮被レ申由。

（後略）

記録2

一、島原一揆蜂起之事、勝見筋へ御鷹野御出之節御野先へ御飛脚着、右之様子御聞被レ成候得共、即刻より御供之面々へ格別に御懇意共有レ之由申傳也。

右之節御徒十二人被レ遣罷歸何茂新知被レ下御取立被レ成候面々。

鑓付之首取百五十石被レ下男子無レ之跡断絶　渡邊彌兵衛

鑓付之首取百五十石被レ下後松岡へ被レ遣中島将監義に付御暇被レ下　大澤七左衛門

突捨之鑓に而首不レ取品能候付百五十石被レ下雨森茂太夫祖父之よし　小森庄兵衛

同前百五十石被レ下後松岡へ被レ遣小彌太祖父　土屋惣右衛門

同前百五十石被レ下稲生八郎右衛門祖父　高橋仁大夫

勤様宜に付百石被レ下子六右衛門不調法有レ之御暇被レ下　田中六右衛門

同前無二男子一跡断絶　木村十兵衛

同前子五兵衛御徒相勤候内被二突殺一　長沼五兵衛

同前後御小姓目付新左衛門討手に被レ遣之處被レ逃候に付御暇被レ下　高橋彌大夫

同前後御暇申請立退　平尾　彌助

同前子幼少に付御扶持方被レ下後母方之祖父服部三郎左衛門養子に被レ成左傳次祖父也　藤井覺右衛門

討死無二男子一娘に御扶持物切米被レ下後浅香七郎左衛門へ嫁す　松平市郎右衛門

右之者共罷在所を天草町と申酒井金三郎裏町也、右松平市郎右衛門は江戸御供之節大井川に而瀬踏に被レ遣候處、大小を残し川向へ渡り罷越候を御覧被レ成越ぬけ也、と御意有しに右島原被二仰付一罷立候跡に被二思召出一被レ遣まじき物をと度〳〵御後悔被レ成候、然るに終に討死仕候由御聞被レ成殊之外御落涙のよし。

この**記録1**（『片聾記』と同文）によると、福井藩は当初は使者派遣の予定はなかったようである。毛利藩・広島浅野藩・土佐藩等の有力近隣諸藩は板倉重昌が上使として島原に派遣されてきた時に同時に参加して戦っていることは以前に指摘した。[1]福井藩は北陸という遠方にあり、「一揆」ということで、幕府と同じく九州諸藩の協力でこの騒乱は簡単に鎮圧できると踏んでいたと思われる。

ところが九州の諸将（諸藩）が「翌年迄數月を送候ニ付」て、鎮圧にてこずっているのを知ると、追討の申し出をするが、「御名代」を派遣するだけでよい旨の上意を受ける。その後、一揆鎮圧に際して軍令を犯して大活躍した鍋島勝茂に対する閉門蟄居の処罰に対して藩主の忠昌は将軍家光に対して鍋島勝茂の武勇を褒め称え、家光の怒りを解く。これに対して勝茂は忠昌に感謝したという。

記録2（『片聾記』と同文）は島原に派遣された家来「御徒十二人」の恩賞と現在の様子が記されている。面白いことに、岡山藩と同じく福井藩でも、一揆鎮圧の武士の家がその後どうなったかを記しているのである。『続片聾記』のこの記事は『片聾記』の記事と同じである。『片聾記』は藩士伊藤作右衛門の元文二年（一七三七）の自序があることからこの頃に纏められた記録と思われる（『福井県史』通史編3、近世1、一九九四年十一月）。ちなみに『続片聾記』は幕末頃の未完の作品と指摘されている（同前）。一揆鎮圧から百年たっての記録（『片聾記』）なので、その子孫がその後どうなって今に続いているのかという繋がりを求めて記録していることが分かる。また、最後の松平市郎右衛門の討死の記載の後で、彼が大井川での「腰ぬけ」呼ばわりされたことに恥辱を感じて討死し、このため藩主が後悔していたことが指摘されているのは『片聾記』には見えない、『続片聾記』独自の記事である。この記事はそのまま藩の正史ともいえる『國事叢記』にも記されている。

また、「右之者共罷在所を天草町と中酒井金三郎裏町也」とあるように、派遣された藩士十二名に恩賞として下賜された屋敷町の名前が「天草町」（あまくさちょう）というのも面白く珍しい指摘である。他の諸藩でこのような記録や住所名は見いだせないのが福井藩の特徴でもある。ともかくこの十二名を同じ地区に住まわせたのであり、藩主の感激がどれほど大きなものであったかが窺える。しかし、百年後には十二家の内、全てが存続していることはなく、残っているのは数家ぐらいのようである。他は男子が続かず「断絶」（渡邊彌兵衛・木村十兵衛）、「暇被〻下」（大澤七左衛門、田中六右衛門、高橋彌大夫）、「立退」（平尾彌助）などであった。また松平市郎右衛門のように討死して男子がいない場合は娘に扶持を下されることもあった。戦闘に参加した恩賞は手厚いものがあったことがわかる。

しかし厳密にはこの者たちは天草には行っていない。闘いに参加したのは島原・原城であるのだが、なぜ天草町と命名したのか詳細は不明。当時の意識としては、島原よりも記念碑的存在が「天草町」という町名であり、そこに住む子孫たちであった。

それだけに子孫の動向も気になって、現状を記したものと思われる。ともかく、この一町の区域が明治七年（一八七三）の町名改正時まで存在していたようである（角川日本地名大辞典13『福井県』角川書店、一九八九年十二月）。現在の福井市日之出一〜三丁目（日本歴史地名大系18『福井県の地名』平凡社、一九八一年九月）という。が、福井藩では**記録1**にも「天草落城以後鍋島信濃守勝茂」云々とあるように、島原の原城落城を「天草落城」と記していることから、遠方のためか、早い時期に天草と島原・原城を取り違えていたか、気にしなかったものかと思われる。

続く『続片聾記』巻八にも藩主忠昌が出兵を望んだ記事があるが、結局、

諸方御見廻りとして、御徒之者島原へ被〻遣候、又風聞御聞合せ之為大坂へ桑原猪兵衛被〻遣候。

同十五年島原落去に付、去年罷越候御徒之者罷帰候に付各御加恩被〻下、

この記事だと派遣された年は「去年」となり、一揆勃発を知って板倉重昌と共に出かけた印象がある。真相は不明だが、『続片聾記』巻二にあるように翌年に派遣された感が強い。

五　松江藩の使者の場合

結城秀康の三男で福井藩主松平忠昌の弟である直政は寛永元年（一六二四）に上総国姉崎一万石から越前国大野郡五万石に封ぜられ、次いで信濃国松本藩七万石に寛永十年（一六三三）に封ぜられ「東国不慮の変に備え」た（『藩祖御事蹟』）[4]。それから四年後の島原一揆での使者の活躍は以下のようになる。同じく『藩祖御事蹟』から見てみる。長文に亘るが区切りながら記載する。

記録3

① 十四年〈丁丑、以下山括弧は割注〉十月故小西家ノ〈小西摂津守行長〉余党天主教ヲ以テ衆民ヲ語ラヒ、肥前国島原ニ拠テ乱ヲ起セシニヨリテ御征伐アリケレハ、出陣ノ衆ヘ御見舞トシテ三浦新五左衛門元義ヲ遣ハサレ、十一月二十八日江戸ヲ発シ京都大坂豊後ナトヘ御用向ニテ御書ヲ持参シテ、十二月二十五日肥後ニ着シ肥後公〈細川越中守忠利〉ヘ御書ヲ持参ス、ソレヨリ二十八日島原ニ到着シテ処々ヘ御書ヲ達シ、遂ニ追討ノ副使タル石谷十蔵貞清ノ〈御年譜ノ宝山公御具足召ノ処ニ石谷左近将監貞清トアルハ後ノ改号ト見エタリ又後ニ剃髪シテ土入ト称ス、今コ、ニハ三浦元義カ覚書ナトニヨリテ十蔵ト認メ置〉、陣所ニ聊ノ地ヲ請ヒ受ケ小屋ヲ懸テ居レリ、十五年〈寅戌〉正月元日賊城ヘ総乗リアリケルニ、元義ハ石谷家ノ手ニ属シテ三ノ丸ノ塀下マテ参リケリ、其後石谷家ヨリ元義ヲ

呼出サレ、公へノ御返書ヲ渡シテ早々帰リ申セトノ事ナリケレハ、元義御沙汰ノ趣畏リ入テ候、去ナカラ当地御出陣ノ方々へ御見舞トシテ諸方ヨリ使者飛脚ナト数度来レルニ、主人方ヨリハ唯私ノ参リタルノミナレハ、重テ飛脚ニテモ参ランマテハ御家来同様ニ思召シ差置レカシト申シケレハ、出羽殿ノ御使者マテヲ引留メテ返シ申スヘシト言ハレテハ中分成リ難シ、是非トモ早々帰リ申セトノ事ナルヲ猶強テ留ランコトヲ請ヒケレハ、当分ノ御使者ナルモノヲ左様ニ申スハ身カセキノ様ニ聞ユルナリ、其上元日ニ心タメシハ致シタリ、長居ハ無益ナリトテ石谷家ニ於テ殊ノ外立腹ナリ、ソレヨリ後モ度々帰ルヘキ様ニ申サレ益々立腹ニテ小屋場マテモ引上ラレタリケレトモ、猶他ニ小屋場ヲ借リ留マリ居テ更ニ帰ラントスル気色モ無カリケレハ、石谷家ニモ扨ハ性コハキ者ナリトテ遂ニ留マル事ヲ許サレ、又元ノ小屋場へ呼戻サレタリ〈元義カ覚書ニ他家ノ使者ナト上使石谷殿ニ対シテハ中々以右様ノ事ヲ申サル、訳ニアラサレトモ、我カ君ノ御威光ニヨリテカクマテ憚ヲ顧ミス押シ返シテ申出シモノナリト記セリ、如何ニモ左モアラン、爾シ又イカニ御威光ヲ借ルトテモ、斯クマテ腹ヲ据エテ物申セルモ亦凡庸ノ所行ニハ非サルナリ〉、扨公ハ斯クトハ知リ給ハス初ニ唯御見舞ノ御使者ニ仰付ラレタル事ナレハ、若シヤ何ノ働モナク帰リモヤセント案シ思召シテ、猶又跡ヨリ神村藤左衛門喙久ヲ遣ハサレ、御意ノ趣ニハ新五左衛門ハ当分ノ御使ニ遣ハサレタル事ナレハ、方々ノ返辞サヘ取リタラハ直ニ帰リ申スヘシ、道中何方ニテモ見合次第ニ連レ参レ、十蔵殿元日総乗ノ時家来打死手負モアルヨシナレハ人稀ナルヘシ、随分心ヲ入レ急度奉公仕レトノ御事ナリケレハ、元義承リテ有難カリ、万一島原ヲ罷立路次ニテ藤左衛門ニ逢テ島原へ帰リタラハ諸人ノ嘲モ如何アランニ善キ分別コソ為シタレ、若シ又道中ニテ藤左衛門ニ逢ヒ申サス江戸へ帰リタラハ殿ノ思召如何アラセラルヘキ鄙、是亦仕合ナリトテ大ニ悦ヒ愈々勇ミケリ、又続イテ荒木荘園左衛門ヲモ遣ハサレ〈神村ハ二月十六日島原ニ着シ、荒木ハ翌十七日着セル由〉、皆元義カ方へ参リ三人同居セリ、

② 二月十一日公出雲国ニ封セラレ隠岐国御預ノ旨仰ヲ蒙ラセラル〈後ノ松本御発賀ヲ照シテ考フレハ、此時ハ松本ニ居給ヒ、出雲国御拝領ハ松本へ御奉書ヲ賜ハリテ仰ヲ蒙ラセ給ヒシナルヘシ〉、扨、東照宮ノ御総領ニ岡崎三郎信康君アラセラレタレトモ、故アリテ早ク身マカリ給ヒ、其御次ハ浄光殿ニシテ台徳院殿ハ又其御弟君ナリ、サレハ浄光院殿ハ儲君ニモ備ハリ給フヘキ御方ニテ、御徳モ殊ニ勝レサセラレ御勲労少カラサレトモ、其初豊臣家ノ御養君トナリ給ヒ、又結城家ヲ継キ給フカ故ニ儲君ニ備ハリ給フコトヲ得ス、天下既ニ定リ徳川家ノ御大業モ既ニ成リ、御連枝方皆尊顕ナルニ及テ、浄光院殿ニハ其報少ク早ク身マカリ給ヒシヲ、将軍家ニ於テ御気ノ毒ニ思召サレ、責テ其御子孫ナリトモ厚クシ給ハントノ御志ナリケルカ、此時ニ当リテ中国西国辺ノ諸大名皆嘗テ徳川家ト肩ヲ比セシ者ニテ、今ハ君臣トモイフヘキ程ノ姿ニ為リタレトモ、其心中ハ猶イマタ測リ難シ、何トソ御一門ノ内ニテ徳威備ハリ給フ御方ヲ中国辺ニ封シテ不虞ヲ戒メント思召処ニ、西国ニ於テ異教ノ賊ノ事起リヤ、戮ニ就ントスル勢ニハアレトモ、此上又如何ナル変ノ生センモ計ラレス、愈々其任ニ当ルヘキ人ヲ求メ給ヒ、出雲国ハ一方ニ僻在シテ其間ニハサマレ、土地堅固ニシテ剰サヘ富饒ノ国ナレハ、西ノ方ノ鎮衛トセンニハ屈竟ノ地ナリトテ、公ヲコヽニ封セラレシトナリ〈此本文ノ事ハイマタ何ノ書ニモ見当ラサレトモ、萩野喜内信敏カ命ヲ蒙リテ作レル天隆公寿蔵記ニ載セタリ、信敏ハ博覧ナリシ人ナルハ拠ル所モアラン、左ナシトモ其時マテハ慥ナル申伝アリシモノカ、今其本ヲ知ル事能ハサルハ憾ムヘシ〉、

③ 十五日御奉書ヲ以テ島原ニアル三浦元義カ方へ、此度出雲国ニ封セラレ給フ始末ヲ御知ラセ遣ハサレ、且又愈石谷家へ厚ク心ヲ入レ奉公仕レトノ御趣意ヲ呉々仰セ遣ハサル、斯ク仰セ遣ハサレタルハ、今度出雲国ニ封セラレ給フハ深キ御趣意アリテ、西国筋鎮衛ノ為ナレハ別ケテ御心ヲ尽シ給ヘル故モアリケル事ト聞エタリ、ソレヨリ二十七日ニ至リ総軍賊城ニ押寄セ二ノ丸マテ乗取リケルニ、元義等ノ三人石谷家ノ手ニ属シ本丸ノ塀下ニ付

キケルカ時ニ、賊軍ヨリ大石ナトヲ投ケ出シケレハ元義ハ手ヲモ負ヒタレトモ、三人トモニ遂ニコ、ニテ日ヲ暮シ、其ノ半ナル頃ニ二ノ丸ヘ帰リ石谷家ニ謁シケレハ、何レモ働キ残ル所ナシ、殊ニ新五左衛門ハ手ヲ負ヒタルヨシ如何ニヤトノ事ナリ、元義申ス様少シツ、ノ石手ニテ痛ミ申サストテ事トモセス、斬クテ夜ハ殆ント鶏鳴ノ時ニ至リ元義罷リ出、最早ヤカテ夜モ明ケ申サン、先ツ御先手ノ容子見ニ参リ申スヘシトモ申出シカハ、昨日手ヲモ負ヒ草臥レタルヘケハソレハ無用ニセヨトノ事ナルトモ、手ハ痛ミ申サス参リ申スヘシ、余ノ両人モ共ニ参リ申ス間左様ニ御心得給ヘトイヒ置テ、夜ノ引明ニ本丸ニ登リ、夜明テ石谷家モ本丸ヘ乗籠マリタレハ此ニ従ヒナリ、其内ニ元義ハ抜ケ懸シテ敵ヲ壱人槍ヲ以テ突キ留メ、首ヲ取リ帰リテ差出シケルカ、石谷家ハヤカテ二ノ丸ヘ下リ、拙者ノ手ニテ只今本丸ニ於テ松平出羽守殿ノ使三浦新五左衛門トイフ者早ク首打取リ申タリト申サレケレハ、村瀬四郎兵衛承ハリテ一番首ニ記シタリトソ、斯クテ此日遂ニ落城トナレリ、

④　此ノ如ク今度島原ヘ遣ハサレシ者トモ何レモ能ク働キ功ヲ成シテ帰リケレハ、初ニ案シ思召サレタルニ引カヘテ御悦斜ナラス、御目見ヲモ仰付ラレ長々骨折タル段色々御懇ノ御意アラセラレタリ〈コノ御目見ノ日ニ疑アリ、元義カ覚書ニ三月二十八日松江ニテ登城シテ御目見セシ様ニ記セリ、然ルニ御年譜ニハ三月二十三日公江戸ニテ御暇ヲ賜ハリ、四月十三日松江ヘ御入城アラセラレシ様ニ記シタレハ、三月二十八日ハイマタ松江ニハ入ラセラレサル内ニテ、彼此齟齬セリ何トモ決シ難シ、此事ハ猶下文ニ言フヘシ、依テコ、ニ御目見ノ日ヲ記サス〉

『藩祖御事蹟』の引用諸目の中に『三浦新五右衛門覚書』があり、**記録3**の中にも、「三浦元義ノ覚書」が何度も引用されていることから、島原の乱に直接参加した三浦元義の記録があったことは確かである。今後原本の確認をしたい。

先の福井藩の記録に比べると、実体験の戦いのさまがよく描かれている。彼の記録から「三浦新五左衛門元義」という人物がいかに島原の戦場参加に固執したか、そして福井藩士の気概がよくくみ取れるのである。戦国の気風をまだ残している武士は、命令違反でも、他藩の迷惑でも気にすることなく思いをぶつける。その結果、小屋場を奪われた三浦元義は、その頑固さから、とうとう石谷家から「扨ハ性コハキ者ナリトテ遂ニ留マル事ヲ許サレ」て元の小屋場に戻され一目置かれるようになる（**記録**3の①）。これが奏功して、後から松本藩士二名が駆けつけてきた時の宿舎になるのである。結局三名の使者が派遣されただけと見えるが、彼らは名のある武士であって、付き従うものもいた可能性がある。

結局、全国の藩から「使者」が現地（島原の原城）に派遣され、そして一揆鎮圧後に再び故郷に戻っていき（この松本藩の場合は途中から国替えとなり、信濃松本から出雲松江へ加増となる（**記録**3の②）、出雲国と隠岐国を預かる、七万石から十五万石余へと大加増となる）、一揆の鎮圧戦の様子が語り継がれてゆくし、又、記録もされることとなる。実際の戦いの記録は**記録**3の③に記述される。三浦元義も負傷しながらの大活躍を見せ、石谷家の行為もあり、一番首に記録されるという名誉を得る。家臣の活躍は藩主の名誉ともなる（**記録**3の④）。幕府の覚えが高くなるというものである。

六　おわりに

正式に幕府軍として九州の諸藩が出兵したこととは別に、諸国の藩で独自の直接的な記録が残ることになる。その数は膨大なものになる。たった一か所の辺鄙な城攻めの記録であるが、その認知度は実践に参加した「使者」の口から想像以上に日本全国に深く入り込んでいるのではあるまいか。戦さ語りの行方は今後も考えていきたいところである。

一地方のたった一つの城に籠った、農民の鎮圧に命をかけた使者の存在は、埋もれたままである。一つにまとめてみる事もあながち無駄ではないかもしれない。

本来戦いは、現場に投げ込まれた者（或は自ら投じて行った者）にとっては戦闘そのものの政治的な意義については、考えた形跡すらないものである。生きるため、死ぬための手段として戦いがある。そこには後からとってつけたような名乗りもなく、装束描写もない。淡々とした戦場のリアル感はそのようなものである。おおよそ政治が前面に出てくるのはその後からである。軍記の文学的成立には遅速こそあれ熟成の時間が必要であるが、島原一揆の場合は、多くの実戦体験者が全国にいるにもかかわらず自分の藩・家の事が中心で、終わってしまった観もぬぐえない。今後も諸藩の動向について、そして中世の残影としてこの一揆（乱）の記録を探求していくこともあながち無駄ではないかもしれないと思っている。

注

（1）以下、拙文「島原の乱の使者の戦い（その1）――毛利藩の場合――」（『茨城女子短期大学紀要』三十六、二〇〇九年三月）、「島原の乱の使者の戦い（2）――紀州藩・仙台藩の場合――」（『茨城女子短期大学紀要』三十六、二〇一〇年三月）、「寛永十四・十五年（島原の乱）当時の藩と島原の乱出兵状況（稿）――島原の乱の使者の戦い（3）――」（『尚絅学園研究紀要　人文社会科学編』二〇一二年三月）、「島原の乱の使者の戦い（4）――土佐藩の場合――」（『尚絅語文』二、二〇一三年三月）、「『寛永諸家系図伝』と『寛政重修諸家譜』にみる「島原の乱」記事に付いて（覚書）」（『尚絅大学研究紀要』四十五、二〇一三年三月）、「島原一揆と使者――中世軍記の種子と終焉と――」（『文学・語学』二〇七、二〇一三年十一月）、「島原の乱の使者の戦い（5）――広島藩・三次藩の場合――」（『尚絅語文』三、二〇一四年三月）等。

（2）『岡山県史』第二十五巻、津山藩文書、一九八一年三月

（3）『福井県郷土叢書』第二巻、一九五五年六月

（4）『大野市史』第六巻、資料総括編、一九八五年三月

第五章　十七世紀——再解釈と定着の諸相——

寛文・延宝期、軍記物語版本の挿絵の表現をめぐって

――延宝五年版『平家物語』における頼朝「対面」場面を読む――

出口久徳

一　はじめに

寛文・延宝期（一六六〇～八一）とはどのような時代か[1]。文学史的には元禄期などに比べて注目度は低いものの、最初の書籍目録が刊行されるなど出版文化が発展した。奈良絵本類も数多く制作され、前代に比べ多様な書物が流通した時期である。社会的には大坂夏の陣から約半世紀を経て、実戦経験のある者達が社会の一線を退いていった。新たな社会のあり方が模索された時期から安定的な社会が形を整えつつあった。寛文・延宝期はほぼ四代将軍家綱（一六四一～八〇。将軍としては一六五一～八〇）の時代であるが、家綱は文治政治を推進したことで武家にも文武の兼備が求められていった。

このような時代に物語はどのように読まれ社会の中で機能したのか。延宝五年（一六七七）版『平家物語』の挿絵の表現を中心にこの問題を考えることとする。その際には同時代に刊行された十二世紀後半の〈源平合戦〉を対象とした軍記物語の絵入り版本（『保元物語』『平治物語』『源平盛衰記』『義経記』『曾我物語』等）についても一連のものとしてとらえていく[2]。こうした作品群が重層的にイメージとしての〈源平合戦〉を形作っていると考えられ、延宝版『平

家』はその一つの表れである。また、本稿では武家社会、中でも大名など上層の武士を享受層として想定して考察する。(3)

前稿では延宝版『平家』の挿絵について、特に見開き図に注目して分析した。(4)見開き図とは冊子を開いた際に左右の二面の丁で一図となる画面をいう。版本においてはセールスポイントで、そこに時代の意識や他のメディアとの関係などさまざまな問題点が表れる。中でもそれぞれの巻の冒頭の見開き図には特徴があった。比較的前半には行幸・御幸図（巻四・五・六・八）が配置され、後半には源頼朝の対面図（巻七・九）が配置される傾向にあった。挿絵は物語と無関係に配置されるわけではない。だから、挿絵の問題の前に『平家』の物語構成上の問題でもある。だが、巻によっては他にも選択の可能性があり、その場面が選ばれて描かれたと考えられるものもあった。巻冒頭の見開き図が行幸・御幸図（天皇・上皇）から頼朝の対面図（武家）へと推移することで、武家の世への時代の推移が読者にイメージされるような構成となっていた。

天皇・公家から武家への推移は、『平家』をはじめとする十二世紀後半の源平合戦作品群が語る〈歴史〉でもある。行幸・御幸図については前稿で論じたが、頼朝の対面図が課題として残っていた。本稿では、延宝版『平家』の頼朝の対面図（巻七・九の冒頭の見開き図）の読解を中心とした考察を行い、そこからさらなる問題を提起したいと思う。

二　版本挿絵の頼朝「対面」図について

延宝版『平家』巻七の冒頭の見開き図について。巻七「清水冠者の事」では、頼朝と木曾義仲が仲違いをして、源氏同士の合戦になりかねない事態となった。義仲は自身の嫡男である清水冠者を頼朝に差し出すことで、事態の解決

をはかる。物語本文（延宝版『平家』に句読点を付した）には、

> 木曾、真実意趣無きよしをあらはさんがために、嫡子清水の冠者義重とて、生年十一歳になられけるに、海野、望月、諏方、藤沢などいふ一人当千の兵を相副て、兵衛佐のもとへ遣す。兵衛佐「此の上は誠に意趣なかりけり。頼朝未だ成人の子を持たず。よしよしさらば子にし申さん」とて、清水冠者を相具して鎌倉へこそ帰られけれ。

とある。延宝版『平家』【図1】には、頼朝と清水冠者の対面場面が描かれる。この図は、先行した明暦二年版（以下、明暦版）、寛文十二年版（以下、寛文版）等を参考にしつつ、さらに改変を加えて描いたものと考えられる。[5] 続いて、巻九「いけづきの事」では、頼朝のもとに梶原源太景季が参上し名馬「いけずき」を所望するが、頼朝は申し出を断り代わりに「する墨」を授ける。ところが、後からやってきた佐々木四郎高綱には「いけずき」を授けることにした。物語本文では、

> その後、佐々木四郎高綱の暇申しに参りたりければ、鎌倉殿、いかが思召されたりけん、「所望の者はいくらもあれども、存知せよ」とて、いけずきを佐々木にたぶ。（中略）参会したる大名小名、皆、「荒涼の申し様哉」とぞ、人々ささやきあはれける。

とある。延宝版『平家』【図2】では、人々が左右に居並ぶ中に佐々木四郎が控える図である。こちらも明暦版や寛文版にも挿絵があり、それらを参考にしたと考えられる。なお、明暦版には巻九冒頭の章段である「小朝拝の事」にも挿絵があり、大膳大夫業忠の宿所で新年の儀礼も行えずにいる人々の様子を描くが、こちらは採らずに頼朝図が選ばれたようである。

頼朝を描いた軍記物語の挿絵としては、『平治』の平治の乱後の落人・流人姿、『盛衰記』の挙兵譚などもあるが、それら以外の多くが他者との対面場面である。例えば、寛文四年版『義経記』では、巻四「頼朝謀反の事」で安房国

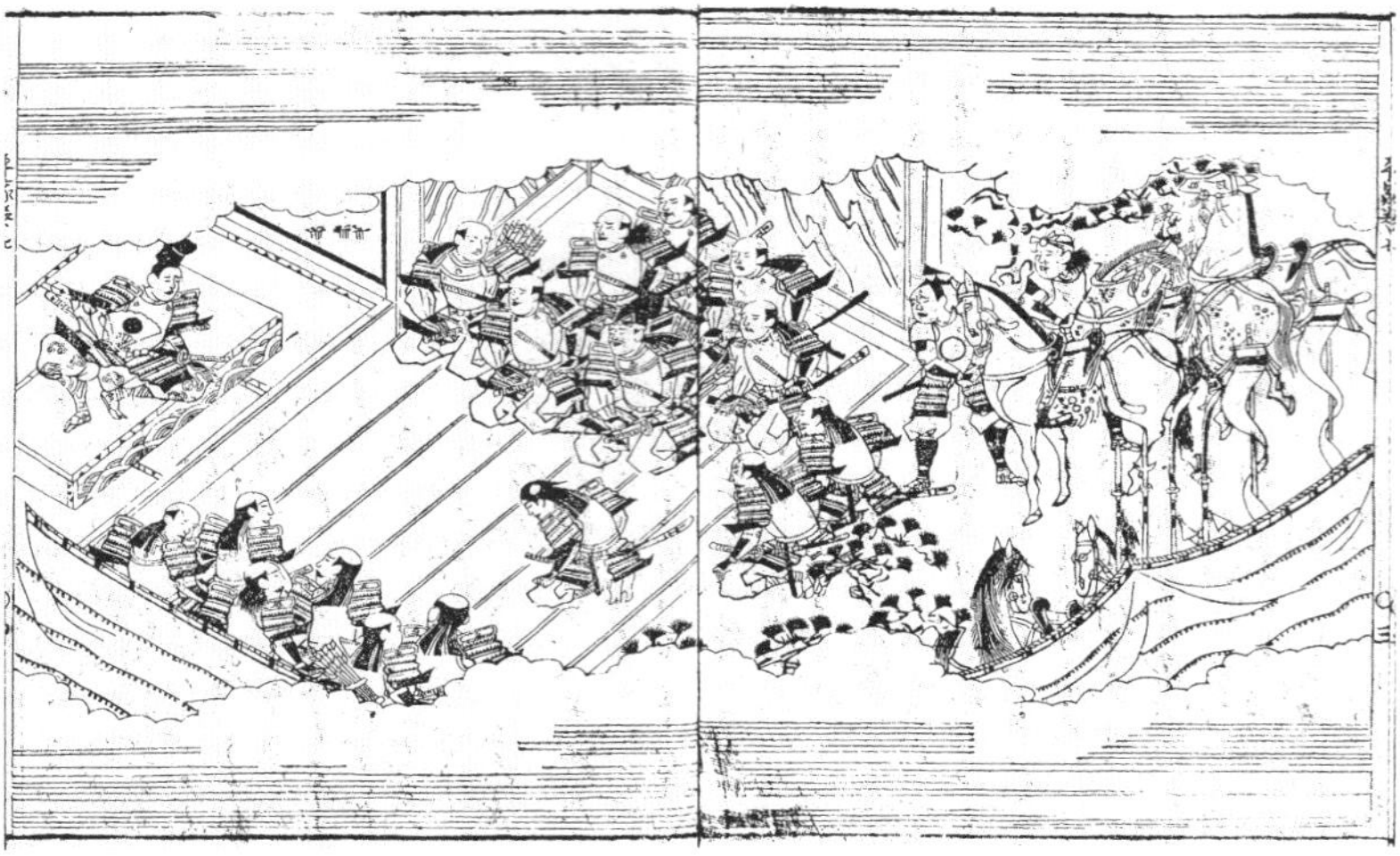

【図１】 宝永七年版『平家』（延宝版の覆刻）巻七「清水冠者の事」

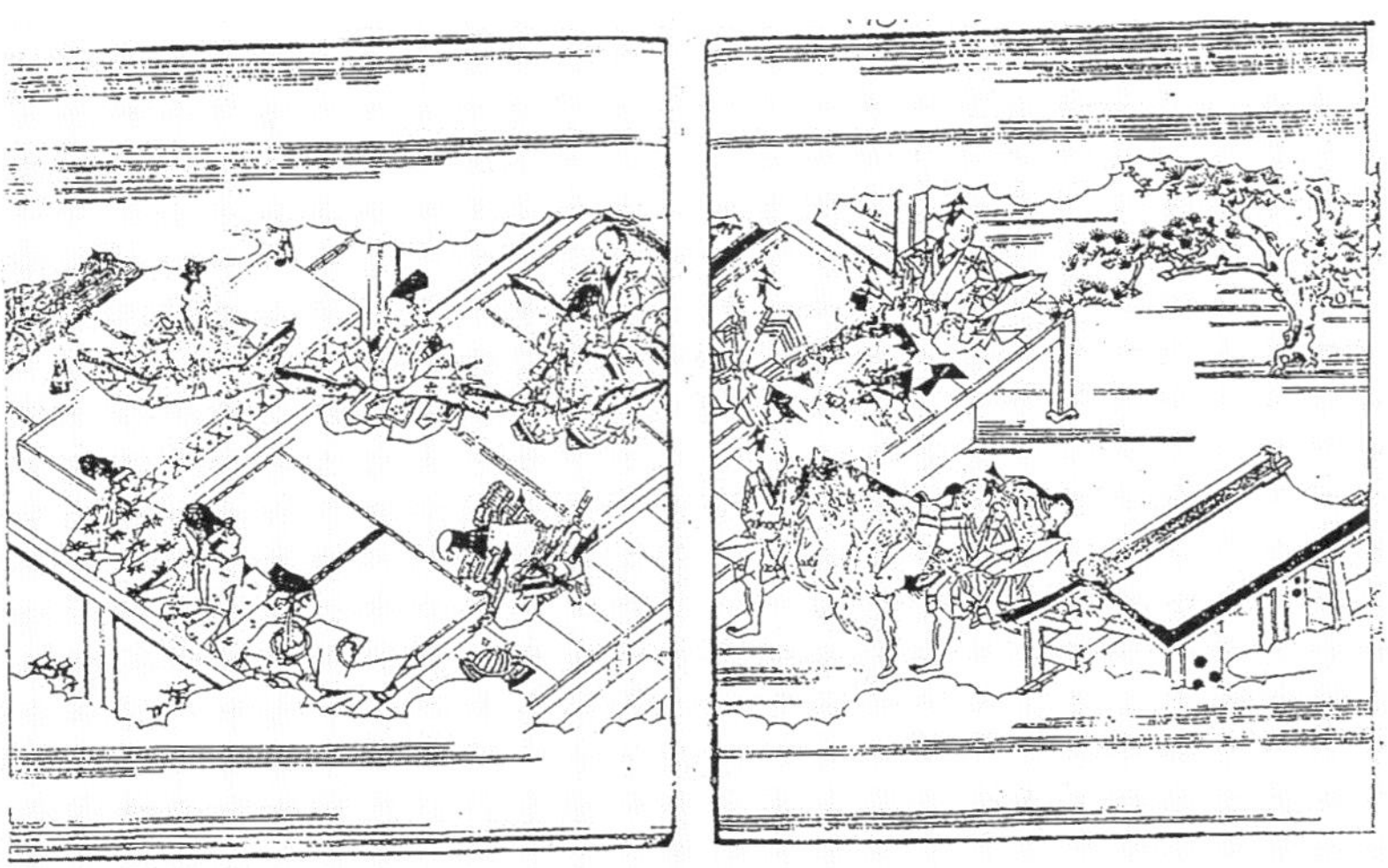

【図２】 宝永七年版『平家』（延宝版の覆刻）巻九「いけづきの事」

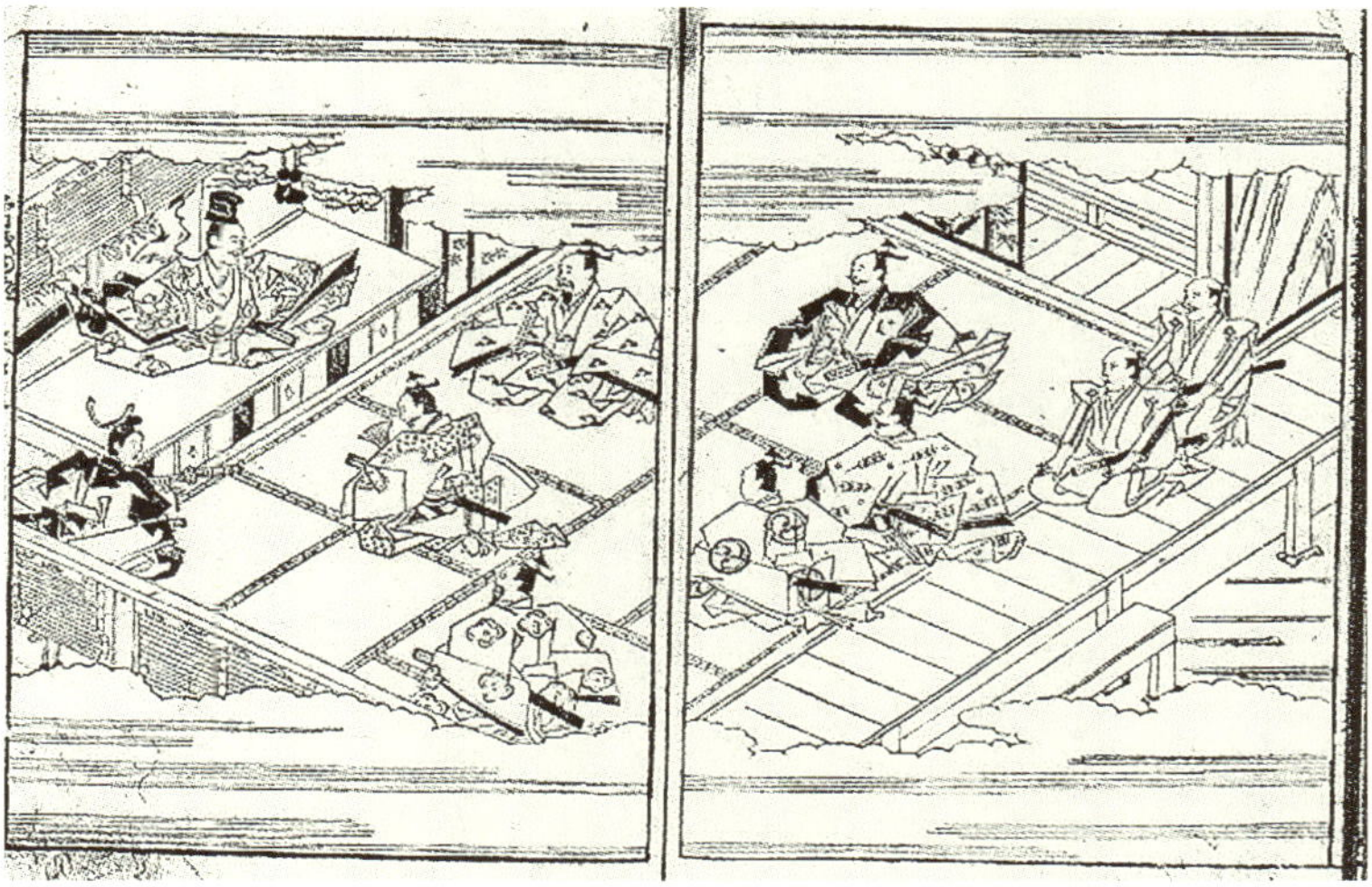

【図3】　寛文三年版『曾我』巻三、畠山等が頼朝を説得する場面

洲崎の滝口の大明神に祈る姿以外の絵は対面場面となる。巻四「頼朝義経に対面の事」での義経との対面、巻四「義経平家の討手に上り給ふ事」での梶原との対面、巻六「忠信が首鎌倉へ下る事」での佐藤忠信の首を差し出された場面、「関東より勧修坊を召さる事」での勧修坊との対面、「静鎌倉へ下る事」での静との対面、「静若宮八幡宮へ参詣の事」での静が舞う様子を見る姿である。いずれも頼朝が上畳の上に座し、家臣達が列座する中で「対面」（「静若宮八幡宮へ参詣の事」は静が舞う姿を頼朝が見る図）が行われている。なお、寛文版『義経記』には見開き図はない。

次に『曾我』を見よう。例えば巻三では処刑されそうな危機がありながらも成長する兄弟の姿が語られる。兄弟の動向が物語展開の軸になるのだが、寛文三年版『曾我』では、全九図で見開き図になるのは曾我兄弟の処置に関して畠山重忠をはじめとする臣下達が頼朝を説得する場面【図3】のみである。同じく寛文版『曾我』巻十「五郎御前へめし出され聞こしめしとはるゝ事」では見開き図で頼朝が五郎を尋問するところが描かれ、兄十郎の首が差し出されてうなだれている五郎の様子がある。

頼朝は上畳の上に座り周囲を臣下達が囲んでいる。寛文版『曾我』でも延宝版『平家』と同様に頼朝による「対面」が見開き図として選ばれる傾向にある。このように、頼朝を描く際には家臣達の中での対面図として描かれることが少なくない。その際には見開き図として描かれる傾向にあったようだ。

三　近世期における「対面」――序列化する武家――

「対面」とはどのような行為か。ここでは武家社会における「対面」について考えていきたい。「対面」とは、例えば合戦後に勝者と敗者の格差を承認しあう営みであり、また相互の関係を再編、更新し、それを確認するために行われる行為であった。(6) 上下関係が不安定な戦国時代、江戸時代初期は特に重視された。例えば、聚楽第行幸（後陽成天皇と豊臣秀吉）や二条城行幸（後水尾天皇と徳川家光）などは天皇と武家が新たな関係を結ぶ一大イベントであり、屏風絵や絵巻などにも描かれた。

江戸幕府成立後、新たな支配と臣従の関係を確認する必要性があり、それは「対面」を通して行われた。その例として、記録が残る大坂夏の陣の翌年の元和二年（一六一六）正月に江戸城で行われた「年頭御礼」を挙げてみよう。(7) ここでは将軍と諸大名との対面（御目見得）を通じて両者の関係性が確認される。「年頭御礼」は元日から三日まで行われ、江戸城本丸御殿・表座敷の黒書院、白書院、大広間で行われた。この三日間の内、どの日、どの時間、どの場所で「対面」がなされるかで、各大名の家格が示されることとなる。元日早朝に将軍秀忠が黒書院上段に出御し、その場には長男家光（三代将軍）が「御上段一畳目」（内閣文庫蔵『元寛日記』）、次男忠長が「御上段」から「二畳目」に着座する。兄弟の間にも着座の位置に差がある。続いて秀忠は白書院に入り、そこでは御三家をはじめとする家門の大名達、譜代の中でも特に徳川家とゆかりの深い大名達、外様大名では前田利常、池田利隆との御目見得となる。義直（尾張）と頼宣（水戸）が「上段」から「二畳目」、前田利常、池田利隆が「三畳目」とあるなど着座の位置が決まっていた。こうした「対面」の状況から自らの家格（家の立場）と他家の家格を認識することとなる。その後も「年頭御礼」は家光期にも引き継がれ、以後定まっていったものと考えられている[8]。毎年の初めに将軍との「対面」を通じて自らの位置づけを再認識していくこととなるわけである。

ところで、家格においては官位も重要な要素だが、武家官位について、松平秀治[9]は「官位は、領地高より明確に家格の差を表現している」と述べている。徳川家康は慶長十一年（一六〇六）四月に参内した際、武家の官位は幕府の推挙により叙任すべきとの旨を奏請している。これにより、幕府は武家官位を動かす力を得て、官位を大名家格制の中心に据えて体系化する機会を得ることとなった。武家官位による家の序列化という現象は江戸初期から行われ、寛文・延宝期あたりで固定化したようだ。それ以降は、容易には家格を上昇させることはできなくなってくる[10]。

家格においては『寛永諸家系図伝』も重要である。その編纂作業は寛永十八年（一六四一）将軍家光の命によって開始され、幕府が諸大名家に自家の歴史の報告を課したのである。諸家の系譜と武功を明らかにして武家全体の家格の整理が行われた。家の過去に家格の根拠が求められたのであった[11]。また、『武鑑』の存在も見逃せない[12]。『武鑑』は江戸時代に出版された大名家および幕府役人の名鑑である。内容的には、系図をはじめ江戸城内での殿席まで、さまざまな情報が掲載される。『武鑑』では配列にもとより記載内容の精粗、字体（楷書が上級、草書が下級）、字高などの指標によって、地位・格式の高下が表されていた。寛永期から刊行され、出版文化の発展に伴い寛文・延宝頃から刊行される数が増えていく。その流布により、各家の「序列」が社会に浸透していくこととなる。

官位や家の歴史など様々な要素から位置づけられた家格は、「対面」という行為を通して社会的に示されることとなる。家格は寛文・延宝頃に固定化され、『武鑑』等を通して、社会の中に浸透していく。寛文・延宝期は、大坂夏の陣から約半世紀を経て、新たな社会が形を整えつつある時代であった。実戦経験がある武士達が社会の一線を退いた上に、四代家綱は文治政治を推進した将軍であり、何よりも社会の安定が求められた。社会が安定し、自らの家格が固定化されると、それにふさわしいふるまいを否が応でも意識せざるをえなくなる。もはや下剋上の時代ではなくなったのである。こうした時代背景と「対面」場面の挿絵の読みは無縁ではないはずである。

四　寛文・延宝期の文化状況——歴史・思想・絵画——

この節では、寛文・延宝頃の文化的状況について、特に歴史意識の観点から述べていく。軍記物語は「史書」としてとらえられていた面を持つ。

『寛永諸家系図伝』の編纂が完了した翌年の寛永二十一年（一六四四）、林羅山は幕府から国史を編纂することを命じられ、『本朝編年録』の執筆にとりかかる。武士支配の歴史を正当化するための武家的な視点からの国史が必要とされたのである。戦いの結果勝ち取った覇権を正当化するための論理が求められていた。病に倒れた羅山の仕事は子の鵞峯に引き継がれ、書名を『本朝通鑑』として、寛文十年（一六七〇）に完成した。公的な修史事業は六国史以来のことであった。『本朝通鑑』編纂などの中央の動きに刺激を受け、各藩も家臣に命じて軍功や履歴を書き上げさせたり、祖先書きを提出させるなど、各家の立場で家譜や合戦記録などをまとめる動きが出てきた。過去の〈歴史〉に対する意識の高まりを見せていったのである。(13)

出版文化の発展と相まって、寛文・延宝期にはより読みやすい形で人々に〈歴史〉が提供されていく。本稿で問題としている〈源平合戦〉を扱ったものを中心に述べていくと、例えば、寛文五年（一六六五）に漢字平仮名混じりの和文化した『吾妻鏡』が出版されている。[14]同年には漢字平仮名混じりの絵入り版本『盛衰記』も刊行されている。『保元』『平治』『平家』『義経記』『曾我』等は寛文以前から絵入り版本の漢字平仮名混じり本があるが、この時期に挿絵が刷新された版本が刊行されている（『保元』『平治』は貞享二年とやや遅れる）。本文は大きな改編はなかったが、挿絵を時代に相応しいものに変えたのである。[15]また、寛文・延宝期は歴史読み物的な軍書が数多く制作されていった。井上泰至[16]は『太平記』の筆法にならい江戸幕府のモデルである鎌倉幕府の歴史を読み物化した『北条九代記』（延宝三年〈一六七五〉刊）に注目する。同書が扱う時代は『吾妻鏡』と多くの部分が重複し、『職原抄』を引用するなど、儀礼における武家故実の知識が要求されてきた事情もうかがえる。井上は、寛文・延宝期は徳川家の淵源とされた清和源氏の物語が軍書の刊行等を通して浸透し始めた時期であり、頼朝から三代の事績から語る『北条九代記』はこの時期の典型的な軍書としている。[17]

ところで、今日の本の目次でそれぞれの章が始まるページ数が付されているように、版本の目録に記された各章段の下に丁数が付されるようになったのも寛文頃からと思われる。管見の限りでは、寛文三年（一六六三）刊『日本王代一覧』（林鵞峯著の史書）、寛文四年版『太平記』などが早く、『平家』では延宝版がはじめてその形をとった（以後の『平家』版本に引き継がれる）。丁数が付されることで検索の便が図られ、全体ではなく部分を引いて読む享受形態を想定した書物となっている。一方で、この形式を待つ本は単に大部というだけでなく「史書」が少なくない。『日本王代一覧』や『太平記』はその典型であり、延宝版『平家』も「史書」としての形態をとったとも考えられる。[13]〈歴史〉がより読みやすい形で提供されだしたのである。

さらに、寛文前後に、「歌仙図」や「詩仙図」に則り武将の姿を描く「武仙図」というジャンルが生まれ、上層武家の愛好を得ていた。[19]「武仙図」は古代から戦国にいたる武将を集成・通覧した列伝的な武将図である。林家と狩野派の絵師たちが関わりながら作り上げられていった。例えば、寛文五年（一六六五）正月に将軍家綱の命により、林鵞峯が撰した本朝三十六将に狩野安信が図をつけることとなった（この作品は現存しない）。また、将軍家綱は、これ以前にも絵を伴わない本朝五十、百将伝の浄書献上も林家に求めており、「武仙図」という新画題に大きな関心を寄せていたという。将軍が「武仙図」を愛好したことが上層武家の「武仙図」へのさらなる興味が高まる要因となったようだ。[20]「武仙図」には明暦二年（一六五六）刊『本朝百将伝』もあり、書物として刊行されることでさらなる広がりを見せていった。『本朝百将伝』には、平清盛や重盛、教経や源頼朝、義経、義仲なども載せられる。「武仙図」によって、さまざまに蓄積されていた武将たちの像[21]がインデックス化されたのである。「史書」の目録に丁数が付され、検索の便が図られた時期とほぼ同じ時期であったことには注意しておきたい。

この節で述べてきたことを確認しておこう。寛文・延宝期は『本朝通鑑』が編纂され、寛永頃から続いた大規模な「史書」編纂が一つの成果を出した時期であった。その過程で様々に歴史意識が高まっていく。出版文化の発展する中、「平仮名」「絵入り」といったより読まれやすい形で版本が制作された。寛永頃刊行の作品も時代に応じた挿絵に刷新されて出版されていった。また、読み物的な軍書も制作され、目録に丁数が付されるなど本の形態に変化も見られた。絵画でも「武仙図」が描かれるなど、武将イメージもインデックス化されていく。

幕府の動きと各藩、儒学者、絵師、出版などが様々な関係を結びながら、「歴史」と向き合い、それがさまざまな形で世に現れた時期が寛文・延宝期であったといえる。版本の挿絵もこうした錯綜する文化の網の目の中で読み解く必要があるだろう。

五　絵入り版本の「対面場面」を読む

ここで再度、延宝版『平家』の挿絵を見ていこう。【図1】（巻七「清水冠者の事」）、【図2】（巻九「いけづきの事」）では、頼朝を頂点として家臣達が列座する先に、清水冠者や佐々木四郎が控える。例えば、【図2】では、頼朝が上畳の上に座し、頼朝に近づき伺候する者（言葉を伝える立場か）がいる。前列に座す者、後列に座す者、縁側に控える者がそれぞれ配置され、先に見た「年頭御礼」とは同列に論じられないが、どの位置に座るかで序列が存在しているように見える。(22)そうした序列の頂点に頼朝が位置している。ところで、物語本文では、【図1・2】ともに必ずしも家臣達が列座するような〈公〉的な場でなされたようにはなっていない。例えば、【図2】のいけずきを授ける場面だが、林原美術館蔵『平家物語絵巻』巻九（中央公論社版、巻九・一〇頁）では、頼朝は上畳に座していない。数人の家臣達がいるものの、佐々木四郎は〈私〉的な場で「暇乞い（別れの挨拶）」をしているように描かれる。「暇乞い」場面とは別に、縁側の上から馬を見下ろす佐々木の姿も描かれる。「暇乞い」から「馬を受け取る」といった展開を『絵巻』は異時同図法的に描きだす。その一方で、対面とは別の部屋で人々が噂をする様子（本文の「『荒涼の申し様哉』とぞ、人々ささやきあはれける」に対応）も描いている。本文の個々の描写に対応させることで物語を再現しているようだ。巻七の本文（前掲）では頼朝と清水冠者の間でどのようなやりとりがあったかは不明であり、【図1】の形で描く必然性はないように思う。本文では、義仲が嫡子清水冠者を人質として頼朝に差し出す交渉をしたことが大切なのであって、頼朝と清水冠者の対面自体に重きがあるわけではない。それを挿絵では型にはめたように家臣達が列座する中で対面がなされたと描き出していく。

【図４】　延宝七年版『頼朝三代記』巻一、頼朝と家臣達

版本挿絵では、頼朝が他者に対して何らかの応対をした際には、家臣達が列座する中で対面する定型化した形で表現される。家臣達が列座し、その頂点に上畳に着座する頼朝の姿からは、「将軍」[23]としての姿が読み取れよう。そして、それは、将軍を頂点として序列化された世界である武家社会には受け入れやすい形ではないか。

延宝七年（一六七九）版『頼朝三代記』[24]巻一冒頭の挿絵【図４】は見開き図であり、頼朝を頂点として家臣達が列座する図となる。源氏将軍三代を語る物語の最初の挿絵である点に注目したい。伊藤慎吾[25]が紹介した版本『頼朝軍物語』（東京国立博物館所蔵）においても巻一冒頭の見開き図では、頼朝が挙兵を決意し、そこに人々が集結した様子が描かれる。頼朝は上畳の上に座り家臣達が居並ぶ形で描かれる。他本でも冒頭を飾る絵として相応しいとの意識があったようだ。

近世期には武士支配の歴史を正当化するために武家的な視点からの〈歴史〉が必要とされたが、中でも江戸幕府の先例としての鎌倉幕府の成立過程やその存在は重視された。明暦の大火で焼失し現存しないが、林羅山は『源平綱要』という書物を著していた。これは中国の『資治通鑑』にならう形で保元平治の合戦を記したもので、国史編纂の試験的な書物と考えられているが、(26)そうした際に源平合戦の時代が選ばれた点に注目したい。

　武家の世に至る過程をいかに語るのかが重要な課題であったわけだが、その〈歴史〉を語る象徴的な存在が『平家』であった。兵藤裕己(27)は近世初期に語り物『平家』が盛んに享受されたことについて、その物語の性格が源氏政権の草創・起源神話としての側面を有していたことを指摘する。『平家』は源氏による武家政権の起源を語る物語として受け止められていた。延宝版では、巻の冒頭の見開き図の行幸・御幸図から頼朝の対面図への推移というイメージで歴史を語る。天皇の存在を表すのが行幸図とするならば武家の存在を象徴的に表すのが合戦の図像ではなく、将軍を頂点とした列座の形での対面図であった点に注目したい。読者はそこに武家による安定した治世を読みとるのであろう。家臣達が列座する中での頼朝の対面図は、『義経記』『曾我』等といった他作品の挿絵にも描かれて広く流通していく。『本朝通鑑』編纂のような中央の動き、各藩それぞれの書物の編纂などの動きとも連動する形で〈歴史〉意識を形作るのに貢献したのではないか。『平家』に求められたのは、安定した武家の治世へとつながる〈歴史〉を語ることだったのではないか。

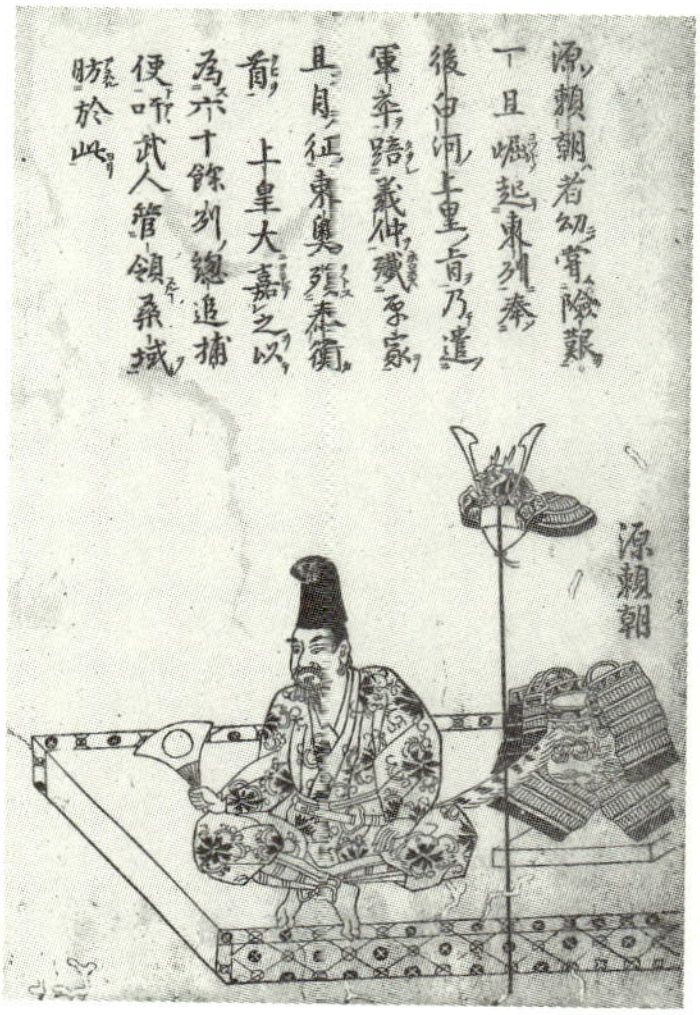

【図５】　明暦二年版『本朝百将伝』頼朝像

　一方で、延宝版『平家』をはじめとした絵入り版本の頼朝像を「武仙図」との関連で読むこともできよう。例えば、明暦二年版『本朝百将伝』に頼朝像はあるが、『百将伝』の頼朝像【図５】は、上畳に座し、立烏帽子を被り甲冑は身につけていない。これは『平家』等の挿絵を通じて流通した頼朝イメージと共通する点が少なくない。軍記物語の絵入り版本の挿絵では、頼朝は上畳に座り他の者と明確に区別される。また、他の者が侍烏帽子を被る中で、立烏帽子を被ることが頼朝を表す記号表現ともなっていた(28)。頼朝は『盛衰記』に挙兵譚があるものの、相手と対面し「政治的」に差配することで権力を用いる将軍としての姿がイメージされたのだろう。

門脇むつみ(29)は、寛文・延宝期には、合戦や武将についての知識は文武の文に属す教養になっていたとする。そして、「戦とは無縁の武家が、静かに坐る武将たちの絵を眺める」という「武仙図」のあり方は文治政治を行った将軍家綱(30)時代の象徴ともいえるとする。さらに、「武仙図は泰平の世という新しい段階に達した徳川政権を支持層に武家の御道具として創出された画題」であったとする。武士達が座する武将達の像を眺めるという行為は泰平の世の象徴でもある。座する頼朝の姿が絵入り版本の中で数多く描かれるのはそうした意識とつながっているだろう。

六　まとめと今後の課題――時代の表象としての版本挿絵――

延宝版『平家』や寛文版『曾我』等で頼朝との対面図が見開き図として描かれるなど、頼朝を描く際には家臣達が列座する中での対面する場面が多い。これら挿絵を読む際には寛文・延宝期の社会的文化的な状況の中で挿絵に向き合う必要がある。

近世期の武家社会の中では、「対面」を通じて、様々な要素（官位や歴史上の位置づけされた家格）によって位置づけられた自らの家格が確認されていった。寛文・延宝期はその家格が定まっていく時期であった。武力により自らの立場を上昇させることが可能であった時代を終えて、一度定まった家格は容易には上昇できない。『年頭御礼』での対面する場所、時間、座る畳の位置などはそうした家格の差を可視化したものである。将軍を頂点として序列化されて列座する姿は、安定した武家社会を象徴的に表していた。一方で、寛文・延宝期は「歴史」への意識が高まった時期でもある。『本朝通鑑』が完成し、「平仮名」「絵入り」化されたテキストや新たに作られた読み物化した軍書が刊行されるなど、より読みやすく開かれた形で〈歴史〉が受容される環境が作られていった。また、目録の章段に丁が付されて検索の便が図られた版本や武将イメージの集成ともいえる『本朝百将伝』等の「武仙図」も刊行された。延宝版『平家』はこうした時代の中で生み出されたのである。

鎌倉幕府の成立にいたる〈歴史〉の一齣として、頼朝の対面場面は定型化された〈公〉的な場での対面として描き出される。列座する家臣の中で「将軍」として対処する姿である。また、将軍を頂点として序列化された家臣達が居並ぶ姿は安定した武家の治世を象徴的に表す図像でもあった。見開き図として巻の冒頭を飾り、また作品を超えて重層的に描かれていくことで、頼朝のイメージは強化されていく。様々な局面において、将軍頼朝のもとに安定した治世が行われたイメージが十二世紀の源平合戦の作品群には求められたのではないか。延宝版『平家』においては一の谷・屋島・壇ノ浦など著名な合戦が語られた章段で見開き図が用いられたのは「嗣信最期」のみである。(31)屏風絵で展開した合戦場面よりも、頼朝の対面場面の方が見開き図にするのに相応しいという意識もあったのではないか。(32)

ところで、本論を通して今後の課題も見えてきた。今回の考察が頼朝の〈文〉に関するイメージであるとするならば、〈武〉のイメージが次の課題として出てくる。頼朝の〈武〉のイメージは、『曾我』等にある富士の巻狩等での頼朝の姿である。対面図（座像）〈文〉と巻狩図〈武〉が並立して頼朝イメージは形成されている。(33)

また、さらに当時の文化的社会的状況を押さえた上で絵入り版本の挿絵を読む必要がある。林羅山・鵞峯など林家と狩野探幽など狩野派が連携する形で作り出す幕府の「文化政策」との関連である。(34)中央の動きが社会に浸透していく際に絵入り版本は一定の役割を果たしたのではないか。言葉で説明的に述べる形ではなく、イメージでゆるやかに浸透させる力を持ったはずである。誤解のないように述べておくと、絵入り版本制作段階において何らかの具体的な指示があったのではなく、より時代に相応しいように、より売れるようにと製作する中でそうした表現が採られたと考えている。そうした視点で絵画を見直すとさらに問題が出てくるのではないか。今後も延宝版『平家』等、版本の挿絵を分析することでこうした問題を考えていきたい。

注

（1）二〇一三年度・説話文学会大会にてシンポジウム「寛文・延宝期の文化動態──再編される文と武──」（於南山大学）が行われた。シンポジウムをふまえて、鈴木彰が全体の総括、報告者の瀧澤彩「大名家の絵本享受と絵巻・絵入り本制作の隆盛について」・平沢卓也「変容する神仏関係──寛文・延宝期の伊勢神宮──」・出口「寛文・延宝期の軍記物語──延宝五年版『平家物語』から考える──」が『説話文学研究』四十九号（二〇一四年十月）に掲載された。当日のシンポジウム以降、延宝版『平家』を中心とした以下の拙論を発表した。「寛文・延宝期の『平家物語』──延宝五年版『平家物語』と近世メディア──」（『立教大学日本文学（立教大学日本文学会）』百十一号、二〇一四年一月）、「『平家物語』絵画に描かれた〈場〉」（『学芸国語国文学（東京学芸大学国語国文学会）』四十七号、二〇一五年三月）、「寛文・延宝期の源平合戦イメージをめぐって──延宝五年版『平家物語』の挿絵を中心に──」（松尾葦江編『文化現象としての源平盛衰記』笠間書院、二〇一五年五月）。また、鈴木健一「十七世紀の文学──その多様性（特集・十七世紀の文学）」（『文学』十一巻三号、二〇一〇年五月）も寛永・寛文・元禄の各時代の特徴について述べている。また、伊藤慎吾は、近世前期の絵と物語の研究状況を述べる中で、寛文・延宝期が注目される時期として研究状況をまとめている（「学会時評・中世」〈『リポート笠間』五十七号、二〇一四年十一月〉）。

（2）例えば、幸若舞曲は織田信長などの戦国武将に愛され、近世初期には「舞の本」として版本や写本で流通した。「舞の本」

は様々な題材から採られているが、『平治物語』『平家物語』『義経記』『曾我物語』といった十二世紀後半の〈源平合戦〉の軍記作品群と共通するものが少なくない。これら複数の作品が一連のものとして受容されていたことを示す例といえよう。絵入り版本の挿絵でも、人物の描かれ方など作品を超えたところで共通の意識も見られる。

（3）藤井讓治は、若狭小浜藩主酒井忠直（一六三〇～八二）『御自分日記』（万治二年〈一六五九〉～延宝六年〈一六七八〉）を例に「当時の大名にとって軍記物こそ最も関心のある、最も主要な身に付けるべき学問であったのではないだろうか」と指摘する（「近世前期の大名と侍講」〈横山俊夫編『貝原益軒――天地和楽の文明学』平凡社、一九九五年〉）。また、龍澤彩（注（1）前掲論）は寛文・延宝期を「写本と版本双方の『本が売れた』時代として特筆すべき」と指摘し、その購買層としては、大名家や有力武家が大きな位置を占めていたのではないかとしている。また、この時期の大名家（尾張徳川家、越前松平家等が例として挙げられる）が所有した絵の傾向として源氏の武将が活躍する物語という特徴も指摘する。こうした指摘をふまえて、本稿では享受層として大名などの上層の武士を想定した。また、源氏の武将が活躍する物語を描いた作品が多数制作された時代において本稿での課題である頼朝像の読解は問題となるだろう。

（4）注（1）の拙論（『説話文学研究』四十九号）。

（5）注（1）の拙論（『文化現象としての源平盛衰記』）。なお、巻九についても同様。

（6）太田昌子・大西廣「出版と儀礼――帝鑑図説――」（『文学』十三巻六号、二〇一二年十一月）

（7）注（6）の太田・大西論。二木謙一『中世武家儀礼の研究』（吉川弘文館、一九八五年五月）、二木『武家儀礼格式の研究』（吉川弘文館、二〇〇三年七月）など。

（8）二木（『武家儀礼格式の研究』）によると、対面儀礼の故実については室町幕府のものを江戸幕府が参考にしたとする。

（9）松平秀治「大名家格制についての問題点――官位制を中心に――」（『徳川林政史研究所研究紀要・昭和四十八年度』一九七四年三月）

（10）堀新「近世武家官位の成立と展開」（『新しい近世史1　国家と秩序』新人物往来社、一九九六年三月）

（11）梶原正昭『室町・戦国軍記の展望』（和泉書院、一九九九年十二月）、井上泰至『近世刊行軍書論』（笠間書院、二〇一四年九月）など。

（12）藤實久美子『武鑑出版と近世社会』（東洋書林、一九九九年九月）、藤實『江戸の武家名鑑――武鑑と出版競争――』（吉川弘文館、二〇〇八年六月）など。

（13）梶原正昭注（11）前掲書、井上泰至注（11）前掲書、榊原千鶴『平家物語　創造と享受』（三弥井書店、一九九八年十月）。

（14）阿部隆一「解題――吾妻鏡刊本考――」（『寛永版影印　振り仮名つき吾妻鏡』汲古書院、一九七六年五月）参照。

（15）出口「絵入り版本『義経記』の挿絵をめぐって――近世前期の出版をめぐる一考察――」（『日本の文字文化を探る　日仏の視点から』勉誠出版、二〇一〇年三月）

（16）井上注（11）前掲書。

（17）龍澤論（注（1）前掲論）での指摘（大名家が源氏の武将達が活躍する物語を好んで所有した）と響き合う。版本・写本の双方で「源氏」の物語が求められたのである。

（18）注（2）拙論（『説話文学研究』四十九号、『文化現象としての源平盛衰記』）。なお、『日本王代一覧』は、『和漢軍書要覧』（明和七年〈一七七〇〉刊）にも挙げられている。このことを受けて、井上泰至は「『軍書』が軍語りの書であると同時に通俗的な歴史書の性格を持っていたことをうかがわせる」とする（井上注（11）前掲書）。

（19）門脇むつみ「家綱をめぐる画事」（『二〇〇四年度　鹿島美術研究（年報　第二十二号別冊）』二〇〇五年十一月）、門脇『巨匠　狩野探幽の誕生』（朝日選書、二〇一四年十月）。門脇は「武仙図」を「幕府御用儒者である林家が監修し、狩野派中枢の画家が筆をとる極めて重要な作品であった」とする。なお、「武仙図」については中村幸彦（「林羅山の翻訳文学――『化女集』『狐媚鈔』」〈『中村幸彦著述集　六』中央公論社、一九八二年九月〉）、鈴木健一「『詩仙』『武仙』『儒仙』」（『書誌学月報』二十六号、一九八六年四月）などでも取り上げられる。

（20）『国史館日録』（続群書類従完成会）寛文五年九月二十二日条に「普流布于世」「士林家々有之」とあるように「武仙図」の流行を伝えている（門脇注（19）『鹿島美術研究』の指摘）。

（21）『本朝百将伝』の武将像には物語や芸能で流通したイメージも投影しているようだ。例えば、源頼政は弓と矢を手にした立ち姿で描かれる。これは最期を迎えた時の老将としての源三位入道ではなく、『平家』巻四や謡曲『頼政』で語られる若かりし頃の「鵺退治」時の姿と解せる。「鵺退治」の図像は絵馬や絵本としても近世期に流通していった（注（1）拙論『立教大学日本文学』）。一方、平清盛は出家した姿で座像で描かれる。保元平治の乱で活躍していた頃は出家以前であり、「武士」として描くのならば法体はふさわしくない。『平家』等で作られた「入道」清盛イメージで描いたのだろう。また、門脇（注（19）『鹿島美術研究』）は『本朝百将伝』について、「後々まで類本がつくられるほど知られ、やがては浮世絵の武者絵へとつながっていく重要なものである」と指摘する。

(22) 挿絵では、頼朝と居並ぶ人々との対面ではないが、頼朝の前に列座する姿として関連付けて考えている。武将の前に家臣が列座する図としては、「徳川十六将図」「武田二十四将図」「黒田二十四騎図」などがあり、多くの作例がある（守屋正彦『近世武家肖像画の研究』〈勉誠出版、二〇〇二年二月〉。須藤茂樹「『戦国集合武将図』の世界」〈『歴史読本』六五三号、新人物往来社、一九九五年十一月〉など）。こうした作品群との関係も今後考えたい。

(23) 物語の中ではその時点で将軍でないこともあるが、頼朝=将軍イメージに基づき描かれたのだろう。

(24) 加賀市立図書館聖藩文庫蔵本による。

(25) 伊藤慎吾「東京国立博物館所蔵『頼朝軍物語』翻刻」（『文化現象としての源平盛衰記』研究――文芸・絵画・言語・歴史を総合して――』第四集、二〇一四年三月）

(26) 安川実『本朝通鑑の研究』（言叢社、一九八〇年八月）

(27) 兵藤裕己『平家物語の歴史と芸能』（吉川弘文館、二〇〇〇年一月）

(28) 立烏帽子は頼朝の記号的表現である（出口「寛文期の『源平盛衰記』――寛文五年版『源平盛衰記』の挿絵をめぐって――」〈『日本文学（日本文学協会）』五十八巻十号、二〇一〇年十月〉）。また、二木前掲書（『武家儀礼格式の研究』三九〇頁）によると、室町幕府における「年頭御礼」では、将軍は「立烏帽子」を身に付け、大名は「折烏帽子」を身につけるなどの差異があったとする。頼朝の立烏帽子の表現をめぐる文化的背景についてはさらに考えたい。

(29) 門脇注（19）前掲論（『鹿島美術研究』）

(30) この時代の将軍が家綱であったということには注目しなければならない。家綱自身が絵を好んだこと、自身で絵筆をとったことが『徳川実紀』には度々記されている（門脇注（19）「鹿島美術研究」指摘）。また、家綱の将軍襲職を祝賀する朝鮮通信使に対して、『平家』『盛衰記』『吾妻鏡』に取材した画題を描いた屏風が贈られている。源氏の武功を示した物語を絵にして贈った家綱の行為は、国外に向けて自らのルーツを示したともいえる（龍澤注（1）前掲論）。家綱と絵画との関わり、特に、源氏関係の物語絵画との関わりについてはさらに考えてみたい。

(31) 「嗣信最期」は舞の本等他のメディアでの展開や、嗣信が義経のために命を落とした忠臣としてのイメージが大きかった（出口「屋島合戦図を読む――「御堂」イメージを中心に――」〈石川透編『中世文学と隣接諸学9　中世の物語と絵画』竹林舎、二〇一三年五月〉）。

(32) この点について、松島仁の以下の指摘をもとに、今後さらに考えたい。松島は、「（林）鵞峯を中心とした文教ネットワーク」として、林鵞峯と狩野探幽とのつながりに注目する。寛文期は『本朝通鑑』の編修など歴史意識が高揚・醸成され、また歴史的な人物への関心が高まりを見せたとする。例えば、この時期に楠公図（楠木正成）が盛んに描かれたのはそうした時代の現れだとする。また、「寛文期を境に描かれるようになる楠公図は、中世の合戦絵とは文脈を異にする新しい絵画ジャンル――〈歴史画〉の範疇に入れることも可能である」とした。松島のいう〈歴史画〉は、「文治の時代のあるべき為政者としての武士像」「儒学と兵学の言説で補強したきわめてイデオロギッシュな絵画」といった特徴を持つ。延宝版『平家』の見開き図で一の谷や壇ノ浦などの著名な合戦が見開き図にならずに、頼朝の対面図がそうなったのもこうした〈歴史画〉意識と無縁ではないだろう。松島のいう〈歴史画〉と絵入り版本の挿絵の読みをめぐる問題については今後も考えていきたい（松島仁「〈中華〉の肖像、あるいは徳川日本のセルフイメージ――狩野探幽と林鵞峯をめぐる画事にみる、いわゆる〈日本型華夷秩序の表象〉をめぐって」〈『東アジアを結ぶモノ・場（アジア遊学百三十二）』勉誠出版、二〇一〇年四月〉）。また、山鹿素行は『武家事紀』（延宝元年〈一六七三〉序）の中で、頼朝を朝廷に忠勤を尽くした人物として評価している（『平家物語大事典』〈東京書籍〉「近世史書」参照）。

(33) 頼朝の〈武〉のイメージの問題を論じたものには、大久保純一「頼朝のイメージと徳川将軍」（小島道裕編『武士と騎士』

思文閣出版、二〇一〇年三月）がある。

（34）松島仁注（33）前掲論や松島『徳川将軍権力と狩野派絵画——徳川王権の樹立と王朝絵画の創生——』（ブリュッケ、二〇一一年二月）等が提起する問題を受けて、軍記物語絵画について考えてみたい。

［引用図版］

【図1・2】宝永七年版『平家物語』（延宝五年版の覆刻）（架蔵本）

【図3】寛文三年版『曾我物語』（国文学研究資料館蔵）

【図4】延宝七年版『頼朝三代記』（加賀市立図書館聖藩文庫蔵）

【図5】明暦二年版『本朝百将伝』（加賀市立図書館聖藩文庫蔵）

［付記］

図版の掲載を許可していただいた加賀市立図書館、国文学研究資料館に深謝申し上げます。

天正十五年、豊臣秀吉の阿弥陀寺当座歌会をめぐって

――『太閤記』等を端緒に――

田口　寛

一　はじめに

天正十五年（一五八七）三月、豊臣秀吉は九州に入った。それは、秀吉の九州（最終的には全国）平定という「平和」に向けての政治的行動であるとともに、九州への侵攻という軍事的行動の結果であり、「戦争」であったといえる。秀吉の九州入りは、平定の最終段階であった。九州の小倉に入る直前、秀吉は長門国の赤間関にいた。馬関海峡（現・関門海峡）に臨む秀吉について、『太閤記』（巻十「九州御出勢に付御掟之条々」）は、次のように叙述している。

同廿五日赤間が関に御参陣有て、長門之浦々を御覧じけるに、折ふし風の音あらましう吹かはり、何と哉覧物すさまじげに見えしかば、平家之亡魂、羨しくや思ふらむとおぼされて、かくなむ。

　波のはなちりにしあとの事とへばむかしながらにぬるゝ袖かな

かやうに口号《クチズサミ》給へば、何となく海上おだやかに成て、程なく筑紫之地へ着給ひぬ。(1)

『太閤記』は周知のとおり、小瀬甫庵（一五六四～一六四〇）による秀吉の一代記で、寛永二年（一六二五）の自序を有する。後続する「太閤記物」に影響を与えた、十七世紀成立の「戦国軍記」（別の括り方として、「後期軍記」「近世軍

記」「近世軍書」、または「仮名草子」など）である。[2] 右の引用文によれば、秀吉が海に臨んだところ、ちょうど風の吹き方が変わって荒々しくなり、これを「平家の亡魂」の仕業と思って、和歌を口ずさむと、海が穏やかになって、程を経ずに九州に入った、という。

本稿は、右の出来事をめぐって、いくつかの文献を確かめ、本稿に与えられた論旨である「戦国期の回顧と歴史的編成」について見てみたい。

二　阿弥陀寺当座歌会の概要

赤間関にいた秀吉の動向を伝えるいくつかの資料の一つとして、「赤間神宮文書」に含まれている、「天正十五年三月廿七日安徳天皇御追福懐古和歌会作者覚」というものがある（赤間神宮は、いうまでもないが聖衆山阿弥陀寺の後身）。影印が赤間神宮編『重要文化財　赤間神宮文書』（吉川弘文館、一九九〇年十二月）に収められており、それには「釈文」（翻刻）も載せられているが、いま改めて翻刻引用したい。

三月廿七日当座

松　大政《ママ》大臣関白殿下

豊臣朝臣秀吉公

（一行空白―稿者注）

三松　武衛

禅高　山名

羽柴陸奥侍従　本ハ佐々内蔵助
羽柴出羽侍従　本ハ蜂屋
驢庵ハ典薬也薬師
長諳ハ　楠木入道
由己　大坂天満梅庵
休夢　墨田（ママ）官兵衛伯父

右の文書には、「原包紙外題」とされるものがあり、それには「天正十五年征西之時／安徳天皇御追福懐古和歌／豊臣秀吉公　当座御会連名附」とある（スラッシュ／は改行）。文書名の根拠でもあろう。「当座」（以下「当座歌会」）に連なった人々の人物比定（後述）については、『重要文化財　赤間神宮文書』の「解説」（今江廣道執筆）においても既になされている(3)。また、これらの人物たちがその時に詠んだものと見られる和歌短冊がかつて、赤間神宮に『懐古詩歌帖』として一帖の中にまとめられて残されていた（旧国宝）。ただし秀吉の短冊のみは、箱入りで別扱いされていたという。これらはいずれも第二次世界大戦による戦災で、昭和二十年（一九四五）に焼失したが、焼失以前に作られた資料や転写本によって、和歌の内容を知ることができる(4)。いまは便宜上、『重要文化財　赤間神宮文書』「解説」に整理して挙げられた和歌を基に、堀川貴司氏の翻刻(5)によって修正したものを掲載したい（丸括弧内の人物比定、及び傍線に稿者による）。

波の花散にしあとをこととへは　むかしなからにぬるる袖かな　松（豊臣秀吉）
しづみにし水のあわれをとふ人に　むかしこたふる春のうら浪　三松（津川義近）
名ばかりはしづみもはてずうたかたの　あはれ長門の春の浦なみ　禅高（山名豊国）

名にしおふ長門の海を来てみれば　あはれをそふる春の浦なみ　羽柴陸奥侍従（佐々成政）
いにしへのその名ばかりはありながら　すがたはなみの春の海づら　羽柴出羽侍従（蜂屋頼隆）
みるからに袖こそぬるれうつし絵の　跡にあはれをそふる浦波　驢庵（半井瑞策）
あはれさを身にしら波にのこしなば　涙もとめよもじの関守　長諳（楠木正虎）
しづみけん身のいにしへもいとけなき　おもかげうかぶ春のうらなみ　由己（大村由己）
名をのこす長門の海を来てみれば　むかしにかへる春のゆふ浪　休夢（小寺高友）

傍線部のとおり、全ての和歌に共通して用いられている語句は「波（浪・なみ）」で、おそらくこれを題とする当座歌会の詠だったのであろう。

以上の資料から窺われる当座歌会の様子以外に、それに至る経緯を伝えるのが、詠者の一人、楠木正虎（楠長諳。以下「長諳」）によるとされる『（九州）下向記』（「九州陣道の記」「天正十五年道の記」とも。天正十五年成）である。

廿五日、同赤間関御泊、廿七日まで御逗留、此比所労によて狂句もなし、
廿六日、於阿弥陀寺安徳天皇御影前御当座有、長諳旅宿平臥の所へ召使あり、即祇候、御短冊書写のためなり、書之、其次瓦礫を可申之旨依仰、任口所労かた〳〵以失心、不過之、

関白殿御詠
波の花ちりにし跡のことゝへはむかしなからにぬるゝ袖かな
長諳
あはれさを身にしら浪にのこしつゝ涙はとめぬもしの関もり
をの〳〵歌あり、忘侍る、

廿八日、至豊前小倉御渡海、長諳赤間に残侍、四月廿三日まで逗留、要害御留守、増田右衛門尉、宮部藤左衛門尉両人也、……(6)

長諳（一五二〇～九六）は、楠木正儀の裔、大饗成隆の子、秀吉等に右筆として仕えた人物で、書や和歌にも秀で、剣術軍略にも優れたという。(7)彼の記録によれば、三月二十五日に赤間関に到着した一行は、二十七日まで滞在予定で、翌二十六日に阿弥陀寺において安徳天皇御影前での当座歌会があり、長諳は病気中であったが召喚され秀吉の短冊を代筆するためにすぐ参会して実際に代筆を務め、(8)秀吉の所望により「瓦礫」（愚詠・拙作ほどの意）を詠んだという。その後、二十八日に秀吉は海峡を渡って小倉に入り、長諳は翌四月二十三日まで赤間関に残り留まったようである。(9)なお、長諳自身が詠んだ和歌については、記録に書き留められたものと『懐古詩歌帖』の短冊和歌とに、字句の相違が若干あるが、記録に「任口所労かた〳〵以失心、不過之」とあるので、歌会における短冊和歌の出来ばえに満足できず記録では修正を加えたものか、「をの〳〵歌あり、忘侍る」とあるように、他の人々の詠歌を忘失してしまったのと同様、自身の歌もうろ覚えになっていたものであろうか。

三　阿弥陀寺当座歌会に関する再検討

ところで、当座歌会が催行された日にちについては従来、「天正十五年三月廿七日安徳天皇御追福懐古和歌会作者覚」の記述に拠ってか、三月二十七日とされることが殆どである。(10)しかし長諳の『（九州）下向記』という、当座歌会の状況詳細を伝えるもう一つの資料によれば、先述のとおり二十六日の出来事と見てほぼ差し支えないと思われる。なぜ二十六日とする資料と二十七日とする資料とが併存するのかは、未詳とせざるを得ないが、単純な記録の誤りでないとすれば、仮説として比較的想定し易いのは、当座歌会が二十六日から翌二十七日に跨がる催しであったという可能性ではなかろうか。「天正十五年三月廿七日安徳天皇御追福懐古和歌会作者覚」は、当座歌会に連なった人物を記録したものと見られるから、記録した時点は催しの終わった後とも考えられる。当座歌会が終わった時刻が、二十六日から翌二十七日に日付の変わった以降だったのであれば、当該作者覚に記す「三月廿七日」とは、会後に記録した日にちと捉えることもできよう[11]。

また、この時の歌会は、秀吉と近臣数人とによるもので大規模ではなかったようであるが、秀吉にとっては九州に踏み入れる直前の催しであり、一定の意味付けがあったとも推測される。そのように推測する前提として、秀吉の九州平定について、次の資料を見ておきたい。

（折封ウハ書）「嶋津修理大夫殿」（義久）

就　勅定染筆候。仍関東不残奥州果迄被任　倫（綸）命、天下静謐処、九州事于今鉾楯儀、不可然条、……。先敵味方共双方可相止弓箭旨、　叡慮候。可被得其意儀、尤候。……

（天正十三年）拾月二日（秀吉）（花押）

嶋津修理大夫殿

右の文書は、秀吉による「九州停戦令（私戦停止令・惣無事令）」の早期のものとされる[12]。天正十三年（一五八五）十月頃の秀吉は、ほぼ実質的な武家の棟梁であったが、同時に関白であり、同十五年の時には兼・太政大臣であった[13]。引用文の傍線部に「勅定」「倫（綸）命」「叡慮」とあるように、秀吉の九州平定は、武家の棟梁としてだけではなく、天皇を擁する関白、及び太政大臣として行ったものであったと見られる。このことについて小和田哲男氏は、『戦争の日本史15　秀吉の天下統一戦争』（吉川弘文館、二〇〇六年十月）「Ⅲ　関白就任と天下統一」において、「一般論として、関白任官は、秀吉の統一戦争の過程とは別次元のことと考えられている」ことに対し、立花京子氏「秀吉政権の成立」（『織豊期研究』四号、二〇〇二年十二月）等の研究にも拠りつつ、当該文書を、「関白となった秀吉が、天皇を前面にもち出し、「勅定」、「叡慮」の力で、大名同士の戦いをやめさせようとした私戦停止令の第一号として注目される文書である」とされている。天正十三年来の九州平定を完遂させる自身の九州入りを目前にした秀吉にとって、自分が「天皇を擁する、武家の棟梁」であるという意識は、おそらくあったものと思われる。そのような秀吉が、自身の先蹤として同様に「天皇を擁する、武家の棟梁」であった平家について「懐古」し、その平家が擁した安徳天皇に対して「追福」を、しかも忌月に行うことは、多分に儀式的な意味を持つ行為だったのではなかろうか。この時の秀吉が太政大臣であったことから想像を逞しくすれば、秀吉が「天皇を擁する、武家の棟梁」として安徳天皇を慰める立場を得たことは、平家、取りわけ平清盛に、自身を準える意識があったとも捉えられる。(14) 天正十八年（一五九〇）の小田原落城後に秀吉が源頼朝の木像に対し、「微少成る身にて天下を切平け四海を手の裏に握る事、本朝にては御身と我也。乍去……御身より我功勝れり。乍去、御身と我は天下友達なり」と言ったとする逸話がある。(15) 頼朝と清盛とでは同じ源平時代の人物でも異なる上、該話自体はあくまで俗伝に過ぎないであろうが、これに類することがあったとは推測できよう。秀吉は、清盛や平家に対して自身の立場を同等か、その上（に立とう）とする意識も持っていたかもしれない。

四　『太閤記』における「回顧」と「編成」

前節においては秀吉による阿弥陀寺当座歌会について、残された資料から概要の再確認と事実関係の再検討を行ってみた。秀吉の当座歌会に対する意味付けや意識については些か想像を働かせたが、当該歌会には、まだ幾ばくかは再考の余地が残されているといえよう。

　ところが、「はじめに」において見たように、甫庵『太閤記』においては、当座歌会の催行自体が全くなかったことにされてしまっている。ただ、後代にまで残る秀吉の短冊和歌と同様の和歌を載せていることから、秀吉が赤間関において和歌を詠んだことは、甫庵も知り得たようである。参照資料として、当座歌会にもいた大村由己による「西国征伐記」（由己『天正記』のうち。散逸）なども想定される。

『太閤記』において、九州平定を目指して海峡に臨む秀吉は、「平家の亡魂」の所為と思しく俄に荒々しい風が吹く海を一人、和歌を口ずさんだだけで穏やかに鎮めてしまう、「英雄」的人物として造形されていると見られる。この場面は秀吉が最終的に全国平定を成し遂げる結果を知る後代的な視点から、九州平定を予祝した場面と見なせよう(16)。

しかし、『太閤記』に当座歌会の記述が見られない理由について、秀吉の赤間関来訪の際に歌会が催されたことを甫庵が知らなかったからといえるかというと、疑わしい点もある。その理由は、秀吉の赤間関来訪記事の直前にある、厳島参詣記事にある。引用したい。

　三月十七日芸州之地に至て参陣し給ふが、厳嶋御見物あるべき旨也。然共風あらましう海上も穏ならざれば、二三日御滞留有し処に、廿日之朝なぎ、いつに勝れしづか也ければ、さらばをし渡らんとて、厳嶋さしてこぎ出ぬ。水手梶取共、欸乃《アウアイ》の歌こと〴〵しくうたひ出、にぎはひわたりつゝ、宮嶋に上り給ふに、社僧・神主・内侍ども罷出、御祝儀さま〴〵に取つくろひぬ。廻廊に登り給へば、蜑《アマ》ども貝ひろひて奉る。寔にけしき面白かりければ、

　きゝしよりあかぬながめのいつくしま見せばやと思ふ雲の上人

となん詠じ給ふて、げに思ふ事有て見るよな。此景、都なりせばとうらみにけり。いにしへ清盛入道の参詣し給ひつる事など、是かれ内侍共申上しかば、御気色なり。かくて明神へ鳥目千貫つませ給ふ。其外神官等にも御引出物ねんごろにぞおはしましける。同廿五日赤間が関に……

秀吉が安芸国に至った時、厳島に見物に赴くことにし、船を出そうとしたが、風が荒々しく海も不穏になったので、数日滞在していると、波が非常に静まったので、厳島に向かった。厳島においては、社僧・神主等が歓待し、秀吉は景色の面白さに和歌一首を詠む。その後、内侍（巫女）より清盛が参詣した時のことなどを聞かされ、上機嫌であった、という。厳島における出来事であるから、清盛の話題が出るのは当然といえば当然だが、平家ゆかりの地を舞台にする点や、船出に際して思いがけず停滞を余儀なくされる点、秀吉が和歌一首を詠み上げる点など、いくつかの状況が、先に諸資料から窺われた赤間関における状況と似通ってはいないであろうか。この時の秀吉による厳島参詣の詳細は現在、阿弥陀寺のものほど資料に恵まれていない。もし『太閤記』に記されるような流れが実際であったとすれば、甫庵は、厳島の場面と赤間関の場面との両方の実情を知り（あるいは資料を持ち）ながらも、似たような話が連続するのを避けて、敢えて趣向を変えたのかもしれない。それだけでなく、実際の阿弥陀寺当座歌会における安徳天皇を追福する姿や、直前の厳島の場面における清盛を懐古するような姿以上に、『太閤記』における秀吉を、「平家の亡魂」をも鎮める「英雄」として強調するために、意図的に赤間関の場面を描き直したとも考えられるのである。

当該場面を本稿においては、「全国平定のための九州入り直前という歴史的重要点を後代から回顧する者が、過去（平家）と向き合う秀吉の姿を編成し直している可能性のある場面」として捉えておきたい。

五　諸軍記における「回顧」と「編成」

秀吉の赤間関来訪について、『太閤記』以外で記述している軍記を次に確かめておきたい。

伊藤一蓑《いっさ》『高橋記』（「紹運記」などとも）は、通説においては慶安四年（一六五一）成かと見られる軍記である。(17) 作者の一蓑については、室町時代末期〜江戸時代初期の人物と推測できるくらいで生没年未詳、『高橋記』により源右衛門と称したことが知られる。(18)『高橋記』の作中に登場して戦死する、豊後大友氏の臣高橋氏に仕えた武将、伊藤源右衛門の縁者と見られる。該書「四十二　太閤秀吉公、御出馬之事」には秀吉の赤間関来訪を次のように記す。

……、三月廿六日には、赤間関に御着有て、阿弥陀寺を御一覧有り。先帝女院を始奉り、平家の一門沈終玉ふ。御影を御覧し、　　秀吉公

波の花散にし跡を事問へは昔なからに濡る袖哉

古への其名計りは有なから姿は浪の春の海面《うみつら》　　羽柴出雲守頼隆(ママ)

名にし応《をふ》長門の海を来てみれは哀を添る春の浦浪　　佐々陸奥守成政

名計は沈みも果すうたかたのあはれなるとの春の夕浪　　山名前香(ママ)

と各々読み、阿弥陀寺に籠置。同廿八日には渡海なされ、小倉津に御著有は、……(19)

長諳の『（九州）下向記』とも、甫庵の『太閤記』ともまた異なる叙述が記されている。

先に注目しておきたいのは、『高橋記』も『（九州）下向記』と同様、阿弥陀寺の安徳天皇御影前における詠歌が二十六日の出来事として読めることである。小倉入りも二十八日で一致している。叙述内容から判断して『高橋記』が

『（九州）下向記』の影響を受けているとは考え難いから、詠歌の場面に「当座」「歌会」の字句こそ見られないものの、歌会の催行日はやはり従来の二十七日より、二十六日（から）であった可能性のほうが高いことが補強されよう。

一蓑は右の場面を何に拠って記したのであろうか。別の箇所においては、「曹洞宗・宇今山定林寺存心和尚」の著作や同和尚の撰集した「治乱記」（伝存未詳）、「耆老口語」「系譜古籍」に拠ったとしているから、赤間関の場面についても、始終を先行資料から丸写ししている可能性も考えられるが、少なくとも参照資料はこれまで確認してきた『太閤記』や古文書・古記録ではないと思われる。秀吉以下の詠歌については、阿弥陀寺の短冊和歌を直接に取材した可能性もあろう。[20]『高橋記』において中心的に活躍する高橋紹運（一五四八～八六）や伊藤源右衛門が属した大友氏は、九州全土を統一しかけていた島津氏の席巻に対して抗戦状態にあり、秀吉に助けを求めていたという情勢であったので、大友氏存亡の命運がかかっていた九州平定のために、秀吉が九州に入る直前の状況は、歴史的事実として詳しく記述しておきたいという意識もあったかもしれない。一蓑がわざわざ直接に阿弥陀寺を取材した可能性を考える所以である。実際、『太閤記』においては赤間関来訪記事の直前に置いて一定の筆を割いていた厳島参詣について『高橋記』は、

……大坂を御立有て、綿鍋、神崎、西の宮を打過て、兵庫に御著有。九州への路すから、御陣屋七八間板屋、御座所御台所御厩以下、何れも造作に造り立。須磨、赤石の秋の夕べ、さこそと打眺め、程なく大蔵谷に御著岸有て、姫地、三石、岳山、宮内、神鳥、不来、三原、東条、海田、廿日市、宮島、岩国の永興寺、久我地蔵寺、富田天神、府山中宿、長門府、后皇宮を見物し、三月廿六日には、赤間関に……

と記しており、秀吉の阿弥陀寺参詣は、西国下向道中の見物記事としては相応に目立ったものになっている。しかし、『太閤記』のように秀吉の九州入りを殊更に祝うような文脈ではないことも見てのとおりであり、出来事を淡々と記

し残しているような筆致に止まる。(21)

ところが、『太閤記』と異なる、『高橋記』のような阿弥陀寺参詣記事が、他の諸軍記に影響を与えているのである。そのことを確認するために、まずは万治三年（一六六〇）成（ただし未完）とされる、香川正矩『陰徳記』巻七十二「関白秀吉公九国下向之事」を見ておきたい。

関白秀吉公は同三月朔日大坂之城を打出させ給へは、尾州より此方の勢は弓箭に携程の者は一人も不レ残相随奉りけり。同廿九日豊前の地に著給ひ、長野三郎左衛門尉か家城馬之嶽に入給。……(22)

右の『陰徳記』を基に、正矩の遺志を受けて子息の景継（宣阿）が、元禄八年（一六九五）の序文を冠して編み直したのが『陰徳太平記』である。(23)その巻七十四「関白秀吉公九州御下向付たり豊前の国岩石落城之事」においては、次のようになっている。

天正十五年三月朔日、殿下秀吉公大坂を御発駕有て、九州へ御下向あり。相従ふ所の将士は、尾州以西都て十六万騎の著到也。陸地を経て下らせ給ふ。

同く二十五日赤間が関に御著有て、阿弥陀寺御見物有けるに、先帝女院其の外平家一門達の神影御覧有て、一首の御詠有ければ、供奉の人々も同く和歌を賦せられける。

関白秀吉

波の花散にし跡をことゝへば昔ながらに濡る袖かな

羽柴出羽守頼隆

古へのその名ばかりは在ながら姿はなみの春の曙

佐々陸奥の守成政

名にしおふ長門の海を来てみれば哀れをそふる春の浦浪

山名禅高

名計りは沈みも果てぬうたかたのあはれながとの春の浦浪

同二十八日豊前の国小倉に御渡海有て、同二十九日長野三郎左衛門が馬野岳の城へ入御ありけり。

『陰徳記』においては二十九日になっていた秀吉の小倉入りが、『陰徳太平記』においては諸資料と同じ二十八日になっている点にも、前者に対する後者の修正が見受けられるが、注目したいのは、やはり阿弥陀寺参詣と詠歌である。一見して、『高橋記』の阿弥陀寺参詣記事に近似していることは明白で、『太閤記』に依拠したとも、景継が独自に阿弥陀寺の短冊和歌を取材したとも、考え難い。右の本文の典拠とした米原正義校注『陰徳太平記　六』（東洋書院、一九八四年二月）には注が付されており、当該場面は既に米原氏により、「高橋記に載る和歌とほぼ同じ、おそらくこれによったものと思われる」と指摘されている。首肯したいが、『高橋記』が参照した資料と同種のものを『陰徳太平記』が参照した可能性も考慮しておきたい。『陰徳太平記』は、毛利氏・吉川氏の活躍を中心とした軍記であるから、『高橋記』とは成立事情も視点も異なっており、秀吉の阿弥陀寺参詣については『高橋記』以上に、毛利氏の領地における、秀吉の九州に入る直前の状況が入手資料によって判るので、歴史的事実として記述しておきたいという意識を超えるものではなかろうが（人名や官職の表記が整っていることからも記録としての拘りが窺われる）、『陰徳記』が巻七十二の第一章段を「大和大納言豊前著陣之事」（秀吉の弟秀長の九州入り。秀吉の九州入りは第三章段）としているのに対し、『陰徳太平記』においては巻七十四の第一章段を秀吉の九州入りとしている点は、後者のほうが九州平定における秀吉の海峡渡海を重要視している結果とも捉えられよう。

以後、『陰徳太平記』が出版されると、これが秀吉阿弥陀寺参詣記事の最もよく知られるものとなったことが推測される。

なお秀吉の阿弥陀寺参詣の参考資料としては、序文により寛延二年（一七四九）成とされる、樵隠『豊薩軍記』が従来まま言及される。該書の巻九「秀吉公九州御進発并海路風景事」から赤間関来訪記事を、直前の厳島参詣も含めて引用してみる。

……御船を安芸国厳島にそ寄せられける。神前に御参詣あつて、神楽を奏し、神馬を引れ、御祈り事終り、暫く御休息あつて、廻廊に上り給ひて、御詠歌なと遊はされける。

聞しよりあかぬ詠のいつくしま見せはやと思ふ雪の上人

扈従にありし人々も、或は詩を吟し、歌を詠し、皆幣帛を捧けゝる。夫より御船を押出す……三月十五日と申すには、赤間か関にそ着たまふ。是処に、毛利輝元より構へ置たる仮屋あり。是に御移り御座て、輝元を召れ、当国の事とも委く御尋ありて…（海の向こうの門司を見る）…折節、丹後の細川玄旨も参られたりけるに、「歌やある」と仰せけれは、玄(ママ)とりあへす。

昔人心のかきり尽しけん三十一文字の関の浦なみ

詠むれは空も霞める浪の上に雁の数よむ門司の関哉　佐々内蔵助成政

扨、阿弥陀寺に御参りありて、安徳天皇其外平家一門の影像を覧あり。

波の花散にし跡をことゝへは昔なからにぬるゝ袖かな　秀吉公

古への其名はかりはありなから姿は浪の春の海つら　羽柴出羽守頼隆

もしほくさか《本マ、》く袂をぬらすかな硯の海の波のなこりに　細川玄旨

名にしあう長門の海を来て見れは哀を添る春の浦浪　佐々成政

翌朝、当地の体を考へ給ひ、赤間か関には増田右衛門尉長盛を差置れ……[24]

該書は十八世紀の軍記だが、「九州の戦国軍記としては成立時期は下るのであるが、三十数通の感状等の書状を載せ、正確な記録としての拠り所も示しているが、全体として面白い話を多く盛り込んだ読物となっている」、「他書にはみられない肥後の相良義陽・甲斐宗運の動静に詳しく、龍造寺氏の動きも収めるなど、通史類の中では、比較的バランスがとれている」等と評価され、[25]この辺りが頻用される所以であろう。秀吉の阿弥陀寺参詣記事については、これも『太閤記』ではなく、『高橋記』のような資料に拠ったと思われる。可能性が高いのは、出版されて流布した『陰徳太平記』であろうか。

しかし傍線部「折節、丹後の細川玄旨も参られたりけるに」として、諸書における山名禅高の代わりに細川藤孝（幽斎玄旨）による「もしほくさ……」という和歌（破線部）を入れ込んでいることは、作者が直接に阿弥陀寺の短冊和歌に藤孝（玄旨）詠があることを取材したか、彼の紀行『九州道の記』[26]もしくはそれを転載する『太閤記』巻十「幽斎道之記」に拠ったことなどが考えられるが（序文には「尋二覓古乗旧記等一」とあるのみ）、藤孝が阿弥陀寺を参詣したこと自体は虚偽ではないものの、彼自身の紀行によれば藤孝は秀吉一行からは二月ほど遅れて別に下向しており、赤間関にて同行していたとする『豊薩軍記』は、これが意図的な操作でなければ、資料の誤読を犯したものと見られる。[27]あるいは、赤間関に到着した秀吉が、毛利輝元のような大名を呼んで自身の世話をさせたという記述から窺われるのと同様、並み居る大名たちと共に藤孝も秀吉の傍に参っていたのであろうとの思い込みが、資料の誤読を招いたのかもしれない。

『豊薩軍記』は基本的に、豊後大友氏の活躍を中心とする軍記とされ、その点においては『高橋記』と成立の土壌が近い。秀吉の九州平定に向かう道中に対する関心や、しかしながら下向中の秀吉を露骨に「英雄」として仮構するわけではない冷静な筆致は、『高橋記』と通じるものがあるといえようか。

六　おわりに

以上、天正十五年の九州平定に関わる、秀吉による阿弥陀寺当座歌会を中心に、十七世紀成立の「戦国軍記」数作における各々の場面から、その「回顧」と「編成」との様相を窺ってきた。

戦国期にあっては、阿弥陀寺における当該歌会も、九州平定という現行の「戦争」「いくさ」と多分に関わるものであり、後代の諸軍記にも記されるべきものであった。その点においては、秀吉の当該歌会・阿弥陀寺参詣については、直前の厳島参詣だけでなく、秀吉が九州平定完遂の際、天正十五年六月に筑前国筥崎（松原）にて和歌を詠んだとされる出来事（甫庵『太閤記』巻十「大隅日向知行割之事」のほか、細川藤孝（幽斎）『九州道の記』・『高橋記』・『豊薩軍記』等にも）などとの関連性も、前後して考えなければならなかったかもしれないが、そちらは未だ準備不足につき、後考を期したい。

注

（1）本文は、檜谷昭彦・江本裕校注『太閤記』（岩波書店・新日本古典文学大系、一九九六年三月）に拠る。底本は寛永無刊記本。振り仮名は便宜上、取捨した。

（2）『太閤記』に関する概要は、古典遺産の会編『戦国軍記事典　天下統一篇』（和泉書院、二〇一一年十二月）等を参照されたい。なお以下、各所において梶原正昭『平家残照』（新典社、一九九八年四月）が参考になったことをおことわりしておきたい。

（3）幾人かの人物、特に「羽柴出羽侍従」の比定については、下関市市史編修委員会編『下関市史　藩制―市制施行』（下関市、二〇〇九年三月）第一編第一章1「（5）豊臣秀吉の来関」（利岡俊昭執筆）にも考察が加えられている。

（4）焼失以前に『懐古詩歌帖』の詳細を調査報告したものとして、福井正満「国宝『懐古詩歌帖』の面影」（『國學院雑誌』三十七巻・三号〜五号、一九三一年三月〜五月）があり貴重。焼失後のものでは、上記報告における福井氏の翻刻に拠った活字冊子『懐古詩歌帖』（赤間神宮社務所、一九八七年十一月）や、東京大学史料編纂所影写本に拠った堀川貴司「懐古詩歌帖　翻刻と解題」（松尾葦江編『海王宮――壇之浦と平家物語』三弥井書店、二〇〇五年十月）がある。

（5）前掲注（4）参照。

（6）本文は、九州史料刊行会編『九州史料叢書　近世初頭九州紀行記集』（編者発行、一九六七年九月）に拠る。該書に拠る注釈書に、渡辺静子・西沢正史編『中世日記紀行文学全評釈集成　第七巻』（勉誠出版、二〇〇四年十二月）「楠長諳九州下向記」（石川一編・評釈）がある。

（7）市古貞次ほか編『国書人名辞典　第二巻』（岩波書店、一九九五年五月）「楠長諳」項に拠る。

（8）福井正満氏が「国宝『懐古詩歌帖』の面影」（『國學院雑誌』三十七巻・三号、一九三一年三月）に、「「松」は秀吉の変名である。この短冊は自筆で無く代筆者は侍医半井驢庵である」とされて以降、活字冊子『懐古詩歌帖』（前掲注（4））における、「凡例」や中原雅夫「懐古詩歌帖について」においても同様の説明がされているが、堀川貴司氏（前掲注（4））が改めて『（九州）下向記』によって指摘されるように、秀吉の短冊の代筆者は長諳と見なすべきであろう。ただし、驢庵筆とされた根拠は未詳。

（9）福井正満氏が言及するように（前掲注（4））、この時の秀吉の動向を伝える資料に三月二十六日付筑紫左馬頭（広門）宛秀吉朱印状がある。それには、「急度染筆候。／一、昨日廿五日、至赤間関御着座候。明日廿七、小倉へ可被移御座候事。／……／三月廿六日〇（秀吉朱印）／筑紫左馬頭とのへ」とあり（典拠は後述）、一見、秀吉の小倉入りが二十七日であったかのように読めるが、朱印状の日付と「明日廿七」とあることから、二十七日の小倉入りはあくまで朱印状作成時点の予定であり、実際は何らかの理由（時化か）によって一日延びたことが窺われる。なお、当該朱印状本文は、佐賀県立図書館編『佐賀県史料集成　古文書編　第二十八巻』（編者発行、一九八七年十二月）所収「筑紫家文書」の「一一　豊臣秀吉箇條書」に拠るが、参謀本部第四部編『日本戦史　九州役』（参謀本部・元真社、一九一一年一月）所収「筑紫古文書」の第百四十一号文書や、「筑紫文書」（藤井貞文翻刻。国立国会図書館支部上野図書館『上野図書館紀要』二号、一九五五年六月）の「一〇、豊臣秀吉朱印状」としても翻刻がある。また、秀吉の旅程は、『九州御動座記』（前掲注（6）『九州紀行記集』所収）によっても同様に裏付けられる。

(10)『赤間神宮宝物図録』（赤間神宮、二〇一二年四月）所収「年表」等。

(11) 戦国期における題詠の歌会の形式を窺わせる資料に、天文（一五三二～五五）頃成とされる、冷泉為和『題会之庭訓并和歌会次第』がある。為和が親交を持ったのは東海の大名今川氏であったので（小川剛生『武士はなぜ歌を詠むか』〈角川学芸出版・角川叢書、二〇〇八年七月〉参照）、地域等の状況は異なるものの、当該資料の「一　会之事」に、「兼日に題を給人数、懐紙を左の袖に入て会所に出て下臈より次第にす、み出て懐紙を文台の上にをく也。懐紙の下をむかひへなしてをく也。口伝ともはかきのせられす候間、重而見参之時可申候。本式は文台にあらす、硯筥のふた也。此蓋をあふけてをく。絵の草木のもとをむかひへなしてをく。〈人麿の／方へ本をなす。〉文台も同前。此硯蓋又は文台にても会のはしまるまへより置也。本々のは夜也。さる間夜義（ママ）絵図にあらはす。……」とあり（本文は、川平ひとし「清浄光寺蔵冷泉為和著『題会之庭訓并和歌会次第』について」〈『跡見学園女子大学紀要』二十三号、一九九〇年三月〉に拠るが、表記を一部改めた。山括弧内は、原文は割書き）、人麻呂（柿本）影供と見られる題詠の歌会に関する説明において、傍線部のとおり「本々のは夜也」とあるのが注目される。阿弥陀寺における当座歌会が、「安徳天皇御影前」での催しであったと長諳に記されることからも、安徳天皇御影堂の本尊や、赤間神宮に現蔵される「安徳天皇御尊影」のような肖像（驢庵の歌に着目したい）を前にして、人麻呂影供のような形式の歌会を夜から催したのかもしれない。なお天皇の追善歌会が影供形式によって行われる前例については、佐々木孝浩「追善歌会としての影供――後鳥羽院影供についての一考察――」（『日本文学』四十三巻・七号、一九九四年七月）が、時代が異なるが参考になる。

(12) 本文は、東京大学史料編纂所編『大日本古文書　家わけ十六ノ一（島津家文書之一）』（東京大学出版会）所収「三四四　羽柴秀吉直書（切紙）」に拠る。

(13) 『公卿補任　第三篇』（吉川弘文館・新訂増補国史大系）後陽成、天正十五年。

(14) 天正二十（文禄元・一五九二）年成かとされる、木下勝俊（長嘯子）『九州の道の記』にも、「大相国、唐土傾けさせ給はんとて」とあり（『中世日記紀行集』〈小学館・新編日本古典文学全集、一九九四年七月〉稲田利徳校注・訳「九州の道の記」に拠る）、秀吉も太政大臣として、清盛等と同様、「相国」と呼ばれている。なお、能楽好きで知られる秀吉であるが、能勢朝次『能楽源流考』（岩波書店、一九三八年十一月）による限りでは、赤間関来訪以前に秀吉が壇浦の戦いや平家滅亡に関する能を観たという記録は見付けられなかった。後の文禄二年には二度『船弁慶』を観能している。

(15) 延宝八年（一六八〇）成とされる、国枝清軒『武辺咄聞書』が伝える話。本文は、菊池真一編『武辺咄聞書　京都大学附属図書館蔵』（和泉書院、一九九〇年四月）第二十二話に拠る。『武辺咄聞書』から後に『常山紀談』巻九に収められて広く知られる。

(16) 江本裕「『太閤記』の描く秀吉像」（国文学研究資料館編『軍記物語とその劇化』臨川書店、二〇〇〇年十月）によれば、甫庵において秀吉は「天の生せ」る「天下之大器（天下之器）」とされ、「秀吉の制覇は人道にかなうため、天の援けを得て達成」したが、「天に背くときは秀頼のように子孫に累が及ぶという論理」（『太閤記』原文は、巻三の「背レ天則、秀頼卿のやうに、何《いづれ》も子孫に付て天のとがめ有と見えたり」）によって、賤ヶ岳の合戦を「一つの峠」として以後、「私欲による非義」「「理に背き天に背く」行為」を行ったと非難されているとする。本稿が取り上げる場面は、賤ヶ岳以後だが、「天の援け」を背景とした秀吉像を窺うことができよう。なお、『太閤記』の「天」「理」に関しては、武田秀夫「小瀬甫庵『太閤記』における「理」と「天」」（追手門学院大学アジア学科編『秀吉伝説序説と『天正軍記』（影印・翻字）』和泉書院、二〇一二年四月）という考察がある。

(17) 古典遺産の会編『戦国軍記事典　群雄割拠篇』（和泉書院、一九九七年二月）「高橋記」項（武田昌憲執筆）参照。『改定史籍集覧　第十五冊』（史籍集覧研究会）所収本においては「慶安五年」とする。

（18）市古貞次ほか編『国書人名辞典　第一巻』（岩波書店、一九九三年十一月）「伊藤一蓑」項。
（19）本文は便宜上、『続群書類従　第二十三輯上　合戦部』（続群書類従完成会）に拠り、原文のカタカナ表記をひらがなにするなど、一部表記を改めた。『改定史籍集覧　第十五冊』においても、検討箇所については、大きな差異はない。
（20）天正十五年成とされる、細川藤孝（幽斎）『九州道の記』に、「関の渡に着きて、阿弥陀寺に参り侍るに、その傍らに寺あり。所の人は内裏となん言ひ伝へ侍る。寺僧に案内して、安徳天皇御影、その外平家の一門の像ども見侍りける後、かの僧、昔今の短冊など見せられしに、知りたる人の歌どもありしほどに、」（後略）とあり（『中世日記紀行集』〈小学館・新編日本古典文学全集、一九九四年七月〉伊藤敬校注・訳「九州道の記」に拠る）、寺の僧侶が阿弥陀寺当座歌会時のものも含むと思しい和歌短冊を参詣者に見せていたことが窺われる。
（21）同じく大友氏関係の軍記といっても、寛永十二年（一六三五）成とされつつ作中に明暦三年（一六五七）の記事を下限として有する、杉谷宗重『大友興廃記』（前掲注（17）『戦国軍記事典　群雄割拠篇』「大友興廃記」項〈大森北義執筆〉参照）は、秀吉の厳島参詣を記して赤間関来訪には全く言及せず（この点は、作者の知識や参照資料による制約も背後に考えられようが）、秀吉の西国下向に対してもその勢威を比較的強調して語っており、筆致がそれぞれ異なっている。
（22）本文は、米原正義校訂『陰徳記　下』（マツノ書店、一九九六年七月）に拠り、原文のカタカナ表記をひらがなにするなど、一部表記を改めた。成立事情については同書『上』（発行者・刊行年月も同じ）の「解説」を参照。
（23）『戦国軍記事典　天下統一篇』（前掲注（2））「陰徳太平記」項（武田昌憲執筆）参照。正確には十八世紀の軍記で、一般に正徳二年（一七一二）刊として知られるが、実際の刊行は享保元年（一七一六）九月の最終的な岩国藩刊行許可以降、同二年十月ごろ以前ということが山本洋「『陰徳太平記』編述過程における記事の改変について」（『軍記と語り物』四十四号、二〇〇八年三月）によって指摘されている。
（24）本文は便宜上、『改定史籍集覧　第七冊』に拠る。
（25）いずれも『戦国軍記事典　群雄割拠篇』（前掲注（17））、前者は「豊薩軍記」項（武田昌憲執筆）、後者は「（9）九州」の「概説」（野中哲照執筆）におけるもの。

(26) 前掲注(20)参照。
(27) 伝本間の異同は未調査であるが、報告されている伝本数は、三本程度とされる。

※本文の引用にあたっては、漢字を通行の字体に改め、私に句読点を施したり改めたりした場合がある。また、傍線、括弧や省略等の記号も、特にことわりがない限り稿者による。

[付記]
本稿は、本書の趣旨・論旨にそうべく、二〇一三年十月二十八日に行った「二〇一三年度　北九州市民カレッジ　関門おもしろ学（梅光学院大学）テーマ「関門を訪れた人々」」における話題「豊臣秀吉の天正十五年阿弥陀寺当座歌会と『懐古詩歌帖』」の内容を加除し、成稿化したものである。また、この成稿は、科学研究費助成事業（学術研究助成基金助成金）・若手研究（B）／課題番号：JSPS科研費24720112による成果の一部でもある。

源氏濫觴の物語
——十七世紀、多田院周辺——

橋本正俊

一　はじめに

源（多田）満仲といえば、清和源氏の礎を築いた人物でありながら、武士として活躍したイメージは持たれず、歴史学では安和の変で陰謀に関わったことが知られる。一方で、文学においては能や幸若舞曲で語られる美女丸説話が有名である。

　この多田満仲を祀る神社が、現在川西市北部に位置する多田神社であり、近世までは多田院と称した。満仲の子は摂津源氏（頼光）、大和源氏（頼親）、河内源氏（頼信）に分かれたが、このうち頼信を祖とする河内源氏により、鎌倉幕府、室町幕府が開かれたため、源氏将軍家の祖としての満仲の評価が高められていくことになる。

　さらに近世に入ると、徳川家も自らを清和源氏の系譜に連なるものとして、清和源氏にまつわる物語を積極的に取り込むことになる。例えば、近年では、徳川家によって清和源氏の活躍を描いた絵巻が制作されていたことが指摘されている。[1] そのような徳川家の意向を示すものとして、十七世紀の、将軍家による多田院再興があげられる。また、時を同じくして、多田院や周縁の寺院の縁起も再編されることになる。それらの寺院には、美女丸説話や酒呑童子説話に関わる由緒を持つ寺院も複数存在する。

本稿に与えられたテーマは十七世紀である。ここでは、右のような背景を踏まえて、特に満仲・頼光に注目し、十七世紀において、源氏濫觴の物語がどのように形作られ、認識されていたのかという点に注目する。特に刊行された文学作品を中心として、多田地域における伝承の形成、寺院との関わりについて考察したい。なお、本稿で「源氏」という場合、清和源氏、中でも足利・徳川幕府の将軍家もその嫡流を主張した河内源氏を指すこととする。

二　満仲・頼光伝承と多田院

まず、中世以来の満仲、その子頼光の伝承について、また源氏と多田院との関わりについて、本稿と関わる範囲で確認しておきたい。

満仲の伝承といえば、古くは『今昔物語集』巻十九第四話などに知られる、殺生を好む満仲が、子の源賢と、相談を受けた源信の計らいにより出家し「多々ノ寺」（多田院）を造営したという話がある。このような伝承がもととなり、中世に展開したと考えられるのが、美女丸説話である。幸若舞曲『満仲』によれば、次のような話である（以下「美女丸説話」とする）。

多田満仲は末子美女御前を修行のため中山寺に入れるが、美女は悪行を繰り返す。怒った満仲は家臣藤原仲光に成敗を命じる。仲光は我が子幸寿丸を身替わりにして斬り、美女を叡山に送る。源信の弟子となった美女は円覚と名乗り教えを極める。後に多田を訪れた円覚が美女であることを告げると、満仲夫婦は涕泣し、幸寿丸の菩提を弔うため小童寺を建立する。

美女丸説話は、南北朝期を下らないとされる説経台本として知られる京都大学蔵『多田満中』[2]が、また舞曲の他にも謡曲『仲光（満仲）』が知られるように、唱導や芸能によって、室町時代には広く知られていたことが推測される。[3]

一方、子の頼光は、早くからその武勇を物語る説話が多く語られ、室町期には酒呑童子の物語の流布を見るに至る。頼光には武士としての事績がなく、社会と王権が安定していたことで、かえって朝廷の守護者として伝承化されたのだろうとの指摘もある。[4]

では、武家政権は彼らをどう捉えていたか。多田源氏の行綱が頼朝によって処罰されると、文治元年（一一八五）には多田荘は頼朝によって没収されてしまう。頼朝が祖頼義を顕彰したことは知られているが、一方で「多田荘こそは、満仲以来の伝統を誇る武門源氏の象徴ともいうべき庄園であった」のであり、「武士の第一人者となり、武門源氏の嫡流を自認する頼朝にとって、何としても手に入れたい荘園だった」ことが指摘されている。[5]室町時代になると、足利将軍家は、満仲の霊廟がある多田院を厚く信仰し、尊氏や義詮の遺骨を多田院に分骨するなど、「河内源氏の嫡流を主張すると同時に、さらに遡って摂津源氏・河内源氏・大和源氏などの清和源氏全体の祖にあたる源満仲まで、自己の先祖として積極的に取り込んでいく動きを示す」ことになる。[6]また文明四年（一四七二）に満仲に従二位が贈られたことも注目されよう。

いうまでもなく、河内源氏は満仲の嫡流ではないために、かえって祖としての満仲への結びつきが求められることになった。[7]満仲も頼光も早くから武士の代表としてその名を挙げられていた。源氏姓を与えられたのは父経基であるが、源氏の「武」としての礎を築いた人物として仰がれたのは満仲である。『栄花物語』「陸奥の国の前守維叙、左衛門尉維時、備前々司頼光、周防前司頼親など云人々、皆これ満仲・貞盛子孫也」、『続本朝往生伝』「武士、則満仲、満正、維衡、致頼、頼光、皆是天下之一物也」などとある。その満仲に源氏将軍家は、自らの系譜を連ねていくことになる。『保元物語』「義朝申ケルハ、「……此官ハ、先祖多田満仲法師ガ始テ罷成テ候ケレバ、其跡芳ク候へ共」」、『平家物語』「伊豆国には、流人前右兵衛佐頼朝……陸奥国には、故左馬頭義朝が末子九郎冠者義経、これみな六孫王の苗裔、多田新発満仲が後胤なり」。また『神皇正統記』にも「先祖経基ハチカキ皇孫ナリシカド、承平ノ乱ニ征東将軍忠文朝臣ガ副将トシテ彼ガ節度ヲウク。其ヨリ武勇ノ家トナル。其子満仲ヨリ頼信、頼義、義家相続デ朝家ノカタメトシテヒサシク召仕ル」と系譜が記されるが、ここには頼光の名はない。注目すべきは『剣巻』であろう。『剣巻』の源家相伝の刀剣説話においては、鬼丸・蜘蛛切の重代の二刀が、満仲から、頼光、頼義、義家と伝わり、最後には頼朝へと伝来することによって、満仲から頼朝へと繋がる武家政権の確立を明かす構造となっている。そこでは、刀剣が満仲から子頼光へと継承された後、嫡流ではない弟頼信以降の河内源氏に相伝される必要が生じる。そのため『剣巻』では、頼光の嫡子頼国（伝本により名が異なる）に一旦刀剣が伝えられた後に、勅命により頼信の子頼義に伝えられる。

爰ニ源氏重代ノ剣、鬼丸蜘蛛切、頼国ガ手ニアリケルヲ、宣旨ニテ被召、頼義ノ朝臣ニゾタビテンゲル。頼国申テ云、「此剣ハ、祖父多田満仲ガ時ヨリ三代相承ノ剣ニテ候ヘバ、争カ身ヲ放チ候ベキ。剣ヲ可被召ニテ候ワバ、頼国コソ承テクダリ候ハメ」ト、度々被申ケレドモ、更ニ御用イナシ。

頼国が渋るものの、聞き入れられずに、刀は頼義のもとへと渡される。このことは、源氏の祖として崇敬された満仲、そして武人として仰がれた頼光へと続いた後、嫡流ではない頼義が後継者となるに当たって、幾分の理由付けが必要とされていると理解できる。(8) このことは後述のように十七世紀の古浄瑠璃の設定にも継承されることになる。

近世に入って、徳川幕府においても、源氏将軍家に連なる正統性を主張すべく、源氏覇権の物語は重要視された。徳川将軍家が「平家」語りの当道を保護し、将軍家の芸能として位置づけたことはよく知られている。(9) そして、多田院に注目すれば、寛文四年（一六六四）から七年に掛けての将軍家綱による再興事業（満仲・頼光の霊廟や本殿・拝殿など多数の建物が再建された）が注目される。さらに元禄九年（一六九六）には、幕府の要請により満仲に正一位が授けられ権現号の宣下がなされた。再興事業では、多田院別当の智栄なる人物が幕府に対して積極的な働きかけをしたことが知られているが、多田院御家人も重要な役割を担ったようである。多田院御家人とは鎌倉幕府より任命され、多田荘の管理に当たっていた御家人で、室町期中頃よりあまり活躍は見られなかったようであるが、江戸期の多田院復興に当たって復活し、文書の整理や多田院守護に当たった。[10]このように満仲は、中世以降、鎌倉・足利・徳川の各将軍家の下で、源氏の祖としての地位を高めてきたのである。

また、本稿では詳しく取り上げないけれども、多田院の満仲霊廟が、室町期以降、度々鳴動を繰り返していたことも無視できない。古文書で確認される鳴動の記録は応永二十二年（一四一五）以降であるけれども、寛文八年（一六六八）の『多田院縁起』によれば、頼朝の平家追討の折にも鳴動があったとし、通俗軍記『多田五代記』（元禄四年〈一六九一〉刊）巻九では、前九年の役で頼義が満仲に祈ると鳴動があり安倍一族が滅亡したとしている。多田院が将軍家に尊崇されたことで、将軍家の命運を担う社殿として認識され、鳴動が伝承化され記録されていく様子がうかがえる。

三　古浄瑠璃と源氏濫觴の物語

前節では、中世から近世初期に至る源氏の始祖としての満仲・頼光の伝承について、また多田院の位置づけについて確認した。では、十七世紀には出版文化の展開に伴い、満仲・頼光ら源氏の濫觴はどのように物語られ、人々に認識されていたのだろうか。

十七世紀の文芸で、満仲・頼光をめぐる源氏の濫觴譚として注目すべきは、古浄瑠璃、とりわけ金平浄瑠璃であろう。そこでは、頼光に仕える綱や金時ら親四天王、そして頼義に仕える竹綱や金平ら子四天王が縦横無尽の活躍をする。幸若舞曲に続いて、源氏の祖先たちが華々しく活躍する浄瑠璃の世界は、人々に鮮烈なイメージを与えたはずである。そこでの活躍の中心はむしろ四天王にあることも多いが、当然彼らを束ねる源氏棟梁の存在にも目を向けなければならない。室木弥太郎が指摘するように、中世の「酒呑童子」譚における頼光は、単なる「武家の棟梁」であったが、金平浄瑠璃においては「寛文三年の「しゆ天どうじ」（出羽掾正本か）では、「其比天下の守護をば、清和天皇五代の孫、多田の満仲の御嫡子、検非違使の別当、鎮守府の将軍、摂津の守源の頼光とぞ申ける」といっている」ように、頼光は「天下の守護」の肩書きを与えられ、彼らによって「源氏の治世が謳歌」されるのであり、「既存の体制（徳川幕府体制）に対して反逆するものは悪であり、それは必ず滅亡するのであるから、現体制を肯定し、その安泰を寿ぐ」性質のものとなった。[11]例えば、『公平末春軍論』（万治三年〈一六六〇〉）の末尾に、

それより天下すなをにして、こくどゆたかにとみさかへ、せんしうばんぜい、げんぢいよ〳〵はんじやう、めでたき共なか〳〵申ばかりはなかりけり。

また『四天王若ざかり』（万治三・四年頃）の末にも、

みかどをうつし奉り、いよ〳〵天下のけんぺい、まん中ふしにくだされける。源氏の御代すへはんじやう、めでたさよとも中〳〵申斗はなかりけり。

とあるごとく、掉尾で源氏の御代を寿ぐのが一つの定型となっている。このような古浄瑠璃の特質が、同時代の人々の源氏濫觴をめぐる歴史認識と無関係であったはずはないだろう。ここで描かれる満仲・頼光ら源氏始祖の位置づけ

と、河内源氏への流れを確認しておきたい。

まず見てみたいのは、親四天王から子四天王へという、二代にわたって源氏に仕える四天王らの活躍により、多田源氏の嫡流頼光から、頼信・頼義以降の河内源氏の系譜への移行が違和感なく進行している点である。『四天王むしや執行』（万治二年）では、親四天王から子四天王への世代交代が描かれるが、ここでは頼光の後、頼信に仕える金時・綱が登場し、彼らは亡くなるものの武者修行に出ていた子四天王に後が託されることになる。翌年刊『公平末春軍論』では、頼信の子頼義の代となり、金平を中心に子四天王が活躍する。『北国落』（万治三年）では、北陸道へ落ちる頼義と子四天王は自害しようとするが、そこで伯父頼光と親四天王の活躍を引き合いに出し、奮起して敵を追い払う。

先年はくぶらいくはう、ゐんしう、はままつのかせんに、かたき六万よきを、われ〳〵がおや共たゞ四人にて、うちやぶり候事、せんげんみゝにのこつていさぎよし。さいわい此のたびも、てき六万よき、殊にみかたは五人也。おや共が若ざかりに、おとるやまさるや。

こうして、頼光の後継者として、その人物像に頼義が重ねられていくのである。もちろん、前節でも触れたように、河内源氏は満仲の嫡流ではないため、頼光から頼信・頼義への移行は正統ではない。そのことを主題とするのが『頼光跡目論』（寛文元年〈一六六一〉か）である。頼光が病となり、跡目を実子頼親（史実では頼光の弟で大和源氏の祖）と舎弟頼信といずれにするかで評定が行われる。四天王が「色に乱れ酒に長じ」る頼親に反対し頼信を推したことで、頼親は叛乱を起こすが、四天王によって捕らえられる。最後は「なをなを源氏の御繁昌、めでたしともなか〳〵申ばかりはなかりけれ」として閉じられる。頼光の後継者として頼信の正統性を説くものともなっている。本作品は人気を博した。その改作とも言えるのが『多田院開帳』（元禄九年〈一六九六〉か）である。[12] 大枠は『頼光跡目論』に拠りながら、随分と脚色がなされている。本作品で注目すべきは、頼親成敗が頼信と子四天王の代に持ち越され、子四天王が自らを頼光の四天王による酒呑童子退治譚に準え、山伏姿となって頼親を討ちに向かう点である。

我々がむしやしゆぎやうも、もとこれ君の御ためならずや。さいはいなるかな、ちゝ共がしゆてんどうじたいぢのきちじ。山ぶしすがたにさまをかへ、ちかづきよつてうつてとり、京へのみやげにせまじや。

さらに途中で案内に顕れた老翁が、実は満仲の神霊であることが明かされる。

其時らうおう、よきかな〳〵いざ〳〵かへらんこなたへと、いふかと思へばたちまちにきへて、かたちはうんちうに、まことの御かげをあらはし給ひ、我こそげんけそうべうの其だい一をつかさどる、多田の満仲しんれい也。

今頼親があくぎやくをばしづめんためにきたりけり。

そして頼信は頼親が討たれた後、「けうのかうみやういたせしも、是そうべうの御かごなれば」と多田院へ参詣する。ここで「すでにほうべいをさまれば、しやそうはきやうのひもをとき、かみすゞしめの御かぐらにて、御とちやうひらくぞありがたき」と、多田院の御戸帳が開帳され、多田院の「ゐんじゆ円覚」も登場する（円覚は美女丸の法名）。このように、『多田院開帳』においては、頼光の跡目争いに子四天王も登場させて、頼光、頼信と続く正統性を描くほかに、満仲の神霊も登場させ、多田院との繋がりも描き出しているのである。多田を基盤とする、満仲、頼光、頼信以下河内源氏へと続く系譜は、このような浄瑠璃を通して広く認識されていった面もあるのではないか。

そのような視点から、もう少し作品を見渡してみたい。満仲、頼光は親子でありながら、中世の説話世界においては、その描かれ方はそれぞれに個別で異なっていた。しかし、古浄瑠璃における源氏濫觴の物語では、両者は結びつき、ともに語られねばならない。すでに指摘されるように(13)、金平浄瑠璃の頼光や頼義らと親子四天王の活躍の源流が「酒呑童子」に求められるのは当然であるが、さらに阪口弘之も指摘するように(14)、金平浄瑠璃の初期の作品『うじのひめきり』（明暦四年〈一六五八〉）には「まことになかみつとわたなべは、そうでんのよしみ共おもふべし」とあり、

『渡辺がんぜき割』（万治頃か）には「さて又いゑのしんかには、ふぢはらのなかみつ、その外のめづらしからぬ四天王」とあるように、美女丸説話に登場した満仲の重臣藤原仲光が、四天王と並んで頼光の重臣として登場する。金平浄瑠璃において「酒呑童子」と「満仲」の二つの「世界で、金平浄瑠璃の当初の成員構想は成った」ことになる。これにより、美女丸説話で知られていた満仲の世界と、酒呑童子説話で知られていた頼光の世界が、一つに結びつけられたことになる。『うじのひめきり』は『剣巻』に拠ったと思われる作品であるが、そこでは、

御いへのしんかに、なかつかさのぜう、ふぢはらのなかみつとて、きをむねとす侍たり。又らいくわうのこうけんに、つな、きん時、さだみつ、すへ竹とて、天下に四人のまれもの、是を四天わうとがうし、よの人たゞきぢんのごとくおそれける。

とあるように、満仲と家臣仲光、頼光と家臣四天王が一群となって源家を構成している。さらには、

たゞのまん中が二なん、源のちよ若、きんちうしゆごのためはせさんじ候とそうしける。……今日のいくさ大将としてたゝかいをはげむべしとて、ちよ丸を引かへ、かわちのかみよりのぶにふせられ、御けんをくださるゝ。

と、頼信も登場し、三代に渡って活躍を見せることになる。仲光については、他にも『四天王若ざかり』においても、

その上家のしつけんに、藤はらの仲光とて、上をうやまひしもをなで、じんぎ正しき兵の有、こゝに天下のまれものに、わたなべのつな、坂たの金時、すへ竹、定光とて、いこく本朝にならびなき大力、……

とあるごとく、四天王と並んで記される。こうして史実では未詳の存在である仲光は、それまでの美女丸説話から抜け出し、源氏濫觴の物語における、満仲・頼光・頼信とつづく家の物語に組み込まれることになる。

その点で、古浄瑠璃『多田満中』（寛文元年〈一六六一〉か。上方板は寛文八年）も注目される。本作品は美女丸説話を素材とするが、そこに頼光・四天王をも登場させる。そして、仲光が美女丸の首を討ったと信じてこれを批難する

四天王を、頼光が制する場面も描かれ、最後にすべてを知った四天王は「いつぞや、らいくわうの御ぢやうありしはこゝ也と、したをまいてぞかんじける」と頼光を賛嘆するエピソードも加えられる。なお、この作品では、仲光が身代わりを立てたことを満仲が知っていたという設定になっている。このような設定は、後掲『多田五代記』にも継承されるのであり、満仲は「一時の怒りにまかせて命令する主君から、自らの公的立場を重視して罪を糾す主君へと変貌をとげ」ているると理解できる(15)。

さらに『源氏のゆらひ』(万治二年〈一六五九〉)では、遡って満仲の父経基が登場し、満仲、頼光と三代が活躍する(さらに臣下に坂田金時の父「さかたの源太きんすへ」もいる)。承平・天慶の乱で知られるとはいえ、あまり活躍はなく、物語・伝説の世界ではほとんど注目されてこなかった経基が、ここでは「ぶげいをこのみ、長良ちんぺいがひやうじゆつ、ごしそんしがひせし道を心にかけ、てうかをしゆご」する人物として登場する。

逆に代を下ると、『公平法門諍』(寛文三年〈一六六三〉)は、頼義と金平はじめ子四天王の物語であるが、嫡子義家も登場する。家臣国綱が頼義の次男義宗を守るために我が子を身替わりに立てると、義家の母は先祖の美女丸説話を例に引いて嘆く。

いかに義家、御身達のせんぞ、まん中公の御時、三男びぢよ丸、又このぎよいにそむかれしを、仲光と云らうどう、我子のかうじゆとやらんが首を切、びぢよ丸をたすけおき、ついにおやこの中をめでたくなをし申せしとかや。

美女丸説話の世代を頼義・義家に移して構成した作品と言える。

このように満仲・頼光を理想と仰ぐ先祖として、そこに頼信・頼義・義家と源氏の系譜を繋ぐ物語が紡がれてゆく。もちろんそれは、浄瑠璃の世界において、四天王を活躍させるために舞台を変え、連作として作品を作り出していった結果にしか過ぎない。また、すべての作品が江戸・上方で広く刊行されたわけではない。しかしその背景には当然徳川家の治世における源氏濫觴への関心があり、結果としてそれぞれに個性的な伝承を持つ源氏の代々が一つの物語に連なっていったのである。

頼信以下河内源氏を満仲の正統の後継者とする理解は、『剣巻』にも明確に示されていたように、中世から存するものであった。けれども、十七世紀に入って浄瑠璃という芸能、出版によって様々な伝承・物語が絡み合うことで、源氏濫觴のスペクタクルが形成され、流布していったことが推測される。なお、『多田院開帳』の刊行年と推定されている元禄九年は、満仲に正一位が贈位された年でもある。[16] これ以前には、寛文年間の再興もあり、多田院周辺でも満仲、頼光、頼信、頼義、義家、そして四天王などの伝説が、一つの大きな物語を作り出し豊かに語られていたのではないか。そこで、次に多田院周辺に目を向けたい。

四　出版と地域伝承――『多田五代記』『前太平記』――

十七世紀には、『平家物語』『太平記』また『剣巻』などの軍記も刊行されたが、ここでは、当時の源氏の系譜についての認識が読み取れる二つの通俗軍記『多田五代記』と『前太平記』を取り上げる。いずれも十七世紀末の刊行である。

『多田五代記』（内題。題簽は「多田満仲五代記」）は全十巻で、元禄四年（一六九一）刊。満仲、頼光、頼信、頼義、義家の五代を取り上げる。内題下に「多田兵部輯」とあり、これを多田南嶺の伯父とする説もある。[17] 跋文に「此多田五代記録十巻ハ摂北多田兵部家所レ蔵年尚矣」とあるが、おそらくはこれまでの物語や伝承をもとに創作したものであろう。さらに跋文には「吁夫多田満仲公者、有二智仁勇三達徳一常用二諸葛孔明之心鉼一有レ権執レ中量二勝敗之軽重一不レ誤二天下之政一」とあり、また満仲の誕生にはじまり、中盤を過ぎた巻六に至って満仲が没するように、源氏の祖満仲を称える意図が込められている。また「多田（満仲）五代記」とするように、満仲から頼信を経て義家までを「多田五代」とするのは、多田側からの視点で源氏の系譜を捉えたものと言える。編輯には前述の多田院御家人が関与している可能性も高いだろう。

『前太平記』は全四十巻で、刊記はないが、元禄五年頃に刊行されたかと考えられている。(18)やはり満仲以降為義に至る源氏七代の活躍を中心に、様々な伝承を織り交ぜて描かれている。樋口大祐は『前太平記』の叙述を「源氏将軍をいただく社会の正統性と、ひいてはその社会に生きる自己のアイデンティティを補塡したいという、ある種のナイーブな（信仰に近い）態度に発しているのではないか」と指摘する。(19)ただし、そのような認識は特異なことではなく、前節の古浄瑠璃でも確認したように、当時においてすでに浸透していた歴史認識であったろう。

両書はかなりの流布を見たらしく、これまでも後続の軍記や読本などに与えた影響が度々指摘されてきた。(20)また、両書は取り上げる項目が多く重なり、何らかの関係が窺えるが、それぞれの項目の記述には相違があり、いずれかを直接典拠としたとは考えにくい。(21)ここでは両書の構造や成立の問題は措いて、多田の地域伝承との関わりを考えてみたい。両書とも編纂に際して積極的に蒐集した情報に、地域の情報も多分に盛り込まれたはずだからである。

十七世紀に入り安定した時代が続くと、民衆の寺社参詣も活発になってくる。(22)寺社側は開帳などにより積極的に民衆を呼び込み、収益増加を計るようになる。(23)さらには、寺社縁起や伝承の再編、整備が行われ、それにより地誌も盛んに編纂され刊行されるようになる。多田の地についても同様に、寺社は地域に根ざした伝承を、周囲ともネットワークを形作りながら育み、開帳などで歩みを運んだ参詣者らに宣伝していったと考えられる。

例えば、多田神社所蔵『多田院縁起』（奥書によると寛文八年〈一六六八〉編）は、満仲が住吉明神の霊告により多田の地に屋敷を構えた由来、その後の出家、花山院の臨幸、自らの御影彫刻などのエピソードを経て没するまでを記した後、頼朝から足利義昭の代に至るまで、度々廟所の鳴動があったことを記す。ここには美女丸説話は取り上げられていない。つまり目的は、満仲の栄誉ある一代記と、鳴動を通してその霊威が当代まで継続されていることを示すことにある。なお、後述するが、花山院の臨幸、御影の制作は、当時の多田院にとって代表的な宣伝材料であったようである。この他、十七世紀末には美女丸説話とも関わる周辺の小童寺や満願寺などの縁起も制作されていたようである。また、地誌『摂陽群談』（元禄十四年〈一七〇一〉）には、多田周辺の寺院の伝承が多数取り上げられる他、多く刷られたわけではないようだが、元禄八年には沙門尊光により『摂州多田荘巡礼三十三所略縁起』（以下『略縁起』）が編纂、刊行されている。幸寿丸供養のために小童寺が創建されたことは舞曲『満仲』により知られているが、『略縁起』「十二番西畦野村忠孝山小童寺」の項には「天延元年源満仲公建立ス。開山ハ円覚上人ナリ」とあり、さらに「藤原仲満（光）・保昌・公時等（「渡部綱」と傍記）石塔アリ。幸寿丸石塔銘アリ」とし、美女丸説話のみならず四天王伝承まで繋がりを持っていたことが窺える。また美女丸が出家後居住したという満願寺は、『略縁起』の第一番に挙げられ、「天禄年中ニ源ノ満仲公再造シ、円覚僧都暫ク住居。源ノ頼光勧請ノ八幡宮古跡、并藤原仲光・幸寿丸等ノ由緒アリ」とある。同様の伝承は、『満願寺縁起』（宝永五年〈一七〇八〉）にもあり、満仲・頼光に尊崇された寺院で美女丸が出家後に住したことと、さらに「堂後有㆓源珍（引用者注「源賢」の誤か。「円覚」とともに美女丸の法名とされる）法印・幸寿丸・仲光之石塔婆㆒也」として小童寺と同様、美女丸ら三名の石塔があることを伝える。[24]この他にも、『摂陽群談』や『略縁起』に見る多田近辺の寺院には満仲・頼光にまつわる伝承が多い。多田地域では、美女丸説話が中世から伝えられていたのであろうが、[25]さらに満仲の神格化された武勇や、頼光と四天王による酒呑童子退治などの活躍が渾然となり、地域全体の寺社の伝承が相互に活性化されていったのだろう。

さて、このような多田地域における伝承の生成と、上記の二書の作品世界とは無関係ではない。『多田五代記』にも『前太平記』にも、多田周辺の在地の伝承を思わせる地名がしばしば登場する。例えば『多田五代記』で、美女丸が多田を離れ叡山に向かう道行、

五月山ヲ見上レバ、雨モ涙モサミダレテ、呉服ノ里ヤ玉坂山、我ヲ誰カハ待兼山、花ノチリツモルト読シ阿久刀《アクタ》河、関戸ノ宿ト聞ユレド、我ガ涙ハトヾマラズ。（巻三「美女落二多田一値二源信僧都一事」）

などの他、「西畦野」「矢問村」「波豆川郷」などの多田近辺の地名の他、満仲が多田の堺を定める際に岩の上に蹄の跡を残したといった伝説・伝承がいくつも見られる。また、「同五年朔日、多田ノ山中ヨリ白銀ノ鉑《ハク》ヲ堀リテ来ル」（巻三「拾遺ニ入ル歌ノ事」）のように、著名な多田銀山を思わせる記述もある。巻三「源頼光、逢二平維仲卿息女一事」では、「多田御家人ニ獅子ニ牡丹ヲユルシ玉フ。但シ獅子ノ勢又ハ家々ノ添紋ニテ其家々ヲ知ル也」と、多田院御家人の家紋についての記述も見られる（この後には、多田院御家人についての注釈も小字で続く）。さらに、巻七「将軍逝去事」では、頼光の死後「サテ多田ノ屋敷ヲ永寿阿闍梨ニユズリ給ヘバ、則寺トシ号二頼光寺一、僧坊棟ヲナラベタリ」とあり、これは『略縁起』の「二十四番東畦野村祥雲山頼光寺」に「寺ハ元ト頼光公ノ別館ナリ。頼光ノ四男永寿ト云アリ。父薨去ノ後出家シテ此地ヲ精舎トシ、法名即チ永寿ニシテ居住ス」とあるように、頼光寺の由緒を挿入したものである。他にも、巻四「小童寺ノ事」では、小童寺が慶長年間に浄土宗の弘誉上人によって再興された旨も詳述される。『多田五代記』の編述の周辺では、このような頼光寺縁起や小童寺縁起も併せて語られていたのである。

一方、『前太平記』では、『多田五代記』ほど多田地域の記述が目立つわけではないが、次の記述が注目される。

さる程に此式已に充ちて、法皇花山尚も当院に御逗留有り。佐馬允源頼信に案内せさせ、多田庄の内、御遊行あり

けるに、四山均しく連なりて、茂み黒みし夏木立、百千の取りの音も清き、鼓が滝の流れより、多田河を伝ひ上りて、大井の光明寺に御参詣あつて、聖容を拝し坐在けるに、忝なくも東方の瑠璃光世界の本主薬師如来、行基菩薩の一刀三礼して琱り成し給へる尊像なり。（巻十九「花山法皇御二幸多田一并八講事」）

近世の多田院の伝承では必須であった花山院の臨幸記事である。鼓滝は多田院の傍の名所で、近世の名所案内などには必ず取り上げられる。注目されるのは、そこから川沿いに上り光明寺に参詣したとするところである。光明寺は、摂津随一の名所として知られた屏風巌の側に存する寺院である（現在は浄土宗に改まり東光寺と称している）。さらに同じく巻十九「頼光朝臣進発事」では、頼光が大江山に酒呑童子退治に出発する際に、父満仲に挨拶の後、光明寺に参籠する。

同三月廿日都を立つて、先づ多田に下つて、父入道殿に御暇乞ひありて、翌日は大井の光明寺に詣で給ひ、今度朝敵事故無く退治する擁護の力を加へ給はゞ、大般若経六百巻奉納せらるべき旨、一紙の願書を捧げ、一夜参籠あつて終夜丹祈を凝らし給ひけり。

これらの伝承は、『摂陽群談』巻十四「光明寺」項に取り上げられる。

同郡北田原村大井地ニアリ。開山行基僧正、彫刻一刀三礼ニシテ、安置シ玉フ、薬師仏ノ霊像タリ。花山法王于レ是行幸、左馬允源頼信公案内ヲ以テ、御遊行之処也。頼光公、丹後国千丈嶽ノ岩窟ニ栖籠ル、酒顚童子並ニ丹波国大江山ノ眷属退治発向ノ時、先当寺ニ参籠、尊容ヲ拝シ、朝敵事故ナク退治セシメバ、大般若経六百巻、可レ被レ為二奉納一之願書ヲ捧ゲ玉ヒ、是ヨリ直ニ出陣アリ。終ニ其戦功世ニ誉アリ。因ツテ奉納シ玉フノ経巻于レ今アリ。

『前太平記』の記述と多くの要素が重なることがわかる。当時光明寺においては、花山院の多田院臨幸に結びついた伝承、また伝来の大般若経の縁起としての頼光参籠伝承などが形成され、それが『前太平記』にも採用されるところとなったのであろう。なお、『多田五代記』には光明寺は登場しないけれども、多田院に臨幸した花山院と満仲の対面がかなり詳しく描かれる。また鼓滝近辺の風景描写も細かい。巻四「花山院多田臨幸事」に、

其後近辺ノ寺社山河ヲ御覧アル中ニ鼓滝ト名ヅケシ所ニヲリイ給フ。石巌二面ニヲホヒ高ク青苔巌ニカヽリ、峰ニハ万木交レ枝緑蘿下ヲ閉、……

とある。さらに、二人の間で歌の贈答も行われる。花山院の臨幸は、近世の多田院にとって、創建当初に院の行幸という栄誉に浴した欠かせない伝承であり、開帳の折などに物語性豊かに語られていたことが想像される。

それと並んで多田院で語られていたと思われるのが、多田院の宝物の一つとされた満仲自刻の御影の由緒である。この御影は当時にまで続く満仲の武威を示すものとして、とりわけ重要視されたようである。(26) 前述のように、『多田院縁起』に、

則天下安全累代擁護し、為国家の鎮護の、満仲自ラ刻廿四歳の形像を、甲冑を帯し竜馬に乗らせ給ふ、是呈弓箭擁護の標相を、（本文ママ。返り点などはない。）

とある。『多田五代記』巻五「満慶御影作幷御誓事」（満慶は満仲の法名）にも、二十四歳の時の姿を刻んだことが見える。

法華三昧院ノ満慶ノ尊影ト申ハ、有時御舎弟左馬助、……子息ニハ左馬頭源頼光……、御前ニ相議シ、願ハ御尊影ヲ自ラ御作リ候ラヘカシ。院内ニ安置シ末代マデモ弓矢ノ守リ本尊ト奉レ仰ト望シカバ、……安和元年戊辰ヨリ一刀三拝シテ刻ミタマウ也。甲冑帯剣ノ躰、竜馬ニ騎テ白羽ノ箭負、右ニ手綱ヲ控へ、左ニ弓ヲ持、廿四歳ノ姿実ニ如何ナル天魔波旬モ恐ルベキトゾ見ヘタリ。

『前太平記』巻十八「満慶入道木像事」でも、子弟の依頼により多田の地を賜ったときの尊像を自ら彫刻する。

満慶聞き給ひ、「……凡そ種々の形ありと云へども、降魔の形には如かじ。一年当地授与の時、住吉の神前にて、竜馬に駕して、神鏑射たりし形を用ふべし」とて、即ち今日より始めて、時々之を彫刻し給ひて、法華三昧院に安置し、今の世に至るまで、弓箭の守護神として、其一流は申すに及ばす、諸流の尊敬浅からず、参詣渇仰の輩、今に絶へせぬ霊区なり。

さらに、巻二十二「満慶入道薨逝事」では、満仲の死没に際して、法華三昧院に安置し、遺言に任せて当院を廟所寺と改めたとある。このように、『多田五代記』『前太平記』では、子弟の依頼により満仲自ら二十四歳の時の御影を彫刻するという、満仲御影縁起というべき逸話がかなり詳細に描かれている。

『多田五代記』や『前太平記』は、それぞれに成立背景は異なるところもあるだろうけれども、それぞれに多田地域の縁起や寺誌・地誌などに見られる伝承と重なり合うところがある。家綱による多田院の再興と時を同じくして、古浄瑠璃世界での源氏濫觴の物語の展開があり、それに呼応するように多田地域において満仲・頼光をめぐる伝承が形成され、またそれは軍記類の出版により広まっていくことにもなった(27)。

五　おわりに

本稿では、十七世紀に焦点を当て、満仲・頼光から河内源氏へと繋がる源氏濫觴の物語が、人々にいかに語られ、認識されていたのか、文学作品から考察してみた。しかし、幾分偏った資料の扱いになったことは否めない。さらに十七世紀を広い視野で捉えていくべきだろう。

これまで、美女丸説話の伝播については、中世の様々な宗教者の活動が指摘されてきた[28]。中世に美女丸説話が様々な唱導活動で利用されていたことは、間違いないだろう。一方で、出版文化も伴った十七世紀の地域文化の活性化、地域の寺院の興隆の中で沸き起こった伝承形成のエネルギーにも注意を払いたい。

源氏の系譜は、中世から将軍家を中心に作り上げられていたものであった。その上で、十七世紀における変容として注目したいのは、刊行された文学作品の中で、満仲・頼光そして頼信以下の個々の物語が繋ぎ合わされ、一続きの物語となってイメージされていったこと、そして地域の寺院ではその動態に併せて伝承が形成、宣伝され、それがまた物語を刺激していったことである。

現在、多田神社には満仲・頼光の二人の霊廟がある。これは元禄期の絵図には確認できるが、中世まで遡って頼光の霊廟があった史料は今のところ確認できていないという。また、本殿には満仲の他に、頼光・頼信・頼義・義家の所謂「多田五代」が祀られているが、頼光以下の四柱は、家綱によって新たに祀られるようになったものである[29]。満仲を祀る多田院は十七世紀になって、源氏の濫觴五代を祀る社として、人々に尊崇されることになった。

その当時多田院の開帳に訪れ、そこで満仲の御影を拝んだ人々はどのような物語をイメージしたのだろうか。そこには、美女丸説話も酒呑童子伝説も含み込んだ、浄瑠璃で活躍する満仲・頼光・頼信・頼義・義家らの姿があり、そこに地域の伝承が鮮やかに結びつけられていたのではないだろうか。

注

（1）龍澤彩「尾張徳川家伝来「羅生門絵巻」について」（『尾陽』六、二〇一〇年六月）、同「大名家の絵本享受と絵巻・絵入り本制作の隆盛について」（『説話文学研究』四十九、二〇一四年十月）。

(2)　岡見正雄「説経と説話」(『仏教芸術』五十四、一九六四年五月)。
(3)　小林健二「満仲譚の展開」(『中世劇文学の研究』三弥井書店、二〇〇一年二月)。
(4)　元木泰雄『源満仲・頼光』(ミネルヴァ書房、二〇〇四年二月)一三二頁。
(5)　元木前掲書一九一頁。
(6)　川合康『鎌倉幕府成立史の研究』(校倉書房、二〇〇四年十月)二六五頁。
(7)　河内源氏の成立については、元木泰雄『河内源氏』(中公新書、二〇一一年九月)など。
(8)　白崎洋一「『平家物語』「剣巻」の源氏系伝承考」(『早稲田——研究と実践——』九、一九八八年三月)に「嫡々相伝であるべき二振りの剣がその進路を変更する場合のいわば理由付けに当たる部分」という。
(9)　兵藤裕己『物語・オーラリティ・共同体』(ひつじ書房、二〇〇二年三月)など。
(10)　以上、多田荘・多田院の歴史については、『かわにし(川西市史)』第一・二巻、他に熱田公・元木泰雄『多田満仲公伝』(多田神社、一九九七年十月)も詳しい。
(11)　室木弥太郎『補訂　語り物(舞い・説経・古浄瑠璃)の研究』(風間書房、一九八一年六月)五二八頁。
(12)　両者の関係については早くから指摘がある。若月保治『古浄瑠璃の新研究　慶長・寛文篇』(新月社、一九三八年三月)「頼光跡目論」解説など参照。
(13)　室木前掲書五二七頁。
(14)　阪口弘之「金平浄瑠璃と東西交流——丹波少掾・播磨掾・出羽掾——」(『岩波講座歌舞伎・文楽7』(岩波書店、一九九八年八月)。
(15)　早川由美「身替り悲劇の生成——満仲の伝承をめぐって——」(『東海近世』十三、二〇〇二年十月)。
(16)　藤井乙男『近松全集』第四巻(朝日新聞社、一九二六年二月)の解題以降継承されている。
(17)　古相正美『国学者多田義俊南嶺の研究』(勉誠出版、二〇〇〇年二月)二一二頁。
(18)　板垣俊一『前太平記』(叢書江戸文庫)解題。

(19) 樋口大祐「太平記的なるもの――前太平記と太平記――」(『太平記を読む』吉川弘文館、二〇〇八年十一月)。

(20) 例えば、井上泰至『近世刊行軍書論』(笠間書院、二〇一四年九月) 所収「鳩と白龍――『八犬伝』と源氏神話」、坂越さやか「『中将姫行状記』所引美女丸説話について」(『国文学攷』二〇七、二〇一〇年九月) など。

(21) 板垣前掲解題。

(22) 新城常三『新稿社寺参詣の社会経済史的研究』(塙書房、一九八二年五月)。

(23) 比留間尚『江戸の開帳』(吉川弘文館、一九八〇年十月)。

(24) 石塔のことは『摂陽群談』にも見える。現在でも小童寺には、綱・金時・保昌らの石塔が、満願寺にも美女丸・幸寿丸・仲光の石塔の他、金時の墓が祀られている。

(25) 庵逧巌「舞曲『満仲』の形成」(『山梨大学教育学部紀要』五、一九七四年十一月) は多田荘の寺院に隷属した声聞師の活動、久下正史「美女丸伝承について」(『日本文化論年報』一、一九九八年三月) は西大寺流律宗の活動を指摘する。

(26) 多田院宝物の代表として、『摂津名所図会』他に取り上げられる。また、『多田院霊宝目録』(宮内庁書陵部蔵。奥書によると寛政七年〈一七九五〉に多田院宝物を拝覧の際に写したもの) に「一、源満仲公御自作廿四歳尊像〈御神階正一位／御称号多田権現〉」とある。本書にはこの他にも「源頼光公御指旗」「頼信公御守本尊十一面観音」「頼義公御守本尊大威徳明王」「八幡太郎義家公御自筆」が挙げられていて、多田院に祀られる「多田五代」由緒の宝物が揃えられていたことが窺える。多田院文書九〇には「天和弐年(一六八二) 二月為　御祈祷満仲権現御影開帳被　仰付候御事」とある。

(27) 刊本ではないが、藤井隆氏蔵『多田満中』にも触れておきたい(『未刊御伽草子と研究(三)』)。本書は「源満仲の後半生記の如きもの」で、満仲は「智仁勇兼備の人物として描かれ称へられてゐる」。「はづ川郷」など多田の地名も登場し、「作者は多田附近の地理に通じてゐたと考へられる」とするが、これらの地名は『前太平記』『多田五代記』にも見られるように、近世の美女丸説話では知られた地名であった。そして何より、本書では花山院の多田臨幸や、満仲の御影制作など、近世に入って注目された多田院の伝承が付加され、最後は満仲礼賛の言葉で終わっている。本書は室町時代成立かともされてきたが、書写時期とされる元禄頃の伝承を反映したものと考える方が適切であろう。

(28)　室木・庵逧・久下前掲論文。

(29)　熱田・元木前掲書による。

［引用文献］

私に句読点・濁点を施し、振り仮名などの多くは省略した。

『保元物語』『平家物語』…新日本古典文学大系、『栄華物語』『神皇正統記』『頼光跡目論』…日本古典文学大系、『続本朝往生伝』…日本思想大系、『剣巻』（長禄本）…完訳日本の古典『平家物語』、『公平末春軍論』『四天王若ざかり』『北国落』『うじのひめきり』『渡辺がんぜき割』『公平法門諍』…金平浄瑠璃正本集、『多田満中』『源氏のゆらひ』…古浄瑠璃正本集、『多田院開帳』…竹本義太夫浄瑠璃正本集、『多田五代記』…京都大学文学部蔵本、『前太平記』…叢書江戸文庫、『摂州多田荘巡礼三十三所略縁起』…国文学研究資料館マイクロ資料（林田良平氏蔵本）、『多田院縁起』『満願寺縁起』…『かわにし（川西市史）』、『摂陽群談』…国文学研究資料館蔵本（画像データ）

［付記］

脱稿後、井上泰至「「いくさ」の時代のイメージ形成――源氏将軍史観と源氏神話――」（『文学』一六-二、二〇一五年三月）が出された。源氏政権の神話化についてなど、本稿に関わる指摘も多い。参照されたい。

十七世紀末の浄瑠璃『源氏烏帽子折』が語った頼朝・義経の源氏再興譚

――牛若東下りの物語から頼朝出世の物語へ――

岩城賢太郎

一　常葉と三人の幼な子

源義朝の童金王丸が常葉とその三人の幼子らに義朝の最期を報告するくだりが『平治物語』諸本に見えるが、次頁に掲げるのは、二代目歌川豊国が天保・弘化頃（一八三〇〜一八四七）に描いた錦絵「渋谷金王丸昌俊早打之図」[1]である。「金王丸昌俊」が、「常盤御前」と背後の幼子、乳母と思しき女房と抱かれた幼児、脇の角髪を結った男児を前に報告する場面である。「義経記抜書」として、「常盤御前は義朝公のたよりをまちわび給ふに」と、平治二年（一一六〇）正月五日明け方に早馬で都に上った金王丸が、尾張国野間内海で、長田庄司忠宗・四郎景宗の父子によって、三日早暁に鎌田政清や郎等らと共に謀殺されたことを語り、「常葉はさらなり、いとけなき人々にいたるまで悲しみ給ふに哀れなり」とある。中世期の『義経記』諸本には見えない場面であるが、常葉背後の幼子は「乙若丸六才後に範頼」、乳母の抱いた幼児は「牛若丸二才後に義経」、中央の男児は「今若丸八才後に頼朝」とある。頼朝・範頼・義経を常葉腹の三子と示しているのであろう。無論、中世期に常葉を頼朝の子息とする伝はなかろうが、これは二代目豊国の誤解や曲解ではあるまい。三兄弟を常葉腹のごとく解した例は、十七世紀末の浄瑠璃『源氏烏帽子折』に見えている。

2代目歌川豊国画「渋谷金王丸昌俊早打之図」（国立国会図書館蔵）

『源氏烏帽子折』[2]は、五段に「二人フシハル神風や・いせの宮ゐはこその秋御せんぐうなるしんでんに・ことしか、やく春の日の丸木《ヲクリ》／はしらに・かやのやね」と、また節事「柱暦」冒頭に「二人そも〳〵ことしは何ごとも・心にかのへむまのとし」とあることから、藤井紫影氏が、[3]「元禄二年九月十日内宮遷宮、同十三日外宮遷宮の記録に一致する」として、「元禄三年正月の興行である事を確実に証明する」と指摘した浄瑠璃であり、元禄三年（一六九〇）正月の初演の作品と推定されている。

その正本には、奥付に近松門左衛門の名が見える竹本義太夫（筑後掾）系のものと、山本角太夫（土佐掾）系のものとがあり、絵入本も含め幾種類もの本の伝存が報告されており、[4]非常に好評を博した浄瑠璃であったことが窺える。また、奥浄瑠璃の正本も伝存しており、現在も鹿児島県東郷町の文弥節人形浄瑠璃等で一部の場面が上演されている。上方ばかりでなく、江戸においても正本が版行されていたことが指摘されており、[5]諸本間に最終段ほか本文の異同が多少あるものの、各地で長く語り継がれてきた浄瑠璃作品である。

正本の内題は「源氏ゑぼしをり」と、「源氏」を冠する本が多いが、外題は「ゑぼし折」とする本も多く、作品内容には、牛若の奥州下り譚を素材とする十五世紀の謡曲や幸若舞曲の『烏帽子折』との関連の他、幸若舞曲『伏見常盤』や『平治物語』・『義経記』本文の関連も窺える。「中世近世三百年間の「烏帽子折」脚色史」(6)の集大成とも位置づけられている浄瑠璃であるが、この作品は義経の東国下りを語っているわけではない。義経よりも、むしろ頼朝の事蹟を辿った作品である。この錦絵は、『源氏烏帽子折』が語り伝えた頼朝出世の物語の、十八・十九世紀文芸における影響例と言えよう。本稿では、『源氏烏帽子折』の本文内容の分析から、十七世紀末浄瑠璃に提示された源氏再興譚の特色を追究して行く。

二　源氏再興の物語としての結構と源氏重代の臣による扶助

浄瑠璃『源氏烏帽子折』初段は、平治二年正月七日の仙洞御所の場面から始まり、まず、二条院に帝位を譲り院政を執っている後白河院の治世が、「序 尭風《げうふう》ゆるく吹《ふい》て東日《とうじつ》おごそかにかゝやき。舜雨《しゆんう》なゝめにそゝいで西園《せいゑん》花をよそほひす」と寿がれる。そこに平清盛が、「長田の庄司《しやうじ》忠宗。同太郎忠澄《ずみ》」を伴って新春の慶賀に参内し、平治の乱の顚末を語る。清盛は、「義朝がくびはけがれをはゞかり。源氏重代の太刀・物の具・白はたをきり取ッて。是清盛が御年玉」と戯れて、源氏の重宝の太刀・鎧・白旗を後白河院に納める。髭切や八竜のごとき刀や鎧のことは、『平治物語』諸本の中に触れるものが見えるが、源氏の象徴である白旗が、重代の宝物とまで語られるのは、『源氏烏帽子折』の構想と関わっていると思われる。以降この浄瑠璃では末尾の五段目に至るまで、白旗について屡々触れる。

源氏の重宝として白旗を語る浄瑠璃作品には、並木千柳・三好松洛作で寛延二年（一七四九）大坂竹本座で上演された『源平布引滝』(7)があり、初段・大序で次のごとく語られている。

詞 安芸守清盛の使とし。平家の侍参りしと。地ハル しらせと倶に出来るは長田の太郎末宗。白木の台に白旗のせ家来に持す首桶を。恐れもなく庭上に畏り。詞 此度待賢門の軍破れ。源の義朝野間の内海へ迯下りしを。親にて候庄司忠宗。首取て叡覧に備奉る。地色ウ 則是が源氏に伝る白旗なりと フシ 指上れば。

白旗は『源平布引滝』前半部の構想にかかわる宝物であり、討死した源義賢から託された源氏重宝の白旗と駒王丸（後の義仲）をめぐって葵御前や斎藤実盛、近江の百姓の娘小万らが命を賭した活躍をする。『源氏烏帽子折』は、源氏重宝としての白旗の存在について語った浄瑠璃として早い作品と言えよう。

さて参賀を受けた後白河院は、清盛を中納言に昇らせるものの、義朝は天下の転覆を企んだとする清盛の言葉には耳を貸さず、「中 重ねての院宣《ぜん》には、義朝が事は先祖満仲よりるいだい忠勤《ちうきん》の功あつしといへども。此度思はずも朝敵信頼にくみし。ふかくのさいごふびん也。内大臣の正《じやう》二位をぞうくはんし。朱雀《しゆしやか》の寺にしるしを立追善《ついぜん》有べしとの御気色《みけしき》にて」と、満仲以来の源氏の忠勤を讃え、贈官し墓を造って義朝を追善し、殊更に憐憫の情を寄せる。そして後白河院は、義朝を討った長田に、常葉や幼い遺児たちを尋ね出して庇護し、亡き義朝の霊に悔いよと命じる。この仙洞御所の場面は、「もるゝかたなき院宣のめぐみはしづがふせや迄。実明王の聖徳《せいとく》に。たとへていはゞ此春の民こそ。御代の 三重 ╱ 心なれ」と、源氏贔屓である後白河院を讃えて終わる。

続く下の醍醐の里の場面では、常盤が連れる「義朝公の俤《おもかげ》は三人の子に慰み。今若は九つ乙若は六歳扨牛若は三歳にて」と、三人の幼子が、知人を頼りに命を繋いでいる。ここはいわば、二段目に語られる「伏見常盤」譚の前提を語るために浄瑠璃が独自に設定した場面と言え、『平治物語』や幸若舞曲『伏見常盤』との関連は窺えるが、例えば古活字本『平治物語』に、「八つになる今若をばさきにたてゝ、六歳の乙若をば手をひき、牛若は二つになれば」（巻下〈頼朝生捕らるる事付けたり常葉落ちらるる事〉）と見えるのとは、今若・牛若の年齢が一つずれている。

地色中 いたはしや今若父のわかれの涙の隙。竹馬取て打のり。詞 歎給ふな母上さま。追付某平家追討《ついたう》の院宣を蒙《かうふ》り。まづ此ごとく馬にのり大軍《ぐん》をいんぞつし。地色中 父の敵清盛を討取ルは今の事。源氏の大将今若が武者ぶり御覧候へと。庭の面を二三反《べん》のりまはして立給へば。乙若小弓に小矢をはげあかききぬをしもとにかけ。あれこそ平家あまさじとよつぴいてひやうどはなち。うれしや平家をゐとめしといさみ給へば牛若は。母のひざよりはひおりてかのあかぎぬを。ずんぐ〳〵に引さきくひさき兄弟三人うち悦び。平家のあかはた討取ッたり。かちどきあげよゐい〳〵おうと手をたゝいてぞわらはるゝ。地色ハル 此人々のふたばよりかう成こそ理りなれ。成人《せいじん》の後六十余州《よしう》をなびかせ源氏の光をかゝやかせし。ハル 右大将頼朝・蒲《かば》の冠者範頼《くはんじやのりより》。九郎判官義経とは此兄弟のおひさき也。

小枝につけた赤旗を平氏軍に見立て、竹馬に乗り小弓と小矢で射貫く今若・乙若は、常葉に平氏方に聞こえては大変だと咎められる。『曾我物語』の一万・箱王兄弟（十行古活字本・巻第三〈九月名月にいでて、一万・箱王、父の事なげく事〉）を彷彿とさせる兄弟であるが、三歳の牛若までもが兄らを真似、幼き三兄弟揃って勝ち鬨をあげて笑う。この下の醍醐の場面で、この兄弟によって源氏の再興がなされることになるという未来が先に明かされ、後に日本六十余州を率いる頼朝・範頼・義経の三兄弟が幼少の頃から豪快さを備えていたことが讃えられるのである。しかも、常葉腹の義経がこの場に見えるのに不思議はなかろうが、今若が後の頼朝であり、乙若が後の範頼であるとして、共に常葉腹の三兄弟であるという、源氏の若き兄弟の系譜の語り替えが行われているのである。無論、『源氏烏帽子折』作者が系譜を誤解していたわけではない。母常葉と頼朝・範頼・義経の三兄弟が艱難辛苦を共にし、幼時より兄弟の堅い紐帯を誇っていたことを語る、『源氏烏帽子折』という新たな源氏再興の物語の序章なのであり、初段下の醍醐の場面にこそ、浄瑠璃作者の構想が凝縮して語られているのである。

さて続く初段の後半は、七条朱雀墓所の場面である。先の後白河院の命によって義朝の墓が築かれたことになっているが、清盛の西八条邸にほど近いこの地が当てられたのは、『義経記』（古活字本・巻第一「常盤都落の事」）において、引っ立てられた常葉・牛若ら母子を、清盛が悪七兵衛景清と監物太郎頼方に命じて七条朱雀に幽閉したというくだりを踏まえてのものであろう。そこに源氏方の二人の若侍が登場する。「地色中 爰に比紀の藤九郎盛長とて源氏重代のゆうしなりしが。さんぬる保元の軍に父をうたせ。ハル 幼少よりるらうして北国にさすらへしが。力つよくせいたかく今年すでに十九才。源氏亡ぬと聞よりも夜を日についで都に上り」という藤九郎（安達）盛長と、「いにしへの寺友《てらとも》達《だち》義朝公のひざもとさらず。渋谷《しぶや》の金王丸をさながほうたがひなし」という童金王丸である。

藤九郎盛長は、『曾我物語』（十行古活字本・巻第二〈盛長が夢見の事〉）・『源平盛衰記』（無刊記整版本・巻第十八「文覚頼朝勧二進謀叛一」）・幸若舞曲『夢合せ』等に、頼朝出世の予見を霊夢に蒙ることで知られるように、頼朝の出世においては、重要な役割を担ったと語られる人物であり、「比紀の《ママ》」とある通り、頼朝の乳母比企尼の娘を妻とした股肱の臣である。盛長は、山本角太夫の語った『頼朝三島詣』（延宝六年〈一六七八〉版行正本）他、古浄瑠璃の作品で既に繰り返し語られていたが、それらは何れも頼朝が伊豆に配流されて以後の活躍、即ち寛政三年（一七九一）以前に原型が成立したとされる劇書『世界綱目』等に言う「伊豆日記の世界」に活躍する人物としてであった。「源氏重代の勇士」として頼朝の幼年期にまで遡り、金王丸の寺子屋友達と語るのは、浄瑠璃作者の創作である。

盛長は源氏凋落のため浪人しているが、折から来合わせた金王丸に、主君の最期に役に立たなかった臆病者と腹を立て、二人は口論して主君義朝を弔う四方八寸一丈余りもある角卒塔婆を引っ張り合い、刀を抜いて争う。稚気あまって争う若武者の姿は、公平浄瑠璃の作品等にも繰り返し語られてきたものであり、金王丸は古浄瑠璃の作品中で、既に荒々しい若武者として語られていたが、(8)『源氏烏帽子折』では、「ハル 左右にらんで立たるは人間《フシ》わざとはみえざりけり」と、盛長にも若気の力溢れる武者像を応用し、口論の滑稽さと若武者の力比べとを語る場面となっている。

やがて二人は互いに源氏への忠誠を確認し、源氏の没落に涙するが、そこに常葉と三人の幼き兄弟が、長田父子に連行されてくる。長田の倅太郎の方は、主君の仇と、金王丸・盛長に首を掻き落とされる。常葉母子を救って大和へ落ち行かせた金王丸は、「此金王丸はすがたをかへ。土佐房正《とさばう》じゆんとなのりひそかに勢をあつむべし」と、盛長は、「某は関東へはせ下り。むさし・さがみ・いづ・するが・上野・下野・あは・かづさ。源氏ふだいの兵共それにてもかなはずば。八丈大島・ゑぞ松前・鬼が島へをし渡り。蒙古《まうこ》・蒙夷《まうゐ》の鬼をあつめて軍勢《ぐんぜい》とし平家をやすく亡さん」と、諸国に向かう。盛長が挙兵に当たって頼朝より源氏累代の御家人の招集を命じられたことは、『吾妻鏡』治承四年（一一八〇）六月二十四日条等にも見えることであるが、『源氏烏帽子折』において、それを頼朝幼時におけることと語ったのは、二段目における弥平兵衛宗清の活躍と対応させるためでもある。

三　語り替えられた「伏見常盤」譚と弥平兵衛宗清・盛長妹白妙の活躍

『源氏烏帽子折』二段目は、『平治物語』（古活字本・巻下〈頼朝生捕らるる事付けたり常葉落ちたるる事〉）や舞曲『伏見常盤』等に語られ、また度々絵画化され視覚的にも享受されていた「伏見常盤」譚の場面であり、景事「ときは御ぜん道行」がある。この景事は冒頭に、「フシハル ころはむ月の。すゐつかた。は《中》るめきながらさへかへり」と、謡曲『兼平』「クセ」の深田に馬の足を取られた木曾義仲の様を謡った詞章を引く。その語りの中には次のごとくある。

フシ 石のとりゐのふたばしら。ハルフシ ふたりのおやの。いゐづとや。小《ウ》ゆみにそへしやは《ウ》た山道《ノル中》すがらのさんけいを。今わかは御《ハル》らんじて。是ぞげんじの《ウ》うぢ神に我《ウ》かど出の吉さうと。スエテ 御手をあはせ給ひければ。あにを見まねにをとわかもうしわかも。はゝ君のちぶさのうへに手をあはせ。さそう〳〵とあいらしさ フシ中 ちゝよしとものましまさば。ハルフシ いかに悦び。給ひなん。

　七条朱雀から大和路へ向けて落ちて行った常葉母子が、どういった経路を辿ったと想定されているのかは知れないが、『源氏烏帽子折』では、中世期の「伏見常盤」譚に見える清水寺の観音への祈誓の場面が語られることはなく、弓矢を携える武家の神である石清水八幡宮の傍を通りかかって参詣したと語られる。『源氏烏帽子折』においては、常葉が清水観音の慈悲に救済を求めることはなく、代わりに今若、すなわち幼時の頼朝が、源氏の氏神としての八幡神に祈り、幼時の範頼・義経と力を合わせて源氏の門出を誓うのである。

　続いて、伏見の里に隠れ住む女の家で一夜の宿を乞うた常葉は、義朝の縁者と見抜かれ拒まれる。初段の下の醍醐の場面と同様に、常葉は「ウ いたはしや母うへは。つかれたる身を寒気《かんき》にやぶられ。悪寒《をかん》五たいをくるしむれば。ア、たへがたやとふしまろび スエテ 前後。ふかくに見え給ふ」と、寒さに苦しみ悶える。だが今若・乙若の兄弟らは、「地ハルウ 今若・乙若《をと》をどろきなふいかにせんかなしやと。ひたひをさへ手をさすり。いかに乙若母うへのさむからんに。物きせません尤と兄弟おびときみせばなる。小袖をぬいで母うへの。すそや枕に取かさねうちかさね。我はいとはでうづもるゝ」と、母を気遣って自らの身幅の狭い小袖を脱ぎ母に掛ける。この「フシギン／ふる雪の。地色中 音聞程にしづか成。竹よりおくの一つ庵」以下の道行の場面は、現在も演じている地域があるが、「フシ中 雪のはだか身あはれなり」という、寒中の幼くも健気で逞しい兄弟を伝える語りが、人々の感動を誘って来たという。

詞 いや我々はさむからず。侍のならひにはいか成雪にも軍《いくさ》して。地色中 よき敵と組《くま》ん時さむしつめたしなんど、て。敵にうしろを見すべきか。さむいといふな乙若《をと》。さむいとおぼすな兄上とかい〴〵しげにいふこゑに。牛若めさましはひ出てみるを見まねにきぬをぬぎ。おなじく母にきせ参らせ。手足もふるひこゞゆれど其色みせずはぎしみし。こぶしをにぎりこたゆるてい母は気もたへめもくらみ。

子は息災こそが孝行であると常葉は衣を着せ返すが、武者が泣き言を言うものかと、今若・乙若は幼くも武士の気骨を見せ、乳飲み子である牛若さえも兄を真似て衣を脱ぎ、拳を握って堪える。もはや、『平治物語』や幸若舞曲『伏見常盤』に見える、寒さを嘆く幼子を叱咤する常葉の姿を語った中世期の「伏見常盤」譚とは、母子の性格・言動が逆になったかのごとくである。八幡神に祈る源氏嫡流の兄弟の、幼時以来の尋常でない心身の強靱さを語ることこそが、『源氏烏帽子折』における「伏見常盤」譚が指向したものである。

さて、先に常葉が一夜の宿を頼んだのは、「みづからは白妙《しろたへ》とて藤九郎盛長が妹《いもうと》源氏ふだいの者なれ共」という藤九郎盛長の妹白妙である。白妙は不思議な縁で、「平家の侍。弥平兵衛宗清の忍妻《しのびづま》」となった十八、九歳の若女房であり、宗清に見つかることを恐れて拒んだのであった。そこに夜深くに唐笠をさして訪れてきた宗清は、二段目冒頭で清盛より、「ふしぎの者をからめとれと在々郷々町小路。残りなくふれければ」と命じられている。宗清は物陰から常葉母子の様子を窺い、宗清は平氏側でありながら、「慈母《じぼ》のあはれみ孝子《かうし》のふるまひ。さすが源氏のねざしなりいたはしさよあはれさよ」と、常葉の慈愛の深さ、そして母への孝心に厚い今若らをさすが源氏の嫡流だと感心し、「中情しらぬは匹夫《ひつぷ》の勇《よう》。ことに我妻のためには主君也。彼是たすけておとさん」と、盛長・白妙兄妹の立場を思いやりつつ決意する。だが一方では、「詞主君清盛の御めがねをもつて仰をかうぶり。助《たすけ》ては道たゝず。地色中からめとつては情なしととつつまいつしあんして」と、清盛への忠誠との間で懊悩する。結局は見逃し落とすことを決意した宗清・白妙夫婦に、「弓取のフシ中いもせのわけぞ頼もしき」と武家の男女の手本と讃えられるが、そこにまた白妙兄の盛長が来合わせて、庵の外で事情を聞いている。源氏の嫡流を救ってくれた宗清の機転に涙し、「地色中只今の志《こゝろざし》生々世々に忘《ハル》れがたし。一礼のためたいめんせん」と、感謝して対面を申し出るものの、宗清は平氏への忠誠が立たないと拒み、盛長を「羽抜鳥」呼ばわりして、次のごとく嗜め諭す。

エ、うろたへたるはぬけ鳥。地色ハル弓手もめでもかり人のおひ鳥がりのあみたかし。たかにとらるなゑさしにさゝれな。ふるすのひなをかひそだてはつねあげよと色いひければ。盛長悦びがつてんしヲ、頼もし、たのものかり。春はこしぢに立帰り源氏一みのともちどり。大将軍のはがいの下あげたるはたは白ざ（ママ）きや。むれゐるとりのつばさをならしくはいけいの色すだちして。うへみぬわしのほまれを見せん尤。々いそげやいそげ

宗清のことばの最後には謡曲『熊野』の詞章が引かれており、今若・乙若・牛若兄弟をあくまで幼い雀どもとして逃すことを決意したため、鳥の名尽くしである。『平治物語』（古活字本・巻下〈頼朝生捕らるる事付けたり常葉落ちらるる事・頼朝遠流に宥めらるる事付けたり呉越戦ひの事〉）等で、宗清が尾張国で頼朝を捕らえるも、頼朝を護り池禅尼に引き合わせたことはよく知られる。また、幸若舞曲『伏見常盤』では、常盤母子を労り助けた老夫婦が語られていた。浄瑠璃は、老夫婦を宗清・白妙の夫婦と語り替えた上で、宗清の計らいで以て、窮地に立つ幼き兄弟を源氏重代の臣である盛長が扶け育て、会稽の恥を雪ぎ将来は源氏の白旗を靡かせるよう、盛長・白妙兄妹が託されたと語ったのである。『源氏烏帽子折』作者は、宗清と盛長という、共に頼朝と接点のあった人物に注目し、二人の武者を関連づけるために盛長の妹白妙を介し、平氏と源氏、双方の立場から頼朝に功績のあった人物の活躍を語ったのである。

『源氏烏帽子折』より僅かに先行する、延宝八年（一六八〇）版行の軍書『頼朝三代記』(9)は、「其時頼朝は十四才にして弥平兵衛宗清に生どられころさるべきにきはまりしを、池の禅尼にたすけられいづの国ひるが小嶋に流され、伊藤入道祐親が館におはします」「藤九郎もり長を使として累代の源家の御家人をぞ招かれける」と、冒頭の「右大将頼朝草業の事」章から、宗清・盛長の事蹟に触れている。また、『源氏烏帽子折』とほぼ同じ頃に原型が成立したと考えられている『盛長私記』は、その大半は『吾妻鏡』の引用と指摘される偽書であるが写本が多く伝存し広く享受されたようであり、盛長自身が語り手として設定されている。(10)『源氏烏帽子折』における宗清と盛長の活躍は、そう

した十七世紀末の諸文芸の成立・流布とも関連があろう。

また『源氏烏帽子折』の宗清には、幼き三兄弟による源氏再興の世の到来を導くという重要な役割が担わされているわけであるが、その宗清像の影響は大きく、例えば、宝永元年（一七〇四）十二月十一日大坂豊竹座初演の『一谷嫩軍記』(11) 三段目「熊谷陣屋」場にも関連が窺える。源義経に異心ありと鎌倉の頼朝に讒言せんとする梶原平次景高が、摂津国御影の里で石屋を営む百毫の弥陀六に手裏剣で射止められるくだりであるが、義経は、立ち去ろうとする弥陀六が、実は弥平兵衛宗清であることを見破って次のごとく言う。

> 其昔常盤の懐に抱かれ。伏見の里にて雪に凍しを。汝が情を以ッて親子四人が助りし嬉しさ。地中 其時は我レ三才なれ共面影は目先キに残り。見覚ヱ有ル眉間の黒痣《ほくろ》隠しても隠されまじ。詞 重盛卒去の後は行方知レずと聞キしが。ハテ堅固で居たな満足やと。地色ウ 聞クよりみだ六づか〳〵と立寄リ。ハル 義経の顔穴の明クほど打ながめ。詞 テモ醜《おそろ》しい眼力じやよなア。老子は生れながらにさとく。荘子は三つにして人想をしると聞しが。かく弥平兵衛宗清と見られた上は。ヱ、義経殿。其時こなたを見遁さずは。今平家の栖籠る鉄拐が峯鵯越を責落す大将は有ルまい物。又池殿と云合せ。頼朝を助ずは平家は今に栄へん物。ヱ、宗清が一生のふかく。……ヘツヱ 地ハル いかに天命帰すれば迚。我助ケし頼朝・義経此両人の軍配にて。平家の一チ門ン御公ン達一ッ時に亡ぶるとは。ハア、是非もなき運命やな。

『一谷嫩軍記』では、『源氏烏帽子折』に語られたところの、源氏再興に功績のあった平氏方の宗清像が既に固定化しているが為に、宗清即ち弥陀六はかく悔い、そして義経が密かに助命した後白河院の胤である平敦盛を託されるわけである。また、享保四年（一七一八）大坂竹本座初演の近松門左衛門作『平家女護島』三段目にも、『源氏烏帽子折』における宗清像は引き継がれており、十八世紀の浄瑠璃にも大きな影響を与えている。

四　中世文芸が語った「烏帽子折・牛若東下り」譚からの展開・転換

三段では、すでに清盛は出家し浄海を名乗っている。浄海は西八条邸に「三条烏丸ゐぼしや五郎大夫」を呼び出し、「今若を伊豆の国ひるが小島にながせしが。ひそかにげんぶくし右兵衛の佐頼朝と名乗。当家ついたうの院宣《ぜん》をこひ望むよし風聞す」と語り、牛若も成人して後白河院の院宣を望んでいると聞いているため、密かに烏帽子冠を求めるだろうから、五郎大夫に見慣れぬ者が烏帽子を求める場合は報告せよと命じる。烏帽子屋の「三条烏丸」という地は謡曲『烏帽子折』と、「五郎大夫」という名は幸若舞曲『烏帽子折』と重なるものであるが、『源氏烏帽子折』では、清盛に仕える長田庄司と共に謀って密告するという人物であり、牛若の元服を祝福する人物ではない。

この五郎大夫の一人娘は、「しの丶めとて十五才」という年頃の都の伊達娘であり、そこに、「十よねんの霜雪を。くらまの山にふみわけて十六歳に成給ふ」と成長した牛若が訪れる。初段に牛若を三歳と語り、ここ三段の作中時間は承安三年（一一七三）と語られているため、『義経記』等とは一致しないが、浄瑠璃中における牛若の年齢の経過は計算されている。牛若は「秀平を頼み奥州へ下らんと」思うが、元服して姿を変え平氏の追跡を逃れようと烏帽子屋を訪れる。しののめが一目で牛若に惹かれ、二人は恋仲となるが、西八条邸より戻ってきた五郎大夫は、牛若を騙して源氏伝統の左折の烏帽子を折ることを請け負い、六波羅に密告に走る。そうした父の裏切りも知らず、しののめは、牛若の元服を祝う。「某は。左馬ノ頭義朝が八男牛若丸」と明かした牛若は、次のごとく語る。

詞　我先祖義家は。八幡にて元服有八幡太郎と名乗給ふ。地色中　我も是をかた取てゐぼし親は正八幡。くらまの大悲多門天。太刀と刀を八幡多門と観念し。床の柱に立置て我とゐぼしを取ていたゞき。太刀の前にも三々九度刀の前にも三々九度。すぐにかはらけ頂戴《ちやうだい》し。扨名は何と付べきぞ。ヲ、九郎冠者《くはんじやウ》源義経と付申さん。源氏の御代は千秋楽万歳楽と繰り返し。ひとりごとしていはゝるゝ フシ 御ありさまこそあはれなれ。

太刀を八幡神と、刀を多聞天と見立て「八」字に象って柱に立て、八幡神・多聞天・牛若で元服を祝って三三九度をめぐらし、「九」を引き出して「九郎冠者義経」と名乗ったと語る。因みに三三九度のことは、四段目の宗清のことばにも、「我も三盃《ばい》。雷玄《らいげん》にも三盃・御亭主《ていしゆ》も三盃。合て三々九くどうはお礼申さぬ」とある。「九」に予祝の意味を見出すのは、幸若舞曲や謡曲の作品で、頼朝の出世を謡う「九穴の鮑」や「九穴の玉」と同様である。

続いてしののめも、奥の間に幾つもの烏帽子掛に烏帽子・装束を被せ、「くはん八しうの諸大名」に見立て、牛若の元服を寿ぐ。節事「ゑぼし折名づくし」の語りであるが、牛若（ワキ）の「地中 頼もしやあづまぢは。源氏よしみのあづさゆみ。取つたはりしものゝふのけみやうは。いかにと」の問いに、しののめは、「シテ地中 姫はゑぼしを打かづき。是はいづのくにほうでうの四郎時政。一もんさかへるいひろし。かずならねども某が。御みかたと申さんにをよそきんごくにのこるぶしは候まじ。手ぜいはかぎりしられずと。フシ つゝしんでこそ申けれ」と、北条時政が従うことを語り、以下、畠山重忠・土肥実平・小山政光・梶原景時・佐々木定綱・同経高・同盛綱・同義清・三浦義明・和田義盛・朝比奈義秀が従うであろうと語る。しののめが語り聞かせているのは、『義経記』に見えるごとき義経に従った武者ではなく、いずれも挙兵時から頼朝に従った武者、或いは幕府で重用されることになる坂東武者ばかりである。即ちこの「ゑぼし折名づくし」に、義経の元服を讃え、武功を予祝するかのごとき応対に続いているが、その内容は頼朝に関する未来記と見るべきものであり、頼朝の出世を予祝するものである。「烏帽子折」の名を冠する幸若舞曲や謡曲が、義経の東国下りを語ったのに比し、同じ関連する烏帽子で揃えた節事の内容が頼朝配下の武者揃となっている点に、浄瑠璃『源氏烏帽子折』が中世の「烏帽子折」譚とは構想を異にすることが顕著である。

この後、烏帽子掛の影を鎌倉の武者が雲霞のごとく参集していると勘違いした五郎大夫と長田は、駆け付けた金王丸に蹴散らされ、長田は「某は今法体《ほったい》し土佐坊昌俊《しやうじゆん》となのれ共。金王丸といつし時うぬめをもらせし無念さに。其時の姿を残し四十に成迄此まへがみ。地色中 今こそおとせ是見よと。つけがみかづらを取りしより土佐坊とこそ成にけれ」と、土佐坊となった金王丸に鎌倉へ連行されて行く。金王丸は、「義朝の御あとを、よきに弔い申けり、鎌倉に下り、頼朝にかしづき、しやうぞんとぞ申ける」（寛永二年版行古浄瑠璃『待賢門平氏合戦』六段目）と、いつしか頼朝に従った土佐坊昌俊（「正尊」とも）と同一人物とする説が出て、歌舞伎でも稚気溢れる荒事の象徴的な役柄としても演じられるようになって行く。(8) 冒頭の二代目豊国の錦絵も「金王丸昌俊」としている。その土佐坊が、翁猿楽の「三番叟」の剣先烏帽子を着け、「揉の段」前の「喜びありや。わがこの所よりも外へはやらじとぞ思ふ」の詞章を引いて牛若を寿ぎ、東国へ下るよう促す。そこにはもはや、牛若自ら元服し門出の武功を立てて奥州へ下って行ったと語る中世文芸の「烏帽子折」譚との関連は認められない。

さて四段目では、しののめと白妙が、宗清に平氏の追っ手監物太郎頼方としののめの叔父雷玄法師の一行の追跡の阻止を任せ、牛若の後を追って行く。二人は、「地ハル 御曹司《ざうし》牛若は江州土山まで落延《おちのび》給ふ所」に追い着く。土山宿近くの田村神社（現滋賀県甲賀市）で、折からの春の雪解け水で増水した田村川を前に、牛若らは先に進みあぐねていたが、そこに監物太郎頼方らが追ってくる。雷玄は社前の栗石を投げつけるが、「フシ 女・わらはと。地色ハル いひながら一人当千の剛《かう》の者」と、しののめ・白妙は女武者さながらに応戦する。牛若の応戦は、「きやつは兵術《ひやうじゆつ》天狗《ぐ》の弟子殊にかたうど有けるぞ」「鳥居のかさぎにとびあがりかゝら〳〵と打笑ひ」「そばなる松にひらりとうつる。二の矢をはなせば心得たりと本の鳥居にとびもどり。梢《こずゑ》のさるのえだうつりふるまふくものごとく也」と、その身の軽さを縦横に活かし余裕の様である。ここには無論、『義経記』等に見える牛若の武者修行の伝承や、『平家物語』（流布本・巻第十一「能登殿最後」)、謡曲『橋弁慶』等に見える義経の自在な跳躍力の描写が踏まえられている。監物太郎ら四十人余りを薙ぎ倒して田村川に投げ入れた牛若・しののめ・白妙は、人筏を踏み越えて田村川を渡る。

詞 牛若御覧じて〔角太夫本：ことば 三人の人々は。〕ヲ、おもしろし〳〵。地ハル 人筏ござんなれと三人手に手を取りくみて。ながるゝ武者のかしらをふみ。かたをふまへて跳びこ〳〵。むかふのきしにかけあがり〔角太夫本：ござんなれと。かゝり ながるゝむしやのかしらをふみ。むかうのきしに打あがり。ことば〕ヲ、。ほねをり〳〵御しんらう。関東勢をゐんぞつし重て一礼申べし。門出よし吉凶よし天気もよし道もよしよろづ世の中義経が。天下をおさめんずいさうとよろこび。あづまにくだるゝ〔角太夫本：かゝり かどン出よしきつけうよしと悦びあづまに下らるゝ。かのよしつねの御有さま。ゆゝしき共中〳〵申す。計はなかりけり〕

この四段の切で再び元服した「義経」の称が語られるのであるが、それは、万良しの「よ」の頭韻に引かれたために過ぎない。それはさておき、「牛若東下り」譚において近江国で言及される宿場といえば、『平治物語』『義経記』謡曲『烏帽子折』等に見える鏡宿が著名であるが、浄瑠璃『源氏烏帽子折』では、土山宿を下って行く。土山宿は、草津宿あたりで北上する鏡宿とは方向を違え、東海道を東南の方へ分かれていくことになり、その東海道に面して田村神社がある。南方に鈴鹿山を控え、社もその名の通り、坂上田村麻呂を祀っている。『源氏烏帽子折』が田村神社を語ったのは、武家の信仰を集めている田村神社であったためか、或いは「伏見常盤」譚で、常葉が坂上田村麻呂に縁のある清水観音に祈ったことに因むであろう。

そして牛若は、田村神社を経て伊勢神宮に向かう。もはやこの浄瑠璃が、「牛若東下り」譚とは全く異なる構想の作品であることは明白である。但し亀甲括弧に示した通り、角太夫本や文弥節本[12]では本文が少々異なり、四段切で義経が東に下ったとは語らない。これは続く五段で「上 かくてそ。のゝち。ことば 牛若の御いきほひれうが水をゑ千里のとら。ふうはのなんぎしのぐがごとく。よを日についで下り給ふ。程なくおうしうだてのこほりにつかせ給ひ」と、牛若の奥州下りが語られるためである。角太夫系本の特徴は、五段に相当するくだりが義太夫系本とは異なり、奥州秀衡館の場面となることである。「牛若東下り」譚としては、田村神社を経由する理由はなく、角太夫系本の『源氏烏帽子折』は改作であると思われるが、義太夫系本が語られる一方で、「牛若東下り」譚の体裁をとる『源氏烏帽子折』も語られ続けていたことにも留意しておきたい。

五　源氏の再興と八幡大菩薩・伊勢太神宮の加護

結末の「第五」段冒頭は、蛭ヶ小島の場面であり、「地 君が世は千代に八千代にさかへますとよはた国や伊豆の国。ひるが小島におはします右兵衛佐頼朝は。ハル 盛長一人はいしよのとぎ。ひそかに平家ついたうの御企しきりにて。関東の諸大名内々志を通し参らすれば。ハル やがてぶうんもひらくべき フシ つぼめる花の匂ひ有」と、作中人物としては三・四段には登場していなかった頼朝が、五段目の冒頭に藤九郎盛長と共に登場する。そこに金王丸が下ってくる。

詞 頼朝悦びめづらしや金王丸。おことは法体しけるよな。法名は何とかいふとの給へば。さん候昌俊《まさとし》と申名乗《なのり》字《じ》を其まゝに。土佐坊昌俊《しやうじゆん》とついて候。してかみがたに別条なきか。九郎はいかにと仰ければ土佐坊承り。されば候かみがたは平家のおごり十分にて。こぼるゝ水の源の君御出世を松のはと。万民いのり奉る。御舎弟九郎殿も御供致せし所に。幸なれば伊勢太神宮へ御参詣有べきよし。拙者は君への御みやげに生肴を持参致せし故。そんぜぬ内に一刻《こく》もはやく御覧に入べきため。先御さきへ下つて候と申せば。

上方周辺の事情を土佐坊に偵察していたと語る点は、『平家物語』（流布本・巻第十二「土佐坊被レ斬ラ」）や幸若舞曲『堀川夜討』等の関連が窺えるものの、土佐坊が義経の刺客として遣わされたという筋は踏まえられていない。『源氏烏帽子折』は、後年の頼朝・義経の不和には一切、語り及ばない。持参した生肴とは長田庄司であり、頼朝はすぐに土佐坊に斬らせ仇を討つ。北条時政とその北の方は祝福し、色々な着物を贈るが、頼朝は若松の模様を摺った小袖を選んで着し、「詞 抑某清和天皇のうてなを出。六孫王経基《つねもと》より満仲・頼光にあひつゞいて代々天下の権をとる」と、鏡台を引き寄せ自身の人相を見る。「地色中 我其血脉《けつみやく》をつぐべき人相よのつねにかはり。こんこつの生れ有。左右《ウ》のまゆは八幡の八の字。両がんのひとみには月日の光。ひたひのほくろは属星木曜星。かうべの辻《ハル》には天照すおほんがみ五《ウ》たいをしゆごしおはしまし。一度天下の将軍とあふがるべき相あらはれたり」と、自身を征夷大将軍に就く相であると語る頼朝のことばには、三段目の牛若元服場面と同様に、八幡神の八字を象った眉や、陰陽道や伊勢神宮に関連する字句が見える。「月日の光」といった字句には、幸若舞曲『夢合せ』等に見える盛長の見た夢告も反映されていよう。土佐坊や郎等・女房は賛同するものの、その姿に思わず笑みを浮かべた盛長は忠誠心を疑われる。盛長は、「詞 頼なき主君をもり立。忠をはげむこそ臣下の道とは申べけれ」と涙を流し、「其御心ゆへにこそ源家のちやくりうとして。平家に世をせばめられいぶせきはいしよの御住居。中々すゐの御出世もおぼつかなう覚え侍ふぞや」と諫め、頼朝も人々も「げに忠臣の金言。心有けるいさめや」と感涙を流す。源平合戦を素材とする古浄瑠璃の作品においても、主君に諫言し、忠誠を尽くす臣は繰り返し語られていた。

盛長の諫言に奮起した頼朝は、時政の侍を集め、平氏を滅ぼすことに専心するため、自身の代官として盛長に伊勢参宮に出かけている牛若を迎えに向かわせる。ここは改作と指摘されている景事「牛若宮めぐり」の本文ではなく、「柱暦」を含む語りが本来のかたちであったことは、次の内宮神官の夢告の内容と結末の照応からも明らかである。

我は内宮の長官．けさ迄七夜つゞけてふしぎのれいむをかうぶる．其つげには源の牛若二人の女をぐして来るべし．地色中 内でんにしやうじてほんそうせよ．おごる平家をほろぼし神と君との心をやはらげ．国土あんぜんの神力をそふべし．詞 なかんづく去年の冬たつみの空にあかつきごと．白はたぐものあらはれしもげんじの白はた日のもとに打はびこり．地色中 民をおさめんれいげんとあらたにつげをかうぶるゆへ．此程待うけ参らせし是へ〱といひければ．

牛若らの参宮を予見していた神は、平氏を滅ぼすことが神と天皇の意向に適い、国土安全のためと助力を約束したという。巽の方角に明け方に棚引いた白旗とは、鎌倉の鶴岡八幡宮から飛来することを意味するのだろうか。牛若が神楽を奉納していたその時、夜に昼を継いで上って来た盛長が到着し、果たして神官の夢の通り奇瑞が起こる。

神もなふじゆ。地色ハル まし〱けんしやだんのやねに三光あらはれ。をんがくしんいのにごりをきよめ。たつみのかたの神すぎより源氏の白はた雲となり。光をそへてたなびきける人々あつと礼拝あれば。はた雲の内よりも。いせ・いはしみづ・すみよしの。三じやの御神あり〱とげんじ給ひ。神は神也神人をはなれず誠をもつてやどりとす。神は人のうやまひによつてゐをまし。人は神のめぐみによつてうんをそふ。源氏のすゑは万々歳五こくぶによう民あんぜん。こくどゆたかに守るべしとみだ・しやか・くはんおん三たいの。御本地をあらはし給へば

不思議な音楽につれ、巽の神木である杉の中より源氏の白旗が出て、光を放って雲と棚引いたところで人々が礼拝すると、雲中より伊勢・石清水・住吉の三社の神が、阿弥陀・釈迦・観音とその本地を顕し、源氏の繁栄と国土万民の繁栄とを約する。源氏の白旗は、諸神諸仏の加護の象徴として語られている。続いて、「牛若くはんぎの思ひをなし。百拝《はい》千拝《はい》へいはくをひるがへすをみ衣。あづまのせいをもよほしておんできをつい伐し。詞 源氏はんじやう国

はんじやうおさまる。御代こそ久しけれ」と結ぶ。義太夫本系の正本ではついに牛若が伊勢よりも東に下ることはない。幼名「牛若」のままに、頼朝に従った坂東武者を率いて平氏討伐を果たし、源氏の代が到来したと語り結ばれる。

六　十七世紀末の「いくさの物語」としての展開

頼朝と伊勢神宮については、『吾妻鏡』に幾つもの関連する記事が見える。例えば、治承四年（一一八〇）九月十一日条では、「左典厩。廷尉禅門ノ御譲ヲ請ケシメ給フ時。又最初ノ地ナリ。而ルニ武衛ノ御昇進ノ事ヲ祈リ申サレンガ為ニ。御敷地ヲ以テ。去ヌル平治元年六月一日ニ。伊勢ノ太神宮ニ寄セ奉リ給フ。果シテ同キ二十八日ニ。蔵人ニ補セラレ給フ」と、安房国丸の御厨を、義朝が平治の乱のわずか数箇月前に頼朝の昇進を願って伊勢太神宮に寄進し、果たしてすぐ頼朝が蔵人に補せられたと、往事の記憶が頼朝の涙とともに記されている。また元暦元年（一一八四）五月三日条には、頼朝が伊豆配流の際に霊夢を見たことを記し、霊夢の具体的内容は分からないものの、頼朝助命に伊勢神宮の扶けがあったとするかのごとき記事である。『吾妻鏡』は、浄瑠璃や歌舞伎の作品創作の折りに度々参照されており、近松門左衛門はじめ、十七世紀の浄瑠璃作者も、頼朝が伊勢神宮に強い信仰を寄せていたことはよく知っていた筈である。源氏礼賛の浄瑠璃『源氏烏帽子折』は、作中場面を頼朝が開府した鎌倉の地から、敢えて伊勢の地へと移し、頼朝股肱の臣盛長を上らせている。義経と共に、伊勢神宮の白旗をめぐる奇瑞をもって閉じるこの浄瑠璃の結末からは、頼朝と伊勢との関わりが浄瑠璃創作の契機となっていたことが窺えよう。

また頼朝と白旗との関わりについては、次頁掲出の嘉永元年（一八四八）版行の絵本『盛衰記絵抄』[14]の「序四」丁裏「一」丁表にも見える。右面に、中世後期以降、繰り返し描かれた「伏見常盤」の場面が、左面に、互いに顔を見

『盛衰記絵抄』「序四」丁裏「一」丁表（臼杵市教育委員会蔵）

合わす頼朝・範頼・義経の三兄弟が生涯の略述を添えて描かれている。三人の母が各々に異なることが記されているものの、見開きに両図を番えている点は、あたかも「伏見常盤」の場面を、頼朝・範頼・義経の昔日の艱難辛苦の場面として捉えているかのごとくである。その左面中央の頼朝は旗を手に立つ姿で描かれ、略伝中に「久安四年尾張《きうあんよねんをはりの》国熱田《くにあつた》にて生《うま》れ白幡丸《しらはたまる》と号《がう》す」とある。頼朝が幼名を「白幡丸《しらはたまる》／後頼朝《のちよりとも》」と注記されている。と称した例を稿者は他に知らないが、これより一世紀以上遡る、延享元年（一七四四）版行の草双紙『頼朝一代記』[15]に、義朝と「（熱田大宮司の娘）みつはた御ぜん」との間に頼朝が産まれた場面が、「いぬいのかたに、はくうんをほい、さながら白はたのごとし」と、白雲と白旗の靡く様を描き、「此ときふしぎや、うんちうに白はたのごとくなるくもたなびきけり」「ためしまれなる御吉事と、きやうゑつにぞんじ奉ります」「これによつて御名をはくまん丸とつけ給ふ」とされている。やがて「白幡」の字が当てられたのだろうが、やはり源氏の白旗と八幡大菩薩とに因む名であろう。こうした伝承がいつからあるのかは知らないが、浄瑠璃『源氏烏帽子折』では、頼朝と義経による源氏の再興の物語において、白旗が象徴的なものとして位置づけられており、その源氏再興の物語は、後代の文芸にも様々に影響を与えたと推察される。

頼朝・範頼・義経三兄弟の「伏見常盤」譚を語り、伊勢神宮社前で白旗が降る源氏再興の予兆を語った『源氏烏帽子折』は、中世芸能の「烏帽子折」の作品名を継承しつつも、義経の東下り・義経出世の物語ではなく、あくまで頼朝に焦点を合わせ、頼朝・義経ら兄弟の協調によって源氏の再興がなされることを予祝した物語である。そうした構想下に成立した浄瑠璃としては、「源氏」を冠した『源氏烏帽子折』が、作品名としては相応しかったとも言えよう。

十七世紀後半には、上演を伴わない、中世文芸と同名の『平家物語』『義経記』等の長編の軍記読物浄瑠璃が幾つか版行されており、太夫の所属とは関係なく、書肆が主導して浄瑠璃化した作品もあることが指摘されている[16]。それらの作品の中には例えば、元禄八年（一六九五）版行と考えられている『平治軍物語』[17]のごとく、奥州へ下る途次の義経が蛭ヶ小島で対面し、「よりとも見給ひ、御身二才の春の比、みたるばかりなれば、父よしともの、二たびよみがゑらせ給ふ心ち也、まして御身は、二才の時なれば、父もをぼへ給ふまじ、此よりともを、かうの殿と思はるべしとて、泪にむせばせ給へば、よし経もむかしの事はしらねども、兄ときけば今さらに、父よし朝の恋しくて、ともになみだはせきあへず」（七之巻第五）と、幼時の頼朝・義経の紐帯を語った浄瑠璃もある。『平治軍物語』は続いて、頼朝が奥州に落ちていく義経に、佐藤継信・忠信兄弟の父元治を尋ね元治を介して藤原秀衡を頼むよう諭し、それに従い義経は奥州へ向かったとしており、中世期の文芸と子細を比較すれば、一致しない点は幾つもある。だが十七世紀末とは、源平合戦期の物語が、大要は変わらないものの、その筋が様々に組み替えられ、語られ、享受され始めた時期である。貞享二年（一六八五）大坂竹本座初演の近松門左衛門作『出世景清』は、古浄瑠璃と新浄瑠璃との画期に当たる作品と言われるが、それより程なく成立した『源氏烏帽子折』も、自由自在な脚色・創作がなされている新浄瑠璃の作品のごとくであるが、いずれの脚色・創作も、中世の文芸等に部分的にしろ拠り、接点を保っている。数多の源平合戦物の古浄瑠璃の作品が語られる中で、浄瑠璃作品と享受者との間で、新たな源平合戦等に関する共通の知識・理解が徐々に醸成されて行った。そうした中で、新たな源氏再興譚を語る浄瑠璃『源氏烏帽子折』は誕生し、享受され、浸透して行ったのである。その過程には無論、草双紙や軍書等、他の文芸ジャンルで確立・醸成された源平合戦に関する知識や理解も関与した。やがて十八世紀には、いわば源平合戦に纏わる裏面史を語り尽くすかのごとき、複雑な筋を備えた浄瑠璃が誕生する。浄瑠璃作品の展開史から見ても、十七世紀末という画期に成立した『源氏烏帽子折』は、源平合戦の「いくさの物語」の享受・展開という観点から読み直されるべきである。

注

（1）駿河屋作次郎版行。国立国会図書館蔵『江戸風俗東錦絵』（請求記号寄別 7-2-1-7）のうち。「国立国会図書館デジタルコレクション　貴重書データベース（錦絵）」を参照。

（2）『近松全集　第二巻』（岩波書店、一九八七年三月）所収の本文により、一部私に、濁点・半濁点・中点を付し文字譜を省略する。同本の底本は、奥付（刊記）に太夫竹本筑後掾と作者近松門左衛門が正本であることを記す大坂山本九兵衛版行の八行本であり、改作があったと見られる五段目の一部のみ、大坂山本九兵衛版行の十七行絵入り本を併載している。

（3）「『源氏烏帽子折』と「烏帽子折」」（『書物往来』二巻五号、一九二五年十一月・『藤井乙男著作集第二巻　江戸文学叢説』〈クレス出版、二〇〇七年二月〉に再録）。

（4）鳥居フミ子担当「源氏ゑぼしをり」解説（『正本近松全集　第三十三巻』勉誠社、一九八八年五月）。

（5）林久美子「『源氏ゑぼし折』の変容と展開」（『文学史研究』三十、一九八九年十一月・『近世前期浄瑠璃の基礎的研究』〈和泉書院、一九九五年二月〉に再録）。

（6）内山美樹子「「烏帽子折」をめぐって」（『芸能史研究』一三八号、一九九七年七月）。

（7）鶴見誠校注『日本古典文学大系　浄瑠璃集下』（岩波書店、一九五九年六月）所収の本文による。

（8）　拙稿「幸若舞曲『鎌田』から近世演劇へ――荒事の渋谷金王丸が形成されるまで――」（小林健二編『中世文学と隣接諸学7　中世の芸能と文芸』竹林舎、二〇一二年五月）。
（9）　『未刊軍記物語資料集5』クレス出版、二〇〇五年九月、所収の加賀市立図書館聖藩文庫所蔵本（212:13:4-1）の影印により、私に校訂する。
（10）　『盛長私記』輪読会「『盛長私記』輪読報告」（『軍記と語り物』二十八号、一九九二年三月）。
（11）　義太夫節正本刊行会編『義太夫節浄瑠璃未翻刻作品集成32　一谷嫩軍記』（玉川大学出版部、二〇一三年二月）所収の本文による。
（12）　角太夫本は『古浄瑠璃正本集　角太夫編　第三』（大学堂書店、一九九四年七月）所収の本文により、文弥節本は、大森北義「「源氏烏帽子折」略解並に翻刻」（『南日本文化研究』第十四号、一九八二年一月）による。同本の書誌については、秋本鈴史「東郷町に伝わる正本」（『東郷町文弥節人形浄瑠璃調査報告書』東郷町教育委員会、二〇〇二年三月）参照。
（13）　寛永元年版行の片仮名付訓整版本による。
（14）　玉塵園雪住抄録・玉陽斎国春図画。臼杵市教育委員会所蔵本（四門軍133）による。
（15）　黒石陽子「『頼朝一代記』について」（『叢　草双紙の翻刻と研究』第十六号、一九九四年三月）所載の影印と本文による。
（16）　阪口弘之「「清盛物語」の構想」（『神戸女子大学古典芸能研究センター紀要』七号、二〇一三年六月）。
（17）　『保元軍物語』と合わせ全七巻。『古浄瑠璃正本集　第八』（角川書店、一九八〇年二月）所収の本文による。

『伽婢子』と軍書の影響関係をめぐって
――『後太平記評判』『続太平記貍首編』を中心に西鶴に及ぶ――

倉員正江

一　はじめに

浅井了意による仮名草子の怪異短編集『伽婢子』（大本十三巻十三冊　寛文六年〈一六六六〉刊）は、近年研究が飛躍的に進展した[1]。近世翻案文学の鼻祖として、その革新性に対する評価も高まっている。周知の如く中国・朝鮮の先行説話の翻案作が多いが、それに該当しない章もある。また『太平記』後の年代に当たる室町時代の合戦に舞台設定を移している場合が多いことも指摘されている。本稿では主として巻八の四「幽霊出て僧にまみゆ」（惣目録には「隅屋藤次が事」／以下「隅屋藤次」と略す）の検討を通じ、本話柄の展開について私見を述べる。結論から示すと、御伽草子・仮名草子に発し『後太平記評判』を経て、西鶴『好色五人女』巻五冒頭に影響した可能性を指摘したい。また『続太平記貍首編』にも影響した面がある。以上の点を踏まえ、近世前期における説話形成の一面を考察するものである。

二　『伽婢子』「隅屋藤次」の典拠確認

「隅屋藤次」に関して

原話は三国伝記十二ノ十五「芸州西条下向僧逢児霊事」や曾呂利物語二ノ五「行の達したる僧にはかならずしるし有事」などに近似する、僧侶の回向譚に発した亡霊説話。これに応仁記に見出した一挿話を付加して、戦場に散った若武者の菩提を弔う物語に仕立てる。

とする出典の指摘はほぼ首肯できる。室町期成立の説話集『三国伝記』（沙弥玄棟撰／以下「三国」と略す　写本第十五の十「幸熊丸ゆうれいの事」に該当）は寛永十四年刊、『曾呂利物語』（以下「曾呂利」と略す）は寛文三年刊の版本がある。両書収録話を比較するに、「三国」は僧侶を「鎌倉建長寺ノ侍者」、舞台を「安芸国西条ト云山里」とし、「曾呂利」は「一所不住の僧」、舞台を「武蔵国」とする相違はあるが、後者が前者を参照した関係にあると見て間違いない。どこからともなく笛の音が聞こえ、修行僧が「二八ばかりの」少年に偶然出会い、案内された宿で一夜を明かすが翌朝になると少年は行方不明、地元の人の話から少年は亡霊だったと知れ、僧が追善供養を営む、という大筋において「隅屋藤次」とも一致する。ただし「隅屋藤次」により近いのは「三国」の方であることは、改めて強調したい。以下に前後を省略して引用し(2)、私に傍線を付す。

比ハ長月十日余ノ事ナレバ、虫ノ音イト幽シテ人跡又稀ナリ。渓嵐吹樹揺秋思、山月穿窓訪夜禅、万ヅ物スゴキ心地シテ、スズロニ哀ヲ催シケルニ、田中ナル城ヨリ横笛ノ音幽ニ聞ヘケルガ、漸々ニ下ルカト笛ノ音近ク成ケルガ、此ノ塔頭ノ前ニ来テ、一曲吹、清雅正澄テ、律呂克調レリ。此僧聴峙ケルガ、手ノ舞足ノ踏テン事ヲ不知、唐戸ヲ押開テ見レバ、年ノ程十六七ノ児ノ、色殊ニ妙ナル衣裳ニ、大口ノ腰ツキラウ闌テナヨラカナルガ裏無ヲハキ、紅梅ノ小袖カヅキタリ。ハヅレヨリ柳髪粧桃眼嬌、誠ニ幽玄ナル気色、何ナル笙ノ岩屋ノ仙也共迷ヌベクゾ見ヘタリケル。此児ハ見僧旅哀ヲ訪、時ヲ移テ久堅ノ月ニ向テ倶ニ物語シケルガ、児ノ云ケルハ、「アレナル城ハ某ガ宅ニテ侍リ。旅宿ノ体余ニ労敷思奉レバ、同ジ仮寝ノ草枕也トモ、イザサセ給ヘ、我居所ヘ」トイザナヒツツ、僧ヲツレテゾ出ニケル。已ニ城ノ木戸口ニ至、番々ノ物〔倶〕戸ヲ開テ通シケリ。屋造様事ノ体誠ニ大名高貴ノ仁ト覚ヘタリ。中門ヨリ入、妻戸障子余多過テ、持仏堂トヲボシキ処ニ置ツ。暫ク休テ、児ノ云ケルハ、「此ニ候霊供、彼ハ某師匠ノ為、是ハ幸熊丸ト申小童ノ為也。霊供ナドヲ申ハ心ナキニテ侍レ共、旅ノ御クタビレナレバ、何ガハ苦シカルベキ。聞コシ召候ヘ」トテ、傍ナル障子ヲ引開テ、天目建盞ヲ取出シ、自ラ取リ分テ、僧ニモ食セ、自モ食ス。サテ児ノ云ク、「夜モ様々深ヌラン。御休ミ有ベシ」ト云ヒ、中ノ間ヨリ宿直物取出テ、僧ト共ニ臥、衣ヲ引カヅキテゾ寝タリケル。八声ノ鳥鳴テ一点ノ燈尽ナントス。時ニ、此児俄ニ驚タル気色ニテ、ソバナル太刀ヲ取テ、〔サヤ〕カシコニ投捨テ、「心得タリ」ト云テ、妻戸ヲ開キ走出テ後ハ、其姿又モ不見。此僧是ハ何ナル事ゾト胆モ心モ失ヒケルガ、余ノ怯サニ烈テ出テ見ントシケルニ、暗サハクラシ案内ハ不知、仰顛シケレド無詮、又元ノ座敷ニ返リ、是ハ何ニトシツル事ゾヤト胸騒〔シテゾ〕居タリケル。

其時、内ニ家主ト覚シキ声ニテ、「某甲」ト呼デ、「持仏堂ニ物ノナル。見ヨ」ト云ケレバ、若殿原達火ヲ燃シ太刀長刀ヲ抜来ケルガ、此僧ノ独リ座セルヲ見付ケテ、不思議也トテ、「只截殺セ」ト云。家主僧ト云ヲ聞テ、「暫アヤマチスベカラズ」ト云テ、急ギ出合テ、僧ニ向テ、「何トテ是ニ御入候ヤ」ト云ケレバ、僧有ツル次第ヲ有ノ任ニ語ケレバ、「〔サテハ〕我子ノ幸熊丸ガ御供申テ候ツルニヤ」トテ、其霊供ヲ見レバ、僧食タル分ハ無テ、児ノ食タル方ハ其ママ残リケリ。不思議ノ事也トテ、女中従類ノ人々モ蘭麝ノ衫ヲゾシボラレケル。亭主僧ニ向申ケルハ、「此童ガ師匠是ヘ下候シヲ、敵人有テタバカリ出シ、此麓ニテ打レ候。又其時、幸熊丸モ太刀ヲ取テ、『心得タリ』ト云テ出シヨリ再ビ帰ズ打死ス。今日未ダ七日ヲ過ズ、追善不懈候処、カカル有難事コソ候ハネ。〔只〕御僧ヲ我子トコソ思ヒ奉候」トテ、不覚ノ泪ヲ流シケル。女房モ泣々申サレケル〔ハ〕、「何ト、サレバ何ク共知ヌ御僧ニハ見ヘ参スルヤ。此幸熊丸ガ現在ノ父母ニ見ヘザリケル事ノ悲シサヨ」トテ、人目モ耻ズタヘ兼給ヘルゾ理ナル。

即珍財ヲ投テ寺ヲ立テ、此僧ヲ開山トシテ、一向彼遺跡ヲ訪ヒケリ。百ヶ日ニ当リケル日、供養ヲ演、夫婦共ニ出家シテ、彼仏事ヲ営マセリ。

傍線部で示した、少年が僧と持仏堂の霊具の飯を分けて食うが、翌朝少年の分だけはそのまま残っている点、少年が死んだ事情を親が明かし、後に出家する点の類似がその根拠である。少年が死に至る事情は、「三国」が少年の「師匠」が仇討された際の助太刀とするのに対し、「曾呂利」は城主の若君が「身まかり給ひける」とのみ記し、単なる病死を暗示する。延宝五年（一六七七）刊『諸国百物語』巻一の十「下野の国にて修行者亡霊にあひし事」は、「三国」「隅屋藤次」よりむしろ「曾呂利」に近い。いずれにせよ稚児物語の伝統に列なり、さらに怪異と男色を絡めたこの話柄が、近世初期に好まれたことの証左となろう。仮名草子・浮世草子においても、僧が夢中で少年と契る類話が少なくない。

三　『応仁記』にみる隅屋少年

以上の点を踏まえて「隅屋藤次」の成立を考えた場合、『応仁記』の時代を背景とした点を見逃せない。同書巻上

の七「畠山右衛門佐上洛之事」から抜粋する。(3)

爰ニ誰トハ不知、寄手ノ中ヨリ、年ノ程十二三計ナル、小児ウス仮装ニ、カネグロナルガ、髪カラワニアゲテ、イト花ヤカナル具足ニ、袴ノソバヲ高クアゲ、金作リノ小太刀抜ヒテ、真向ニサシカザシ、「是ハ義就ノ御内ニテ、父祖父代々誉取ル侍ニ、隅屋ト申ス者ノ子ニテ候。政長ノ御内ニテ、志アラン人出合玉へ。打チ物シテ忠ヲ父祖ノ尸ニ備ヘン」ト、名乗リモアヘザリケル所ヲ、只徒ニヤミ〳〵トコソ射伏ケレ。郎等共ハ見之、余リノ事ノ悲サニ空シキ死骸ヲ取テ楯ニノセ、前後左右ニヒシ〳〵ト取付テ、声モ不惜ナキ歎ケ共、ソノ甲斐サラニナカリケリ。如何ナルタケキ武士モ、皆涙ヲゾ催シケル。構ノ内ヨリ是ヲ見テ、「アレホド花ノ様ニ匂ヒ深ク、三五ノ月ノ如クニ、イトアラヤカナル児ノ武者ニ、此矢アタレトハ、更ニハナタヌ物ヲ、中々ニ何ニ引テカアヅサ弓、トルモハカナキ夢ノ中ナル世ノ中ニ、今日コソアラヌ明日ハ又、我身ノ上ニヤカ、ルナレ」ト、鎧ノ袖ヲシボラヌハナカリケリ。

又京中ノ僧俗男女衢ニ立テ此ノ死骸ヲ見テ、「アノ児ノ親ハ先年嶽山ノ合戦ノ時、義就ノ狩セラレシニ、鷹ノシゲミニカ、リテ見ヘザリシヲ、彼方此方尋ヌルニ、政長ノ陣屋ニアリト聞テ、花ヤカニ出立テ、広河陣所ヘ行居、取テ帰ルホドノ、大剛ノ者ニテ候シニ、今又此児モ、若シ軍兵イクラカ多ク候ベキニ、真先懸テノ討死ハ、前代未聞ノ働ニテ候ハズヤ。去ハ此隅屋・甲斐庄・和田等ハ皆楠ガ苗裔ト聞。嗚呼好堅ハ萠地底、芽生百囲、頻迦在殻中、声勝衆鳥。子ハ父ノ業ヲ継、ハ、カヤウノ事ヲヤ申ベキ」ト、其誉天下ノ人、湿唇感歎セヌハナカリケリ。

御霊森合戦は応仁の乱の発端となった争乱であり、隅屋の系譜は詳細未詳であるが、楠木正成の一族として登場する。後掲「須屋」の表記から「隅屋」も「スヤ」と読むべきか。

ちなみに少年の父が寛正二年（一四六一）金剛山の麓嶽山の合戦で活躍した話は『長禄寛正記』『長禄記』(4)に見える

が、両書共に「須屋孫次郎」の名で登場する。同年六月二十日に戦死しているが、その勇猛果敢な立ち往生の最期は「須屋孫次郎ガ振舞、鬼神トモ可謂、又弁慶ガ衣川ニテ立スクミニモ、可増在トモ不可劣、死シテモ未ダ両眼ハタラクナンド、云リ」(『長禄記』)と記され、弁慶と併称されるほどである。

ちなみに延宝五年刊『後太平記』巻二十二の四「御霊森合戦之事」は、『応仁記』前掲箇所を縮約したと見られるが、以下に引用する。(5)

継テ十二三歳ト見ヘタル児武者ガ花ヤカナル具足ヲ着。一陣ニ進出テ、「是ハ義就ガ内ニ隠レモナキ隅屋ト申ス者ノ子ニテ候。我ト思ハン人々ハ出ヨ。勝負ヲ決セン」ト、名字計リヲ名乗リケル。誰進ムトモナク、無下ニ射落シケルコソ無慚ナレ。義就ノ内ニテ和田・隅屋・甲斐庄ハ何レモ楠正成ガ末ナレバ惜マヌ者コソナカリケレ。「渠ガ父ノ隅屋ノ某ハ、先年嶽山ノ軍ノ時義就狩セシニ、鷹翦上テ政長陣中ニ飛ケルニ、是ヲ追テ終ニ居ヘ取ルホドノ大剛ノ兵ナリ」ト、見ル人鎧ノ袖ヲゾ湿《シボ》リケル。

ここで少年の父を「隅屋ノ某」とすることも『応仁記』に拠った証左となるが、『後太平記』巻二十の六「畠山兄弟合戦之事」に記す嶽山の合戦に、この父に該当する人物は登場しない。比較すると『応仁記』の記述の詠嘆調が際立つと言えよう。『法華文句』巻十に見える傍線部「好堅〜」(6)の詩句は、本来法華経を信仰する功徳を説いたものだが、ここでは児の天性の美質を強調する文脈で語られている。ただし、『応仁記』を見る限り無鉄炮とも言える少年の死は、讃美されるというより無慚な死と言うよりほかはない。その延長路線ではあるが、ここで戦場の非情さを強調したのは、了意の作意であろう。特に「隅屋藤次」では、藤四郎の母は夫藤九郎・長男藤四郎ともに戦乱で失ったことになる。

母はあまりのかなしさに、位牌の前にひれふし、声をかぎりになきさけび、「さても去ぬる正月十九日京都御霊の馬場にして流矢にあたりて打れしが、今日すでに百ケ日に及べり。此世に残りてうき物思ひするみづからには、などや見えこざる」とて、引かづきてなげきしが、あまりの事に堪かね、聖を憑みて髪をそりて尼になりつゝ、ぼだひをふかくとふらひけると也。

という、残された母の悲嘆ぶりが――「三国」に拠った行文ではあるが――痛切に響く。

四　『後太平記評判』巻三十三の五「隅屋藤四郎亡魂事」

『後太平記』（四十二巻・目録一巻）と『後太平記評判』（五十九巻　延宝九年刊　以下『評判』と略す）の成立事情については不明な点も多い。明和七年（一七七〇）刊『和漢軍書要覧』は両書を併記して共に「多々良南宗庵撰」とし、『評判』の項に

同評判　四十《ママ》巻　同撰

諸家ノ系図ヲ出シ、政道ノ善悪合戦ノ実否ヲ改メ、且将士ノ美悪ヲ評註ス。

とし、同一作者の手になると見做されている。本文は小異のため一応この見解を容れるとしても、『評判』の評・伝は別人の手になる付記と見るべきであろう。

基本的には『後太平記』本文に評注を施したのが『評判』であるが、注目すべきは『後太平記』には欠く章が『評判』に見える点である。[7] その一つが『評判』巻三十三の五「隅屋藤四郎亡魂事」（以下「隅屋藤四郎」と略す）で、『後太平記』人部巻第二十六の一に位置すべき章である。当該章の全文を掲げる。[8]

○隅屋藤四郎亡魂事

其比鎌倉建長寺ノ僧侶均首座ハ、久ク京師ニ住テ諸国ヲ行脚スル事亦年久シ。今年高野山ニ登リ、真言不思議ノ門ニ入ラント志シ、紀路ノ旅ニ趣ケルガ、河内国門間ノ庄ニ着テ、日中ニシテ日已ニ暮ヌ。怪シヤ是ハ如何成天魔ノ化生ゾヤト、心忙然トシテ闇路ノ畔ニイミケルニ、笛ノ音幽ニ聞テ、秋風蕭颯トシテ軒吹ク音セシカバ、急ギ立寄「宿借ン」ト呼べバ、寂寞タル庵室ニ燈火スゴク掻立、年十四五ノ少人、サシモ娟々タル粧ニテ甲冑ヲ衽《シキネ》トシ、「早ク是ヘ入セ給ヘ」ト云。均首座聞テ盲亀ノ浮木ニ逢ヘル心地シテ、室中ニ立入見レバ、過シ応仁元年ノ夏ノ比、思ヲ掛シ楠正成ガ苗裔隅屋藤四郎正信ナリ。均首座「是ハ〳〵」ト立寄、肝魂ヲ動シ、「如何ニ御身ハ御霊ノ森ノ合戦ニ正ク討死シ給テ、予モ亦歎キノ海泪ノ淵ニ浮キ沈ミ、自是菩提ノ御為ニ諸国行脚ノ僧トナリ、寅ニ酉ニ闇地ヲダト《ママ》ル身トナリシモ、君故ヲシカラヌ命存命、再ビ逢事ノ嬉シサヨ」ト、衣ノ袖ヲ顔ニ当テ、玉散ル泪ニ咽ケリ。正信聞テ共ニ泪ヲ促シ、「ヨシ、夫モ過去ノ業縁尽キザレバ、跋提河ノ流ニ沈ム身ナレ共、生死涅槃ノ夕ベノ月、廻リ〳〵テ、今爰ニ影サス縁ト思ヒ給ヘヨ」ト、悃ニカキ口説ケバ、彼ノ僧モ心解テ、過シ京ノ事共語リ尽シ、夜モ明ケ方ニ成リ、正信俄ニ気色変ジテ、苦シゲナル息突キ流シ、「吾レ修羅ノ業情未ダ尽キズ、敵早ヤ来ツテ候。二世迄尽ヌ法ノ縁、後世能ク弔ヒテタベヨ、御僧」ト、太刀帯キ弓取テ出シ姿、消々ト影モ形モ失ニケリ。均首座名残惜クモ念仏シ、「扨ハ亡魂顕ハレ出、予ガ愛別離苦ノ歎ヲバ、晴ス者カ」ト思ガ中ニ、夜ハシノノ、メニ明ケ過テ、辺ヲ見レバ、庵ニハアラズ、松ノ木陰ノ叢ニ、蘿マトヒ苔ムシタル石塔計リゾ見ヘニケル。均首座猶モ愛別ノ色増リ、高野山ニゾタドリ行ク。

抑彼均首座ガ隅屋ガ幽霊ニ契リシ其故ヲ委ク尋見レバ、過シ応仁ノ春ノ末、仏法修行ノ志シ深ク、入唐伝法ノ望有テ、急ギ京都ニ登リ、市朝ニ僑居セシ折節、議ラズモ畠山兄弟遺恨ノ軍サ起リシカバ、軍勢市中ニ陣舎ヲ争フ。爰ニ畠山義就ガ軍旅ノ中ニ、隅屋藤九郎某ガ男子藤四郎正信トテ、歳比十五歳少年、隣家ニ舎宿シ侍リケルガ、彼均首座一目見テ其形容ノ美ナルニ忽チ禅心ヲ失ヒ、愛着ノ一念胸中ニ逼リテ、渡唐ノ志ヲゾ忘ケル。「憐レ、今一度其面影計ヲ見ル事モヤ」ト、或ル日誰彼時ノ夕空ニ、心空ニ心狂ジテ宿ヲ出、君ガ住ム宿ノ小庭ノ松ノ梢、爰ゾト目付テ尋行キ、唯忙然トイミケルニ、隅屋ハ心疾キ者ニテ、此僧ヲ見ルヨリ初テ、「怪シヤ、彼ハ用アル者ヨ」ト察シ、「如何ニ御僧、吾ガ陣ヲ窺ヒ給バ、敵ヨリ来ル忍斥候《シノビモノミ》カ。遁スマジ」ト訇《ノヽシリ》ケレバ、均首座聞テ、「是ゾ便ノ詞ヨ」ト、懐中ニ兼テ吟ジ持シ一絶ノ詩文ヲ取出シ、隅屋ニ是ヲ捧シカバ、正信取リ披テ見レバ

胸次千般恨　強従貧処休
君看雙眼色　不語似無愁

ト書ケリ。隅屋此詩ヲ吟復シ、其志最哀レニヤ思ケン、「更ヌダニ今日ハ志アル日ナレバ、御僧内へ入リ給へ」ト、睦マジク申ケル程ニ、均首座陣屋ニ立入バ、軈テ仏事供養ヲ頼ミケル。仏具少々取揃へ、大乗妙典提婆品ヲ真読シ、夜モ深更ニ更行ケバ、僧ノ曰ク「吾レ今不思議ノ逆縁ニ依テ君ノ容顔ニ咫尺ス。是レ併ラ前世ノ宿縁ニ非ズンバ、争カ斯ル親愛ヲ蒙ラン」ト、両眼ニ泪ヲ含ミ、悲歎ノ眉ヲ顰メ、其事トナクカキ口説シカバ、隅屋モ言ノ哀ニ袖シヲレ、答フ辞ノ恥カシサニ、硯ヲ寄セ筆ヲ取、匂ヒ深キ畳紙ノ表ニ、一首ノ哥ヲ書、衣ノ袖ニゾ抛ゲ入ケル。

結ヒヲカン夕ノ露ノタマ〳〵モ衣ノ裏ノヱニシトナラバ

均首座此哥顔ニ当夢ノ心地ニ、タヨ〳〵ト、其志情ヲ感礼ス。其後底意ナク折ニ触レタル饗《モテナシ》ニ、心ノ儘ニ打解ケテ、一夜ヲ千夜ト戯レ、疎蔽ノ繊衣片敷テ枕ヲ並べ、私語尽ヌ夜語セシ程ニ、函谷ノ関ノ戸発ク鶏ノ声、八声ヲ恨ム暁ノ鐘、亦遙ニ音ヅレテ駒嘶ヒ、卒呻ンデ胆ヲ動カシ、鼓貝高ク響イテ耳ヲ驚シ、軈テ五申三令シテ、今日合戦ト触レシカバ、彼僧モ柳ヲ綰ヌ名残ノ袖ヲ黐シ、漸ク吾ガ宿ニゾ帰リケル。

其後御霊ノ森ノ軍始テ、畠山義就勝利ヲバ得タレ共、多クノ軍勢討レ、「中ニモ隅屋正信ガ討死コソ哀ナリ」ト、路行ク下部ガ呼リケレバ、均首座聞クヨリ魂断易ク、泪亦欄干タリ。軍終テ戦場ニ走テ尸ヲ尋ヌト云ヘ共、不見。若シカ是カト取納メ一偈ヲ示シ、啼々宿ニゾ帰リケル。

　四大生中夢　　醒来一陣風

　逆順本不二　　畢竟惟真空

角テ均首座ハ、一七日喪跡ノ菩提ヲ弔ヒ、其後諸国行脚ノ僧ト成ケルガ、其結縁二世迄不尽、亡魂再出タルコソ不思議ナレ。

評曰、古今ノ僧侶戒律ヲ破ル者ハ多シテ、持ツ者ハ少ナリ。均首座仏法得脱ノ大願ヲ起シ、渡唐発心ノ身ナレ共、執愛忽チ禅心ヲ転ジ、男色ニ迷ハ世俗皆男女ノ色ニ命ヲ捨、身ヲ崩スモ断ナリ。扨隅屋モ修羅強精ノ魂ガ本源ニ不皈、迷途ニ輪回シ幽霊ト成テ出タルモ、不得成仏ナラバ斯ゾアラン。況ヤ結縁ノ僧修行ノ路次ニハ、亡魂モ能キ出所ナリ。去レ共斯ル迷悟ノ僧ニ出合タランニ、却テ地獄ニハ堕ル共、成仏ハスマジ。凡ソ人、幽霊・化生・狐狸ニ逢テ心ヲ失フ。是己ガ化生ガ他ノ化生ヲ招キ寄セタリ。喩バ紙燭ヲ点ジテ火ニ向フ、火忽チ付テ燃ルガ如シ。此均首座法師モ己ガ迷ノ幽霊ガ隅屋ガ亡魂ヲ招キ寄セタリ。是同気相求ルノ謂歟。

伝曰、彼隅屋正信ハ橘氏楠正成子孫ト云共、実系不見、只一族類葉ニシテ、河内国門間ノ庄ヲ知行シ、先祖皆千剣破ノ城ニ籠リ、勲功ヲ励スト云共、楠正勝・畠山基国ニ被追落、十津川ニ漂泊セシ。正信ガ父藤九郎ニ、本領門間ノ庄ヲ与ヘテ招キ寄セタルト聞ヘタリ。彼ノ藤九郎ハ、数度誉ヲ世ニ挙タル武士ニテ、畠山右衛門佐義就河州嶽山合戦ノ時、鷹翦レテ敵陣ニ行ケルヲ、居取ル程ノ勇者ト聞ユ。正信モ父ニ劣ラズ勇者ナレバコソ、御霊ノ軍ニ真前ニ進デ名乗ケルヲ、敵競気ニ威サレ、無下ニ弓ニテ射落シタルト云リ。惜哉、斯ル勇者ノ魂ガ

　幽霊ト成テ出タルモ、死後ノ誉ナラン歟。其故ハ幽霊共可成罪人ガ些共ナラズ。仏モ「邪正同一如」ト説給ヘバ、武士ハ尚幽霊共成リ、瘧病《ヲクビヨウ》者ノ魂ヲ動ジ威シタラバ面白カラン。

この章が「隅屋藤次」を基に創作された章であることは、章題の類似からしても明白であろう。ただし、隅屋藤次は作中において藤四郎の弟の名とされるのみで、内容に照らして『評判』の作者が章題を変更したのであろう。加えて、鎌倉建長寺の僧を登場させるなど、「三国」所収話をも合わせて参照していることが窺える。鷹狩における藤四郎の父の逸話は前掲『応仁記』に拠ったのであろう。『評判』の作者は「隅屋藤次」が「三国」と『応仁記』に拠っていることを見抜き、典拠に遡って利用したと考えられる。仮名草子作者と軍書作者の近似性を示す例とも言えよう。

五　「隅屋藤四郎」の創作意識

類話と比較した場合「隅屋藤四郎」最大の特徴は、僧均首座と、少年隅屋藤四郎正信が生前男色関係にあったと設定した点である。均首座は御霊森合戦で藤四郎が戦死したことを知って諸国を行脚し、高野山を目指す途中で藤四郎と再会する。つまり再会した時点で、均首座は驚愕しつつも藤四郎が亡霊であると理解し、その上で契ったことになる。これは先行他書に見えない要素である。また戦死した藤四郎が成仏出来ない苦悩を告白し、均首座に供養を依頼して消滅する。そのあとで両者の馴れ初めが回想される展開となる。評・伝にも、藤四郎と均首座がともに現世の迷いから得脱できない者同士であることを強調する。

また漢詩一首、和歌一首と一偈が示されるが、これらは作者の創作であろう。均首座の漢詩起句「胸次千般恨」は、『滑稽詩文』[9]に「多年胸次千般恨」「胸次千般自貧休」「千般恨是自胸次」といった類句が複数見られる。禅僧が衆道の対象となる稚児喝食に寄せる類型的な表現であろう。承句は典拠未詳。(10)「君看雙眼色　不語似無憂」は、明暦三年（一六五七）刊『宗門葛藤集』巻下「十字葛藤」に「愁情ニ沈ダ人ノナリゾ、未悟ノ人也」(11)と説明してこの語が収められる。これらを撮合した作と考えられる。藤四郎が均首座を送った和歌は、釈教歌によく見られる表現「衣の裏の珠（衣裏珠譬）」（出典は法華経「五百弟子受記品」第八）に基づく。また最後の均首座による偈は、日野資朝（正応三年〈一二九〇〉～元弘二年〈一三三二〉）が配所の佐渡で処刑された際の辞世吟

五蘊仮成形　四大今帰空
将首当白刃　截断一陣風

（『太平記』巻二の五「長崎新左衛門尉意見事付阿新殿事」）

と、字句の類似・類想が見られる。(12)こうした創作詩歌を挿入する手法も『伽婢子』の影響を思わせる。

六　『續太平記貍首編』にみる隅屋駒若丸

貞享三年（一六八六）二月刊『續太平記貍首編』（以下『續太平記』と略す）と、作者の会津藩士伊南芳通については以前拙稿で論じた。(13)『後太平記』と重複する時代を扱う以上、類似の内容も少なくないが、後出であるため独自色を出す創意工夫が見られる。同書巻二十四の五「畠山兄弟御霊森合戦事并政長逃亡事」もその一例と言える。以下に引用する。(14)

爰ニ誰トハ不知、年ノ程十四五計ナル小冠者ノ薄仮装ニ髪韓輪ニアゲ、卯花ノ爪取タル鎧ニ赤袴ノ側高ク挟ミタルガ、寄手ノ陣中ヨリ進ミ出、二尺計ニ見ヘタル小太刀ヲ抜テ真向ニ簪シ、一人挺デ駆ントシタリシヲ、後見ト覚敷者、鎧ノ袖ヲ引輟メ、「コハ如何ニ」ト制シケルヲ、小冠者屹ト振還テ、「後見モ時ニヨル。軍陣ノ魁ケント

為ル者ヲ、争引留ル様ヤアル。放セト社」トテ、スガリタル袂ヲ振切テ、真先懸テ見ヘケルガ、敵ノ支テ射ル矢雨ノ降ル如クナル最中ナレバ、彼ノ児無愛胸板ヲ射徹サレ、矢庭ニ臥テ死ニケリ。後ニ是ヲ誰ソト尋ヌレバ、義就ノ乳母子ニ隅屋備中守国敏ガ一子、駒若丸トテ、少年十四載ニゾ成ケル。器量雄人容儀又並ナシ。一年嶽山ニテ父討死シ孤児ニテ仁和寺ニ手習シテ居タリケルガ、主君義就ノ大事ト聞テ、他ニモ不知今日初テ戦場ニ出ケルガ、壮士ニ先ダツテ打死シ、名ヲ残シケルコソ哀ナレ。渠未ダ弱輩也トイヘドモ、譜第ノ武恩ヲ報ゼン為ニヤ、武夫ノ筋ナラズハ、争是迄ノ義ヲ知ル心ハ可有トテ、聞人ミナ涙ヲ流サヌハ無リケリ。義就ガ郎等トモ駒若丸討セ、最心憂事ニ思ヒケレバ、孰モ「彼ノ忠義ニモ羞ヨカシ、蓬《キタナ》シ」トテ、又一面ニ鋒ヲ揃テ切テ入ル。（中略）中ニモ此隅屋ハ、伊予守ノ股肱ト被憑シ人ノ子也。サレバ二代ノ忠義ヲ被感、昼ノ軍果テ後、遺迹ヲ敵ノ方ヨリ乞受、義就年久ク秘蔵シテ被所持ケル赤黄ノ九幅ノ緥《ホロ》ヲ、自ラ錦ノ袋ヨリ取出テ駒稚《ママ》ガ死骸ニ被ケサセ、髪掻撫デ涙ヲ流シテ、「自余ノ属モサコソ迹弔ヒ得サセ度ハ候ヘ共、軍ノ最中ナレバ不任心候。孰モ義就ガ命ニ代テ候者共ハ不麤《ヲロソカ》候。身不肖ニ候ヘバ、此世コソ何ノ思出モ得サセデ候。責テ来世ヲバ助カリ候ヤウニ、孝養好ニセサセ給リ候ヘ」トテ、供米三荷・金作リノ太刀一振・鞍置タル馬一疋ヲ添テ、禅林寺ノ長老ノ許ヘゾ送ラレケル。禅師是ヲ受取リテ葬礼悃ニ執営ミ、其夜無常一片ノ烟トゾ被成ケル。最哀ナリシ事共也。是ヲ見ケル兵共、「アナ有難ノ芳彗ノ御志ヤ。此人ノ為ナラバ、我我ガ命捨ン事ハ露塵程モ惜カラジ」トテ、弥忠義ノ志ヲ励シ、明日ノ闘ヲ待明ス兵ノ情コソ優ケレ。往昔ノ義経ハ、単士ノ敵ノ鏃ヲ侵ス事ヲ感ジテ自ラ黒驥ヲ牽キ、今ノ義就ハ、二代ノ忠勤ヲ追修シテ、家珍ヲ以テ是ヲ封ゼリ。「将帥ノ撫士志シ何レモ角コソ有べケレ」ト、義就ガ今ノ働ヲ不讃ハ無リケリ。

ここでは隅屋少年は「駒若（稚）丸」の名で登場する。さらに義就の人物造形に大きな変化が見られる。義就が駒若丸の死を悼み、供物を与えて禅林寺――応仁の乱で全山被災――へ送り手厚く葬礼させたという記述は、これ以前の書には見られない。『応仁記』の義就は「天下ニナラビナキ勇武ノ人」と称されるが、隅屋少年を哀悼する行為は一切見られない。おそらく伊南芳通は『評判』を読んでいたのであろう。藤四郎の死の悲劇性に止まらず、味方の兵を鼓舞した、という新たな視点を導入した。また、隅屋父子二代にわたる忠義に報いる情に厚い理想的な武将として、義就を造形し直した。史実から敢えて離れても、戦国武将のあるべき姿を明確に打ち出したところに、作者の軍書創作の意図が看取される。

七　『畠山家譜』にみる隅屋一族

写本『畠山家譜』（本文十二巻　享保十五年成）(15) 巻七、寛正三年二月「目録題「畠山義就鷹狩付翦鷹隅屋正信取返之事」」同年四月「目録題「嶽山寄手退屈付隅屋国敏討死之事」」に、義就側の武将で義就の乳母子という隅屋備中守国敏、同藤四郎宣政、同藤九郎正信が登場する。ただし、前掲「隅屋藤四郎」と『続太平記』の記事を撮合して、人物関係を〝つじつま合わせ〟した可能性があり、資料として信憑性を欠くと言わざるを得ない。

また以下に引用する『畠山家譜』巻七、応仁元年正月十八日御霊森合戦の記事は、前掲『続太平記』に拠ったものと見られ、版本が写本の軍書に影響した一例である。

然ルニ十四五ナル小冠者ノ薄仮装ニ髪唐輪ニワゲ、卯花ノ爪取タル鎧ニ赤袴ノ側高クハサミ、二尺計ニ見ヘタル太刀差シカザシ、義就ノ陣中ヨリ進出タリケルヲ、引止ル者アリケルヲ、荒ラカニ怒テ申ケルハ、「コハ何ト仕玉フゾ。後見モ時ニ寄ル者、軍ノ先蒐ヲ引留ル様ヤ在。放セ放セ」ト振切リテ、「是ハ義就ノ御内ニ無隠隅屋ト中者ノ一子ニテ候。我ト思ハン人々ハ早ク射玉へ。晴ヤカニ勝負セン」ト、高声ニ名乗ケル。誰レ進ムトモ寄トモ無ク、雨ノ如ニ射掛ル矢ニ胸板ヲズバト射抜レ、敢ヘモナク死シテゲリ。是ハ義就ノ乳子隅屋備中守国敏ガ一子、駒雅丸トテ生年十四歳ニシテ、仁和寺ニ手習シ在ケルガ、今日主君ノ大事ト聞キ、此軍ニハ出ケルトカヤ。去レバ渠ガ父、嶽山打死ノ後ハ、孤ト成リテ、一族隅屋藤四郎後見シ、斯ク迄成長ハ致サセ侍リキ。（中略）義就モ一日戦ヒ疲レテ、其夜隅屋ガ遺跡ヲ政長方ヨリ乞受テ、年久ク被秘蔵タル赤黄ノ丸幅ノ母衣ヲ自ラ錦ノ袋ヨリ取出シ、駒雅丸ニカヅケラレ、髪カキ撫テ涙ヲ流シ玉テ「自余ノ輩モ左社弔ヒ度クハ思シカドモ、軍ノ最中心ニマカセズ、義就ガ命ニ替リ候者ドモ、不愚候ナリ。身不肖ニ候へバ、此世社何ノ思出得サセデ候。セメテ来世ヲ助リ候様ニ」ト、供米一荷・金作ノ太刀一振・鞍馬一疋添テ、禅林寺ノ長老ノ許へ被送ケル。

とある。「駒雅丸」と表記は変わっているが「コマワカ」と振り仮名が付される。情に厚い義就の武将像が、ここでも継承されたことになる。

八　『好色五人女』巻五「恋の山源五兵衛物語」

井原西鶴の浮世草子『好色五人女』（五巻五冊　貞享三年二月刊）は、実在の男女の恋愛スキャンダルを仕組んだモデル小説として名高い。その中で巻五「恋の山源五兵衛物語」は冒頭第一章「連吹の笛竹息の哀れや　薩摩に隠れなき当世男あり」・第二章「もろきは命の鳥さし　床は昔となる若衆あり」は衆道を絡めており、『五人女』というタイトルからすれば少々異質である。江本裕[16]は

一夜しめやかに語り明かした美少年は、源五兵衛が形だけの高野参りを済ませて約束どおりふたたび館を訪れる

と、亡霊となって現れた。この場面が室町時代成立の『幻夢物語』また仮名草子『伽婢子』（寛文六年刊）巻八‐四「幽霊出て僧に見ゆ」に類似すること、早く後藤丹治氏に指摘あるが（『中世国文学研究』）、同趣の話は、寛文初年刊の『曽呂利物語』巻二‐五「行の達した僧には必ずしるしある事」、延宝五年刊『諸国百物語』巻一‐十「下野国にて修業者亡霊にあひし事」にも見られる。

と、先行説を踏まえ典拠を指摘している。さらに

『幻夢物語』を除く三話が、旅の僧偶然美少年に案内されて宿にいたり、翌朝家人に見とがめられて少年の亡霊であることを知らされるに対して、『幻夢物語』が源五兵衛に当たる幻夢がその前に一度少年に会って恋慕している点で、本章の話に近いといえよう（もっとも本話では敵討がからむ）。（下略）

とし、西鶴が「どれよったかは指定しにくく、いまは四話を比較紹介するにとどめておく。」と、典拠を保留した。ちなみに『幻夢物語』（以下「幻夢」と略す）と「三国」の近似は岩田準一らが指摘しており、「三国」の方が先行するとされる。

70　幻夢物語　一巻

この書かつては絵詞として「夜嵐」とも号したり（実隆公記）。幻夢といへる沙門叡山にて折から上京する日光山の稚児花松を見染め、帰国の後も慕うて東国へと旅立ちしたが、花松はその間に父の仇を報じてすでに世に亡し。それを知らずして亡霊と相会し、一夜を楽しく連歌の興行して明かせり。その際に記念として懐紙と一管の笛を渡されしが、花松の死せるを知って高野山に入って念仏三昧の身となり、そこにおいて花松が父の仇の子に遭遇し、ともに念仏修行をしたりという。三国伝記（筆者注＝64に永享三年〈一四三一〉成立として掲出）、巻十二の第十五話、芸州西条下向僧逢児霊事はこの物語と同じきなり。（『男色文献書志』）[17]

もとより西鶴の場合、典拠を狭く限定するのは適切ではなく、複数の先行作品を貪欲且つ自在に摂取していると考えるべきであろう。その点は承知するが、作品の流布の広範さを考慮すれば、僧が生前の若衆に恋慕している点を根拠とするなら、西鶴が拠った可能性として「幻夢」よりも「隅屋藤四郎」を挙げるのは許されよう。若衆の死を悲しんだ僧の高野参詣中の出来事とする点、僧と若衆が男色関係にあった点は「隅屋藤四郎」により近いと言える。もちろん若衆を二人と設定したところは西鶴の創意であろう。男色における愛欲が僧籍にある者でも断ち切り難いことを強調する内容も、「隅屋藤四郎」と同趣旨である。

以上の点から『評判』の記事が、同年同月刊行の軍書『続太平記』と浮世草子『五人女』と、異なるジャンルの二書に影響を与えたことになる。前者は『応仁記』の内容を、後者は「三国」の内容を継承発展させた結果となっている。これは興味深い現象だと私は考える。

九　『後太平記評判』巻三十三の七「細川武蔵守政元殺害事付嵐山合戦事」

『評判』巻三十三の七「細川武蔵守政元殺害事付嵐山合戦事」は『後太平記』巻二十六の二「細川武蔵守政元殺害之事」に拠っており、本文はほぼ同文である。よって本文は省略し、評と伝の全文を掲げる。

評曰、細川政元ハ五代ノ管領ト諸家尊敬スト云へ共、親父勝元応仁ノ大乱ヲ作シ、数万ノ衆命ヲ滅シタル因果ニヤ、亦正覚寺ノ反逆ノ罪、神明赦シ給ハザルニヤ、愛宕詣ノ為浴室ニ入テ被害タルハ、唯事ナラズ。家臣香西ト三好ガ政元家督ノ事ニ付軍シ、自是両細川亨禄ヨリ天下ヲ擾乱シ、天文・永禄ニ及ブ事、単ヘニ細川家天下ノ魔障ト成レリ。亦福井、竹田・香西ニ與シ、政元ヲ差殺ス。波々伯部亦福井・竹田ヲ討ツ。是新タナル因果ナリ。

『伽婢子』巻八の五挿絵

香西亦戦負テ死ス。八逆罪軍神何ゾ可助。
伝曰、政元滅亡ノ凶瑞多シト云リ。夜毎悪夢ヲ見、枕辺ノ太刀抜。又屏風ニ書タル童子ガ、哥謡ヒ踊リ種々ノ奇怪現ジケレバ、是ヲ忌ジク思ヒ、愛宕山へ詣シテ、此奇怪ヲ祈ラント、六月二十三夜沐浴ノ為浴室ニ入ル。福井・竹田、処ハヨシ、蒐入リ差殺スト云リ。翌日香西一党蜂起ス。三好、阿波六郎澄元ヲ大将トシ、是ヲ攻ム。八月一日一党細川右馬助・同民部少輔・同九郎澄之・香西戦死ス云云。

この部分が『伽婢子』巻八の五「屏風の絵の人形躍歌」（惣目録には「屏風の絵人形躍事」）を参照していることは明白である。以下引用する。

細川右京太夫政元は、源の義高公をとりたて征夷大将軍に拝任せしめたてまつり、みづから権をとり、其威をたくましくす。

ある日、大に酒に酔て家にかへり、臥たりしに、物音をかしげに聞えてねふりをさまし、かしらもたげて見れば、枕本に立たる屏風に古き絵あり。誰人の筆ともしれず、うつくしき女房・少年おほくあそぶ所を、極彩色にしたる也。其女房も少年も屏風をはなれて立ならび、身のたけ五寸ばかりなるが足をふみ手をうちて、歌うたひ、おもしろくをどりをいたす。（中略）政元声たかくしかりて、「くせもの共の所為かな」といはれて、はら〳〵と屏颪にのぼりて、もとの絵となれり。あやしき事かぎりなし。

本章の出典については

前半は、五朝小説の諸皐記「元和初有一士人云々」の構想に基づき、後半は、本朝将軍記十「源義澄」の条を利用して、細川政元の暗殺という史実に取り合わせた。

とされる。細川勝元の長男政元（文正元年〈一四六六〉～永正四年〈一五〇七〉）は、魔法や修験道に熱中していたとする記述は軍書中にも見られるが、こうした怪異現象を記した書は『伽婢子』以前には未見である。また政元が「太刀を抜く」傍線部の行為は『伽婢子』本文に見られず、挿絵（図版参照）に依拠して補った表現と見られる。

ちなみに政元の暗殺は、六月二十三日夜が史実として正しいが、『後太平記』『評判』ともに本文は

于時永正四年六月二十四日ノ事ナリシニ、政元宿願在テ愛宕山ニ参詣ト触サセ、其身ハ浴室ニ有リシヲ、近習ノ武士福井四郎・竹田孫七郎彼等香西ニ一味シ、風呂ノ中ニテ闇々ト差殺シ（『評判』による）。

と、翌「二十四日」とする。了意自身も『伽婢子』で「明れば廿四日」と誤記しているが[18]、これは林羅山著『京都将軍家譜』に発した誤解と見られる。その点『評判』「伝」に「二十三夜」とするのは、別の写本文献に当たって訂正したことになろう。

十　おわりに―『伽婢子』と軍書―

『続太平記』が『伽婢子』を参照した点は従来も指摘がある。[19]他にも『伽婢子』が先行する軍書類に取材している点は指摘されているが[20]、後続の軍書にも少なからず影響を与えた点を本稿で考察した。史実に拠りながらも登場人物

像を自由に創作する了意の手法は、浮世草子時代物や読本をはじめ、後続近世文芸の新たな可能性を開いたと言って過言ではない。特に中世の戦乱の世に不如意な生き方、死に方を強いられた人々の思いを、泰平の世近世に語り伝えた意義は大きいと私は考える。

注

（1）松田修・渡辺守邦・花田富二夫校注『伽婢子』（新日本古典文学大系、岩波書店、二〇〇一年九月）の充実した脚注と解説の意義が大きい。『伽婢子』の引用・出典の指摘、掲載挿絵は本書による。底本国立国会図書館蔵本。

（2）池上洵一校注『三国伝記』（下）（中世の文学、三弥井書店、一九八二年七月）の翻刻による。底本無刊記版本、〔　〕内は国会図書館蔵写本による補記。返り点と送り仮名は一部を除いて省略した。

（3）早稲田大学中央図書館蔵寛永十年版上巻により、句読点を正し「　」を付した。

（4）『長禄寛正記』は『群書類従』巻三百七十五合戦部七『新撰長禄寛正記』（目録「嶽山籠城之事」）の翻刻、『長禄記』は島原図書館蔵肥前島原松平文庫本写本（国文学研究資料館蔵マイクロフィルム）による。

（5）大和文華館蔵延宝五年版（国文学研究資料館蔵マイクロフィルム）による。

（6）『法華文句』は「好堅処地芽已百囲、頻伽在㲉声勝衆鳥」とあり『応仁記』とは小異。「好堅樹ハ地ノ底ニ有テ芽百囲ヲナシ、頻伽羅ハ卵ノ中ニ有テ声衆鳥ニ勝レタリ」（『太平記』十八の四）。

（7）『日本古典文学大辞典』「後太平記評判」の項に「（巻末の）五十八・五十九両巻の記事は『後太平記』版本にない。」とする。「隅屋藤四郎」については言及がない。

（8）早稲田大学中央図書館蔵延宝九年版による。

（9）『続群書類従』巻九百八十一雑部百三十一収録。近世初頭成立と見られる。禅僧の戯作的恋詩などを集成する。

（10）洞門系の抄物『勝國和尚再吟』（万治年間以前刊カ）巻四の廿七に「休渇（歇）ノ地ヲ貧処ト云也」と「貧処」の意味を

説明する。土井洋一「『勝國和尚再吟』攷——原文篇㈢——」（『学習院大学文学部研究年報』十七号、一九七一年三月）翻刻。

(11)「君看雙眼色　不語似無愁」については、『大燈国師語録』に見える大燈国師の偈頌の一節「千峯雨霽露光冷」に付した白隠彗鶴（一六八五～一七六八）著『槐安国語』（寛延三年〈一七五〇〉刊）巻五第八則の評語として知られる。この語が『句双葛藤鈔』（内題『宗門葛藤集』）にあることは、道前宗閑訓注『槐安国語』下（禅文化研究所、二〇〇三年十一月）にて指摘される。なお『禅林句集』にも収録される。

(12)日本古典文学大系『太平記』（岩波書店、一九六〇年一月）巻二補注三二に、『増鏡』には「四大本無主　五蘊本来空　将頭傾白刃　但如鑽夏風」とあり、『伝灯録』巻二十七所収肇法師の偈に基づくことを指摘する。

(13)「『続太平記貍首編』に記された「二荒山縁起」——寺社縁起の近世的展開——」（『近世文芸研究と評論』五十六号、一九九九年六月）、「兵学者伊南芳通と『続太平記貍首編』——通俗軍書に見る当代政治批判——」（『近世文藝』七十号、同年七月）

(14)早稲田大学中央図書館蔵貞享三年版による。

(15)黒田俊雄編『畠山記集成』（羽曳野資料叢書1、羽曳野市、一九八八年十月）に内閣文庫蔵本目録のみの翻刻と解説を掲載。引用は奈良県立図書情報館（旧奈良図書館）蔵本による（外題「泰国家譜」デジタル画像）。

(16)講談社学術文庫『好色五人女　全訳注』（講談社、一九八四年九月）巻五の一〈評〉

(17)岩田準一『本朝男色考　男色文献書志』合本（原書房、二〇〇二年四月）

(18)注（1）脚注に『本朝将軍記』十・源義澄・永正四年六月には「廿四日」、『細川両家記』には「六月二十三日の夜」とあることを指摘する。比較的古い写本類は「二十三日」とするが、『安西軍策』巻一の一、『陰徳記』巻一の四は「二十四日」とする。従って版本『陰徳太平記』巻一の十にも「六月廿四日」とある。「二十四日」とする書は『京都将軍家譜』（明暦四年〈一六五八〉刊）発刊後の成立である可能性を考える必要がある。ちなみに『畠山家譜』は「廿三日」とする。

(19)中村幸彦が『伽婢子』巻三の四「梅花屛風」と同内容の話が『続太平記貍首編』巻三十「公家哀困事」に見え、備後の地誌『西備名区』に継承されたことを指摘した（『中村幸彦著述集』二「近世的表現」〈中央公論社、一九八二年六月〉第八章）。また渡辺守邦「備後鞆の浦の『伽婢子』」（『実践国文学』七十八号、二〇一〇年十月）に詳しい。

(20) 市古夏生「『伽婢子』における状況設定」（『近世初期文学と出版文化』若草書房、一九九八年六月）に、主として『甲陽軍艦』『将軍家譜』との影響関係を指摘する。

［付記］

本稿は平成二十六年度日本学術振興会科学研究費補助金（基盤研究（C））「水戸藩と九州諸藩を中心とした近世前期における知識人の交流と出版文化の研究」による成果の一部である。

あとがき

巻頭言で述べられているように、本論集の歩みは、「戦後七十年論集」と題した企画を携えて編者両名が日下力氏のご自宅を訪れ、監修をお願いしたところから始まった。二〇一三年十二月二十二日、冬至の日差しのなかだった。

戦争のあと、時間はどのように流れていくのか。そのなかで人は戦争の体験や記憶をどのように言葉で紡ぎ出していくのか。言葉は時とともにゆらぎ続ける。さまざまな思いの込められた多様な語りが生みだされ、普遍性をもった物語に昇華するまでには相応の時間がかかる。日下氏はこれまで、戦争のあとの時間という観点を重んじ、中世のいくさと人間の姿を描く物語の表現の深層を鋭く読み解いてこられた。こうした問題意識は、「戦後」とともに歩んでこられたその実人生と強く結びついているのだろう。その日下氏を縁あって恩師と仰ぐ者たちが、氏の学問に示唆を得、お人柄を慕う方たちとともに、今、こうした論集を刊行できることを本当にありがたいと感じている。

執筆依頼の際には、編者が事前に設けた各世紀ごとのいくつかのテーマを論者各位に投げかけた。そして、テーマに関して概説したり網羅的に記述したりするのではなく、本論集の趣旨と向き合い、各自の関心に沿って問題を先鋭的に焦点化して論じていただくこととした。寄せられた論考は計二十七編。それらを編者があらためて俯瞰し、章立てと各章の副題を確定した。短い執筆期間にもかかわらず、充実した論を展開してくださった論者各位に、編者としてあらためて深謝申し上げる。また、索引作成には早稲田大学大学院生の滝澤みか氏の協力を得た。あわせて御礼申し上げたい。

本論集では、あえて文学研究に軸足をおいた方々に執筆を依頼した。もとより、現在の学問分野のありかたに自足するつもりはなく、社会のなかで、文学という概念が歴史的に担ってきた領域への理解を深め、それを踏まえることで展望できるものごとの可能性を問い直していきたいとも思う。さまざまな事情により、本論集では扱いきれなかった問題も少なからずある。たとえば、いくさ・戦争と文学を焦点とした議論は、世界史的視野のもとでおこなう必要があるだろう。この他にも、残された課題が多いことを痛感している。今後、多様な時代・領域にかかわる方々との対話のなかで問題を掘り下げていくために、諸方面からご批判、ご叱正を仰ぐことができれば幸いである。

末筆になってしまったが、本論集の趣旨をご理解くださり、出版を快諾してくださった汲古書院の前社長石坂叡志氏、現社長の三井久人氏に心より御礼申し上げたい。また、編集実務では飯塚美和子氏に多大なご尽力をいただいた。飯塚氏の、一語一語に目配りしたていねいなお仕事によって本論集は支えられている。篤く御礼申し上げる。

アジア・太平洋戦争の「戦後七十年」である二〇一五年は、日露戦争の「戦後百十年」でもある。だが、日露戦争のあとの時代は「戦後」というだけでは語り尽くせない。いくさ・戦争は、時代の分岐点として人々の記憶に刻まれ、またたく間に「戦後」という認識自体をも変えてしまう。本書は、関係者がそれぞれに「戦後七十年」という状況と向きあうなかで編まれた。屈指の長寿国となった今日の日本で、古稀という言葉の響きを聴きとりたい。

今ここに確かに存在する「戦後」を「戦後」として語り続けられる未来をつくりだしていくことに、中世文学の研究はかならず寄与できるはずである。

二〇一五年六月二十三日

鈴木　彰
三澤　裕子

監修者

日《くさ》下《か》　力《つとむ》　早稲田大学名誉教授。日本中世文学（軍記物語）。
単著『平家物語の誕生』（岩波書店、2001年）。

編　者

鈴《すず》木《き》　彰《あきら》　立教大学教授。日本中世文学。
単著『平家物語の展開と中世社会』（汲古書院、2006年）。

三《み》澤《さわ》　裕《ゆう》子《こ》　早稲田大学非常勤講師。日本中世文学。
論文「幸若舞曲の構造——五段階型舞曲転換部を中心に——」（『人間科学研究』10、2013年３月）。

いくさと物語の中世

平成二十七年八月十五日　発行

監修者　日下　力
編　者　鈴木　彰
　　　　三澤裕子
発行者　三井久人
整版印刷　富士リプロ㈱

発行所　汲古書院
〒102-0072 東京都千代田区飯田橋二-五-四
電　話　〇三（三二六五）九七六四
ＦＡＸ　〇三（三二二二）一八四五

ISBN978-4-7629-3619-7　C3093

執筆者一覧（掲載順。所属・職名、専門分野、主要業績）

佐伯《さえき》真一《しんいち》　青山学院大学教授。日本中世文学。
単著『戦場の精神史』（日本放送出版協会、2004年）。

野中《のなか》哲照《てつしよう》　國學院大学教授。歴史叙述史。
単著『後三年記の成立』（汲古書院、2014年）。

平田《ひらた》英夫《ひでお》　藤女子大学教授。和歌文学。
単著『和歌的想像力と表現の射程　西行の作歌活動』（新典社、2013年）。

松本《まつもと》真輔《しんすけ》　慶熙大学校（韓国）副教授。中世文学（説話・伝記）。
単著『聖徳太子伝と合戦譚』（勉誠出版、2007年）。

牧野《まきの》淳司《あつし》　明治大学教授。中世文学。
論文「歴博所蔵『転法輪鈔』「堂供養下」帖が描く末世の群像」（『軍記と語り物』49、2013年３月）。

鈴木《すずき》彰《あきら》　別掲

大津《おおつ》雄一《ゆういち》　早稲田大学教授。軍記物語。
単著『『平家物語』の再誕』（ＮＨＫ出版、2013年）。

櫻井《さくらい》陽子《ようこ》　駒澤大学教授。中世文学。
単著『『平家物語』本文考』（汲古書院、2013年）。

和田《わだ》琢磨《たくま》　東洋大学准教授。太平記。
単著『『太平記』生成と表現世界』（新典社、2015年）。

田中《たなか》尚子《なおこ》　愛媛大学准教授。中世文学・和漢比較文学。
単著『三国志享受史論考』（汲古書院、2007年）。

日下《くさか》力《つとむ》　別掲

清水《しみず》眞澄《ますみ》　青山学院女子短期大学兼任講師。音声表現思想史。
単著『音声表現思想史の基礎的研究――信仰・学問・支配構造の連関――』（三弥井書店、2007年）。

源健一郎《みなもとけんいちろう》　四天王寺大学教授。日本中世文学。
論文「宴曲〈熊野参詣〉と熊野信仰――二つの起源譚を巡って――」（『アジア遊学174　中世寺社の空間・テクスト・技芸』勉誠出版、2014年７月）。

佐倉《さくら》由泰《よしやす》　東北大学教授。日本文学。
単著『軍記物語の機構』（汲古書院、2011年）。

小助川《こすけがわ》元太《がんた》　愛媛大学教授。中世文学。
単著『行誉編『壒嚢鈔』の研究』（三弥井書店、2006年）。

齋藤《さいとう》真麻理《まおり》　国文学研究資料館教授。中世文学。
単著『異類の歌合　室町の機智と学芸』（吉川弘文館、2014年）。

榊原《さかきばら》千鶴《ちづる》　名古屋大学准教授。日本文学・女性教育史。
単著『平家物語　創造と享受』（三弥井書店、1998年）。

森田《もりた》貴之《たかゆき》　南山大学准教授。軍記物語・和漢比較文学。
論文「『太平記』と元詩」（『国語国文』76-2、2007年2月）。

小秋元《こあきもと》段《だん》　法政大学教授。中世文学・近世初期出版文化。
単著『太平記と古活字版の時代』（新典社、2006年）。

樋口《ひぐち》大祐《だいすけ》　神戸大学大学院准教授。日本文学。
単著『乱世のエクリチュール——転形期の人と文化——』（森話社、2009年）。

三澤《みさわ》裕子《ゆうこ》　別掲

武田《たけだ》昌憲《まさのり》　尚絅大学教授。日本中世文学・軍記。
単著『現代語で読む歴史物語・保元物語』（勉誠出版、2005年）。

出口《でぐち》久徳《ひさのり》　立教新座中学校・高等学校教諭。日本中世文学。
論文「寛文・延宝期の軍記物語——延宝五年版『平家物語』から考える——」（『説話文学研究』49、2014年10月）。

田口《たぐち》寛《ひろし》　梅光学院大学准教授。日本中世文学・軍記。
共著『戦国武将逸話集　訳注『常山紀談』』（勉誠出版、2010年）。

橋本《はしもと》正俊《まさとし》　摂南大学准教授。中世文学。
論文「山王霊験記と夢記」（神戸説話研究会編『論集 中世・近世説話と説話集』和泉書院、2014年9月）。

岩城《いわぎ》賢太郎《けんたろう》　武蔵野大学准教授。日本古典文学・日本古典芸能。
論文「「平家物語」の「忠度都落・忠度最期」から展開した芸能・絵画——能〈俊成忠度〉の変遷と忠度・俊成・六弥太の造型に注目して——」（松尾葦江編『文化現象としての源平盛衰記』笠間書院、2015年5月）。

倉員《くらかず》正江《まさえ》　日本大学教授。日本近世文学。
共著『八文字屋本全集』（汲古書院、1992年～2000年）。

索　　引

凡　　例

・この索引は、本書に現れる書名及び資料名と人名（神仏名・異類名等を含む）について、それぞれ「Ⅰ　書名・資料名索引」、「Ⅱ　人名索引」として掲げたものである。
・各項目の配列は、原則として現代仮名遣いによる五十音順である。
・論文中の引用の断り、参考文献における研究書名は除外した。また、書名・資料名における人名も除外した。
・別名等は（　）で、補足情報は〈　〉でそれぞれくくり、各項目のあとに適宜記した。
・『平家物語』『太平記』については、異本の名称も立項した。
・個人を特定できない場合、人名索引末尾に「その他」としてまとめた。
・家族関係を踏まえて、「～妻」「～母」「～女」「～妹」「～乳母」「～男」「～兄弟」のように表記した場合がある。天皇・上皇名は「～天皇」に統一した。楠木姓の表記は「楠」に統一した。
・本索引は滝澤みかが作成した。

Ⅰ　書名・資料名索引

あ行

か行

さ行

た行

な行

は行

ま行

や行

ら行

Ⅱ 人名索引

か行

さ行

た行

な行

は行

ま行

や行

ら行

わ行

その他